鄔國平
劉文彬　注譯

新譯方苞文選

三民書局　印行

國家圖書館出版品預行編目資料

新譯方苞文選 / 鄔國平,劉文彬注譯.——初版一刷.——臺北市：三民，2016
面；　公分.——(古籍今注新譯叢書)

ISBN 978-957-14-6169-4 (平裝)

847.4　　105010229

© 新譯方苞文選

注 譯 者　鄔國平　劉文彬
責任編輯　邱垂邦
美術設計　陳智嫣
發 行 人　劉振強
著作財產權人　三民書局股份有限公司
發 行 所　三民書局股份有限公司
地址　臺北市復興北路386號
電話　(02)25006600
郵撥帳號　0009998-5
門 市 部　(復北店) 臺北市復興北路386號
(重南店) 臺北市重慶南路一段61號
出版日期　初版一刷　2016年6月
編　號　S 033870
行政院新聞局登記證局版臺業字第〇二〇〇號

ISBN 978-957-14-6169-4 (平裝)

http://www.sanmin.com.tw　三民網路書店

刊印古籍今注新譯叢書緣起

劉振強

人類歷史發展，每至偏執一端，往而不返的關頭，總有一股新興的反本運動繼起，要求回顧過往的源頭，從中汲取新生的創造力量。孔子所謂的述而不作，溫故知新，以及西方文藝復興所強調的再生精神，都體現了創造源頭這股日新不竭的力量。古典之所以重要，古籍之所以不可不讀，正在這層尋本與啟示的意義上。處於現代世界而倡言讀古書，並不是迷信傳統，更不是故步自封；而是當我們愈懂得聆聽來自根源的聲音，我們就愈懂得如何向歷史追問，也就愈能夠清醒正對當世的苦厄。要擴大心量，冥契古今心靈，會通宇宙精神，不能不由學會讀古書這一層根本的工夫做起。

基於這樣的想法，本局自草創以來，即懷著注譯傳統重要典籍的理想，由第一部的四書做起，希望藉由文字障礙的掃除，幫助有心的讀者，打開禁錮於古老話語中的豐沛寶藏。我們工作的原則是「兼取諸家，直注明解」。一方面熔鑄眾說，擇善而從；一方面也力求明白可喻，達到學術普及化的要求。叢書自陸續出刊以來，頗受各界的喜愛，使我們得到很大的鼓勵，也有信心繼續推廣這項工作。隨著海峽兩岸的交流，我們注譯的成員，也由臺灣各大學的教授，擴及大陸各有專長的學者。陣容的充實，使我們有更多的資源，整理更多樣化的古籍。兼採經、史、子、集四部的要典，重拾對通才器識的重視，將是我們進一步工作的目標。

古籍的注譯，固然是一件繁難的工作，但其實也只是整個工作的開端而已，最後的完成與意義的賦予，全賴讀者的閱讀與自得自證。我們期望這項工作能有助於為世界文化的未來匯流，注入一股源頭活水；也希望各界博雅君子不吝指正，讓我們的步伐能夠更堅穩地走下去。

自序

在出版《新譯歸有光文選》之後，我又花數年功夫編著了這本《新譯方苞文選》。按照這套叢書體例，從「題解、注釋、語譯、研析」四個方面解讀一篇篇作品，費時不少，然而真正認同這種勞動的人究竟有幾何，不得而知。既然這樣，此事值得一再做麼？自己也曾經犯過嘀咕。

然而，疑惑終於拗不過我對古代文學研究所抱的認識，即研究者除了要培養判斷能力、論證能力之外，還需要培養細讀作品的能力，並努力使細讀作品成為其開展文學研究的一種習慣；對作家、作品新鮮的感受和認識，只有從細讀作品中才有可能產生，若沒有細細閱讀作品的耐心和習慣，判斷能力和論證能力往往都會一齊落空，而你辛苦得來的結論可能先天就患有脆弱症。所以，不僅對於普通讀者而言，古籍普及是值得做的，即使對於研究者而言，適當做一些這類工作，接受注釋、解讀文本的基本訓練，對於提高研究能力、保證研究成果切實可靠，無疑也是有益的。

在明清古文史上，歸有光、方苞是兩位旗幟式的人物。為什麼這麼說？自從發生取宗秦漢古文抑或取宗唐宋古文的爭論以後，古文家開始分裂，於是文章史上就有了所謂的秦漢派和唐宋派，各人都以為自己守護的才是瑰寶，而對方拿在手裡摩挲的，不過是碔趺（秦漢派的寫作主張和實踐尤其斷然決然）。將一部血脈貫通、靈動活潑的文章史，硬生生地從中間插上一杠，截為兩段，任意褒貶取捨，真是匪夷所思。當然不是所有文人的眼光都會被讕言遮住，總有人會跳出霧圈，察看和思考文章史的整體，願意同時到秦漢古文和唐宋古文中去汲取養分。歸有光以「風神」，方苞以「義法」，將秦漢古文和唐宋古文的傳統融合在一起，有所偏重而絕不偏廢，拆毀人為紮起的藩籬，填平主觀臆造的鴻溝，他們都代表了文章史上兼容秦漢、唐宋這一新的寫作趨向。兩人先後相續，為此不懈努力，促使這一趨向演變成為後期古文的主流，其意義不可小覷。

「方苞文章好看嗎？」有人揣著幾分疑慮。一般以為，方苞文章雅潔有餘，文采不足。所以，對於喜歡文采的讀者來說，方苞的文章或許不免就有點不夠美觀。方苞主張，寫古文不要使用詩歌語言，不要使用駢體和小說語言。其它諸如佛家語、語錄體語，也都不要使用。這些禁忌多著眼於減弱作品的文采，可見抑制文采是方苞寫作古文的一種故意。他也不想使古文成為口語的記錄。他給古文語言立下這些禁忌，本意在於探索僅僅屬於古文的語言，而與其它文體的語言相區別。他嚮往的古文語言大概特徵是，無須借助形容就直達人情事態的深衷內裡，化三言兩語就道出隱幽埋伏的千奇百怪，既精練，又雅正。作者這種語言本領來自艱苦鍛煉，所謂「黑濁之氣竭而光潤生」（方苞〈與程若韓書〉）。如果我們是抱著領略作者獨特的語言風格的態度，閱讀方苞作品就會給自己帶來怡懌，帶來收穫。

在本書編寫過程中，文彬君適隨我讀博士，也參加了一部分工作。而到本書出版，他已經獲博士學位，並工作數年，此書也成為我們對過去時光的一份紀念。

鄔　國　平

二〇一六年五月九日於法國雷恩

新譯方苞文選 目次

方苞畫像

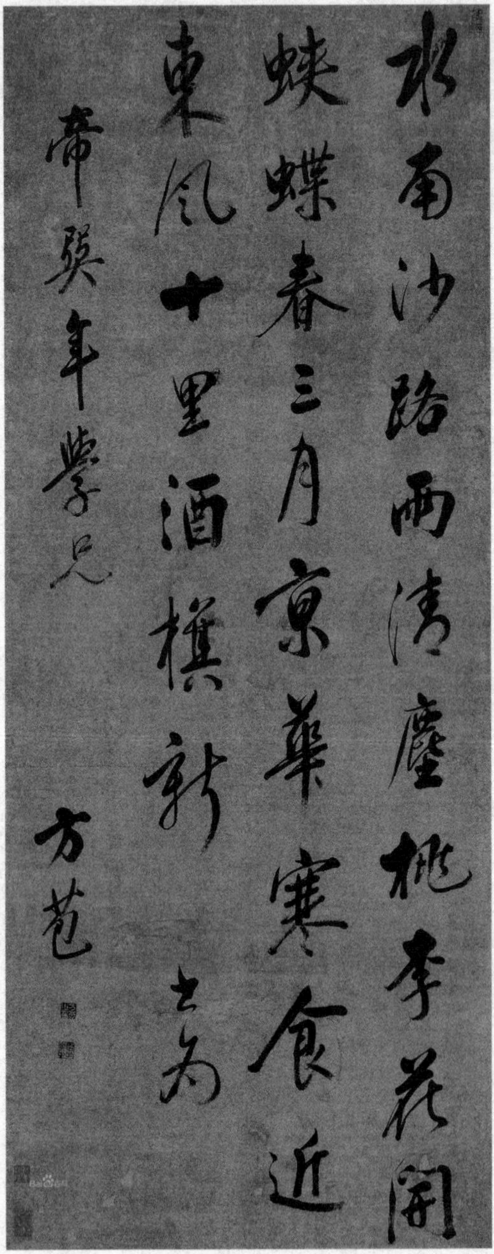
水南沙路雨清塵桃李花開
蛺蝶春三月京華寒食近
東風十里酒旗新
方苞

方苞墨跡

導讀

一 方苞的生平

方苞（西元一六六八—一七四九年），字鳳九、靈皋，號望溪。祖籍安徽桐城，曾祖父方象乾避明末兵亂，舉家徙移到江寧府上元縣（今江蘇南京）。方苞生在六合（古稱棠邑，今屬南京），六歲隨父母到金陵，長期生活於此。後來他將父母的墳墓也做在上元台拱岡，還將祖父棺柩從桐城遷來，與父母埋在一起。從這些看，與其說方苞是桐城人，毋寧說他更是一個南京人，桐城是他的籍貫。固然籍貫與一個人的實際聯繫於古人而言要比現代的人密切得多，也要緊得多，比如方苞早年需要回到桐城去參加考試；縱然如此，實際生長和生活的地方對於一個人來說，其重要性顯然也相當突出，不可忽略。「金陵為四方冠蓋往來之衝」（方苞〈杜茶村先生墓碣〉），明清易代，文人（包括桐城文人）經常往來或長期生活於金陵，如杜濬、杜岕、錢澄之等，方苞父親方仲舒在金陵與他們交往密切，常常有意識地讓方苞兄弟與他們接觸，接受熏沐。從方苞後來的回憶，知道小時候這類見面活動對他的成長產生了很大影響，讓他一直十分珍惜，銘記難忘。他父親的良苦用心取得了預期效果，如果他們不是生活在金陵，這種機會就很少，甚至沒有，方苞的志趣和人生道路可能就會不同。

方仲舒在原配夫人姚孺人卒後，入贅吳勉家。這門婚事由吳勉決定，他在桐城著名文人方文處讀到方仲舒詩歌，十分欣賞，就決意招他入贅。吳勉有兩個兒子，他招方仲舒入贅而不是出嫁女兒，應當不會是出於承門戶以衍續後嗣的考慮，而更可能是出於溺愛女兒或其他原因。方仲舒與吳氏婚後生育方舟、方苞、方林三子都姓方，沒有一人從母姓，與一般入贅生子從母姓的習俗不同，這種情況是否也可以由此得到合理解釋呢？

方家到仲舒一代已經衰落得沒了光采，他兩次婚姻，前妻生二女，吳氏又生三子三女，帶女拖兒一大群，生計艱辛。方苞說：「寒宗雖巨族，而遷江寧者多清門。先君子中歲窶艱，糊口四方。」（〈與德濟齋書〉）又說：「方冬時，僅敝絮一衾，有覆而無薦。旬月中，不再食者屢焉。」（〈先母行略〉）這些接近於實錄。方苞說他父親「好言詩」（〈跋先君子遺詩〉），性格「嚴毅」、「豪曠」，喜歡結交，「不可一日無友朋」（〈先母行略〉、〈紀夢〉）。這種愛好、性格和習氣，是最容易窮困潦倒，且最難翻身的。他結交的多是志節之士，尤其是遺民，他們也大都是窮朋友，此外也偶爾與曹寅這樣的達官貴人唱詩和韻，互相贈送一點禮物。曹寅〈聞杜漁村述方逸巢近況即和滕齋詩奉柬〉：「自題方丈小，不隘百千偕。」❶「方丈小」指方仲舒（號逸巢）居室逼仄，家境差，「百千偕」指他好交遊，朋友多。窮朋友們來來往往，不免招待飯菜，這對方苞母親來說每次都是為難的事，可是她總是盡力為之，不讓丈夫難堪。她的想法很簡單，就是招待好客人，讓丈夫和客人都感到自在、高興。對於方苞來說，這種事的影響就大了，他父親交接的志士，他們在一起高談闊論，流露的衷心祈向，都在積極地鑄塑他的心氣。每一次這樣的聚會，對他無疑都是一堂堂受教育和鼓舞的課，而這也正是他父親所希望的。

方仲舒不事生產，先前還有功名心，後來對時文也失去了興趣，只剩下對詩歌和朋友的愛好了。明亡前後，不少文人不再熱衷於科舉仕途，這樣的時代氛圍似乎使方仲舒對自己的處世態度感到心安理

❶ 曹寅《楝亭詩鈔》卷三。按方仲舒與曹寅詩歌唱酬情況，參見朱洪〈方苞父親方逸巢與曹寅交往考〉，《學術界》二〇一二年第二期。

得。可是，他對自己孩子顯然是有期望的。他勸年幼的方苞不要學習作詩，因為寫詩「非盡志以終世，不能企其成」，「而耗少壯有用之心力」在詩歌上是「自薄」行為，不值得（〈鷹青山人詩序〉）。古有「詩能窮人」之說，方仲舒對此感受深切，他的叮囑大概包含不希望孩子過窮日子，不希望方苞跨不進仕途門檻的考慮，方苞也確實有效抵制了詩歌的誘惑。方苞的啟蒙老師是自己的父親和兄長方舟，方仲舒在方苞五歲時，親自課章句，十九歲時，又帶著他到安慶應試。可見，像當時許多人一樣，方仲舒雖然自己拒絕仕途，卻並不希望孩子步自己後塵。

方苞似乎被家裡窮得怕了，不願意再窮下去，於是早早地就期盼著改善家境，而首先想到的是以教書擺脫貧寒，於是他學習時文，以備收徒授課之用。他回憶「及年十四五，家累漸迫，衣食不足以相通，欲收召生徒，賴其資用，以給朝夕，然後學為時文。」（〈與韓慕廬學士書〉）果然方苞在取得功名前，主要以四處做塾師為職業，在家裡待的日子少，而他更大的人生目標也是從這種經歷中逐漸磨礪出來的。他後來寫的文章多有對人世況味的描寫，比如寫道：「惟盎無斗儲，笥無完衣，然後為士者始伏案吟誦，以望科名；行賈者冒險艱，忍饑勞，以冀贏餘；坐列負販者纖嗇筋力，以累錙銖。」（〈龍溪蔡氏宗譜序〉）說明一個人的出息是被境遇逼迫出來，總是窮而圖變，陷於絕境而後思進取。這些話其實是說他自己的生活經驗。

二十來歲，方苞的文章、學問在圈子裡已經有了名氣。一次，他在桐城的河邊候船擺渡，另一個青年也在等船。為排遣無聊兩人聊了起來，那人獲知他是桐城人，問：「桐城有個人叫方苞，你認識麼？」方苞一聽心裡暗暗高興，從此他們成了好朋友，孟子「一鄉之善士斯友一鄉之善士」，大約說的就是這種情形。在好朋友中，來自戴名世的稱讚無疑給予方苞很大鼓舞。他說：「始靈皋少時，才思橫逸，其奇傑卓犖之氣，發揚蹈厲，縱橫馳騁，莫可涯涘。」（〈方靈皋稿序〉）在方苞二十四五歲認識戴名世後，這種話常常掛在戴名世嘴上。方苞對戴名世也很欽敬，兩人是惺惺相惜。隨著「江東第一能文之士」（方苞〈記時文稿興於詩三句後〉）名聲鵲起，方苞期待成功之心日益迫切，刻苦勤厲以求遂志。他三十二歲江南鄉試第一，三十九歲成進士第四名，後因母親患病回家，放棄了殿試。他考功名在當時不能算最順利，成績有起伏，不甚穩定，但是一旦臨考狀態達到極佳，就能考出高名次，可見很有潛力。

四十四歲，捲入戴名世《南山集》案被刑部論死，這對方苞猶如一場天降大禍，所幸因李光地等大臣力救，康熙帝也覺得他涉案並不嚴重，且「學問天下莫不聞」，是難得人才，就將他召入南書房，以白衣委用。因文字獄而轉禍為福，這在清朝可能是獨一無二的例子。驚心動魄的變故終於化險為夷，然而這帶給方苞的影響十分深刻。從此，他不僅以這種非常特殊的方式進入了仕途，官運亨通，在康、雍、乾三朝歷任武英殿修書總裁、詹事府左春坊左中允、翰林院侍講學士、內閣學士兼禮部侍郎、皇清文穎館副總裁、禮部右侍郎，而且對清帝充滿感恩之情，他說：「此乃三聖如天之德，世世子孫毀家忘身而未足以報者也。」（〈教忠祠祭田條目序〉）為了感恩，他恪守職業，兢兢業業，以高度的責任心復興道業和文事。他不能自晦，以國是自任，對官場種種弊端提出革除主張，為此即使得罪於人也在所不惜。方苞受帝皇寵信在雍正朝達到頂峰，然而乾隆執政數年以後，就再也無法容忍他的絮叨和出位之謀，一些政壇宿敵乘機對他大加詆訐，使他承受很大壓力。乾隆帝偏聽偏信，斥責他：「假公濟私，黨同伐異，其不安靜之痼疾，到老不改。」（朱克敬《儒林瑣記》卷二引《滿漢名臣傳》）有時甚至還將他當成一個壞形象，警告其他奏事大臣不要沾染「方苞惡習」。據《清史稿．高宗本紀》記載：「（乾隆四年）八月丙子，御史張湄劾諸大臣阻塞言路。上斥為漸染方苞惡習，召見滿、漢奏事大臣諭之。」所謂「方苞惡習」實際上是指他喜歡言事管事，好挑刺鬧矛盾，也就是乾隆帝所斥責的「不安靜」。乾隆帝說這些也是有其根據，舉一個例子。《方望溪遺集》有一篇〈與閩撫趙仁圃書〉，方苞在這封信裡鼓勵福建巡撫要抓住時機奏章言事，揭發弊端，不要掩蓋，以此樹立直節特操。他說：「夫時位之遷移，君心之向背，不可常也。遇此而不言，異日者或欲言而不能，或有言而不信，又或他人言之，則下無以自解於民，上無以自白於君。」這一番話將他愛管事、「不安靜」的特性表現得淋漓盡致。《方苞集》收這篇書信，題目為〈與某公書〉，以上引用的話被刪了，可能是編者擔心這些話對方苞不太有利，其實它們是方苞精神的真實寫照。由於引起了乾隆帝不滿，方苞就此遭疏遠，努力也沒有用，便以七十五歲高齡離開官場到金陵度晚年，直至去世。他曾經說過，君子「難進而易退」，意思是一個人對於進入仕途要慎重，而對於退出仕途則要適應，要愉快。還說，在官場「常覺其志之難稱」，一旦退下來，「如釋重負然」（〈徐蝶園詩集序〉）。他對自己有可能被擠出仕途應該是有心理準備的。然他又在還鄉後寫的一篇文章中記及兩位直臣因毀譖被斥之事，說：這麼記載是為了讓當路而操威柄者知道，「凡於己有拒違及左右親信所非毀者，賢人君子多出於其間」，認為這是一條「聽言觀人之準則」（〈都察院副都御史巡撫貴州劉公墓表〉）。據此，可知方苞晚年的心境並不平靜。

二　方苞的性格與堅持

方苞喜歡批評朝臣和地方官員，與人爭執不相讓，這除了出於對帝王感恩、想以多負責任的表現報答帝王的信任外，還與他倔強、嚴厲、不苟的性格有關。他再三說自己「少好氣」（〈劉古塘墓誌銘〉），「性資迫隘，語言輕肆。」（〈與李剛主書〉）「與世人交，不能承意觀色，往往以忠信生疵釁。」（〈與謝雲墅書〉）「倔強塵埃中，是以言拙而眾疑，身屯而道塞。」（〈與萬季野先生書〉）「於事不敢詭隨，於言不敢附會，為三數要人所惡，常欲擠之死地。」（〈答尹元孚書〉）這種脾性與他父親很相似。方仲舒也是性格傲慢的人，喜歡譏議，容易得罪人。方苞在〈自訟〉中說：「吾父剛直寡諧，常面詰人過。大吏有索交而不能鉅者，與之言，時多傲慢，余每切諫。先君子甚鄙余，而竟為曲止，然不怡者久之。」他明明知道父親這麼使性氣招徠別人嫉恨，對自己不利，可是臨到他本人頭上，表現依然如出一轍，這種爭勝好強、較真不屈的脾氣伴隨了他一輩子的生活，這就是一個人與天俱隨的性格，誰也奈何不得。方苞出獄後，他的好朋友王澍（字若霖）曾經相勸：「凡人氣苦易餒，而子患不能餒。曩在難無不可，今幸脫，苟弗悛，吾懼禍殃有再。」（方苞〈吏部員外王君墓誌銘〉）然而要讓氣盛伉直的方苞學習做坦夷和易的人，比脫胎換骨還難。他外曾孫十一歲時，方苞贈給他兩件禮物：一面方鏡，一塊端石。他說「心不正則色與貌隨之」，贈他鏡子是希望他能經常地自我鏡照，以貌觀心，時時提醒自己做一個正心誠意的君子。又叮囑他「行必端，當介於石也」（〈示外曾孫宋啟錫〉）。「介於石」是引用《易・豫》成語，謂操守要像石頭一樣堅貞。此時方苞已經垂垂老矣，心地依然傲挺，沒有為自己如此不世故地度過一生而產生絲毫悔意。從這方面說，乾隆帝「不安靜」三字可謂是對方苞性格的定評。對於方苞的做法，最高的統治層有時可能願意他如此，靠他幫著鎮一鎮下屬的邪氣，有時則未必喜歡，不喜歡的時候，就用別的臣僚的怨言壓一壓方苞，讓他識時務，這時候便認為方苞好管事是「痼疾」了。方苞也清楚自己的做法是在被認可與不認可之間，所以沒想到要改，何況也難改。清朝大臣像他這樣的人很少。方苞認為一個正直的官僚就需要這種底蘊，不能以容悅者自處，然而很多文學之士缺少的正是這種素質，所以他對文人評價不高，他給掌握銓選之權的大臣寫信，提醒他審察人才「萬不可屬意文學辭華之士，僕閱世久，見此中絕少有本心人。」（〈與陳秉之書〉）一般文人在方苞心目中的形象很糟糕，這是他真實的看法。

他認為「正人」多出在「言語樸直，不善承迎上司者」中（〈與顧用方尺牘〉）。他自己不掩飾，也不婉轉含蓄，在他看來那些都是世故者的做法，弱者的表現，強者不需要這樣，也不屑於這麼做。他大談自己倒楣的事情：「余數奇，獨幸不為海內士大夫所棄，而有友朋之樂。然每怪平生故舊，其道同志相得者，所遇之窮，必與余類，交淺者其困亦淺，交深者其困亦深。或始相得，中道而棄余，與余跡漸遠，而其遇亦漸通。或當世名貴人，無故與余相慕用，而屯蹇輒隨之。吾不識其何以然。既而悟曰：『凡物之腐臭者，有或近之，則臭必移焉，是何怪其然。』或曰：『非此之謂也。物無知，人強合之，故其臭移焉。人有知，其臭味之不同者，孰能強之合也？蓋必其氣之本衰，或時之已去，而後乃與子相得焉。子惡用自引咎哉？』」（〈贈潘幼石序〉）方苞以這種筆墨替自己畫像不畏醜化自己，沒有常人的忌諱。當然方苞真正想說的是：世上立志高遠、追求道義的人，難容於社會，他們的人生道路一定會是坎坷崎嶇的，充滿艱險，而因為對這些都無畏，最終成了英傑，造就了宏業。這與孟子「天將降大任於是人也，必先苦其心志，勞其筋骨」的說法相似，在自我貶賤中包含對自己極大的自信。方苞對於他人也直言不諱。如一個有恩於他的人慶祝生日，大家都講恭維話，方苞卻說：「先生所表見於世，尚未有赫然如古人者，苞大懼先生之無成也。」大家都為之側目，還好主人寬宏大量，將方苞的批評笑納了（見〈書高素侯先生手札後二則〉之二）。另有一件事情也充分說明方苞說話常無遮攔。李光地器重方苞，也深受方苞敬重，他出任文淵閣大學士，這在清朝地位很高，自然令當事人喜氣洋洋。方苞卻問他，入清朝以來通過分科選舉官吏而登上這個職位的有多少人，李光地說五十餘人，方苞聽後說，短短六十年裡就已經有五十餘人，這個職位「不足重」已是明擺的事實，希望您「更求其可重者」。這種有違世情的事在方苞不時地會發生，是出了名的，所以「見者皆不樂聞其言」（方苞〈與陳占咸（大受）〉）。方苞自視極高，眼光銳利，看問題深而且透，他發表意見，無論是用口談還是筆寫，都能撥開紛披的蔓草，對盤根錯節的東西一下子就能抓住關鍵，將被掩蔽的真相揭發出來，而且能以三言二語把事情和道理講清楚，不繞圈子，不用費辭。他批評的時候不留情面，筆下嗖嗖有寒風，緣此有人說方苞文章刻薄，甚至說「有殺機」（鮑倚雲《退餘叢話》卷二，引自錢鍾書《談藝錄》「隨園述方望溪事」條）。即使對方苞古文評價很高的人，也有不甚滿意他的文章過於厲害，如程晉芳〈學福齋文集序〉說：「望溪自許其文為北宋以來第一，而余第取以配食震川（歸有光），蓋震川情文兼美，間失之平，望溪熟於周人之書，特風骨太露耳，衡而量之，分適均焉。」「風骨太露」正是形容方苞文章譏刺深，不夠含蓄。這些對方苞文章的指責，正說明他的文章語言有力，帶有鋒芒，疾惡如讎，克弊除惡惟務其盡。方苞以這種性格與人相處自不會讓人感到愉快，這本來也沒有什麼，如果方苞只是一個普通的文人，人家最多對你敬而遠之，老死不相往來，也就罷了。可是在官場上就不一樣，除非你受到帝王絕對寵信，別人只好裝聾作啞，否則，誰不踹你？方苞晚年失志，以蜚語罷歸，可以說也是吃了自己秉性的虧。

他這種伉直堅毅的性格，超常的洞見力，加之在理學上執著地追求，很容易使自己成為一個具有理想主義色彩的批評家。他引朱熹的話：「恃法以禁私者，非良法也；可以為私而不私，然後民受其利。」（〈吳宥函文稿序〉）朱熹這種說法帶有很大的理想主義成分，朱熹本人確實也是一個理想主義者，其實許多理學家都是道德理想主義者。方苞相信朱熹的話，他接著朱熹的話說：「余嘗謂鄉舉里選之制復，則眾議不得不出於公，而或恐士皆飾情以亂俗，嗚呼，是不達於先王所以牖民之道也。凡物矯之久，則性可移，而況人性所固有之善乎？」方苞崇信古代「鄉舉里選」制度及其行施的效果，因為他相信人性善良，相信眾議會出於公心，相信堅持矯正可以使物情得到改造，不必擔憂人們會利用這種制度偽飾亂俗。正因為如此，他無法接受古禮不可復的自暴自棄言論，「嗚呼！人性皆善，用此知謂古禮必不能行於今，皆自暴棄之誣言也。」（〈赫氏祭田記〉）他也相信，「古之為交也，粗者責善，而精者輔仁」（〈送鍾勵暇寧親宿遷序〉），並以此為準則處理人際關係，對人對事都提出很高要求。這些都說明方苞思想的理想主義色彩確實很濃郁。李慈銘說：方苞「惟務以至高之行，繩切常人……立朝議論亦多如此，泥古而不切，強人以難行，當時皆厭苦之。」指出他這種理想主義與客觀現實之間的距離不可以道里計，必然要碰壁。然而方苞不為動搖，他堅毅的性格成為他去努力實現理想的生命動力，而將重重阻力漠然置之，這使他的文章勃發出一種執著追求、不休不罷的精神。

三　方苞的思考與見解

方苞善於思考，常有新穎、深刻的見解。如〈蜀漢後主論〉對歷來認為扶不起的劉阿斗做了重新評價，認為在他身上有一個絕大的優點，就是「任賢勿貳」，這一點比古代不少帝王都強，甚至比他父親劉備還勝一籌。方苞費了許多心血寫就的讀經讀子讀史諸文以及書後題跋，多表達他的思考和學術見解，常常與別人的說法相左，雖然有些看法引起了爭議，未必能夠成立，有些則很耐讀，被認為是可傳之作。即使愛好譏彈文章的李慈銘也說：「如〈讀大誥〉、〈讀王風〉、〈讀周官〉、〈讀儀禮〉、〈讀經解〉五首，簡括宏深，必傳之文，非望溪不能作也。」他又肯定方苞「書後之文，語無苟作」（《越縵堂讀書記》）。這些都是公允之論。下面列舉兩篇文章，以見方苞善於思考的特性。

第一篇文章就是李慈銘提到的〈讀大誥〉。《尚書・大誥》是周公東征，討伐武庚之亂而發佈的一篇國家文告。這種文章照理都會大量羅列敵人的罪狀，竭盡其辭，形容敵人十惡不赦，以此伸張征伐的正義性。在後世改朝換代所謂「革命」之際，討伐的一方或新君主往往都會宣佈仇寇十大罪狀，就是這類文章的模子，只要隨意翻一翻歷朝正史便可見到。方苞在這篇文章中說，〈大誥〉卻不是這樣寫，對於武庚，周公除了說他「鄙我周邦」（看不起我們周國）之外，沒有再另外「文致其罪」。而周公解釋所以揮師征討的原因，只是說「先王基業之不可棄，與吉卜既得，可徵天命之有歸而已」。方苞認為這兩件事「乃周人之實情，可與天下共白之者也」，所以寫得很恰當，說明「聖人之心所以與天地相似，而無一言之過乎物也」，而這也正是「感人以誠不以僞」和「修辭必立其誠」的體現。不僅如此，方苞在文章中還談到，「武王數紂之罪，惟用婦言、棄祀事，而剖心、斷脛、焚炙、刳剔諸大惡弗及焉，至於『暴虐』、『姦宄』，則歸獄於『多罪逋逃』之臣。」指出聖人「雖致天之罰，誓師聲罪，而辭有所不敢盡也。」總之，方苞認為〈大誥〉是一篇平實的文告，他欣賞〈大誥〉的原因在此。清朝入關，打的旗號是為明復仇，所以，順治皇帝即位詔書稱清之代明為「改革」，而不用「革命」二字，明清之間所存在的大致的一體性關係由此可見。方苞欣賞非過甚其辭的〈大誥〉或與這種情形有關係。然而這又不是全部的原因，若聯繫方苞對明朝和崇禎帝的看法，對〈讀大誥〉一文的這種趣味就更容易理解了。方苞寫過不少總結明朝滅亡教訓、表彰明末志士仁人的文章，如〈書孫文正傳後〉、〈書盧象晉傳後〉、〈書楊維斗先生傳後〉、〈孫徵君傳〉、〈左忠毅公逸事〉、〈高陽孫文正公逸事〉、〈石齋黃公逸事〉等。方苞總體上認為明朝之所以滅亡，是奸邪柄權，正直之臣、能諫之臣遭排擠迫害，而崇禎帝雖然剛毅廉潔，勤政有為，有時卻會失去正確的判斷，被壞人利用，導致國家潰壞，無可挽救。比如他說：「嗚呼！方莊烈愍帝嗣位之初，首誅逆奄，非不欲廣求忠良，破奸憸之結習，而所委心者，則周延儒、溫體仁，每摧抑忠良以曲庇之。逮延儒誅，體仁罷，國勢已不可為矣。而繼起者復祖其故智，嫉賢庇黨，以覆邦家。鄙夫之轍跡，自古皆然，無足深怪。所可惜者，以聰明剛毅之君，獨蔽惑於媢疾之臣，身死國亡而不寤，豈非天哉！」(〈書盧象晉傳後〉)「可惜」二字，道盡方苞對崇禎帝和明朝既痛責又回護的複雜心情。他又說，連「憂勤恭儉明察之君」(崇禎帝) 也會被當國執政「所蔽壅」，可見「畏憸人」是治國者一條十分重要的教訓 (〈書孫文正傳後〉)。這些表述與他在〈讀大誥〉一文中肯定以平實的文字客觀地檢討勝國之罪過是相一致的。因此，這篇〈讀大誥〉對於我們理解方苞撰寫的明代人物傳記以及相關的論述很有幫助，是作者對朝代更迭以後如何客觀、公允地評價勝國歷史問題整體思考的結晶。

第二篇文章是〈方正學論〉，文中評論了方孝孺、劉琨之死。明初靖難之役後，方孝孺遭明成祖殺害，誅十族，受牽連數百人。劉琨抵禦北方異族，最終失敗被殺，父母因此遇害。方苞認為方孝孺、劉琨的死關涉一個共同的問題，即人當興亡鼎革、死生患難之際，不能總是以為可以不惜一切地犧牲掉生命，結局越慘烈越好，相反，應當盡量設法讓別人活下去，使受禍害的人越少才越好。也就是說，英雄在這種時際選擇慷慨就義，是為了讓更多人能夠生存。研究者認為方苞寫這篇文章與清朝前期漢人思考如何與統治者相處有關。姚翠慧《方望溪文學研究》說：「望溪之時，清朝勢力已經鞏固，君主英明，行儒家之學，而此時抗清，手無縛雞之力，無異以卵擊石，徒害親人族人。〈方正學論〉，寫在《南山集》案前，可見望溪對大局已定後，赴死起義，無謂犧牲的不以為然看法，早已在入獄前定型。」❷這個問題確實值得探討。方苞所以產生這樣的認識，一個具體的原因或許是，他的五世祖方法是方孝孺門生，受到牽連而投江自盡，失去親人的痛苦促使方苞對這個問題進行反思。他當然不會認為株連法好，但是這不屬於他思考的重點，他所思考的問題是，既然有株連法存在，一個人在採取某種行動之前是否應該為將要受到牽連的他人考慮一下呢？〈方正學論〉一文的主旨在此。方苞這種思考在明遺民中已經可以看到萌芽。嘉定侯汸病死於康熙十六年（西元一六七七年），他父親侯岐曾、伯父侯峒曾皆在抗清中先後就義，堂兄弟有的從死，有的被追捕，他自己也經歷落髮、返俗種種磨難曲折，可謂與清朝不共戴天，然而他晚年的處世態度發生了變化。汪琬〈侯紀原墓誌銘〉載：「君既丁禍患，故為學益進。嘗論《易》〈乾〉、〈坤〉二卦曰：『世之衰也，所向無可用剛直者。〈乾〉主於剛，然繼之以健中正，又繼之以純粹精，蓋必如是而後可以剛也。〈坤〉六二之動，直內以敬，然繼之以方外以義，一本乎柔順中正，蓋必如是而後可以直也。不然，恃吾血氣而不撓不催，吾能免於悔吝乎？』蓋晚歲所得如此。」由剛而轉向健中正、純粹精，由直而轉向方外以義、柔順中正，不再堅持不撓不催，以生命的存在為前提確保內心精神的剛和直。這實際上就是意味著接受清朝入主中原的現狀，取消以武抗武，不再提倡犧牲。這是從反抗清人過渡到與清人合作的一個重要思想階段，再往前走一步，就是合作了。侯汸的這一轉變和表述從儒家經典《易》找到了理論根據，因此顯得無可置疑。方苞思想則是在此基礎上又往前走

❷ 見姚翠慧《方望溪文學研究》，第六九—七二頁，文史哲出版社，民國七十七年八月。

了一步。他這種思想從直接的來源說，與李光地甚有關係。方苞〈辛酉送鍾勵暇南歸序〉回憶他與李光地結交之始，勸李光地治古文，李光地回答說，自己《周易》、〈洪範〉還沒有研究好，無暇及此，也不屑及此，順便說：「子不聞市人之語乎？所出之財與物相當則曰值。禹八年於外，三過其門而不入，諸葛亮鞠躬盡瘁，死而後已，值也。嵇紹仕非其義，而以身殉；劉琨不度德，不量力，動乎險中，以陷其親，則不值矣，而況其每下者乎？」李光地以為劉琨的死是「不值」，這直接影響了〈方正學論〉對劉琨的批評。此文反映了方苞的生命觀，也反映了他對應該以什麼態度與清朝相處這一問題的思考。他堅持認為，人很高貴，對生命應該倍加珍重，任何粗魯對待生命的做法都極其錯誤，人沒有「自戕賊」的權利，也萬萬不可「自殺於物」（〈孫徵君年譜序〉）。這種貴生哲學是經過明清易代大變動，清朝政權漸趨鞏固，社會轉向穩定，文人不斷調整認識的產物，是由對抗思維逐漸變成合作思維，遺民意識逐漸轉化為「清人」意識的一個重要標誌。這不僅是方苞一個人的認識，而且也是當時社會較普遍的精神狀況，從一個重要的方面說明遺民意識在趨歸清朝的過程中是如何消融的，從而構成明清之際漢人精神變化史的一個重要環節。從這樣的社會背景之下來解讀方苞這篇文章，才能把握其內在思致的真脈。從清朝康熙中期以後漢族文人與朝廷合作已經非常普遍，繼續堅持遺民立場的文人少之又少，而且人數仍在不斷減少。之所以如此，一是時間已久，人堅持的耐力逐漸被消磨，二是清朝的成功有目共睹，復明者回天乏術已成現實。而貴生說重視生命的觀念則從思想的角度對此給出了回答，使漢族文人融入清朝主流的行為變得名正言順，因而可以堂而皇之，再不必懷著羞愧之心，以為在倫理道德上低人一等。人們對方苞〈方正學論〉的觀點難免會有爭議，比如可以有相當理由認為方苞對方孝孺、劉琨兩人的評價本身近於苛求，可是也應當承認，對於研究清朝漢族文人的精神走向，這確實是一篇重要文章，具有相當的代表性。

四 對方苞「學行繼程朱之後，文章介韓歐之間」一說的認識

後人評價方苞，常說他「學行繼程朱之後，文章介韓歐之間」。這兩句話首先見於王兆符〈方望溪文集序〉，以為是對方苞學術道德、古文特色及成就的經典性概括。大體這麼說似乎也能夠成立，可是對此又不宜過於拘泥，否則多少會誤解了方苞。

先說「學行繼程朱之後」。

方苞十分推崇程朱學說，對批評程朱思想的人往往還以犀利的反批評，即使對好朋友（如李塨）也不例外。他對於程朱主張有所不同之處，有時採用折中的態度。比如程朱都十分重視祭禮，程頤主張不僅要祭父親、祖父，還宜推及高曾，甚至遠祖始祖。朱熹則認為一般人哀敬思慕之誠意達於高曾已經不能保證其完全，祭祀而推及遠祖始祖，就更令人擔憂其誠心能否有確實的保證，是否會變成為祭祀而祭祀，徒存虛禮，所以他對此採取保留的態度。方苞覺得兩人考慮問題的角度不同，「蓋程子以己之心量人，覺高曾始祖之祭闕一，而情不能安；朱子則以禮之實自繩，覺始祖遠祖之祭備舉，而誠不能貫。」他認為這兩種看法「義各有當，並行而不相悖也」。所以他酌定家庭祭禮，主張取兩者之長，既要滿足心之所安，還要考慮眾人所能實行（〈教忠祠規序〉）。這確實說明方苞是程朱思想的信徒。

不過也要看到，方苞推崇程朱學說並非十分古板，而且並非一概地否定程朱之外其他宋明人的思想，比如他對王陽明學說的態度就表現出一定的靈活性，有所肯定，〈重建陽明祠堂記〉、〈鹿忠節公祠堂記〉、〈廣文陳君墓誌銘〉等文都對此有所說明。如〈廣文陳君墓誌銘〉說：

> 余聞古之學術道者，將以得身也。陽明氏為世詬病久矣，然北方之學者如忠節（鹿善繼）、徵君（孫奇

逢〉，皆以陽明氏為宗。其立身既各有本末，而一時從之遊者，多重質行，立名義，當官則守節不阿……用此觀之，學者茍能以陽明氏之說治其身，雖程朱復起，必引而進之以為吾徒。若嚾嚾焉按飾程朱之言而不反諸身，程朱其與之乎？

在方苞心目中，程朱代表純潔的賢哲，崇尚程朱學說是他思想的主流，然而，倘若程朱追隨者只是將其道理當作一種好聽的話說說而已，不去實行，那麼再好的學說也是枉然，進入不到清明境界，人反而變得虛偽了，令人厭惡，他拒絕這樣的人為自己同道。對於王陽明固守良知之學說，默識而躬行，他認為確實有其勸世之良效，培養了一些重名義、守節不阿的正直之士，應當予以肯定，不應當「漫詆」之（〈重建陽明祠堂記〉）。方苞表彰的人物中，如鹿善繼、孫奇逢、湯斌、陳鶴齡等，都宗尚王陽明學說，這正說明他對該派思想某種程度上相容並蓄。以往研究對方苞與王陽明學說的關係關注比較少，而且往往有一些誤會，以為他是絕對地堅持理學，反對心學，「學行繼程朱之後」一語更進一步地強化了人們對方苞的這種認識，其實我們還要看到他思想關係複雜的一面。故本書選了幾篇他與王陽明學說有關的文章，以求讀者能夠更加完整地認識方苞的思想。

再說「文章介韓歐之間」。

方苞文章論的核心是「義法說」，「義即《易》之所謂『言有物』也，法即《易》之所謂『言有序』也」，一篇作品是「義」與「法」的統一體。他認為，「義法」是古代最重要的作文原則，形成於《春秋》，貫穿於造詣高深的古文作者所寫的著作中，而最足以代表古文「義法」成就的是《左傳》、《史記》和韓愈文章（〈又書貨殖傳後〉）。《左傳》、《史記》被方苞視為古文「義法」的典範，有關論述很多，毋需贅言。對於韓愈，方苞肯定他撰文能得古文「義法」（〈書韓退之平淮西碑後〉），指出韓愈的讀書經驗「首在辨古書之正偽」，這也是指韓愈能了然於文章義法，因為義法明，能夠幫助辨書籍之正偽（見〈書李習之盧坦傳後〉）。他稱讚韓愈的思想和文章「掩跡秦、漢而繼武於周人」（〈贈淳安方文輈序〉），「其辭熔冶於周人之書，而秦、漢間取者僅十一焉。」（〈書裴太常文後〉）也就是認為，韓愈主要是繼承了周朝思想和文章傳統才取得大成就，是後人學古文應當嚮往的標誌。《左傳》、《史記》、韓文三家外，方苞對其他一些古文大家的作品，一般都有不滿和批評。比如他不認同柳宗元自評文章取源於六經，說：「甚哉，其自知之不能審也！」他評點柳文，多加以批評，比較集中是批評柳宗元「根源雜出周、秦、漢、魏、六朝諸文家，而於諸經，特用為采色聲音之助爾」，「辭繁而蕪、句佻且稚」。認為柳宗元晚年貶到南方以後寫的山水遊記，「乃能變舊體以進於古」，才可與韓愈比肩而「嶢然於北宋諸家之上」，可惜這樣的作品在柳集中「不多見」（見〈書柳文後〉和《方望溪遺集》附錄一〈評點柳文〉）。又比如對於宋代古文大家，方苞說用韓愈文章之善於經緯結撰、擅長義法相衡量，例如傳記的正文與論贊、墓誌與其銘文互相不重複，則「歐陽公號為入韓子之奧窔，……頗有不盡合者。介甫近之矣，而氣象則過隘。」（〈書韓退之平淮西碑後〉）對歐陽修、王安石有所不滿是很顯然的。方苞批評歸有光文章「於所謂有序者，蓋庶幾矣，而有物者則寡焉」（〈書歸震川文集後〉）。由上可知，方苞以「義法」說為標準優劣和是非古文家及其作品，在韓愈與柳宗元、歐陽修等唐宋古文家之間劃出了一道界限，韓愈與《左傳》、《史記》相並列，歸入最高一檔古文序列，而歐陽修等歸入另一檔古文序列，成就低於《左傳》、《史記》和韓愈文章。再從古文的思想根基方面比較，方苞也認為韓愈非歐陽修、蘇氏父子等「所可比並」（〈答申謙居書〉）。我們談論義法說，應當與方苞這種品評態度結合起來，才能瞭解他提倡義法實際上是引導古文寫作越唐宋而續秦漢，改變一般意義上的唐宋文章流向。宋代古文革新後形成的文章主流，習慣上稱之為唐宋古文，其實主要是以歐陽修為代表的、以平美為特色的文風，韓文風格在其中只能算是一種輔助因素。所謂的「唐宋八大家」中有六家是宋人，也頗能夠說明問題。方苞對此顯然不滿意，他主要嚮往韓愈而不是歐陽修文風，而嚮往韓文又是因為它與《左傳》、《史記》有更多內在的一致。所以他認為古人的文章境界可復，而後人過度運用技巧宜戒，「文章之傳，代降而卑，以為古必不可復者，惑也。百物技巧，至後世而益精，竭心焉以求其善耳。然則道德文術之所以衰者，其故可知矣。」（〈贈淳安方文輈序〉）在這一點上方苞與歸有光的認識比較接近，歸有光也強調學習古人運文的經驗，學習《史記》，不過歸有光對如何學習《史記》沒有提出多少具體的意見，而且他自己的古文風格依然以平美為特色，近於歐陽修而遠於韓愈。當然方苞不是要走明代前後七子「文必秦漢」的老路，七子過於重視對秦漢文章字擬句摹，方苞則著眼於與先秦、唐宋古文整體傳統相貫通，使之延續。或者也可以說，方苞在歸有光之後，再次力圖另闢一條超乎於唐宋派、秦漢派爭論之上的古文寫作道路，以義法為核心，以《左傳》、《史記》和韓愈文章為典範，以雅潔為語言特色，以此整合文學批評史上的秦漢派和唐宋派，使文章不再被簡約為是某一些斷代文學史上的古文，而是古往今來互相貫穿交通的古文。所以無論是將方苞納入秦漢派還是唐宋派，都是不合適的。然而他還是不幸地被人們當成了唐宋文章的重要傳承人，「文章介韓歐之間」說法就頗能說明這一點。若完全接受這種觀點，方苞對古文提出的建設性主張很大部分意義就會被遮蔽，他對欲淡化曠日持久的秦漢古文與唐宋古文之爭所起的作用也會被忽略。

據王兆符〈方望溪文集序〉記載，「學行繼程朱之後，文章介韓歐之間」是方苞自己說的，表示對此「仰而企」之。我們固然不可對這兩句話輕易表示懷疑，不過，王兆符文章也清楚地說明，這是方苞「辛未」歲，也即他二十四歲時說的話。方苞像其他大文章家一樣，一生對思想和古文傳統的認識不斷深入，不斷明確，義法說也是他後來在師友啟發下逐漸形成的，在這個過程中，一些認識轉變，一些新的思想產生，都很正常。因此用一個人年輕時的祈嚮去完全地涵蓋他一生的思想和寫作追求，這樣做不免有削足適履之慮。

五　方苞對寫作傳記文的重視與主張

方苞為紀念外祖父寫了一篇〈同知紹興府事吳公墓表〉，文中談到，他外祖父早年家窮，已經挨餓二天，中貴人此時恰好找他寫文章，送十金作為謝禮，卻被拒絕了。方苞小時候從他母親那裡受到的這種教育，幫助他明白應該怎樣做人，應該怎樣寫文章的道理。

他十分重視以文記人，也擅長記述人物。他在〈工科給事中暢公墓表〉說：「昔李翺、曾鞏嘗歎魏、晉以後，文字曖昧，雖有殊功偉德非常之跡，亦闇鬱而不章。而余考韓、歐陽諸誌銘，其親知故舊或以小善見錄，而眾載其言。用此知沒世之稱，亦有幸有不幸焉。」在〈吳宥函墓表〉又說：「余為羈終世，而諸君子各凋喪於舊鄉，雖喪紀亦不能通。每念諸君子質行文學，雖未能並跡古賢，而已行著於鄉國，聲聞於四方，徒以居下處幽，泯焉將與草木同腐。故凡數而次列之，俾海內篤古而達於辭者，略知其名字，或經過州部，叩其行跡於子孫鄉人而論述焉。」無論是文章史的知識，還是來自生活的經驗，都告訴他寫作的重要性，記人之文的重要性。他不想讓自己知道的有善言美行的修飭君子如草木雲煙一般地朽腐消散，他想讓人們多多少少記住一些他們值得被記憶的東西。他抱著這樣的寫作念頭，要寫值得寫的人，讓他們成為能夠把名字流傳下去的幸運者。他認為，古文家的責任就在於幫助人們（包括作者本人）記住好人。這是對文章很好的一種認識，因為能夠記住好人的社會，才是一個健康的社會。

墓誌、行狀、傳記，小者關係一個人的名聲，大者關係一時一地的歷史真況，以及社會、國家的風節和氣脈，所以，古人把這些當作大文體，異常重視。寫好人物傳記一要保證其真實性，二要講究寫作法度。不真實的傳記在根本上就出了問題，不會有價值，這也是「諛墓」之作遭唾棄的原因，而文章法度不高明，一個人的精彩就傳遞不出來，不可能廣泛、久遠地流傳，故真實且動人的傳記作品是古文家在寫作中很高的追求。

方苞非常重視史書記載人物的真實性。他見當時所修《明史》列傳目錄中多為吳、會間（吳郡、會稽，今江蘇蘇州、浙江紹興一帶）人物，他省遠方之人寥寥無幾，以為這會失去歷史是「宇宙公器」的意義，就此向萬斯同提出疑問。萬斯同回答所以造成這種情況的原委是，吳、會間人多有狀誌家傳送到史館，他省遠方的人這類資料很少，只能從歷朝《實錄》、地方誌書中去尋覓，難以摭拾成章，所以就殘缺不全了，這實在是一件無可奈何的事情（見方苞《明史無任丘李少師傳》）。這很好地說明了書寫的歷史必然會受到資料限制，難以完全真實地重現歷史的道理。更何況狀誌家傳這些資料又會因為其書寫者複雜的人為因素而參雜虛假成分，真實記載就更加難以確保，其中「諛墓」之作就起著催生「假史」的作用。

方苞批評「諛墓」是一種很不好的寫作風氣，對此非常反感，他要求文人顧惜羽毛，不亂寫墓誌銘。《方苞集》墓誌銘一類文章雖然也不少，然而他寫這類文章有自己的堅持，「慎於文而難以情假」（〈潮州知府張君墓表〉），這是說要拒絕人情文章；「信以傳信而不敢有溢美之言」，「不敢傳疑以溢美於所尊禮也」（〈吏部侍郎姜公墓表〉、〈同知紹興府事吳公墓表〉），這是強調知道多少寫多少，分寸要準，即使對自己的親人友朋、所崇敬的人也應該如此。否則誰會寫，誰就可以想怎麼寫就怎麼寫，還成什麼文章？所以，說撰寫墓誌銘是對文人寫作操守的一次大考驗，一點都不過分。方苞曾經多次表白自己不輕易應承別人寫墓誌銘：

> 吾平生非久故相親者，未嘗假以文，懼吾言之不實也。（〈送官庶常覲省序〉）
>
> 余生平非所識，不見於文。（〈沈孝子墓誌銘〉）

余平生非親懿久故，未嘗為銘幽之文。蓋銘者，諡誄之遺也。古者必貴而賢始有誄，而諡則雖君父不敢有私焉。若於素不相識之人而與之銘，設實悖於所稱，是䜇言也，於吾為贅行矣，故常以為戒，而於生徒朋好不可以終卻者，則必多方以求其徵。（〈胡右鄰墓誌銘〉）

用此謝不為銘而生怨嫌者，蓋累累焉。（〈葛君墓誌銘〉）

這些話概括起來大約說了四條對待寫墓誌銘的原則：㈠只給熟悉的人寫，㈡不為不熟悉的人寫，㈢實在無法推脫則在多方求徵得實後再動筆，㈣不能寫的堅決不寫，寧願得罪人。四點都是為了保證傳記作品的真實性。當然，寫熟悉的人只表示有可能寫得真實，不等於一定能寫得真實，但是若連真實的可能性都沒有，問題就大了。至於求徵事實的必要性，是因為過去寫墓誌銘往往由家屬向作者提供傳主生平材料，以供採用，於是有些作者就偷懶做起了文抄公，選些材料組織一番以換取潤筆，這是「諛墓」之作氾濫的重要原因。方苞說他寫墓誌銘「不能多述狀中語」（〈又與沈畹叔〉），提出對材料要調查、考驗，很有針對性，是提高傳記作品真實性的切實保證。他自己往往這麼做，如〈武強縣令官君墓誌〉由傳主曾孫提供材料，經方苞從其「所治武強之士民」中得到核實後才撰成（見〈武強縣令官君墓誌〉和〈送官庶常覲省序〉），他寫〈張旺川墓表〉也是先求徵事跡再落筆。

不能說方苞撰寫的傳記文章沒有例外，可貴在於他意識到要盡量排除這些例外。他對有些文章的處理饒有意思。比如他在〈葛君墓誌銘〉中承認該文是應兩位友人堅請而撰，不過他又說這兩位友人與自己友誼很深，應當不會欺騙他寫不實的墓誌銘。又比如他與劉篤甫（德培）沒有關係，對他也不瞭解，早年卻寫了一篇〈劉篤甫墓誌銘〉，因為介紹他寫這篇文章的是上元縣令，是他的父母官，多少帶有一點從命的意思。令人奇怪的是，方苞將這些寫作緣起也寫入文中，這是否在暗示讀者如果真的想要採用這些作品，希望能夠一併考慮上述這些因素從而留有一點餘地？若然，他則是以一種別致的方式流露了自己誠實的寫作態度。

傳記文的寫作法度與「義法說」的關係最直接，也最密切，所以方苞講文章「義法」許多都是以人物傳記類的文體作為討論對象，而他自己寫的傳記作品也最能夠反映「義法」的要求和特點。他說，寫文章應當「略者略之，詳者詳之」（〈答尹元孚書〉），而在詳略藝術中尤要善用簡略手法，「夫文未有繁而能工者，如煎金錫，麤礦去然後黑濁之氣竭而光潤生。」（〈與程若韓書〉）良史紀事，「直而辨，簡而不汙，雖帝王將相、豪傑賢人，所著多者不過數事。」（〈張母吳孺人七十壽序〉）雖然所記只有數事，這數件事卻是憑作者全部的識力精挑出來，識見淺了很難發現，很難找準，所以簡略不僅僅是指裁割文字的技巧，背後其實是作者的識見功夫。方苞又指出，記敘人物事跡切忌平行排列，這樣會湮沒人物的生氣，損傷文章，「不知敘事之文，《左》、《史》稱最，以能運精神於事蹟之中。若按部平列，則後代史家之陋也，其源實開於班史。」（〈與呂宗華書〉）總之，毋需每事必求其詳，不以多紀事實為貴，而是能夠就確定的一端敘述引申，以取得比義連類的效果，讓人物通過事跡透出精神，讓文章充滿感發力量，這是方苞寫作傳記文的經驗之談，也是他取得成功的訣竅。如〈湯司空逸事〉一文，記敘湯斌剛直守正，冒犯納蘭明珠，而為明珠一黨排擠傾軋迫害，並致使康熙帝對他逐漸失去某種信任的經過。文章涉事並不多，只寫了湯斌沮抑明珠寵隸、對指斥明珠之臣主持公道等數事，焦點集中，矛盾展開充分而自然，而各個人物的表現以及正受邪欺的官場生態，都寫得清澈洞明，令人扼腕。其他如〈左忠毅公逸事〉、〈高陽孫文正公逸事〉、〈石齋黃公逸事〉、〈陳馭虛墓誌銘〉、〈萬季野墓表〉、〈禮部尚書韓公墓表〉、等文，皆是出色之作，從中可以體會到方苞對古文「義法」嫻熟的運用。

方苞筆下兩類人物寫得很醒目，一類是英雄人物或有英雄式經歷的人物，這使方苞散文具有某種英雄主義內涵。這類人物主要是明末反抗閹黨權臣的正義之士，如左光斗（〈左忠毅公逸事〉）、孫承宗

(〈高陽孫文正公逸事〉)、黃道周(〈石齋黃公逸事〉)等，他借此以護持士類中義勇忠誠之氣。這一弘揚英雄主義氣概的寫作傾向一直保持到方苞晚年，〈田間先生墓表〉作於七十歲，仍貫穿著這一主題，就是對此的一個證明。該文重要一段寫道：某御史曾是逆閹餘黨，巡視到皖，在騶從護擁下盛有威儀地去拜謁孔廟，觀者如堵，諸生們正出來候迎，「先生忽前，扳車而攬其帷，眾莫知所為，御史大駭，命停車，而溲溺已濺其衣矣。」田間先生(錢澄之)這次的尿撒得很野，不雅觀，做得好像沒有文化，是粗魯人的舉止，然而他正是借著這種行為淋漓酣暢地表達出對魏忠賢餘孽的極端憤怒和蔑視，充滿凜然正氣，將眾人被壓抑的憤怒情緒肆無忌憚地發洩出來，令逆閹餘黨丟盡風光。方苞抓住這一極佳的畫面刻摹人物，文字乾淨，寫得極爽快，表現了正氣對卑汙的鄙夷，毫無疑問，這是中國古代散文中最著名的細節描寫之一，簡直可以與十七世紀著名雕塑作品、矗立在比利時首都布魯塞爾市中心「撒尿小童于連」相媲美。

另一類是遭遇坎坷或在仕途上遭受挫折的人物。前者如王崑繩、劉齊(皆見〈四君子傳〉)，二人行修學殖，卻憔悴窮厄，賫志以歿。陸詩(〈陸以言墓誌銘〉)、潘蘊洪(〈潘函三墓誌銘〉)，二人恃才好強，孤特自遂，而或為人所深嫉，或為人所指笑，皆抑鬱而終。方苞借此為社會上被壓抑而失志的文人長攄一聲歎息。後者如光祿卿呂謙恆因舉賢劄子不合體式，以原官歸休，至家三日死(〈光祿卿呂公墓誌銘〉)。查慎行因國忌期間觀看《長生殿》被革職回鄉，暮年又受弟查嗣庭案牽連被逮，雖然獲釋，很快去世(〈翰林院編修查君墓誌銘〉)。方苞將他們所遭遇到的挫折，被貶斥的原因，或者受牽連的事端，寫得比較平淡，比較含蓄婉轉，讓人覺得他們的死與這些遭遇之間似乎沒有什麼關係，甚至文中還順帶有頌揚朝廷、皇帝之辭。但是事實又被寫著，兩人實際上是死於遭受處分以後，要想割斷這種聯繫也做不到。事實既然是如此，文章中又說處分他們的人對他們不錯，這樣就使作品產生了一種黑色幽默的效果，究竟怎麼看待這些事情，由讀者自己在心裡慢慢地去加以回味。

六 方苞文章的特色與評價

方苞見事明透，擅長議論，善於說理，他撰文立意高，邏輯性強，讀他的作品會感到文字中蘊藏的力量和挑戰意味，或者被說服，或者被逼著陷入進退維谷、難以抉擇的煎熬之中。從本文前面介紹的〈蜀漢後主論〉、〈讀大誥〉、〈方正學論〉等一些純粹的論說文，都可以看到這些特點。程晉芳說：「文有學人之文，有才人之文，而必以學人之文為第一。」他說的「學人」首先是指對道有深刻認識的人，「蓋文以明道，指事敘情，必根諸道而言始無棄」。這與方苞「道不足者，其言必有枝葉」（〈周官析疑序〉）說法相合。程晉芳認為，方苞文章是「學人之文」的代表，「風骨陵峭，言言有物」。他還說，方苞的特點不在於讀書多，而在於他對先秦典籍讀得熟，「用力堅深」，有很深造詣，故而其文章既能「闡發理蘊」，又能用「淹博之學以振之」，與「使氣矜才、修飾字句」之作迥別（〈望溪集後〉）。這主要是評論方苞的論說文。沈德潛說：「望溪說經，簡而能當。」（《清詩別裁集》卷十八鄂爾泰〈贈方望溪評語〉）其實「簡而能當」四字不僅可以概括方苞解說經文的作品，也可以視為方苞一切論說文的重要寫作特點。方苞究心《春秋》、「三禮」，這對形成他論說文的洗練風格有積極影響，他總結《周禮》文風之所長，「未嘗有一辭之溢焉，常以一字二字盡事物之理，而達其所難顯，非學士文人所能措注也。」（〈周官析疑序〉）我們可以將這幾句話當成方苞對他自己所理想的文風的說明，而且也可以當作是他本人的寫作之道，這在他的論說文中得到了最集中體現。他有些學術性的論說文主觀性很強，有的其實沒有太多道理，但是他也能夠說得頭頭是道，顯出擅長論說的本色。如認為古文《尚書》可信，不同意相反的意見（見〈讀古文尚書〉），就是一個例子，後來甚至連姚鼐也批評他沒有吸收閻若璩的考證成果，是「識滯」的表現（〈與管異之〉）。然而在方苞編輯文集時，此文被列為第一篇，可見作者和為他編輯文集的門生對這篇文章十分重視。

除了純粹的論說文，方苞其他文體也往往能夠以議論生色，似乎可以說，議論是方苞作文的看家本領，其成功在此，而有人批評他的文章不免單調的原因也與此有關。他寫的人物傳記，在記述一個人事跡的同時，常常伴以議論，借題發揮，點出或提升借著記述的人物以訓世或譏俗的用意，而這往往也是文章的意義所在，讓讀者從中可以看到更多的世相，感悟到更多的道理。如〈沈編修墓誌銘〉敘述沈氏的經歷及心性志向，講他辭官告歸，是想在家耕養，陪伴母親，以及研究一部經典，滿足自己的興趣，這些文字都很簡略，其筆下的人物也寫得很平凡很樸素。方苞在作了這些敘述之後，插入了以下一段議論：「余自童稚從先君子後，具見百年中魁壘士，其志趨尤上者，誦經書、講學、治古文而止耳，而察其隱私，猶或以震耀愚俗，而私便其身圖，故其所得，終未有若古人之可久者。」「魁壘士」外表掩飾之下的貪求和炫耀心念，經他拆穿，就不值得一談了。而通過這段對「魁壘士」的議論，沈氏的真誠樸實得到反襯，顯得更加難能可貴。從這段議論文字可以看出，方苞不僅觀察世態人情深刻入微，而且又能將通過觀察而捉摸到的這種印象，準確、簡潔、有力地寫在文章中，讀這樣的文字，往往會有一種好似醫生解剖病人般的透徹淋漓的感覺。這篇文章之所以出色，與這段議論顯然無法分開。又如〈龔君墓誌銘〉記一位夭死的晚輩，他「貌愨而辭質」，急人所急而無難辭，幫助別人而無德色，早年考得科名而無寬懈之意，在他一生中，這些品格前後無異。方苞看到世風一代代地衰壞，為之憂心忡忡，故他對這位晚輩的所作所為非常感慨，於是在文中又議論道：「余閱世久，見齒與余若者，其設心及容貌、辭氣已不若長老之篤，而後於余者則少異焉，又其後則又異焉，每以為非世教之細憂。」方苞借此希望在世風日衰的時代，人們能夠學習龔君的寶貴品質。這段議論文字表達出方苞淑世的願望，也提高了此篇記人文章的立意。他寫的〈鄭友白墓誌銘〉更是一篇以議論代替寫人紀事的作品，全文議論部分佔主要篇幅，將鄭友白不求功利、安於本色與其他求學動機不純者作對比，批評科舉制度以及受其驅遣的士人心理，這其實也是方苞通過議論流露自己內心沉鬱失志的苦悶。

議論使方苞文章精彩迭出，這還表現在他記敘景物之文及遊記類的作品中。方苞寫記類文章比較少，覺得這種文體很難寫好，他批評不少記景物之作徒具殿觀樓臺位置狀貌，雷同鋪敘，讀不出味道。在這方面他比較重視韓歐等人記景物的經驗，韓愈「多緣情事為波瀾」，歐陽修、王安石則又是「別求義理以寓襟抱」，實際是肯定在記文中增加議論性和抒情性（見〈答程夔州書〉）。而關於遊記，方苞也對許多作者僅僅狀寫所經歷之地的景色、景物很不滿意，強調要寫出作者「獨得」於山水的認識和感受來，這也是他非常欣賞柳宗元永州諸記的原因（〈遊雁蕩記〉）。方苞自己寫遊記，大概是走王安石〈遊褒禪山記〉一路，注重實地考察，求得真知，然後結合求知過程以及景物和自然景色，展開議論，借景發意，這就形成了他寫的遊記文議論化的特色。〈遊豐臺記〉、〈遊潭柘記〉、〈再至浮山記〉、〈記尋大龍湫瀑布〉、〈題天姥寺壁〉、〈遊雁蕩記〉、〈封氏園觀古松記〉諸文，皆將寫景與議論融為一爐，而且議論成分突出。如〈遊豐臺記〉記一次遊覽豐臺的經歷，對景色只略作點染，主要在花事之外寫人事，著重抒發友人之間難聚易散、景易得情難再的感愴情懷。〈封氏園觀古松記〉借景色之變化喻人生無常，借老松茂盛數百年而凋敝只在一二年間，感歎世事易敗，景物中寓含道理促人思考。又如〈記尋大龍湫瀑布〉一文，與以前才子作者寫這一題材多刻畫大龍湫瀑布壯美景色不同，方苞不從正面描寫瀑布，而是選擇從側面寫探尋瀑布的遭遇，以及由此產生的感想，並引發一段議論，全文結穴在一個有多重寓意的「尋」字上面。這種寫法，議論要表現出獨特見解，又能真從景色中化出，自然切合，寫景文字雖然不多，卻要求精煉傳神，不作泛泛語，以三言兩語勾勒出最有特徵的景觀顏貌，有個性色彩，而且與議論結合為一體。這些方苞都達到了。

這裡稍具體地談談遊記。遊記以記為主要手法，以寫山水景物為主，這被認為是正途，間參以議論文字，則意在起到擴延、深化文章內涵的作用，或者藉以取得點睛的效果。議論手段對記敘文這種輔助性的功能，歷來文人在寫作時也是能巧妙自如應用的。若方苞遊記文，基本不以景物為記述的主要對象，而是以議論為遊記文主體，放棄遊記寫作的正途，依循旁轍，這是對古代遊記文的改變。對於已經習慣了一般遊記文格式的讀者來說，讀方苞遊記自然會對這種風格覺得不習慣，而方苞這種寫法有時也確實未能夠充分表現出遊記文的審美性和文學語言的藝術魅力。從這方面說方苞遊記文不夠生動，也自有一定道理。然而，遊記寫作中有一個問題是必須考慮的：假如它是以寫自然物色為主的話，如何回避重複描寫？山水總是這樣的山水，張三眼裡和李四眼裡看到的大體相同，雖說「遠看成嶺側成峰」，差別總是有限的。若兩個人都真實地將山川容色描繪出來，又怎能避免雷同？雖然在一個人的文集中，因描寫的具體山水對象不同文字也不同，如果將不同文人的集子合在一起讀，同題而重複的描寫就無可避免。猶如我們的國畫，存在著題材雷同而引起審美麻木的現象不可否認，遊記作品也是如此。好像現在許多人都有了相機，到風景點拍照回來，大家照的相很多是一樣的。繪畫、照相是如此，寫作也是如此，今人如此，古人也是如此。這就是作者創作描寫性的遊記作品需要考慮的問題。方苞試圖另闢寫作途徑，走出純客觀摹寫景致的套路，防止遊記寫作中的雷同現象。為此他主張，一是寓情於景，以為作者在遊記中表現感情，將自己的遭遇之感寫入景色文章，客觀的景融合主觀的情，可以促成遊記文個性特色的形成和豐富。二是以議論入文，加強在遊記文中表達作者的個人見解，對山水的理解，賦予山水個性化、主觀化的含蘊。這些是方苞的探索給遊記文寫作帶來的啟示，總比漠視問題的存在，滿足於陳陳相因的格局，在文學史上有意義吧？方苞寫遊記的一部分經驗（如以簡略之筆寫景）也可以在姚鼐古文中看到，如他的名篇〈登泰山記〉，人評其「意在作文，景物則從略」（濮文暹〈遊岱隨筆〉，《見在龕集》卷二十），這恰好也是方苞遊記文的特點。若從傳統遊記的寫作觀念看，不免會對其描寫勝景不夠詳盡充分而感到不夠滿足，然而就散文史上的新風格而言，恰恰是在此而不在彼。

清代前期古文寫作先後受到歸有光、汪琬、方苞三人很大影響，後來汪琬的影響力降低，他的古文聲望為方苞所掩，正如朱克敬所說：「琬文知名先於方苞……後數十年，皆遠不逮。」（《儒林瑣記》卷一）。從此，歸、方的作品長期左右了古文的風氣。二人有許多相通的古文趣味，所以被大家看成是明清古文傳統的共同代表，雖然他們也受到各種批評，但是不足以從根本上改變其崇高地位。我以前曾編選《新譯歸有光文選》，現在再編選《新譯方苞文選》，以見自己學習這脈古文一些粗淺的心得和認識。

本書方苞文大部分參考自劉季高先生校點之《方苞集》，小部分參考自徐天詳、陳蕾兩位先生整理的《方望溪遺集》。選文全部按照文體排列，參考自《方苞集》者不再注出處，參考自《方望溪遺集》者則於每篇末注明出處。每一類文體的選文，選自《方苞集》的文章一般列在前面，選自《方望溪遺集》的文章則列在後面。本書注釋，於古典簡要，於今典則稍為詳細。

讀孟子

【題解】《孟子》一書，司馬遷等認為是孟子本人自著，其弟子萬章、公孫丑等人參與編次，趙岐、朱熹、焦循則認為此書由孟子個人所著，與其他人無關，韓愈、蘇轍、晁公武等又認為是萬章、公孫丑等人追記而成。後人較多採用司馬遷的說法。孟子思想的地位在宋代以前並非高不可攀，自中唐韓愈著〈原道〉，孟子其人其書地位日隆，宋代元豐六年（西元一〇八三年），孟子被官方追封為「鄒國公」，南宋朱熹又把《孟子》與《論語》、《大學》、《中庸》合為「四書」，從此其地位獲得極大提升，對中國社會產生深刻影響。

本文是方苞讀經諸文之一。他認為無論治國，還是養民、修性，都要從實際出發，提出的措施和方法應有針對性，並有實行的可能性，循序漸進地去追求大目標，泛泛談論空洞的大道理不能解決問題，沒有用處。他從這個角度肯定《孟子》一書的特色。杜蒼略評此文：「前儒所未發，卻婦人小子所共知。方郎十歲，初為時文，先兄即勸以何不舍此而發憤著書，不意十五年後，所造至此。」（引自蘇惇元輯《方望溪先生年譜》）

本文撰於康熙三十年（西元一六九一年），方苞二十四歲。

余讀《儀禮》❶，嘗以謂雖周公❷生秦漢以後，用此必有變通。及觀《孟子》，乃益信為誠然。孟子之言養民也，曰制田里，教樹畜❸而已；其教民則「謹庠序之教，申之以孝弟之義」❹，凡昔之聖人所為深微詳密者，無及焉。豈不知其美善哉？誠勢有所不暇也。然由其道層累❺而精之，則終亦可以至焉。其言性也亦然。所謂踐形養氣❻，事天立命❼，間一及之，而數舉以示人者，則無放其良心以自異於禽獸而已❽。既揭五性❾，復開以四端❿，使知其實不越乎事親從兄⓫，而擴而充之，則自「無欲害人」、「無為穿窬之心」⓬始。蓋其憂世者深，而拯⓭其陷溺也迫，皆昔之聖人所未發之覆也。

嗚呼！周公之治教⓮備矣，然非因唐、虞、夏、殷⓯之禮俗層累而精之，不能用也。而孟子之言，則更⓰亂世，承汙俗，旋⓱舉而立有效焉。有宋⓲諸儒之興⓳，所以治其心性者，信微且密矣，然非士君子莫能喻⓴也。而孟子之言，則雖婦人小子，一日反㉑之於心，而可信為誠然。然則自事其心與治天下國家者，一以孟子之言為始事㉒可也。

【注釋】❶儀禮　「五經」之一，中國古代記載冠婚喪祭禮儀制度的書。簡稱《禮》，亦稱《禮經》、《士禮》，與《周禮》、《禮記》合稱「三禮」。❷周公　姬姓，名旦，周武王弟，亦稱叔旦。采邑周，因稱周公，諡文，又稱周文公。周公受孔子推崇，被儒家尊為聖人。周公思想對儒家的形成起了奠基性的作用，漢代將周公、孔子並稱。❸制田里二句　《孟子・盡心上》：「所謂西伯善養老者，制其田里，教之樹畜。」朱熹注：「田謂百畝之田，里謂五畝之宅，樹謂耕桑，畜謂雞彘也。」❹謹庠序之教二句　見《孟子・梁惠王上》。庠序，學校，殷曰序，周曰庠。申，反復說明和叮嚀。弟，同「悌」。兄愛弟，弟敬兄。❺層累　重疊。❻踐形養氣　意思說依理而立身處世，注重道德修養。踐形，語見《孟子・盡心上》：「形色，天性也，惟聖人然後可以踐形。」朱熹《孟子集注》：「踐，如踐言之踐。蓋眾人有是形，而不能盡其理，故無以踐其形。惟聖人有是形，而又能盡其理，然後可以踐其形而無歉也。」養氣，《孟子・公孫丑上》：「我善養吾浩然之氣。」❼事天立

命　意思說存心養性以符合天道，修身正己以等待天命。《孟子．盡心上》：「存其心，養其性，所以事天也。殀壽不貳，修身以俟之，所以立命也。」趙岐注：「(仁人)行與天合，故曰所以事天也。」孫奭疏：「存心養性，是為事天矣。」又趙岐注：「脩正其身，以待天命，此所以立命之本。」孫奭疏：「但脩其在我以待之，是為立命也。」❽則無放其良心句　《孟子．告子上》說：人有仁義之心，假如不護持，「放其良心者，亦猶斧斤之於木也，旦旦而伐之，可以為美乎？」其結果必然是「違（離）禽獸不遠」。放，放逸；不受約束。良心，朱熹《孟子集注》：「本然之善心，即所謂仁義之心也。」❾五性　仁、義、禮、智、信。❿四端　《孟子．公孫丑上》：「惻隱之心，仁之端也；羞惡之心，義之端也；辭讓之心，禮之端也；是非之心，智之端也。人之有是四端也，猶其有四體也。」端，開始。⓫使知其實句　《孟子．離婁上》：「仁之實，事親是也；義之實，從兄是也。」⓬無欲害人句　《孟子．盡心下》：「人能充無欲害人之心，而仁不可勝用也；人能充無穿窬之心，而義不可勝用也。」穿窬，穿穴、踰牆，皆是偷盜行為。⓭拯　救。⓮治教　治理、教化。⓯唐虞夏殷　唐、虞，即堯、舜，傳說中古代兩個政權的首領。夏、殷，夏朝、商朝。⓰更　歷經。⓱旋　形容時間短。⓲有宋　宋朝。有，置於朝代名前的語詞。⓳興　起。⓴喻　明白。㉑反　同「返」。㉒始事　起點。

【語譯】我讀《儀禮》，曾認為即使周公生在秦、漢以後，實行書裡記載的禮儀制度必定也會加以變通。當我讀了《孟子》，就愈益地相信自己這一想法確然無疑。孟子論述如何保養百姓，只是提到要劃分好田地和住宅的大小，教人們種植樹木、飼養牲畜家禽而已；他論述如何教誨民眾，也只是說「要重視學校教育，向人們縷述孝順父母、敬愛兄弟的道理」，至於古代聖人提出的一切深奧微妙、周詳細密的設想，都沒有涉及。他怎麼會不知道這些設想的種種好處呢？實在是因為當時的情勢使他還無暇顧及。不過，假如遵循孟子的論述，不斷積累而益求精純，那麼最終也是可以達到聖人設想的境地。孟子論人性也是如此。關於依理立身處世，注重道德修養，應當存心養性以符合天道，修身正己以等待天命，不過都是偶爾提一提，而屢屢提出來指示人們的，則是不能放失各人的仁義之心以便使自己與禽獸區別開來，如此而已。在揭示仁、義、禮、智、信為人的五種善性之後，又闡明惻隱、羞惡、辭讓、是非是善的四個開端，讓大家明白這些道理實際上都沒有超出善待親人、服從兄長的範圍，更進一步加以擴充，則從「不要去傷害別人」、「不做穿穴踰牆的偷盜勾當」

開始做起。這大概是因為孟子對時世的憂慮十分強烈，而且想拯救世人於水火之中的願望十分迫切，所以他提出的這些思想都是從前聖人所未曾談及的。

嗚呼！周公在治理、教化方面的措施和主張很完備，可是，如果不是憑藉堯、舜、夏、商四代禮俗不斷積累而益求精純，是無法實施的。而孟子的學說，則經歷過混亂的世道，承受過惡濁的風俗，一旦提倡就可以收到立竿見影的效果。宋代出現了許多儒學者，他們對心性之學的研究，確實達到了精微和嚴密的程度，然而，倘若不是士大夫讀書人根本就無法明白他們講的東西。而孟子說的話，哪怕是婦女小孩，一旦回歸到他們各人的心靈，便都會相信他說的道理是確切的。由此看來，無論是從事於個人的心性修養，還是治理天下國家，都應該以孟子的話為出發點。

【研　析】無論是治理國家，改善風俗，還是修身律己，端正性情，提出一些大道理固然重要，從小事情開始著想，切切實實地加以實行，有時反而更是必要的步驟和關懷。方苞讀《孟子》，對其書裡講的各種大道理固然是極其推崇，然而對於作者從細微之處周到思考問題，娓娓而談，更流露出欽敬之情。他說孟子雖然講的道理都很深刻，然而「數舉以示人者，則無放其良心以自異於禽獸」，「其實不越乎事親從兄」，至於「無欲害人」、「無為穿窬之心」，更是做人起碼的道德底線。方苞認為，孟子提出的要求似乎都平平常常，不見奇異，其實表現了賢者的大識見，大智慧，平實中蘊藏著偉大，他提出的這一切拯救世界的措施，又都無不切中要害，而體現著孟子憂世之心的迫切。呂留良〈復高彙旃書〉也說過：「先儒謂必取舍明而後存養密。今示學者，似當從出處去就辭受交接處畫定界限，扎定腳跟，而後講致知主敬工夫，乃足破良知之黠術，窮陸派之野禪。」雖然他意在以程朱之學攻駁陸王心學，並且似乎也包含著一部分遺民的政治意識，與方苞的出發點不盡相同，然而他強調學習日常行為的普通道理並付諸踐履的重要性，與方苞是一樣的。

方苞在文中還肯定「變通」的必要性。時勢一旦發生改變，再拘拘於經典、聖人之言的某些字眼，就會不合時宜，所以思想需要不斷演進，所謂「層累而精之」，以達致更高的完備。他又指出，這種演進是在前人之「道」基礎上一種新的發展，是對前人思想「擴而充之」，這表明與另起爐灶式的、斷裂—跳蕩般的思想湧進很不一樣。方苞由《孟子》一書而認識到儒家思想演化的一般特點是符合實際的。

書史記十表後

【題解】沈濤曰：「表猶言譜，表譜，一聲之轉耳。」（引自瀧川龜太郎《史記會注考證》）《史記》「十表」以年表形式記載史事，體例特色顯著。「十表」可分兩類，一類是大事年表，另一類是人物年表。《四庫全書總目・讀史記十表提要》指出表的特點：「表文經緯相牽，或連或斷，可以考證而不可以誦讀，學者往往不觀。」史書的年表形式，普通的讀者一般對它不重視，史家的態度也有分歧。肯定者如鄭樵說：「《史記》一書，功在十表。」（《通志總序》）批評者如劉知幾說：「載諸史傳，未見其宜。」（《史通・表歷》）當然劉知幾在《史通・雜說上》對年表作為一種獨立的史學體裁是很贊成的。

方苞肯定「十表」。他在本文指出：司馬遷在十表的各篇序中使用「太史公讀」和「余讀」二語，是表示他與父親司馬談對「十表」分別所作的工作，也是對他們兩人前後相續、共同完成《史記》的一個重要提示，可以幫助人們閱讀理解此書。此外，他尤其從文章「義法」的角度稱讚「十表」序「義並嚴密，而辭徵約」，並指出這又積極地影響了韓愈、柳宗元、歐陽修的古文寫作。本文可與方苞〈書史記六國年表序後〉一文並觀。

遷序十表❶，惟〈十二諸侯〉、〈六國〉、〈秦楚之際〉、〈惠景間侯者〉稱「太史公讀」，謂其父❷所欲論著也，故於〈高祖功臣〉稱「余讀」以別之。

周❸之衰，禮樂征伐自諸侯出❹，事由五伯❺，而其微兆則在共和之行政❻。秦并六國❼，以周東徙，乘其險固形勢，故僭端早見於始封❽。自虞、夏、殷、周及❾秦，代興皆甚難，而漢❿獨易，以秦之重而無基⓫也。先王之制封建⓬，本以安上而全下，故惟小弱乃能奉職效忠。此數義者，實能究天人之分，通古今之變⓭。或遷所聞於父者信如斯⓮，或其父所未及，而以所學推本焉，要之皆義所弗害焉爾。

其自序曰：「請悉論先人所次舊聞，不敢闕⓯。」而本紀、八書、世家、列傳⓰，無稱其父者。故揭其義於斯，則踵⓱春秋以及秦滅漢興，文、景⓲以前，凡所論述，皆其父所次舊聞具見⓳矣。

十篇之序，義並嚴密，而辭微約，覽者或不能遽⓴得其條貫，而義法㉑之精變，必於是乎求之，始的然㉒其有準焉。歐陽氏《五代史》志考序論㉓，遵用其義法，而韓、柳書經子後語㉔，氣韻亦近之，皆其淵源之所漸㉕也。

【注釋】❶遷序十表　司馬遷著《史記》，列十表以通史事之脈絡。十表指〈三代世表〉、〈十二諸侯年表〉、〈六國年表〉、〈秦楚之際月表〉、〈漢興以來諸侯王年表〉、〈高祖功臣侯者年表〉、〈惠景間侯者年表〉、〈建元以來侯者年表〉、〈建元已來王子侯者年表〉、〈漢興以來將相名臣年表〉。❷其父　指司馬談（？—西元前一一〇年），司馬遷父親。夏陽（今陝西韓城南）

人，官太史令，故司馬遷稱他「太史公」。他著史籍未完成而卒，由司馬遷繼續其業，成《史記》一書。❸周　朝代名，西元前十一世紀周武王滅商後建立的國家稱西周，定都鎬（今陝西西安西）。西元前七七一年周幽王被殺，次年周平王東遷至洛邑（今河南洛陽）稱東周。東周又分春秋、戰國兩個時期。❹禮樂征伐自諸侯出　《論語・季氏》：「孔子曰：天下有道，則禮樂征伐自天子出；天下無道，則禮樂征伐自諸侯出。」❺五伯　五霸，是春秋諸侯盟主。伯，叔伯之「伯」，意謂長。後人恐與侯伯混淆，故借「霸」字作區別。五霸指齊桓公、晉文公、楚莊王、吳王闔閭、越王句踐。一說指齊桓公、宋襄公、晉文公、秦穆公、楚莊王。❻共和之行政　西元前八四一年，國人起義，周厲王逃到彘（在今山西霍縣東北），次年，由共伯和（西周時共國君，名和）攝行王事，號共和元年。一說由周、召二公共同行政，號為「共和」行政，共十四年。周厲王死後，始歸政於周宣王。❼秦并六國　秦國吞併齊、楚、燕、趙、韓、魏六國，於西元前二二一年統一中國，建立秦朝。❽以周東徙三句　周平王東遷洛邑，秦襄公護送有功，被封為諸侯，賜岐山以西土地。僭端，僭越的苗頭。僭，超越本分。見，同「現」。❾及　至。❿漢　漢朝。劉邦滅秦，又打敗項羽，在西元前二〇二年稱帝，國號漢，建都長安（今陝西西安）。⓫重而無基　《左傳・哀公二十六年》：「重而無基，能無敝乎？」杜預注：「言勢重而無德以為基，必敝也。」基，基礎。⓬封建　封邦建國。古代帝王把爵位、土地分賜親戚或功臣，讓他們在該地建立邦國。相傳黃帝為封建之始，至周朝其制度始完備。⓭實能究天人之分二句　司馬遷〈報任安書〉：「欲以究天人之際，通古今之變，成一家之言。」⓮信如斯　確實如此。⓯請悉論二句　引自司馬遷〈太史公自序〉。請，敬辭，表示自己願意做某事請求對方允許。悉，全部。論，編集。先人，此稱死去的父親。次，編排。闕，空缺；遺漏。⓰本紀八書世家列傳　《史記》除了十表之外，還有八書、十二本紀、三十世家、七十列傳，共一百三十篇。書述制度沿革，本紀、世家、列傳都是人物傳記，分別記敘帝王、侯王世家成員和其他各類重要人物。⓱踵　腳後跟，引申為緊隨其後。⓲文景　漢文帝、漢景帝。劉恆（西元前二〇二—前一五七年），西元前一八〇—前一五七年在位，諡孝文皇帝。劉啟（西元前一八八—前一四一年），西元前一五七—前一四一年在位，諡孝景皇帝。按原文在「文景以前」句下，方苞自注：「談語遷：『自獲麟以來，四百餘年，史記放絕，余甚懼焉。』」談，司馬談。遷，司馬遷。獲麟，指魯哀公十四年（西元前四八一年）春，狩獵獲麟，孔子認為這不是好徵兆，說：「吾道窮矣。」他修《春秋》至這一年輟筆。史記，此指史書，秦漢前史書都可叫做史記。⓳具見　全都知道。具，俱；全部。⓴遽　立即。㉑義法　方苞以文章「言有物」為「義」，「言有序」為「法」（〈又書貨殖傳後〉），桐城派以此為重要的古文主張。㉒的然　明顯貌。㉓歐陽氏五代史志考序論　歐陽修著《五代史記》七十四卷，為了與薛居正《五代史》相區別，故稱

《新五代史》。該書記載制度的部分（傳統史書體裁屬於「志」）只有〈司天考〉、〈職方考〉兩種。在每種的前後有序和論，加以評述。㉔韓柳書經子後語　韓愈、柳宗元寫在經書和子書後面的跋語，如韓愈〈讀儀禮〉、〈讀荀子〉、柳宗元〈辨列子〉等。㉕漸　逐步發展而來。

【語　譯】司馬遷為《史記》「十表」寫序，只有〈十二諸侯年表〉、〈六國年表〉、〈秦楚之際月表〉、〈惠景間侯者年表〉稱「太史公讀」，表示這些是他父親想要撰寫的篇目，所以在〈高祖功臣侯者年表〉中稱「余讀」，以此與其他各篇相區別。

周朝衰落後，禮樂制度的改變，征戰討伐的發生，都由諸侯決定，這類事情雖然發生在春秋五霸時期，而它們的細微徵兆卻在周朝共和行政時已經潛伏。秦朝吞併六國，是因為周朝東遷時，秦國乘機據有險要堅固的地勢，所以秦國僭越的端倪早在它最初被分封時便顯露出來。從虞舜、夏朝、殷商、周朝一直到秦朝，每一朝代的興盛都很艱難，而唯獨漢朝的建立是容易的，這是因為秦朝勢力雖然強盛，卻沒有道德基礎。先王創立封建制度，原本是為了使王朝安穩，使諸侯完好，所以，只有小國弱國才能恪守其責，效忠王朝。這幾層含義，確實推究到了天道人事的分野，通曉了古今歷史的變化。可能司馬遷從他父親那裡聽到的就是這樣，也可能他父親還沒有達到這種水準，而是司馬遷根據自己的學問尋究到了事物的根本所在。總之這對於其意義都沒有影響。

司馬遷在〈自序〉中說：「敬請准許我將父親編排的歷史材料全部編集起來，不敢有所遺漏。」然而在本紀、八書、世家、列傳中，沒有談及他父親具體做了什麼，所以他在「十表」序裡將這層意思揭示出來，則說明緊隨春秋以後一直到秦朝滅亡、漢朝興起，包括文帝和景帝以前這段時期，書中所有的論述，他父親所編排的歷史資料都包含在其中了。

十篇序言，含義都嚴密周備，而語辭微妙簡約，讀者或許無法立刻就能明白文章的結構脈絡，然而其文章義法的精確靈變，必須從這些地方去尋求，才會有清晰的標準。歐陽修在《五代史》志考的序論中，遵照司馬遷「十表」的義法，而韓愈、柳宗元寫於經書、子書後的題跋，體氣風韻也與之相近，這些都是源自司馬遷義法而來的。

【研　析】方苞在〈又書太史公自序後〉說：「《史記》世表曰『太史公讀者』，謂其父也，故於己所稱，曰『余讀』以別之，其他書傳篇首及中間標以『太史公曰』，則褚少孫之妄耳。」錢大昕〈與友人書〉則說：「太史公，漢時官名，司馬談父子為之，故〈史記自序〉云『談為太史公』，又云『卒三歲而遷為太史公』，〈報任安書〉亦自稱『太史公』，『公』非尊其父之稱。而方以為稱『太史公曰』者，皆褚少孫所加……蓋方所謂古文義法者，特世俗選本之古文，未嘗博觀而求其法也。法且不知，而義於何有！」乾嘉學派輕視方苞的古文和學術，錢大昕此說反映了這種傾向。《史記》其他篇中所標「太史公曰」是否如方苞所說皆是褚少孫所增添，這很難確定，方苞的說法有武斷之嫌，錢大昕反駁有理。不過，有些是褚少孫所增大概也是事實。如〈建元以來侯者年表〉曰「右太史公本表」，瀧川龜太郎《史記會注考證》指出：「六字褚少孫所改，史表原文，必如惠景侯表之例，云右元光至太初若干人。」所以方苞的說法自有其一定根據。另外，錢大昕的批評避開了方苞在本文中舉出的例子，即與「余讀」相對的「太史公讀」之「太史公」是指司馬談，如果主語的區分沒有含義，作者為什麼要做這樣的區分呢？看來對方苞提出的這種看法還不能輕率地加以否定。

本文曰：「十篇之序，義並嚴密，而辭微約。」流傳本《史記》之〈漢興以來將相名臣年表〉並無序，按體例原來本當有序，當是後來缺失了，方苞或許是從它本來所當然而言，並不是指流傳本《史記》實際的情況。

方苞稱讚司馬遷各表之序義辭皆長，是後人作古文學習「義法」的模範。這裡引一段方苞〈書史記六國年表序後〉中的話，有助於我們領會他的意思。他說：「篇中皆用秦事為經緯，以諸侯史記及周室所藏盡滅於秦火，所表見六國時事皆得之秦記也。獨舉三晉、田齊，以是表踵《春秋》之後，燕、楚舊國，事具《春秋》，且亂臣竊國，晏然不討，而中原盡為所據，此世變之極，天下所以競於謀詐，而棄德義如遺跡也。」他分析司馬遷記六國史事「皆用秦事為經緯」，是因為秦統一後諸侯史書資料已被焚毀；「獨舉三晉、田齊」作為例子，是因為司馬遷撰〈六國年表〉步武《春秋》，更以此揭示「亂臣竊國，晏然不討」必然導致舉世競謀詐、「棄德義」，乃至「世變之極」，天下大壞。這說明文章的作法問題，歸根結底關係著文章的大義，作者只有精於義法，才能寫出由博返約、寓意深刻的文章；讀者只有瞭解文章的義法，才能懂得作者著述的良苦用心。

書儒林傳後

【題解】司馬遷撰述《史記》，合學者文人群體為〈儒林列傳〉，這是他首創，具有學術專史的重要意義，為班固《漢書》以後的史書所繼承。方苞分別寫過〈書儒林傳後〉和〈又書儒林傳後〉兩篇文章，可見他對先秦漢朝思想學術傳統（特別是儒家傳統）的形成和嬗變高度重視。他在文中批判了公孫弘以利祿誘與儒術的做法，認為這不能達到真正復興儒學的目的，只會引起儒學的墮落。他肯定司馬遷序〈儒林列傳〉慨歎公孫弘的做法將使儒學發生蛻變具有預見性，因而具有不可低估的歷史意義。

子長❶序〈儒林〉曰：「余讀功令❷，至於廣厲❸學官之路，未嘗不廢書而歎。」蓋歎儒術自是而變也。古未有以文學為官者，以德進，以事舉，以言揚❹，《詩》、《書》、六藝特用以通在物之理❺，而養其六德❻，成其六行❼焉耳。戰國、秦、漢所用，惟權謀材武❽。其以文學為官，始於叔孫通弟子以定禮為選首❾，成於公孫弘請試士於太常❿，而儒術之汙隆⓫，自是而中判⓬矣。

其意蓋曰：自周衰，王路廢而邪道興[13]，孔子以儒術正之，道窮而不悔，其弟子繼承，雖陵遲[14]至於戰國，儒學既絀[15]焉，而孟子、荀卿獨遵其業。遭秦滅學[16]，齊、魯諸儒講誦不絕。漢興七十餘年，自天子公卿皆不悅儒術，而諸老師[17]尚守遺經。其並出於武帝之世者，皆秦、漢間摧傷擯棄[18]，而不肯自貶其所學者也。蓋諸儒以是為道術所託，勤而守之，故雖困而不悔。而弘之興儒術也，則誘以利祿，而曰「以文學禮義為官」[19]，使試於有司，以聖人之經為藝，以多誦為能通，而比於掌故[20]。由是儒之道汙，禮義亡，而所號為文學者，亦與古異矣。

子長所讀功令，即弘奏請之辭也[21]。自孔子以來群儒相承之統，經戰國、秦、漢，孤危而未嘗絕者，弘乃以一言敗之，而其名則曰：厲賢材，悼道之鬱滯[22]，不甚可歎乎！

嗟夫！漢之文學雖非古，猶以多誦為通經也；又其變遂濫於詞章，終沉冥[23]而不返焉。然則子長之所慮，其遠矣哉！

【注釋】❶子長　司馬遷，字子長。❷功令　司馬貞《史記索隱》：「案謂學者課功，著之於令，即今之學令是也。」是古時國家對學者考核和錄用的法規。❸廣厲　擴大、勉勵。厲，通「勵」。瀧川龜太郎《史記會注考證》：「厲字涉下文衍。」可備一說。❹古未有以文學四句　《論語‧先進》：「德行：顏淵、閔子騫、冉伯牛、仲弓；言語：宰我、子貢；政事：冉有、季路；文學：子游、子夏。」文學，泛指學問、文化。❺詩書六藝句　詩，《詩經》。書，《尚書》。六藝，禮、樂、射、御、書、數。❻六德　古人關於六德有多種說法，此指周大司徒教民的六項道德標準，即知（智）、仁、聖、義、忠、和。❼六行　六種善行，孝、友、睦、婣、任、恤（見《周禮‧地官‧大司徒》）。❽權謀材武　指擅長權術謀略、英勇善戰的人。❾叔孫通弟子以定禮為選首　《史記‧劉敬叔孫通列傳》：劉邦平定天下，「悉去秦苛儀法，為簡易。群臣飲酒爭功，醉或妄呼，拔劍擊柱，高帝患之。」叔孫通於是制定宮廷禮儀，加強尊卑次序，使人人振恐肅敬，「無敢讙譁失禮者」。劉邦說：「吾迺今日知為皇帝之貴也。」於是拜叔孫通為太常，賜金五百斤，並授予叔孫通諸弟子為郎。叔孫通，名何，字通，以字行，薛縣（今山東棗莊薛城）人，曾為秦博士，入漢，官至太子太傅。選首，指首先選拔任用的人。❿公孫弘請試士於太常　公孫弘任學官，奏請漢武帝對博士弟子進行考試，選拔才能穎異者授予官職（見《史記‧儒林列傳序》）。公孫弘（西元前二〇〇—前一二一年），字季，一字次卿，菑川國薛縣人。官御史大夫、丞相，封平津侯。公孫弘恢奇多聞，外寬內深。太常，官名，秦置奉常，漢景帝六年更名太常，掌宗廟禮儀，兼掌選試博士。歷代沿襲為專掌祭祀禮樂之官。⓫汙隆　興衰。隆，強盛。⓬中判　從中分開。⓭自周衰二句　《史記‧儒林列傳》：「嗟乎！夫周室衰而〈關雎〉作，幽、厲微而禮樂壞，諸侯恣行，政由彊國。故孔子閔（憫）王路廢而邪道興，於是論次《詩》、《書》，修起《禮》、《樂》。」王路，王道。⓮陵遲　山坡斜延，此指緩緩延續。⓯絀　貶斥；革除。⓰滅學　指焚書坑儒。⓱老師　指年老的經學者。⓲摧傷擯棄　受到傷害和冷遇。⓳以文學禮義為官　《史記‧儒林列傳》：「治禮，次治掌故，以文學禮義為官，遷留滯。」⓴掌故　舊制；故事。㉑子長所讀功令二句　公孫弘奏請漢武帝選用博士弟子之文，收錄於《史記‧儒林列傳序》，公孫弘在文中提出，將他的建議「請著功令」。㉒厲賢材二句　見《史記‧儒林列傳序》所引，「崇化厲賢。」「公孫弘為學官，悼道之鬱滯。」鬱滯，低沉、壅塞。㉓沉冥　泯滅；衰敗。

【語　譯】司馬遷為〈儒林列傳〉作序，說：「我讀朝廷關於如何考試和錄用官員的法規，當讀到廣開勉勵學官之路時，總會禁不住棄書歎息。」他大概是慨歎儒術從此發生了變化。從前沒有人因為有學問通學術就能做官的，有的因為道德而任職，有的因為功勳而升遷，有的因為立言而揚名，《詩經》、《尚書》、六藝只是被用作通曉事物的道理，藉以培養人的優秀品格，完善行為舉止。戰國、秦、漢時期所任用的人，只求其有權謀武藝。憑藉有學問通學術而做官，這起始於叔孫通弟子因制定禮儀而成為入仕的首選對象，完成於公孫弘請求漢武帝讓太常官對博士弟子進行考試，然而，儒術的興衰，也以此砉然分界。

這篇序的大意是：自從周朝衰弱以後，王道廢壞而邪道盛行，孔子用儒術糾正世風，即使終身無法實行也毫無悔意。弟子繼承他的事業，雖然勉強維持到了戰國時期，儒學終於還是衰落了，而孟子、荀卿仍舊獨自遵守孔子的事業。雖然遭到秦朝毀滅儒學的打擊，齊、魯兩地的儒者依然講誦不止，未曾中斷。漢朝建立七十餘年中，從天子、公卿以下都不欣賞儒術，然而年老的儒師們仍然守護著前代遺存的典籍。那些在漢武帝時期同時出來做官的儒生，在秦漢之際都是遭摧殘，被摒棄，卻始終不肯貶低自己一派學說的人。因為這些儒生將儒學看作是道術的依託，辛勤地守護著，所以，哪怕再窮困也決不悔改和放棄。可是公孫弘所謂的振興儒術，則是用利祿作為引誘，宣稱：「以有學問通學術、知曉禮義到朝廷去做官」，讓儒生們參加官府的考試，把聖人經典視為才藝，把善於記誦當作融會貫通，從而將儒學等同於掌故。從此以後，儒家的道術被玷汙了，禮義也衰亡了，他們所號稱的有學問通學術，與古人相比也已經變味。

司馬遷讀到的法規條文，就是公孫弘在奏章裡寫的內容。孔子以來儒家代代相沿的傳統，經歷戰國、秦、漢，孤單微末卻未嘗滅絕，公孫弘卻僅僅用一句話就使它衰亡了，而名義上又說：這是為了「鼓勵賢才」，「唯恐儒道沉潛不彰」，難道這不是極可慨歎的事嗎！

嗟夫！漢朝人的學問、學術雖然已經不同於古代，他們尚能夠通過多記誦去瞭解儒家的經典；以後的變化卻是專注於詞章，最終導致了儒學消沉，難以挽救。如此看來司馬遷當年的擔憂，真是深遠啊！

【研析】「歎」之一字，是全文主腦。由司馬遷「余讀功令」，「未嘗不廢書而歎」，漸次轉入方苞自己「悼道之鬱滯，不甚可歎乎」，此是文章針線。借古人之歎而興起今人之歎，由他人之歎而引發作者自己之歎，文章通過這種交織，抒發千古同一之悲慨，而公孫弘採用利誘手段復興儒學的做法也因此受到了強烈的質疑和批判。

方苞在〈又書儒林傳後〉中，對司馬遷〈儒林列傳〉和序的寫法作了仔細分析。他說：「是書敘儒術至漢興，首曰『於是喟然歎「興於學」』，繼曰『天下之學士，靡然鄉風』，終曰『自此以來，公卿、大夫、士、吏，斌斌多文學之士』。驟觀其辭，若近於贊美，故『廢書而歎』，皆以為歎六藝之難興也。然其稱歎『興於學』也，承太常諸生之為選首；稱『學士鄉風』，承公孫弘以白衣為三公；稱『斌斌多文學之士』，承選擇備員，則遷之意居可知矣。其述諸經師，備及弟子、子孫之為大官，而首於申公之門，別其治官民，能稱所學者，不過數人，而復正言以斷之曰：『學官弟子行雖不備，而至於大夫、郎中、掌故以百數。』其刺譏痛惜之意，不亦深切著明矣乎！」指出司馬遷此文，「驟觀其辭，若近於贊美」，而其實寄寓「刺譏痛惜之意」，所以需要從反面讀，從側面讀，不能僅僅讀字面，也不能簡單地直讀，這樣才能契近文意。方苞所做的是文本細讀式分析，這也是他古文義法說引出的閱讀方法。

書蕭相國世家後

【題解】《史記》體例，敘述公侯傳國曰世家。蕭相國，蕭何（西元前二五七—前一九三年），輔助劉邦建立漢朝，以功最高封為酇侯，食邑八千戶，任相國，位冠群臣。司馬遷〈蕭相國世家〉不僅寫出他作為一位傑出政治家的智慧，而且也刻畫出他性格的多樣性，以及屈於帝王威權不時表現出的無可奈何。班固《漢書・蕭何曹參傳》承用《史記》之文，又有增飾。方苞對比司馬遷、班固二人所寫的蕭何傳，揚《史記》貶《漢書》，認為司馬遷之文「潔」，不是因為「辭無蕪累」，而是因為「明於體要」，並且指出這正是《史記》勝於《漢書》和其他古文家作品的地方。

〈蕭相國世家〉所敘實績僅四事，其定漢家律令及受遺命輔惠帝[1]皆略焉。

蓋收秦律令圖書❷，舉韓信❸，鎮撫關中❹，三者乃鄂君所謂萬世之功❺也；其終也，舉曹參以自代而無少芥蒂❻，則至忠體國可見矣。至其所以自免，皆自他人發之❼，非智不足也，使何自覺❽之，則於至忠體國之道有傷矣。故終載請上林空地，械繫廷尉❾，明何用諸客❿之謀，非得已耳。若定律令，則別見曹參、張蒼傳⓫。何之終，惠帝臨問而舉參，則受遺命不待言矣。蓋是二者，於何為順且易，非萬世之功之比也。

班史⓬承用是篇，獨增漢王謀攻項羽，何諫止，勸入漢中一事⓭，在固亦自謂識其大者，然其事有無未可知，信⓮有之，亦謀臣策士所能及也，且語甚鄙淺，與何傳氣象規模不類。柳子厚稱《太史公書》曰潔⓯，非謂辭無蕪累也，蓋明於體要，而所載之事不雜，其氣體為最潔耳。以固之才識，猶未足與於此，故韓、柳⓰列數文章家，皆不及班氏，噫，嚴矣哉！

【注釋】❶惠帝　漢惠帝劉盈（西元前二一一－前一八八年），劉邦嫡長子，母親呂雉。他在位七年（西元前一九四－前一八八年）。❷收秦律令圖書　劉邦攻入咸陽，諸將皆搶掠金帛財物，唯有蕭何收集、保存了秦朝丞相御史律令圖書，劉邦由此悉知天下要塞形勢、戶口多少、民生疾苦。❸韓信　（？－西元前一九六年）淮陰（今屬江蘇）人。先是項羽部屬，不得志，歸劉邦，張良推薦，任大將軍，助劉邦滅項羽。漢初封楚王，降為淮陰侯，被呂后誅殺。❹鎮撫關中　漢二年（西元前二〇五年），劉邦攻打項羽，命蕭何守關中，政績卓著，謹慎周到，深得劉邦信任。關中，函谷關以西的地域。此指漢中郡，秦設置，治所在南鄭（今陝西漢中東）。❺鄂君所謂萬世之功　鄂君，鄂千秋（？—西元前一九三年），本出姬姓，晉鄂侯之後。他初爵關內侯，後封安平侯。劉邦立朝，議定列侯位次，群臣皆以曹參功多，宜列第一，鄂千秋力排眾議，認為蕭何立下的是「萬世之功」，非他人可比，劉邦採納了他的意見（見《史記．蕭相國世家》）。❻舉曹參以自代而無少芥蔕　蕭何平素與曹參關係不好，臨終，漢惠帝請他推薦繼任者，他推薦了曹參。曹參（？—西元前一九〇年），沛縣（今屬江蘇）人。漢朝建立，封平陽侯，曾任齊相九年，繼蕭何之後為丞相，沿襲成制，世稱「蕭規曹隨」。芥蔕，嫌隙。❼至其所以自免二句　劉邦多猜忌，蕭何不得不採取各種辦法加強自我保護，這些辦法都是別人替他想出來的。❽覺　發覺；意識。❾故終載請上林空地二句　《史記．蕭相國世家》最後記載，蕭何考慮到關中地狹民眾，百姓田地不足，建議劉邦允許百姓在上林苑空地耕作。劉邦大怒，認為蕭何一定是收受了賈人的賄賂才為他們索討土地，於是把蕭何交與廷尉，關押在獄。上林，也稱上林苑，秦宮苑名，漢初荒廢，至漢武帝時重新擴建，故址在今西安市西及周至、戶縣界。械繫，套上枷鎖等刑具。廷尉，官名，掌刑獄，為九卿之一。❿客　謀士。⓫曹參張蒼傳　曹參傳記見《史記》卷五十四〈曹相國世家〉，張蒼傳記見《史記》卷九十六。張蒼（？—西元前一五二年），陽武（今河南原陽東南）人。精通律曆。秦時為御史，漢初任代、趙相，封北平侯，官至丞相。⓬班史　班固《漢書》。⓭獨增漢王謀攻項羽三句　《漢書．蕭何曹參傳》載：項羽滅秦，封劉邦為漢王，又三分關中地，封秦降將為王，以牽制劉邦。劉邦怒，欲謀攻項羽，得到周勃、灌嬰、樊噲支持，唯獨張良勸劉邦先入漢中，再定三秦，取天下。⓮信　確實。⓯柳子厚稱太史公書曰潔　柳宗元〈答韋中立論師道書〉：「參之太史公以著其潔。」柳宗元，字子厚。太史公書，即《史記》。司馬遷繼父職，任太史令，稱太史公。⓰韓柳　韓愈、柳宗元。

【語　譯】〈蕭相國世家〉記敘的實際業績只有四件事，他制定漢朝法律條令以及接受劉邦遺命輔佐漢惠帝，這些都沒有寫入傳記。因為收集保存秦朝的律令圖書、薦舉韓信、鎮守關中，這三件事情乃是鄂千秋說的關係萬世事業的功績；他臨終時，薦舉曹參為自己的繼任者，心裡沒有一點芥蔕，由此可見他無上忠誠、體恤國家的襟懷。至於他避禍自安的計策，都是由別人提出來的，這並非是他智謀不足，假如蕭何自己想出這些計策，那就玷汙了無上忠誠、體恤國家的品格。所以，文章最後記載他建議皇上允許百姓在上林苑空地耕種，而被廷尉拘繫關押，以此表明蕭何採用謀士們計策，出於不得已。至於制定法律條令，則另外見於〈曹相國世家〉、〈張丞相列傳〉。蕭何臨終前，漢惠帝來探望徵詢，他薦舉曹參，則他接受高祖劉邦遺命之事不言自明。這兩件事對於蕭何來說，做起來順利而且容易，不能與他關係萬世事業的功績相提並論。

班固《漢書》承襲這篇傳記，唯獨增加了漢王謀劃攻打項羽，蕭何進言阻止，勸他進入漢中一事，對班固而言，也不妨可以說是自己認識事之大體，然而，此事究竟有無尚不清楚，就算確有其事，也是其他謀臣智士能夠想到的，況且這段記載的語言非常淺陋，與整篇蕭何傳的氣象規模不吻合。柳宗元稱讚司馬遷文章風格「簡潔」，不是說語言沒有蕪雜之失，而是指能明大體和綱要，記載的事情不雜碎，文章的氣體最為乾淨。以班固的才識，尚且達不到這樣的水準，所以韓愈、柳宗元一一歷數文章家名字，都沒有提到班固，啊，真是嚴格呀！

【研　析】蕭何作為功冠群臣的建漢元勳，作為一朝相國，為他立傳記可寫的東西非常多，不說一般的事跡，即使犖犖大端也不勝書寫，如果一一記載的話，竹帛再多也不夠使用，所以如果這樣寫無疑是一種最笨的方法。解決的辦法是進行必要的選擇，精選出最符合他身分也是最應當寫的重大事情，而將其他略去不表，這就是「明於體要」。方苞說《史記．蕭相國世家》真真記載的只有四件事情：收秦律令圖書、薦舉韓信、鎮撫關中、臨終舉曹參以自代，前三件事關係「萬世之功」，第四件事表現他「至忠體國」之情。寫好這四件事，蕭何這一人物傳記也就成立了。其他比如制定漢朝律令、受劉邦遺命輔佐惠帝，雖然也是大事，與前四者相比重要性則在其次。司馬遷對此或採用側筆，如定律令一事別見於曹參、張蒼傳中；或採用以此見彼法，如通過敘述蕭何臨終應惠帝問而薦舉曹參，那麼他受劉邦遺命的事也就不言自明了。方苞以上分析說明的其實就是古文的義法問題，義法、體要是互相緊密聯繫在一起的，寫文章不明體要，主次不分，取捨不當，都是義法不純的表現。方苞在文中還指出，班固《漢書．蕭何曹參傳》，增添蕭何諫止劉邦謀攻項羽、勸入漢中一事，這其實是「謀臣策士」的智謀所能做到的，為蕭何立傳，此事可寫可不寫，不寫對蕭何無損，因此，班固的補充意義不大。方苞認為，這正好顯出司馬遷、班固二人「識」的高低，而「識」的高低也決定了文章講義法、明體要的水準。在司馬遷和班固、《史記》和《漢書》的比較評價中，方苞的態度是揚馬史抑班書，本文之外，〈書漢書霍光傳後〉「班史義法，視子長少漫矣，然尚能識其體要」云云，也是一個例子。

書淮陰侯列傳後

【題解】《史記》體例，敘述卿士之傑出者曰列傳。淮陰侯，韓信（?—西元前一九六年），淮陰（今江蘇淮安）人，在楚漢之爭中發揮舉足輕重的作用，所謂「為漢則漢勝，與楚則楚勝」（蒯通語，見《史記·淮陰侯列傳》），封齊王、楚王。劉邦戰勝項羽後，韓信的勢力被一再削弱，降為淮陰侯。最後，被控謀反，呂后、蕭何合謀將他騙入宮內處死，歷來被認為是「狡兔死，走狗烹」悲劇功臣的代表。方苞解讀《史記·淮陰侯列傳》，一方面肯定司馬遷記事得詳略之妙，另一方面揭示出司馬遷於謀篇結構、用語遣詞之間所隱含的懷疑和否定韓信謀亂說的深意，方苞本人則表示完全贊同司馬遷的看法。它是一篇文章作法論，也是一篇歷史人物評價論。

太史公於漢興諸將，皆列數其成功，而不及其方略❶，以區區❷者不足言也。惟於信，詳哉其言之。蓋信之戰，劉、項❸之興亡係焉，且其兵謀足為後世法也。然自井陘❹而外，陽夏、濰水之蹟蓋略❺矣，其擊楚破代❻，亦約舉其成功，至定三秦❼，則以一言蔽之，而其事反散見於他傳，蓋漢、楚之爭❽，惟定三秦為易，雖信之部署，亦不足言也。左氏紀韓之戰，方及卜徒父之占，而承以「三敗及韓」❾。乍觀之，辭意似不相承，然使戰韓之前，具列兩國之將佐、三敗之時地，則重膇滯壅⑩，其體尚能自舉乎？此紀事之文所以《左》、《史》⑪稱最也。

其詳載武涉、蒯通之言⑫，則微文⑬以志痛也。方信據全齊，軍鋒震楚、漢，不忍鄉利倍義⑭，乃謀畔⑮於天下既集之後乎？其始被誣，以「行縣，陳兵出入⑯」耳，終則見紿⑰被縛，斬於宮禁⑱，未聞讞獄⑲而明徵其辭，所據乃告變之誣耳。其與陳豨辟人挈手之語⑳，孰㉑聞之乎？列侯就第，無符璽節篆，而欲「與家臣夜詐詔，發諸官徒奴」㉒，孰聽之乎？信之過，獨在請假王與約分地而後會兵垓下㉓。然秦失其鹿，欲逐而得之者多矣㉔。蒯通教信以反，罪尚可釋㉕，況定齊而求自王，滅楚而利得地，乃不可末減㉖乎？故以通之語終焉。

【注釋】❶方略　用兵的謀略、計策。❷區區　微小。❸劉項　劉邦、項羽。兩人滅秦後相爭，史稱「楚漢之爭」，以項羽失敗告終。❹井陘　地名，即井陘口，在今河北井陘東北。井陘之戰，韓信大敗趙兵，虜趙王，斬陳餘。❺陽夏濰水之蹟蓋略　陽夏，據《史記．淮陰侯列傳》當作「夏陽」，在今陝西韓城南。韓信在此地用木罌缶渡軍（罌缶，一種大腹小口的陶器），虜魏王豹。濰水，源出山東莒縣箕屋山，流經濰縣昌邑入海。濰水之戰，韓信大破齊王田廣、楚將龍且軍二十萬。略，簡略。與〈書蕭相國世家後〉「其定漢家律令及受遺命輔惠帝皆略焉」之「略」解釋為省略不記載，意思不同。❻擊楚破代　擊楚，指韓信與劉邦會師滎陽，在京、索之間擊破項羽軍，使楚兵不能西進。破代，韓信夏陽之戰後，帶兵擊代，擒夏說於閼與。代，古國名，在今河北蔚縣。❼三秦　秦亡後，項羽三分關中，封章邯為雍王，司馬欣為塞王，董翳為翟王，領有今陝西中部咸陽以西、以東、以北地區，合稱三秦。❽漢楚之爭　指秦末劉邦與項羽之間的戰爭。項羽曾封楚王，號西楚霸王。劉邦曾封漢王，後又建立漢朝，故分別以楚漢稱雙方。❾左氏紀韓之戰三句　《左傳》載，僖公十五年，秦伐晉，戰於韓（今山西河津、萬泉之間），先寫秦人占卜，吉，接著寫秦三次打敗晉，沒有具體敘述戰爭的過程。又孔穎達疏引劉玄云：「三敗及韓」「是史家序事，充卜人之語，言秦伯之車，三經敗壞，乃至於韓，而晉始懼。」這種理解與杜預注不同，也可作為參考。左氏（西元前五五六－前四五一年），一說複姓左丘，名明，一說單姓左，名丘明，還有認為他姓丘名明，因其世代為左史官，所以人們尊其為左丘明。他是春秋末魯國人，有《春秋左氏傳》。徒父，秦國掌龜卜者。❿重膇滯壅　下肢臃腫，血脈不流通。膇，腳腫。壅，堵塞。⓫左史　《左傳》、《史記》。⓬詳載武涉蒯通之言　劉邦立韓信為齊王，命其領兵攻楚，項羽恐，派武涉勸韓信背漢助楚，蒯通也勸韓信叛漢自立，均遭韓信拒絕，〈淮陰侯列傳〉詳載兩人的說辭。武涉，謀士，盱眙（今屬江蘇）人。蒯通，本名蒯徹，避漢武帝劉徹諱，改蒯通，范陽（今屬河北保定）人。⓭微文　包含著深意的文詞。⓮鄉利倍義　鄉，同「嚮」。倍，同「背」。⓯畔　叛。⓰行縣二句　〈淮陰侯列傳〉縣後有「邑」字。指韓信出入縣邑都列兵自衛。陳，同「陣」。列陣。按司馬遷只是敘述韓信初封楚王至下邳時的情況，並沒有說別人以這一點誣陷韓信。⓱見紿　被騙。紿，欺誑。⓲宮禁　指宮殿之內。⓳讞獄　對案子進行審判。⓴其與陳豨辟人挈手之語　〈淮陰侯列傳〉：陳豨拜為鉅鹿守，向韓信辭別，韓信拉著陳豨的手，悄悄地說：「公所居天下精兵處也，而公陛下之信幸臣也，人言公之畔，陛下必不信，再至，陛下乃疑矣，三至，必怒而自將，吾為公從中起，天下可圖也。」陳豨，宛句人，以郎中封列侯。辟，同「避」。挈，攙扶。㉑孰　誰。㉒列侯就第四句　列侯，漢初稱異姓封侯者。初名徹侯，因避漢武帝諱，改稱通侯，後又改稱列侯。就第，免職回家。符璽節篆，都是指行使發號施令權利的憑證。符，兵符。璽，印信。節，符節，使臣持以為憑證。篆，古代印章多用篆文，此指官印。與家臣夜詐詔發諸官徒奴，〈淮陰侯列傳〉：「信乃謀與家臣夜詐詔赦諸官徒奴，欲發以襲呂后、太子。」諸官，各衙門。徒奴，因犯法而服苦役者。㉓請假王與約分地而後會兵垓下　韓信攻破齊國，想自立為齊王，向劉邦提出封自己為假王，以震懾一方。劉邦用張良計，封韓信齊王，他才會師垓下，助劉邦消滅項羽。垓下，在今安徽靈璧南沱河北岸。㉔然秦失其鹿二句　《漢書．蒯通傳》：「秦失其鹿，天下共逐之。」鹿，比喻天子之位。㉕蒯通教信以反二句　韓信被誅後，劉邦搜捕蒯通，欲烹殺他，蒯通以「當是時臣唯獨知韓信，非知陛下」為自己辯解，得到劉邦寬宥。㉖末減　減輕治罪。

【語　譯】司馬遷對於建立漢朝的眾多將領，都只列舉他們的戰功，而不記載他們如何部署兵陣的謀略，因為那些攻略都是區區小事，不足以載入史冊。惟有對於韓信，這方面的記載相當詳細。這是因為韓信參與的戰役，與劉邦、項羽雙方的生死存亡都有著密切的關係，而且，他用兵的謀略，足以被後人取法。即便如此，除井陘之戰外，作者對夏陽、濰水兩次戰役的具體過程僅略作敘述，對於韓信攻打楚軍、擊破代兵，也只大約地提到勝利的結局，至於平定三秦，更只用一句話加以概括，具體的戰事反而散見在別的傳記裡，其原因想必是，發生在楚漢之間的各類戰役中，只有平定三秦最為簡易，所以即使是韓信的謀略，也不值得記載。左丘明記敘秦、晉兩國在韓地一帶發生戰爭，剛剛寫完主卜者徒父通過占卜預測勝負，緊接著就寫「晉國三次被打敗，退到韓地」。乍一看，前後語意似乎不相連貫，然而假如描寫秦、晉兩國在韓開戰以前，先一一列出雙方的統帥、佐將，以及晉國三次被打敗的時間、地點，文字就會變得臃腫不流動，對敘事的文體還能這麼運用自如嗎？在所有的記事文中，《左傳》、《史記》最受推崇原因在此。

列傳詳細地記錄了武涉、蒯通策反韓信的話，那是作者用微言大義的筆法，表達沉痛的心情。當韓信佔據齊地全境，兵鋒銳不可擋震動楚、漢的時候，他都不忍心逐利忘義，怎麼反而會在天下統一之後圖謀造反？韓信一開始被人誣陷，說他「外出到鄉縣巡行，士兵列隊護隨」，最後受人欺騙而被縛，在宮廷遭處斬，沒有聽說對案子進行審理以對證這些指控，處斬他的依據乃是告發者誣陷之辭。韓信攙扶著陳豨的手，避開旁人說的那一席話，誰人聽到？分封的列侯被免職在家，兵符印璽等信物一概沒有，而企圖「向家臣矯稱皇上詔令，發動各處有罪的奴僕」，誰會聽從？韓信唯獨的一樁過錯，是他要求封假王，約定自己的疆域領土，然後才驅兵會師垓下。然而，秦朝滅亡之後，覬覦政權企圖取而代之的人不計其數。蒯通教唆韓信背叛，這樣的罪行尚且可以原諒，何況韓信是在平定齊地之後提出封自己為王，殲滅楚軍之後想趁機攫取其中土地，難道反而不能罪減一等嗎？所以司馬遷用蒯通的話結束這篇傳記。

【研析】方苞論文重視義法，而以詳略之法寄寓作者文心、顯示對人物的評價態度，正是文章義法題中之義的一部分。他說司馬遷《史記》寫韓信與其他諸將不同，寫諸將只寫他們打了多少勝仗，唯獨韓信還寫他如何打勝仗的「方略」，這麼取捨並非作者隨心所欲，而是因為韓信領導或參與的戰役關係楚漢興亡，而且堪稱戰爭史上的經典為後人取法。但即使如此，司馬遷寫韓信的「方略」也不是平均落墨，而是根據戰役的重要性寫得或簡或詳，有的「約舉其成功」，有的「以一言蔽之」，唯對於事關確定楚漢之爭形勢的井陘之戰詳加敘述。方苞在本文中還就〈淮陰侯列傳〉為何「詳載武涉、蒯通之言」的原因作了分析，認為司馬遷這樣寫，是要通過武涉勸韓信背漢助楚，蒯通勸韓信叛漢自立，均遭韓信拒絕，來折穿韓信謀反因而被殺的謠言，因而是「微文以志痛」的筆法，在詳寫之中蘊含著一篇絕大的文章。《四庫全書》本《望溪集》在本文後有一段方苞「自記」，其文曰：「後論似果以信為叛逆者，蓋其誣於傳具之矣，故反言以見義，謂天下已集，非可以叛逆之時矣，若果謀此，雖族誅亦宜，然以信之智而肯出此乎？案：其實特不能學道謙讓，不矜不伐耳。蕭何之烈，僅以閎夭、散宜生擬，而乃以周召、太公望叛逆之人哉！自記。」方苞這條筆記，是針對〈淮陰侯列傳〉「太史公曰」而言。司馬遷說，韓信如果不「謀畔（叛）逆」，「於漢家勳可以比周、召、太公之徒，後世血食矣。」方苞將司馬遷這句話理解為是「反言以見義」，不是真以為韓信為謀亂之臣。這可以與本篇「微文以志痛」相比觀。李笠評「太史公曰」數語，也說：「天下已集，豈可為逆於其必不可為叛之時而夷其宗族？豈有心肝人所宜出哉？讀此數語，韓信心跡，劉季、呂雉手段，昭然若揭矣。文家反覆辯論，反不若此言之宛轉痛快。」（轉引自瀧川龜太郎《史記會注考證》）與方苞所說的意思一致。

以韓信叛逆為冤案，歷來多有持其說者，茲摘錄數條，以見一斑。司馬光《資治通鑑》卷十二：「觀其距蒯徹之說，迎高祖于陳，豈有反心哉！良由失職怏怏，遂陷悖逆。」周南〈高祖論〉：「史稱人有告韓信叛者，又曰『上恐惡其能也』。嗟夫！裂地而王之叛證未見，一夫告變，主名不立，遽執縛之，高祖於是失君道矣。」（《山房集》卷四）馮班：「韓信處嫌疑之地，輕與一陳豨出口言反，此亦非人情。信以淮陰侯家居，雖赦諸徒奴，合而使之，未易部勒也。上自出，關中雖虛，未能全無備，亦不可信也。論者卻未及此。」（馮氏語轉引自瀧川龜太郎《史記會注考證》）方苞的看法與上述意見一脈相承，而作為古文批評家，他通過分析〈淮陰侯列傳〉的寫作藝術來證明自己觀點，這又是不同於別人的地方。

又書貨殖傳後

【題解】《史記・貨殖列傳》記敘從事生財致富經濟活動的人物、事跡。殖，意思是生，謂生資貨財利。對司馬遷這篇傳記有兩種截然不同的評價，批評者如班固說：「述貨殖則崇勢利而羞賤貧。」（《漢書・司馬遷傳》）肯定者如姚鼐則說：「蓋子長（司馬遷）見其時天子不能以寧靜淡薄先海內」，致使社會「去廉恥而逐利貨，賢士困於窮約，素封僭於君長」，因此撰〈貨殖列傳〉「譏其賤以繩其貴，察其俗以見其政，觀其靡以知其蔽」（〈書貨殖傳後〉）。方苞先後寫過兩篇〈書貨殖傳後〉的文章，第一篇指出司馬遷反對「閉民利欲之心」，主張「因之」、「利道之」、「教誨整齊」之。本文是第二篇，用義法說分析〈貨殖列傳〉，或者說用〈貨殖列傳〉的例子闡明他的義法理論，是方苞一篇重要的文論。

《春秋》之制義法，自太史公發之❶，而後之深於文者亦具焉。義即《易》之所謂「言有物」❷也，法即《易》之所謂「言有序」❸也，義以為經而法緯之❹，然後為成體之文。

是篇❺兩舉天下地域之凡❻，而詳略異焉。其前獨舉地物，是衣食之源，古帝王所因而利道之❼者也；後乃備❽舉山川境壤之支湊❾，以及人民謠俗、性質❿、作業⓫，則以漢輿，海內⓬為一，而商賈無所不通，非此不足以徵⓭萬貨之情，審則宜類而施政教也。兩舉庶民經業之凡，而中別之。前所稱農田樹畜，乃本富⑭也；後所稱販鬻僦貸⑮，則末富⑯也。上能富國者，太公之教誨⑰，管仲之整齊⑱是也；下能富家者，朱公⑲、子贛⑳、白圭㉑是也。計然㉒則雜用富家之術以施於國，故別言之，而不得儕㉓於太公、管仲也。然自白圭以上，皆各有方略，故以「能試所長㉔」許之。猗頓㉕以下，則商賈之事耳，故別言之，而不得儕於朱公、子贛、白圭也。是篇大義，與〈平準〉㉖相表裡，而前後措注㉗，又各有所當如此，是之謂「言有序」，所以至賾而不可惡㉘也。

夫紀事之文成體者，莫如左氏，又其後，則昌黎韓子㉙，然其義法，皆顯然可尋。惟太史公〈禮〉、〈樂〉、〈封禪〉三書及〈貨殖〉、〈儒林〉傳㉚，則於其言之亂雜而無章者寓焉，豈所謂「定、哀之際多微辭㉛」者邪？

【注釋】❶春秋之制義法二句　《史記・十二諸侯年表序》：孔子著《春秋》，「上記隱，下至哀之獲麟，約其辭文，去其煩重，以制義法，王道備，人事浹。」春秋，魯國編年史，記載自魯隱公元年（西元前七二二年）到魯哀公十四年（西元前四八一年）的歷史，是儒家經典之一。太史公，司馬遷，在漢武帝時曾任太史令。❷易之所謂言有物　《易・家人》：「〈象〉曰：……君子以言有物而行有恆。」意思是說，君子應當說話有實際內容，舉止行為應該符合常度。易，儒家經典之一。❸易之所謂言有序　《易・艮》：「艮其輔，言有序，悔亡。」意思是說，人應當抑制嘴巴，不亂說話，凡所言皆有倫類次序，才可以避免後悔。❹義以為經而法緯之　義、法互相交織，構成文章。經緯，織物的縱線和橫線。❺是篇　指《史記・貨殖列傳》。是，此。❻凡　大概。❼所因而利道之　意思相當於因勢利導。因，憑藉。道，通「導」。❽備　周詳。❾支湊　地形和行政區域的區分或會合。支，支分。湊，聚集。❿性質　性情、氣質。⓫作業　生產。⓬海內　指國內。古人以為中國大地四周皆為海水環繞，故云。⑬徵　表明。⑭本富　靠務農致富。本，農業。⑮販鬻僦貸　販賣、借貸。鬻，賣。僦，租賃。⑯末富　靠經商致富。末，商業。⑰太公之教誨　《史記．貨殖列傳》：「太公望封于營丘，地瀉鹵，人民寡。於是太公勸其女功，極技巧，通魚鹽，則人物歸之，繈至而輻湊，故齊冠帶衣履天下海岱之間，斂袂而往朝焉。」太公，呂尚，姓姜，名望，一說字子牙，世稱姜太公。封齊。⑱管仲之整齊　《史記．貨殖列傳》：管子「設輕重九府」。張守節《正義》：「管子云：『輕重，謂錢也。夫治民有輕重之法。』周有大府、玉府、內府、外府、泉府、天府、職內、職金、職幣，皆掌財幣之官，故曰九府也。」此指管子建立統一管理錢幣的官府。管仲（西元前七二五－前六四五年），名夷吾，又名敬仲，字仲，潁上（今安徽潁上）人，齊桓公時任上卿。⑲朱公　陶朱公，即范蠡，春秋時越國大夫。他輔助越王句踐滅吳後，離開越國去齊國陶地，以經商成巨富。⑳子贛　孔子弟子，姓端木，名賜，字子貢。經商曹、魯間，得鉅資而富。㉑白圭　戰國時魏人。當時魏國務盡地力之教，白圭則人棄我取，人取我與，以貿易致富。㉒計然　裴駰《史記集解》：「范子曰：計然者，葵丘濮上人，姓辛氏，字文子，其先晉國亡公子也。嘗南遊于越，范蠡師事之。」范蠡以計然的話為師，棄政經商。《史記．貨殖列傳》：「范蠡既雪會稽之恥，乃喟然而歎曰：『計然之策七，越用其五而得意。既已施於國，吾欲用之家。』乃乘扁舟浮於江湖，變名易姓，適齊，為鴟夷子皮。」㉓儕　類；並列。㉔能試所長　《史記．貨殖列傳》：「蓋天下言治生祖白圭，白圭其有所試矣，能試有所長，非苟而已也。」意謂白圭的致富術是經過實踐檢驗的。㉕猗頓　戰國時商人，經營食鹽、珠寶。因致富於猗氏（今山西臨猗南），故稱猗頓。㉖平準　〈平準書〉，《史記》八書之一。記述漢初至武帝間財政經濟發展情況，著重說明貨幣制度的變化、對商品流通和物價的控制和調節。㉗措注　同「措置」。安排；佈局。㉘至賾而不可惡　《易．繫辭上》：「聖人有以見天下之賾，而擬諸其形容，象其物宜。……言天下之至賾而不可惡也，言天下之至動而不可亂也。」賾，幽深奧祕。惡，輕視；鄙賤。㉙昌黎韓子　韓愈，河南河陽（今孟縣）人，自謂郡望昌黎，故稱韓昌黎。昌黎，北魏永興中僑置，屬南營州，寄治定州英雄城（今河北徐水縣西遂城），隋開皇三年廢。㉚禮樂封禪三書及貨殖儒林傳　《史記》八書是記載八類制度史的專文，其中〈禮書〉記載禮儀制度，〈樂書〉記載音樂制度，〈封禪書〉記載帝王祭祀天地的制度。〈貨殖列傳〉、〈儒林列傳〉是《史記》中的兩篇，前者記述經濟及有關人物，後者是漢代儒家學者的傳記。㉛定哀之際多微辭　《公羊傳．定公元年》：「定、哀多微辭。」意謂孔子撰《春秋》，記當代魯定公、魯哀公之際事，難於顯言，有所避忌，故多用微辭。微辭，用隱晦之筆批評，與直筆相對。

體的文章。

【語譯】《春秋》一書所制定的義法，由司馬遷將它發露出來，而後來擅長文章的人也都備具。義就是《周易》所謂的「言有物」，法就是《周易》所謂的「言有序」。以義為經，以法為緯，相互交織，然後才構成具體的文章。

這篇列傳兩次概述天下地域的大致情況，然而詳略各不相同。前面部分只是記述土地的物產，這是衣食的來源，古代帝王根據物產狀況而對人民因勢利導；後面部分才詳備地記述山巒河流、疆界地域的分分合合、交叉縱橫，以及人民的歌謠風俗、性情氣質、生產作業，這是因為漢代建立以後，四海統一，而商人往來於全國各處，不這麼記述不足以反映出天下貨物的豐富，充分瞭解這些才能從實際出發實施政治教化。列傳還兩次記述老百姓經營生產的大概，而中間又有區別。前面部分記述農田耕作、栽種畜牧，是以農致富的根本；後面部分記述販賣交易、租賃借貸，則是以商致富的末事。這些記述的內容，上者能使國家富強，如姜太公教誨的道理，管仲統一管理錢幣的措施；下者能使家庭富裕，如范蠡、子貢、白圭的種種做法。計然則把發家致富的辦法施用於治國，所以另外加以敘述，以表示他不能與姜太公、管仲相提並論。然而，傳中記載的白圭以上人物，各人都有自己的一套謀略方法，所以用「能夠試行其所擅長」稱讚他們；猗頓以下人物，卻只是商賈的做法，所以另外加以敘述，以表示不能與范蠡、子貢、白圭等量齊觀。這篇列傳的大義，與〈平準書〉互為表裡，而前後結構佈局，又各自都能如此妥當貼切，這就是所謂「言有序」，因此其幽深奧祕不可小覷。

紀事文寫得自成一體，無人能勝左丘明，在他以後，則是韓愈，然而他們文章的義法，都顯然易見，有脈可循。只有太史公所撰〈禮書〉、〈樂書〉、〈封禪書〉，以及〈貨殖列傳〉和〈儒林列傳〉，則是在雜亂無章的語言中蘊寓義法，這豈非就是人們說的「定公、哀公之際多用微辭」的例子嗎？

【研　析】方苞在文中對「義法」的來源及其含義作了解釋，認為「義法」源於《春秋》，由司馬遷加以發明運用而更加顯著，以後體現於優秀古文家的作品中而成為傳統。司馬遷在《史記・十二諸侯年表序》中將孔子創立的《春秋》「義法」，總結為用簡約的文辭整理悠久而紛繁的史事，並藉以寄託關於「王道」、「人事」的思想，這包含了他對《春秋》敘寫義例和褒貶筆法的理解和肯定。這就是方苞提出《春秋》「義法」「自太史公發之」的根據，同時他也借此肯定《史記》對《春秋》「義法」的運用和實踐。方苞用言之有物詮釋「義」，言之有序詮釋「法」，可見「義」與「法」分別是指文章的題材內容和形式手法，義經法緯，相輔相成。有時「義法」又是指作者安排「義」的方法，此時「義法」一詞偏指「法」而言。「義法」是具體的，淆亂其界限就是義法不純；「義法」又是對文章構思結撰的總要求，而具體的方法則應該靈活而富於變化，因此「義法」也是一種活法，與江西詩派呂本中的「活法論」有所相通。

在方苞的義法論中，無論是「義」或「法」，兩者都反映作者對事物的認識和評判。此於「義」字固不待多言，「法」也包括作者的思想傾向，這一認識則表明方苞視文章形式為一種有意義的形式。他分析〈貨殖列傳〉分兩處記述天下地域的物產、風候、作業，將記載有關民生「衣食之源」的「地物」列在前面，而將敘述境壤交匯連通及民俗勞作等列在後面，因為前者是「古帝王所因而利道之者」，後者是漢朝統一後，便於通商賈而瞭解萬貨之情及朝廷因時因地實施政教。文章內容的前後順序正表示了作者對自然、人事之間主從領屬關係的認識。又文中列舉庶民不同的經營，將屬於「本富」的「農田樹畜」列在前面，而將屬於「末富」的「販鬻僦貸」列在後面，也表示了作者對農商「本末」的看法。說明文章的前後順序和段落安排這些文章形式本身是有意義的。方苞長於治「三禮」。禮通過確定貴賤、尊卑、長幼之序並使之儀式化來表示和維護社會的不同等級，在禮制中「序」包含的意義非常顯著。方苞文章義法論將「序」(法)看作是有意義的形式，這一認識與他精於治《禮》不無關係。

書漢書霍光傳後

【題解】霍光(?—西元前六八年)，字子孟，河東平陽(今山西臨汾)人。受命為漢昭帝輔政大臣，是麒麟閣十一功臣之首，執政近二十年。生前集權專制，宣帝畏憚如「芒刺在背」，卒後霍家勢力削弱，謀亂而遭誅滅。班固〈霍光傳〉是《漢書》中一篇出色的傳記。方苞認為班固撰史在遵循「義法」方面難與司馬遷《史記》相比，「然尚能識其體要」，即舉這篇〈霍光傳〉為例子，評價頗高。他在文中主要對〈霍光傳〉「詳略虛實措注，各有義法」作分析和肯定，也對其「尚有未盡合者」提出批評。

《春秋》之義，常事不書❶，而後之良史取法焉。昌黎韓氏目《春秋》為謹嚴❷，故撰《順宗實錄》❸削去常事，獨著其有關於治亂者。班史❹義法，視子長❺少漫矣，然尚能識其體要。其傳霍光也，事武帝二十餘年，蔽❻以「出入禁闥❼，小心謹慎」；相昭帝十三年❽，蔽以「百姓充實，四夷賓服❾」，而其事無傳焉，蓋不可勝書，故一裁以常事不書之義，而非略也。其詳焉者，則光之本末，霍氏禍敗之所由也。

古之良史，於千百事不書，而所書一二事，則必具其首尾，并所為旁見側出者，而悉著之，故千百世後，其事之表裡可按❿，而如見其人。後人反是，是以蒙雜暗昧，使治亂賢姦之跡，並昏微而不著⓫也。

是傳於光事武帝，獨著其出入殿門下，止進不失尺寸⓬，而性資風采可想見⓭矣。其相昭帝，獨著增符璽郎秩⓮、抑丁外人⓯二事，而光所以秉國之鈞⓰，負天下之重者，具此矣。其不學專汰⑰，則於任宣發之⑱，而證以參乘⑲，則表裡具見矣。蓋其詳略虛實措注，各有義法如此。

然尚有未盡合者，昌邑失道之奏⑳不詳，不足以白㉑光之志事。至光之葬其，顯及禹、山之奢縱，宣帝之易置其族姻㉒，則可約言以蔽之者也，具詳焉，義無所當也。假而子長若退之㉓為之，必有以異此也夫。

【注釋】❶常事不書　記載重大事件，忽略普通事情。《公羊傳》、《穀梁傳》、杜預《春秋釋例》都提到這是《春秋》紀事的體例。❷昌黎韓氏目春秋為謹嚴　韓愈〈進學解〉：「《春秋》謹嚴。」❸順宗實錄　韓愈撰，五卷，記載唐順宗永貞元年（西元八〇五年）一月至八月順宗去世期間的史事。從前對該書的評價頗有分歧，《舊唐書・韓愈傳》：「時謂愈有史筆，及撰《順宗實錄》，繁簡不當，敘事拙於取捨，頗為當代所非。」❹班史　班固《漢書》。❺子長　司馬遷，字子長。此指《史記》。❻蔽　概括。❼禁闥　指宮廷、朝廷。因禁止隨便出入走動，故稱。闥，宮中小門。❽相昭帝十三年　漢昭帝劉弗陵（西元前九五—前七四年），武帝後元二年（西元前八七年）二月繼位，繼位後改名劉弗，在位十三年零五個月。霍光受武帝遺詔輔政，任大司馬大將軍。相，輔佐。「十三年」是舉成數。❾四夷賓服　周邊異族順從。夷，古代華夏民族對少數民族的統稱，含有輕蔑之意。賓服，歸順；服從。❿按　考查；核對。⓫昏微而不著　幽暗不明。昏微，隱晦。著，顯明。⓬獨著其出入殿門下二句　《漢書・霍光傳》：「每出入下殿門，止進有常處，郎僕射竊識視之，不失尺寸。」著，記述。止進，停下腳步。⓭性資風采可想見　《漢書・霍光傳》：「其資性端正如此。初輔幼主，政自己出，天下想聞其風采。」方苞糅合列傳中諸語組成句子。⓮增符璽郎秩　《漢書・霍光傳》：「殿中嘗有怪，一夜，群臣相驚。光召尚符璽郎，郎不肯授光，光欲奪之，郎按劍曰：『臣頭可得，璽不可得也！』光甚誼之。明日，詔增此郎秩二等，眾庶莫不多光。」符璽郎，保管皇帝印璽者。秩，官職。⓯抑丁外人　《漢書・霍光傳》載：漢昭帝皇后是上官桀孫女，也是霍光外孫女，「內行不修，近幸河間丁外人」。上官桀等為了巴結皇后，先為丁外人求封列侯，又提議任命他為光祿大夫，都被霍光拒絕。⓰秉國之鈞掌握國家權力。秉，持。鈞，古代製陶用的轉輪。⑰不學專汰　不學，《漢書．霍光傳贊》：「光不學亡術。」其傳載：昭帝死，迎立昌邑王劉賀為帝，劉賀即位，行淫亂，霍光憂懣，田延年建議他稟告太后，更選賢者立之。「光曰：『今欲如是，於古嘗有此不？』」顏師古注曰：「光不涉學，故有此問也。」專汰，專權、奢侈。⑱於任宣發之　霍光廢劉賀後，議立劉詢（西元前九一－前四九年）為宣帝。「諸事皆先關白光，然後奏御天子。光每朝見，上虛己斂容，禮下之已甚。」（《漢書．霍光傳》）一廢一立，霍光一言定鼎，權勢極重。宣，漢宣帝，西元前七四－前四九年在位。⑲證以參乘　《漢書．霍光傳》：「宣帝始立，謁見高廟，大將軍光從驂乘，上內嚴憚之，若有芒刺在背。」參乘，駕在車兩旁的馬，此指乘馬車隨從。參，同「驂」。⑳昌邑失道之奏　霍光聯絡群臣向太后上奏，列舉昌邑王劉賀即位二十七天種種荒淫不軌的行為，請求廢止他皇帝的資格。㉑白　表明。㉒至光之葬具三句　〈霍光傳〉詳細記載霍光死後，他的墳塋、棺槨、靈車的高貴，喪禮的隆重，顯、霍禹、霍山等人奢侈驕橫的行為，漢宣帝對霍光親戚採取改官、降職的措施。顯，霍光妻。禹，霍禹，霍光長子，官至大司馬。山，霍山，霍光兄孫，封博陸侯。因謀反事敗露，顯、霍禹被斬，霍山自盡。㉓退之　韓愈，字退之。

【語譯】《春秋》紀事體例是，不記尋常的事情，後來優秀的史學家都學習這種方法。韓愈認為《春秋》紀事謹嚴，所以他編纂《順宗實錄》一概削去尋常的事件，只記載與國家治亂有關係的重大內容。班固《漢書》的義法，與司馬遷《史記》相比顯得稍稍散漫，然而他尚清楚史書行文應當抓住大體和綱要。他為霍光立傳，對其在漢武帝朝二十多年的事跡，用「出入宮廷，小心謹慎」加以概括；對其前後輔佐漢昭帝十三年，用「百姓豐衣足食，外族馴從歸順」加以概括，具體事情則沒有記載，因為記不勝記，所以一律用不記載尋常事情這條體例將其刊落，而並非是疏忽。傳中詳為記載的，則是霍光一生的開始和結局，霍家得禍致敗的緣由。

古代優秀的史家，千百件事情都不記載，然而對於記載的一二件事，則必定寫得首尾完整，並且對於由此派生出來的一些事端，也一一詳為書寫，所以千百年以後，這些事情原原本本都還可以稽查覆核，似乎能夠親睹歷史人物。後來的作者相反，所以他們寫的東西雜亂暗昧，致使關乎國家治亂、人臣忠奸的史實，也全都隱晦而不明。

這篇傳記有關霍光在漢武帝時做官，只寫他出入宮殿大門時，每一次都在相同的地方停下腳步，不失尺寸，由此可以想見他的性格和風采。他輔佐漢昭帝，只寫他提升符璽郎的官職、拒絕給丁外人升官兩件事情，然而霍光所以能夠執掌國家權力，承擔天下大任的原因，答案全部包含在裡面。他不學無術、專權奢侈的一面，則通過寫他迎立漢宣帝加以表現，又以他乘車陪從宣帝作為佐證，於是這個人表裡內外都被寫得一清二楚。班固這篇傳記詳略虛實、構思佈局，都是這麼地合乎義法。

然而，這篇列傳也有不盡與義法相吻的地方。條陳昌邑王荒淫失道的奏章內容寫得不詳實，不足以表明霍光的決心和決策。可是，有關霍光去世以後的喪具、葬禮，太夫人顯、霍禹、霍山奢侈放縱的行為，以及漢宣帝降調霍光親戚的官職，凡此種種略用數語概括一下就夠了，作者卻對此都做詳細敘述，這對於文章的「義」就不恰當。假如是司馬遷或韓愈撰寫這篇傳記，上述這些地方必定會與班固寫的不一樣。

【研　析】方苞強調寫好人物傳記應當把握兩點：第一，「常事不書」，以突出重點。第二，對於確定書寫的「一二事，則必具其首尾，并所為旁見側出者，而悉著之」，就是說，不僅要寫得詳細，而且還要生動具體。他說，「常事不書」是《春秋》的寫作方法，它為後世良史所繼承從而成為一種重要的史書傳統。所以有這樣的必要，因為常事「不可勝書」，不要冀望讓一篇人物傳記包羅人物的一切。他雖然對於班固《漢書》的取材有微詞，但是認為《漢書・霍光傳》在這一點上做得相當好，霍光一生絕大部分功績都用略筆寫，只集中地寫霍光幾件特別能夠體現他忠誠體國的事情，以及他辦事專橫為霍家後患埋下伏筆，由此霍光其人以及霍氏家族的歷史得到了清晰地呈現。方苞指出，不能把「常事不書」誤解為是作者疏略，前者是精心選擇，後者是粗製濫造，界限分明。他說，人物傳記寫什麼事情確定後，就應當追求把這些事情寫得詳細具體生動，「表裡可按，而如見其人」，力避「蒙雜暗昧」、「昏微而不著」。比如〈霍光傳〉寫他「出入殿門下，止進不失尺寸」細節等，使其人物「性資風采可想見」，皆是很好的例子。

方苞也從義法方面對〈霍光傳〉提出一些批評。比如認為傳中條陳昌邑王荒淫失道的奏章內容寫得不詳實，不足以表明霍光的決心和決策。又指出寫霍光死後之事太詳，沒有必要，不如採用簡筆「約言以蔽之者」，更加符合史家之義。在方苞看來，班固比司馬遷遜色，比唐朝古文家韓愈也有所不足，他認為若是由司馬遷、韓愈來寫《霍光傳》，他們一定會寫得不一樣，以上的這些缺點可以避免。方苞往往採用這種旁敲側擊、借彼形此的寫法，用三言兩語對人物和作品進行比較評價，運用得非常嫻熟自然，毫無生硬之感，這也是他文章老到的表現。

書五代史安重誨傳後

【題　解】安重誨（？—西元九三一年），應州（今山西應縣）人。自少事李嗣源，深得信任。李嗣源即帝位，為五代後唐明宗，安重誨領樞密使，很快升左領軍衛大將軍、兵部尚書，累加侍中兼中書令，權傾一時。然任過其才，恃功矜寵，招集怨尤，最後為明宗所殺。薛居正《舊五代史》、歐陽修《新五代史》皆有傳。方苞此文所謂《安重誨傳》是指歐陽修《新五代史》中的安氏傳記。《新五代史》較之《舊五代史》在某些史料方面有增加，然而就列傳而言，歐陽修雖得「《春秋》筆法」之譽，卻也存在過於疏略之失。方苞此文著重批評歐陽修《安重誨傳》不符合傳記體例，以為安重誨本是一個有「事跡可編者」，歐陽修卻不重在敘事，而是用「書、疏、論、策體」，「雜以論斷語」，這是仿效《史記．伯夷列傳》等而犯了「未詳其義而漫倣」之失，應當成為寫作人物傳記的一個教訓。

記事之文，惟《左傳》、《史記》各有義法，一篇之中，脈相灌輸❶，而不可增損，然其前後相應，或隱或顯，或偏或全，變化隨宜，不主一道。《五代史．安重誨傳》總揭數義於前❷，而次第分疏❸於後，中間又凡舉四事❹，後乃詳書之，此書、疏、論、策體❺，記事之文古無是也。《史記》〈伯夷〉、〈孟荀〉、〈屈原〉傳❻，議論與敘事相間，蓋四君子之傳以道德節義，而事跡則無可列者，若據事直書，則不能排纂❼成篇，其精神心術所運，足以興起乎百世者，轉❽隱而不著。故於〈伯夷傳〉歎天道之難知❾，於〈孟荀傳〉見仁義之充塞❿，於〈屈原傳〉感忠賢之蔽壅⓫，而陰以寓己之悲憤。其他本紀⓬、世家⓭、列傳有事跡可編者，未嘗有是也。〈重誨傳〉乃雜以論斷語。夫法之變，蓋其義有不得不然者。歐公⓮最為得《史記》法，然猶未詳其義而漫倣⓯焉，後之人又可不察而仍⓰其誤邪？

【注　釋】❶脈相灌輸　血在血管裡流通，形容文理貫通。脈，血管。❷總揭數義於前　《新五代史．安重誨傳》先總括說明安重誨「其勢傾動天下，雖其盡忠勞力，時有補益，而恃功矜寵，威福自出，旁無賢人君子之助，其獨見之慮，禍釁所生，至於臣主俱傷，幾滅其族，斯其可哀者也。」然後分別加以敘述。揭，舉。❸次第分疏　逐個依次分別說明。❹中間又凡舉四事　指《新五代史．安重誨傳》中間載安重誨四種錯謬，「其輕信韓玫之譖，而絕錢鏐之臣；徒陷彥溫於死，而不能去潞王之患；李嚴一出而知祥貳；仁矩未至而董璋叛。」凡，大略。❺書疏論策體　這裡指議論文體，與紀事文體相對。書，書信。疏，奏疏，古代上給皇帝的奏章。論，議論之文。策，策問。❻伯夷孟荀屈原傳　伯夷，商朝末孤竹君長子，孤竹君欲傳位於次子叔齊，叔齊讓位於伯夷，伯夷不受，後來二人都投奔周，武王滅商，不食周粟而死。孟，孟軻，其書名《孟子》。荀，荀卿，其書名《荀子》。《史記》將孟軻、淳于髡、慎到、騶奭、荀卿五人合為一傳。屈原，名平。《史記》將他與賈誼合為一傳。❼排纂　排列、編纂。❽轉　反而。❾於伯夷傳歎天道之難知　司馬遷在敘述了伯夷「餓死於首陽山」後，接著寫下一大段議論，大略說：「或曰：『天道無親，常與善人。』若伯夷、叔齊，可謂善人者非邪？積仁絜行如此而餓死。……余甚惑焉，儻所謂天道，是邪？非邪？」天道，天命。⑩於孟荀傳見仁義之充塞 司馬遷在〈孟子荀卿列傳〉第一段用議論揭出寫作的用意，說：「余讀孟子書，至梁惠王問『何以利吾國』，未嘗不廢書而歎也。曰：嗟乎！利誠亂之始也。夫子罕言利者，常防其原也，故曰：『放於利而行，多怨。』自天子至於庶人，好利之弊何以異哉！」仁義充塞，語見《孟子·滕文公下》，朱熹《孟子集注》：「充塞仁義，謂邪說徧滿，妨於仁義也。」⑪於屈原傳感忠賢之蔽壅 司馬遷在〈屈原賈生列傳〉寫道：「屈平疾王聽之不聰也，讒諂之蔽明也，邪曲之害公也，方正之不容也，故憂愁幽思而作〈離騷〉。」蔽壅，蔽塞；阻遏。⑫本紀 記述帝王的傳記，按年月排比大事。⑬世家 記述諸侯及世襲家族等人物的傳記。⑭歐公 歐陽修。⑮漫傚 仿效而不得其實。⑯仍 沿襲；繼續。

【語譯】記事文章，只有《左傳》、《史記》各有義法，一篇中間，文脈互相聯貫，而不可以增減，然而前後呼應的方式，有的隱晦，有的明顯，有的側重在某一方面，有的則是從全體著眼，變化都是根據需要，不拘囿一種固定的公式。《五代史·安重誨傳》先在前面總括幾項要義，再分別在後面逐個加以敘述說明，這中間又一共列舉了四件事情，然後對此作詳細地敘說，這是書信、奏疏、奏章、策論體的寫法，記事文古代沒有這樣寫法。

《史記》的〈伯夷列傳〉、〈孟子荀卿列傳〉、〈屈原列傳〉將議論、敘事夾在一起，因為四位賢人所以能夠傳名於世上，是由於他們的道德節操，而具體事跡卻沒有什麼可記述的，如果把他們的事跡據實直接記錄下來，則無法排比成一篇文章，他們的思想、精神、心術活動，這些足以影響、振奮百代人的精彩部分，反而會被遮蔽埋沒。所以，司馬遷在〈伯夷列傳〉感歎天意難以知曉，在〈孟子荀卿列傳〉揭露仁義受到鉅大的利欲戕害，在〈屈原列傳〉感慨朝廷忠賢遭受壓抑排擠，其中暗暗地寄寓著自己的悲憤。其他本紀、世家、列傳中凡有事跡可以縷述的，未嘗用這種寫法。可是，〈安重誨傳〉竟然也摻和了議論判斷的語言。一種寫作方法的改變，是出於文章內容需要不得不然。歐陽公最得《史記》記事方法的真傳，卻仍然不瞭解其中精義而隨便效仿，後來的作者又怎能不體察個中道理而重犯其錯誤呢？

【研　析】方苞說的義法包含文體意識，他要求寫文章一定要得體、合格。然而一種文體又有變化的某種可能空間，所以不必過於拘泥，但又不能散漫無歸，要在變與不變之間掌握好分寸。「記事之文」此處主要是指人物傳記。方苞以為，傳記體應當以記敘人物事跡為主，內容精當，安排合理，「不可增損」。這是傳記體不可變者。由於記載的人物情況不同，有的有事跡可記，有的事跡很少，無法用「據事直書」來完成一篇傳記，對於這兩種人物的記事就要採用不同辦法，不必強求一律。而在具體敘述時，不妨「前後相應，或隱或顯，或偏或全，變化隨宜，不主一道」。這些是傳記體可變者。他認為《左傳》、《史記》在處理記事體或傳記體變與不變問題上都堪稱典範。比如司馬遷寫伯夷、孟子、荀子、屈原傳記，這些人物「事跡」少而「道德節義」炳著，於是採用「議論與敘事相間」的方法，寫出他們一生梗概，更用濃墨重筆摹畫出他們卓絕的「精神心術」，若機械地按照記事法則來寫，反而會使他們重要的一面隱而不彰。儘管如此，方苞認為像《史記・伯夷列傳》等是屬於傳記體的變例，適合於缺乏事跡的傳主，而不能將這種變例運用到有事跡可記而且應當記的傳主身上，若然就是以不可變者為變，造成文體不純。方苞批評歐陽修〈安重誨傳〉「總揭數義於前，而次第分疏於後，中間又凡舉四事，後乃詳書之」，像這樣以論帶事的寫法好比是「書、疏、論、策體」。顯然，安重誨並非缺少可以記敘的事跡，〈安重誨傳〉寫成這樣子，完全是歐陽修編排材料所致，反映了他對傳記體的認識。方苞認為，這是歐陽修不善學《史記》的結果。明清人物傳記往往有以論帶事的寫法，說明歐陽修這種傳記體得到後人一定認可。方苞強調寫記事之文要遵循「古」人確立的傳統，這是指《左傳》、《史記》為代表的史書作法，他借批評歐陽修〈安重誨傳〉，說明文章古體的典範性，並對後世變而不當的文體加以針砭。

本文兩段，每段都是先正後反，說一番道理之後，再舉出相反的事例加以攻駁，往復循進，分析由一般而至具體，脈絡清晰，明白乾淨。結語宕開一筆，十餘字卻有氣動滿幅之勢。

書韓退之平淮西碑後

【題 解】元和十二年(西元八一七年),裴度為淮西宣慰處置使,兼彰義軍節度使,率軍討伐吳元濟,平淮、蔡(今河南省東南部)。韓愈隨行,為行軍司馬,還朝,奉帝敕撰〈平淮西碑〉,於蔡州汝南城北門外刻石立碑。然據《舊唐書·韓愈傳》載:「其辭多敘裴度事。時先入蔡州擒吳元濟,李愬功第一,愬不平之,愬妻(引者按:唐安公主女兒)出入禁中,因訴碑辭不實,詔令磨愈文,憲宗命翰林學士段文昌重撰文,勒石鳳翔法門寺。」《新唐書·藩鎮宣武彰義澤潞傳》對此也談及,比二書更早的羅隱〈說石烈士〉對此事有更加詳細的記載,不過認為向憲宗反映真相的人是李愬部下石孝忠。北宋高度推崇韓愈文章,政和年間知州陳珦磨去段文,仍刻韓文。韓愈〈平淮西碑〉概要而全景式地記錄了這場重要戰役,歌頌皇朝統一的力量戰勝藩鎮割據勢力的重大意義,是韓愈「大手筆」代表作之一,這一點並不因為具體記事不夠周全而受影響。劉勰《文心雕龍·誄碑》:「夫屬碑之體,資乎史才,其序則傳,其文則銘,標序盛德,必見清風之華;昭紀鴻懿,必見峻偉之烈,此碑之制也。」〈平淮西碑〉全文約一千八百字,由序、銘兩部分組成,各有重點,互為補充,渾然一體。方苞從文章義法的角度肯定〈平淮西碑〉文體完善,並對班固《漢書》及宋以後文章這方面存在的欠缺提出批評。

碑記、墓誌之有銘,猶史有贊論,義法創自太史公❶,其指意辭事必取之本文之外。班史❷以下,有括終始事跡以為贊論者,則於本文為複矣。此意惟韓子❸識之,故其銘辭未有義具於碑誌者。或體製所宜,事有覆舉,則必以補本文之間❹缺。如此篇兵謀戰功詳於序，而既平後情事，則以銘出之，其大指然也。前幅蓋隱括序文❺，然序述比數❻世亂，而銘原亂之所生；序言官怠，而銘兼民困；序載戰降之數，銘具出兵之數；序標洄曲、文城❼收功之由，而銘備時曲、陵雲、邵陵、郾城、新城❽比勝之跡。至於師道之刺，元衡之傷❾，兵頓❿於久屯，相度⓫之後至，皆前序所未及也。歐陽公⓬號為入韓子之奧窔⓭，而以此類裁之，頗有不盡合者。介甫⓮近之矣，而氣象則過隘。夫秦、周以前，學者未嘗言文，而文之義法無一之不備焉，唐、宋以後，步趨繩尺，猶不能無過差。東鄉艾氏乃謂：文之法至宋而始備⓯，所謂強不知以為知者耶？

【注釋】❶碑記墓誌之有銘三句　碑記、墓誌往往由兩部分組成，前面用散文敘述事實，後面用韻文加以總結或讚頌，韻文部分即稱為銘。贊論，史傳最後的贊辭。贊，助。《史記》「太史公曰」到了《漢書》演變為「贊」。太史公，司馬遷。❷班史　班固《漢書》。❸韓子　韓愈。❹間　偶有。❺隱括序文　隱括，同「櫽括」。正木材彎曲的工具。此指概括。序文，韓愈〈平淮西碑〉分序、銘兩部分，序用散文述事。❻比數　連年。❼洄曲文城　洄曲，河名，在今河南商水縣西南。文城，在今河南遂平西南。❽時曲陵雲邵陵郾城新城　時曲，即洄曲。陵雲，在今河南商水縣西。邵陵，在今河南郾城東。郾城，今屬河南。新城，今湖北大悟境內。❾師道之刺二句　唐元和十年（西元八一五年）六月，宰相武元衡入朝，被李師道派遣的人刺死。李師道（？—西元八一九年），任淄青節度使，擁兵自重，刺殺大臣，反叛朝廷，最終遭唐朝圍剿，他被部下所殺。武元衡（西元七五八—八一五年），字伯蒼，緱氏（今河南偃師東南）人。武則天曾姪孫。官門下侍郎、平章事、劍南西川節度使。❿頓　勞累。⓫度　裴度（西元七六五—八三九年），字中立，河東聞喜（今屬山西）人。貞元進士，唐宰相，平吳元濟之亂。晚年退居洛陽。⑫歐陽公　歐陽修。⑬奧窔　古時屋的西南隅謂奧，東南隅謂窔。指隱祕之處。⑭介甫　王安石。⑮東鄉艾氏乃謂二句　艾南英（西元一五八三—一六四六年），字千子，號天傭子，臨川（今江西東鄉）人。因策論語有譏刺魏忠賢語，被罰停考。文章有盛名，主唐宋古文，排詆王世貞、李攀龍七子一派不遺餘力。有《天傭子集》。引文見〈答陳人中論文書〉：「足下又曰：宋文好新而法亡，好易而失雅。夫文之法最嚴，孰過於歐、曾、蘇、王者？」

【語譯】碑記、墓誌都有銘文，好比史傳有贊論，這種銘文的義法創始於司馬遷，它的主旨、含意、文辭、事跡必須都取於史傳本文之外。班固《漢書》以後，有把傳記所述的事情本末總括一下作為一篇的贊論，如此於史傳本文便是一種重複。對於這一點惟有韓愈能瞭解，所以他寫的銘辭並無辭意已經見於碑記和墓誌中的情況。有時出於文章體製的需要，有關的事情會重新提及，那必定是補充本文中一些沒有寫到的內容。比如這篇〈平淮西碑〉，用兵的計謀和取勝的勳業都詳細地記錄在序文裡，而叛亂平定之後發生的事情，則用銘文予以表現，整篇文章的思路是這樣。銘文的前面部分是概括序文內容，然而序文敘述社會連年動亂，銘文則追尋發生動亂的原因；序文揭發官吏荒怠職守，銘文則兼及人民潦倒貧困；序文記載克敵獻俘的人數，銘文則列出征戰有多少將士；序文寫清楚攻克洄曲、文城的經過，銘文則備述時曲、陵雲、邵陵、郾城、新城接連取勝的事跡。至於李師道派人行刺，武元衡負傷，軍隊因長久駐紮而疲困，宰相裴度在後來宣示王命，都是前面序文所沒有寫到的。人稱歐陽修已經探得韓愈文章的奧祕，而用以上寫法衡量他的文章，多有不完全相符的地方。王安石的文章與韓愈相近，可是氣象又太狹隘。秦朝、周朝以前，學者不曾談論文章，而文章的「義法」無一不具備，唐、宋以後，儘管對前人的文章法則亦步亦趨，然而還是不能避免差錯。東鄉艾南英卻斷言文章作法，直到宋朝才開始完備，這不正是前人所謂的「不懂硬要裝懂」嗎？

【研　析】韓愈〈平淮西碑〉歷來推崇的人甚多。如李商隱〈韓碑〉：「公退齋戒坐小閣，濡染大筆何淋漓。點竄〈堯典〉、〈舜典〉字，塗改〈清廟〉、〈生民〉詩。文成破體書在紙，清晨再拜鋪丹墀。表曰臣愈昧死上，詠神聖功書之碑。碑高三丈字如手，負以靈鼇蟠以螭。句奇語重喻者少，讒之天子言其私。長繩百尺拽碑倒，礱砂大石相磨治。公之斯文若元氣，先時已入人肝脾。湯盤孔鼎有述作，今無其器存其詞。」宋人磨去段文昌重撰之作，仍刻韓碑，時有詩曰「淮西功業冠吾唐，吏部文章日月光。千載斷碑人膾炙，不知世有段文昌」，為蘇軾所賞（見葛立方《韻語陽秋》卷三）。葛立方說：「裴度平淮西，絕世之功也；韓愈〈平淮西碑〉，絕世之文也。非度之功不足以當愈之文，非愈之文不足以發度之功。」（《韻語陽秋》卷三）孫覺謂：「退之此文，敘如《書》，銘如《詩》。」（見陳師道《後山詩話》）這些稱讚都是側重在文章本身的總體成就以及內容、意義的重要性上。

方苞盛讚韓愈此文則著眼於文章的義法。他認為碑記、墓誌先序後銘與史書先傳後贊是相同的，因此用這些文體寫作具有某些共同的要求，而《史記》每篇之後的「太史公曰」（即「贊論」）堪為碑記、墓誌的楷模。這些要求概括起來就是，「贊論」的「指意辭事必取之本文之外」，所謂「本文」就是傳記的正文，二者的內容應當避免重複。按照此理，碑記、墓誌的序和銘所寫的內容也應當是互相補充的關係，出現重複則是敗筆。方苞分別舉司馬遷《史記》、韓愈〈平淮西碑〉為這類文體的傑出代表，而韓愈能領會司馬遷的文章好處又是他精於文章義法、寫出〈平淮西碑〉的原因。圍繞這一點他對〈平淮西碑〉作了全面分析，很有說服力。他指出，班固《漢書》的贊論與其本文之間存在某種重複敘述的現象，歐陽修學韓愈，雖然比較深入，取得成就，然而以上這種重複的現象也不可避免地存在著，王安石文章在這方面雖然更加接近韓愈，然而氣象「過隘」則又限制了他的成就。說明方苞撰寫此文其實不限於談一二種文體或某篇作品的具體問題，而是同時借此從一個角度優劣作者，梳理文章史。方苞文章立意之高，從這裡得到了表現。

書柳文後

【題　解】柳宗元（西元七七三—八一九年），字子厚，祖籍河東（今山西永濟），後遷長安（今陝西西安）。貞元九年（西元七九三年）進士。參加王叔文政治集團推動變法，失敗後被貶，終於柳州刺史任上，人稱柳柳州。有《柳河東集》。他與韓愈同為中唐古文運動的重要人物，並稱「韓柳」，對後世產生很大影響。方苞則是揚韓抑柳，對柳宗元大部分文章提出批評，認為他的作品雜而不純，不是真正根植於「六經」，只承認柳宗元被貶斥以後寫的一部分作品，尤其是記永州、柳州的山水文，可與韓愈並肩。由此可見，方苞所以批評柳宗元文章其實與不滿他早期的政治活動有關。

子厚自述為文，皆取原於六經❶。甚哉，其自知之不能審❷也！彼言涉於道，多膚末支離而無所歸宿，且承用❸諸經字義，尚有未當者。蓋其根源雜出周、秦、漢、魏、六朝諸文家，而於諸經，特用為采色聲音之助爾。故凡所作效古而自汩❹其體者，引喻凡猥者，辭繁而蕪、句佻且稗者，記、序、書、說、雜文皆有之，不獨碑、誌仍六朝、初唐餘習也。其雄厲悽清醲郁之文，世多好者，然辭雖工，尚有町畦❺，非其至也。惟讀《魯論》❻、辨諸子❼、記柳州近治山水諸篇❽，縱心獨往，一無所依藉❾，乃信可肩隨退之而嶢然於北宋諸家之上❿，惜乎其不多見耳。退之稱子厚文必傳無疑，乃以其久斥之後為斷⓫，然則諸篇蓋其晚作與？子厚之斥也年長矣，乃能變舊體以進於古，假而其始學時，即知取道之原，而終也天假之年，其所至可量也哉！

【注釋】❶子厚自述為文二句　柳宗元〈答韋中立論師道書〉：「本之《書》以求其質，本之《詩》以求其恆，本之

《禮》以求其宜，本之《春秋》以求其斷，本之《易》以求其動，此吾所以取道之原也。」❷審 確切。❸承用 沿用。❹汩 汩沒；淹沒。❺町畽 同「町畦」。田界。指隔閡。❻讀魯論 指柳宗元〈論語辯〉上下篇。魯論，《魯論語》。漢初《論語》出現了不同傳本，有《古論語》、《齊論語》和《魯論語》。❼辨諸子 柳宗元有〈辨列子〉、〈辨文子〉、〈辨鬼谷子〉、〈辨晏子春秋〉、〈辨亢倉子〉、〈辨鶡冠子〉等文。❽記柳州近治山水諸篇 柳宗元被貶永州時寫了〈永州八記〉等，被貶柳州時又寫了〈柳州東亭記〉、〈柳州山水近治可遊者記〉等文。柳州，唐貞觀八年（西元六三四年），改南昆州為柳州，地在今廣西。治，州治府，當時的柳州州治地在馬平縣。❾依藉 依傍。藉，借。❿乃信可肩隨句 信，誠然；確實。肩隨，並列。退之，韓愈。嶢然，山高峻貌。北宋諸家，指歐陽修、蘇洵、蘇軾、蘇轍、王安石、曾鞏。⓫退之稱子厚文必傳無疑二句 韓愈〈柳子厚墓誌銘〉：「然子厚斥不久，窮不極，雖有出於人，其文學辭章必不能自力以致必傳於後如今無疑也。」⓬限 斷，限。

【語譯】柳子厚自述他寫文章，皆原本於六經。他對自己的認識真是太不恰當了呀！他在文章中所涉及的道，多屬膚淺瑣碎而脫離大旨，而且他襲用各部經典的字義，也尚且有用得不妥當的。這是因為他的根源雜出於周、秦、漢、魏、六朝的各種文章家，而把儒家經典只當成寫作中能增進文采、聲音之美的借助對象罷了。所以，凡是他寫的仿效古人而又不循其文體的，引述比喻庸凡猥下的，文辭繁蕪語句輕佻幼稚的，在記、序、書、說、雜文中都存在，不僅僅是碑記、墓誌才因襲六朝、初唐文章的流風餘習。他寫的那些雄勁有力、淒厲清寒、醇厚濃郁的文章，世人多有愛好者，不過這些作品文辭雖然工巧，仍然相隔了一層，還稱不上最佳。惟有《論語辯》上下篇、辨析諸子的文章、記敘柳州治所附近山水的各篇，作者任縱心意，獨往馳騁，全無依傍拘束，這才確實可以與韓愈並肩而高聳於北宋各位文章名家之上，可惜這類文章並不多見。韓愈預言柳宗元文章毫無疑問一定會流傳於後世，其所指僅限於柳宗元遭到貶斥以後寫的作品，據此來看，以上這幾篇大概是他晚年寫的吧？柳宗元遭貶斥的時候，年齡已大，反而能夠改變自己一向的文風，而進入古人之境，假使他一開始學習寫文章，就知道正確的取法對象，而老天最後又能讓他長壽，他達到的成就又怎麼能限量呢！

【研　析】方苞評柳宗元文章語很多，大致與本文意思相類。如〈答程夔州書〉說：「柳子厚惟記山水刻雕眾形，能移人之情，至〈監察使〉、〈四門助教〉、〈武功縣丞廳壁〉諸記，則皆世俗人語言意思，援古證今，指事措語，每題皆有見成文字一篇，不假思索。是以北宋文家於唐多稱韓（愈）李（翱），而不及柳氏也。」方苞曾下功夫評點柳宗元文，是是非非，意見大致也是對本文的具體化（評語見徐天祥、陳蕾點校《方望溪遺集》附錄一〈評點柳文〉）。如他評柳宗元〈獻平淮夷雅表〉不如韓愈〈平淮西碑〉寫得好，原因是「蓋退之志在約六經之旨以成文，而子厚則較文字之工於毫釐分寸間也。」方苞對文章的義法、語言都提出很高要求，強調義法嚴格，語言雅潔。而柳宗元文章博採眾長，從儒道到佛家的思想，從儒家經典到六朝文章的語言，都汲引為自己文章的養料，這在方苞看來就不免雜而不純，容易偏離雅風，流入俗調。方苞提倡學習儒家經典，首先是要求作者從經典作品中汲取思想，學習義法，而他認為柳宗元雖然宣稱自己作文源於六經，其實不過是「特用為采色聲音之助爾」，取其小而失其大。顯然方苞對柳宗元及其文章總體持有偏見，認識受到限制，這種限制其實也是他所主張的「義法」和「雅潔」學說的某種局限，嚴格要求固然好，若陷於狹窄，就過了。方苞對柳宗元後期的山水遊記和題經書、子書語十分欣賞（可以參考〈書史記十表後〉），「縱心獨往，一無所依藉」二語，尤其關於柳宗元山水遊記的獨創性，評得很到位。

書李習之盧坦傳後

【題　解】李翱（西元七七四—八三六年），字習之，河北趙郡（今河北趙縣）人，一說隴西成紀（今甘肅秦安東）人。唐代貞元十四年（西元七九八年）進士，官至山南東道節度使檢校戶部尚書。有《李文公集》。他是韓愈姪婿，學出於愈，得韓文平易之風。他好文，也有志於史學，在〈答皇甫湜書〉中表示：「唐有天下，聖明繼于周、漢，而史官敘事，曾不如范曄、陳壽所為，況足擬望左丘明、司馬遷、班固之文哉？僕所以為恥。……僕竊不自度無位於朝，幸有餘暇，而詞句足以稱讚明盛，紀一代功臣賢士行跡，灼然可傳於後，自以為能不滅者，不敢為讓，故欲筆削國史，成不刊之書。」〈故東川節度使盧公傳〉是一篇李翱寫的唐大臣盧坦傳記，歷敘盧氏嘉言懿行、功勳業績，行文樸實無華。方苞認為這篇作品缺乏結構，體例不完整，談不上是嚴格的史傳作品，只是一篇人物傳記的素材。他認為，像這樣的情況在《史記》中也存在，他判斷那是後人隨意「附綴」的結果。這可以幫助讀者從一個側面去認識方苞義法說對寫作的嚴格要求。

文士不得私為達官立傳❶，李習之與退之❷游，此義宜夙❸講。而集有〈東川節度使盧坦傳〉❹，事跡平敘，無杼軸經緯❺，後無論贊，豈習之嘗欲筆削國史，故於所聞見偶錄以備取材，其後史卒未成，而編者誤以入集邪？吾觀周、秦間諸子，其傳顯著者，尚多為後人偽亂。太史公作《史記》，藏之名山，副在京師❻，然中間多駢❼旁枝，如〈秦紀〉後覆出襄公至二世六百一十年事❽，〈田單傳〉別載君王后、王蠋語❾。蓋當日摭拾群言以備採擇而未用者，不知者乃取而附綴焉。故退之自言所學，首在辨古書之正偽❿。然則文之義法，不獨作者宜知之也？

【注釋】❶文士不得私為達官立傳　在私家修史時代，文士為達官立傳比比皆是。唐以後官修史書形成制度，且日趨嚴格，文士為達官立傳遂不可行。❷退之　韓愈，字退之。❸夙　早；向來。❹東川節度使盧坦傳　李翱《李文公集》卷十二題目為〈故東川節度使盧公傳〉，《文苑英華》卷七百九十二目錄所收為〈唐故東川節度使盧坦傳〉，正文題目與《李文公集》所收相同。盧坦，字保衡，河南洛陽人。宣宗朝累官刑部侍郎鹽鐵轉運使，改戶部，出為東川節度使。卒年六十九，贈禮部尚書。❺**杼軸經緯** 比喻文章的構思、組織。杼軸，織布機上的兩個部件。杼，穿緯線的梭子。軸，承結經線的筘。經緯，織物的縱線和橫線。❻**藏之名山二句** 《史記·太史公自序》：「凡百三十篇，五十二萬六千五百字，為《太史公書》……藏之名山，副在京師，俟後世聖人君子。」司馬遷〈報任安書〉：「僕誠已著此書，藏之名山，傳之其人通邑大都。」副，作品的副本。京師，京城，指長安。❼**駢** 並列。❽**秦紀後覆出襄公至二世六百一十年事** 指《史記·秦始皇本紀》「太史公曰」後，從「襄公立」至全文結束一大段文字。襄公，秦襄公。周幽王時，犬戎進攻鎬京（長安），犬戎與申侯襲殺幽王於酈山下，秦襄公派兵營救。周幽王被殺後，秦襄公擁平王為帝，因功封為諸侯，賜岐山以西之地。他是秦國列為諸侯的第一代君主。二世，秦二世（西元前二三〇－前二〇七年），嬴氏，名胡亥，始皇死後即位，西元前二一〇－前二〇七年在位。❾**田單傳別載君王后王蠋語** 司馬遷在《史記·田單列傳》「太史公曰」中記述了君王后、王蠋的事跡。田單，嬀姓，田氏，名單，臨淄（今屬山東）人，戰國時田齊宗室遠房親屬，任齊都臨淄市掾，後來任趙國將。君王后，齊王法章的妻子。王蠋，齊國賢士，畫邑（今臨淄高陽鄉）人。燕國軍隊攻入齊國，欲授王蠋為將，封萬戶。他說：「國既破亡，吾不能助桀為暴。」說完後自殺。❿**故退之自言所學二句** 韓愈〈答李翊書〉：「愈之所為不自知其至猶未也，雖然，學之二十餘年矣。……然後識古書之正偽，與雖正而不至焉者，昭昭然白黑分矣。」

【語　譯】文士不能擅自為大官寫傳記，李翺隨韓愈遊學，這個道理應該早已經對他講過。可是在他文集中有一篇〈東川節度使盧坦傳〉，事跡平鋪直敘，沒有構思佈局，結束也沒有論贊文字。難道是李翺曾經想要編訂本朝史書，所以將所見所聞，偶然記錄下來以備取材之用，後來史書終於沒有寫成，而編纂李翺文集者誤將此文收了進去嗎？我覺得周、秦時期諸子，他們的傳記即便很著名，也尚且多有被後人偽造、弄亂的內容。司馬遷撰寫《史記》，藏之於名山，又把副本放在京城，可是書中多有累贅的筆墨。比如，〈秦始皇本紀〉最後重複敘述從秦襄公到秦二世六百一十年的史事，〈田單列傳〉另外又記載了君王后、王蠋的事跡。這大概是作者當時博取眾言以備採用而最終沒有派用處，不瞭解的人卻把這些東西取來附在篇末。所以韓愈自述學習心得，最重要的是分清楚古書的真偽。如此看來文章的義法，不只是作者才應該知道。

【研　析】方苞對文章義法有很高要求，且認為《史記》是嚴格遵循義法的，驗之以義法不會有明顯的、突出的缺點，他由此推斷，《史記》若有經不起用義法推敲的文字，那應該是後人加添的，並非是作者的原文。這說的可能對，也可能不對，或然性大於必然性，因為《史記》嚴格遵循義法之說本身是方苞一己之見，未必司馬遷撰《史記》就取如此態度，所以方苞以上的論證在邏輯上存在薄弱之處。同樣，他用李翱跟隨韓愈遊學，應該懂得「文士不得私為達官立傳」的道理，及據〈盧坦傳〉「事跡平敘，無杼軸經緯，後無論贊」體例、作法的特點，認為這篇作品只是他備將來修史之用的素材，不是正式的作品，是他人誤將它收進文集中，這一說法也存在判斷依據不夠堅實的問題。理想化的義法說，可以用之於文學批評，可能也適合作為考證之用的部分參考，主要用它來考辨文獻真偽則缺乏足夠的說服力。讀方苞這篇文章，由他批評李翱〈盧坦傳〉平鋪直敘、缺少結構之妙，適可以此反觀他的義法說對作文追求結構佈局、行文流動而有波瀾方面的期望很高。照著方苞的指示，讀者固然可以從《史記》之〈蕭相國世家〉、〈淮陰侯列傳〉等正面去體認何謂文章義法，也不妨從〈盧坦傳〉反面去瞭解缺乏義法的文章會是怎樣，將二者結合起來，就更加能夠切實地得到他關於義法的見解。

關於「文士不得私為達官立傳」的問題，顧炎武《日知錄》卷十九「古人不為人立傳」、「誌狀不可妄作」兩條皆有論述。如「古人不為人立傳」條說：「列傳之名，始於太史公，蓋史體也。不當作史之職，無為人立傳者，故有碑、有誌、有狀而無傳。梁任昉《文章緣起》言：傳始於東方朔作〈非有先生傳〉，是以寓言而謂之傳。韓文公集中有傳三篇：〈太學生何蕃〉、〈圬者王承福〉、〈毛穎〉。柳子厚集中傳六篇：〈宋清〉、〈郭橐駝〉、〈童區寄〉、〈梓人〉、〈李赤〉、〈蝜蝂〉。何蕃僅采其一事，而謂之傳；王承福之輩皆微者，而謂之傳；毛穎、李赤、蝜蝂則戲耳，而謂之傳，蓋比於稗官之屬耳。若段太尉則不曰傳，曰逸事狀。子厚之不敢傳段太尉，以不當史任也。自宋以後，乃有為人立傳者，侵史官之職矣。」這或許是方苞「文士不得私為達官立傳」說的一種依據。然而李翱既有〈故東川節度使盧公傳〉，章學誠《文史通義・傳記》也指出《文苑英華》收有符合正傳體例者「十餘篇」，則「古人不為人立傳」、「文士不得私為達官立傳」云云，也並非是絕對的風氣。桐城派在這個問題上，劉大櫆與方苞的看法一致，姚鼐對此則顯得有一定靈活性。姚鼐〈古文辭類纂序〉

目〉說：「傳狀類者，雖原于史氏，而義不同。劉先生（鄔按，指劉大櫆）云：『古之為達官名人傳者，史官職之。文士作傳，凡為圬者、種樹之流而已。其人既稍顯，即不當為之傳，為之行狀，上史氏而已。』余謂先生之言是也。雖然，古之國史立傳，不甚拘品位，所紀事猶詳。又實錄書人臣卒，必撮序其平生賢否。今實錄不紀臣下之事，史館凡仕非賜謚及死事者，不得為傳。乾隆四十年，定一品官乃賜謚。然則史之傳者，亦無幾矣。余錄古傳狀之文，並紀茲義，使後之文士得擇之。昌黎〈毛穎傳〉，嬉戲之文，其體傳也，故亦附焉。」他認為，後世嚴格執行達官方可立傳的原則，這樣一來能夠立傳的人數就很少。他似乎覺得這不能夠包括傳記文的廣大範圍，故在《古文辭類纂》中也為別的更普通的傳記文留下了一定餘地。

書歸震川文集後

【題解】歸有光（西元一五〇七—一五七一年），字熙甫，號震川，崑山（今屬江蘇）人。嘉靖四十四年（西元一五六五年）進士，歷官長興知縣、順德府通判、南京太僕寺丞，留掌內閣制敕房。以文章名天下，反對七子一派。有《震川集》。作為明代散文大家，歸有光受到後人普遍推崇，被認為是明代唐宋派文章成就的代表。方苞肯定歸有光在明代文章史上突出的地位，〈劉氏宗譜序〉說：「昔北地主盟詞壇，喧赫一時，而歸熙甫以老舉子抱遺經于荒江寂寞之濱，聲光暗淡，迨榮華銷歇，熙甫之文獨流傳宇內。」《方望溪遺集》方苞又認為，歸有光文章庶幾可稱「言有序」，而「言有物」之作不多，語言也有「近俚而傷於繁者」，不夠雅潔。本文偏重於他對歸有光文章的批評。

昔吾友王崑繩❶目震川文為膚庸❷，而張彝歎❸則曰：「是直破八家之樊，而據司馬氏之奧矣❹。」二君皆知言者，蓋各有見而特未盡也。震川之文，鄉曲❺應酬者十六七，而又徇請者之意，襲常綴瑣，雖欲大遠於俗言，其道無由。其發於親舊及人微而語無忌者，蓋多近古之文。至事關天屬❻，其尤善者，不俟❼修飾，而情辭并得，使覽者惻然有隱❽，其氣韻蓋得之子長❾，故能取法於歐、曾❿，而少更其形貌耳。

孔子於〈艮〉五爻辭，釋之曰：「言有序。」⓫〈家人〉之〈象〉，系之曰：「言有物。」⓬凡文之愈久而傳，未有越此者也。震川之文於所謂有序者，蓋庶幾⓭矣，而有物者則寡焉。又其辭號雅潔，仍有近俚而傷於繁者。豈於時文既竭其心力，故不能兩而精與⓮？抑所學專主於為文，故其文亦至是而止與？此自漢以前之書所以有駁有純，而要非後世文士所能及也。

【注釋】❶王崑繩　王源，字崑繩，一字或庵，直隸大興（今屬北京）人。方苞友人。❷膚庸　膚淺平庸。❸張彝歎　張自超，字彝歎，高淳（今屬江蘇）人。康熙四十二年（西元一七〇三年）進士，時年已近五十，未仕而卒。著有《春秋宗朱辨義》，《四庫全書總目》謂：「方苞作《春秋通論》多取材此書。」方苞〈四君子傳〉載張彝歎、王源事跡頗具體。❹是直破二句　謂突破唐宋八大家古文格局，續接司馬遷傳統。八家，唐宋八大家，指韓愈、柳宗元、歐陽修、蘇洵、蘇軾、蘇轍、王安石、曾鞏。樊，藩籬，比喻門戶。據，佔有。司馬氏，司馬遷。奧，房屋的西南角，泛指房屋深處。❺鄉曲　鄉村偏僻處。❻天屬　有血緣關係的親屬。❼俟　待。❽惻然有隱　悲傷哀痛。隱，悲痛。❾子長　司馬遷，字子長。❿歐曾　歐陽修、曾鞏。曾鞏（西元一〇一九－一〇八三年），字子固，建昌南豐（今屬江西）人。嘉祐二年（西元一〇五七年）進士，歷官太平州司法參軍、集賢校理、中書舍人。他重視學術、史傳之文，文風謹嚴覈實。有《元豐類稿》等。⓫孔子於艮五爻辭三句《周易・艮》六五：「其輔，言有序，悔亡。」孔穎達《正義》：「輔，頰車也，能止於輔頰也，以處其中，故口無擇言也。言有倫序，能亡其悔。」爻辭，說明《易》六十四卦各爻象的文辭，古人認為是孔子所作。⑫家人之象三句　《易・家人》引《象》傳：「君子以言有物，而行有恆。」孔穎達《正義》：「物，事也。言必有事，即口無擇言。行必有常，即身無擇行。……言既稱物，而行稱恆者，發言立行，皆須合於可常之事，互而相足也。」象，象辭，又稱象傳，《周易》中解釋卦象與爻象的話。系，連綴，指解釋《易》象的文字，相傳孔子所作。⑬庶幾　差不多。⑭與　同「歟」。

【語　譯】從前，我友人王崑繩認為歸有光文章寫得膚淺平庸，而張彝歎卻說：「他的文章徑直突破唐宋八大家門戶，而抵達司馬遷的堂奧。」二人都善於論文，以上所說各有見地只是還不夠深刻全面。歸有光的文章，鄉村鄰里的應酬之作佔十分之六七，而且又好曲從請求文章的人心願，沿襲尋常套路，拼湊瑣碎雜事，即使想遠離平庸的文風，也找不到路徑。他某些作品因感於親戚舊友以及身分卑微卻說話無所忌憚者的遭際而發，大概多與古人文章相接近。至於記敘親人之間天然關係的事情，其中寫得尤其精彩的，不加修飾，而情辭兼勝，使讀者受到感動心生哀痛，這些文章氣韻得自司馬遷，所以能取法於歐陽修、曾鞏，同時又對歐、曾文章的面貌作了一些改變。

孔子對於〈艮卦〉五爻辭，解釋說：「言談應有倫序。」又在〈家人卦〉的〈象傳〉中，解釋說：「言談應有物事。」凡是年代越久遠而越獲得流傳的文章，沒有超出「有序」、「有物」範圍之外的。歸有光文章於所謂有序的要求，大概差不多是達到了，可是達到有物的要求，篇數還是很少。此外，他文章的語言號稱雅潔，可是仍有近於俚俗而傷於繁蕪者。難道他是在八股文中已經耗盡精力，所以無法同時加深古文的造詣？還是他一生所學專注於寫作文章，所以他的文章也就到此碰頂了呢？這就是為什麼漢代以前文章雖然有的駁雜有的醇正，而總體上卻不是後世文人所能企及的原因。

【研　析】明清之際以後，取宗秦漢古文抑或唐宋古文問題經過長期爭論，人們逐漸形成以唐宋文章為基礎、由唐宋而上企秦漢這樣的一種相對共識。在這個過程中，歸有光文章在明代文壇的地位和意義受到高度重視，錢謙益、汪琬皆予以大力肯定，視歸有光為上續唐宋文章、再遠接秦漢古文傳統的重要橋梁，歸有光文章的影響不斷擴大。方苞也加入到了評歸文的行列中，而且成為重要一家。他大力肯定歸有光當年反七子一派在文章史上的意義，這表明他否定走模擬秦漢文章的路線。但是他又主張學習秦漢古文，特別是學習《左傳》、《史記》，認為司馬遷以後，最得古文真傳是韓愈，其他唐宋大家也各有長處，因此要將唐宋、秦漢的古文傳統聯繫起來，發揚光大。這與歸有光主張總體上互相一致。然而與歸有光相比，方苞有更加明確和嚴格的古文主張，那就是義法說。他以義法說串起秦漢、唐宋古文的傳統，突出秦漢古文《左傳》、《史記》和唐宋古文中的韓愈文章對創作的指導意義。他把歸有光文章也置於義法理論下加以考量，以為有合者，也有不甚合者。要而言之，合者是「言有序」，不甚合者是「言有物」。他解釋歸有光文章所以還有不盡令人滿意的地方，可能是他因應付時文而分散了寫作精力，也可能是他過多地關心「為文」本身，而缺少對更重要的儒家經義學問的研究。歸有光大概不會接受方苞這樣的批評。方苞對歸有光肯定與批評兼施，主要的意義在於表明，桐城文章確實與歸有光有著承續關係，同時又強烈地希望超越歸有光，向世人表現出自己是《左傳》、《史記》、韓愈古文真正傳人的姿態。

書孫文正傳後

【題解】孫承宗（西元一五六三—一六三八年），字稚繩，號愷陽，卒諡文正，直隸高陽（今屬河北）人。萬曆三十二年（西元一六〇四年）進士，天啟二年（西元一六二二年），升禮部右侍郎、兵部尚書兼東閣大學士。經略遼東四年，期間大膽起用袁崇煥、孫元化等人。天啟五年（西元一六二五年）八月，發生柳河之役，魏忠賢以小過為由參劾，孫承宗歸鄉養病。崇禎二年（西元一六二九年），清皇太極用反間計，使崇禎帝殺害了袁崇煥，導致政局大亂，軍心渙散，此時明廷再次起用孫承宗，後因為大凌河失守而再次受到罷免。他死於同清兵巷戰。方苞此文所記是讀《明史．孫承宗傳》的感想，認為明末朝廷「內蔽於姦僉」，妒賢嫉能，有才不用，崇禎帝本人雖然「憂勤恭儉明察」，卻為憸人所「蔽壅」，終於被新朝替代，總結了奸邪亡國的歷史教訓。

當明之將亡，其事最僨❶者，莫若殺袁崇煥❷與置公閒地。然間諜之言，當其時，跡猶難辨也。莊烈愍帝❸嗣位之二年，公自家起，受命危難中，復已失之畿甸❹，定將傾之宗社，其才不世出，而憂國忘身，帝所親見也。及關門靖❺，寧前❻收，屯營立軍，民始有固志。而內蔽於姦僉❼，緩餉衍期，以掣公之手足❽，外則政權不一，分操割裂，以亂公之成謀。至大凌覆敗，按其末，則失律喪師者，邱禾嘉也；循其本，則敗謀速禍，乃撤班軍，改成命❾。主議之廷臣不明徵罪之有無，乃以無識者追咎築城，而聽❿公引退，廢棄八年，不咨一語，卒使巷戰力屈，闔門就死⓫。此天下所嘆息痛恨，不能為帝解者。

蓋方是時，周延儒、溫體仁⓬已深結帝知而得事柄矣。二人皆忠賢⓭餘黨也，自忠賢時，已誣公欲興晉陽之甲⓮，而公之再用再罷，以至於死，實與二人之秉國相始終。延儒之獨對⓯，體仁之密揭⓰，所以搆公於冥昧之中者，豈可測哉？觀公始至，召對平臺，帝親以京城相屬，越日而出公於通⓱，則群邪之側目⓲於公而攜⓳公於帝者，其術蓋多變矣。公既死，帝嗟悼，命優卹，當國者猶忌其義列而多方以格⑳之，況生時懼公功成而位居己上者乎？而為所蔽壅者，乃憂勤恭儉明察之君㉑。嗚呼！此〈立政〉所以畏憸人㉒也。

【注釋】❶傎　同「顛」。顛倒錯亂；荒謬。❷袁崇煥　生於西元一五八四年，字元素，又字自如，廣東東莞人。萬曆四十七年（西元一六一九年）進士。抗後金（清）屢建奇勳，官至兵部尚書，督師薊遼。崇禎三年（西元一六三〇年），清太宗皇太極設反間計，被殺。❸莊烈愍帝　崇禎皇帝朱由檢（西元一六一一－一六四四年）。李自成攻入北京，自縊於煤山（今景山）。清人入關，謚懷宗，改謚莊烈帝。❹畿甸　首都附近地區。❺關門靖　關門，山海關。靖，平定。❻寧前　山海關東七十里處。❼憸僉　奸佞小人。僉，通「憸」。❽掣公之手足　掣，拽；拉。掣手足，拉住胳膊。比喻阻撓別人做事。❾至大凌覆敗八句　崇禎四年，明朝軍隊與清兵在錦州對峙。孫承宗主張先修築大凌城，邱禾嘉卻違命同時修築右屯（今錦州東南七十里）。七月開工，正遇兵部尚書更替，新尚書盡反原議，撤走駐軍一萬四千人。八月清兵來襲，因為半月中同時築兩城，大凌城工事才完成一半，形勢岌岌可危。孫承宗急遣吳襄、宋偉兩將往救，又因邱禾嘉屢易師期，援軍遂無法協同作戰，大凌失守。事見《明史．邱禾嘉傳》。大凌，城名，又稱大凌河城，在今遼寧錦州東約四十里。末，不重要的原因。失律，違反軍紀。邱禾嘉，字獻之，貴州新添衛（今貴州貴定）人，萬曆四十年（西元一六一二年）舉人，喜談兵。崇禎間，由職方主政超擢遼東巡撫，一時倚為長城。本，根本原因。班軍，明代每年分班至京師駐防的士兵。天啟、崇禎時，經常派班軍駐邊，為邊軍築城負米。❿聽　任憑。⓫巷戰力屈二句　崇禎十一年（西元一六三八年），清兵攻入內地，十一月九日圍攻高陽，賦閒在家的孫承宗率全城軍民抵抗，三天後城破，舉家殉國。闔門，全家。⓬周延儒溫體仁　周延儒（西元一五九三－一六四三年），字玉繩，常州宜興（今屬江蘇）人。萬曆四十一年（西元一六一三年）進士，崇禎三年（西元一六三〇年）為首輔，罷相再起，督師抗清，虛報戰績，事敗革職，勒令自殺。溫體仁（？－西元一六三八年），字長卿，浙江烏程（今吳興）人。萬曆二十六年（西元一五九八年）進士，排擠周延儒，崇禎六年（西元一六三三年）為首輔。欲啟用魏忠賢舊黨，被劾去官。⓭忠賢　魏忠賢（西元一五六八－一六二七年），原名李進忠，河間肅寧（今屬河北）人。熹宗時擅權朝政，迫害東林黨人，崇禎初被貶自殺。⓮誣公欲興晉陽之甲　指誣陷孫承宗有屯兵造反之意。《公羊傳．定公十三年》：「晉趙鞅取晉陽之甲……逐君側之惡人。」興，起。晉陽，今山西太原。甲，盔甲，指戰爭。⓯延儒之獨對　《明史．奸臣傳．周延儒傳》：「性警敏，善伺意指。崇禎元年冬，錦州兵譁，督師袁崇煥請給餉。帝御文華殿，召問諸大臣，皆請發內帑。延儒揣帝意，獨進曰：『關門昔防禦，今且防兵。』」⑯密揭　上呈皇帝的密函。⑰觀公始至四句　《明史・孫承宗傳》：「承宗至，召對平臺……復出閱重城。明日夜半，忽傳旨守通州。」召對，君主召見臣下詢問政事等。平臺，指北京紫禁城內君主召見大臣的地方。通，通州（今北京市東南部）。⑱側目　用目光斜視，形容既畏且恨。⑲攜　離間。⑳格　作梗；阻止。㉑憂勤恭儉明察之君　指崇禎帝朱由檢。㉒立政所以畏憸人　《尚書・立政》：「國則罔有立政用憸人，不訓於德，是罔顯在厥世。繼自今立政，其勿以憸人，其惟吉士，用勱相我國家。」憸人，奸佞小人。

【語譯】在明朝將亡之際，諸事之中最荒謬的，莫過於殺袁崇煥及閒置孫文正公。不過關於間諜的說法，在當時情況下，還有其真相難辨之處。崇禎皇帝即位第二年，孫文正公在家裡被授予要職，受命於危難之中，收復已經淪喪的京城周圍地區，扶持安定行將傾覆的社稷國家，像他這樣有才能的人在歷史上是少有的，而他為國操心、不顧自己的表現，都是皇帝親眼所見。等到山海關一帶平定，寧前收復，安營紮寨，佈防了軍隊之後，民眾才凝聚起堅強的信念。可是，朝廷中被奸臣小人蔽翳，拖延軍餉，過期不撥，藉以牽制他的手腳，此外又職位與權力不相一致，分別指使，七翹八裂，藉以擾亂他的行動部署。至於大凌城潰敗的原因，從次要方面說，則不按時會師導致兵馬被殲，是邱禾嘉的責任；從主要方面說，則破壞孫文正公部署而引起禍事加速，是由於撤走駐防部隊，修改既定方略。議事的朝廷官員不去求證他究竟有沒有罪責，卻讓無知之徒去追究築城一事的責任，而聽憑孫文正公辭職，將他廢棄閒置整整八年，從不向他諮詢意見，最後使他在巷戰中精疲力竭，舉家殉難。這是天下人都為之歎息痛恨的事，是無法為崇禎帝辯解的。

因為那時候，周延儒、溫體仁已經深得皇帝寵信，大權在握。兩人都是魏忠賢餘黨，在魏忠賢當道時，就誣告孫文正公企圖擁兵造反，而文正公兩次出山兩次罷免，直到去世，正好是在這兩個人前後執政的時期。周延儒與皇帝獨自交談時一反眾人意見，溫體仁向皇帝呈送祕密文書，其中暗寓著對文正公怎樣的構陷之詞，豈能揣測得出？文正公一到京城，皇帝就召見於宮中平臺，將京城地區親自託付給他，過了一天，卻派他去駐守通州，由此可見，一群奸臣嫉恨文正公且在皇帝面前挑撥離間，他們使用的手段是多麼詭譎。文正公死後，皇帝為之傷悼，下令給予優厚的撫恤，把持國柄者尚且忌憚他忠義英烈而多方加以阻撓，更何況文正公活著時懼怕他獲得成功而地位居於他們之上？然而受蒙蔽被阻塞的人，竟是憂國勤政、恭敬簡樸、明察事理的君主。嗚呼！這也就是為什麼《尚書・立政》憂懼奸佞小人掌權的原因。

【研析】開篇舉明末朝廷最荒謬、最愚蠢二件事，殺袁崇煥，罷免孫承宗。隨即又說因間諜之言殺袁崇煥雖荒謬愚蠢，在當時情況下真假難辨，尚情有可原，而孫承宗受命危難之中，功勳有目共睹，崇禎帝本人也對他非常欣賞，卻遭罷免，賦閒在家，才不得其用，此最難以理喻，實為最最之荒謬愚蠢者。前後襯托成文，深入一層揭發，以見筆力。

全文探尋明亡原因，是奸相當國，排斥異己，扼抑忠良能臣，於是無害不生，無禍不至，直到山河沉淪，無可收拾。然而奸相無朝不有，未必皆能為所欲為。魏忠賢、周延儒、溫體仁以及其他的「姦僉」們所以能夠兜售其奸，處處得手，未必是他們的本事特別大，而是另有更加強大的權力在袒護他們，在給他們助威。方苞說，孫承宗被信而不堅，終於受盡排擠，不得大用，此事崇禎帝難辭其咎，是無法為他辯解的。這道出了真正的原因。文章以「畏憸人」結尾，板子看似重重地打在奸臣身上，實際上，與他們一起受懲罰的還有崇禎帝，「蔽壅者」和「為所蔽壅者」，都需要對歷史負責。當然方苞對崇禎帝的迴護之心還是從文章中流露出來，「憸人」才是他真正厭惡的對象。

書盧象晉傳後

【題解】盧象昇是抗清名將，戰敗而亡。他一家忠義，南京陷落後，盧象昇弟象觀赴水死，從弟象同戰死，一門先後赴難者百餘人。盧象晉，盧象昇弟，字錫侯，明諸生。嘗疏請假步騎三千，關外屯田，不允，明亡後棄家為僧，殯以缶。盧象昇後裔盧豪然彙編盧氏家傳，記述家門忠烈事跡，撰成後請方苞、儲大文作序撰文。方苞為家傳中的盧象晉傳寫了這篇文章，主要表彰盧象昇忠烈事跡，對朝廷因為盧象晉是盧象昇之弟而拒絕他請兵抗戰表示極難理解。文章在抨擊明末妒賢嫉能的奸臣之外，更指出崇禎帝「蔽惑於媢疾之臣」，對於明朝滅亡負有不可推卸的責任。

宜與盧豪然❶備錄家傳❷，乞言於余。余告之曰：「正史既具，外此皆贅言矣。」及觀其祖象晉請效死❸邊外，而當軸❹者始欲致罰，卒擯絕之，竊嘆鄙夫之階禍❺多端，而媢嫉❻其尤烈者也，不惟才德勳庸❼出己之上，必不能容，即未達之士少見鋒穎，即防其異日之難馴而豫❽遏焉。不惟國之安危，民之死生，萬世之詬厲，絕不以概❾於心，即情見勢屈❿而身罹⓫禍殃，亦有所不暇計也。

明之亡，始於孫高陽⓬之退休，成於盧忠烈⓭之死敗。沮⓮高陽者，惟知高陽不退，己不能為之下，而不思高陽既退，邊關社稷之事己不能支。擠忠烈者，惟知置之死地，援絕身亡，然後私議可行，而不思忠烈既亡，中原土崩之勢已莫能馭。當是時，邊事孔⓯急，凡求自試於師中者，無不立應，而獨於象晉難之⓰，徒以忠烈之故耳。

嗚呼！方莊烈愍帝⓱嗣位之初，首誅逆奄⓲，非不欲廣求忠良，破奸憸之結習，而所委心者，則周延儒、溫體仁，每⓳摧抑忠良以曲庇之。逮⓴延儒誅，體仁罷，國勢已不可為矣。而繼起者復祖其故智，嫉賢庇黨，以覆邦家。鄙夫之轍跡，自古皆然，無足深怪。所可惜者，以聰明剛毅之君，獨蔽惑於媢疾之臣，身死國亡而不寤㉑，豈非天哉！嗟乎！不平其心者，師尹也，而家父「以究王訩」㉒，傳者推之曰：「辟則為天下僇。」㉓有國者可不慎乎！

【注釋】❶盧豪然　盧象晉孫，常州宜興（今屬江蘇）人。雍正元年（西元一七二三年）恩科舉人，宰威縣。❷家傳　為家人寫的傳記。❸效死　獻身。❹當軸　執政。❺階禍　導致禍亂。❻媢嫉　嫉妒。❼勳庸　功勳。庸，功。❽豫　同「預」。❾概　感觸，置於心上。❿情見勢屈　語見《史記．淮陰侯列傳》。胡三省：「見，顯露也。屈，盡也。吾之情見，則敵知所備；勢屈，則敵得乘吾之敝矣。」⓫罹　遭受。⓬孫高陽　孫承宗。詳見〈書孫文正傳後〉題解。⓭盧忠烈　盧象昇（西元一六〇〇—一六三九年），字建斗，常州宜興（今屬江蘇）人。天啟二年（西元一六二二年）進士，曾任宣大山西軍務。崇禎十一年，清兵進攻內地，他奉命督師，兵力不足，而兵部尚書楊昌嗣等主張和議，對他處處掣肘。十二月十二日在鉅鹿（今屬河北）督師與清兵戰，陣亡（見邵長蘅〈明大司馬盧忠烈公傳〉）。追贈兵部尚書，南明福王時追諡「忠烈」，清朝追諡「忠肅」。有《忠肅集》、《盧象昇疏牘》。⓮沮　阻；敗。⓯孔　甚。⓰獨於象晉難之　指盧象晉上疏請求調撥給他步騎三千，屯紮關外，未被政府允准的事。⓱莊烈愍帝　崇禎皇帝。⓲逆奄　指魏忠賢。⓳每　常常。⓴逮　及；到。㉑寤　醒。㉒不平其心者三句　《詩經．小雅．節南山》：「節彼南山，有實其猗。赫赫師尹，不平謂何？」「家父作誦，以究王訩。」意思說，南山高峻，能長出豐茂的草木，尹氏高居三公之位，為何不能處事公平？故寫此詩，為王究詰政治窳敗、訴訟不絕的原因。師尹，太師尹氏。太師、太傅、太保，周代並稱三公。家父，周朝大夫。究，尋究。訩，人聲鼎沸，形容矛盾尖銳導致怨訴。㉓傳者推之曰二句　《大學》：「詩云：『節彼南山，維石巖巖。赫赫師尹，民具爾瞻。』有國者不可以不慎，辟則為天下僇矣。」傳，解釋。辟，偏。僇，同「戮」。

【語譯】宜興盧豪然詳備地撰成他家族親人的傳記，請我寫一篇文字。我告訴他說：「正史已經記載了，另外再寫別的全屬多餘。」等讀到他祖父盧象晉請纓邊疆，以身許國，可是執政者開始想給予他懲處，最後則拒絕他的請求時，我暗自感歎卑鄙小人導致禍害的原因多種多樣，而嫉妒則是其中尤為突出的，不僅才德功勳超過自己的人，他們絕對不能容忍，即便尚未顯達稍露鋒芒之士，他們為了防止其日後難以駕馭也要預先加以遏制。不但對於國家安危、人民生死、萬世詬罵，他們一點都不顧及，即使到了情勢敗露、身遭禍殃的時刻，他們有時也會在所不計。

明代滅亡局面，端倪初現於孫承宗辭職回鄉，結局形成於盧象昇戰敗陣亡。沮抑孫承宗之流，只知道孫承宗不辭職，自己是不會甘心位居在他下面的，卻不思忖孫承宗一辭職，邊疆和國家的事情靠自己無法支撐。排擠盧象昇之流，只知道將他置於死地，斷絕援軍迫使他送命，然後自己夾雜私心的主張方才得以施行，卻不思量盧象昇一死，中原土崩瓦解的局勢非自己所能掌控。那時候，邊境戰事萬分火急，凡是有人請求入伍一試身手，無不立即獲准，可是唯獨對盧象晉百般刁難，僅僅因為是盧象昇的緣故呀。

嗚呼！崇禎皇帝剛繼承皇位，就立即誅殺宦官魏忠賢，並非不想廣求忠良之臣，破除奸佞長年形成的惡習，然而他所寵信的人，卻是周延儒、溫體仁，他們常常摧殘壓抑忠良，而被偏袒庇護。等到周延儒被殺，溫體仁被罷官，國家形勢已經不可挽回，可是繼任者仍舊仿效周延儒、溫體仁故技，嫉賢妒能，包庇同黨，以此傾覆國家。卑鄙小人的表現，自古以來都是這一模樣，不足以令人感到特別怪異。所可惜的是，作為一個聰明剛毅的君主，唯獨被充滿嫉妒心的臣僚所蒙蔽，國破身亡卻不知醒悟，這難道不是天意嗎！真堪歎息啊！《詩》說偏心不公的是太師尹氏，而大夫家父「以此追尋王政所以窳敗的原因」，後人推闡這首詩歌的含義說：「偏心則會導致殺身之禍。」一國之主豈能不謹慎呀！

【研　析】「不惟才德勳庸出己之上，必不能容，即未達之士少見鋒穎，即防其異日之難馴而豫遏焉」，千古奸臣妒賢嫉能，其機關算盡，歹毒心態，數語畢現。對他們來說，滿足自己的私心高於一切，其他任何事情與滿足自己眼前的私心相比，皆微而又微，賤而又賤，「不惟國之安危，民之死生，萬世之詬厲，絕不以概於心，即情見勢屈而身罹禍殃，亦有所不暇計也」。明代的朝綱捏在這幫人手裡，哪有不亡之理。在由這些人佔據要害的權力網籠罩下，仁人志士只能徒歎無奈了，無論孫承宗，還是盧象昇，結局都只能是悲劇。

方苞在文章末段，更進而究詰崇禎帝對明亡所應當承擔的責任。奸臣的表現「自古皆然，無足深怪」，如果君主英明，扶正壓邪，尚可促成事態朝良性的方向運行，然而在忠賢與奸佞相爭中，崇禎帝「獨蔽惑於媢疾之臣，身死國亡而不寤」，於是一切壞結局如上天安排好似地接踵而至。明朝之亡正是由於帝王偏聽奸言佞計，這才是本文所要總結的最重要的教訓。這意思在方苞〈書孫文正傳後〉已經談到，沒有本文說得這麼直接和明確。

文章起於斥責奸臣，終於痛惜「有國者」，崇禎帝才是本文聚焦的中心。至於作者態度和感情上對兩者的區別，也是容易識別出來的。

書涇陽王僉事家傳後

【題解】王徵（西元一五七一—一六四四年），字良甫，號葵心，陝西涇陽人。明天啟二年進士，官廣平推官、揚州推官，崇禎四年，擢遼海監軍僉事，旋落職歸里。官揚州時，各省建祠媚魏忠賢，揚州祠成，大吏咸往拜叩，徵不往。李自成起義，王徵創為連弩、活橋、自行車、自飛礮，以資捍禦。李自成軍克陷西安，逼他出來做官，他先期自題墓石曰「了一道人之墓」，又書「全忠全孝」四大字，以示決死之意，最終絕食死，里人謚「端節」。方苞說他「聞莊烈愍帝殉社稷，七日不食死」，屬於誤記。王徵受明末來華天主教耶穌會影響，介紹西學。與鄧玉函合著《遠西奇器圖說》三卷，幫助金尼閣著《西儒耳目資》，自己還著有《學庸辨》、《歷代發蒙辨道說》、《山居詠》、《兩理略》、《續奇器圖說》（一名《新制諸器圖說》）一卷。武位中為《續奇器圖說》作序，說：「關西王公《奇器圖說》一書，採輯者為卷三，創置者為卷一。蓋公贍智宏材，披天根而漱地軸，所製自行車、自行磨，已足雁行武侯，而虹吸鶴飲之備旱潦，輪壺之傳刻漏，水銃之滅火災，連弩之禦大敵，代耕之省牛馬，因風趁水之不煩人力，其有裨於飛輓轉運、軍旅農商，瑣細米鹽，小大悉備，逸勞相萬矣。則公之書，固非常偉業，是胡可以不傳也，因手繪而授之梓。」王徵忠於明朝，又接近西方思想，重視科學技術、經世之學。方苞表彰王徵道德和學術兩個方面，更以他未能為時所用，對明末的歷史悲劇發出深沉的感慨。關於王徵的傳記，還有張炳璿〈王端節先生傳〉，查繼佐、萬斯同各有〈王徵傳〉。

國之將興，其時非無姦憸陰賊之臣也，政教方明，而賢者持其樞柄，則務自矯革，以取所求，或伏抑而不敢逞。國之將亡，姦憸陰賊之臣必巧遘機會以當主心，而賢人君子少得事任，常有物焉以敗之。若是者，豈人之所能為哉！

涇陽王僉事❶徵當明崇禎❷朝，以邊才由司理擢按察司僉事，監登萊軍❸。未閱月軍變，落職歸田里❹。甲申❺三月，聞莊烈愍帝❻殉社稷，七日不食死。公少時即慕諸葛武侯❼，演《八陣圖》❽，倣木牛流馬❾制械器，皆可試用。其家居，見流賊❿猖獗，倡築魯橋城以保涇原⓫，鄉人賴之。曩令監軍登萊，得期月之暇，撫循士大夫，則兇弁⓬無從煽亂，而公之才實可顯見矣。乃方起遽踣，持國論者，不信罪之有無而輕棄之，此可為流涕者矣。

然公之功能猶未著也。孫高陽⓭久鎮邊關，功在社稷，而廢棄八年，卒使城破巷戰，闔門就死。其所遇乃憂勤恭儉之君⓮，親見其困於逆閹⓯，又賴其力以收畿疆、紓國難，而終奪於姦憸，豈非天哉！少師⑯為諸生時，即徒步歷諸邊，以天下為己任。蓋其始也，不以事任之不屬而弛其憂；其終也，不以事任之不屬而讓其死。是則諸君子所自為正，而不聽命於天者夫！

【注　釋】❶僉事　明承金元官制，都督、都指揮、按察、宣慰、宣撫等，皆有僉事。❷崇禎　明思宗年號（西元一六二八－一六四四年）。❸以邊才由司理擢按察司僉事二句　司理，司理參軍的簡稱，掌獄訟。按察司，明朝為各省提刑按察使司的長官，主管一省的司法，是巡撫的屬官。登萊軍，明光宗泰昌年，山東登州府登萊設鎮，駐紮軍隊，是當時海防前線。❹未閱月軍變二句　崇禎四年十月，登州遊擊孔有德在吳橋發動兵變，五年正月陷登州，登萊巡撫孫元化、監軍王徵被俘，又被釋放回朝，孫元化棄市，王徵因友人力保，充軍，很快遇赦還家。閱月，經過一個月。閱，經過。❺甲申　崇禎十七年（西元一六四四年）。❻莊烈愍帝　明思宗朱由檢，在位十七年。李自成農民軍攻克北京，自盡於煤山，諡莊烈愍。❼諸葛武侯　諸葛亮，封武鄉侯。❽八陣圖　古代兵書，軍隊打仗佈陣的八種陣法，相傳是諸葛亮發明的。《晉書・桓溫傳》：「初，諸葛亮造《八陣圖》，於魚復平沙之上壘石為八行，行相去二丈。溫見之謂：『此常山蛇勢也。』文武皆莫能識之。」❾木牛流馬　諸葛亮發明的運載工具。或說即是獨輪車和四輪車。❿流賊　指李自成農民起義軍。⓫涇原　唐方鎮名，治所在涇州（今甘肅涇川縣北），轄涇、原二州，相當今甘肅、寧夏的六盤山以東，蒲河以西地區。⓬兇弁　叛亂將領。弁，白鹿皮做的帽子，古代武官服戴。故稱武官為弁。⓭孫高陽　孫承宗。詳見〈書孫文正傳後〉題解。⓮君　指崇禎帝。⓯逆閹　指魏忠賢。⓰少師　輔導太子的官。此指孫承宗。明熹宗即位，孫承宗以左庶子充日講官。

【語　譯】國家將要興盛，這時並不是沒有奸佞陰險的官員，政治教化昌明，賢人掌握著國家重要的權力，於是著意矯錯革弊，以取得所追求的功效，或許這使他們收斂、壓抑而不敢妄動。國家將要衰敗，奸佞陰險的官員必能巧遇機會投合君主心意，而賢人君子當道的少了，常常會發生一些事情讓他們失敗。像這類情況，豈是人所能左右啊！

涇陽王僉事徵在崇禎朝，因為有守衛邊防的才能，由司理擢陞為按察司僉事，監督駐紮登萊的軍隊。不到一個月發生兵變，被削職還鄉。甲申年三月，聽到莊烈愍帝為國殉身消息，絕食七天死。先生年輕時就仰慕諸葛亮，推演《八陣圖》，模仿木牛流馬製造機械器物，都可以嘗試使用。他歸鄉居住期間，看到流寇猖獗，倡議修築魯橋城來保衛涇原一帶，當地人才有了安全保障。以前命令他去監督登萊軍隊，如果能夠有一個月的時間，讓他安撫協調士大夫，那麼兇惡的武將就無從煽動叛亂，而先生的才能便可以得到表現了。不料剛剛開始就遭到挫折，主持國家輿論的人，還不能確定究竟有沒有罪就輕易將他罷免了，這是令人為之流淚的事情。

不過先生的功績、才能還沒有廣為人知。孫高陽長期鎮守邊防，為國家建立了功勳，可是被廢棄八年，最後導致城門被攻破，展開巷戰，全家死難。他遇到的乃是一個為國憂患、為政勤勉、恭儉清明的君主，親眼目睹了他遭魏忠賢逆閹迫害，又憑藉他的力量奪回京畿疆土，緩解國難，可是最終還是被奸佞之臣剝奪了權力，這難道不是天意嗎！當孫少師還是生員時，就徒步走訪各處邊防，以天下為己任。這是由於他在開始的時候，不因為事情不屬於自己負責而放棄憂患；在最後的時刻，也不因為事情不屬於自己負責而放棄死亡。這則表明諸君子是按照自己的正氣凜然地做事，而不聽命於天意吧！

【研　析】作者在第一段提出，國家興敗皆有冥冥之中事物在主使，不是人力所能夠改變。接著兩段分別記敘王徵、孫承宗，指出二人儘管建立的功績其著名程度不同，但是他們一樣都是「不聽命於天」，在明朝江河日下之際，都各盡其責，為企圖挽回頹勢而不懈努力。方苞於文章前後提出和肯定的兩點都是正題，互相又明顯地發生頂撞，而正是借助於行文之間的這種關係所形成的張力，強有力地表達了他對知其不可為而為之的積極精神的提倡和讚美。在方苞看來，這種反天而動的行為註定會失敗，投身於這類事業的人註定是犧牲者，而正由於此，本文充滿了濃郁的悲劇色彩。英雄主義和悲劇色彩並相出現，這正是方苞所作事涉明末痛史的散文一個重要特色。

屈大均〈贈王永春序〉（《翁山文外》卷二）記王徵死事比較具體：崇禎十七年冬，李自成軍陷據陝西，「縉紳大夫……等皆受偽命，獨三原故都御史焦公（焦源溥）與涇陽故副使王端節先生（王徵）弗從。先生嗣子永春將奉先生以遯，先生不可。賊使至，先生拔所佩高麗刀欲自殺，賊使前奪刀，刀傷賊使，血出手。賊使虓怒，將遂縶先生以行。永春哀求代縶，見自成，抗聲言曰：『吾父國之大臣，義不可屈，若欲殺之，則有吾永春之首在。』自成壯而釋之。然永春歸，先生已絕粒食七日死矣。」然而他在〈三原涇陽死節二臣傳〉（《翁山文外》卷三）中，沒有寫到王徵在李自成部下面前欲自殺，又說王永春被縶五日後回家，王徵絕食已經五日，又過兩天去世，與〈贈王永春序〉所載略有出入。錄出這些內容，以供讀本文者參考。

書潘允慎家傳後

【題解】潘允慎，明清之際人，家山東濟寧，秀才，生平不詳。潘允慎家傳是潘氏後人撰寫的有關他家族人員的傳記資料。方苞引家傳所載潘允慎處亂世而能「保身與親」一節，而想到明朝不當亡而亡，鼎革造成生靈塗炭，景象十分慘烈，能如潘允慎這麼幸運的人十分少。文章反映了作者對由於執政不善而帶來的戰爭、死亡、痛苦的厭惡和譴責。

此文撰於康熙三十年（西元一六九一年），方苞二十四歲。

辛未❶九月二十一日，日將暮，檢架上散帙❷，見濟寧諸生潘允慎家傳，載其衝擊流寇❸，脫祖母死地，奮身蹈火，出兒於燔❹薪。匝❺屋長吁，夜參半❻不能寐。蓋惟❼明之亡，事與古異，君非有涼德❽也，朝非有暴政也，眾非有離心也，無食無兵，池湮❾城圮❿，梟張之賊⓫勢如猛火，而守令學官⓬奮死守禦，殺身殘家而不悔者，無地無之。薦紳⓭士民廟哭⓮巷戰，戶號人厲⓯，併命⓰於鋒鏑⓱者，無地無之。其如允慎之保身與親，泰然而無患者，千百中無十一也。

蓋至莊烈愍帝⓲嗣位，而累世之忠良已盡於逆閹⓳之斲喪⓴矣，其未罹門戶之禍，如孫高陽㉑、盧義興㉒、孫雁門㉓諸公，復危死㉔於奸憸之擠陷。故自周延儒、溫體仁㉕得君以後，凡內服大僚㉖、外秉節鉞㉗久安而無患者，皆巧佞姦欺、庸鄙忍心之人也。社稷之傾危，生民之禍亂，漠然不以關其慮，而朋謀私計，諂附權要，惟恐失意於幾微㉘。武夫則無小無大，皆痛心於文臣之節制，言路㉙之紛糾，轉以養賊脅上為自安之計。是以人主孤立於上，蒸黎糜沸㉚於下，土崩魚爛㉛，一潰而不可收。豈非天命遐終㉜，故多生亡國之材使恣於民上，而剛正憂勤恭儉之君㉝，亦陰奪其鑒㉞，使嗜姦人之疾味㉟，以至於敗國殞身而不寤與？

嗚呼！此又自古亡國轍跡之一變也。

【注釋】❶辛未　康熙三十年（西元一六九一年）。❷散帙　凌亂的書籍。帙，圖書的布套，代指書。❸流寇　指李自成、張獻忠農民起義軍。❹燔　燃燒。❺匝　圍繞。❻夜參半　深夜。王粲〈登樓賦〉：「夜參半而不寐兮。」❼惟　同「唯」。唯獨。❽涼德　薄德。涼，寡薄。《左傳．莊公三十二年》：「虢國涼德。」❾湮　淹。❿圮　倒塌。⓫梟張之賊　指李自成、張獻忠農民起義軍。梟張，同「囂張」。⓬守令學官　守令，一州之長為守，一縣之長為令。學官，明清時府學教授，州學學正、縣學教諭統稱學官。⓭薦紳　仕宦者代稱。薦，又作搢，插。紳，帶。古代仕宦上朝插笏板於紳。⓮廟哭　崇禎皇帝自縊消息傳出，各地仕宦到廟堂祭祀悼念。⓯厲　猛；烈。形容怒吼的聲音。⓰併命　一起喪生。⓱鋒鏑　刀箭。鋒，刀刃。鏑，箭頭。⓲莊烈愍帝　崇禎皇帝。⓳逆閹　指魏忠賢及其黨人。⓴斲喪　處死。斲，砍。㉑孫高陽　孫承宗，河北高陽人。見〈書孫文正傳後〉題解。㉒盧義興　盧象昇，江蘇宜興人。見〈書盧象晉傳後〉注⓭。按宜興，晉屬義興郡，永興元年（西元三〇四年）析晉陵郡置。義興，劉季高校點《方苞集》改作「宜興」。㉓孫雁門　孫傳庭（西元一五九三—一六四三年），字伯雅，代州鎮武衛（今山西代縣）人。萬曆四十七年（西元一六一九年）進士。天啟中，由商邱知縣入為吏部主事，魏忠賢亂政，乞歸。崇禎九年，擢右僉都御史，巡撫陝西。忤楊嗣昌，下獄。十五年，起兵部侍郎，總督陝西，明年加尚書。因代州又稱雁門，因此人稱他雁門尚書，吳梅村曾經為他寫〈雁門尚書行〉。他督師征李自成農民起義軍，戰死於南陽，乾隆四十一年追謚「忠靖」。著有《孫白谷集》、《風雅堂詩稿》、《鑒勞錄》。㉔危死　瀕臨險境或死亡。㉕周延儒溫體仁　見〈書孫文正傳後〉注⓬。㉖內服大僚　意謂在朝廷為大官。服，任官職。㉗外秉節鉞　指在地方任大臣。秉，持。節鉞，符節、斧鉞，古代拜大將，授予這兩件器物。㉘幾微　細小。㉙言路　朝廷中負諫議之責的官員。㉚蒸黎糜沸　百姓過痛苦生活。蒸，眾多。黎，黎民；百姓。糜沸，糜粥沸於鍋中，形容生活煎熬、動蕩。㉛土崩魚爛　形容國家大亂，從內部開始走向滅亡。土崩，《漢書．徐樂傳》：「何謂土崩，秦之末世是也。」魚爛，《公羊傳．僖公十九年》：「梁亡。……自亡也，其自亡奈何？魚爛而亡也。……魚爛從內發，故云爾。著其自亡者，明百姓得去之，君當絕者。」㉜天命遐終　《尚書．周書．召誥》：「天既遐終大邦殷之命。」孔穎達疏：「言其去而不復反（返）也。」天命，天意。遐終，徹底終結。遐，遠。㉝君　指崇禎皇帝。㉞鑒　鏡。指鑒別能力。㉟嗜姦人之疾味　《國語．楚語下》：「國家將敗，必用姦人，而嗜其疾味。」韋昭注：「嗜，貪也。疾味，味為己生疾害，諭好不善也。」

【語　譯】康熙三十年九月二十一日，天色將晚，翻檢書架上零散的圖書，看見一本濟寧在讀生員潘允慎後人撰寫的關於他家族的傳記，記載潘允慎衝向流寇展開搏鬥，把祖母從絕境中解救出來，又奮不顧身跳進烈火，從燃著的柴堆救出兄長。我繞屋長歎，至半夜而不能入睡。唯獨明朝滅亡，情況與古代不同，君主並非是寡德之人，朝廷沒有施行暴政，民眾沒有叛志離心，在沒有糧食、武器，城池遭到摧毀，流寇囂張氣勢猛如烈焰之際，太守縣令、教諭文官都拼命抵抗，身死家破而沒有悔意，這樣的事跡無處不可遇見。仕宦士人、平民百姓到祠廟祭悼亡帝，展開巷戰，家家呼號，人人咆哮，並排死於刀刃箭鏃之下，這樣的事例也無處不可見到。而能像潘允慎那樣保全自己和親人的性命，安然無恙的，還不到百分之一。

崇禎皇帝即位時，多年以來的朝廷忠良已經被宦官魏忠賢一一殘害了，沒有被羅織結黨罪名的，如孫承宗、盧象昇、孫傳庭等人，卻又被奸佞小人傾軋，瀕臨死亡或險境。所以，自周延儒、溫體仁受皇帝寵信以後，凡是能夠久保安泰免遭災禍的朝廷權貴、地方大員，都是陰險奸詐、庸俗狠毒一流人物。他們對於國家危亡，百姓禍殃，神情漠然，毫不關心，而只為朋黨和個人謀算，想著如何去諂媚和依附顯要權貴，唯恐在這上面有半點閃失。武將則無論官職大小，都痛憤於文臣掣附，以及諫官們紛紛擾擾，於是轉而姑息盜賊，要挾朝廷，以此為自求安全的計策。因此君主孤立於朝廷，百姓遭殃於各地，如土崩瓦解，魚兒腐爛，一旦潰敗而無可挽回。豈不是天意要讓明朝滅亡，所以降下許多亡國之材在百姓頭上為所欲為，而剛強正直、憂國勤政、恭敬簡樸的君主，也在暗中被剝奪了鑒別能力，使他去嗜好奸佞小人惡疾一般的穢味，以至於國破身亡而不能幡然醒悟麼？嗚呼！這又是自古以來國家破滅途徑的一大變化。

【研　析】「君非有涼德也，朝非有暴政也，眾非有離心也」，這是說，明朝在當時還不具備被滅亡的條件。然而它確實滅亡了，前有李自成農民起義，後有滿清軍隊入關，經過兩次打擊，它被輕易地推翻，好像摧枯拉朽。正因為明朝還沒有壞到極處而被推翻，所以方苞說「惟明之亡，事與古異」。究竟「異」在哪裡？方苞認為，就是「異」在朝廷中忠不勝奸，正義敗於邪惡，這為亡國史提供了一個特殊的個案和教訓。方苞所撰涉及晚明史事的文章，不少是圍繞這個主題來做的。

題目提到潘允慎家傳，正文寫到潘允慎處亂世而「保身與親」，這些似乎應當是文章展開鋪敘描寫的內容，可是作者只讓它們在文中偶爾閃過，只將它們當成文章的一個引子，隨後它們被大段的干戈相爭、到處殺戮的描寫，以及對奸佞殘害忠良、傾危社稷的揭發所淹沒，這樣的寫法在方苞散文中很少見。然而這些內容卻不是閒文字，它們表達了方苞珍惜生命、反對戰爭的心聲，別的內容皆是作者由此而產生的聯想和思索。文章顯處是揭露和譴責朝廷奸佞小人，暗處卻是歎賞和禮讚平頭百姓能夠在戰亂中倖存下來，而後者正是本文根本的歸結所在。

蜀漢後主論

【題解】 劉禪（西元二〇七—二七一年），字公嗣，又字升之，小名阿斗，劉備子，三國蜀漢的第二任也是最後一任皇帝，故稱後主，西元二二三—二六三年在位。蜀漢為曹魏所滅，劉禪出降，被封為安樂公。自古以來，對劉禪的評價大多是負面的，東晉史學家孫盛認為劉禪「闇弱」，是「庸主」（見《三國志・蜀書》之〈諸葛亮傳〉和〈譙周傳〉裴松之注）。後世更是受到小說《三國演義》影響，譏稱他是「扶不起的阿斗」。雖然相反的評價也有，其影響難以同上述的主流意見相比。方苞此文對劉禪做出重新評價，肯定在他身上有一種極為可貴的品德和智慧，這就是他對諸葛亮「任賢不貳」。一般君主最難做到的，劉禪卻做到了，這足以證明他有過人之處。聯繫方苞〈書孫文正傳後〉等文對崇禎帝的批評，可見他是有感而發。

《四庫全書》本《望溪集》在本文之後，錄有作者一段「自記」，曰：「此河間王君振聲之說也。君子表微，觀管子將死之言，桓公猶背焉，則信乎後主為不可及也。」據此，方苞此文或得之王振聲的啟發。《史記・齊太公世家》載：管仲臨終，齊桓公問他易牙、開方、豎刁可堪繼任？管仲皆予否定，可是管仲死，齊桓公親近、重用三人，導致國家亂象叢生，桓公死無人給他下葬。

昔成湯❶之世，伐夏❷救民，皆伊尹❸主之，而湯若無所事也。周武王❹之世，戡亂❺致治，皆周公❻主之，而武王若無所事也。蓋大有為之君，苟得其人，常以國事推❼之，而己不與❽，故無牽制之患，而功可成；大有為之臣，必度❾其君之能是，而後以身任焉，故無拂❿志之行，而言可復⓫。

亡國之君若劉後主者，其為世詬厲也久矣，而有合於聖人之道一焉，則「任賢勿貳⓬」是也。其奉⓭先主⓮之遺命也，一以國事推之孔明⓯，而己不與。世猶曰：以師保⓰受寄託，威望信於國人，故不敢貳也。然孔明既歿⓱，而奉其遺言以任蔣琬⓲、董允⓳者，一如受命於先主；及琬與允歿，然後以軍事屬姜維⓴，而維亦孔明所識任也。夫孔明之歿，其年乃五十有四耳，使天假㉑之年，而得乘司馬氏君臣之瑕釁㉒，雖北定中原可也。即琬與允不相繼以歿，亦長保蜀漢可也。然則蜀之亡，會漢祚㉓之當終耳，豈後主有必亡之道哉！

抑觀先主之敗於吳也，孔明曰：「法孝直若在，必能制主上東行。」㉔是孔明之志有不能行於先主也，而於後主則無不可行。嗚呼！使置後主之他行，而獨舉其任孔明者以衡㉕君德，則太甲、成王㉖當之有愧色矣。

【注釋】❶成湯　又稱湯，商代之建立者。❷夏　相傳我國第一個朝代，由夏后氏部落領袖禹的兒子啟建立，傳至桀，為商所滅，延續年代約相當於西元前二十一世紀到西元前十六世紀。❸伊尹　商初大臣，名伊，尹是官名。他助湯滅夏，湯死後，繼續佐助卜丙、仲壬二王。仲壬死後，其姪太甲當立，伊尹篡位，放逐太甲，後被太甲殺死。一說太甲繼位，不理國政，被伊尹放逐，後來太甲悔過，重新復位。❹周武王　姬姓，名發，完成父親文王滅商事業，建立周朝。❺戡亂　平定叛亂。戡，平定。❻周公　周武王弟，名旦，因采邑在周（今陝西岐山縣東北）而稱周公。他助武王滅商，成王年幼即位，由周公攝政，平定管叔、蔡叔、武庚聯合作亂，後歸政於成王。❼推　付託。❽與　干預。❾度　揣測。❿拂　違反。⓫言可復　可以履行的話。《論語・學而》：「有子曰：『信近於義，言可復也。』」朱熹《論語集注》：「復，踐言也。……言約信而合其宜，則言必可踐矣。」⓬任賢勿貳　見《尚書・大禹謨》。貳，懷疑；改變。⓭奉　奉行。⓮先主　指劉備（西元一六一—二二三年），字玄德，建蜀漢政權，稱先主。死後，兒子劉禪繼位，稱後主。⓯孔明　諸葛亮（西元一八一—二三四年），字孔明，佐助劉備建立蜀漢政權。劉備臨死，託孤於諸葛亮。⓰師保　古代輔弼帝王的大臣有太師、太傅、太保（合稱「三師」），又有少師、少傅、少保（合稱「三孤」）。孔明為劉備丞相，故稱。⓱歿　死。⓲蔣琬　字公琰，生年不詳，死於西元二四六年，零陵湘鄉（今屬湖南）人。諸葛亮死，執蜀漢政，為大將軍、錄事尚書。⓳董允　字休昭，生年不詳，死於西元二四六年，南郡枝江（今屬湖北）人。為諸葛亮所信任，官至侍中守尚書令。⓴姜維　字伯約，生於西元二〇二年，死於西元二六四年，天水冀縣（今甘肅甘谷）人。始為魏將，後歸蜀漢，深得諸葛亮信任倚重，任大將軍。劉禪投降後，姜維曾謀恢復蜀漢，事敗被殺。㉑假　借；增加。㉒司馬氏君臣之瑕釁　指司馬師廢魏齊王曹芳、司馬昭弒高貴鄉公曹髦等一系列魏國內部的變亂。瑕釁，嫌隙；可趁之隙。㉓祚　君位；國統。㉔抑觀先主之敗於吳也四句　建安二十四年（西元二一九年），吳國孫權攻殺關羽，佔領荊州。章武二年（西元二二二年），劉備不聽諸葛亮勸阻，率大軍東下復仇，自巫峽連營至彝陵（今湖北宜昌東）。東吳陸遜用火攻，大敗蜀軍，劉備被迫退至白帝城，次年病死，蜀國一蹶不振。抑，且。法孝直，法正（西元一七六—二二〇年），字孝直，右扶風郡郿縣（今陝西眉縣）人。初依附劉璋，後向劉備獻策奪取蜀，劉備經常採納他的計策，官尚書令、護軍將軍。㉕衡　衡量。㉖太甲成王　太甲，商朝國王，湯的嫡長孫，仲壬姪子。參見本文注❸。成王，西周國王，姬姓，名誦，父武王死，繼位時年幼，由叔父周公攝政。參見本文注❻。

【語　譯】 從前成湯時代，攻伐夏朝，拯救人民，都是由伊尹來實施，而湯好像沒有做什麼事情似的。周武王時代，平定戰亂，實現太平，都是由周公來實施，而武王好像沒有做什麼事情似的。大凡有偉大作為的君主，如果得到一個傑出的人才，通常就會把國家大事託付給他，而自己不加干涉，從而避免發生牽制的流弊，而大功可以告成。想做一番偉大事業的臣僚，必定會首先揣度君主是否能夠這麼做，然後才出來以身擔當重任，所以不會發生違背意願的事情，而自己的主張可以貫徹。

亡國之君像劉後主這樣的人，他受世人辱罵已經很久，然而，他符合聖人之道的一點，就是「任用賢臣，絕不懷疑、改變」。他遵守先主劉備的遺命，把國家大事全部託付給孔明，而自己從不插手。對此，世人還可以說，這是因為孔明以輔佐大臣的身分接受劉備託孤，全國百姓對他的威望充分信任，所以劉禪不敢對他生疑和改變態度。然而孔明去世以後，劉禪依然遵守他的遺言委重任於蔣琬、董允，如同接受先主劉備的遺命一樣；等到蔣琬和董允去世以後，劉禪接下來又把軍事大權交給了姜維，而姜維也是孔明所賞識和委任的人。孔明去世時，他的年齡只有五十四歲，假如蒼天能給孔明增加幾年壽數，得以利用司馬氏與曹氏君臣互相內訌的機會，即便是向北方進軍，平定中原也是有可能的。不然，蔣琬和董允不是相繼去世，也仍然可能長久地維持蜀漢政權。由此可見，蜀國所以滅亡，是漢朝的氣數當該到了盡頭，哪裡是後主必然會亡國的道理！且看先主劉備被吳國打敗時，孔明說：「法孝直要是還在，必定能夠勸止我主向東進軍。」這說明孔明的想法在先主劉備時有的無法實現，然而在後主劉禪時則沒有什麼實施不了的。嗚呼！假如對後主別的事情都置而不論，僅就其任用孔明這件事來衡量他作為君主的德行，那麼，商朝的太甲、周初的成王，相對於他也不免會露出羞愧的顏色。

【研　析】這是一篇史論，也是一篇翻案文章。後人對劉禪昏庸無能，亡國之後「樂不思蜀」的形象，烙下深刻印象，他即使在亡國之君的名單中，位置也是被排在很後面的，所以常常成為人們譏嘲的對象。方苞似乎並不完全否定歷來對劉禪的批評有一定道理，但是他指出，劉禪身上有一個絕大的優點，就是「任賢勿貳」，這只有聖人才能夠具備，比如成湯、周武王，而許多君主是做不到的，所以，方苞認為劉禪在這一點上很了不起。抓住了這非常重要的一點，使他對劉禪得出迥異於眾論的認識，評價也大相徑庭。其實對於劉禪「任賢」這一點前人也是看到的，然而又認為這是劉禪因為繼位時年紀小，而諸葛亮既是父親劉備指定的輔政大臣，又在蜀國老百姓中享有崇高威信，所以他心存畏懼，不得不尊重。言下之意，劉禪信任諸葛亮是出於無奈，不是出於真心，所以也就算不上是優點。方苞不同意這樣輕易地勾銷劉禪的優點。他反問道：「那麼，如何理解諸葛亮死後，劉禪依然重用諸葛亮安排的大臣、將領？此時劉禪可是早已經長大成人了。」他的質疑很有道理，不容反駁，這篇文章的說服力正是在這裡。方苞也不同意將蜀國滅亡簡單地歸之於劉禪無能，他覺得一部三國歷史產生這樣的結局是必然的，任何個人都無法改變，劉禪不應該為蜀國滅亡負責。文章寫得周詳，立論也嚴密，採取正面交鋒，而不是避開矛盾。翻案文章最忌片面求新奇，只提出觀點，而不在論證上下功夫，譁眾取寵。方苞能為劉禪作成功的辯護，就在於他的論點和論證是密切配合的。

方苞在〈漢高帝論〉一文談到，漢朝自劉邦以後，君臣「性資」足以承擔起「復古」重任者，君主只有光武帝，丞相只有諸葛亮，「使亮與光武並世而相遭，庶乎其猶有望也與！」可惜歷史沒有使二人相遇，方苞只是借此抒發興歎而已。不過這倒說明一點，在方苞心目中，劉禪顯然很配不上諸葛亮，所以他為劉禪翻案，並不就是要把劉禪整個地說成多麼了不起。對此我們是不該有誤會的。

方正學論

【題　解】方孝孺（西元一三五七—一四〇二年），字希直、希古，號遜志，又以其號名書齋，蜀獻王替他改為正學，故世稱正學先生，寧海（今屬浙江）人。他師從宋濂，是著名的理學家。朱元璋死後，他的孫子朱允炆繼位為建文帝，尊方孝孺為師，任翰林侍講學士，值文淵閣。燕王朱棣發動「靖難之役」，奪得帝位，命方孝孺草登位詔書，方孝孺堅決不從，大罵朱棣作亂，被磔於市，誅十族，宗族親友弟子株連者數百人。著有《遜志齋集》。後人大多肯定方孝孺視死如歸的精神，給予他高度評價，南明弘光帝追謚他為文正，即集中反映了這一派人的看法。然而也有人不滿意他所選擇的死難方式，以為考慮有欠周詳，連累了一大批無辜者慘遭屠殺，在這方面方苞此文所表述的意見頗有代表性。此文又連及批評劉琨在亂世中的作為還不如方孝孺，認為兩人都「殺身不足以成仁」。方苞由此得出結論，一個人在做出行動之前，首先必須「學問思辨」，否則難免會做出錯誤的選擇。由此可見，一個歷史人物蓋棺論定其實很不容易。

道之不聞，與粗知其大體，而察之未精，操之未熟，其遇死生患難之交，未有不震於卒然❶而失其常度者也。若正學方公之事，吾惑焉。國破君亡，縮❷劍自裁以無辱可也，即不幸為邏者❸得，閉口絕吭❹，不食而死可也，何故呫呫❺於口舌之間，以致沉先人之宗，而枉及十族❻哉？至燕王❼以周公自比，使聖賢之徒當此，必將曰：「王能為周公，是某之上願❽也。即不能，一姓繼統，與仇敵相兼者異。王能卵翼❾吾君之子而比於諸孫，則海內悅服，而高皇帝❿之靈，實嘉賴之！」計不出此，而以輔其子為言，是置其君之子於鼎俎⓫之上也。燕王以盜賊之心，百戰而得天下，公誠望其取諸其懷而與之乎？故公之任剛而自謂不屈者，以聖賢之道衡之，正所謂震於卒然而失其常度耳。

抑公之事失於終，而始猶無病也。方晉之亡，中原裂於劉、石⓬，劉廣武⓭即能建國北蕃⓮，以奉晉朔⓯，不過與張、段、慕容⓰等，於晉毫無加損；而崎嶇⓱暴人之間，愎諫⓲造怨，陷二親於死亡。此於道概乎其未有聞，而稱之者無異議，甚矣其惑也！夫廣武豈以是為利，正學豈以是為名者哉？而殺身不足以成仁，此君子之篤行，所以必先之學問思辨也⑲。然則為廣武者宜奈何？不能間歸⑳於晉，則負耒耜㉑而耕於野，庶幾身可全而親可保也。

【注釋】❶卒然　突然。卒，同「猝」。❷縮　取。❸邏者　巡邏的士兵。❹吭　咽喉。❺呫呫　多言貌。❻十族　高祖、曾祖、祖父、父親、自己本人、兒子、孫子、重孫、玄孫，為九族，再加上親友門生，稱十族。中國歷史上遭滅十族者，僅有方孝孺。❼燕王　朱棣（西元一三六〇－一四二四年），朱元璋第四子，封燕王，鎮守北平（今北京）。建文元年（西元一三九九年）起兵，四年攻破南京登基，為明成祖。❽上願　最大的願望。❾卵翼　鳥用翼護卵，孵出小鳥，比喻養育或庇護。❿高皇帝　指明太祖朱元璋。⓫鼎俎　泛稱烹割的用具。⓬劉石　劉淵、石勒。劉淵（？－西元三一〇年），字元海，匈奴族。西晉末年，他作亂建都平陽，稱漢帝。石勒（西元二七四－三三三年），字世龍，羯族。投劉淵為大將，十六國時期建立後趙政權。⓭劉廣武　劉琨（西元二七一－三一八年），字越石，中山魏昌（今河北無極）人。以功封廣武侯，封邑二千戶。永嘉元年任并州刺史，在晉陽（今山西太原）一帶孤軍作戰十餘年，最終被殺。《晉書》本傳稱他「善於懷撫而短於控御」，「素奢豪，嗜聲色，雖暫自矯勵，而輒復縱逸」。他寵信徐潤，致使人心離散，敗於匈奴部劉聰，劉琨父母因此遇害。⓮北蕃　指北方，當時少數民族為統領的地域。⓯奉晉朔　奉行晉朝的朔政。朔，指朔政。古代帝王每年季冬頒發來年的曆日和政令，諸侯受而行之。⓰張段慕容　張，張軌（西元二五五－三一四年），字士彥，雍州安定郡烏氏縣（今甘肅平涼西北）人。晉朝時任涼州牧，是前涼政權實質上建立者。段，段匹磾（？－西元三二二年），段部鮮卑首領。建武初與劉琨聯盟討伐石勒，後又殺害劉琨。慕容，慕容廆（西元二六九－？年），昌黎棘城（今遼寧義縣）人，鮮卑族。被授予鮮卑大單于，是前燕建立者慕容皝之父，後其孫慕容儁稱帝時，追尊慕容廆為武宣皇帝。⓱崎嶇　輾轉。⓲愎諫　剛愎自用，拒絕進諫。⓳此君子之篤行二句　《中庸》：「博學之，審問之，慎思之，明辨之，篤行之。」⓴間歸　暗中尋機會回去。㉑耒耜　古代耕地翻土的農具。耒是耒耜的柄，耜是耒耜下端的起土部分。這裡代稱農具。

【語　譯】不明白道，與粗淺瞭解道的大概卻不精確，不能熟練地運用，這樣的人遇到死生患難關頭，沒有不震驚於突然降臨的事變而喪失正常應對能力的。像方正學公的事，我就存有疑惑。國破君亡，取劍自裁以免遭侮辱就可以了，就算不幸被巡邏的士兵抓住，閉口不咽，絕食而死也是一種辦法，何必嘴裡囉囉嗦嗦說這麼多話，以致斷送了祖宗香火，又使十族的人冤屈而死呢？至於燕王將自己比作周公，假如是聖賢之徒遇到這種情況，一定會說：「大王能像周公一樣，那是我們最大的願望。即使做不到，以一家人的身分繼承大統，這與仇敵互相兼併也不一樣。大王如果能夠庇護我皇的兒子像庇護您自己的孫子們一樣，那麼海內就會心悅誠服，而高皇帝在天之靈，一定會嘉獎和依賴這種做法！」不從這方面去計謀，卻以輔佐他的兒子為理由，這樣就將君王的兒子放置在烹割的位置上了。燕王用盜賊之心，經過百戰而取得天下，方正學公難道真的希望他能夠將天下從懷裡取出來相讓嗎？所以，方正學公一味地剛強而自以為不屈服，用聖賢的大道來衡量，正好是所謂震驚於突然降臨的事變而喪失正常應對的能力。

儘管如此，方正學公失當是在後來，開始的時候尚且還沒有做錯。當晉朝趨向滅亡時，中原遭到劉淵、石勒分裂，廣武侯劉琨即使有能力在北藩建國，以奉行晉朝的曆日和政令，也不過與張軌、段匹磾、慕容廆相同，對於晉朝不會絲毫增加損傷，他卻輾轉於兇暴殘忍的人中間，剛愎自用，拒絕進諫，引起別人的怨怒，將自己的雙親陷於死地。這麼做說明他對於道一點都不清楚，可是人們稱讚他而沒有異議，受到的迷惑實在太深了！劉廣武豈是以此謀利，方正學豈是以此求名？然而殺身不足以成仁，這說明君子堅定地做某件事，重要的是首先務必博學、審問、慎思、明辨。那麼，作為劉廣武當時應該怎麼辦呢？如果無法悄悄地回到晉朝來，就應當帶著農具到山野裡去耕作，這樣差不多可以保全性命，也可以保障親人的安全。

【研　析】文章牽涉到對兩個著名文人的評價：方孝孺和劉琨。其中評價方孝孺所提出的問題更加複雜，也更加尖銳，引人注意自然更多。不過，方苞通過對兩人的評價表明的意思是一致的，都強調，一個人當興亡鼎革、死生患難之際，不能總是以為可以不惜一切地犧牲生命，而是應當盡量設法讓別人活下去，也就是說，結局不是越慘烈越好，而是要使受禍遇害的人越少越好。

方孝孺遭明成祖殺害，誅十族，受牽連數百人。方苞認為這樣的結局本當是可能避免的，方孝孺拒絕與朱棣（明成祖）合作，選擇了斷自己的生命就可以了，不必去惹惱有「盜賊之心」的朱棣，以致犧牲這麼多無辜的生命。這與別人讚頌方孝孺剛烈不屈的輿論和態度大相徑庭。

方苞對方孝孺案作這樣的評價，與他祖上也是受難者之一有關。他的五世祖方法是方孝孺弟子，任四川都司斷事，受牽連被羈囚，用船押送南京，在江上投水自盡（見方苞〈與陳占咸〉）。失去親人的痛苦促使方苞對這個問題作重新思考。他當然不會認為株連法好，但是這不是他所能改變的，他思考的是，既然有株連法存在，一個人在採取某種行動時應不應該為必然會受到牽連的人多考慮一下生命安全呢？

此外，方苞通過對方孝孺之死的重新評價，可能還反映了他對入清以後如何與新朝相處的態度。姚翠慧《方望溪文學研究》：「望溪之時，清朝勢力已經鞏固，君主英明，行儒家之學，而此時抗清，手無縛雞之力，無異以卵擊石，徒害親人族人。〈方正學論〉，寫在《南山集》案前，可見望溪對大局已定後，赴死起義，無謂犧牲的不以為然看法，早已在入獄前定型。」（文史哲出版社，民國七十七年版）這值得參考。方苞這種思想與李光地有關，他在〈辛酉送鍾勵暇南歸序〉回憶自己與李光地結交之始，勸李光地治古文，李光地回答道：「子不聞市人之語乎？所出之財與物相當則曰值。禹八年於外，三過其門而不入，諸葛亮鞠躬盡瘁，死而後已，值也。嵇紹仕非其義，而以身殉；劉琨不度德，不量力，動乎險中，以陷其親，則不值矣，而況其每下者乎？」李光地以為劉琨死是「不值」，這直接影響了〈方正學論〉中對劉琨的批評，也自然會影響他對方孝孺的評價。

不過，數百人受牽連而死，這筆帳應當記在明成祖朱棣身上，若讓方孝孺來為此負責，是說不過去的。因此方苞〈方正學論〉是一篇有爭議的文章。

原人

【題解】「原」謂推究，是古代論說文的一種類別。韓愈曾撰〈原人〉一文，闡述人在天地之間，是「昆蟲、禽獸」的主宰，人宜善待這一切生物，對它們一視同仁。宋釋契嵩撰〈非韓〉，認為韓愈此說「文不分明，而取喻不切當。」（《鐔津集》卷十八）方苞〈原人〉借用韓愈的題目，分析人之所以為萬物之靈的緣故，就在於人具有向善歸道的天性和精神，他以人而墮落、喪失人倫為可恥。他認為，人是很容易墮落的，這一點很可悲，所以「明於天性」才顯得格外重要。文章立意與韓愈〈原人〉不同。原文分為上下兩篇，本書所選為上篇。

孔子曰：「天地之性，人為貴。」❶董子❷曰：「人受命於天，固超然異於群生。」❸非於聖人賢人徵❹之，於塗之人❺徵之也；非於塗之人徵之，於至愚極惡之人徵之也。何以謂？聖人賢人，為人子而能盡其道於親也；為人臣而能盡其道於君也。而比俗❻之人，徇❼妻子❽則能竭其力，縱嗜欲則能致❾其身，此塗之人能為堯、舜之驗也❿。婦人之淫，男子之市竊⓫，非失其本心者莫肯為也；而有或⓬訐⓭之，則怍⓮於色，怒於言。故禽獸之一其性，有人所不及者矣，而偏且塞者⓯不移也；人之失其性，有禽獸之不若者矣，而正且通者具在也。宋元兇劭之誅也，謂臧質曰：「覆載所不容，丈人何為見哭？」⓰唐柳燦臨刑，自詈曰：「負國賊，死其宜矣！」⓱由是觀之，劭之為子，燦之為臣，未嘗不明於父子君臣之道也。惟知之而動於惡，故人之罪視禽獸為有加，惟動於惡而猶知之，故人之性視禽獸為可反⑱。孟子曰：「人之所以異於禽獸者幾希。」⑲痛哉言乎！非明於天性，豈能自反於人道⑳哉！

【注　釋】❶天地之性二句　引自《孝經．聖治章》。性，生命。❷董子　董仲舒（西元前一七九－前一〇四年），廣川（今河北景縣）人，西漢時期今文經學大師。治《春秋公羊傳》，曾任博士、江都相和膠西王相。提出一系列思想和政治建議，為漢武帝採納，對當時和後世產生深遠影響。著有《春秋繁露》。❸人受命於天二句　引自〈董仲舒對賢良策三〉，見《漢書．董仲舒傳》。董仲舒認為，人有倫理、道德、文化，故一切生靈莫貴於人。❹徵　證明。❺塗之人　路上行人，指普通人。塗，同「途」。❻比俗　世俗。❼徇　順從；曲從。❽妻子　妻子和子女。❾致　奉獻。❿此塗之人能為堯舜之驗也　《孟子．告子下》：「曹交問曰：『人皆可以為堯、舜，有諸？』孟子曰：『然。』」驗，證明。⓫市竊　在集市行竊。⓬或　有人。⓭訐　揭發。⓮怍　羞愧。⓯偏且塞者　朱熹《朱子語類》卷四〈性理〉「人物之性氣質之性」條說，人與動物稟受自然之氣不同，人得氣之「正者通者」，動物得氣之「偏且塞者」，因此有貴賤之分。偏且塞，指受不正不通的氣。⓰宋元兇劭之誅也四句　劉劭（約西元四二四－四五三年），南朝宋文帝太子，弒父自立，史稱「元兇」，後為宋武帝誅。臧質（西元四〇〇－四五四年），字含文，任雍州刺史，與諸將生擒劉劭。覆載，天覆地載的意思，指天地。丈人，對年長者尊稱。⓱唐柳燦臨刑四句　柳燦（？－西元九〇七年），字照之，唐昭宗光化進士，旋以諫議大夫同中書門下平章事。與蔣元暉、張廷範等相結，為朱溫脅迫唐哀帝禪讓。後被誣欲興復唐祚，遭朱溫殺害。柳燦臨刑呼曰：「負國賊，死其宜矣。」詈，罵。⓲反　同「返」。⓳孟子曰二句　引文見《孟子．離婁下》。幾希，相差無幾。⓴人道　人倫之道。

【語　譯】孔子說：「天下萬物，人最可貴。」董仲舒說：「人稟受天命，自然比其他的動物優越得多。」他們得出這種結論，並不是以聖賢為證明的對象，而是從路上行走的普通人身上得到證明的；他們又並不是從路上行走的普通人身上得到證明的，而是從極蠢極壞的人身上得到佐證的。為什麼這麼說呢？聖賢們，作為兒子，他們能對嚴慈盡兒子的孝道，作為官員，他們又能對君主恪守臣道。而再看世上俗人，他們愛惜自己的妻子、兒女，可謂全心全意，他們為了追求自己嗜愛的東西，也稱得上奮不顧身，這就證明，路上行走的普通人也同樣可以使自己成為堯、舜一類人物。女人所以甘願喪盡貞操，男人所以甘願在集市行竊，如果他們不是喪失了本性，是決然不會甘心如此的墮落。然而假如有人揭發了隱情，他們臉上會浮起愧顏，並且口出怒言。所以，禽獸的天性如此一致，這雖非人類所能及，然而它們畢竟無法消除先天的偏狹、冥頑。人一旦喪失天性，有時竟還不如禽獸，然而人正直的、清通的氣還存在。劉宋朝元兇劉劭被處死以前，對臧質說：「我為天地所不容，您老人家幹嘛還為我悲傷流淚?」唐朝柳燦臨刑時，痛罵自己：「背叛國家的人，死了活該!」由此看來，劉劭作為兒子，柳燦作為人臣，不是不曉得父子、君臣的道義。正因為曉得這樣的道理，卻又去犯罪，人的罪惡才比禽獸更甚；正因為犯了罪，尚且明白是非，所以人與禽獸相比，才有恢復天性的可能。孟子說：「人與禽獸的差異其實很細微。」這話真讓人痛心疾首!不識人的天性，又怎麼能自己回到人倫彝理上來呢!

【研　析】「人為貴」是儒家一貫的思想，自孔子以後，學者對此多有論述和發明，他們同時看到，一不當心，人的這種高貴也是很容易喪失的，所以，人類應當時時以不昧德性自警。如楊時說：「人稟五行之秀氣，而靈於萬物者也，故曰：『天地之性，人為貴。』然人之下愚卒至於同乎物者，豈賦予之異哉，失其性而自賊之過也。」（引自真德秀《西山讀書記》卷一）方苞寫〈原人〉，立意也在於此。

文章起結甚妙。以引用格言發端，肯定萬物之中「人為貴」，又以引用格言作結，慨歎人與禽獸相差無幾，中間論述人何以為貴，又何以會走向墮落，由榮而辱。層層轉出，苦口婆心，發人深省。全文對於聖賢之所以為貴，略提即擱，大段卻從愚不肖落墨，愚不肖尚存一息良知，猶可以喚醒覺悟，可能拂去蒙障其心靈的塵埃，則人類之所以為萬物之靈長，便成不證而自明的議題。讀此文，可以悟行文簡潔之法。

據沈廷芳〈書方先生後〉載：當他稱讚方苞文章「當以〈原人〉、〈原過〉、楊文定、查編修二誌和風翔哀辭，為不愧古作者」時，「先生然之」。由此可見方苞對〈原人〉等篇自視甚高。

原過

【題解】「原過」就是尋究人們所以犯過錯的根源。韓愈〈原毀〉、王安石〈原過〉，是這一類論說文名篇。方苞此文直接借用王安石的題目，分析人何以會犯過錯，告誡人們千萬不可「以細過自恕而輕蹈之」，結果鑄成「大惡」，後悔莫及。

君子之過，值❶人事之變而無以自解免❷者十之七，觀理而不審❸者十之三；眾人之過，無心而蹈❹之者十之三，自知而不能勝其欲者十之七。故君子之過，誠所謂過也，蓋仁義之過中❺者爾；眾人之過，非所謂過也，其惡之小者爾。

上乎君子而為聖人者，其得過也，必以❻人事之變，觀理而不審者則鮮❼矣。下乎眾人而為小人者，皆不勝其欲而動於惡，其無心而蹈之亦鮮矣。眾人之於大惡，常畏而不敢為，而小者，則不勝其欲而姑❽自恕焉。聖賢視過之小，猶眾人視惡之大也，故凜然❾而不敢犯；小人視惡之大，猶眾人視過之小也，故悍然❿而不能顧。

服物之初御⓫也，常恐其汙且毀也，既⓬汙且毀，則不復惜之矣。苟以細過自恕而輕蹈之，則不至於大惡不止。故斷一樹，殺一獸，不以其時，孔子以為非孝⑬。微矣哉，亦危矣哉⑭！

【注釋】❶值 遇。❷解免 消除；避免。❸審 詳細；明白。❹蹈 踐，指犯錯。❺過中 越過合適的度。❻以 因為。❼鮮 少。❽姑 姑且。❾凜然 畏懼貌。❿悍然 勇猛貌。⓫御 用。⓬既 已經。⓭故斷一樹四句 《禮記·祭義》：「夫子曰：斷一樹，殺一獸，不以其時，非孝也。」不以其時，不遵循時節。⓮微矣哉二句 古文《尚書》之〈大禹謨〉：「人心惟危，道心惟微。惟精惟一，允執厥中。」意思是說，人心危險，道心幽微，所以應當精心一意，執行中正之道，才能安民明道。方苞借用「微、危」二字，說明微小的過失，可能包藏著極大的危害，所以一定要高度警惕。

【語譯】君子犯過失，遭遇人事變故而無法避免的十分之七，考慮事理不夠詳慎而發生的十分之三；眾人犯過失，無意中得咎的十分之三，明知其錯卻不能克制自己欲望的十分之七。所以君子的過失，才是人們所說的過失，因為是求仁義而有失恰切。普通人的過失，其實不能算是過失，而是一種罪惡，不過程度輕一點而已。

比君子優秀的聖人，他們犯過失，必是人事變故引起的，對事理考慮不周而鑄錯的絕少。比眾人劣下的小人，都是不能克制自己欲望而犯了罪惡，無意得咎的也絕少。眾人對於大惡，由於害怕而不敢去冒犯；對於小惡，卻因為無法克制自己欲望，便採取姑息遷就的態度。聖賢眼裡的小錯，好比眾人眼裡的大惡，所以畏懼而不敢冒犯；小人眼裡的大惡，好比眾人眼裡的小錯，所以做起來毫無顧忌。

剛穿上新衣，使用新物，常常擔心會把它們弄髒弄壞，而一旦弄髒損壞，就不再愛惜了。如果因為過失微小就寬恕自己，不加檢點，那麼，不到陷入罪惡深淵的一步不會罷休。所以砍一棵樹，殺一頭動物，如果不遵循時節，孔子認為這是不孝的行為。可見，哪怕是細微的過失，其實也是很危險的呀！

【研析】錯之輕者為過，重者為罪。文章將過分成四類：聖人之過、君子之過、眾人之過、小人之過，程度、性質都不相同。聖賢得過，主要由於客觀上的原因，使他們「無以自解免」；眾人得過和小人犯罪，則由於主觀上「不能勝其欲」造成的。客觀上引起的過錯，無法避開，姑且不論，其他的過錯則是由於人們姑息將就鑄成的。人固然不能無過，然而作者以為，許多過錯其實可以避免，也應當避免，那就是必須做到，莫「以細過自恕而輕蹈之」。全文最終歸結在於，人們對待過錯，以防患於未然為最緊要，這與古人「千里之堤，毀於蟻穴」之說一樣，都是金玉良言。人不能克制欲望而犯過錯，與作惡犯罪相比，程度雖有輕重之別，根源其實一般。故全文將論述的側重放在檢討「過」何以發生，以及強調防微杜漸之重要上。「微矣哉，亦危矣哉」，文章結束的呼籲，由此更見精警。「服物之初御」的比喻，逼真地形容出人們普遍重視「第一次」的心理，又道出了「第一次」以後不再珍惜、自甘墮落，也就是俗諺所謂「破罐子破摔」的司空見慣現象。經此反襯，將對待最初之過宜慎之又慎的道理，說得絲絲入扣。

韂馬說

【題　解】「說」是一種文體，指解說論理之文。陸機〈文賦〉：「說煒曄而譎誑。」劉勰《文心雕龍・論說》：「披肝膽以獻主，飛文敏以濟辭，此說之本也。」張表臣《珊瑚鉤詩話》卷三：「正是非而著之者，說也。」方苞此文借韂馬說人事。一方面對馬匹任事艱易不同，勞累者飲食和歇息反而落在庸眾後頭，表示不平，另一方面又強調，欲知道馬匹的「德與力」，「非試之韂下不可辨」，肯定任用人才必須先經過實際考驗，做到知人善任。

康熙五十二年（西元一七一三年）後，作者擺脫《南山集》案干係，入值南書房，每年按例隨康熙帝至熱河行宮。據「余行塞上」句，可知此文作於這時期。

余行塞上❶，乘任載之車❷，見馬之負轅❸者而感焉。

古之車，獨輈加衡而服兩馬❹。今則一馬夾轅而駕，領局於枙❺，背承乎韅❻，靳前而靬後❼。其登阤❽也，氣盡喘汗，而後能引其輪之卻❾也；其下阤也，股蹷蹄攢，而後能抗其轅之伏❿也。鞭策以勸其登，棰棘⓫以起其陷，乘危而顛⓬，折筋絕骨，無所避之，而眾馬之前導而旁驅者不與焉。其渴飲於溪，脫駕而就槽櫪⓭，則常在眾馬之後。噫！馬之任孰有艱於此者乎？

然其德與力，非試之轅下不可辨。其或所服之不稱，則雖善御者不能調⓮也。駑蹇⓯者力不能勝，狡憤⓰者易懼而變，有行坦途驚蹶⓱而僨⓲其車者矣。其登也若跛，其下也若崩，濘旋淖陷⓳，常自頓⓴於轅中，而眾馬皆為所掣㉑。嗚呼！將車㉒者其慎哉！

【注　釋】❶行塞上　指方苞出獄後入值南書房，每年按例隨康熙帝至熱河行宮。❷任載之車　載人運貨的車。任，擔荷；負載。❸轅　車前駕牲口的直木。❹獨輈加衡而服兩馬　古代四馬拉一車，居中的兩匹稱服，在這二匹馬中間用車杠隔開，此車杠稱「輈」。衡，輈端的橫木。❺領局於枙　馬頸部被拘限於軛下。領，頸。局，拘束；套。枙，即軛，擱在牛馬頸上的曲木。❻承乎韅　承，束縛。韅，套在馬兩腋旁的皮帶，上面繫馬鞍。❼靳前而靬後　靳，套在馬當胸的皮帶。靬，同「絆」。套在轅馬後部的皮帶，限制馬不得縱步。❽登阤　爬坡。登，升。阤，山坡。❾卻　倒退。❿伏　脫落。⓫棰棘　木棍子和荊條。此用作動詞，捶打。⓬顛　跌倒。⓭槽櫪　馬槽，馬吃飼料的木槽。⓮調　協調。⓯駑蹇　不善行走、幹活的馬。⑯狡憤　狡猾、暴烈。⑰驚蹶　因受驚而跌倒。⑱僨　翻倒。⑲濘旋淖陷　遇到泥濘就徘徊不前，遇到泥沼就不能自拔。⑳頓　困躓；疲乏。㉑掣　牽制。㉒將車　駕車。

【語　譯】我出行到塞上，坐著運載貨物的馬車，眼看套著車轅的馬而湧起感慨。

古代馬車，馬之間用一根車杠隔開，車杠前加上橫木，由兩匹馬一起拉。如今卻是一匹馬夾著車轅拉車，脖頸上套著曲木，背部繞著皮帶，身子前後都勒著皮條子。牠爬坡的時候，竭盡全力，喘息淋汗，才勉強拉動輪子不使它們往下滑；牠下坡的時候，繃緊大腿，併攏蹄子，才總算沒有讓車轅俯伏脫落。鞭子抽打是對牠上坡的鼓勵，棍棒敲擊是對牠拔出泥潭的攙扶，翻越艱險的地方不慎跌倒，折斷筋骨，也全然無法躲避，而走在前面領路或奔馳在兩旁的馬，卻不用吃這樣的苦頭。牠渴了到溪邊飲水，餓了到馬槽吃食，又不得不常常落在眾馬後面。唉！世上還有哪一匹馬比牠的境況更加艱難呢？

然而，馬的品德和力氣，不通過掛轅拉車的考驗是無法分辨的。有的馬與牠們拉的車不相稱，那麼即使是優秀的馭手也不能使馬車協調地馳騁，如駑鈍衰弱的馬力氣不夠而無法勝任，狡猾、暴烈的馬容易受驚而不可捉摸，甚至走在平坦的道路也會驚慌失蹄毀壞車子。有的馬爬坡時像瘸腿走路，下坡時像土牆崩潰，遇到泥濘團團轉，遇到泥沼如黏膠，常常將自己困在車轅中，以致許多馬都受到牠牽制連累。嗚呼！駕車的馭手，千萬要謹慎啊！

【研　析】寫轅馬負荷苦重，先用古代數馬合力拉車作一層反襯，然後以周遭「眾馬」少煩勞而先食宿又作一層反襯，對照中顯出轅馬負任獨艱之狀。中間具體描寫馬匹拉車，多採用偶句，如「其登阤也，氣盡喘汗，而後能引其輪之卻也；其下阤也，股蹙蹄攢，而後能抗其轅之伏也」；「鞭策以勸其登，棰棘以起其陷」；「其登也若跛，其下也若崩」，極力形容，逼真傳神，且使通篇的語言整散結合，錯落有致。

作者寫轅馬之艱困，主要不是流露憐憫和同情，而是藉以說明道理。唯有試之以負重勞苦，才能分辨出馬的「德與力」，否則，駑蹇者、狡憤者與良馬互相混雜難辨，終將會敗壞事情。顯而易見，末段才是文章的中心。既然主旨如此，則第一層反襯只是虛指，第二層反襯才表示實意。

通篇雖似寫實，其實作者是在編織寓言，藉以強調，只有經過實際地、艱苦地考驗，才能選拔出真正的好官。

方苞文章，很少採取近似寓言的形式說理。韓愈〈雜說〉有一篇談「世有伯樂，然後有千里馬」，感歎千里馬難得。方苞此文與〈雜說〉的題旨有相彷彿者，形式也相似，留下了對韓愈模仿的痕跡。

禮記析疑序

【題解】方苞長於治「三禮」，尤其對《周官》（即《周禮》）一書用功甚勤，有多種專著傳世。康熙五十一、五十二年間，他因《南山集》案受牽連入獄，獄中也不忘讀《禮》著書。《禮記析疑》是他治《禮》的著作之一，全書四十六卷。《四庫全書總目》評此書「融會舊說，斷以己意」，有些論斷「至為明晰」，有些「具有所見，足備《禮》家一解」，總體上「頗有可採」，然而某些結論「未免武斷」，尤其是刪去書裡的一些內容，有失謹慎。這看法基本是公允的。本文是方苞撰成《禮記析疑》後所作序言。介紹他著此書的起因，而著重是講他著書的體會，一要花力氣去求究學問的「深隱」之處，不要泛泛；二要尊重前人的學術成果，不要「以己所得，瑕疵前人」。說得頗為中肯。《四庫全書》本《禮記析疑》卷首所載這篇序，刪去了「在獄」、「出獄」等文字，然而《四庫全書》本《望溪集》所載此序又保留了這些文字，可見當年四庫館臣掌握刪書的標準其實也是寬嚴不等的。

自明以來，傳註列於學官者❶，於《禮》❷則陳氏《集說》❸，學者弗心饜❹也。壬辰、癸巳❺間，余在獄，篋❻中惟此本，因悉心焉。始視之若皆可通，及切究其義，則多未審者，因就所疑而辨析焉。蓋《禮經》之散亡久矣，群儒各記所聞，記者非一時之人，所記非一代之制，必欲會其說於一，其道無由，第❼於所指之事、所措之言無失焉，斯❽已矣。然其事多略舉一端，而始末不具，無可稽尋。其言或本不當義，或簡脫❾而字遺，解者於千百載後意測而懸衡❿焉，其焉能以無失乎？

注疏之學，莫善於「三禮」⓫，其參伍倫類⓬，彼此互證，用心與力可謂艱矣。宋、元諸儒因其說而紬繹⓭焉，其於辭義之顯然者，亦既無可疑矣，而隱深者，則多未及焉。用⓮此知古書之蘊，非一士之智、一代之學所能盡也。然惟前之人既闢其徑涂⓯而言有端緒⓰，然後繼事者得由其間而入焉。乃或⓱以己所得，瑕疵⓲前人，而忘其用力之艱，過矣。

余之為是學也，義得於《記》之本文者十五六，因辨陳說而審詳焉者十三四，是固陳氏之有以發余也。既出獄，校以衛正叔《集解》⓳，去其同於舊說者，而他書則未暇徧檢。蓋治經者，求其義之明而已，豈必說之自己出哉⓴？後之學者，有欲匯眾說而整齊之，則次以時代，而錄其先出者，可矣。

【注　釋】❶傳註列於學官者　指被朝廷、地方政府的學校所肯定的儒家經典注疏本。❷禮　《禮記》，是中國古代一部重要的典章制度圖書，儒家經典之一。由西漢戴德和他的姪子戴聖編定，戴德選編的八十五篇本為《大戴禮記》，在後來的流傳過程中若斷若續，到唐代只剩下三十九篇。戴聖選編的四十九篇本為《小戴禮記》，即我們今天見到的《禮記》。❸陳氏集說　陳澔《禮記集說》。陳澔（西元一二六〇—一三四一年），字可大，號雲住，南康路都昌縣（今江西都昌）人。他是宋末元初重要的理學家，繼承家學，注釋《禮記》，淺顯明白。明初，此書成為科舉考試的指定課本。❹饜　滿足。❺壬辰癸巳　康熙五十一年（西元一七一二年）、五十二年（西元一七一三年）。方苞在康熙五十年十一月以戴名世《南山集》案牽連入獄，至五十二年三月蒙恩寬宥出獄，以白衣入值南書房。❻篋　小箱子。❼第　只。❽斯　如此。❾簡脫　古代用竹簡書寫，竹簡脫落，謂文字有殘缺。❿懸衡　通過想像做出評論。⓫三禮　儒家經典《周禮》、《儀禮》、《禮記》的合稱。⓬參伍倫類　將類似的材料互相校勘比較。參伍，古人紀數的方法，「以三數之，則遇五而齊，以五數之，則遇三而會。參伍者，前後多寡，更相反覆，以不齊而要其齊。」（宋羅願《爾雅翼》自序注）⓭紬繹　引出端緒，意謂闡述。⓮用　以。⓯徑涂　途徑。涂，同「途」。⓰端緒　頭緒。⓱或　有的人。⓲瑕疵　指責。⓳衛正叔集解　衛湜，字正叔，崑山（今屬江蘇）人。官至直寶謨閣，知袁州，學者稱櫟齋先生。南宋開禧、嘉定間用二十餘年集《禮記》諸家傳注，撰成《禮記集說》一百六十卷。⓴蓋治經者三句　衛湜《禮記集說》後序：「他人著書，惟恐不出於己，予之此編，惟恐不出於人，後有達者，毋襲此編所已言，沒前人之善也。」

【語　譯】自從明朝以來，儒家經典的注疏之作被朝廷列為學官施教的書目，《禮記》方面是陳澔所著的《禮記集說》，學者對此書猶有不滿。壬辰、癸巳年間，我在獄中，箱子裡只有這一種，所以讀得格外仔細。一開始讀它，似乎文義都能夠解釋得通，當進一步深究其含義時，卻發覺多有不夠詳明精確的地方，於是開始對自己產生疑問的地方作辨析。《禮經》散佚已經很久了，儒者們各自記下他們所聽到的內容，然而記錄者不是同一時代的人，所記錄的又不是同一時代的制度，一定要將這些內容劃而為一，實在也不可能做到，只要所指的事情、所用的言語沒有失誤，就不錯了。然而書上記的事多數只是簡略地提及一點，而始末源委全不具備，不能稽考探尋；其文字有的與事義不相符合，有的存在錯簡缺字現象，注釋者在千百年以後憑藉臆測想像判斷其是非，這怎麼能不發生錯誤呢？

注疏方面的工作，沒有比《周禮》、《儀禮》、《禮記》做得更好的，將同類事物錯綜排比，彼此互相印證，作者所用的心思和功夫，可謂歷盡艱辛。宋、元兩朝的學者們在此基礎上加以演繹，其中辭義淺顯的部分，已經沒有什麼疑問了，可是隱晦深刻的部分，多還沒有涉及。由此可知，古書的含蘊不是一個人的智慧、一代學者的研究所能夠窮盡的。然而也只有前人開闢了道路，將內容整理出頭緒，然後繼續從事者才得以從他們留下的罅隙深入進去。可是有的人因為自己有所創獲，便鄙薄詆毀前人，而遺忘了前人曾經為此付出的艱苦，這不免也太過分了。

我研究這方面的學問，含義得自《禮記》本文的有十分之五六，通過辨析陳澔說法而使之精確詳盡的有十分之三四，這確實表明陳氏給了我啟發。出獄以後，用衛湜《禮記集說》作校對，刪去與前人相同的見解，別的著作則沒有時間全部加以翻檢。從事經學研究，是將經典的含義探討明白而已，何必非得一切觀點都由自己提出來呢？後來的學者，意欲彙集眾說而加以編次，則按照時代，將最早的一種說法編進書裡，就可以了。

【研　析】「析疑」者，對書中有疑問之處進行辨析，去惑解蔽，使學問階此而進。這首先需要去發現疑問，才談得上辨析。方苞對流傳甚廣的陳澔《禮記集說》一書感到不滿足，以為用淺閱讀的態度讀它，似乎都可通，然而進一步「切究其義」，問一個為什麼，則書裡有些說法就經不起推敲了。他對《禮記》的辨析正是本著這樣的認識來開展的。由此可見，讀書有無疑問，關乎讀者對書所抱的態度、意識和追求，沒有懷疑的精神和深究的毅力，就談不上疑問，更談不上對疑問的辨析。

另一方面，學問總是由一代代學者辛勤勞動不斷累積而形成的，學問的推進固然需要後來者對前人不斷提出質疑，但是，後人也離不開從前人的成就中不斷地攝取滋養，得到啟發。所以，尊重與懷疑同樣重要。「惟前之人既闢其徑涂而言有端緒，然後繼事者得由其間而入焉」，後人若「以己所得，瑕疵前人」，那無疑是非常錯誤的。方苞這話說得非常好。他撰寫《禮記析疑》是因為對《禮記》有研究，也因為不滿足於陳澔

《禮記集說》，但是他公開承認，《禮記析疑》一書受到了陳著許多啟發，以此表示對陳著的尊重。

方苞在文章中還強調，做集成性質的學術史工作應當高度尊重創新的觀點。對於某個問題，某本著作，不同時代的研究者會提出自己的理解和看法，而留下來的大量資料，其中有些是鈔錄，有些則是屬於巧合。如果彙集眾說，梳理學術史，方苞認為，只要依照時代先後，「錄其先出者」就可以了，用這個辦法，誰在學術上做了什麼一目了然，沒有貢獻者理應被黜落在外。

周官析疑序

【題　解】《周官》又名《周禮》，相傳周公所作。應該是記載周代官制的書，然內容卻與周代官制有不符，從西漢末劉歆開始稱為《周禮》，六篇分載天、地、春、夏、秋、冬六官，其中冬官已佚，由《考工記》補足。鄭玄注本影響最大，與《儀禮》、《禮記》合稱「三禮」，是儒家重要的經典。長期以來許多學者懷疑《周官》不可信，何休、歐陽修、蘇轍皆持這樣的看法。程頤、朱熹雖然篤信其書，卻不能消除人們的懷疑。方苞堅持認為《周官》總體可信，某些可疑的內容是劉歆為了迎合王莽亂政，增竄造成的。對此他在〈讀周官〉一文中作了論述，充分表達了自己的看法。至今《周官》一書的真偽仍是懸案。

方苞著《周官析疑》三十六卷、《考工記析義》四卷，或將二者合稱為一書四十卷，是方苞研究《禮》的系列著作之一。《四庫全書總目》評《周官析疑》「體會經文，頗得大義」，然又不滿其「於說有難通者，輒指為後人增竄，因力詆鄭玄之注」，有失妥當，又指出書中有些內容「力詆經文」、「勇於自信」。本文是方苞為《周官析疑》所作序，說明他對《周官》由疑而轉為信的變化，並對《周官》的義理內容和文辭藝術皆作了高度讚美。

蘇惇元《方望溪先生年譜》以為《周官析疑》成書於康熙六十年（西元一七二一年），時五十四歲。然方苞〈周官集注序〉末署「康熙庚子冬十有一月」，說明他五十三歲已經完成《周官集注》一書，該序說：「余嘗析其疑義以示生徒，猶若舊說難自別擇，乃竝纂錄合為一編。」「析其疑義以示生徒」即是指《周官析疑》（序云：「余初為是學，所見皆可疑者，及其久也，義理之得，恆出於所疑，因錄示生徒。」可以為證）。這說明《周官析疑》及序寫於他五十三歲前。

《周官》一書，豈獨運量萬物❶，本末兼貫，非聖人不能作哉，即按其文辭，舍《易》、《春秋》，文、武、周、召以前之《詩》、《書》❷，無與之並者矣。蓋道不足者，其言必有枝葉❸。而是書指事命物，未嘗有一辭之溢焉，常以一字二字盡事物之理，而達其所難顯，非學士文人所能措注❹也。

凡義理必載於文字，惟《春秋》、《周官》則文字所不載，而義理寓焉。蓋二書乃聖人一心所營度❺，故其條理精密如此也。嘗考諸職❻所列，有彼此互見而偏載其一端者，有一事而每職必詳者，有略舉而不更❼及者，有舉其大以該❽細者，有即其細以見大者，有事同辭同而倒其文者。始視之若樊然❾淆亂，而空曲交會❿之中義理寓焉。聖人豈有意為如此之文哉？是猶化工⓫生物，其巧曲至⓬，而不知其所以然，皆元氣之所旁暢⓭也。觀其言之無微不盡而曲得⓮所謂如此，況夫運量萬物，而一以貫之者乎？

余初為是學，所見皆可疑者，及其久也，義理之得，恆出於所疑，因錄示生徒⑮，使知世之以《周官》為偽者，豈獨於道無聞哉，即言亦未之能辨焉耳。

【注釋】❶運量萬物　猶言承載容納，《莊子．知北遊》：「運量萬物而不匱。」❷文武周召以前之詩書　指《詩經》的〈周南〉、〈召南〉、〈大雅〉、〈頌〉，以及《尚書》。文，周文王，姬姓，名昌，商紂時為西伯，在位五十年，國勢漸強，為滅商奠定基礎。武，周武王。周，周公。召，召公，名奭，因采邑在召（今陝西岐山縣西南）而稱召公，助武王滅商，被封於燕，成王時任太保。其言論見於《尚書．召誥》。❸蓋道不足者二句　《禮記．表記》：「故天下有道，則行有枝葉；天下無道，則辭有枝葉。」鄭玄注：「行有枝葉，所以益德也。言有枝葉，是眾虛華也。」❹措注　安排；佈置。❺營度　構思；思考。❻諸職　各種官職所負責的範圍。❼更　再。❽該　包括。❾樊然　紛然。❿空曲交會　文筆暢達與宛轉交集一起。⓫化工　自然。⓬曲至　周詳；全面。⓭旁暢　四溢。⓮曲得　詳盡；周備。⓯生徒　學生。

【語譯】《周官》一書，不但承載萬物，而且兼顧本末，若不是聖人不可能寫出來，即使以其文辭而言，除了《周易》、《春秋》和文王、武王、周公、召公之前《詩經》、《尚書》中的篇章，再也沒有可以與它相媲美的了。不具備充足的道義，言辭必定多生枝葉。而此書摹寫和說明事物，連一個多餘的文字也沒有，它常常用一二個字，就能夠把事物的道理說透，使難以表述的精微之處清晰地呈現，這不是學者、文人所能夠企及的。

一切義理必定都是記載在文字中，只有《春秋》、《周官》，文字所不曾記載的空白處，義理寄寓在其中。因為這兩種書是聖人以全副精力思考撰成的，所以它們的條理達到了如此精密的程度。我曾經對此書各種官職所列出的內容做過研究，有的彼此互見卻單記其中一項，有的一件事情卻每處都詳為交代，有的約略列舉便不再提起，有的提到重要事情而將次要的包含在其中，有的通過小的事情以見大的方面，有的則事情相同文辭相同詞序卻是顛倒的。開始讀時覺得它好像紛然淆雜沒有頭緒，然而文章在暢達與宛轉相交集的地方，恰恰寄寓著義理。聖人難道是故意寫這樣的文章麼？這如同造物主化生萬物，其巧妙無所不至，卻不知道何以如此，這都是元氣溥暢四溢的結果。看到其文字如此地無微不盡而且曲達其意，更何況它承載萬物，而且兼顧本末呢？

我開始研治這方面學問，對讀到的東西都會產生懷疑，揣摩時間久了，所獲得的義理，常常產生於自己先前懷疑的地方。因而寫下來出示給學生，使他們知道世上認為《周官》是偽書的人，不但對於道一無所知，即使對於文也沒有什麼辨析的能力。

【研析】且不說方苞對《周官》真偽的學術問題看法如何，單就他在文中對該書義理、文辭特點作出的概括和說明，是很有見地的。《周官》分六個部分敘述眾多官職各自所轄，包涵廣大，宏細兼具，各個部分區劃清楚，綱目井然，互相沒有糾纏，也不存在枝蔓。方苞說此書「運量萬物，本末兼貫」，作者「一心所營度」，「條理精密」。這指出《周官》著作體的特徵恰如其分，評價也是適當的。方苞最講究文章義法，他認為《周官》義法高明，猶如《春秋》，「文字所不載，而義理寓焉」，不同於其他著作「凡義理必載於文字」。這種「空白」的藝術正是方苞義法說一個重要的內容。他連用六個排比句極力形容《周官》的寫作特點，「有彼此互見而偏載其一端者，有一事而每職必詳者，有略舉而不更及者，有舉其大以該細者，有即其細以見大者，有事同辭同而倒其文者」，稱這是「化工」之筆。類似的說法，也見於方苞〈周官集注序〉，所謂「或一事而諸職各載其一節以互相備，或舉下以該上，或因彼以見此。其設官分職之精意，半寓於空曲交會之中，而為文字所不載，迫而求之，誠有茫然不見其端緒者，及久而相說以解，然後知其首尾皆備，而脈絡自相灌輸，故歎其徧布而周密也。」從來對《周官》一書的寫作藝術以方苞上面的總結最為用力，推崇程度也最高，一般的研究者不會特別從這個方面去關注《周官》一書，而這正好體現出方苞古文家的本色。我在這裡引用《周禮》兩段文字，以見其文辭特點之一斑。「東南曰揚州。其山鎮曰會稽，其澤藪曰具區，其川三江，其浸五湖，其利金錫竹箭，其民二男五女，其畜宜鳥獸，其穀宜稻。」（〈夏官‧職方氏〉）「馮弱犯寡則眚之，賊賢害民則伐之，暴內陵外則壇（墠）之，野荒民散則削之，負固不服則侵之，賊殺其親則正之，放弒其君則殘之，犯令陵政則杜之，外內亂、鳥獸行則滅之。」（〈夏官‧大司馬〉）簡樸規整，辭達意明，又不時綴以警醒之句，全書大致如此。

刪定荀子管子序

【題解】荀子名況，亦曰荀卿，漢避宣帝諱，改稱孫卿，戰國趙人，著《荀子》。管仲，名夷吾，謚敬仲，春秋齊國潁上（今屬安徽）人，傳說著《管子》，其實該書內容很雜，除保留了一部分管仲思想外，還是戰國時法家、儒家、道家、陰陽家、名家、兵家、農家各學派的言論集。二書皆是春秋戰國時期的子書。方苞推崇儒家思想，批評諸子之學背道而馳的思想內容，認為《荀子》、《管子》二書雖然遠不能與聖人明道之典籍相比，可是比其他諸子之作高明合理，尤其是《荀子》有更多值得肯定的內容，故加以刪改訂正。

此文作於乾隆元年（西元一七三六年），方苞六十九歲。

自周以前，上明其道，而下守之以為學，舍故府❶之禮籍，史臣之記載，太師❷所陳❸之風謠，無家自為書者。周衰道散，然後諸子各以其學鳴。惟荀氏之書，略述先王之禮教，管氏之書，掇拾❹近古之政法，雖不徧不該❺，以視諸子之背而馳者，則有間❻矣。而其義之駁❼，辭之蔓，學者病❽焉。切而究之，荀氏之疵累，乃其書所自具，而管氏則眾法家❾所附綴❿而成，且雜以道家⓫之說，齊東野人之語⓬，此則就其辭氣可識別者也。

余少時嘗⓭妄為刪定，茲復審詳，凡辭之繁而塞、詭而俚者，悉去之，而義之大駁者，則存而不削。蓋使學者知二子之智乃以此自瑕⑭，而為知道者所深擯⑮，亦所以正其趨向也。管氏之書，其本真蓋無幾，以其學既離道而趨於術，則凡近似而有所開闡⑯者，皆得以類相從，而無暇深辨焉耳。

【注釋】❶故府　舊府，朝廷收藏圖書典籍的場所或機構。❷太師　古代樂官之長。❸陳　獻。❹掇拾　搜集。掇、拾，意思一樣。❺不徧不該　不完整，不全面。該，完全。❻有間　有所不同。間，隙。❼駁　雜。❽病　詬病；攻擊。❾法家　先秦學派之一，主張推行法治。管仲、商鞅、韓非是該派重要人物。❿附綴　加添。⓫道家　崇尚自然之道，老子、莊子是該派的思想代表。⓬齊東野人之語　簡稱「齊東野語」，指不可相信的傳聞。《孟子・萬章上》：「咸丘蒙問曰：『語云：盛德之士，君不得而臣，父不得而子。舜南面而立，堯帥諸侯北面而朝之，瞽瞍亦北面而朝之，舜見瞽瞍，其容有蹙。孔子曰：「於斯時也，天下殆哉岌岌乎！」不識此語試然乎哉？』孟子曰：『否。此非君子之言，齊東野人之語也。』」趙岐注：「東野，東鄙田野之人所言耳。咸丘蒙齊人也，故聞齊野人之言。」⓭嘗　曾經。⓮自瑕　玷汙自己。瑕，玉的斑點，指缺點。⓯深擯　嚴厲拒絕，不屑。擯，棄。⓰開闡　闡發。

【語譯】在周朝以前，聖人闡明道，眾人遵守其道而加以學習，除了國家官府收藏的禮樂典籍、史臣記載的史書、樂官採集獻上的民間歌謠外，沒有人自己去從事著述。周朝衰落，道開始離析，然後學者們各以他們的學說紛紛地鼓吹。其中只有荀子的書，略約地提到先王的禮教，管子的書，能搜集時代相近的政令法律，二書雖然搜羅不全面，內容不完整，與背道而馳的其他各家學說相比，則有所不同。可是，二書內容駁雜，文辭枝蔓，後世學者對此也作了嚴厲的批評。對二書加以切實地求究，就會發現，《荀子》的瑕疵是它本身所具有的，而《管子》的瑕疵則是許多法家在書裡加添了他們的言論造成的，而且又雜糅了道家的學說、民間毫無根據的傳聞，這些只需要通過《管子》一書的語言、文氣就能夠分辨出來。

我年輕時曾狂妄地刪改訂正《荀子》、《管子》二書，現在重新加以詳細地推敲，凡是辭句繁複艱澀、奇詭俚俗的，一概刪去，然而內容觀點有很駁雜的，則繼續保留，不予削除。這是為了讓學習的人瞭解荀、管的才智不免因此而受玷汙，從而被掌握了道的人所堅決摒棄，也是以此端正人們追求學問的方向。管子的書中，真正屬於他本人所著的部分大概沒有多少，這是因為他的學說既然偏離道而趨向權術，所以凡是與它相近似而有所闡發的，都可以按照類別將它們歸在一起，而沒有時間去作深入的區分。

【研　析】許多學者認為，我國上古的思想學術經歷了一個由王官之學向諸子之學發生演變的過程，班固《漢書・藝文志》對此的論述被廣泛接受，產生了很大影響。方苞此文所述「自周以前」和「周衰」以後思想學術的變化脈絡，也是這種觀點的反映。他推崇儒家明道之學，認為諸子「各以其學鳴」，很多與道不符，因此他對諸子採取了貶斥的態度。對於《荀子》、《管子》，方苞認為雖然它們的內容雜而不純，其中卻包含一部分合理的內容，與其他諸子有所差異。同時他又指出兩書不同之處，《荀子》的缺點是荀子本人思想所致，《管子》則集「眾法家」及其他學說、傳說，有他人「附綴」的原因。作者將這麼多內容放在短短的第一段中敘述，簡練明確，無枝蔓，也無疏漏，文字非常乾淨。第二段主要介紹他刪訂《荀子》、《管子》的原則。方苞在〈書祭裴太郎後〉一文中曾談到，「周秦諸子如《管》、《莊》、《荀》、《韓》，可謂顯著者矣，而案之皆有偽亂。余嘗欲削其不類者，以無溷後人，而未暇也。」本文說他刪訂《荀子》、《管子》，其中一部分工作就是削去其「偽亂」之處。他的具體做法是刪其辭，不刪其義，對於書中含義真偽難辨者，取謹慎的態度予以保留，不輕易刪削，以存兩書流傳下來的原本所有的思想。這一點在整理、刪訂思想學術著作時很重要。有的整理者好用自己崇尚的思想去同化相異的學說，將不同的學說刪改得面目全非，這不免越線太多。

文章句子相承接，固然不可有廢詞贅語，然而也不能只求達其大意，不作周旋以生餘裕之氣。如本文開篇「自周以前，上明其道，而下守之以為學」以下，有「舍故府之禮籍，史臣之記載，太師所陳之風謠，無家自為書者」數語鋪衍，方才氣完意足，若徑接「周衰道散」，就顯得狹促。

孫徵君年譜序

【題解】 孫奇逢（西元一五八五—一六七五年），字啟泰，號鍾元、夏峰，曾受朝廷徵聘，故稱孫徵君，直隸保定府容城縣（今屬河北）人。萬曆舉人。與東林黨一氣，反對魏忠賢，以節義聞。楊漣、左光斗以疏劾魏忠賢而遭害，禍及許多正義之士，孫奇逢奮力營救。明亡，拒清廷徵召，以講學終。與李顒、黃宗羲合稱三大儒。有《讀易大旨》、《理學宗傳》、《聖學錄》等。年譜是按年月記敘人物生平行事和思想的一種文體，產生於宋朝，發達於明清，是古代常見的文類。《孫徵君年譜》原名《孫夏峰先生年譜》，共二卷，由孫奇逢自己撰寫，並由其弟子趙御眾、魏一鰲、湯斌、耿極編次，最後請方苞校訂修改。方苞校訂完畢後寫了這篇序。他強調儒者不畏死，然而也不輕易言死，為了擔荷天下的綱紀人道，而珍惜生命，去忍受巨大的痛苦，這是一種更加可貴的堅強。

本文寫於康熙五十四年（西元一七一五年），方苞四十八歲。

容城❶孫徵君既歿三十有七年，其曾孫用楨❷以舊所編《年譜》屬❸余刪定，既卒事而為之序曰：

自古豪傑才人以至義俠忠烈之士，不得其死者眾矣，而傳經守道之儒無是也，極其患，至於擯斥、流放、胥靡❹而止耳，其或會天道人事之窮❺而至於授命❻，則必時義宜然，而與俠烈者異焉。

世皆謂儒者察於安危，謹於去就❼，故藏身也固❽，近矣而未盡也。蓋人之於天也，以道受命❾，三才萬物之理全而賦之❿，乃昏焉不知其所以生而自殺⓫於物者，天下皆是也。《記》曰：「人者，天地之心。」⓬惟聖賢足以當之，降此則謹守而不失，惟儒者殆庶幾⓭耳。彼自有生以至於死，屋漏之中⓮，終食之頃⓯，懍懍然⓰惟恐失其所受之理而無以為人。其操心之危⓱，用力之艱，較之奮死於卒然⓲者，有十百矣。此天地所寄以為心，而藉⓳之紀綱⓴乎人道者也，豈忍自戕賊㉑哉！孔子於道，常歉然㉒若不足，而死生之際，則援天以自信㉓，蓋示學者以行身之方㉔，而使知其極也。

先生明季㉕，知天下將亡，而不可強以仕，此固其所以為明且哲㉖也。然楊、左㉗諸賢之難，若火燎原，而出身以當㉘其鋒；及涉亂離㉙，屢聚義勇，以保鄉里；既老，屏跡㉚耕桑，猶以宵人㉛幾構㉜禍殃。跡㉝其生平，阽㉞於危死者數矣。在先生自計，固將坦然授命而不疑㉟，而卒之身名泰然，蓋若有陰相㊱者。今譜厥㊲始終，其行事或近於俠烈，而治身與心，則粹乎一準於先儒。學者考其立身之本末，而因以究觀天人之際，可以知命而不惑矣。

【注釋】❶容城　今河北榮城。❷用楨　孫用楨（西元一六六二—？年），字以寧，康熙間曾任禹州學正。楨，方苞〈明禹州兵備道李公城守死事狀〉作「禎」。❸屬　同「囑」。❹胥靡　刑徒服苦役。❺會天道人事之窮　遭遇命運中的絕境。❻授命　捐軀。《論語・憲問》：「見危授命。」❼察於安危二句　對安危、進退都作仔細地觀察思考，小心翼翼。《莊子・秋水》：「察乎安危，寧於禍福，謹於去就，莫之能害也。」察，看清；知道。❽藏身也固　《禮記・禮運》：「此聖人所以藏身之固也。」孔穎達疏引鄭云：「藏，謂輝光於外而形體不見，若日月星辰之神是也。」固，安固。❾蓋人之於天也二句　《穀梁傳・莊公元年》：「人之於天也，以道受命；於人也，以言受命。……不若於道者，天絕之也。」意謂人類倫理來自於天命、天道。❿三才萬物之理全而賦之　方苞〈原人下〉：人「是天地之心之所寄，五行之秀之所鍾。」三才，指天、地、人。⓫殽　同「淆」。⓬人者二句　引自《禮記・禮運》。⓭殆庶幾　殆，大約。庶幾，差不多。⓮屋漏之中　別人看不見的地方。屋漏，屋的西北隅幽暗處。古代房門朝著東南方向，故屋的西北角光線陰暗。漏，隱蔽；黑暗。《詩經・大雅・抑》：「相在爾室，尚不愧於屋漏。無曰不顯，莫予雲覯。」不愧於屋漏，比喻即使別人不知道，也應該保持敬誠之心，如同在眾目睽睽之下。⓯終食之頃　吃一頓飯的時間，表示時間極短。頃，片刻。《論語・里仁》：「君子無終食之間違仁。」⓰懍懍然　敬畏貌。⓱操心之危　《孟子・盡心上》：「其操心也危，其慮患也深。」操心，持心。危，憂懼。⓲卒然　突然。卒，同「猝」。⓳藉　憑藉。⓴紀綱　網罟的綱繩，引申為綱領、法度。這裡用作動詞，謂整治、維繫，也指用三綱六紀的道德觀念維護風俗。《禮緯・含文嘉》：「三綱，謂君為臣綱，父為子綱，夫為妻綱矣。六紀，謂諸父有善，諸舅有義，族人有敘，昆弟有親，師長有尊，朋友有舊。」（見《禮記注疏》孔穎達疏引）㉑戕賊　殘害。㉒歉然　不滿足貌。㉓死生之際二句　孔子說：「天生德於予，桓魋其如予何？」「天之未喪斯文也，匡人其如予何？」（分別見《論語》之〈述而〉、〈子罕〉）皆是他引天命以自勵勵人的話。援，引。㉔方　方向；原則。㉕明季　明末。㉖明且哲　明於理，察於事。《詩經・大雅・烝民》：「既明且哲，以保其身。」哲，睿智。㉗楊左　楊，楊漣（西元一五七二—一六二五年），字文孺，號大洪，湖廣應山（今湖北廣水縣）人，萬曆三十五年（西元一六〇七年）進士，官至左副都御史。天啟四年（西元一六二四年）上疏劾魏忠賢二十四大罪，被魏忠賢以「黨同伐異，招權納賄」等罪名逮捕入獄，陷害致死。有《楊大洪集》。左，左光斗（西元一五七五—一六二五年），字遺直、共之，號浮丘，安慶桐城（今屬安徽）人。與楊漣同年進士，官左僉都御史。因支持楊漣劾魏忠賢，遇害，諡忠毅。同時被害死的還有黃尊素、周順昌等。㉘當　擋。㉙亂離　指明末農民起義、清兵入主中原。㉚屏跡　隱居。㉛宵人　小人。㉜構　構陷；設計陷害。㉝跡　尋蹤，謂記述事跡。㉞阽　瀕臨險境。㉟在先生自

計二句　孫奇逢說：「吾始自分與楊、左諸賢同命。」（引自方苞〈孫徵君傳〉）㊱相　助。㊲厥　其。

【語譯】容城孫徵君去世已經三十七年，他的曾孫孫用楨將從前編撰的《年譜》囑咐我修訂定稿，完成之後，為它作序如下：

自古以來，豪傑英才以至義俠忠烈之士死得不值的很多，可是，傳授經典、守護天道的儒者不是這樣，他們遭遇的最大禍患，至多是被貶斥、流放和去服苦役，不會更甚，倘若萬一遇到天道、人事出現危厄陷入絕境而不得不捐軀，那必然也是時勢、道義非如此不可，與義俠忠烈之士不同。

世人都說，儒者留心察看形勢安危，對何去何從的選擇態度謹慎，所以能夠把自己隱藏保護得非常嚴密。這說對了幾分又不夠全面。從人與天的關係來說，人以服從天道為職責，天、地、人和萬物之理全都薈萃在一個人的身上，可是昏昏然不知人應當怎樣生活而將自己混同於物類，這樣的人天底下到處都是。《禮記》說道：「人是天地的心靈。」只有聖賢才足以與這一定義相稱，聖賢以下的人則只能做到謹慎守持，避免過失，只有儒者還差不多做到了這一點。他們從出生一直到死亡，即使是獨自處在晦暗的屋角，或者是在用餐的片刻時光，都是小心翼翼唯恐喪失自己所稟受的天地之理以致失去做人的資格。他們內心所懷的危懼，為踐履而付出的艱辛，比那些猝然之間拼命而死的人超過了十倍百倍。這便是儒者被用以寄寓天地之心，並藉以維持人道的原因，豈能容忍作自我戕毀呢！孔子在道的方面，經常抱有歉意，好似有所不足，而他對於生死之間的抉擇，則援引天命以增加生存的自我信念，這無疑向學者顯示了立身處世的原則，使大家知道對於生命什麼是最大的限度。

先生生於明末，預感明朝即將滅亡，不能勉強出來做官，這固然表明他善於審時度勢，明哲保身。然而，當楊漣、左光斗等賢士遇害，形勢如野火燎原，此時，先生卻挺然而出，以身擋鋒；後來在戰亂災難中，屢次徵集本鄉勇士，保衛家園；年老以後，隱居不出，耕田種桑，還由於小人誣陷差點遭到禍殃。回顧先生的一生，曾經多次瀕臨危難和死亡。依先生本人的料想，他必將坦然犧牲而不會遲疑，然而最終他的生命和名譽都安然無恙，好像在冥冥之中得到了護佑。現在逐年譜寫先生的一生，他做事或許與豪俠英烈相似，而修養身心則無比純粹，完全追從先世儒者的榜樣。學者查考他立身處世的方方面面，由此觀察和推求天人之際的道理，這樣就可以瞭解天命而祛除疑惑了。

【研析】人們通常以為，將士捐軀，英烈灑血，做出這種轟轟烈烈壯舉的，才是英豪烈士，而儒生文人，動動舌，搖搖筆，或田耕野牧，隱身埋名，所作所為都是平平常常，與俠骨烈心一類事情毫無關係。其實，文人堅守道德，拒絕邪惡，蔑視權貴，不受屈辱，這並非常人所能做到，沒有堅毅的性格、堅定的信念，談何容易！方苞在這篇文章中，弘揚文人的這種骨氣，認為比諸將士英烈的舉止，儒生文士選擇了更艱難的實現壯烈的道路。

方苞在這篇文章中，強調人的生命之可寶貴，因為人的生命薈萃了天地萬物的精華，集中體現了天地之道，所以不同於動物和植物，做一世人是很不容易的。儒者懂得這個道理，所以知道珍惜，而許多人卻不知道這個道理，因此用一種魯莽的態度對待生命，自古不少「豪傑才人以至義俠忠烈之士」也是如此。當然方苞並不否定「會天道人事之窮而至於授命」，但是這種不得不捐軀一定是「時義宜然」，而不是魯莽的行為。方苞這樣說，一方面因為是為孫奇逢年譜作序，孫氏活了九十餘歲，是一個高壽者，他曾參加明末反對閹黨激烈的政治鬥爭，又經歷了明末清初社會大動亂，活下來很不容易。另一方面，這表示了一種社會心態和對清朝態度的一種明顯轉變。清人入主中原，依靠戰刀鐵蹄，激起極大反抗，犧牲了無數生命，隨後，遺民依然不與清朝合作，有的仍舊反抗，有的拒絕入仕，在清貧的生活中結束生命。但是，隨著清朝政權日益鞏固，漢滿合作逐漸成為主流。方苞珍惜生命論集中地反映了這種社會心態，是風氣日移的一個標誌。

學案序

【題 解】清初王甡著《學案》一書。王甡，字無量，江蘇金壇人。《四庫全書總目‧學案提要》云：「是編大旨主於救姚江末流之失，首錄四書之文，列為孔子、顏子、曾子、子思、孟子學案，即繼以朱子〈白鹿洞規〉，次以程端蒙、董銖〈學則〉，而終以朱子〈敬齋箴〉。蓋因雙峰饒魯之書而為之，其四書及〈敬齋箴〉，則甡所加也。」「學案」是中國古代編纂和研究學術思想史的一種著述方式。「學」指學者及其思想學術內容，「案」指對學者思想學術的研究，即「辨章學術，考鏡源流」，通常按其流派予以敘述。「學案」之名，正式出現於明代中後期，而最有代表性的著作是黃宗羲《明儒學案》、《宋元學案》（與全祖望合纂）。方苞因王甡孫王澍給他看了《學案》而寫這篇序（見〈王處士墓表〉，也選入本書）。方苞揭出該書光大程朱理學、針砭陽明心學的主旨，藉以為揚程朱，抑陸（九淵）王張目，文章對兩派思想學術作了簡明的區分。

昔先王以道明民，範其耳目百體，以養所受之中，故精之可至於命，而粗亦不失為寡過。又使人漸而致之，積久而通焉，故入德也易而造❶道深。程、朱❷之學所祖述者蓋此也。自陽明王氏❸出，天下聰明秀傑之士，無慮皆棄程、朱之說而從之，蓋苦其內之嚴且密，而樂王氏之疏也；苦其外之拘且詳，而樂王氏之簡也。凡世所稱奇節偉行非常之功，皆可勉強奮發，一日而成之。若夫自事其心，自有生之日以至於死，無一息不依乎天理而無或少便其私，非聖者不能也。而程、朱必以是為宗，由是耳目百體一式❹於儀則，而無須臾之縱焉，豈好為苟難哉？不如此終不足以踐吾之形而復其性也。自功利、辭章之習成，學者之身心蕩然而無所守也久矣，而驟欲從事於此，則其心轉若臲卼❺而不安，其耳目百體轉若崎嶇而無措。而或招之曰：「由吾之說，塗❻之人可一旦而有悟焉，任其所為，而與道大適，惡❼用是戔戔❽者哉？」則其決而趨之也，不待頃矣。然由其道，醇者可以蹈道之大體，而不能盡其精微，而駁者遂至於猖狂而無忌憚。此朱子與象山辨難時，即深用為憂❾，而豫料❿其末流之至於斯⓫極也。

金沙⓬王無量輯《學案》，以《白鹿洞規》⓭為宗，而溯源於洙、泗⓮，下逮饒仲元⓯、真西山⓰所定之條目，以及高、顧東林之《會約》⓱。蓋無量生明之季世，王氏之颷流方盛，故發憤而為此也。此所謂信道篤而自待厚者與⓲！惜乎其學不顯於時，無或能從之而果有立也。今其孫澍⓳將表而出之，學者果由是而之焉，則知吾之心必依於理而後實，耳目百體必式於儀則而後安，而馴而致之⓴，亦非強人以所難。既志於學，胡復樂其疎且簡，以為自欺之術哉？

【注釋】❶造　達到。❷程朱　程頤、朱熹。按前人講到「程朱」，有的兼指程顥、程頤兄弟，有的專指程頤。「程朱」屢見於方苞文集，「程」常常是指程頤。如〈書辨正周官戴記尚書後〉「程朱二子」，即是其例。❸陽明王氏　王守仁（西元一四七二—一五二九年），字伯安，餘姚（今屬浙江）人。曾築室陽明洞，世稱陽明先生。官至南京兵部尚書，封新建伯，諡文成。提倡良知之教，是心學的集大成者。所著由門人輯成《王文成公全書》三十八卷。❹一式　全都遵守。❺臲卼　危而不安之物。❻塗　同「途」。❼惡　何。❽戔戔　委積貌，與速成（「一旦而有悟」）相反。也可理解為淺小貌，指拘束於細小。

兩種解釋皆可通。❾此朱子與象山辨難時二句　宋淳熙二年（西元一一七五年）六月，呂祖謙為了調和朱熹和陸九淵的分歧，邀請陸九淵兄弟在鵝湖寺與朱熹見面，雙方展開激烈辯論，這即「鵝湖之會」。雙方論及教人，朱熹主張格物致知，要求泛觀博覽而後歸之約，陸九淵則主張先發明人之本心，而後使之博覽。陸九淵，南宋心學的代表，影響王陽明，世稱二人的學說為陸王心學。❿豫料　預料。豫，通「預」。⓫斯　此。⓬金沙　即金壇縣。⓭白鹿洞規　朱熹曾講學於白鹿書院，制《白鹿洞規》五節六十九字以教子弟。白鹿洞，初唐李渤與其兄涉讀書廬山，蓄一白鹿，甚馴，因名白鹿洞。宋初置書院於五老峰下，名白鹿書院，是四大書院之一。⓮洙泗　洙水和泗水。二水從今山東泗水縣北合流而下，至曲阜北，又分為二水，洙水在北，泗水在南。〈檀弓〉：「吾與汝事夫子于洙、泗之間。」後人用洙、泗代指孔子講學的地方，也作為孔門的代稱。⓯饒仲元　饒魯（西元一一九三—一二六四年），字伯與，一字仲元，號雙峰，門人私謚文元，饒州餘干（今江西萬年）人。朱熹再傳弟子，以致知力行為本。⓰真西山　真德秀（西元一一七八—一二三五年），字景元，後改景希，號西山，浦城（今屬福建）人。慶元五年（西元一一九九年）進士，歷官參知政事、資政殿直學士、提舉萬壽觀，卒諡文忠。著有《大學衍義》、《讀書記》、《西山文集》等，編有《文章正宗》。⓱高顧東林之會約　指《東林會約》一卷，顧憲成撰。萬曆二十二年（西元一五九二年），顧憲成革職還鄉，與高攀龍、錢一本等重修江蘇無錫東林書院，並在此講學，議論朝政，產生很大影響，世稱顧高。高攀龍（西元一五六二—一六二六年），字存之，又字雲從，號景逸先生，無錫（今屬江蘇）人。萬曆十七年（西元一五八九年）進士，官左都御史。因反對魏忠賢被革職，投水而死。有《高子遺書》。顧憲成（西元一五五〇—一六一二年），字叔時，別號涇陽，無錫涇里（今無錫張涇）人，萬曆八年（西元一五八〇年）進士，官至禮部文選司郎中。有《小心齋劄記》、《毗陵人物志》、《顧端文遺書》等。⓲與　同「歟」。⓳澍　王澍（西元一六六八—一七四三年），字若霖，亦作篛林、若林，號虛舟，別號竹雲，自署二泉寓居，江蘇金壇人。康熙五十一年（西元一七一二年）進士，歷官給事中、吏部員外郎。有《禹貢譜》、《白鹿洞規條目》。⓴馴而致之　即馴致。漸致。

【語　譯】從前，先王用道啟覺民眾，規範他們的耳目視聽和身體的行為，以此護持人人稟受的天性，所以精通了道可以通曉天命，略微瞭解一點也會有助於減少過失。先王又使人們循序漸進地去獲得道，通過長期積累達到對道的悟解，所以人們對於這種天地道德既容易接近，又能有高深的造詣。程、朱學說所相繼闡述的，就是這種先王的道學。自從王陽明出現後，天下聰明優秀的人士，無疑都放棄了程、朱學說，轉而附從於王陽明。其原因是，人們一方面苦於程朱學說本身的嚴密，而欣賞王陽明學說的疏闊，另一方面又苦於程朱學說對行為的約束，以及許多講究，而喜歡王陽明學說這方面的要求簡略和隨便。凡是世上所稱道的一切奇異的節操，傑出的行為，不同尋常的功業，通過努力奮發，總有一天都是可以實現的。至於一個人致力於完善自己的心靈，則從他出生那一天開始一直到死亡，沒有一刻不須遵循天理，連瞬間放縱私欲也應當杜絕，不是聖人是無法做到的。而程、朱正是以這種追求為宗旨。遵守他們的學說，耳聽目視及身體踐履一切都符合禮儀法則，而不會須臾發生放縱行為。這哪裡是故意與人為難呢？假如不這樣的話，終其一生都無法使自己的行為符合道，也無法使自己恢復天性。自從追求功利、溺於辭章的風氣形成之後，求學的人身心空虛無所持守的狀況已經延續了很久，驟然之間讓人們從事於程朱學說，自然他們內心會變得危懼不安，耳目身體會變得張皇失措。而此時如果有人向他們招呼：「遵照我的學說，路上的行人在一日之間便可以覺悟道理，從而隨便各人做什麼事情，都適合天地之道，何必拘泥瑣細的道理？」結果是毋須片刻時辰，人們就會躍起而爭相趨附。不過，遵循他們的學說，能夠保持純粹的人雖然可以獲得道之大體，卻不能窮究道之精微，而喜好駁雜的人難免就會墮落成為猖獗狂妄而無所忌憚者。這是朱熹在與陸九淵論辯時，便深為憂慮的，預料到這一派的末流會陷於這種極端的境地。

金沙王無量編纂《學案》一書，以朱熹所撰〈白鹿洞規〉為宗，將淵源追溯至孔子在洙水、泗水一帶講學時期，下限範圍則包括饒仲元、真西山所制定的條目，以及高攀龍、顧憲成的《東林會約》。王無量生活於明代末年，王陽明的學說風潮正盛，所以發憤編著此書。這就是所謂信道堅篤，待己嚴格吧！可惜他的主張無法顯揚於當時，沒有人能夠遵從他的教誨並由此而取得成就。現在，他的孫子王澍將把這部《學案》刊佈於世，向世人表彰，學者如果真的能夠借助此書而求道，便會明白我們每個人的心必須依附於理然後才能充實，耳目身體必須合符於儀則然後才能安樂，而這是一點一點做起來的，也不是一定要強人所難。既然已經立下了學道的志向，為什麼還要貪愛疏闊和簡略，以此作為自我欺騙的小聰明呢？

【研　析】明代中後期，程朱理學的主導地位受到王陽明心學挑戰，逐漸被後者替代。明末及明清易代後，社會動盪喚起文人追求經世之學，將經學與踐履緊密結合，形成一股新思潮，這對理學和心學都形成生存壓力，王陽明心學承受的壓力更大。方苞領受上述思潮的洗禮，崇信程朱理學，又以經世致用為己任，對王陽明心學則加以區別對待，有限度地肯定其不悖於儒家傳統精神的思想成分，摒棄其末流的狂禪習性。

他在本文維護程朱的思想旗幟，批判王陽明心學，重點則在於分析人們所以疏遠程朱學說、樂於接近王陽明心學的原因，以及提出克服的辦法，是他一篇重要的思想學術文章。他認為，人們捨棄程朱理學、接受陽明心學的原因是，「苦其（程朱之學）內之嚴且密，而樂王氏之疏也；苦其外之拘且詳，而樂王氏之簡也。」這種避難就易的結果是，大家最多只能「蹈道之大體，而不能盡其精微」，而末流將陷於「猖狂而無忌憚」。他強調，無論求道，無論養心，皆需要經過長期地探索和修煉，這也就是前人所說「由博返約」，想走捷徑，希望輕輕鬆鬆地抵達彼岸，那只是一種幻想。所以他認為，遵循程朱嚴格的教誨去做，付出雖多收穫也大，若唯陽明心學是從，最終非但所得淺，還會陷於迷途而不知返。他指出王甡所編《學案》一書的意義，就在於為人們提供了一種可以遵循，可以實行的修身求道的讀本，可為脫王而歸程朱者所學習和利用。

畿輔名宦志序

【題　解】古代稱京城及周圍地區為京畿，亦曰畿輔。畿輔名宦傳是記錄京師附近地區著名官宦事跡的書。康熙間修《畿輔通志》，雍正十三年成書。方苞這篇〈畿輔名宦志序〉收錄於《畿輔通志》卷六十七〈名宦傳〉之首。惟不知究竟是方苞參與修纂《畿輔通志》，因而寫了這篇序，還是他為另一種《畿輔名宦傳》寫了此文，被《畿輔通志》編纂者收入書中？若採取第一種說法，《畿輔通志》纂修名單中又沒有方苞的名字。方苞在文中肯定史書記載人物應當真實可信，認為正史的記載相對於方志真實程度高，因為方志作者與所記載的人物之間往往會存在複雜的利害關係，難免會失去公允的態度。因此他提出，評價人物，必須尊重民間的輿論，而不能輕易採信方志的記載。

名不可以虛作❶，況守官治民，其尊顯者，大節必有徵於朝野，其卑散者，遺愛必有被於閭閻❷，宜乎公論彰明而不可以為偽矣。然取諸舊史❸者，得其實為易，而取諸郡州縣志❹者，得其實為難。蓋非名實顯見，末由登於國史，而史作於異代，其心平，故其事信。若郡州縣志，則並世❺有司之所為耳，其識之明，未必能辨是非之正，而恩怨勢利請託又雜出於其間，則虛構疑似之跡，增飾無徵❻之言，以欺人於冥昧❼者不少矣。

高邑趙忠毅公❽，有明一代可計數之君子也。同時宦於畿輔，風節治行見於公文而確乎有據者凡二十餘人，而郡縣舊志無一及焉。觀其所不載，則載者可盡信乎？欲削其所疑，則非小善必錄❾之義，且無以辨其非真；欲別求其可信，則不與公同時，及同時而未見於公文者，又絕無可考。以是推之，欲賢者之不遺，而無實者不得冒濫❿，豈易言哉！

雖然，愚而不可欺者民也。宦必有跡，每見一州一邑三數百年中，吏之仁暴汙潔智愚，士大夫皆能口道焉，又其近者，山農野老能指名焉。中人⓫之冒濫，或久而莫辨，若顯悖於所聞，眾必譁然而摘其實，此《傳》所稱「有所有名而不如其無者」⓬也。故余志⓭名宦，自元以前，一以舊史為斷⓮，自明以後，姑仍郡州縣志，而見於忠毅之集者，轉⓯不以著於是編。蓋一人之文，一郡一時之事，特千百之十一耳，載之則所漏實多，故具列其所以然，俾他日有司之為志者，知怵然⓰為戒，詳酌於民言，而達於史官，又以見忠直循良⓱之實，必博求之君子之言信而有徵者，毋專據有司之方志，而仕宦者之子孫，慎毋虛美其先人而轉以自播揚也。

【注釋】❶名不可以虛作　語出《楚辭・九章・抽思》。❷閭閻　泛指民間。❸舊史　指正史。❹郡州縣志　郡、州、縣的地方史。志，史書。❺並世　同時代。❻徵　信。❼冥昧　幽暗不明。❽高邑趙忠毅公　趙南星（西元一五五〇－一六二七年），字夢白，號儕鶴，別號清都散客，高邑（今河北元氏）人。萬曆二年（西元一五七四年）進士，天啟任左都御史，主大計，彈劾無所避，人多震慄。官至吏部尚書。得罪魏忠賢，謫戍代州，病卒。與鄒元標、顧憲成並稱「東林三君」。崇禎初年，追諡忠毅。有《趙忠毅公集》、《味檗齋文集》、《史韻》等。❾小善必錄　諸葛亮〈心書〉：「小善必錄，小功必賞。」❿冒濫　冒充；混跡。⓫中人　指資質平常的官員。⓬傳所稱句　《左傳・昭公三十一年》：「夫有所有名而不如其已。」杜預注：「有所，謂有地也。言雖有名，不如無名。已，止也。」原意是說，君子應當珍惜自己的名字、名聲。⓭志　立傳。⓮斷　根據；判斷。⓯轉　反而。《畿輔通志》所錄作「乃」，意思相同。⓰怵然　驚懼；敬畏。⓱循良　廉潔公正的官員。古代正史多有〈循吏傳〉。

【語譯】好名聲無法用弄虛作假的手段攫取，何況地方官員治理百姓，他們官位顯赫的，突出的政績必然可以從朝廷和民間得到證實，官職低下者，佈施的恩澤也必然能惠及村落市井，公論大白於天下，無法偽飾，這是很自然的。然而，把從前的正史取來，容易看到真實的記載，把郡、州、縣志取來，卻難以看到真實的內容。因為，若不是名聲事跡都卓著的人，無法被載入國史，而且這種史書編於後世，作者態度平允，所以記載的事跡可信。至於郡、州、縣志則是同時代的官府所編，這些作者的認識水準，未必能夠明辨是非，而且，恩恩怨怨、趨炎附勢、人情請託的因素，又夾雜在其中，於是虛構出似是而非的事跡，添加誇飾不實的語言，欺騙蒙在鼓裡的讀者，這種情況並不少見。

高邑趙忠毅公，是明朝屈指可數的君子。與他同時在京畿做官、節操和政績出現在趙公文章中而且確乎可信的共有二十餘人，可是在舊的郡、縣方志裡他們連一個人也沒有被記載。看到了這類方志哪些人不記載，那麼你對它所記載的人物還會認為都是可信的嗎？如果想把書裡可疑的人物刪去，則又不符合「即使是小善也應當記錄」的古訓，而且也無法對這些記載進行辨偽；如果想另外寫一些可信的人物，可是他們又不是與趙公生活在同一個時代，即使生活在同一個時代也沒有出現在趙公筆下，根本無法得到一點求徵。由此推斷，想讓賢者不遺漏，讓有名無實的人無法濫竽充數，談何容易！

儘管如此，愚魯而不可矇騙的，是百姓民眾。做官的人必定會留下痕跡，經常能見到一州一縣在三四百年中，官吏究竟是仁愛還是殘暴，是腐敗還是廉潔，是明智還是昏聵，士大夫都能一一縷述，而相隔近一點的，村夫老農都能指名道姓地談論他們。資質普通的官員濫竽冒充，可能時間一久就難以分辨了，如果與傳聞悖違得太過明顯，大家一定會洶洶叫嚷把真相揭發出來，這就是《左傳》所說「在一個地方有名還不如無名」。所以我寫名臣傳，在元代以前，全部以從前正史的內容為根據，從明代以後，姑且仍舊遵從郡、州、縣志的記載，至於已經出現在趙忠毅公文集裡的人物，反而不再在本書著錄。因為一個人的文章，一個地區、一個時期發生的事情，僅僅是千分之十、百分之一而已，要記載的話遺漏必定很多。所以具體說明為何不記載的原因，使今後官府編寫方志時，曉得需要警惕戒懼，多參酌民眾的議論，將它們轉達給史官。又藉以說明，表彰官員忠誠正直廉潔公正，必須從言而有據可以憑信的君子那裡去廣泛求證，不能一味根據官府編撰的方志，而仕宦家族的後裔，也應當注意不要吹噓美化祖宗，助長不實之言的傳播。

【研　析】方苞這篇文章談到兩個問題：一、史書記載人物應當真實可信；二、讀者對於史書（特別是方志）記載的人物不能輕易相信。這兩種看法似乎互相矛盾，其實說得都非常有道理。追求記載的真實性，這是對史書的一種要求和理想；不能輕易相信史書的記載，則是因為史書（特別是方志）確實存在內容失真的情況，應當謹慎對待。抱著這樣的態度寫史、讀史，才是負責任的，也才會受益。

由於對史書記載的人物真實性抱有懷疑，方苞進而提出，評價一個人，應當多尊重民間的輿論，多參考百姓的口碑。他認為民眾雖然卑賤，可是他們自有一桿公平秤可以量出當官的究竟是好人還是壞人，他們的首肯比一般史臣的稱讚更值得信賴。將民心、口碑當作檢驗信史的一個重要參照，這是非常卓越的見解。

方苞認為，朝廷修的史書（所謂國史）比各級地方修的史書（所謂方志）其人物傳記要可信，原因是國史遴選立傳的人物比較嚴格，而且修史者與列為傳記的人物已經相隔有時，不存在利益相關，而方志往往直接或間接地與當事人存在著利害的糾纏，很難保證公正。他看到有些風節高亮的君子，郡縣方志故意不為他們列傳，於是說：「觀其所不載，則載者可盡信乎？」這個推斷應該說是很有道理的。一般來說，方苞以為國史中的人物傳記比諸方志要可信，這看法雖然可以成立，不過，像出現在郡縣方志裡的這類記載失真情況同樣也會多多少少存在於國史中，所以國史的人物傳也並不像方苞說的那樣可以完全相信。這一點也不可忽略。

儲禮執文稿序

【題　解】儲在文，字禮執，一作理執，號中子、待園，宜興（今屬江蘇）人。康熙四十八年（西元一七〇九年）進士，官翰林院編修，值南書房，康熙五十六年（西元一七一七年）乞歸。有《經畬堂自訂全稿》、《持園集》等。儲在文長於時文，多篇作品被選入《欽定四書文》。此文是方苞為儲在文時文所作序。他在文中回憶兄長方舟以施世濟用為學術祈向，要求寫作「理正而皆心得，辭古而必己出」，時文雖然不是濟用之作，他也要求作者當抱著這種寫作態度。方苞以此作為對儲在文時文的讚許。

方苞〈答友書〉說：「僕迺年自禁，非特著一書者不為作序。非敢要重，緣以時文來屬者多，力有不給，非此無以免責讓也。」該文寫於康熙四十八年至五十年。他又在〈余東木時文序〉中說：「余自序宜興儲禮執之文，為其本師所點竄，以序為戒者已數十年。」該文撰於乾隆八年。據此，本文撰於方苞自戒為時文作序以後（「為其本師所點竄」是破戒為儲氏時文作序的原因），大約是在康熙五十五年前後，方苞四十九歲左右。

昔余從先兄百川❶學為時文❷，訓之曰：「儒者之學，其施於世者，求以濟用，而文非所尚也。時文尤術之淺者，而既已為之，則其道亦不可苟焉。今之人亦知理之有所宗矣，乃雜述先儒之陳言而無所闡也，亦知辭之尚於古矣，乃規摹古人之形貌而非其真也。理正而皆心得，辭古而必己出，兼是二者，昔人所難，而今之所當置力❸也。」先兄素不為時文，以課余，時時為之，期年❹而見者盡駭，以試於有司無不擯也。余曰：「時文之學，非可以濟用也，何必求其至，而使一世之人不好哉？」先兄曰：「非世之人不能好也，其端倪初見❺，而習於故者未之察也。且一世之中，而既有一二人為之，則後必有應者，而其道不終晦。故曰：『人者，天地之心也❻。』昔朱子之學，嘗不用於宋矣❼，及明之與，而用者十四五。當天地閉塞，萬物洶洶之日，以一老師率其徒以講明此理於深山窮谷之中，不可謂非無用者矣，乃功見於異代，而民物賴以開濟者，且數百年[8]。故君子之學，苟既成而不用於其身，則其用必更有遠且大者。此與時文之顯晦大小不類，而理則一也。」

自先兄不幸早世，其所講明於事物之理而求以濟用者，既未嘗筆之於書，獨其時文為二三同好所推，遂浸尋[9]流播於世，至於今，而海內之學者，幾於家有其書矣。夫時文者，科舉之士所用以牟榮利也，而世之登高科致膴仕[10]者，出其所業，眾或棄擲而不陳[11]，而先兄以諸生[12]之文，一旦橫被於六合[13]，沒世而宗者不衰，好奇嗜古之士，至甘戹於時[14]，以由其道。夫以學中之淺術，而能使人有所興起如此，況其可以濟用者而適與時會乎？然用[15]此亦可知儒者之學，雖小而不可以苟也。

先兄之文雖為世所宗，而得其意者實寡。今儲君禮執殆所謂應之者[16]與？竊其所以為文之意，而按其理與辭，何與先兄之所言者相似也。自先兄之亡，余困於貧病[17]，非獨其學之大者不能承，而時文之說亦鹵莽而未盡其蘊焉。觀禮執所見之能同，未嘗不驚喜而繼之以悲也。

【注　釋】❶百川　方舟，字百川。他是方苞兄長，藝林合稱二方先生。李塨表其墓曰：「文章海內之師。」詳見〈兄百川墓誌銘〉題解。❷時文　時下流行的文體，舊時對科舉應試文體的通稱。此指八股文。❸置力　用力。❹期年　滿一年。❺端倪初見　端倪，事情的眉目。見，同「現」。❻人者二句　見〈孫徵君年譜序〉注⓭。❼昔朱子之學二句　南宋寧宗慶元二年（西元一一九六年），時任監察御史沈繼祖彈劾朱熹，羅織十大罪狀，結果朱熹好友趙汝愚宰相謫永州，朱熹被彈劾掛冠，寧宗宣佈道學為偽學，禁止其傳播，這就是著名的「慶元黨禁」。❽當天地閉塞七句　指朱熹不畏自己坎坷寂寞，堅持講學傳道。洶洶，騷亂不寧。❾浸尋　逐漸。❿膴仕　大官。⓫陳　陳列；保存。⓬諸生　明清稱已經入學的生員。⓭橫被於六合　班固〈西都賦〉：「是故橫被六合。」橫被，原意是指關西地區向外延展，後來指廣泛影響。李善注引《漢書音義》文穎曰：「關西為橫。」被，及。呂延濟注：「橫被，廣被也。」六合，上下四方。⓮甘戾於時　甘心違背時尚，被世俗怪罪。戾，罪過；乖張。⓯用　以。⓰應之者　《易・乾》之〈文言傳〉：「子曰：『同聲相應，同氣相求。』」⓱貧病　《史記・仲尼弟子列傳》：「子貢相衛，而結駟連騎，排藜藿入窮閻，過謝原憲。憲攝敝衣冠見子貢。子貢恥之，曰：『夫子豈病乎？』原憲曰：『吾聞之，無財者謂之貧，學道而不能行者謂之病。若憲，貧也，非病也。』子貢慚，不懌而去，終身恥其言之過也。」

【語　譯】從前我跟已經亡故的兄長百川學習八股文，他教導我：「儒家學說施行於世間，是追求經世濟用，而文章並不值得崇尚。八股文在各類文章中更是微不足道，但是既然已經習摹，那麼對它的寫作之道也不可苟且馬虎。如今人們雖然也知道應當遵從理，卻只會雜糅先儒的一些陳說而沒有什麼闡發，雖然也知道應當推崇古代文辭，卻只是模仿古人作品的形貌而泯失了真髓。道理正確又全部是自己心得，文辭古雅又必須是自己創造，兼擅兩個方面，古人以為困難，而這才是今天應當努力的。」兄長平素不作八股文，因為要為我講授，也常常寫一些，一年後讀到的人都驚駭不已，以此參加考試每次都被考官淘汰。我對他說：「八股文這套東西，不是可以用來經世濟時，何必往最完善的方向去鑽研，而使天下人都不喜歡它呢？」兄長答道：「並非天下人不能喜歡它，而是它新的氣象剛剛出現，習慣於舊套套的人還沒有察覺出來。而且，在一個時代裡如果已經有一兩個人在做了，那麼以後必然會有人出來響應，那麼這種道就不會一直遭到埋沒。所以說

『人是天地的心靈』。歷史上朱熹的學說，在宋朝曾經遭到排擠，到明朝建立之後，遵奉的人十分之四五。在天地閉塞不昌明，萬物騷亂不寧的時代，朱熹以一個老師宿儒的身分率領學生闡述發明義理於深山荒谷中，不能說沒有用處，最終他的功效見之於後代，風俗依靠他的開導和拯救，已經有數百年了。所以君子的學說，如果已經形成然而不能在他自己的時代實施，那麼，它的功用必將會更加悠久和鉅大。這與八股文風氣的顯晦消長，雖然大小不同，道理卻是一樣的。」

自從兄長不幸早逝，他所闡說的事物道理以及運用於經世濟時的設想，從來沒有寫成著作，唯有他的八股文受到一些好朋友推崇，於是逐漸地流傳於世上，到今天，海內學習八股文的人，幾乎家家都有他的書。八股文這東西，是參加科舉的人用來牟取榮譽和利益的，然而世上考取高第、做了大官的人，刊出他們以前的應試文，大家可能會一丟了之，沒有興趣擺在書架上，而我兄長只是一個在讀生員，他寫的八股文，卻終於有一天能廣泛流傳於天下，在他去世以後學習他文章的人依然不減，好奇愛古的人，甚至甘願違反世俗寫八股文的風氣，學習他的寫法。學問中微不足道的一部分，就已經為人們愛好到如此程度，何況是他能夠經世致用而恰好又與時代相適切的那些思考呢？然而由此也可以明白，儒者對於學問，再細小也不可以掉以輕心。

我兄長的八股文雖然受到世人推崇，可是學到他作文真意的人卻很少。今天儲禮執君大概可以說是同聲相應者吧？琢磨儲君所以寫作文章的意圖，再體會其文章的道理和辭語，與我兄長的文章何其相似啊。自從我兄長亡故後，我陷於貧困，鬱鬱不得志，不但他學問的重要部分不能繼承，甚至連他關於八股文的見地也只是粗枝大葉地瞭解而不能掌握其全部底蘊。看到禮執君的見解能和我兄長相同，不能不感到驚喜，隨之又不能不湧起悲傷。

【研　析】通篇明處講八股文，暗處講施世濟用的思想，兩條線索，以明襯暗，指示文章主意所在，借此記述方舟心中的宏願，並對文人提出應當追求理想的要求。作者最後用「未嘗不驚喜而繼之以悲」結束全文，饒有深意。所謂驚喜者，是看到方舟寫時文追求新穎、不受格套束縛的探索精神在儲在文時文寫作中得到了回應，實現了方舟生前「君子之學，苟既成而不用於其身，則其用必更有遠且大者」的預言；所謂繼之以悲，是他想到方舟施世濟用的宏大抱負在世上缺少嗣響者，還沒有實現，而方苞認為，這才是方舟最重要的精神遺產，所以為此而感到悲哀。

方苞對時文的態度比較複雜。他認為時文用處有限，所以不止一次詬病時文，如說：「文章者，士之末也……時文之體晚出，又文之末也。」（〈陳月溪時文序〉）他在本文也說：時文是「學中之淺術」，表示了與方舟「文非所尚也。時文尤術之淺者」相同的看法。但是，他在時文的問題上又比較現實，為時文留下了相當寬裕的周旋餘地，對他認為好的時文不吝讚賞。他認為好的時文應當合道入理，發自作者內心，有個人的語言特色，方舟「理正而皆心得，辭古而必己出」二語最足以代表他對優秀時文的期許。一般認為時文僅僅是代聖人立言，與作者自己的心志沒有多少關係。方苞不以這樣的說法為然，他說：「其文平奇淺深，厚薄強弱，多與其人性行規模相類……蓋言本心之聲，而以代聖人賢人之言，必其心志有與之流通者，而後能卓然有立也。」（〈楊黃在時文序〉）顯然他不認為時文只是一種技術性的寫作，強調代言與表心志在時文中可以得到統一，作者的精神流貫是寫好時文重要的保證。他還說：「諸體之文各自抒其指意而已，而茲以代聖人賢人之言，非要于理之大中，不可施也；理正矣，苟非心之所自得，而獵取先儒之說之近似者，以自粉飾，亦無取也；明於心，當於理，而天資之材不足以達之，誦數講問不足以充之，終不能以自振。」（〈陳月溪時文序〉）方苞這種時文觀是很通達的。從本文看，方舟對時文頗有創新的想法和能力，方苞對此大加稱讚，他自己也深受方舟影響，以為時文應走向上一路，擺脫習套。方苞凡事不苟，皆想爭取一流的性格在時文寫作中也體現出來。錢大昕在〈跋方望溪文〉、〈與友人書〉兩文中引王若霖語，稱方苞「以古文為時文，卻以時文為古文」，這若是指方苞對時文、古文都不甘心為常人之所為，還是恰當的。

王巽功詩說序

【題解】王承烈（西元一六六六—一七二九年），字遜功，一字巽功，號復庵，陝西涇陽人。就學於關西著名學者李顒。康熙四十八年（西元一七〇九年）進士，官翰林檢討、湖北糧道、江西布政使、左副都御史、刑部右侍郎。其學術粹然一歸程朱，有《日省錄》、《復庵詩說》（一名《毛詩解》）、《尚書今文解》等。方苞曾與王承烈一起討論《尚書》、《詩經》疑義（見《方苞集》卷一〈記王巽功周公居東說〉），志趣相契。王承烈死後，方苞撰〈刑部右侍郎王公墓表〉。本文是方苞為王氏《復庵詩說》所寫的序。方苞認為，儒家五經中，《禮》與《尚書》記載的對象和內容比較具體、清楚，因而比較容易明白，而《易》、《春秋》、《詩經》辭意隱約，很難理解。他認同朱熹《詩集傳》對作品的解釋，可是又認為《詩經》小序固然有許多不妥當，但是完全否定，未免過於武斷。他通過對《詩經》的探討，告誡人們在思想學術上「毋好同而惡異」，強調要多與「異己」者「講議」，認為這可能會比從持同樣觀點的人那裡受到更多的益處。

方苞〈記王巽功周公居東說〉說：王承烈「返自江西，《詩說》成」。據《江西通志》載，王承烈雍正五年任江西布政使，「不及歲餘，陞左副都御史。」（見卷四十八、卷五十八）則此文撰於雍正六年（西元一七二八年）後，方苞六十一歲後。

《易》❶、《春秋》而外，經之難治者莫如《詩》。《禮》各有所指之事，《書》❷之事可知也，人可知也，世可知也。《詩》則事之有徵及辭意顯而可辨者無幾，而得其人與世者尤稀，學者惟就其辭以意逆之❸，故其說終古而不可一。必欲得其事，必欲得其人，必欲得其世，而附會以成之者，〈小序〉❹也。自朱子以理為衡，辨而斥之❺，然後《詩》之大體有可稽尋。然以惡〈序〉說之深，或並其猶可以通者而斥之，或於《詩》之辭意可以兩行者而一斷之。故自是以後，學者雖知〈序〉說之非，而於朱子之說亦尚有不能愜❻者。語曰：「三代之際，非一士之知也❼。」蓋聖人之經之難治也，亦若此已矣。

涇陽王巽功以《詩說‧國風》示余，其所疑於〈序〉說之可存，與朱子之說之未盡者，同余者十六七焉，其自為說同余者十二三焉。余嘗謂：經者，天地之心❽。說之而當，必合於人心之不言而同然者。用此嘉巽功之篤學，而又自喜用心之不謬也。然吾聞君子之為學也，至於辨之明，思之審，以致於理之一，然後合於人心之不言而同然者。若夫朋友講習之初，必彼此互異，抵隙攻瑕，相薄相持，而後真是出焉。故朱子於志合道同之友如南軒❾、伯恭❿，往復論辨，齟齬⓫者十七八。若好人之同乎己，則介甫⓬之所以自蔽也。余之說既多與巽功同，恐不足以益巽功，巽功其更求異己者，而與之講議可也。

巽功將更定其書之體例，而索序於余。乃為述古人共學之義，俾⓭知其難，毋好同而惡異，以致於理之一，而余亦得因之以自鏡焉。

【注釋】❶易　亦稱《周易》、《易經》。儒家重要典籍之一。❷書　《尚書》，中國上古歷史文件和事跡的彙編，「尚」即「上」。是儒家重要典籍之一。❸以意逆之　《孟子・萬章上》：「故說《詩》者，不以文害辭，不以辭害志；以意逆志，是為得之。」❹小序　《毛詩》各篇前解釋其主旨的序，與置於首篇〈關雎〉「小序」之後一大段論述《詩經》全書特點的〈大序〉相對。❺自朱子以理為衡二句　朱熹撰《詩序辯說》，駁斥〈小序〉。他在《詩集傳》對許多作品的解釋，摒棄〈小序〉的觀點。❻愜　滿意。❼三代之際二句　《史記・劉敬叔孫通列傳》：「太史公曰：語曰：『千金之裘，非一狐之腋也；臺榭之榱，非一木之枝也；三代之際，非一士之智也。』」知，同「智」。❽經者二句　方孝孺〈學辨〉：「而學必有要焉。何謂要？五經者，天地之心也，三才之紀也，道德之本也。」方苞這一觀點直接受到方孝孺影響。❾南軒　張栻（西元一一三三－一一八〇年），字敬甫，號南軒，綿竹（今屬四川）人。歷官直祕閣、吏部侍郎、知江陵府，卒諡宣。時與朱熹、呂祖謙齊名。有《論語解》、《孟子說》、《南軒易說》、《南軒文集》等。❿伯恭　呂祖謙（西元一一三七－一一八一年），字伯恭，婺州（今浙江金華）人，郡望東萊，世稱東萊先生。太平興國二年（西元九七七年）進士，官尚書右丞。有《書說》、《呂氏家塾讀詩記》、《春秋傳說》、《東萊博議》等，與朱熹合編《近思錄》。⓫齟齬　上下牙齒不齊，比喻意見不一致。⓬介甫　王安石，字介甫。蘇軾〈答張文潛書〉：「王氏（引者按，指王安石）之文未必不善也，而患在於好使人同己。自孔子不能使人同，顏淵之仁，子路之勇，不能以相移，而王氏欲以其學同天下。地之美者，同於生物，不同於所生，惟荒瘠斥鹵之地，彌望皆黃茅白葦，此則王氏之同也。」⓭俾　使。

【語　譯】《周易》、《春秋》之外，經典中就理解的難度而言，沒有一部超過《詩經》。《禮記》各篇都有所指的禮儀制度，《尚書》所載史事可知，所載人物可知，其寫作時代也可知。《詩經》一書本事確切可求、辭意明顯可辨的作品卻沒有幾篇，而能夠確定詩中所指的人物及其時代的尤為少見，學者只能根據語言從自己的理解出發揣度它的含義，所以大家的解釋自古以來都不能歸於一致。一定要求得作品的本事，一定要確定作品所寫的人物，一定要指出作品的寫作時代，結果牽強附會一一落實，這麼做的是〈小序〉。自從朱熹將理作為判斷標準，分析、駁斥〈小序〉的觀點，從此以後《詩經》在大的方面，已經可以稽考尋繹。可是，由於厭惡〈小序〉程度太深，有的把還可以說得通的觀點也一併排除掉了，有的則把《詩經》可作兩種理解的只保留了一種含義。所以從此以後，學者雖然知道〈小序〉的說法有錯誤，然而對於朱熹的觀點，也感到尚有不能愜意之處。前人說：「夏、商、周三代之際，不是僅憑一位賢士的才智。」大概研究聖人經典遇到的困難，也與這差不多。

涇陽王巽功把他所著《詩說・國風》出示給我看，他傾向於〈小序〉說法可以保留的，以及覺得朱熹觀點有不夠完善的，這方面與我的看法一致的有十分之六七，他自己對《詩經》所作的解釋與我相同的有十分之二三。我曾經說過：儒家經典，是天地的心靈。對儒家經典解說適當，必定是與天下不用交流而自然一致的人心互相吻合的。我用這句話稱讚巽功專心治學，也以此慶幸自己以前的研究沒有謬誤。然而我聽說君子做學問，只有達到辨析明確，思考詳審，尋究出根本的道理，然後才能和與天下不用交流而自然一致的人心互相吻合。至於朋友在切磋研習開始之時，必然彼此的見解互相不同，於是挑剔瑕疵，互不買賬，只有這樣真見才會產生。所以朱熹與志同道合的友人張栻、呂祖謙往復論辯，意見不合的是大部分。假如喜歡別人與自己保持一致，王安石反受自己蒙蔽就是這樣造成的。我的見解既然多與巽功相同，恐怕不足以幫助巽功。巽功還是轉而去找與自己觀點不同的人吧，與他們一起切磋研習應是不錯的。

巽功將重新修改確定他著作的體例，為此向我索取序言。於是為他闡述古人共同商討學問的道理，使他知道其中的困難，不要好同惡異，要專志於探求根本的義理，而我也可以趁此機會，把這當作鏡子照一照自己。

【研 析】王承烈所著《復庵詩說》六卷，兼有宋人解《詩》和晚明文人鍾惺、譚元春評詩的特點，這些在乾嘉學者看來都不足道。《四庫全書總目提要》對它評價很低：「是書依據朱子《詩集傳》以攻擊毛、鄭，其菲薄漢儒者無所不至，惟淫詩數篇稍與朱子為異耳，蓋揚輔廣諸人之餘波，而又加甚焉者也。其中間有不從序，亦不從傳者，如謂〈關雎〉為周公擬作之類，皆懸空無據。至於注釋之中附以評語，如論〈周南〉云：『〈周南〉十一篇，秖就文字而論，其安章頓句，運調鍊字，設想無一不千古絕頂。』論〈女曰雞鳴〉云：『弋禽飲酒，武夫之興，何其豪；琴瑟靜好，文人之態，又何其雅。』如斯之類，觸目皆是，是又岐入鍾、譚論詩之門徑矣。」然而方苞對王承烈的這部著作頗有好評。方苞自己也寫過多篇解釋《詩經》的文章，其中關於〈國風〉的就有〈讀二南〉、〈讀行露〉、〈讀邶鄘至曹檜十一國風〉、〈讀邶鄘魏檜四國風〉、〈讀王風〉、〈讀齊風〉等。這些文章大多質疑世儒之說，不苟同漢唐人結論，對朱熹的說法多有肯定，某些方面也有異議。他說王承烈解說〈國風〉多與自己相同，說明二人對《詩經》的認識很接近。方苞在〈再與劉拙修書〉裡說：「僕于朱子《詩》說所以妄為補正者，乃用朱子說《詩》之意義，以補其所未及，正其所未安，非敢背馳而求以自異也。」又說：「吾兄謂〈小序〉亦不可盡廢，最為平允。然其無據而未甚害義者，朱子已過存之。其已刪而猶可用者，以鄙意測之，不過〈風雨〉、〈伐檀〉、〈蒹葭〉數篇耳。」這段話對瞭解方苞在《詩經》學上傾向於朱熹宋學很有幫助，也可以幫助理解他在本文所表達的觀點。這也說明方苞的經學觀與後來乾嘉學術之間確實存在很大差別，乾嘉學者對方苞有很多批評，與雙方學術祈嚮不同極有關係。

這篇文章談《詩經》的特點和治學的態度。先述儒家經典可以分為兩類，一類易懂，如《書》、《禮》，都有所指之事，具體而顯然；一類難曉，其中最難明白的是《易》、《春秋》，含義精微而「隱深」（見〈書邵子觀物篇後〉），其次是《詩經》，詩篇中所關涉的人和事可知的極少，絕大多數茫然不明，只能依靠對作品語言的解讀來推測，所以會產生許多附會。接著指出解釋《詩經》兩派，一派是〈小序〉作者及信奉者，一派是懷疑或否定〈小序〉者。方苞贊同疑〈序〉的朱熹，這是他基本立場，然而又反對疑〈序〉而過，以為〈小序〉的解釋有的「猶可以通」，有的「辭意可以兩行」，對這些內容應當接受、保留，不必一概拒斥。鑒於《詩經》這些複雜的情況，方苞深深感到「聖人之經之難治」。研究《詩經》既然如此困難，確立適當的研究態度就顯得極為重要。王承烈研究《詩經》得出的結論與方苞的看法存在許多相通之處，這當然使方苞感到高興，但是，他認為朋友講習思想學術之初，「必彼此互異，抵隙攻瑕，相薄相持，而後真是出焉」。這不僅應當成為學友的共同態度，而且應當成為大家「共學之義」，對樂同惡異而「自蔽」保持警惕。全文開展議論，漸次而進，最後得出核心結論，勉人而又自勉，寫得顯豁而充實。

楊千木文稿序

【題解】楊三炯（西元一六六九－一七三六年），字千木，號南喬，諸暨（今屬浙江）人，康熙四十四年（西元一七〇五年）舉人。方苞因《南山集》案入獄，楊三炯不畏嫌疑，入獄探視，故與方苞有深厚情誼。雍正初，楊三炯以兗郡府丞（郡守的副貳）督理濟東漕河。雍正四年查嗣庭案發，楊三炯因與查氏同年，曾請託於他，受牽累革職入獄，不久獲釋。雍正三年，官濟寧。本文是方苞為楊三炯時文寫的一篇序，認為時文雖然不如古文高明、重要，但是優秀的時文與古文一樣，也可以表現作者「心與質之奇」，也可以「窮理盡事」。

文中有云：「聽其言，觀其貌，不知其為文士也。及出其所為時文……輝然而出於眾。」據此，楊三炯似尚未中舉，則本文作於方苞三十八歲以前。

自周以前，學者未嘗以文為事，而文極盛；自漢以後，學者以文為事，而文益衰。其故何也？文者，生於心而稱其質❶之大小厚薄以出者也，戔戔❷焉以文為事，則質衰而文必敝矣。

古之聖賢，德修於身，功被於萬物，故史臣記其事，學者傳其言，而奉以為經，與天地同流。其下如左丘明、司馬遷、班固，志欲通古今之變❸，存一王之法❹，故紀事之文傳；荀卿、董傅❺守孤學❻以待來者，故道古之文傳；管夷吾❼、賈誼❽達於世務，故論事之文傳。凡此皆言有物者也。其大小厚薄，則存乎其質耳矣。

魏、晉以降，若陶潛❾、李白、杜甫，皆不欲以詩人自處者也，故詩莫盛焉；韓愈、歐陽修，不欲以文士自處者也，故文莫盛焉。南宋以後，為詩若文者，皆勉焉以效古人之所為，而慮其不似，則欲不自局於蹇淺❿也，能乎哉？

時文之於文，尤術之淺者也，而其盛行於世者，如唐順之⓫、歸有光、金聲⓬，窺其志，亦不欲以時文自名。吾友楊君千木，才足以立事，義足以砥俗，聽其言，觀其貌，不知其為文士也。及出其所為時文，則窮理盡事，光明磊落，輝然而出於眾。蓋其心與質之奇，不能自秘者如此。既為論定，因發其所以，使學者知所務焉。

【注釋】❶質　指作者的氣質品性、思想學問。❷戔戔　細微貌。❸通古今之變　司馬遷〈報任安書〉自述作《史記》是為了「究天人之際，通古今之變，成一家之言」。❹存一王之法　司馬遷〈太史公自序〉：「壺遂曰：『孔子之時，上無明君，下不得任用，故作《春秋》，垂空文以斷禮義，當一王之法。』」一王，一個王朝，指周朝，也可泛指盛世。❺董傅　董仲舒。曾任江都王和膠西王相，故稱。❻孤學　將要失傳的學問。此指儒學。❼管夷吾　管仲。❽賈誼　生於西元前二〇〇年，死於西元前一六八年。洛陽（今屬河南）人。曾任長沙王太傅，世稱賈太傅。有政論文〈過秦論〉、〈論積貯疏〉、〈治安策〉等，後人編有《賈誼集》。❾陶潛　陶淵明（約西元三六五—四二七年），名潛，或名淵明，一說晉世名淵明，字元亮，入劉宋後改名潛，自號五柳先生，私諡靖節先生，潯陽柴桑（今江西九江市西南）人，詩歌質樸有味，被稱為「隱逸詩人之宗」（鍾嶸《詩品》）。❿蹇淺　生澀淺陋。⓫唐順之　生於西元一五〇七年，死於西元一五六〇年，字應德，一字義修，號荊川，武進（今屬江蘇）人。明朝嘉靖年間知名學者、文人。有《荊川先生文集》。⑫金聲　生於西元一五九八年，死於西元一六四五年，字正希，安徽休寧人。崇禎元年（西元一六二八年）進士，官庶吉士。清兵攻陷南京後，英勇抗清，不屈而死。

【語　譯】在周代以前，讀書人未曾把寫文章作為專門的事業，然而文章極其興盛。在漢代以後，讀書人把寫文章當成專門的事業，然而文章越來越衰落，這是什麼緣故呢？文章是發生於人的心靈而根據作者質性的大小厚薄形成的。渺小地把寫文章當作一種事業，心胸就會變得衰薄而文章勢必就會凋敝。

古代的聖賢，注重自身的道德修養，使功德溥施於萬物，所以，史官記錄他們的事跡，學者傳播他們的言論，從而尊奉為經典，與天地一樣永垂不朽。其次如左丘明、司馬遷、班固，立志要通曉古今變化，保存王朝法度，所以紀事的文章得以流傳；荀卿、董仲舒堅守著快要失傳的學說以等待後世的人，所以宣揚古代道義的文章得以流傳；管仲、賈誼通曉治世要務，所以論述事理的文章得以流傳。所有這一切文章都言之有物，它們作用的大小、內容的薄厚，都決定於作者的心胸和思想。

魏晉以後，如陶淵明、李白、杜甫都不想以詩人自命，所以詩歌沒有比他們寫得更優秀了；韓愈、歐陽修不想以文人自命，所以文章也沒有比他們寫得更出色了。南宋以後，寫詩歌、文章的人，都勤勉地仿效古人的作品，唯恐學得不夠像，結果想不把自己局限在生澀淺陋的境地，又怎麼能做到呢？

時文在全部的文章中，是特別膚淺的一種文體，然而盛行於世的時文作者，如唐順之、歸有光、金聲，觀察他們的志向，也並不是想以時文自命。我的朋友楊千木，才能足以成就事業，品行足以砥礪世俗，聽他說話，看他容貌，不知道他是一個文人。等到他出示所寫的時文，才知道他的作品窮盡事理，光明磊落，充滿光彩而成就超乎於眾人之上。大概他奇特的心靈和質性，無法掩沒往往如此。我已經對他的文章做了評定，進而說明他何以能夠寫出這些文章，使讀書人曉得應當如何去用功。

【研　析】方苞在文章中論述了普遍的寫作道理：作者的心靈、質性高而奇，才能使文章迥然出眾。這大約也符合古人「有德者必有言」（孔子）、「功夫在詩外」（陸游）等說法。這樣的道理在中國文學批評史上屢見不鮮。而方苞此文依然有其值得注意的地方，是他用這樣的道理來說明時文的寫作，並且用於對時文作者的要求。古代批評家一般視時文為敲門磚，功利性超強，因此，或者對其嗤之以鼻，或者只是對時文作者的修養提出一些泛泛的要求，不會像對待古文作者和詩人那樣認真地強調修身、立志的重要性，將此作為寫好作品的根本保證。方苞認為，時文與古文、詩歌一樣都是寫作活動，作品的好壞同樣決定於作者精神境界的高低，既然如此，就必須對時文作者同樣提出嚴格的要求。因此它既是一篇普遍的文論，更是一篇重要的時文理論作品，在時文批評史上有其意義。

文章多處採用對比寫法。周以前與漢以後，魏晉以降與南宋以後，將其詩文一一構成優劣對照，或褒或貶。記載古代聖賢的文章至管子、賈誼論事之文一段，穿插在漢以後、魏晉以降之間，將敘述的時序間而隔開，使文章節奏發生變化，尤見作者行文巧心。

喬紫淵詩序

【題解】喬崇烈（西元一六六一—一七二二年），字無功，號學齋、紫淵，寶應（今屬江蘇）人。康熙二十六年（西元一六八七年）舉人，康熙四十五年（西元一七〇六年）與方苞同榜進士，官庶常。工書善畫，擅長詩歌。有《蒹葭書屋詩》。弟喬崇讓、喬崇修（方苞〈答喬介夫書〉即寫予他）、喬崇禧，四人皆喬萊子。方苞於康熙三十六年（西元一六九七年）應喬崇修之邀，曾為喬崇禧授課。期間喬崇烈請方苞為自己詩集作序，方苞沒有答應。又過五年喬崇烈到金陵，再次求序，方苞才寫了此文。不久方苞寫〈與喬紫淵書〉，一方面說明他為喬崇烈詩集作序，是對他作詩「相規之切」的回報，另一方面又特為對這篇序中一些遣詞用語作出解釋，以免「時人怪之」。這些表明方苞為詩歌作序非常謹慎，也很愛惜自己文章的羽毛。由此文還可以對方苞善文不善詩的原因有所瞭解。

此文作於康熙四十一年（西元一七〇二年），方苞三十五歲。

余兒時見家君❶與錢飲光❷、杜于皇❸諸先生以詩相切劘，每成一篇，必互相致，或閱月❹踰時，更索其稿以歸而更定焉。余慕其鏗鏘，欲竊效之，而家君戒曰：「汝誦經書、古文未成熟，安暇及此？且為此非苟易也。」年二十，客遊京師，偶為律詩二章。數日，涇陽劉陂千❺忽相視而嘻❻曰：「吾有所❼見子詩。信子之云乎，藝未成而襮❽之，後自悔焉，而莫可追也。子行清文茂，內外完好，何故以詩自瑕？吾為子毀之矣！」余自是絕意不為詩，或以詩屬❾序，則為述此，而以不知謝❿焉。

丁丑⓫夏，授經白田⓬，喬君紫淵請序其詩，三數而未已也。余雖心知其工，而猶持前說以謝焉。君書識古法，余愛而索之，因錄〈漫興〉一章示余。其次聯云：「文章幾輩誇行遠，性命初知有苟全。」余誦之瞿然⓭，若登高山，履危石，臨百仞之淵，而足垂在外也⓮。蓋是時余方治《春秋》，辨正註家之紕繆，而自為義例⓯，生徒朋遊有來叩者，為陳其義，往往侃然⓰自任，以為必傳於後無疑，而君因以詩諷也。嗚呼！其用意為不苟矣。

昔歐陽子以勤一世盡心於文字為可悲⑰，蓋深有見於逾遠而存之難。而近時浮誇之士，不求古人所以不朽之道，而漫為大言，將以惑夫世之愚者。君之意若歐陽子所云，則望我厚也；其以浮誇者見疑，則責我嚴也。且中有疑而正告焉，非交友忠而不務為道諛者，能如是與？余因是欲序其詩以為報，而未嘗面許之。

又數年至今壬午⑱，君來金陵，謂余曰：「子終不序吾詩，豈吾詩不足以序乎？」余於詩雖未之能也，而其得失則頗能別焉。家君有言：「孔子論《詩》曰：『可以興，可以觀，可以群，可以怨。』漢、魏以來，作者非一，情無貞淫，事無大小，體無奇正，辭無難易，其傳於後者，必於是微有合者也。」君一為詩，而使余數歲之中，苟發言而怵然，苟廢學而惶然，余於是得興觀焉，其為賜大矣！君既開余以道，余安得而靳⑲其言也。

【注釋】❶家君　指父親。❷錢飲光　錢澄之，號田間，安徽桐城人。明崇禎年間諸生，南明桂王時，授翰林院庶吉士，後歸田隱居至終。❸杜于皇　杜濬，字于皇，號茶村，湖北黃岡人。入清不仕，勸友人「毋作兩截人」。流寓南京四十餘年，窮困潦倒而終。❹閱月　經一月。❺涇陽劉陂千　劉灝，字陂千，陝西涇陽人。康熙二十七年（西元一六八八年）進士，康熙三十九年由翰林擢巡鹽御史。❻嘻　歎詞，表示不滿。❼所　場所；地方。方苞〈與喬紫淵書〉：「『所』字義兼虛實……篇中『吾有所見子詩』，以實字用，本《史記・趙世家》。」〈趙世家〉：「簡子召之，曰：『譆！吾有所見子，晰也。』」趙簡子意謂，我曾在一個地方（指夢裡）看到過你，對你的樣子記得很清晰。❽襮　暴露。❾屬　囑。❿謝　謝絕。⓫丁丑　康熙三十六年（西元一六九七年）。⓬白田　指江蘇寶應。⓭瞿然　驚駭貌。⓮若登高山四句　《莊子．田子方》：「嘗與汝登高山，履危石，臨百仞之淵，若能射乎？」方苞用《莊子》語典而略加以變化。⓯余方治春秋三句　指方苞著《春秋直解》。紕繆，錯誤。義例，著書的主旨和體例。⓰侃然　剛直貌。⓱歐陽子以勤一世盡心於文字為可悲　歐陽修〈送徐無黨南歸序〉：「今之學者，莫不慕古聖賢之不朽，而勤一世以盡心於文字間者，皆可悲也。」⓲壬午　康熙四十一年（西元一七〇二年）。⓳靳　吝嗇。

【語譯】我小時候看到家父與錢飲光、杜于皇先生切磋詩歌，每寫成一篇，必互相送給對方，有時候過去了一個多月，又索回自己的詩稿重新加以改定。我羨慕他們寫的詩歌音調鏗鏘，也想暗暗地模仿這些作品，然而家父告誡說：「你讀經書、古文還不熟，哪有餘暇作這個？何況寫詩歌是不能苟且隨便的。」二十歲，客遊京城，偶爾寫了兩首律詩。幾天後，涇陽劉陂千忽然看著我，不滿地說：「我在某處看到您寫的詩歌。確實如您自己所說的那樣吧，對一門技藝還沒有掌握就想露一手，將來肯定會為此而後悔，然而已經不可彌補。您行為高潔，文采華茂，內心和外表都完美，為何要讓詩歌給自己留下瑕疵？我替您把這詩毀了吧！」我從此以後斷絕了寫詩的念頭，有人拿詩歌囑我寫序，便給他們講講這些事，而以不懂詩歌為由推託了。

丁丑年夏天，在白田教書，喬紫淵君請我為他的詩歌作序，說了二三次還不罷休。我雖然在心裡認為他的詩好，然而仍舊用前面的理由來拒絕他。喬君寫書法知道古人法式，我喜愛其作品而向他討取，因而寫了一首〈漫興〉給我。該詩第二聯寫道：「文章有幾個人稱得上可以流傳到後世，性命學問初步才瞭解到其中有苟全的情形。」我讀後為之一驚，彷彿登上高山，踩著高大的岩石，面臨數百米深淵，而腳卻伸在外面一樣。因為當時我正在研究《春秋》，分辨和糾正注家的錯訛，而且自己創立了主旨和體例，門徒、朋友有人來問，我為他們講述自己在書裡提出的看法，往往表現出無比的自信，以為此書無疑一定會傳流於後世，喬君因此用詩歌委婉地提出勸告。嗚呼！他寫此詩的用意稱得上是不苟且。

往昔歐陽子認為，把一生的心血都用在寫作上是可悲的，這是深刻地認識了時間越久作品存在越難的道理。可是近時浮誇之士，不去尋究古人立言所以不朽的原因，而是恣意地說一些大話，想以此迷惑世上愚蠢的人。喬君的意思若和歐陽子說的一樣，那麼對我的期望可謂很高；如果懷疑我是浮誇之士，那麼對我的指責可謂嚴厲。而且，心裡有懷疑就正言相告，不是待友忠誠而不好阿諛奉承的人，能這麼做嗎？我因此想為他的詩歌寫序作為報答，不過未曾當面答應他。

又過幾年，到了今年壬午，喬君來到金陵，對我說：「您至今不給我的詩寫序，難道是我的詩不配您寫序麼？」詩歌我雖然寫不了，而對詩歌的得失則還是善於判別的。家父曾經講過這樣的話：「孔子評論《詩經》說：『可以興，可以觀，可以群，可以怨。』漢、魏以來，每個作者各不相同，抒寫的情感無論貞淫，寫到的事情無論大小，詩體無論雅正奇異，文辭無論艱深平易，凡是能夠流傳到後世的，必定與孔子的話有一些符合的地方。」自從喬君寫詩給我，使我在數年中，只要一提出言論就會小心翼翼，只要一出現荒廢學問的念頭就會恐懼不安，我從他的詩歌中獲得了「興、觀」，這首詩歌賜給我的實在太大了！喬君既然用道啟發了我，我又怎麼能吝惜筆墨呢。

【研　析】文學史上有一種說法，人各有所長，也各有所短，不能兼擅，比如李、杜擅詩不擅文，曾鞏擅文不擅詩。宋朝有個叫劉淵林的人說，世上有五件事令他深感遺憾，第五件事就是「恨曾子固（鞏）不能作詩」（見惠洪《冷齋夜話》卷九）。古文大家方苞也很少寫詩，對其原因主要有四種不同的說法。㈠方苞將自己寫的詩送給汪琬看，受到一番訶斥，送給王士禛看，也沒有得到肯定，送給劉體仁看，劉體仁性格態度平和，勸他以後別再寫詩，「專力古文」（見朱克敬《儒林瑣記》卷一）。㈡方苞以自己詩歌向查慎行請教，查慎行說：「君於此事，便可不煩留意。」（見姚範《援鶉堂筆記》卷四十三引曹古溪所言）然方苞〈翰林院編修查君墓誌銘〉沒有談到這件事。㈢方苞父親勸他多誦經書、古文，不要輕易寫詩。㈣劉灝（陂千）告誡方苞不要「以詩自瑕」。後面兩個原因都是方苞自己說的，見方苞〈廌青山人詩序〉和本文，理應比較可信。除此之外，方苞在〈蔣詹事牡丹詩序〉裡還說過一段話，與他不寫詩有關係。他說：「余性好誦古人之詩，而未嘗自為之。蓋自漢魏到今，詩之變窮，其美盡矣，其體制大備而不能創也，其徑塗各出而不能闢也，自賦景歷情以及人事之叢細，物態之妍媸，凡吾所矜為心得者，前之作者已先具焉。故驚奇鑿險，不則於古，則弔詭而不雅；循聲按律，與古皆似，則習見而不鮮，以此知詩之難為也。惟心知其難，又嘗欲得期月之間一力取焉，以試其可入與否，而卒未暇也。」意思是好詩都已經被前人作完，再這樣作下去沒什麼意思，所以自己選擇了不作詩。方苞這樣說可能含有為自己不善寫詩做辯護的用意，不過他指出詩歌發展到清代已經很難健康地創新，分析很有見地，不失是一篇出色的詩論。於是就形成了方苞專攻一體，不好「兼務」的寫作觀點。他給一位喜歡寫詩又羨慕古文的人寫序，說：「囊子欲兼治古文，自今以往無庸也。子之年長矣，少壯之心知既役於時文，而今有官守，日力之留餘者，雖壹並於詩，猶恐其術之難竟也，而又可兼務乎？」（〈贈宋西玨序〉）指出人的精力有限，時間也有限，專擅一種文體已經很不容易，染指各體，分散興趣，就可能一事無成。方苞這樣說，是談他自己的真實體會，也是談他確實的意見，他自己在文體問題上是一個從一而終的人，他也希望自己的意見被別人認同。雖然不能絕對地說一個人只能選擇一種文體，才能寫得出色，各個人的天賦和才華也不是從一個模子裡刻印出來的，但是方苞的經驗無疑還是可以為許多人所借鑒。

方苞在本文通過講述自己由愛好寫詩到「絕意不為詩」的轉變，說明自己不為別人詩集作序的緣由，以此作為對喬崇烈求序而久久不得的交代。然而不寫詩未必就不能為詩集作序，方苞集中就有不少詩序，說明他婉謝請序並非一概拒絕。他在本文提到，喬崇烈以前曾經贈詩委婉地勸告他不要陶醉於文章的成就之中，使他很受益，以為這才是朋友真正的交往之道。所以作為回報，他為喬崇烈詩集寫這篇序，也規之以儒家詩論「興觀群怨」之說，希望喬氏多寫這樣的詩歌流傳後世。由這篇文章可見古代君子切磋琢磨、互相勗勉之風。「臨百仞之淵，而足垂在外」一語，比喻新穎、警策，表現出金玉良言使人驚悚的力量。

方苞寫這篇序後不久，又給喬崇烈寫了一封信（即〈與喬紫淵書〉）。信說：「僕生平不喜為人序詩，今為足下強發之，以囊者詩句相規之切，以為報也。篇中有一二須自明者，在足下好古，晰於文律，豈復有疑？恐時人怪之，可持以解其惑耳。」這主要指序文中的二點。一是稱喬紫淵「君」而不稱「子」。對此，方苞一方面說明唐宋以後，「凡口語呼子，代爾汝也，筆於書，非其師不稱某子，不則其生平道術所宗，無泛施者。」這是他對自己在序中為何不稱喬崇烈「子」的說明。另一方面又指出，稱「君」決非輕視對方，也不表示與對方疏遠，「僕曾為朋友作文稱某君，或譖以為薄且疏之之詞，不知王介甫序其舅詩蓋君之，韓退之稱柳君、崔君，乃子厚、斯立也。」這又是說明為何稱喬崇烈為「君」的根據和理由。或許喬崇烈作詩規諷方苞，方苞為他詩歌作序以「君」相稱，會引起誤會，故加以說明。由此可見方苞心思的仔細。這究竟是不是欲蓋彌彰？讀者若這麼想，那實在也沒有辦法。二是說明，「所」字兼有虛詞、實詞兩種意思，此序「吾有所見子詩」句中的「所」是實詞用法，本於《史記・趙世家》。方苞對「所」字用法的說明，也是唯恐引起別人對他語言能力的非議。對此他是有教訓的，據他在〈與喬紫淵書〉信裡說，康熙三十九年考進士落第，卷子中有「同工異所」句，別人以為「所」是虛詞，作為斷句是語病，曾譁而笑之。方苞以為這是以枉錯直，對此極其氣憤，無法忘懷。

古文約選序例（代）

【題解】雍正十一年（西元一七三三年）春三月，方苞奉和碩果親王之命，選兩漢及唐宋八家古文曰《古文約選》，它是康熙欽定《古文淵鑑》的簡選本。清皇朝編選《古文約選》是為八旗子弟讀古文所用，也是為學生群士摹習古文提供楷模，實際上它以課本的形式體現了清皇朝推廣雅風的意圖。署和碩果親王選並作序，實是方苞編選，序、體例也是方苞代筆。這篇序例，具體反映了方苞強調「義法」、「雅潔」的古文觀，同時也表明，這種古文觀與當時執政者肯定的文風相當吻合。

此文作於雍正十一年秋八月，方苞六十六歲。

太史公〈自序〉：「年十歲，誦古文。」周以前書皆是也。自魏、晉以後，藻繪之文興，至唐韓氏起八代之衰❶，然後學者以先秦盛漢❷辨理論事、質而不蕪者為古文，蓋六經及孔子、孟子之書之支流餘肄❸也。我國家稽古典禮，建首善自京師始❹，博選八旗❺子弟秀異者，並入於成均❻。聖上愛育人材，闢學舍，給資糧，俾得專力致勤於所學。而余以非材，實承寵命，以監臨而教督焉。竊惟承學之士必治古文，而近世坊刻，絕無善本。聖祖仁皇帝❼所定《淵鑑》❽古文，閎博深遠，非始學者所能徧觀而切究也。乃約選兩漢書、疏及唐宋八家之文，刊而布之，以為群士楷。

蓋古文所從來遠矣，六經、《語》、《孟》，其根源也。得其枝流而義法最精者，莫如《左傳》、《史記》，然各自成書，具有首尾，不可以分剟❾。其次《公羊》、《穀梁傳》、《國語》、《國策》❿，雖有篇法可求，而皆通紀數百年之言與事，學者必覽其全，而後可取精焉。惟兩漢書、疏及唐宋八家之文，篇各一事，可擇其尤，而所取必至約，然後義法之精可見。故於韓取者十二，於歐十一，餘六家或二十三十而取一焉，兩漢書、疏則百之二三耳。學者能切究於此，而以求《左》、《史》、《公》、《穀》、《語》、《策》之義法，則觸類而通，用為制舉之文，敷陳論策，綽有餘裕矣。

雖然，此其末也。先儒謂韓子因文以見道⑪，而其自稱則曰：「學古道，故欲兼通其辭。」⑫群士果能因是以求六經、《語》、《孟》之旨，而得其所歸，躬蹈仁義，自勉於忠孝，則立德立功⑬，以仰答我皇上愛育人材之至意者，皆始基於此。是則余為是編以助流⑭政教之本志也夫。雍正十一年⑮春三月，和碩果親王⑯序。

一、「三傳」、《國語》、《國策》、《史記》為古文正宗，然皆自成一體，學者必熟復全書，而後能辨其門徑，入其窔穾⑰。故是編所錄，惟漢人散文⑱及唐宋八家專集，俾承學治古文者先得其津梁⑲，然後可溯流窮源，盡諸家之精蘊耳。

一、周末諸子，精深閎博，漢、唐、宋文家皆取精焉。但其著書主於指事類情，汪洋自恣，不可繩以篇法。其篇法完具者間亦有之，而體制亦別，故概弗採錄，覽者當自得之。

一、在昔議論者，皆謂古文之衰自東漢始，非也。西漢惟武帝以前之文生氣奮動，倜儻排宕，不可方物⑳，而法度自具。昭、宣㉑以後，則漸覺繁重滯澀，惟劉子政[22]傑出不群，然亦繩趨尺步，盛漢之風，邈無存矣。是編自武帝以後至蜀漢[23]，所錄僅三之一，然尚有以事宜講問，過而存之[24]者。

一、韓退之云：「漢朝人無不能為文。」[25]今觀其書疏吏牘[26]，類[27]皆雅飭可誦。茲所錄僅五十餘篇，蓋以辨古文氣體，必至嚴乃不雜也。既得門徑，必縱橫百家，而後能成一家之言。退之自言「貪多務得，細大不捐」[28]是也。

一、古文氣體所貴，澄清無滓，澄清之極，自然而發其光精，則《左傳》、《史記》之瑰麗濃郁是也。始學而求古求典，必流為明七子[29]之偽體，故於〈客難〉、〈解嘲〉、〈答賓戲〉、〈典引〉[30]之類皆不錄。雖相如〈封禪書〉[31]，亦姑置焉，蓋相如天骨超俊，不從人間來，恐學者無從窺尋而妄摹其字句，則徒敝精神於蹇淺耳。

一、子長「世表」、「年表」、「月表」序[32]，義法精深變化。退之、子厚讀經子[33]，永叔史志論[34]，其源並出於此。孟堅〈藝文志〉七略序[35]，淳實淵懿，子固序群書目錄[36]，介甫序《詩》、《書》、《周禮》義[37]，其源並出於此。概弗編輯，以《史記》、《漢書》治古文者必觀其全也。獨錄《史記．自序》，以其文雖載家傳後[38]，而別為一篇，非《史記》本文耳。

一、退之、永叔、介甫俱以誌銘擅長，但序事之文，義法備於《左》、《史》，退之變《左》、《史》之格調而陰用其義法，永叔摹《史記》之格調而曲得其風神，介甫變退之之壁壘而陰用其步伐。學者果能探《左》、《史》之精蘊，則於三家誌銘，無事規模㊴而自與之並矣。故於退之之諸誌，奇崛高古清深者皆不錄，錄馬少監、柳柳州二誌㊵，皆變調，頗膚近。蓋誌銘宜實徵事跡，或事跡無可徵，乃敘述久故交親，而出之以感慨，馬誌是也；或別生議論，可興可觀，柳誌是也。於永叔獨錄其敘述親故者，於介甫獨錄別生議論者，各三數篇，其體制皆師退之，俾學者知所從入也。

一、退之自言所學，在「辨古書之真偽，與雖正而不至焉者」㊶，蓋黑之不分，則所見為白者非真白也。子厚文筆古雋，而義法多疵，歐、蘇、曾、王亦間有不合，故略指其瑕，俾瑜者不為掩耳。

一、《易》、《詩》、《書》、《春秋》及四書㊷，一字不可增減，文之極則也。降而《左傳》、《史記》、韓文，雖長篇，句字可薙芟㊸者甚少。其餘諸家，雖舉世傳誦之文，義枝辭冗者，或不免矣，未便削去，姑鉤劃於旁，俾觀者別擇焉。

【注釋】❶韓氏起八代之衰　蘇軾〈潮州韓文公廟碑〉：「文起八代之衰，而道濟天下之溺。」八代，東漢、魏、晉、宋、齊、梁、陳、隋。這是駢文漸生成並進入大盛時期，蘇軾認為此時古文衰落，由韓愈才重新振興。❷盛漢　指漢武帝及以前的漢朝。❸餘肄　枝條。肄，樹木再生的嫩條。❹建首善自京師始　《史記‧儒林列傳》：「故教化之行也，建首善自京師始，由內及外。」意謂實施教化自京師開始，京師為四方的模範。❺八旗　清代滿族及早期降附的蒙、漢人的社會組織制度，具體為黃、白、紅、藍、鑲黃、鑲白、鑲紅、鑲藍八旗，包括滿八旗、蒙古八旗及漢八旗，八旗成員統稱為「旗人」。❻成均　周代的大學，後亦稱國子監為成均。此指八旗官學。❼聖祖仁皇帝　康熙皇帝。❽淵鑑　《古文淵鑑》六十四卷，康熙二十四年徐學乾等奉旨編選。上起《左傳》，下迄宋人，大旨以有關風教，有裨世用者為主。❾分剟　分割。剟，割取。❿公羊穀梁傳國語國策　《公羊傳》，戰國時公羊高撰。《穀梁傳》，戰國時穀梁赤撰。這是兩種疏解《春秋》的書，與《左傳》稱「《春秋》三傳」。《國策》，《戰國策》，分別記載戰國時各國歷史，多策論家文。⓫先儒謂韓子因文以見道　《二程遺書》載程顥說：「退之晚來為文，所得處甚多。學本是修德，有德然後有言。退之卻倒學了，因學文日求所未至，遂有所得。」⓬學古道二句　韓愈〈題歐陽生哀辭後〉：「思古人而不得見，學古道則欲兼通其辭。通其辭者，本志乎古道者也。」⓭立德立功　《左傳‧襄公二十四年》：「大上有立德，其次是立功，其次是立言，雖久不廢，此之謂不朽。」⓮助流　有助推行。流，佈。⓯雍正十一年　西元一七三三年。雍正，清世宗年號。⓰和碩果親王　愛新覺羅允禮，康熙第十七子。⓱窔突　深奧。⓲散文　散行單篇文章，此與專集相對。⓳津梁　渡口和橋梁。⓴不可方物　無法使其落實在具體事物上。方，依。㉑昭宣　西漢昭帝劉弗陵，西元前八六－前七四年在位；宣帝劉詢，西元前七三－前四九年在位。㉒劉子政　劉向（西元前七七－前六年），本名更，字子政，沛（今江蘇沛縣）人。官中壘校尉。有《列女傳》、《新序》、《說苑》等。㉓蜀漢　蜀國。劉備西元二二一年稱帝，都成都，國號漢，故稱蜀漢。㉔過而存之　雖然有所不足，依然錄而存之。㉕漢朝人無不能為文　引自韓愈〈答劉正夫書〉。㉖吏牘　公文。㉗類　大概。㉘貪多務得二句　引自韓愈〈進學解〉。㉙明七子　明朝復古主義文學代表。弘治、正德間李夢陽、何景明、徐禎卿、邊貢、康海、王九思、王廷相稱「前七子」，嘉靖、隆慶間李攀龍、王世貞、謝榛、宗臣、梁有譽、徐中行、吳國倫稱「後七子」。㉚客難解嘲答賓戲典引　客難，〈答客難〉，漢東方朔撰。〈解嘲〉，揚雄撰。〈答賓戲〉、〈典引〉，班固撰。㉛封禪書　應指司馬相如〈封禪文〉，作者臨終前所撰，獻給漢武帝，言封禪事。〈封禪書〉是司馬遷《史記》篇名。㉜子長世表年表月表序　司馬遷《史記》有〈三代世表〉、〈十二諸侯年表〉、〈漢興以來諸侯王年表〉、〈秦楚之際月表〉等十表，皆有序。㉝退之子厚讀經子　韓愈、柳宗元寫的讀儒家經典、子書的文章。㉞永叔史志論　指歐陽修《新唐書．藝文志序》等。㉟孟堅藝文志七略序　指班固《漢書．藝文志序》。《漢書．藝文志》根據劉歆的圖書分類法，將當時所有書籍分為七類：輯略、六藝略、諸子略、詩賦略、兵書略、術數略、方技略，世稱「七略」。《藝文志》著錄圖書實無「輯略」一類。㊱子固序群書目錄　曾鞏為多種古籍撰寫目錄序，如〈新序目錄序〉、〈梁書目錄序〉、〈列女傳目錄序〉、〈戰國策目錄序〉、〈禮閣新儀目錄序〉、〈徐幹中論目錄序〉等。㊲介甫序詩書周禮義　指王安石〈詩義序〉、〈書義序〉、〈周禮義序〉。㊳其文雖載家傳後　〈太史公自序〉是《史記》七十列傳最後一篇，先敘作者祖先以後家史，再說明《史記》一書，故方苞說〈太史公自序〉載家傳後。㊴規模　摹擬。㊵馬少監柳柳州二誌　韓愈〈殿中少監馬君墓誌〉、〈柳子厚墓誌銘〉。㊶退之自言所學三句　韓愈〈答李翊書〉：「如是者亦有年，猶不改，然後識古書之正偽，與雖正而不至焉者，昭昭然白黑分矣。」㊷四書　《論語》、《孟子》、《大學》、《中庸》的合稱。㊸薙芟　刪削。

【語　譯】司馬遷在〈太史公自序〉中說：「十歲的時候，開始誦讀古文。」周代以前的書都是他說的對象。從魏晉以後，注重文采的文章開始興起。到唐朝韓愈振興八代衰落的文運，從此以後學者把先秦西漢說理論事、質樸而不繁蕪的文章稱作古文。那些都是六經和孔子、孟子著作的支流。我朝考求古代的典章禮儀，實施教化從京師開始。廣泛選取優秀的八旗子弟，一起送進學校。聖上喜歡培育人才，因而開闢學校，供給財物糧食，使他們能夠專心致力於學習。而我不才，接受聖上光榮的任命，負責管理教學和督促。我認為學生們一定要學好古文，可是近代坊間刻本，沒有一種好本子。聖祖仁皇帝選定的《古文淵鑑》，閎博深遠，不是初學者所能讀完和深切體會的。於是約選了兩漢書、疏以及唐宋八家的文章，將這些作品刊刻印行，作為人們學習的範本。

古文由來已久，六經、《論語》、《孟子》，都是其根源。成為其支流而義法最為精深的，以《左傳》、《史記》最為傑出，然而它們各自成書，都前後完整，不可分割。其次是《春秋公羊傳》、《春秋穀梁傳》、《國語》、《戰國策》，雖然可以從中探求文章作法，然而它們都是通記數百年中的話語和事件，學生必須全部看完，然後才能夠取其精要。只有兩漢的書、疏以及唐宋八家的文章，每篇各寫一事，可以選擇其中優異的作品，然而選取的作品一定要精當，如此則義法精深之處才可以看到。因此從韓愈文集中選取十分之二，從歐陽修文集中選取十分之一，其餘六家，或者二十或者三十選取其中之一，從兩漢的書、疏中，則取其百分之二、三。學生能在這些文章上深切地用功，隨之再去探求《左傳》、《史記》、《春秋公羊傳》、《春秋穀梁傳》、《國語》、《戰國策》的義法，便能觸類而旁通，用於寫作科舉應試文章，鋪寫論和策，便綽綽有餘了。

即使如此，這些仍然是末事。前代儒者曾說韓愈由於用功於文章而發現了道，可是韓愈自稱：「學習古人的道，所以就要兼通古人的文章。」大家果然能夠借助文章去探取六經、《論語》、《孟子》的要旨，求得經典的歸趣，親身實踐仁義之學，以忠孝自勉，那麼立德立功，以報答我皇上愛育人才之深意，都是以此為基礎。這也正是我編選此書以促進政教的本意。雍正十一年春三月，和碩果親王序。

一、《春秋》三傳、《國語》、《戰國策》、《史記》是古文的正宗，然而它們都自成一體，學者必須熟讀全書，然後才能夠清楚它們的門徑，契入到深奧之處。所以本書選錄的範圍，只限於漢人散文，以及唐宋八家文集。使學習研究古文的人，先有一個渡口或一座橋梁，然後可以溯流而窮源，盡得各家的精蘊。

一、周朝末年諸子作品精深博大，漢唐宋古文家皆從中汲取精華，可是諸子著書，注重於闡釋事理，比喻情狀，文風汪洋恣肆，不可用篇法加以約束。其中篇法完備的，少數也有一些，可是體製存在差別。所以一概不予採錄，讀者可以自己去體會。

一、從前議論文風的人，都說古文的衰落是從東漢開始，這沒有說對。西漢只有武帝以前文章生氣勃勃，倜儻奔放，無法落實在某種狀態，然而自有其法度。昭帝、宣帝以後，其文章就漸漸地覺得繁重滯澀了，只有劉向傑出於眾人之上，可是受規矩牽掣，盛漢的風貌已經渺然不見蹤影。本書從武帝以後至蜀漢，選錄的作品只有三分之一，不過因為其中還有處理事務、講說討論的內容，姑且保存著。

一、韓愈說：「漢朝沒有人不會寫文章。」今天讀漢人的書信、疏、官府公文，大概都雅正可閱。書中所錄僅有五十餘篇，這是因為辨別古文氣體，必須嚴格而不能繁雜。尋到門徑以後，必須廣泛涉獵百家之作，然後能夠成就一家之言。韓愈說自己「貪多務得，大小不棄」，講得很對。

一、古文所寶貴的氣體，是清澄乾淨，不帶雜質。清澄到了極致，自然而然地煥發出光潤晶瑩，這方面

《左傳》、《史記》瑰麗濃郁的風格就是例子。一開始學習就追求古樸追求典雅，必然會流入明代七子的假古董一路。所以對於〈答客難〉、〈解嘲〉、〈答賓戲〉、〈典引〉一類作品一概不錄。即使司馬相如〈封禪文〉也姑且放棄了，因為司馬相如天分高超，不是從人間產生的，擔心學習的人無從窺見路徑，卻錯誤地類比他的字句，那就徒然地將精神浪費在鄙陋淺薄上了。

一、司馬遷〈三代世表序〉、〈十二諸侯年表序〉、〈秦楚之際月表序〉等，義法精深富於變化。韓愈、柳宗元讀經讀子諸文，歐陽修《新唐書·藝文志序》等，它們的根源都來自於《史記》這些序。班固《漢書·藝文志序》，淳厚篤實，深雅閎美，曾鞏為很多古籍撰寫的目錄序，王安石所撰寫的〈詩義序〉、〈書義序〉、〈周禮義序〉，它們的根源也是來自於《史記》這些序。一概不加以編選輯錄，因為《史記》、《漢書》，學習古文的人必須讀其全部。只選錄〈太史公自序〉，因為這一篇雖然載在家傳後面，然而別為一篇，不是《史記》的本文。

一、韓愈、歐陽修、王安石都擅長寫墓誌銘，但是敘事之文，義法具備於《左傳》、《史記》，韓愈改變《左傳》、《史記》格調而暗用其義法，歐陽修模擬《史記》格調而盡得其風神，王安石改變韓愈的陣勢而暗襲其步伐。學習古文果真能夠探得《左傳》、《史記》的精蘊，那麼對於三家的墓誌銘，不需要模仿，就自然寫得與他們一樣好了。所以對於韓愈寫的墓誌銘，風格奇崛高古清深的作品，一律不選，選〈殿中少監馬君墓誌〉、〈柳子厚墓誌銘〉兩篇，都是變調，很淺近。因為墓誌銘應當實徵事跡，有的事跡無法求徵，便轉而敘述與故親舊交的關係，然後再寫一番感慨結束，〈殿中少監馬君墓誌〉就是。有的另生議論，可以興起感想，可以觀看世風，〈柳子厚墓誌銘〉就是。對歐陽修只選錄他敘述故親舊交的作品，對王安石只選錄他另生議論的作品，每人三篇左右。這些文章的體製都師法韓愈，使學習古文的人知道應當從哪裡開始起步。

一、韓愈說自己花工夫學習，是要「辨別古書的真和偽，以及雖然大致正確卻不夠精確的東西」，因為分不清什麼是黑，那麼所看見的白也就不是真的白。柳宗元文筆高古雋秀，可是義法方面多有瑕疵，歐陽修、蘇軾、曾鞏、王安石也偶爾有不合義法的地方。所以稍微指出他們一些不足，可以讓他們的優點不被遮掩。

一、《周易》、《詩經》、《尚書》、《春秋》和四書，不可增一字也不可減一字，是文章的最高典範。其次《左傳》、《史記》、韓愈文章，即使是長篇之文，句子、語詞可以刪削的也很少。其他各家，即使是舉世傳誦的名文，含義枝蔓，語言冗繁的情況，也在所難免，對此不便於改正，姑且在旁邊作一些勾畫，使讀者能夠識別和選擇。

【研　析】方苞將浩瀚的古文分為源和流兩部分，其源為六經、《論語》、《孟子》，其流之精彩者，為《左傳》、《史記》，其次為《公羊傳》、《穀梁傳》、《國語》、《戰國策》和「兩漢書、疏及唐宋八家之文」。作為對學習古文的指導，方苞除了一般地肯定「溯流窮源」外，特別強調首先從揣摹「兩漢書、疏及唐宋八家之文」入手，然後上求《左傳》、《史記》等，即先單篇，後全書，通過「切究」古文篇法、體製觸類旁通，以達到對諸家精蘊的掌握。

「義法」是方苞論文選篇的重要標準，如論《左傳》、《史記》「義法最精」，又如說他嚴選「兩漢書、疏及唐宋八家之文」，是為了方便人們領會「義法之精」。他評「《易》、《詩》、《書》、《春秋》及四書，一字不可增減」，是讚美這些儒家經典深於「義法」；對入選《古文約選》中的某些文章，指出其「義枝辭冗者，或不免」，並在文章旁邊用記號標出，則是不滿它們有「義法」不純等闕失。值得注意的是，方苞認為與「道」或儒家經典義旨的重要性相比，「義法」還只是文中之「末」。這說明「義法論」主要是一種闡述文章內容與作法關係的藝術論，桐城派屬古文派而不是道學派或經學派，與這一點大有關係。

方苞指出：「古文氣體所貴，澄清無滓。」且以《左傳》、《史記》之「瑰麗濃郁」為古文「澄清之極，自然而發其光精」的藝術典範。他肯定西漢許多書、疏、吏牘「雅飭可誦」。這些都體現了他尚「雅潔」的藝術趣味。相反，他對西漢昭、宣以後文章漸漸趨入「繁重滯澀」表示不滿，顯然這樣的文章偏離了「雅潔」的方向。方苞認為，明代七子一味「求古求典」，必然流為「偽體」，這樣的學古態度和方法為他所不取。他從氣體清澄、文風雅潔的方面取法前人，這樣就未必唯古是尚，取法的結果也不應在自己的文章中徒存一片斑斕古色。桐城派與前後七子在學古方面的差別由此可見。

方苞對古文體製，既肯定正體，也顧及變調。他認為從墓誌銘的常格來看，韓愈〈殿中少監馬君墓誌〉、〈柳子厚墓誌銘〉顯然屬於變調一類。他將這類變調之文選入《古文約選》，有利於人們正確處理古文寫作中的正變關係。

冶古堂文集序

【題解】呂履恆（西元一六五〇—一七一九年），字元素，號坦庵，又號夢月巖，堂號冶古堂，河南新安人。康熙三十三年（西元一六九四年）進士，官寧鄉知縣、督察院左僉都御史、奉天府府丞、戶部侍郎。著有《冶古堂文集》五卷、《夢月巖詩集》二十卷（末附《夢月巖詩餘》），又著有傳奇四種，今存《洛神廟》。《四庫全書總目》之《冶古堂文集》提要說：「是集為履恆歿後，淳安方黎如及其門人石屏張漢所選定，凡一百九十二篇，每篇各有評語，如制義之式。」方苞與呂履恆弟呂謙恆關係親近，呂謙恆卒後，曾為他撰〈光祿卿呂公墓誌銘〉，呂謙恆兒子呂耀曾與方苞是同年進士。本文是呂履恆卒後，應他兒子呂憲曾之請而作。

本文作於康熙五十八年（西元一七一九年）以後，方苞五十二歲後。

三代❶以前，學者恃源而往，故周於德、明於政者，未有不達於辭者也。三代以後，學者溯流以尋源，故優於文者，其行於身，施於事，必概乎有異於恆人❷。蓋其誠心欲自奮於文學❸，則朝夕所循誦非聖人賢人之言，即前古成敗興壞之跡也，所與遊處必一時博聞有道術者。如是而為不義，則內愧於心，而外慚於友朋。若夫仕而不學，進則役役❹於持權者之門，退則寄意於聲色技術❺而與宵人❻狎，其志安得不日昏，行安得不日毀哉！

坦安❼呂公既仕，而於學彌篤，治古文，凡士之抱學與文者，必昵就焉，若懼其不我欲也。其為文所取甚博，而義理一軌❽於儒先，其大者蓋有輔於道教❾，而小者亦多所開闡❿，非苟焉以文藻自矜者。公在臺中⓫，以正直著稱，其後漸歷通顯⓬，二司農卿⓭，遭時太平，循分舉職⓮，雖無赫赫之功，而數十年中無一事為眾所瑕疵者。其家居，則孝友忠信式⓯於鄉人而聲遠聞。雖性資所稟之厚，抑亦務學求友之助也。

余知公之文，舊矣。公既沒，其子憲曾⓰以序請，故因論公之文，而並及其行於身、施於事者，蓋有由然。士之釋褐⓱趨朝而遂謂學非吾事者，聞公之風，可以怵然⓲而自失矣。

（選自《方望溪遺集》序跋類）

【注釋】❶三代 指夏、商、周。❷恆人 常人。❸文學 文章、學術。❹役役 奔走鑽營貌。❺技術 技藝、法術。❻宵人 小人；壞人。❼坦安 疑「坦庵」之誤。呂履恆新安人，號坦庵，安、庵音同致誤。❽軌 遵守。❾道教 道德、教化。❿開闡 發揮闡述。⓫臺中 猶禁中。此指呂履恆任都察院左僉都御史之職。⓬通顯 謂官位高。⓭二司農卿 漢代稱主管租稅錢穀鹽鐵和國家財政收支的官為大司農，為九卿之一，明代其職掌併入戶部，戶部尚書別稱大司農。呂履恆曾任戶部侍郎，故云。農卿，指大司農。⓮舉職　盡職；稱職。⓯式　立為榜樣。⓰憲曾　呂履恆有呂憲曾、呂宣曾、呂守曾三個兒子。呂憲曾，字章範，康熙四十七年（西元一七〇八年）舉人，曾任溆浦知縣。著有《溆亭詩草》。⓱釋褐　脫去平民衣服。喻始任官職。⓲怵然　戒懼、驚懼貌。

【語譯】三代以前，學者憑藉源頭而下，所以道德完善、政事練達的人，沒有不通曉文章辭令的。三代以後，學者溯流而探尋源頭，所以擅長文章的人，他們個人踐履，實施政事，必定都有不同於常人的地方。他們誠心要讓自己在文章學術上取得成就，於是從早到晚所循序誦讀的不是聖人賢人的言論，就是古代成功與失敗、興盛與衰落的事跡，所交遊和相處的必然是當時博學而有道德學問的人。假如是這樣卻又做不符合道義的事，那麼內心就會感到慚愧，在朋友面前就會感到羞恥。如果做了官卻不學習，進取時就到掌權者門下去鑽營，穨唐時就寄意於聲色、技藝而與小人相親近，其志向又怎麼能不一天天迷亂，行為又怎麼能不一天天敗壞呢！

坦庵呂公做官以後，對於學習更加勤奮，專研古文，凡是有學問、善文章的人，必定親熱地去接近他們，好像懼怕他們不要自己一樣。他寫的文章取材甚是廣泛，然而義理全都遵照先儒的，其大的方面有助於道德教化，小的方面也對其多有闡述發揮，不是苟且以辭藻自我炫耀。先生在朝廷，以正直著稱，以後官職逐漸顯達，兩次任戶部之職，身逢太平世道，遵循制度而稱職守，雖然沒有赫赫功勳，然而數十年中沒有一件事情受到大家一點點責備。他辭官居家期間，又以孝順、友愛、忠誠、守信而成為一方人的榜樣，聲名遠播。雖然這多是出於他稟受的天資，同時也是得益於他愛好學習、喜交良友。

我知道先生文章，很久了。先生去世後，他的兒子憲曾以作序相請求，所以，我借評論先生的文章，順便談及他踐履、施政的事跡，表明其文章所以如此是有緣故的。文士脫下布衣到朝中做官就說學問不是我所要關心的，聽到先生的風概後，應該感到戒懼而若有所失了吧。

【研析】 呂履恒與王源（方苞好友）「治古文而旁及於詩」（〈光祿卿呂公墓誌銘〉）。方苞在文中稱讚他的文章「大者蓋有輔於道教，而小者亦多所開闡，非茍焉以文藻自矜者」，以為這是一條古文家的正道。方苞強調，文章是作者質性的自然流露，所以特別重視文人立「本」的問題，文章對呂履恒「行於身、施於事者」加以表彰，也是藉以說明這是他寫好文章所憑賴的最根本條件。

本文生動之處，是寫出呂履恒樂意與人交朋友。他遇到有學問、有文才的人，「必昵就焉，若懼其不我欲也」，「昵」、「懼」二字，逼真地寫出了他好學求友、唯恐不能入先進之列的情態。

半舫齋古文序

【題解】 《半舫齋古文》八卷，是夏之蓉的一部文集。夏之蓉（西元一六九七—一七八四年），字芙裳，醴谷、南芷，號半舫，室名半舫齋，高郵（今屬江蘇）人。雍正十一年（西元一七三三年）進士，乾隆元年（西元一七三六年）召試博學鴻詞，列二等，官翰林院檢討、廣東和湖南學政。著作甚多，除《半舫齋古文》外，還有《半舫齋編年詩》、《半舫齋詩文集》、《駛征集》、《讀史提要錄》等。

文云：「嗣予刪定唐宋八家文。」這是指方苞對《古文淵鑑》作簡選成《古文約選》一書，「於韓（愈）取者十二，於歐（陽修）十一，餘六家或二十三十而取一焉」（〈古文約選序例〉）。方苞編選《古文約選》在雍正十一年（西元一七三三年），則此文作於方苞六十六歲後。

癸丑❶歲，高郵夏君醴谷捷南宮❷，文名藉甚，而未與木天❸之選。時予教習庶常❹，以〈三江五湖考〉命題。醴谷為文示予，見其援據精確，氣色淵古，竊謂時賢遠不逮也。嗣❺予刪定唐宋八家文，醴谷間出議論，與予相辨難，往復至再三不厭，雖所見略殊，而指歸不異，予益重之，知其醞釀者深矣。後醴谷舉鴻詞科❻，歷奉天子簡命❼，膺校士❽之任，著述日繁，波瀾愈老，視向之所為殆有進焉。余益歎醴谷之邃於學，而其傳將浸廣也。

往者，姜君西溟❾與予論古文之學，至前明而衰，至本朝而復振。今醴谷崛起於後，以嗣興❿為己任，擇而精，語而詳，駸駸乎與侯、魏諸子比烈⓫，其亦昌黎所云「能自樹立不因循」者與⓬？披閱之暇，為書其大略而歸之。望溪老人方苞。

（選自《方望溪遺集》序跋類）

【注釋】❶癸丑　雍正十一年（西元一七三三年）。❷南宮　指禮部會試，即進士考試。❸木天　指翰林院。❹教習庶常　庶常，明代選進士入翰林院學習，稱庶吉士。清代沿用此制，於翰林院設庶常館，由滿、漢大臣各一人擔任教習官，掌課試事。「庶常」是庶吉士的代稱。❺嗣　後來。❻鴻詞科　博學宏詞科的簡稱。科舉名目的一種。唐宋時舉行，清康熙、乾隆年間重設，錄取者授以翰林官。因「宏」音近乾隆帝名改為博學鴻詞科。❼簡命　選派任命。簡，選用。❽膺校士　承當對士子進行考評。❾姜君西溟　姜宸英，字西溟，浙江慈溪人。康熙三十六年（西元一六九七年）進士，以第三名及第。善古文。詳見〈記姜西溟遺言〉題解。❿嗣興　繼承並振興。⓫駸駸乎與侯魏諸子比烈　駸駸，盛大貌。侯，侯方域（西元一六一八－一六五四年），字朝宗，號雪苑，河南商丘人。明末諸生，有《壯悔堂文集》。魏，魏禧（西元一六二四－一六八一年），字叔子，一字冰叔，號裕齋，學者稱勺庭先生，江西寧都人。明末諸生，著有《魏叔子集》等。清初，侯方域、魏禧與汪琬並稱古文三大家。比烈，同樣輝煌。比，並。烈，光明；輝煌。⓬其亦昌黎所云能自樹立不因循者與　韓愈〈答劉正夫書〉：「若聖人之道，不用文則已，用則必尚其能者，能者非他，能自樹立不因循者是也。有文字來誰不為文，然其存於今者，必其能者也。顧常以此為說耳。」與，同「歟」。

【語　譯】癸丑年，高郵夏君醴谷考進士報捷，文名大盛，卻沒有參加翰林院的考試。當時我在翰林院庶常館做教習官，以〈三江五湖考〉作為考試題目。醴谷寫了文章給我看，引用材料精確，神色幽深古雅，我認為同館的庶吉士遠不及他。後來我刪定唐宋八家文，醴谷偶爾提出看法，與我進行辯駁、問難，往復二三遍也不感到厭煩，雖然所持的見解略有差異，然而主旨卻沒有不同，我愈益看重他，知道他積累思考是深的。後來醴谷考中博學鴻詞科，幾次接受天子任命，擔任考評士人的職責，著述越來越多，文章起伏變化愈發老練，比從前所寫的又有了進步。我更加讚歎醴谷深於文章學術，而其流傳也將會逐漸擴大。

從前，姜西溟對我講古文的學說，以為古文到明代就衰亡了，到本朝又重新振興。現在醴谷崛起於其後，以繼承、振興古文為自己的責任，選擇精確，語言詳盡，文章之盛堪與侯方域、魏禧的光輝相並稱，他也是韓昌黎所說的「能夠自己樹立，不因循他人」那種人吧？閱讀之後，為集子寫下大略的看法歸還給他。望溪老人方苞。

【研　析】作者對夏之蓉的認識漸轉漸深入。「文名藉甚」，尚屬泛泛而談，因為當時方苞還沒有與夏氏進行直接接觸。以後通過做試題、交流對《古文約選》一書入選唐宋八家文章的意見，真正瞭解到夏氏心中的學問、識見實深。再後面又推開一筆，寫夏氏的經歷日益重要，著作日益豐富，而他的文章也「波瀾愈老」。全文「書其大略」，要言不煩，而兩人的交往，夏氏的才學、性情和經歷，以及方苞對他的欽佩之心，無不醒豁地道出。

方苞讚賞夏之蓉古文，以為可與侯方域、魏禧等並稱，這也可以理解為是方苞對侯、魏古文的某種肯定。侯方域才情縱橫，其古文雜採小說家筆法，魏禧文章凌厲雄傑，與方苞雅潔一路文風都有顯然的差異，一般認為清初這些人的文風是方苞所欲予以糾正的對象。這樣的認識固然是有道理，不過從此文看，似對這個問題也不宜講得太絕對。這說明對方苞的古文批評理論還需要更仔細地去體會，做更加深入和全面的研究。

李雨蒼時文序

【題解】 李汝霖（西元一六六〇—？年），字雨蒼，河南永城人。康熙四十八年（西元一七〇九年）進士，知興化府、建寧府，官至湖廣司郎中。著有《求是齋文衡》。李汝霖對方苞文章極為推崇，以為「並世之文」，捨方苞而「無所可」。方苞先認識李汝霖弟畏蒼，然而李汝霖不因其弟與方苞相通。「雍正六年，以建寧守承事來京師，又踰年終不相聞。余因是意其為人必篤自信而不苟以悅人者，乃不介而過之，一見如故舊。」（方苞〈送李雨蒼序〉）李汝霖兼擅古文和時文，方苞在文中一方面稱讚李氏的時文即是他的古文，體現了方苞以古文為時文的主張，另一方面又婉勸他今後不必再寫時文，希望他將寫時文的精力「發之於古文」。方苞對時文和古文的關係，認識上雖然有明顯的側重，然而態度又顯得比較複雜，本文有助於讀者瞭解這一情況。

余自始應舉即不喜為時文，以授生徒強而為之，實自惜心力之失所注措❶也。每見諸生家專治時文者，輒少❷之，其脫籍❸於諸生而仍好此者，尤心非焉。凡以時文質❹者，必以情告：未暇及此。

吾友雨蒼善言古文，所見多特出於眾人之表❺，與之辨義理，尚論古人❻，其胸中之奇，不可探而竭也。一日，以時文數篇詒余，余責以敝精神於蹇淺❼，雨蒼曰：「子姑寓目焉。」退而發之，朗然心開，惟恐其篇之終也。次第索觀，積至四十餘篇。蓋其胸中之奇發著於此，凡語涉倫紀❽，惻然足以感動人之善心；其陳古義以覺愚眾，使觀者耿然如有物於胸中。噫！孰謂時文而有是乎？即以是為雨蒼之古文可矣。

雖然，吾終為雨蒼惜之也。蓋諸生家見之，既謂不足以合有司❾之尺度，而脫籍於諸生者又概以為時文，而不給視❿，是以有用為無用也。使移此而發之於古文，其暴見大行⓫於後而增重於文術者，何如哉！吾願雨蒼之治時文以是為終而嚴斷⓬焉，可也。

（選自《方望溪遺集》序跋類）

【注　釋】❶注措　措置；放置。❷少　輕視。❸脫籍　除去門籍。❹質　問。❺表　外邊。❻尚論古人　《孟子・萬章下》：「以友天下之善士為未足，又尚論古之人。頌其詩，讀其書，不知其人可乎？是以論其世也。是尚友也。」尚，上。❼蹇淺　猶言鄙陋淺薄。《莊子・列禦寇》：「小夫之知，不離苞苴竿牘（以包裹裹著竹簡，指書籍），敝精神乎蹇淺。」❽倫紀　倫常綱紀。❾有司　此指主持考試的官員。❿給視　快速地看一眼。給，捷速。⓫暴見大行　暴見，顯露。大行，高尚的德行。⓬嚴斷　堅決斷棄。

【語　譯】我從開始參加科舉考試就不喜歡寫時文，為了給學生講授才勉強寫一寫，這其實是擔心自己將心力用錯了地方。每當看到入學的生員專心習摹時文，就不免輕視他，對於已經不是生員身分卻依然樂此不疲的人，尤其覺得不可理喻。凡是以時文來問我的人，必以實情相告：沒空顧及這個。

我朋友雨蒼善於談古文，所持的看法多大大地超出於眾人之外，與他論辨義理，討論古人，他心中精彩的見解，不可探取窮盡。一天，帶著一些時文來看我，我指責這是把精神浪費在鄙陋淺薄的事情上面，雨蒼說：「你姑且過目一下。」他走後，我翻開時文，心靈隨即亮堂起來，唯恐把作品讀完。一篇篇按順序閱讀，多達四十餘篇。他胸中奇妙的思緒都發露在文中，凡是內容涉及倫常綱紀，哀感可憐足以激發起人的善心；文中陳述古人義理以喚醒愚昧的眾人，使讀者感到光明正直猶如胸中充滿了一股力量。啊！誰會料到時文竟然能寫得如此出色呢？就是把它們當作雨蒼的古文也是可以的。

儘管如此，我終究以此為雨蒼感到惋惜。因為生員們看了，便會說這與考試制度規定的標準不相符合，而已經不是生員身分的人又會以為這與其他時文沒什麼兩樣，連瞅都不瞅它一眼，其結果是有用的文章被當成了無用的東西。假使把寫入時文的內容通過古文表達出來，那麼將高尚的德行顯現於後世，且又使文章學術得以提高，又將會怎樣呢！我希望雨蒼研治時文以此為終點堅決割棄，那就好了。

【研　析】欲揚李汝霖時文，卻先從整體上對時文進行貶抑；既揚之、讚之，卻又轉而希望李汝霖從此不再染指時文，所謂「治時文以是為終而嚴斷焉」。整篇文情波瀾迭起，奇外生奇。時文一忽兒被貶，一忽兒被褒，方苞無非欲以此證明，古文才真正值得作者為之付出心力。所以文中談時文，其實都是談古文。

方苞稱讚李汝霖所作，「孰謂時文而有是乎？即以是為雨蒼之古文可矣」，概括起來，這句話就是「以古文為時文」的意思。古文在方苞心目中地位異常重要，時文作為文體其地位則低微得多，誇一個人的時文寫得像古文一樣出色，這無疑是對這個人的時文的最高褒獎。殊不知方苞這一比喻，後來經人改編，變成「以古文為時文，卻以時文為古文」，以此作為對方苞古文的諷刺（見錢大昕〈跋方望溪文〉、〈與友人書〉兩文中引王若霖語）。其實這種批評是非常偏頗的。

與孫以寧書

【題解】孫用楨（西元一六六二—一七五〇年），字以寧，孫奇逢曾孫，房山（今屬北京）人。楨，方苞〈明禹州兵備道李公城守死事狀〉作「禎」，後避雍正帝胤禛諱改為「正」。康熙二十五年（西元一六八六年）拔貢，康熙五十九年（西元一七二〇年）舉人，任禹州、許州學正，升府學教授。著有《緘齋集》、《四書醒義》。他曾請方苞刪定《孫徵君年譜》，又請方苞撰〈孫徵君傳〉、〈修復雙峰書院記〉、〈明禹州兵備道李公城守死事狀〉。方苞應孫用楨之請為孫奇逢作傳，嗣後寫此信向孫用楨具體說明撰寫這篇傳記的想法，強調「古之晰於文律者，所載之事必與其人之規模相稱」，要求妥善處理文章虛實詳略關係，不能為求詳而詳。這是方苞重要的傳記文體觀點。

本文撰於康熙五十四年（西元一七一五年），方苞四十八歲。

昔歸震川嘗自恨足跡不出里閈❶，所見聞無奇節偉行可紀。承命為徵君❷作傳，此吾文所託以增重也，敢❸不竭其愚心。所示群賢論述，皆未得體要❹。蓋其大致，不越三端：或詳講學宗指❺及師友淵源，或條舉❻平生義俠之跡，或盛稱門牆廣大❼、海內嚮仰者多。此三者皆徵君之末跡也，三者詳而徵君之志事隱矣。

古之晰於文律❽者，所載之事必與其人之規模相稱。太史公傳陸賈，其分奴婢裝資瑣瑣者皆載焉❾，若蕭、曹世家❿而條舉其治績，則文字雖增十倍，不可得而備⓫矣。故嘗見義於〈留侯世家〉⓬曰：「留侯所從容與上言天下事甚眾，非天下所以存亡，故不著⓭。」此明示後世綴文⓮之士以虛實詳略之權度⓯也。宋、元諸史⓰若市肆簿籍⓱，使覽者不能終篇，坐⓲此義不講耳。

徵君義俠，舍楊、左⓳之事，皆鄉曲⓴自好者所能勉㉑也；其門牆廣大，乃度時揣己，不敢如孔、孟之拒孺悲、夷之㉒，非得已也；至論學，則為書甚具。故並弗採著於傳上，而虛言其大略。昔歐陽公作〈尹師魯墓誌〉，至以文自辨㉓，而退之之誌李元賓㉔，至今有疑其太略者。夫元賓年不及三十，其德未成，業未著，而銘辭有曰：「才高乎當世，而行出乎古人。」則外此尚安有可言者乎？

僕此傳出，必有病其太略者。不知往者群賢所述，惟務徵實，故事愈詳而義愈隘㉕，今詳者略，實者虛，而徵君所蘊蓄轉似可得之意言之外。他日載之家乘㉖，達於史官㉗，慎毋以彼而易此。惟足下的然昭晰㉘，無惑於群言，是徵君之所賴也，於僕之文無加損焉。如別有欲商論者，則明以喻之。

【注釋】❶歸震川嘗自恨足跡不出里閈　歸有光〈王烈婦墓碣〉說：「余生長海濱，足跡不及於天下。」里閈，鄉里，此指家鄉。閈，里門。❷徵君　舊稱不應朝廷徵聘的隱士。此指孫奇逢。❸敢　豈敢。❹體要　文章要領。此指傳記文體的特點和要求。❺宗指　宗旨。❻條舉　例舉。❼門牆廣大　意謂門生弟子眾多。❽晰於文律　晰，明。文律，文章作法。❾太史公傳陸賈二句　陸賈（約西元前二七〇－前二四〇年），楚人。從劉邦平定天下，說服南越王尉他降漢，以功任太中大夫，幫助劉邦恢復儒家禮儀制度。他後來還鄉退居，將南越王贈送的財物分給後代。呂后擅權，丞相陳平向陸賈求討計策，陳平作為報答，「迺以奴婢百人，車馬五十乘，錢五百萬，遺陸生為飲食費。」著《新語》。司馬遷將他與酈食其合傳，為〈酈生陸賈列傳〉。❿蕭曹世家　指司馬遷為蕭何、曹參寫的傳記〈蕭相國世家〉、〈曹相國世家〉。蕭何（？－西元前一九三年），沛縣（今屬江蘇）人。是佐助劉邦建立漢朝的大功臣，曾任漢丞相。曹參（？－西元前一九〇年），沛縣（今屬江蘇）人。繼蕭何為漢惠帝丞相，一律遵守定制，世稱「蕭規曹隨」。⓫備　詳盡。⓬留侯世家　張良（？－西元前一八五年），字子房，傳為城父（今安徽亳縣東南）人。運籌帷幄，助劉邦建漢，封留侯。《史記》有〈留侯世家〉。⓭著　記載。⓮綴文　連綴字句；作文。⓯權度　標準。權，秤錘。度，計量長短的工具。⓰宋元諸史　指《宋史》、《元史》。⓱市肆簿籍　集市店房的記帳簿。⓲坐　因為。⓳楊左　楊漣、左光斗。⓴鄉曲　偏僻的地方。㉑勉　努力達到。㉒孔孟之拒孺悲夷之　《論語・陽貨》：「孺悲欲見孔子，孔子辭以疾。」孺悲，春秋末年魯人。《孟子・滕文公上》：「墨者夷之……求見孟子。孟子曰：『吾固願見，今吾尚病，病癒我且往見。』」夷之，奉行墨家學說的學者。㉓昔歐陽公作尹師魯墓誌二句　尹洙（西元一〇〇一－一〇四七年），字師魯，河南（今河南洛陽）人。天聖二年（西元一〇二四年）進士，官右司諫，知渭州，兼領涇原路經略公事，因事被貶。有《河南先生文集》。尹洙是歐陽修好友，他死後，歐陽修為他寫墓誌。有人批評該文詳略失當，措辭不合，歐陽修作〈論尹師魯墓誌〉一文為自己辯解。㉔退之之誌李元賓　李觀（西元七六六－七九四年），字元賓，祖先為隴西人。貞元八年（西元七九二年）進士，年二十九歲客死京師。有《李元賓文編》。韓愈與李觀同年登第，作〈李元賓墓銘〉，僅一百五十七字，有人不滿其寫得太簡略。㉕陿　同「狹」。㉖家乘　記載私家人事的書籍。㉗達於史官　送交史官，供修史列傳之用。㉘的然昭晰　明白；清楚。

【語　譯】從前，歸有光曾遺憾自己足跡沒有離開過家鄉，所見所聞沒有奇特的節操、傑出的事跡可以記述。我承您囑咐為孫徵君作傳，這使我的文章有所依託而增重了分量，豈敢不竭盡自己拳拳心意。您所提供的眾多賢才的論述，都不符合文章的體製和要旨。這些論述大致內容，不外乎三點：有的詳細敘述講學宗旨及師友淵源，有的逐一列舉平生行俠仗義事跡，有的稱頌廣收弟子，海內嚮往和仰慕的人多。這三點都是孫徵君不重要的事跡，詳敘這三點則孫徵君的抱負和事業就被掩蔽了。

古代精通文章作法的人，他所記載的事情必定與傳主的身分規模相適應。司馬遷為陸賈作傳，把他如何分配奴僕婢女、資財物器給兒子瑣瑣碎碎的事都寫出來，如果寫〈蕭相國世家〉、〈曹相國世家〉也逐一列舉兩人政績，即使文字再增加十倍，也無法寫得完備。所以，司馬遷曾將這一道理寫在〈留侯世家〉，說：「留侯（張良）從容地與高祖（劉邦）談論天下的事情很多，由於不是關係到天下的存亡，所以不予記載。」這分明提供給後世寫文章的人如何處理虛實詳略的尺度。《宋史》、《元史》等史書就像集市店鋪的記帳簿，使人難以卒讀，原因就是不講以上文章作法。

孫徵君行俠仗義，除了營救楊漣、左光斗這件事外，其他都是鄉村僻壤想當善士的人所能努力做到的；至於他廣收弟子，是因為他審時度勢，衡量自己，不敢效仿孔子、孟子拒絕孺悲、夷之，事出於不得已；至於他講論學問，則在他著作中已經寫得很具體。所以，這些我都沒有採錄寫進傳記中，而是採取虛筆寫其大概。從前歐陽修撰寫〈尹師魯墓誌〉，以致於專門寫文章為自己辯白，而韓愈為李元賓寫墓誌銘，至今還有人質疑它寫得過於簡略。李元賓沒有活到三十歲，他的德行還沒有修成，事業也不顯著，而銘辭說：「才能高於當代，而品行超乎古人。」都寫到這程度了，別的還有什麼可說呢？

我寫的這篇傳記問世後，必定會有人指責它筆墨太簡略。卻不知道以前眾多賢才的撰述，只務求徵寫事實，因此敘事越詳備，而寓意反而更狹小，如今將前人詳寫的變為略寫，實寫的變為虛寫，而孫徵君內在的精神蘊蓄反而能在文字之外得到。以後載入家傳譜牒，送達官府史家，不可用他人之作替換我這篇傳記，務請謹慎。我想您識見清明，不會被眾人的議論所迷惑，這事關乎孫徵君芳名流傳，對我的文章倒沒有什麼損失。如果還有其他需要商討的事情，就請明確地告訴我。

【研　析】傳記是古代一種重要的文體，關係到讓一個人以怎樣的形象流傳於後世，所以歷來備受重視，它是史學家、文學批評家討論最多的文體之一。在傳記寫作中，普遍存在兩個問題：㈠作者受到自己識見的限制，對於傳主經歷的事情何者重要，何者次要，何者當寫，何者不當寫，心中沒有數，不知如何別擇，結果下筆外錯，不能準確地刻畫出人物。㈡作者不知文章義法，誤以為記載人物的事跡越多就越充實，文字寫得越長就越出色，以簡省為忌。方苞是優秀的傳記作者，也是傑出的傳記批評家，他說：「蓋諸體之文，各有義法，表誌尺幅甚狹，而詳載本義，則擁腫而不中繩墨；若約略剪截，俾情事不詳，則後之人無所取鑒。」（〈答喬介夫書〉）這是將處理好詳略關係當作寫好墓表、墓誌的一個重要條件，這種經驗對撰寫其他文體的傳記作品也基本適合。

〈孫徵君傳〉是他傳記代表作之一，又是一篇有爭議的作品。這封信是談他寫〈孫徵君傳〉的經驗。針對上述傳記寫作中普遍存在的問題，方苞提出克服的辦法。首先，寫傳記作品，「所載之事必與其人之規模相稱」。身分、地位不同的人，他們的大事小事也不同，寫蕭何、曹參就要從相國的高度去擷取事跡，寫陸賈則需要從辯士的角度去選擇素材，才能使所敘之事與「人之規模」相符合。這種方法也可以稱之為「量身裁衣」。方苞認為，當時「群賢」講述的孫奇逢三個方面事跡，其實都是孫奇逢的一些「末跡」，「皆未得體要」，結果孫奇逢真正的大志向大事跡反而被「隱」起來了。其次，寫傳記要懂得「虛實詳略之權度」。什麼事情需要實實地寫出，什麼事情可以用空白暗示，哪裡需要用濃墨鋪敘，哪裡只需用淡描帶過，都要立下標準，做好通盤安排。這雖然與載事必與人物相稱的主張密切相關，但是又更偏重在具體的寫作藝術上。方苞提到「虛實詳略」，而顯然他在這裡主要的關切是在「虛」和「略」的方面，與一般人期望傳記寫得「實」、寫得「詳」不同。他批評「群賢」敘述孫奇逢事跡，「惟務徵實」，結果「故事愈詳而義愈陿」，而他所撰〈孫徵君傳〉，「詳者略，實者虛，而徵君所蘊蓄轉似可得之意言之外」。方苞不善寫詩，然而他反對實實板板的堆積文章，將「得之意言之外」作為優秀傳記作品的一個標誌，這似乎說明他嚮往一種帶有詩意的傳記。從欣賞的角度，讀者可能會更傾向於接受方苞的觀點以及與這種觀點相吻合的傳記作品，然而從絕對主張實錄、注重史料的人來看，尤其是從懷著高度尊愛傳主心理的親友來看，寧詳勿略，寧實勿虛，依然是其對傳記的很大期待。正是由於這種閱讀定勢的頑固存在，使傳記作者承受很大壓力，常常迫使他們在完成作品後，去與傳主的親人或其他讀者溝通，希望獲得理解，不要以「太略」為由修改自己的作品。歐陽修寫〈論尹師魯墓誌〉，王安石寫〈答錢公輔學士書〉，方苞寫這封書信，直接的目的在此。

與孫司寇書

【題解】孫嘉淦（西元一六八三—一七五三年），字錫公，號靜軒，又號懿齋，太原府興縣（今山西興縣）人。康熙五十二年（西元一七一三年）進士，官檢討、國子監祭酒、刑部侍郎、署河東鹽政。乾隆即位，官刑部尚書，三年調吏部尚書，官至協辦大學士。卒後謚文定。有《春秋義》、《南華通》、《孫定文公奏疏》等。司寇是西周設置的官名，後世作為刑部尚書的別稱。方苞給刑部尚書孫嘉淦寫這封信，對改判一殺人犯死刑為緩決提出異議，認為對「萬無可原」的殺人犯應當處以極刑，不能因為罪犯翻供而輕易改判。

乾隆元年（西元一七三六年），孫嘉淦晉陞刑部尚書。該年方苞充任三禮義疏館副總裁，文中「僕以討論『三禮』」云云，正謂其事。本文寫於是年，方苞六十九歲。

朔❶後一日薄暮❷，書吏送秋審❸冊到。僕以討論「三禮」❹及閱庶常❺課藝❻事方殷❼，未得到班❽。次日薄暮，書吏持審單❾至，見雲南絞犯吳友柏改緩決❿。隨翻供招，釁自友柏起，既迫殺親兄之子，并傷寡嫂左右手及族弟。窮兇極惡，萬無可原。夫聖人不得已而有刑戮，豈惟大義，實由至仁。蓋致天討於有罪⓫，則不敢不殺；哀民彝⓬之泯絕，則不忍不殺。所謂「刑期無刑⓭」、「辟以止辟⑭」也。

自古典刑⑮之官，皆以刻深⑯為戒，故宅心⑰仁厚者，不覺流於姑息⑱。又其下則謂脫人於死，可積陰德以遺子孫。不知縱釋兇人，豈惟⑲無以服見⑳殺者之心，而醜類惡物由此益無所忌，轉開閭閻㉑忍戾之風。是謂引惡，是謂養亂，非所謂邁種德㉒也。

昔虞舜㉓刑故無小㉔，其命官曰：「怙終賊刑㉕。」而皋陶㉖稱之曰：「好生之德，洽于民心㉗。」周公東征㉘，破斧缺斨㉙，東人歌思㉚，以為「哀我人斯，亦孔之將」㉛。執事㉜以儒者操事柄，望布大德，勿以小惠為仁，即改前議，仍㉝所讞㉞為情真。若有人禍天刑，皆歸於僕，死者亦於公無怨也。望勿以為過言而棄之！

【注釋】❶朔　農曆初一。❷薄暮　傍晚。薄，迫；近。❸秋審　古時審核死刑案件的一種制度。各省將判處死刑的罪犯檔案分情實、緩決、可矜、可疑四類報部，八月刑部會同九卿各官，審核擬定，最後奏請皇帝裁決。❹三禮　《周禮》、《儀禮》、《禮記》。方苞任三禮義疏館副總裁。❺庶常　官名，亦稱庶吉士。清襲明制，翰林院設庶常館，選新進士之優於文學書法者，入館學習，稱為翰林院庶吉士。通常三年後考試，成績優良者分別授以翰林院編修、檢討等職。❻課藝　課業。❼殷　多；繁忙。❽到班　出席。❾審單　審定案件的文書。❿緩決　不立即執行死刑。⓫天討於有罪　《尚書・皋陶謨》：「天討有罪，五刑五用哉。」孔安國傳：「言天以五刑討有罪。」孔穎達疏：「討治有罪，使之絕惡，當承天意，為五等之刑，使五者輕重用法哉。」⑫民彝　人倫。彝，常規。⑬刑期無刑　《尚書．大禹謨》：「刑期于無刑。」孔安國傳：「雖或行刑，以殺止殺，終無犯者。」期，希望。⑭辟以止辟　《尚書．君陳》：「辟以止辟，乃辟。」辟，行刑。⑮典刑　掌管刑法。⑯刻深　苛刻、嚴酷。⑰宅心　存心。⑱姑息　苟且取安。《禮記．檀弓》：「細人之愛人也以姑息。」息，安。⑲豈惟　豈止；不但。⑳見　被。㉑閭閻　平民居住區，也指民間。㉒邁種德　《尚書．大禹謨》：「皐陶邁種德，德乃降。」孔安國傳：「邁，行。種，布。」㉓虞舜　中國古代傳說中的聖君。姚姓，名重華，因其先國於虞，故稱虞舜。㉔刑故無小　《尚書．大禹謨》：「宥過無大，刑故無小。」孔安國傳：「過誤所犯，雖大必宥。不忌故犯，雖小必刑。」故，故意。㉕怙終賊刑　語見《尚書．舜典》。意謂對於作惡不改的罪犯，加以嚴懲。怙，恃。終，到底。賊刑，極刑。㉖皐陶　舜時的刑官。㉗好生之德二句　語見《尚書．大禹謨》。洽，和睦。㉘周公東征　周武王去世，周公攝政，管叔、蔡叔、武庚、東方夷族發動叛亂，周公旦率兵征討。管叔封於管（今河南鄭州），蔡叔封於蔡（今河南上蔡），武庚領有商朝舊都亳（今河南商丘北），以及同時叛亂的夷族，都在西周首都鎬京（今陝西西安）東部，故稱東征。㉙破斧缺斨　《詩經．豳風．破斧》：「既破我斧，又缺我斨。」孔圓者為斧，孔方者為斨。斧、斨都是人們常用的工具，詩人用斧、斨遭到殘損，比喻禮義被破壞。㉚東人歌思　東人，指管叔、蔡叔等轄下的百姓。歌思，用詩歌表達思念。「思」作語詞，也通。㉛哀我人斯二句　引自《詩經．豳風．破斧》，鄭玄箋：「此言周公之哀我民人，其德亦甚大也。」斯，語詞。孔，甚。將，大。㉜執事　對執政者的敬稱。㉝仍　依舊；維持。㉞讞　評議罪獄。

【語譯】初一後一天傍晚，文書吏將秋審囚犯花名冊送來。我因為討論「三禮」及評閱庶吉士功課正忙，未能出席會議。次日傍晚，文書吏拿來審決書，看到原先被判絞刑的雲南囚徒吳友柏改判緩期執行。我隨即翻看他的招供：爭端由吳友柏惹起，在逼死胞兄兒子後，又傷了寡嫂的左右手以及族弟。如此窮兇極惡之人，萬不可寬恕。聖人不得已而設死刑，豈止是出於大義，更是出於至高的仁德。因為，對於蒼天要嚴懲的兇犯，不敢不殺；悲憫人倫遭到泯滅，又不忍不殺。這就是所謂「用刑是希望不用刑」，「實施死刑是為了終止死刑」。

自古以來的掌刑官，皆把苛刻嚴酷作為禁條，所以宅心仁厚的人，不知不覺變得態度姑息起來。更有甚者，以為幫人擺脫死亡，可以積累陰德留給子孫。不知道縱容兇手，不僅無法讓被殺害的人心服，醜惡兇險之流反而由此更加肆無忌憚，轉而開啟了民間殘忍暴戾的風氣。這就叫助惡，這就叫養亂，而不是什麼為未來播種功德。

從前，虞舜懲治明知故犯的罪惡，雖小也不疏漏，他命令掌刑官：「對不知悔改的人處以極刑。」而皐陶稱讚他「愛惜生靈的品德，深入人心。」周公東征，斷斧折斨，死傷無數，東方諸國人民用歌聲表達思念，頌他「哀憐我們平民，仁德是多麼廣厚」。司寇您以儒者執掌刑罰權力，希望能佈施大德，然而您不能把小小恩惠視為仁義，應該立刻改正這一決定，依舊維持開始的判決符合實情。假如發生人禍天災，一律由我承擔，被害死的人對您也不會再有埋怨。希望不要將我的話當作過激之言而置之度外！

【研　析】量刑、執法不在寬，也不在嚴，而是需要依據事實，判斷得恰如其分。如果量刑、執法不當，鄉愿、酷吏都適足成為社會的危害。方苞此文針對一個殺人犯由死刑被改判緩決的案件，向刑部尚書提出謹慎行事的警告，義正詞嚴。他強調古代的法制思想是，「刑期無刑」，「辟以止辟」，即通過實施死刑達到不用死刑的目的。他認為，這才是一種廣博寬大的仁慈，是維護社會正常秩序、揚善懲惡的正確途徑。人們通常把量刑、執法苛刻嚴酷視為一種罪惡，而容易對宅心仁厚者報以好評。方苞則指出，這雖然有道理，但是一旦超越界限，以仁厚為姑息，那無疑是助惡養亂，將會大大傷害社會和人群。他希望掌握刑罰大權的官員，要佈施大德，不要以小惠為仁。方苞嚮往的這種古代法制思想有其相當的合理性，他對刑部官員的道德要求也是合乎理性的。文章最後，方苞表示自己願意承當由此帶來的一切後果。他敢於攬事，敢於負責，文章充分表現了他的這種品性。

與來學圃書

【題　解】來保（西元一六八一—一七六四年），姓喜塔臘氏，字學圃，滿洲正白旗人。官工部尚書、刑部尚書、吏部尚書、武英殿大學士、軍機大臣。諡文端。有《安餘齋遺詩》。方苞在寫給來保的這封信裡，勸他薦才的範圍宜大不宜小，所薦的人宜疏遠不宜親近，又勸他守道貴堅，服善貴勇。句句都是金玉良言。

本文作於乾隆初，方苞七十餘歲。

吾友舉用方❶自代，朋友之交，君臣之義，並見於斯，可以風世砥俗。但大臣為國求賢，尤貴得之山林草野、疏遠卑冗中，以其登進之道甚難，而真賢往往伏匿於此也。若惟求之於平生久故❷、聲績夙著之人，則其塗隘矣，萬一聖主命以旁招俊乂❸，列於庶位❹，將何以應哉？

抑又聞當官守道，固貴於堅，而察言服善，尤貴於勇。前世正直君子自謂無私，固執己見，或偏聽小人先入之言，雖有灼見事理以正議相規者，反視為浮言❺，而聽之藐藐❻，其後情見勢屈❼，誤國事，犯清議，而百口無以自明者多矣。必如季路之聞過則喜❽，諸葛亮之諄戒屬吏，勤攻己過❾，然後能用天下之耳目以為聰明，盡天下之材力以恢功業。吾友此時正宜用力於此，且與二三同志者交相勗❿，時相警也。餘不贅。

【注釋】❶用方　顧琮（西元一六八五—一七五五年），姓伊爾根覺羅氏，字用方，混同江（吉林長白山）人。混同江即渾江。祖顧八代為禮部尚書，父顧儼歷官副都統。顧琮歷仕康熙、雍正、乾隆三朝，官至河東河道總督。有《靜廉堂詩》。顧琮與方苞長期在朝廷共事，關係友善，他曾在乾隆五年序刻方苞文集。❷久故　故交。❸旁招俊乂　廣招才俊。旁，廣。❹庶位　眾多的官職。❺浮言　不實之言。❻藐藐　聽人之言漫不經心貌；忽略，不重視。《詩經・大雅・抑》：「聽我藐藐。」❼情見勢屈　指軍情暴露，處於劣勢。見，通「現」。❽季路之聞過則喜　《孟子・公孫丑上》：「子路，人告之有過則喜。」季路，子路，孔子弟子。❾諸葛亮之諄戒屬吏二句　諸葛亮北伐，兵敗街亭，上疏曰：「自今已後，諸有忠慮于國，但勤攻吾之闕，則事可定，賊可死，功可蹻足而待矣。」（見《三國志・蜀書・諸葛亮傳》裴松之注引《漢晉春秋》）❿勗　勉勵。

【語　譯】我友您舉薦用方接替自己職位，朋友的交情，君臣的道義，都從這件事情上表現出來，可以勸勉世人，砥礪風俗。只是身為大臣替國家徵求賢才，可貴的尤其在於能從臥居山林草野、遠離權勢而官職卑微冗散的人中去發現，因為這些人在入仕擢用的道路上充滿坎坷，而真正的賢才往往隱匿在其中。假如只限於在平生故舊、聲名事跡早已顯著的人中去選擇，那麼求賢的道路就狹窄了，萬一聖明的君主下令廣招俊才，出任許多職位，又將如何應付使命呢？

我又聽說，做官守護道義，固然貴在堅定，而知言服善，尤其貴在勇敢。從前正直的君子自以為秉公無私，因此固執己見，或者片面聽信小人先入的一面之詞，即使有人洞察事理用正言讜論相規諫，反而當作沒有根由的話，只是漫不經心地聽聽而已，後來真情暴露，無可挽回，危害國家大事，招致清議抨擊，哪怕有一百張嘴也無法分辯，這樣的人多得是。必須像季路聽到別人指出自己的過失就高興，諸葛亮諄諄告誡部下要經常批評自己的過錯，這樣才能夠使天下人的耳朵和眼睛都變為自己的聰明，讓天下所有的人都能夠施展才華能力從而擴大事業功勳。我友您現在正應該在這方面努力，而且與一些志同道合的人，互相勉勵，時常提醒。別的就不多說了。

【研　析】方苞非常關注官員的道德品質，視公正選拔、薦舉官員為保證國家強盛和穩定的重要條件。他在乾隆初上〈請矯除積習興起人才劄子〉，指出當時地方上薦舉官員，往往是「某部某長官所交好」，而賢者「寥寥可數」；朝廷「保舉僚屬」，也是「半出私意」，有違「公道」。他認為這些官場上的積習造成極壞的影響，非亟予革除不可。他在這封給大臣來保的信裡，表示了同樣的思慮，所不同者，劄子表現為揭露弊端，此信則主要從正面講述道理。方苞在信裡，首先肯定來保能夠舉賢自代，讚其所當讚。接著筆勢一轉，指出真正為國家求賢，應當到「山林草野、疏遠卑冗中」去尋求伏匿的「真賢」，不能只把眼光放在「平生久故、聲績夙著」的人身上。這道出長期以來所謂求賢的通病，一針見血。身居高位者為國家薦舉賢才，是應盡之責，而舉賢不避親從道理上說也能夠成立，但是，若舉賢的圈子太小，門徑太窄，總是只盯著自己周圍幾個熟悉的、要好的門生故友，就不可避免會將天下許多英才拒之門外，更何況被薦舉者未必真是賢才，即使有其所長也未必能夠在才德方面超過他人。千百年來，有些享受薦舉賢才美名的「伯樂」所做的正是這樣一類事情。方苞對此瞭解很深，為之感到憂慮，故借來保舉賢自代之事一併道出，借鏡意義實大。書信第二段，講守道貴堅、服善貴勇的道理，告誡來保切勿「偏聽小人先入之言」，應當接納「灼見事理以正議相規者」，無「固執己見」之陋，有「聞過則喜」之德。此書信滿篇都是警策語，可以為座右銘。

答申謙居書

【題　解】申詡，字謙居，景州（治今河北景縣）人。康熙五十二年（西元一七一三年）鄉試中舉，任新樂縣教諭。孤高特立，一介不取，有狷者之風。著有《鬱鬱集》。方苞與申詡為忘年交。申詡給方苞寫信，向他討教古文，並請他點定唐宋八家文集。方苞寫此信作答，提出「古文則本經術而依於事物之理，非中有所得不可以為偽」，強調篤學經學對於寫好古文的重要。

文中提到申詡撰〈聖木行狀〉，聖木，李塨字，與方苞同一年中舉。既稱「行狀」，則李塨已死。方苞曾應李塨請為他從兄李友楷寫墓誌銘，文章開頭說：「康熙己亥秋七月，余在塞上，同年友李聖木自安德以書來，為其從兄友楷乞銘。」（〈皇清太學生君墓誌銘〉，載《三里河李氏族譜》，見「閑散居主人」的博客〈世推山東豪　三李尤放縱〉西元二〇〇九年七月二十九日）己亥，康熙五十八年（西元一七一九年），則此文寫於方苞五十二歲以後。

李渭占❶至京師，見足下所為〈聖木行狀〉❷，無世俗蕪濁之氣，因謂如此人當益勸學，俾治古文。適得來示，乃復記憶丙戌❸之春，聖木為言生徒中有秀出❹者，即足下也。

僕聞諸父兄：藝術莫難於古文。自周以來，各自名家者，僅十數人，則其艱可知矣。苟無其材，雖務學不可強而能也；苟無其學，雖有材不能驟而達也；有其材，有其學，而非其人，猶不能以有立焉。蓋古文之傳，與詩賦異道，魏、晉以後，姦僉汙邪之人而詩賦為眾所稱者有矣，以彼瞑瞞於聲色之中❺，而曲得其情狀，亦所謂誠而形者也，故言之工而為流俗所不棄。若古文則本經術而依於事物之理，非中有所得不可以為偽。故自劉歆承父之學❻，議禮稽經而外，未聞姦僉汙邪之人而古文為世所傳述者。韓子❼有言：「行之乎仁義之途，游之乎《詩》、《書》之源。」茲乃所以能約六經之旨以成文，而非前後文士所可比並也。姑以世所稱唐宋八家言之。韓及曾、王並篤於經學，而淺深廣狹醇駁等差各異矣，柳子厚自謂取原於經❽，而掇拾於文字間者尚或不詳，歐陽永叔粗見諸經之大意，而未通其奧賾，蘇氏父子則概乎其未有聞焉。此核其文而平生所學不能自掩者也。韓、歐、蘇、曾之文，氣象各肖其為人，子厚則大節有虧❾，而餘行可述，介甫則學術雖誤，而內行無頗。其他雜家小能以文自襮❿者，必其行能少異於眾人者也，非然，則一事一言偶中於道而不可廢，如劉歆是也，然若歆者，亦僅矣。以是觀之，苟志乎古文，必先定其祈嚮⓫，然後所學有以為基，匪⓬是，則勤而無所。若夫《左》、《史》以來相承之義法，各出之徑涂⓭，則期月⓮之間可講而明也。

來示云，三至京師，聞僕避客，次且⓯而不進。僕敢自侈大⓰哉？凡叩吾之廬，多汲汲於名稱，而欲僕為之羽翼⓱者也，如是則務學之根源絕矣。僕疾病衰疲，安能舍己所務，與之佔佔而喋喋⓲乎？若足下資材既有可藉，而渭占又極言內行之修，固所願見而重以此事相勖⓳者也。

八家集⓴僕無暇點定，足下所知識有在京師而能任此者，當以舊本付之，是不可得，則俟會面而講以所聞。僕嘗為《儀禮喪服或問》㉑，《戴記》㉒附焉，此人道之根源，以足下方讀《禮》，錄其易忽者數條以質㉓，惟切究之。餘不贅。

【注　釋】❶李渭占　李徵熊，字渭占，號栗亭，德州（今屬山東）人。諸生，雍正五年（西元一七二七年）舉孝廉方正，任武康、定海知縣。有《海外吟》、《再來集》、《南湖草》等詩稿及《廣四書人物考》。❷聖木行狀　李塨，康熙三十八年（西元一六九九年）舉人，德州（今屬山東）人。任浙江武康知縣。有《苕齊詩集》。❸丙戌　康熙四十五年（西元一七〇六年）。❹秀出　傑出。李蕭遠〈運命論〉「木秀于林，風必吹之。」李善注引《廣雅》：「秀，出也。」❺瞑瞞於聲色之中　《荀子・非十二子》：「酒食聲色之中，則瞞瞞然，瞑瞑然。」楊倞注：「瞞瞞，閉目之貌。瞑瞑，視不審之貌。謂好悅之甚，佯若不視也。」❻劉歆承父之學　劉歆（約西元前五〇－後二三年），字子駿，沛（今江蘇沛縣）人。父劉向。漢成帝時，劉向父子受詔領校祕書。父死，劉歆繼任中壘校尉，總校群書，在劉向基礎上，撰成《七略》。王莽篡位，以劉歆為國師。莽後誅歆三子，乃謀亂被殺。按方苞譏議劉歆人品，時有可見，如在〈周官辨〉中，指《周官》之文為劉歆篡改，以媚王莽。❼韓子　韓愈。引言自〈答李翊書〉。❽柳子厚自謂取原於經　柳宗元〈答韋中立論師道書〉：「本之《書》以求其質，本之《詩》以求其恆，本之《禮》以求其宜，本之《春秋》以求其斷，本之《易》以求其動，此吾所以取道之原也。」❾子厚則大節有虧　指柳宗元參加王叔文集團。❿襮　暴露。⓫祈嚮　志向。⓬匪　同「非」。⓭徑涂　途徑。涂，同「途」。⓮期月　滿一月。指很短時間。⓯次且　即「趑趄」，猶豫不進貌。⓰自侈大　妄自尊大。侈大，奢侈廣大。⓱羽翼　輔佐。⓲佔佔而喋喋　《史記・匈奴列傳》：「嗟！土室之人，顧無多辭令，喋喋而佔佔，冠固何當？」佔佔，囁囁耳語。喋喋，多言利口。⓳勖　勉勵。⓴八家集　指《唐宋八大家文鈔》，茅坤編選。㉑儀禮喪服或問　方苞著，附錄於秦蕙田《五禮通考》卷二百六十二。㉒戴記　指方苞《評點大戴禮記》。按此書存佚不詳，參見黃懷信《大戴禮記彙校集注》前言〉。㉓質　徵詢；質證。

【語　譯】李渭占到京師，讀足下所撰〈聖木行狀〉，沒有世俗蕪雜混濁之氣，因此說像這樣的人應當再進一步鼓勉他治學，使習修古文。正好收到你來信，於是又讓我想起丙戌年春天，聖木告訴我有一位優秀的學生，指的便是足下。

我從父兄那裡聽說：藝術最難莫過於古文。從周代以來，古文自成一家而出名的，僅十幾個人，則作古文的艱難便可知道了。如果沒有這方面才能，即使用功學習也不能勉強執筆；如果沒有學問，即使有才能也不能驟然寫好；有這方面才能，又有這方面學問，而如果作者人品不足道，還是不能在古文中有所建樹。古文流傳的原因與詩賦不同。魏、晉以後，為人奸邪齷齪而其詩賦得到大家稱道者是有的，因為他們沉湎於聲色之中，而將其中情狀逼真寫出，這也是所謂中心誠而形於外，所以語言工巧便不會被流俗拋棄。至於古文則以經術為根本而且以事物的道理為依歸，內心沒有體認無法偽裝。所以除了劉歆繼承他父親的學業，議論禮制稽考經籍之外，沒有再聽說奸邪齷齪的人其古文被世人所傳誦。韓愈說：「走在仁義路上，游在《詩》、《書》源頭。」這樣才能薈萃六經旨義寫成古文，而不是以前的或將來的文士所能並肩。姑且以世人所稱讚的唐宋八家來說吧。韓愈與曾鞏、王安石都致力於經學，而所得深淺廣狹、真醇駁雜的程度各不相同，柳子厚說自己以經典為根源，然而只是拾取一些表面文字，他好像對此還沒有多少認識，歐陽修粗略瞭解一些經典的大意，卻未能通曉深奧的涵義，蘇氏父子則全都對此沒有什麼瞭解。只要覆核他們的文章則各自平生學術便無法自加掩飾。韓、歐、蘇、曾的文章，氣象各與他們為人相似，柳宗元則是大節有虧，然而在別的方面可以稱道，王安石學術上雖有錯誤，而內在品行卻並無偏頗。其他各種略能憑藉文章揚名的人，一定是他們的作為能稍稍超出於眾人，若非如此，則也是他們做過的某件事說過的某句話偶爾符合道而不可以廢棄，如劉歆即是，然而像劉歆這樣，也是僅有的例子。以此來看，假如有志於古文，必須先確定理想目標，然後所學的東西可以作為基礎，不這樣，雖然勤勉卻沒有歸宿。像《左傳》、《史記》以來相傳的文章義法，各種寫作的途徑，則用一個月時間便可以講清楚了。

來信說三次到京城，聽說我閉門謝客，心裡猶豫而沒有來造訪。我豈敢妄自尊大？凡是來敲我門的，大多是熱衷於名聲，而希望我能夠助他們一臂之力，如果是這樣，那麼致力於學問的根源就斷絕了。我身體患病，衰老疲憊，怎麼能丟下自己所做的事情，與他們絮絮叨叨呢？至於足下既有可以憑藉的才能，而渭占又極力說你德行方面很有修養，這恰恰是我願意相見而且要鄭重地用古文事業相勉勵的人。

唐宋八家文集我沒時間點勘，足下所認識的京城能勝任此事的人，可以把這本子交給他，合適的人找不到，那麼等到見面時將我所知道的講給你聽。我曾撰寫《儀禮喪服或問》、《評點大戴禮記》附錄在這本書，這是人道的根源，因為足下正在讀《禮記》，抄錄容易被人忽略的幾條請你指正，希望切實深究。其餘不多說。

【研析】方苞認為，「古文之傳，與詩賦異道」。詩賦作品只要情態逼真，語言工巧，也有可能被世俗傳誦，作者人品如何有時候會被忽略。古文則不然，作者不但要有高超的寫作才能，要有學問，而且更重要的是，作者人品一定要高尚、純潔，沒有瑕疵，因為古文是作者全部的內心素養和精神真真實實的投影，一點都做不了假。在方苞看來，古文作者至誠的心性來自於對儒家經典的學習，得自道義的修養，同時也從他們認識、掌握事物的道理中得到冶煉和提高。本著這種認識，方苞指出，可以將古文的寫作之道概括為，「本經術而依於事物之理」。在經術與事理之間，方苞肯定經術的重要性又在事理之上，所以他強調「約六經之旨以成文」。古文與道性情的詩賦之作差別在此，而古文難以寫好的原因也在此。

方苞很重視古文義法，義法說是他古文理論的核心。「義法」一辭有時候被他當作偏義複詞使用，意謂文章作法。在義與法之間，他常常強調義的主幹作用。他在本文也說：「苟志乎古文，必先定其祈嚮，然後所學有以為基，匪是，則勤而無所。若夫《左》、《史》以來相承之義法，各出之徑涂，則期月之閒可講而明也。」所謂「祈嚮」、「基」，都是指經學，指儒家道義，也即是義法說的「義」，而此處使用的「義法」一詞，則是指義法說的「法」。他這裡對「義」與「法」關係的論述，與他一貫主張的義法說是一致的，不存在重經術輕義法的問題。

答程夔州書

【題解】程崟（西元一六八七—一七六七年），字夔周，一作夔州，又字夔震，號南陂、二峰，歙縣（今屬安徽）人。康熙五十二年（西元一七一三年）進士，充武英殿纂修官，壯年告歸。世從事鹽業，他自己僑寓揚州。年輕時開始從方苞遊，學制藝和古文，方苞入獄時，他曾前去探望，在學生中讓方苞對他刮目相看（見

〈程贈君墓誌銘〉、《方望溪遺集》之〈答程夔應書〉。程崟是著名的鹽商，嗜音律，雅愛文章，著有《二峰詩稿》。輯有《明文偶抄》，重訂刊行《重刊文章辨體式》（明人吳訥原編）等。他樂於刊刻圖書，整理印行方苞著作多種，如他與王兆符輯《望溪先生文集》、《望溪先生文偶抄》、《（方苞）史記注補正》、《（方苞）春秋比事目錄》等。程崟曾請方苞為他父親程增的詩稿作序，方苞素以作詩序為戒，沒有答應。後來應程崟之請，為他父親寫墓誌銘（即〈程贈君墓誌銘〉）。從此信的內容看，應是程崟將兩篇文章送呈方苞審定，並寫信向他請教如何寫作記體文，方苞寫這封信作為回答。方苞指出，記體文「無質幹可立」，在散文中最為難寫。他又指出唐宋古文家記體文章的一些特點和長處，並對他們（特別是柳宗元）記文的不足之處提出批評。方苞本人記文寫得不多，而且文中有較多議論文字，其中的原因或許可以從這封書信裡尋到一些答案。

方苞在信中提到兒子方道章已死，道章死於乾隆十三年十月十六日，此文當作於方苞八十二歲，是他最後的少數文章之一。

散體文惟記❶難撰結。論、辨、書、疏❷有所言之事，誌、傳、表、狀❸則行誼❹顯然，惟記無質幹可立，徒具工築興作❺之程期，殿觀樓臺之位置，雷同鋪序，使覽者厭倦，甚無謂也。故昌黎❻作記，多緣情事為波瀾，永叔、介甫❼則別求義理以寓襟抱。柳子厚❽惟記山水刻雕眾形，能移人之情，至〈監察使〉、〈四門助教〉、〈武功縣丞廳壁〉❾諸記，則皆世俗人語言意思，援古證今，指事措語，每題皆有見成❿文字一篇，不假思索。是以北宋文家於唐多稱韓李⓫，而不及柳氏也。凡為學佛者傳記，用佛氏語則不雅，子厚、子瞻⓬皆以茲自瑕，至明錢謙益⑬則如涕唾之令人嗀⑭矣。豈惟佛說，即宋五子⑮講學口語亦不宜入散體文，司馬氏所謂言不雅馴⑯也。

寄來二作皆不苟，所薙芟⑰數語，乃時人所謂大好⑱者，他日當面析之。此雖小術，失其傳者七百年。吾衰甚矣，兒章⑲粗知其體要，不幸中道殂。賢其勗哉！

【注釋】❶記　記事之文，也可夾有議論。❷論辨書疏　論、辨是兩種論說文，辨體出現較晚。書，書信。疏，疏通注文意義的文體。❸誌傳表狀　文體名，即墓誌銘、傳記、墓表、行狀。❹行誼　品性。誼，義。❺工築興作　工築，從事建築。工，任事。興作，開工，此指建房築園。❻昌黎　韓愈。❼永叔介甫　歐陽修、王安石。❽柳子厚　柳宗元。❾監察使四門助教武功縣丞廳壁　指柳宗元〈監察使壁記〉、〈四門助教廳壁記〉、〈武功縣丞廳壁記〉。❿見成　現成。見，同「現」。⓫韓李　韓愈和李翱。李翱（西元七七二－八四一年），字習之，趙郡（今河北邯鄲西南）人，祖籍隴西成紀（今甘肅隴西）。貞元進士，官至山南東道節度使。諡文。從韓愈學古文，時稱「韓李」。著有《李文公集》。⓬子瞻　蘇軾。⓭錢謙益　生於西元一五八二年，死於西元一六六四年，字受之，號牧齋，常熟（今屬江蘇）人。萬曆三十八年（西元一六一〇年）進士，授編修，崇禎初官禮部侍郎，弘光時擢禮部尚書。降清，以禮部右侍郎兼管祕書院事，充纂修《明史》副總裁。旋以疾告歸，居鄉著述以終。乾隆時被列名為貳臣之首。有《初學集》、《有學集》、《投筆集》等。⓮嗀　嘔吐。⓯宋五子　周敦頤、程顥、程頤、張載、朱熹，宋朝著名理學家。⓰司馬氏所謂言不雅馴　司馬遷《史記．五帝本紀》：「堯以來，而百家言黃帝，其文不雅馴。」張守節《正義》：「馴，訓也。謂百家之言皆非典雅之訓。」⓱薙芟　刪除。⓲大好　太好，意謂過於華美。⓳章　方道章（西元一七〇二－一七四八年），字用安，一字用闓。方苞長子，雍正十年（西元一七三二年）舉人，著有《古文集》、《時文集》。

【語譯】散體文惟有記最難寫。論、辨、書、疏都有所寫的事情，誌、傳、表、狀則所涉的人物品行顯著，惟有記這種文體沒有特別的內容可以作為質地，只寫興建土木的工程日期，宮殿樓臺的佈局位置，鋪敘描寫雷同化，使讀者感到厭倦，很沒有意思。所以韓愈作記，多根據情事而使文章生起波瀾，歐陽修、王安石則又別求義理以寄寓襟抱。柳宗元惟有記述山水，雕鏤眾多形狀，能夠使人感動而移情，至於〈監察使壁記〉、〈四門助教廳壁記〉、〈武功縣丞廳壁記〉等文，則都是世俗文人的話語和意思，援古證今，紀事措辭，每個題目都有現成的一篇文章，不需要思索。所以，北宋文人說到唐朝多稱道韓愈、李翱，而不提柳宗元。凡是為學佛的人寫傳作記，出現佛家語便不雅，柳宗元、蘇軾都由於這個原因而使自己的作品產生瑕疵，到明朝錢謙益則更是像鼻涕、唾沫一般讓人作嘔。豈止是佛家語，即使是宋朝程朱等五子的講學語錄也不應該寫進散體文，這都屬於司馬遷所批評的語言不雅正。

寄來的二篇作品都寫得頗用心思，我所刪掉的幾句，正是現在大家以為很好很美的句子，以後宜當面對你講析為何把它們刪去的緣故。這雖然是小技藝，其道理失傳已經七百年了。我已經非常衰老，兒子方道章粗略知道作文的要領，不幸中年去世。你要好好努力呀！

【研析】記，亦作「志」，泛指記述人事、山水、建築、風俗、書畫、雜物等的文體。吳訥〈文章辨體序說〉：「記之文，……固以韓退之〈畫記〉、柳宗元遊山諸記為體之正。然觀韓之〈燕喜亭記〉，亦微載議論於中，至柳之記新堂、鐵爐步，則議論之辭多矣，迨至歐、蘇而後，始專有以議論為記者。」又說：「大抵記者，蓋所以備不忘。如記營建，當記月日之久近，工費之多少，主佐之姓名，敘事之後，略作議論以結之，此為正體。」徐師曾〈文體明辨序說〉：「按《金石例》云：『記者，紀事之文也。』……而《文選》不列其類，劉勰不著其說，則知漢魏以前作者尚少，其盛自唐始也。其文以敘事為主，後人不知其體，顧以議論雜之。」又說：「歐、蘇以下，議論寖多，則記體之變，豈一朝一夕之故哉？」從兩位文體學家對記體文的說明，可知這種文體大致是從唐朝以後開始發達，主要用於紀事，後來逐漸增加了議論的成分，可是，議論在記體文中以略微點綴為妥，不宜突出。

方苞古文批評的內容比較多是關於議論、寫人一類文體，他自己寫的古文也是以議論文和人物傳記最為優秀。記文他寫得不多，可能與他認為這類文體「無質榦可立」有關。所謂「質榦」，是指文章的主體，比如議論文所要闡明的道理，人物傳記所記敘的人和事。記體文雖然也有記述的對象，如建築、書畫、雜物等，方苞以為這些東西與道理、人物相比不夠重要，而且模樣比較類似，所以記文比較容易雷同。這可能是他不大寫記文的原因。方苞對單純的記文不太滿意，而對於記體文的新變因素，比如「緣情事為波瀾」、「別求義理以寓襟抱」以議論生色等，他反而以欣賞的態度加以接受，與一般正統的文體學家看法不同。他自己寫的記文，議論色彩較重，恰好反映了他這種態度。

與陳密旂書

【題解】陳密旂，生平不詳。從書信的內容看，陳氏任監察官員，負辨察、甄別、薦舉官吏之責。方苞在信裡向他講述了自己如何分辨官吏清濁優劣的經驗，要他秉公辦事，不雜私心，認為每一個職位，都是「天職」、「天位」，不是私有財產，委任罷黜官員之間，「吾之愛憎喜怒無幾微可雜於其間」。

文中稱李光地謚號，李光地死於康熙五十七年（西元一七一八年）。建昌衛，清雍正六年（西元一七二八年）改衛曰西昌縣，文中仍稱「建昌」。據此，本文作於康雍年間，以雍正初年可能性大，是方苞約六十歲時的作品。

數年前與公始相見，窺其意象❶，即不類於時人。自是每見滇、黔❷人士至京師者，必問當官實政，稱循良❸者不約而同；又徵於同官南中❹者，果不悖於所聞，故客冬[5]方呻吟枕席間，聞公至，蹶然而興，再過寓齋，不覺其言之長也。

適接來示，知所云果刻著[6]於心，而力言於大府[7]。不惟喜宇宙間又得一實心體國之人，足為民依，且自喜於天下賢人君子，每一見而得其崖略[8]，欣暢如何！

監司[9]之體，在辨屬吏之清濁，而邇來廉辨敏肅[10]者，尤當觀其所由。以為義之所宜，心之所不安而然者，必能明政恤民，久而不變；其怵於功令[11]，謹身寡過者次之。別有文深躁競[12]之吏，假此以速進取，則其終不至於寇虐詭隨[13]而忍為大惡不止，凡善伺上官指意而操下如束溼薪[14]者，皆此類也。

位者天位，職者天職，其賢者能者，雖有憎怨，必釋吾憾而任舉之；其不為民所賴者，雖吾近親尊屬，必斥而去之。壹以官為準，壹以人為衡，吾之愛憎喜怒無幾微可雜於其間，而況親故之請屬[15]、長官同僚之意鄉[16]乎？往者安溪李文貞[17]巡撫畿內[18]，僕有親故為屬吏，公將擢之，僕力言其非人。河間王振聲[19]曰：「子與夫人[20]終不相見乎？」僕曰：「何為其然？使無播惡於眾而自罹於罟擭陷阱[21]之中，乃所安全而愛厚之。」其後果大刻[22]於民，不終其官，乃謂僕無妄言。足下久練世事，無可効於左右者，故偶及此，想賢者所見固然，亦無俟僕之瀆告㉓也。

建昌㉔果廉能，宜早思所以處之。恐足下驟遷他省，雖知其善，不可如何。

惟審察之！

【注釋】❶意象　風神；精神面貌。❷滇黔　雲南和貴州。❸循良　好官。史書以「循吏傳」記載秉公勤政官員的事跡。❹南中　指川南和雲貴一帶。❺客冬　去年冬天。❻刻著　銘記。❼大府　官府。❽崖略　大略；梗概。❾監司　監察。❿廉辨敏肅　清廉明辨、機敏嚴正。⓫怵於功令　戒懼於考核規定。⓬文深躁競　深文周納，急於求成。⓭寇虐詭隨　《詩經・大雅・民勞》：「無縱詭隨，以謹無良。式遏寇虐，憯不畏明。」詭隨，朱熹：「不顧是非而妄從人也。」寇虐，盜賊逞兇。（元）許謙《詩集傳名物鈔》卷七：「詭隨，柔惡也。寇虐，剛惡也。人無正直之德，則柔者便辟側媚以容身，剛者強暴橫虐以立威。」⓮操下如束溼薪　《史記・酷吏列傳・寧成》：「為人小吏，必陵其長吏；為人上，操下如束溼薪。」裴駰《集解》：「韋昭曰：『言急也。』」司馬貞《索隱》：「操，執也。」後也用「操束薪」形容嚴酷。⓯請屬　託情。屬，同「囑」。⓰意鄉　意向；願望。鄉，同「嚮」。⓱李文貞　李光地（西元一六四二－一七一八年），字晉卿，號厚庵，別號榕村，福建安溪人。康熙九年（西元一六七〇年）進士，歷任翰林院編修、直隸巡撫、吏部尚書、文淵閣大學士。諡文貞。他是清初理學名臣，有《榕村文集》等。⓲巡撫畿內　李光地曾任直隸巡撫。畿，京城及周圍地區。⓳河間王振聲　王蘭生，字振聲，直隸交河（今河北滄州河間）人。嗜程朱之學，學問亦優，因文章欠佳，屢試不中。康熙五十一年（西元一七一二年）被薦為內廷校書，欽賜舉人，康熙六十年（西元一七二一年）又欽賜進士。任翰林院庶吉士、國子監司業、浙江提督學政，累遷至刑部侍郎。薦舉無私，刑獄能察。以病卒，乾隆四年奉旨入鄉賢祠。河間，府名，交河縣屬它管轄。⓴夫人　此人。夫，助詞。㉑罟擭陷阱　《中庸》：「驅而納諸罟擭陷阱之中。」罟擭，捕獲鳥獸的羅網、裝有機關的木籠。陷阱，為捕獸挖的坑。㉒大刻　嚴酷。刻，刻薄寡恩。㉓瀆告　相告。瀆，謙辭。㉔建昌　今四川西昌。元朝為建昌路，明改為建昌衛，清雍正六年改衛曰西昌縣。此代指任建昌令的人。據《四川通志》載，雍正八年李倬任西昌縣令。

【語譯】數年前與先生頭一次見面，看出您的意氣風神就與今人不同。從此後，每次遇見從雲南、貴州來京城的人，總會詢問先生做官實際的政績，大家不約而同地稱讚您是一位循吏好官，又求徵於和先生一起在雲川一帶做官的人，果然與我所聽到的沒有兩樣。所以，去年冬天當我病臥床榻痛苦呻吟時，聽到先生到來的消息，病體一下子就能起來了，第二次您來我寓所拜訪，互相交談一點都不覺得時間漫長。

適才接到先生來信，知道先生果然是將說過的話牢牢銘記在心裡，而且竭力反映給上級官府。我不止是為世上又得到一個真心誠意替國家著想，足以為百姓仰賴的人而感到高興，而且也為自己於天下賢人君子，常常僅見一次面就能夠判斷出他的大概而感到欣喜，這種欣奮歡暢實在強烈！

監察的作用，在於辨別下屬官吏品格清濁，而對於近來清廉明辨、機敏嚴正的人，尤其應當辨察他們何以如此的原由。以為道義上雖然應該這麼做，心中卻對此存有不安，這樣的官員一定可以做到為政清明，體恤百姓，經久而不變；那些畏懼法令，行事小心而想少犯過錯的官員，則降屬其次。此外還有一種官吏，深文周納，急於求成，覬覦用這樣的手段迅速得到擢升，他們最終不到窮兇極惡、詭隨苟合從而犯下滔天大罪不會罷休，凡是善於窺伺迎合上司心思，對待下屬、民眾卻苛酷急切的人，都是這類貨色。

官位屬於上蒼，職務也屬於上蒼，賢明的、有才能的人，即使對他懷有怨恨，也一定要放棄個人的不滿而薦舉他；不能成為百姓依靠的人，即使是自己的近親長輩，也必須批評並拒絕他。一切以官職的要求為標準，一切視他個人的品能做決定，自己的愛憎喜怒絲毫也不能摻雜於其間，更何況是親人故舊的請託、長官同僚的希冀呢？以前，安溪李光地任京都一帶巡撫，我有一個親戚在他轄下做事，李公想提拔他，我極力申說此人不合適。河間王蘭生說：「你與他難道一直就不見面了？」我說：「怎麼會這樣呢？讓他不要把惡劣的東西向大家擴散而自投羅網陷阱，這是為他安全著想，出於對他的厚愛。」他後來果然對百姓非常刻薄，因此丟了官帽，這才承認我的話不是信口亂說的。先生早已練達世事，我沒有什麼建議可以奉獻給您，所以偶然提到此事，以為您的看法也是如此，其實也不需要我相告。

建昌果真清廉能幹的話，應該早點想辦法安排好他。恐怕先生驟然升遷到別省任職，即使知道他出色，也不能怎樣了。請您仔細考慮！

【研　析】方苞認為，分辨官員清濁是居監司之職者一項重要工作。他特別提醒陳密旃，「邇來廉辨敏肅者，尤當觀其所由」。這又是為什麼？因為雍正即位以後，勵精圖治，革新吏政，起用廉能的官吏，而居心不良的官員則使用各種手段包裝自己，欺騙輿論。在這種形勢下，對官員進行鑒別就顯得特別重要，而且鑒別也因此變得更加複雜和困難。方苞根據自己的經驗，將官員概括為三種人：第一種「以為義之所宜，心之所不安而然者」，這是仁吏。第二種「怵於功令，謹身寡過」，他們雖然出於被迫，尚能遵紀守法。第三種「文深躁競」，是一群不擇手段只想往上爬的惡吏。這第三種官吏往往最有迷惑性，因為他們辨案速度快，同時又果敢幹練，往往會被上司認為能幹而得到提拔和重用。方苞在信裡實際上建議要對第三種人保持高度警惕，監司要向這些人亮起紅燈。說明方苞對雍正時期官場的風氣以及存在的弊端看得很清楚。

同時，方苞也對負責監察的官員提出嚴格要求，要他們神聖地看待官職，「位者天位，職者天職」，不能濫授。在監察、薦舉的過程中，要排除私心雜念，「吾之愛憎喜怒無幾微可雜於其間」，一切按照其人德才給予相應的官職。

方苞向來重視監司以及負有薦舉之責的大臣的作用，如他在〈與陳秉之書〉裡，鼓勵行使監察權力的陳秉之，「此時正宜審察有位者之底蘊，博求草茅伏匿、下僚沉抑之人才」（《方望溪遺集》書牘類），這與本書所選〈與來學圃書〉建議來保「為國求賢，尤貴得之山林草野、疏遠卑冗中」，不能「惟求之於平生久故、聲績夙著之人」，表現出同樣的認識。這些與本文的主張也是一致的。

與吳見山書

【題　解】吳見山，生平不詳，據這封書信的內容，他曾任兗州知府。方苞在信裡對吳見山提出批評，認為互相規勸，勗勉向善，才是真正的朋友。

抵京見某公，詰以「兗州❶性資洞朗，其出牧❷，政教浹於民，而或❸云子若不滿，何也？」某公愕然曰：「往年吾與商有無而不能應，然未嘗以聞於人，子獨惡❹乎聞之？是必兗州疑余有憾而先自標白❺也。若用此有違言❻，則余之生平盡棄矣，非兗州之病也。子視余豈淺之乎為丈夫者哉？」觀其意色，似出中心之誠然。吾兄幸察之，恐傳言者乃有憾於某公，而構之於吾兄也。

僕道經兗境凡數百里，民皆曰：「太守信寬靜易良，獨未察吏胥情偽，輕出牒票❼，假以作威漁利❽。」沿河❾小吏亦曰：「凡督公事，文書可驛致❿者，往往差役，食飲道齎⓫之外，求索百端，太守豈知此哉？」僕平生於得意之友，不敢以私干⓬，而政令之不即⓭人心者必以告。蓋朋友之交，道在輔仁，而莫先於規過。每見今之為交者，多面相悅而退有後言。其聞他人詆訾，則漠然不概⓮於心，而匿不以聞。凡此皆務容悅，將私便其求者也。是為薄於友，而苟賤其身，故常用為戒。然亦有所聞非真，勇於責善，為朋好所苦，至見疏而齎怒⓯者，以吾兄性資洞朗，與僕非一日之好，故不敢以俗情隱度⓰，而道其所聞。

《記》曰：「上酌民言，則下天上施。」⑰惟速更而糾察之，即別有所見，亦明以告我。俾得究切往復，務理之得，事之當，而無容心⑱焉。古之為交者，蓋如是耳。

【注釋】❶兗州　今屬山東。吳見山任兗州知府，故用以為代稱。❷出牧　出任地方官。❸或　有人。❹惡　如何。❺標白　表白。❻違言　《左傳．隱公十一年》：「鄭息有違言。」杜預注：「違言，以言語相違。」此指遭到非議。❼牒票　官府下達的命令、規定，或訴訟獄事方面的傳令。❽漁利　求利。❾河　黃河。❿驛致　驛站所能達到。驛，古代官府傳遞公文的公所。⓫道齎　沿途送禮。齎，送。⓬干　求。⓭不即　不合。即，近。⓮概　感觸經心。⓯齎怒　生怒。⓰隱度　揣測。⓱記曰三句　《禮記．坊記》：「子云：『上酌民言，則下天上施。』上不酌民言，則犯也，下不天上施，則亂也。」注：「酌，猶取也。取眾民之言，以為政教，則得民心，得民心則恩澤所加，民受之如天矣，言其尊。」⓲容心　將不滿和意見藏在心裡不說。容，防，如床頭屏風，用以遮隱。

【語譯】我到京城見到某公，責問他：「兗州知府的品質透明清朗，他出任地方長官，實行的政治教化切合百姓，可是，有人說你好像對他不滿意，這是為什麼呢？」某公驚訝地說：「從前我和他就財稅多少問題相協商，沒有談攏，可是我從來沒有對別人講過，您又怎麼能知道這件事？這一定是兗州知府懷疑我心裡有怨氣，因而他先為自己做表白。如果由此而招致他人非議，那麼我一生的清譽就全部毀掉了，這對兗州知府沒有損害。您看我這個人是淺薄的丈夫嗎？」看他的神情，好像是言出由衷。希望您對此加以考察，恐怕傳播這些話的人對某公有怨恨，而在您面前搬弄是非。

　　我經過兗州境內數百里地方，百姓都說：「太守確實寬容、清靜、簡易、善良，只是沒有識破小吏們虛偽狡詐，輕易傳票，使他們藉以抖威風，敲竹槓。」黃河沿岸小吏也說：「凡是督辦公事，可以通過驛站來傳遞的文書，往往派差役來傳達，除了向他們提供飲食和路上所需的東西外，還要百般索要。太守難道會知道這些嗎？」我平生對稱心滿意的朋友，不敢有私人的請求，可是看到政令不符合人心一定會告訴他們。朋友之間交往，原則是輔弼仁義，而規勸過失是最基本的。常常看到今天的人交朋友，多是當面你好我好，背後卻互相指責。聽到別人詆毀一個人，則神情麻木，一概不予關心，將那些話掩藏起來不告訴被詆毀的人。這麼做都是為了博得別人歡心，為將來自己提出私人的請求留下方便。這麼對待朋友是薄情寡義的，而且讓自己變得卑鄙下賤，所以我常常以此為戒。然而有時聽到的事情也有不真實的，由於幫助別人心切，替自己朋友和要好的人感到擔憂，以至於遭到疏遠乃至被記恨。因為吾兄品質透明清朗，與我不是一天二天的交情，所以不敢用世俗的態度揣測您，而將我聽到的事情如實相告。

《禮記》說：「執政者聽取民眾言論，那麼民眾猶如得到上天的恩澤。」希望抓緊改正，並且舉發督察。如果事情另有原委，也請明明白白地告訴我，使這件事情能夠往復查究，務必符合道理，弄清事實，而使心裡沒有任何疑問。古人交友之道，就是這樣的。

【研 析】方苞喜歡管閒事，不僅對於朝廷的事情、民間的事情，他會主動關心，發現問題就提建議，尋求辦法加以解決，而且對於友人，無論是入仕的還是在野的，他也會關心他們的做法、行為是否妥善，而根據情況對他們或進行鼓勵，或提出批評。他提出的批評往往是尖銳的，不講情面，不管別人是否會感到難堪。所以方苞給人留下的印象是，精力過人，責任心強，對人對事要求嚴格，身上似乎長著扎人的刺，不好相處。

他在這封信裡，批評友人吳見山的一些做法。比如因官員之間在公務事情上意見不合，就悄然散佈流言，標榜自己，毀人清白。又批評他辦事思慮不夠周密，管束屬下官吏不嚴格，以至讓他們有機可乘，騷擾地方，敲詐百姓。他認為作為一方之長官，發生這種行為，出現這一類失責的情況非常不應該，儘管這個官員在其他不少方面可能做得很出色。

像這樣的批評可謂不留情面，而這正是方苞的風格。他很討厭市儈作風，將友誼當作互相交易和利用的籌碼，玷汙了人間純潔的感情。

與某公書

【題解】《方望溪遺集》書牘類收此文，題為〈與閩撫趙仁圃書〉，文章最後的文字有所不同。趙國麟（西元一六七三—一七五一年），字仁圃，號拙庵，泰安（今屬山東）人。康熙四十八年（西元一七〇九年）進士，官直隸長垣令、福建巡撫、刑部尚書、禮部尚書、文淵閣大學士，有政聲。乾隆時曾被參劾。他嗜好宋朝理學，辨青巖義社於泰山之麓。擅詩文，喜愛藏書。袁枚《隨園詩話》卷十：「余己未座主為泰安相國趙公仁圃……平生愛時文，雖入綸扉，猶手校成、弘（引者按，指明成化、弘治。弘，原避諱作宏）諸大家，孜孜不倦……作令時，以勘災故，足浸水中三日，故病跛。每入朝，許給扶以行。」著有《文統類編》、《制藝綱目》、《近遊草》、《雲月硯軒古體詩稿》、《塞外吟》、《拙庵近稿》等。方苞晚年與趙國麟相識，對他頗寄予厚望。他在這封信裡，認為大臣有精力研治經學固然好，然而更重要的是應當「行其志」，敢於建言，抵制邪惡，使「直節」與經學合二為一，不要淪為「處隱就閒者之經學」。《方望溪遺集》所收〈與閩撫趙仁圃書〉當是原稿，而〈與某公書〉當是修改稿。或許是乾隆時趙國麟曾被參劾，為避嫌隱去其名字，並刪去了一部分容易引起嫌疑的內容。

趙國麟從雍正八年至十二年（西元一七三〇—一七三四年）任福建巡撫，本文寫於這期間，方苞六十三歲至六十七歲。

接來示：「自分❶此生，恐無緣更畢志於經學。」此嗜學者之衷言❷也。然古之人得行其志，則無所為書，聖人作經，亦望學者實體諸身，循而達之，以與民同患耳。一命之吏❸苟能職思其居❹，天德王道將於是乎寄焉，矧膺古牧伯之任❺，環地數千里，視其注措❻以為休戚者乎？

僕竊觀近代所號為鉅人長者，大率以生人為仁，而不知生其所不當生，則仁於生者而大不仁於死者；以有容為德，而不知容其所不可容，則德於有罪者而大不德於無辜者。傳曰：「惡人在位，弗去不祥❼。」惡在他人，而引為己之不祥，何也？力能去之，而任其播惡於眾，則惡非其惡也，是謂拂天地之性，而虧本心之明，無不祥大焉。

抑又聞君子之行，必嚴於終。往者，環極魏公❽踐履淳實，立朝諤諤❾，為勢家所憚，造辟之言❿天下矜誦，以為無愧古賢，而論定⓫之後，竟不得與湯、陸⓬齊稱，徒以巡察畿輔，不復有特操耳⓭。孝先張公⓮天資渾厚，可欺以方⓯。其撫江蘇，間有過舉，未愜眾心。一日奮不顧利害，排擊憸壬⓰，然後平生志事昭然若揭日月而行。吾子歷令、守、監司，漸登大府⓱，仁聲義問⓲，所至翕然⓳，惜無由著直節於中朝。然就今所居之地而言其職之所當言，則視張為易，視魏則尤易矣。信能舉邦人所重足⓴而望，海內士大夫所傾耳以聽者，揚於王庭，使天下知儒者之學，剛柔無常，應物而動，皆可以為後世標準，其有功於聖道為何如？又安用口吟手披，為處隱就閒者之經學哉？

僕晚交得吾子，道義之合，視平生昵好，殆有過焉。故所以致相愛重之道者，惟兼魏、張之直節，而比肩於湯、陸。幸無以為妄言而漫聽之。

【注釋】❶分 料想。❷衷言 心裡話。❸一命之吏 最低級的官員。周朝官階從一命到九命，一命的官階最低。❹職思其居 《詩經・唐風・蟋蟀》：「無已大康，職思其居。」鄭玄箋云：君不要太享樂，應當「思於所居之事，謂國中政令。」職，主；當。❺矧膺古牧伯之任 矧，況且。膺，接受。牧伯，《禮記・曲禮》：「九州之長入天子之國曰牧」，鄭玄注：「每一州之中，天子選諸侯之賢者，以為之牧也。」《禮記・王制》：「千里之外設方伯。」後稱州郡長官為牧伯。❻注措 安排處置。❼惡人在位二句 《國語・晉語》：「善人在患，弗救不祥；惡人在位，弗去亦不祥。」❽環極魏公 魏象樞（西元一六一七—一六八七年），字環極，一作環溪，號庸齋，晚稱寒松老人，蔚州（今河北蔚縣）人。順治三年（西元一六四六年）進士，官至刑部尚書，以剛正敢言著稱。諡敏果。有《寒松堂集》。❾諤諤 直言爭辯狀。❿造辟之言 向皇帝上奏疏；對皇帝說的話。造辟，意思是來到君主面前。造，至。辟，君主。⓫論定 蓋棺論定，死的委婉語。此指魏象樞死後。⓬湯陸 湯斌（西元一六二七—一六八七年），字孔伯，別號荊峴，晚又號潛庵，睢州（今河南睢縣）人。清順治九年（西元一六五二年）進士，清代理學名臣，官至工部尚書，諡文正。有《湯子遺書》。陸隴其（西元一六三〇—一六九二年），原名尤其，字稼書，浙江平湖人。康熙九年（西元一六七〇年）進士，官江南嘉定、靈壽知縣，擢四川道監察御史。被譽為清朝「理學儒臣第一」，追諡清獻。有《四書講義困勉錄》、《讀書志疑》、《三魚堂文集》等。⓭徒以巡察畿輔二句 《大清一統志》卷三：「（魏象樞）康熙二十一年以刑部尚書巡察直隸，所至諮訪民瘼，糾貪吏，鋤奸惡，畿內肅然。」畿輔，京師周圍的地方。特操，傑出的操行和建樹。⓮孝先張公 張伯行（西元一六五一—一七二五年），字孝先，號恕齋、敬庵，河南儀封（今河南蘭考）人。康熙二十四年（西元一六八五年）進士，官福建巡撫、江蘇巡撫、禮部尚書，諡清恪。著有《正誼堂文集》等。⓯可欺以方 用疑似之間的東西進行欺騙。方，類似。《孟子・萬章上》：「君子可欺以其方，難罔以非其道。」⓰排擊憸壬 此指康熙五十一年，張伯行疏參兩江總督噶禮鄉試營私舞弊。憸壬，奸佞小人。⓱吾子歷令守監司二

句 趙國麟於康熙五十九年任長垣縣令，並攝理內黃縣，雍正二年遷永平知府，同年遷大名道，雍正四年調任廣西按察使，雍正五年擢福建布政使，雍正七年調河南布政使，雍正八年，擢福建巡撫，雍正十二年調任安徽巡撫。大府，巡撫。⑱問 通「聞」。名聲。⑲翕然 一致稱頌。⑳重足 疊足站立。形容急切盼望。

【語譯】接到來信說：「自己料想這一生，恐怕再沒有緣分去實現經學方面的志向了。」這是嗜好學問的人由衷之言。然而古人若能實行自己志向，就不一定著書，聖人創作經典，也是希望讀者能夠切實地從自身加以體驗，遵循著去達到要求，從而與百姓共同患難。最低級別的官員如果能夠將心思用在自己的職責上，天之大德、仁義之道將會包含在其中，何況是擔當猶如古代州郡職務，所轄之地數千里，百姓看您施行的措施而憂喜的長官呢？

我私下觀察近世號稱偉人、長者的人，大約是以使人活命為仁慈，卻不知救活不該活的人，這對被救的人是仁慈而對死去的人卻是極大的不仁慈；把寬容當作道德，卻不知寬容不該寬容的人，這對被寬容的人是講了道德而對無辜受害的人卻是極大的不道德。書上有句話說：「惡人在位，不清除不吉祥。」惡存在於別人身上，卻說對自己不吉祥，為什麼呢？因為有能力清除惡人，卻任其對大家作惡，那麼惡就不是他的惡了，而是所謂違反天地之性，蔽翳人本心的明亮，沒有比這更大的不吉祥。

又聽說君子做事情，一定要把嚴格保持到晚年。從前，環極魏公行為淳厚樸實，在朝廷直言不屈，受到權勢者忌憚，他向皇上的進言，被天下人莊重吟誦，以為他無愧於古代賢人，然而在他死後，到底無法與湯斌、陸隴其並稱，除了他在巡察京城地區時所做的，不再有別的傑出建樹。孝先張公天資淳樸敦厚，可以用疑似的東西讓他受騙。他做江蘇巡撫，雖然有一些出色的舉措，未能滿足大家對他的希望。一旦奮勇而出，不顧個人利害，排斥、抨擊奸險小人，然後他平生的志尚昭然大白，如舉著日月行走。您先後擔任過縣令、知府、按察使，逐漸遷升到巡撫，仁義的名聲，所到之處眾口同讚，可惜還沒有在朝廷顯現出自己守正不阿的節操。然而就您現在所居的地位，言您的官職所當言，比張伯行這麼做要容易，比魏象樞就更加容易了。真能提出國人急切盼望的、海內士大夫傾耳欲聽的主張，反映到朝廷，使天下都知道儒者的學說，剛柔無常，隨事物而變化，都可以成為後世的標準，這對聖人之道將會做出怎樣的貢獻？又何須吟誦翻書，做隱居賦閒的人所從事的那種經學研究呢？

我晚年與您結為朋友，在道義方面的投合，與平生親密的友人相比，當有超過的地方。因此向您奉獻一個人所以被愛戴、被尊重的道理，惟有兼備魏象樞、張伯行剛直的操守，且能夠做得像湯斌、陸隴其一樣。希望不要把我的話當作妄言漫不經心地聽過。

【研　析】方苞固然重視研究學問、著書立說，但是，他更重視通過實際的事功去實現個人的抱負，在「立功、立言」二者中，他傾向於立言服從立功。這不僅是對身居要職、政務繁忙、無暇鑽研經學的友人趙國麟的安慰，也是他自己經世濟國精神的真實寫照。

方苞主張執政從嚴，〈與陳占咸（大受）〉說：「凡治法莫如內寬而外嚴，目前尤為要道。若不能大畏貪劣者之志，則遺實害於民。愚前亦聞過嚴之語而不以告者，深信其當如是也。」他在這封書信中也強調執法必須剛正嚴厲，要堅持「大仁」、「大德」，不當生者不得其生，不當容者不得其容。這反映出方苞的性格，也與雍正帝採取嚴厲的措施，整肅吏治，除陋革弊有關。方苞對「近代所號為鉅人長者」、「大率以生人為仁」、「以有容為德」很不滿，要求友人引以為鑒。這些都帶有雍正朝政治氛圍的印記。

與此相聯繫，方苞希望官員們能夠「立朝諤諤」、「排擊憸壬」，而且始終不改變立場。他舉魏象樞和張伯行為兩個不同的例子，前者一生聲名遠播，但是晚年卻聲名降落；後者開始似乎給人留下容易被矇騙的印象，不能讓眾人心服，可是後來與奸佞鬥爭，毫不遷就。方苞希望官員自始至終都能夠剛正不屈，將兩人的優點結合起來，以此勉勵趙國麟。

文章第三段「信能舉邦人所重足而望」句後，《方望溪遺集》本〈與閩撫趙仁圃書〉文字不同，抄錄於下：「夫時位之遷移，君心之向背，不可常也。遇此而不言，異日者或欲言而不能，或有言而不信，又或他人言之，則下無以自解於民，上無以自白於君。三者之悔，吾知其必有一焉。惟詳思而速斷之。」這段話的意思是鼓勵趙國麟應當在朝廷及時建言，因為形勢會不斷變化，一旦形勢改變，即使再想建言也失去了機會，後悔莫及。這其實是大實在話，可是「君心之向背，不可常也」這種句子，不是臣僚可以針對當代君主而說的，會引起忌諱。《方苞集》編者最後將這段話刪去了，這也證明，《望溪集》收入的這篇書信是經過修改的。

與萬季野先生書

【題解】萬斯同（西元一六三八—一七〇二年），字季野，號石園，浙江鄞縣人。就學於黃宗羲。明亡後，發憤以史事為己任，尤專心於明代史事。康熙十七年（西元一六七八年）被薦博學鴻儒，辭不就。次年聘入史局，與修《明史》十九年，始終以布衣從事。卒後，門人私諡貞文先生。手定《明史稿》五百卷。著有《儒林宗派》、《群書疑辨》、《石園文集》等。萬斯同欣賞方苞古文，對他寄予「明道覺民」的希望。方苞引以為知己，一直很珍惜與萬斯同的友誼。在這封信裡，方苞一方面對來自萬斯同的信任和鼓勵表示感激，另一方面，向萬斯同講述自己困頓潦倒的痛苦，以及矢志學業求道，「行之以不息，要之以至死」的不倦追求。

方苞〈萬季野墓表〉說：「丙子秋，余將南歸。」本文談到：「南歸後蹤跡，具與崑繩書，幸索觀。」方苞康熙三十五年（西元一六九六年）冬從京城回到南方，此信當寫於次年，方苞三十歲。

僕性資愚鈍，不篤於時，抱章句❶無用之學，傴強塵埃中，是以言拙而眾疑，身屯❷而道塞。獨足下觀其文章，察其志趣，以謂並世中，明道覺民之事將有賴焉。此古豪傑賢人不敢以自任者，昧劣如某，力豈足以赴其所志邪？某於世士所好聲華，棄猶泥滓，然辱足下之相推，則非唯自幸而又加怵焉。蓋有道君子，重其人則責之倍嚴，使僕學不殖而落❸，行不植而敧❹，足下將有不得於心者，此僕所以每誦知己之言而忻與惕❺并也。

蓋嘗以古人之道默自忖省，其無所待而能自必者，獨先明諸心為善不為惡而已，至欲體道以得其身，非極學、問、思、辨之功，所謂篤行者，終無本統❻。僕先世雖世宦達，以亂離焚剽❼，去其鄉縣，轉徙六棠❽荒谷之間。生而飢寒，雜牧豎❾，朝夕蘇茅❿汲井，以治饔飧⓫，未能專一幼學，優游浸潤於先王之遺經。及少長，則已操筆墨，奔走四方，以謀衣食。或與童蒙鉤章畫句⓬，噭譟嚶嚶⓭；或應事與俗下人語言，終日昏昏，憊精苦神。其得掃除塵事，發書翻覆者，日不及一二時。古之謀道者，雖所得於天至厚，然其為學，必專且勤，久而後成。故子曰「發憤忘食⓮」，其學《易》也，曰「假我數年」⓯。今僕智識下古人千百，而用功乃不得十一，如乘敝車罷⓰牛，道長塗⓱，曲艱絕險，又值樛枝⓲盤根，絓其縿而闕其軸⓳，不亦難乎？以此知士有志於古人之道，不獨既成而行有命，其成與否亦天所命也。然行之以不息，要之以至死，其有得於身與有得於後，則吾不敢知⓴。

南歸後蹤跡，具與崑繩㉑書，幸索觀。時賜音耗㉒，以當講問㉓，吾之望也。

【注　釋】❶章句　剖章析句，經學家解釋經義的一種方式。也指文章、詩詞。❷屯　艱難。❸學不殖而落　《左傳・昭公十八年》：「(魯閔子馬曰)夫學殖也，不學將落。」殖，生長。❹不植而攲　不立就會歪斜。植，樹立。攲，不正。❺忻與惕　歡喜與警惕。❻非極學問思辨之功三句　《中庸》：「博學之，審問之，慎思之，明辨之，篤行之。」方苞強調「學、問、思、辨」是「篤行」的前提。本統，謂以仁義為本的傳統，正統。❼焚剽　焚掠。❽六棠　江寧六合(今江蘇南京)。❾牧豎　牧童。❿蘇茅　收取茅草。蘇，取。⓫饔飧　早飯和晚飯；飯食。⓬鉤章畫句　鉤章，用朱筆勾畫出章節。畫句，用朱筆畫出句讀。⓭噭譟嚶嚶　形容幼童的讀書聲。⓮發憤忘食　《論語・述而》：「發憤忘食，樂而忘憂，不知老之將至云爾。」⓯其學易也二句　《史記・孔子世家》：「讀《易》，韋編三絕。曰：『假我數年，若是我於《易》則彬彬矣。』」韋編，古代用竹簡書寫，用皮繩編綴稱「韋編」。假，借予。⓰罷　同「疲」。⓱塗　通「途」。⓲樛枝　樹枝互相糾纏。⓳絓其縿而關其軸　此句意謂車子被盤根錯節、枝幹交叉的樹木阻擋住。絓，妨礙。縿，布幕，此指車傘。關，繫結；卡住。⓴然行之以不息四句　韓愈〈上考功崔虞部書〉：「行之以不息，要之以至死；不有得於今，必有得於古；不有得於身，必有得於後。」要，約言；承諾。㉑崑繩　王源。詳見〈與王崑繩書〉題解。㉒音耗　音信。㉓講問　講說討論。

【語　譯】我天性愚魯遲鈍，與時代相脫節，守著分析字句、求究辭章這些無用之學，倔強地生活在世俗中，所以嘴巴笨拙而引來眾人疑慮，身遭坎坷而前途堵塞。唯獨您讀我的文章，察視我的志趣，認為在同時代人中，闡明大道、喚醒民眾的事業將於此可有依託。古代豪傑賢人都不敢把這些當作是自己的職責，愚昧卑劣如我，能力又怎麼能去實現這樣的志向呢？我對於世人所熱衷的聲譽榮耀，棄之如同泥渣，然而承蒙您推重，則讓我不僅感到慶幸，而且也感到恐懼。大概心明道義的君子，寄希望於一個人就會對他的要求加倍地嚴格，假如我的學問不求進步而遭荒落，品行不加培植而成歪斜，您一定會感到失望，這就是我常常聽了知己的話感到又欣喜又警惕的原因。

我曾按照古人的道暗暗地思考，一個人不需要依賴其他條件而能夠完全自主的，只有先使自己的內心明白應該行善不應該作惡罷了，至於體驗到道而使身體受益，若不是極盡博學、審問、慎思、明辨的功夫，所謂的篤行實踐，畢竟會失去以仁義為本的傳統。我祖上雖然累世為官顯達，因為戰亂焚燒搶掠，離開了故里鄉井，遷徙輾轉於六棠荒谷之間。我生下來就受凍挨餓，與牧童為伍，早晚收割茅草，汲取井水，以求三餐，不能專心於幼時的學業，從容地接受先王遺留下來經典的滋潤。稍稍長大後，就已經操起筆墨，奔走四方，藉以為衣食之謀。或者與啟蒙的學童一起用朱筆分句讀，劃段落，一起朗誦書本；或者為了應酬而與周圍的下人們嘮叨，終日昏昏沉沉，精神疲憊不堪。此時能夠排除世上瑣碎的雜務，打開書本細心閱讀，每天還不到一兩個時辰。古代求道者，雖然稟受的天賦非常優厚，不過他們對待學習，必然是專心一致，十分勤勉，長久堅持之後才獲得成功。所以孔子說：「發憤忘食。」他學習《周易》，說：「希望上天多給我壽歲。」現在我的智力、識見低於古人千百倍，而用功的程度卻不到十分之一，好比乘一輛疲弱的牛拉的破車，要走完漫長的路途，道路曲折艱險，又遇到樹枝糾纏，樹根盤結，糾纏的樹枝牽絆車傘，盤結的樹根卡住車軸，這豈不是會產生重重困難嗎？由此可知，人有志於古人之道，不僅成功以後的作為取決於天命，成功與否本身也是由天命決定的。然而，作為而不要停止，立誓而至死不變，至於其結果是否能在此生看到，或是在生後獲得，這是為我所不知道的。

我南歸以後的行蹤，全寫在了給崑繩的信裡，希望您向他取來一看。經常給我來信，借以當作聽您講授，這是我的期待。

【研　析】方苞對萬斯同心存感激，首先是當他年輕困頓時，萬斯同不顧自己年輩之高，主動與他結交，給予他很大鼓勵。本文的第一段對此作了回憶。其次是萬斯同建議方苞用功經學，努力求道，不要僅僅潛心古文，這使方苞的學業方向發生改變，「余輟古文之學而求經義自此始」，這一點他在〈萬季野墓表〉中作了回憶和肯定。不過方苞「輟古文之學」云云說得有點絕對和誇張，與事實有出入，因為方苞始終沒有輟止古文之學。儘管如此，有一點則可以肯定，他因萬斯同的啟誘而加大了對經義的鑽研，使經義與古文二者結合起來，這對他後來成為古文大家產生很大影響。

方苞寫這封信的時候，已經在追求成功的路上經歷了不少挫折和失敗，內心深處充滿了痛苦。其中既有家道中衰給他蒙上的心理陰影，也有生活艱辛帶給他的悲涼悽惶，更加使他不堪的是，他為生活所迫不能專勤於學業，然而心中十分不甘，因而拼命奮鬥，成功的目標卻似乎十分渺茫，他為此經受精神的煎熬。他形容自己好比「乘敝車罷牛，道長塗，曲艱絕險，又值樛枝盤根，絓其轂而闢其軸」，每一步都走得非常艱難。後來他寫過一篇〈轅馬說〉，極力形容轅馬負荷苦重，行走艱困，其中似乎就帶有他自己早年生活的影子。藉著給萬斯同寫信，方苞將自己這種痛苦的心情和盤托出，一瀉為快，文章也因此而富有感染力。有一個可以傾訴的人，這對傾訴者來說未嘗不是一種福分。由此也可以看到，萬斯同的友誼對方苞來說，確實是珍貴的。

與一統志館諸翰林書

【題解】清朝分別於康熙、乾隆、嘉慶三次纂修《大清一統志》。康熙十一年（西元一六七二年），大學士衛周祚奏令天下郡縣分輯志書，然後匯成《一統志》。二十八年朝廷設「大清一統志館」總責其事，徐乾學、韓菼、蔣廷錫、方苞等先後主其事，乾隆八年（西元一七四三年）纂輯成書，凡三百五十六卷，後兩次是在此書基礎上進行重修。方苞充任「一統志館」總裁在雍正十一年（西元一七三三年）秋八月。這是他寫給「一統志館」諸翰林官員的信，對纂修提出統一體例、辭尚體要、精心校勘等要求，在方志學史上有一定意義。

本文寫於方苞六十六歲。

苞頓首❶白：僕未受事時，舊志勿論。既立條例後，新纂一郡稿成，隨命學子校勘，次山再之，僕三之，始發謄錄，及觀清本，而罅漏又自見矣。班覆❷之而更寫焉，自視若無遺憾，及各府州志畢萃，而又牙❸相抵者且百出矣。諸公勿謂此文事之淺者，心與日畢至焉，而後知其曲艱也。

明《統志》❹為世所詬病久矣，然視其書，尚似一人所條次。譬為巨室，千門萬戶，各執斧斤，任其目巧❺，而無規矩繩墨以一之可乎？是書所難，莫若建置沿革、山川古蹟。振奇矜能者，大率博引以為富，又不能辨其出入離合，而有所折衷，是以重複訛舛牴牾之病紛然而難理。不知辭尚體要，地志非類書❻之比也，所尚者簡明，而雜冗則愈晦。然簡明非可強而能，必識之明，心之專，徧於奧賾❼之中，曲❽得其次序，而後辭可約焉。其博引而無所折衷，乃無識而畏難，苟且以自便之術耳。故體例不一，猶農之無畔❾也，博引以為富，而無所折衷，猶耕而弗耨❿也。且或博焉，或約焉，即各致其美，而於體例已不一矣。望諸公以公心酌人言，以實心集公事，而毋師其成心。僕敢不虛己以聽乎？

【注　釋】❶頓首　書信用語，表示致敬。❷班覆　分辨、核對。班，通「辨」。❸叉牙　參差，形容互相矛盾。❹統志　《大明一統志》，九十卷，明吏部尚書兼翰林院學士李賢等奉勅撰，成於明天順五年（西元一四六一年），體例沿襲《大元一統志》。對於書中的錯訛，顧炎武《日知錄》卷三十一作了批評。❺目巧　高超的目測技術，不用規矩繩墨就能確定直曲方圓。❻類書　分門別類輯錄相關資料，加以編排，供尋檢、徵引的工具書，如《藝文類聚》、《太平御覽》等。❼奧賾　指精微的義蘊。❽曲　詳盡。❾畔　田界。❿耨　除草。

【語　譯】方苞頓首：我未接受委任以前，大家如何編寫志書就不談了。自制定凡例以來，新編成一部郡志初稿，我隨即讓學子進行校勘，次山校正第二遍，我自己校正第三遍，這才開始發下去謄錄，等到再看付印的校正謄錄本，瑕疵疏漏又暴露出來。再加以分辨復覈，重新謄寫，自己覺得好像沒有什麼遺憾了，等到將各種州、府志書全部匯合在一起，則前後抵觸，可謂矛盾百出。大家別說這些只是編書的小事，心思、眼力全都集中在這一件事情上，然後才能體會出其中的曲折和艱難。

明人編的《大明一統志》被世人批評了很久，然而看這部書，尚且像是一個人通稿整理過似的。比如建造一座巨室，有千門萬戶，幹活的人憑藉目測心算，各自運斤揮斧，而沒有規矩、準繩統一大家行動，這樣能行麼？編撰此書最大的困難，莫過於說明行政區域如何建制、怎樣沿襲和變革，以及山川、古蹟的種種情形。喜歡標新立異和自以為是的人，大致的做法是博引材料，以為如此方顯出內容豐富，卻又沒有能力分辨它們與實際有沒有出入變化，而對此作出自己的判斷，於是內容重複、記載錯誤、前後牴牾各種弊病紛然雜陳，難以清理。不知好的文辭應當得體、簡要，地理方志不同於類書，行文崇尚簡潔明瞭，辭語複雜、冗繁，內容反而更加模糊晦暗。然而行文簡潔明瞭非勉強所能辦到，須識見高明，用心專一，對所有深奧隱微的蘊義皆曲曲求詢，使之井然有序，然後才能使文辭簡約。那種廣採博引而無所判斷的做法，其實是缺乏識力而且畏懼困難，潦草馬虎以圖自己方便的手法罷了。所以，體例不統一，猶如耕作沒有田界；以廣徵博引為豐富卻無所判斷，猶如只耕種而不除草。況且有的寫得富博，有的寫得簡約，即使各自都是完美的，就體例來說已經不一致了。希望大家以公平之心參酌別人的意見，以切實誠懇的心完成公家的事業，而不要以自己的成見為師。我怎麼敢不虛心聽從大家呢？

【研　析】方苞對纂修《大清一統志》提出以下要求：一、統一體例。《一統志》內容豐富，綱目類別廣泛，出於眾多人員之手，若無劃一的體例加以整齊，全書難免會出現雜亂和抵牾。方苞將編纂《一統志》比喻為建造巨室，只有先立規矩繩墨，眾工匠才可以發揮各自才藝，工作才能井然有序地進行，而收到理想的效果。在這方面他建議學習《大明一統志》的經驗。二、辭尚體要。方苞指出「地志非類書之比」，不能「博引以為富」，不能「雜冗」，而要博而返約，簡明精確。他認為，靠堆砌起來的「博」是作者無能的表現，而寫得簡明精確則證明作者有識見，善作判斷，用心專一。三、精心校勘。方苞對每一稿都要求三審，而且對清稿也要反復進行覆核，細心地將罅漏逐一消滅。他提醒人們，「勿謂此文事之淺者」而掉以輕心。他強調，只有「心與目畢至」才能做好這些小事，才能知道其中的「曲艱」。只有對校勘深有體會的人才講得出這一番樸素而切實的道理。四、編纂人員要樹立高度的責任心。纂修《大清一統志》是一項集體項目，其質量高低與參加者的工作態度大有關係。方苞要求每個參加者「以公心酌人言，以實心集公事，而毋師其成心」，謙虛而負責任，以「公事」為重，做好自己的本職。這對集體項目的出色完成是重要的保證。一些集體項目，「當事既視為具文，秉筆者又鹵莽滅裂，不諳掌故……潦草成書」（王士禛《居易錄》卷二十六），質量往往難有保證。方苞當然深諳這種情況，所以他這樣說是有的放矢。

與程若韓書

【題解】程若韓，生平不詳。他請方苞為其親人寫墓誌銘，卻不滿文章寫得簡約，去信要求增加內容。方苞寫此信答覆，從文章義法的角度解釋自己為何這麼寫墓誌銘的原因，以及不能再增加內容的理由。此文對於瞭解方苞古文義法說很有幫助。

來示欲於誌❶有所增，此未達於文之義法也。昔王介甫誌錢公輔母，以公輔登甲科為不足道❷，況瑣瑣者乎？此文乃用歐公法，若參以退之、介甫法，尚可損三之一，假而周、秦人為之，則存者十二三耳。此中出入離合，足下當能辨之。足下喜誦歐公文，試思所熟者，王武恭、杜祁公諸誌❸乎？抑黃夢升、張子野諸誌❹乎？然則在文言文，雖功德之崇，不若情辭之動人心目也，而況職事族姻之纖悉乎？

夫文未有繁而能工者，如煎金錫，麤礦去然後黑濁之氣竭而光潤生。《史記》、《漢書》長篇，乃事之體本大，非按節而分寸之不遺也。前文曾更削減，所謂參用介甫法者，以通體近北宋人，不能更進於古，今并附覽，幸以解其蔽。必欲增之，則置此而別求能者可也。

【注釋】❶誌　墓誌銘。❷昔王介甫誌錢公輔母二句　王安石應錢公輔請，為他母親蔣氏寫墓誌銘（即〈永安縣太君蔣氏墓誌銘〉）。錢公輔對沒有寫他「（登）甲科，為通判，通判之署有池臺竹林之勝」等以榮耀母親表示不滿，要求修改，王安石寫〈答錢公輔學士書〉表示拒絕。錢公輔（西元一〇二三－一〇七四年），字君倚，常州武進（今江蘇常州）人，通判越州，累官天章閣待制。初與王安石善，後兩人政見不合。❸王武恭杜祁公諸誌　指歐陽修〈忠武軍節度使同中書門下平章事武恭王公神道碑銘〉、〈太子太師致仕杜祁公墓誌銘〉。王武恭，王德用，字元輔，趙州（治今河北趙縣）人，北宋名將，宋仁宗拜簽書樞密院事，卒贈太尉、中書令，諡武恭。杜祁公，杜衍，字世昌，山陰（今浙江紹興）人。北宋慶曆中拜同平章事，百日而罷，後以太子少師致仕，封祁國公，卒諡正獻。❹黃夢升張子野諸誌　指歐陽修〈黃夢升墓誌銘〉、〈張子野墓誌銘〉。黃夢升，其先婺州金華人，後徙洪州分寧。天聖八年（西元一〇三〇年）進士，任南陽主簿。張子野，張先，字子野，天聖二年（西元一〇二四年）進士，任祕書丞。

【語譯】來信希望給墓誌銘增加些內容，這說明您還不明白文章的義法。從前王安石為錢公輔母親寫墓誌銘，認為錢公輔考中進士一事在文中不值得一提，更何況是瑣屑細事呢？我這篇墓誌銘是用歐陽修的寫法，如果參酌韓愈、王安石的寫法，還可以刪去三分之一，假如讓周、秦時期的人來寫，那麼能夠被保留下來的只有十分之二三了。這之間的離合異同，您自己應當可以分辨清楚。您喜歡讀歐陽修文章，試想一下您所熟悉的歐文，是王武恭、杜祁公等墓誌銘呢？還是黃夢升、張子野等墓誌銘？可見論文章就應當著眼於文章本身，哪怕功德再崇高，也不如情感、文辭能感動人心，吸引閱讀的目光，更何況是官職履歷、族屬姻婭之類細微末事呢？

文章不會因繁蕪而成為佳作，好比冶煉金子、錫，把粗糙的礦石去掉，然後才能除盡黑濁之氣，產生光亮而通體溫潤。《史記》、《漢書》中的人物傳記寫得長，是因為他們關係的事情重要，並不是把他們的一切事情源源本本絲毫不漏地寫下來。前面寫的一篇曾削去更多，所謂參酌王安石的寫法，使通篇文章與北宋人的文風相接近，不能進入更古的文章境地，現在附於此信請閱，希望能夠消除您的困惑。如果您一定要增加內容，那就不要用我這一篇，另請高明好了。

【研　析】方苞這封信與王安石〈答錢公輔學士書〉相似。錢公輔請王安石為他母親寫墓誌銘，可是對墓誌銘中沒有提到他考中甲第等事很不滿意，希望王安石重新修改。王安石頓時露出「拗相公」脾氣，毅然拒絕。他的信說：「比蒙以銘文見屬。足下於世為聞人，力足以得顯者銘父母，以屬於不腆之文，似其意非苟然，故輒為之而不辭。不圖乃猶未副所欲，欲有所增損。鄙文自有意義，不可改也。宜以見還，而求能如足下意者為之耳。」這說明墓誌銘一類傳記很不好寫，傳主的親屬與作者對文章的期待可能存在較大差距，從而發生矛盾和摩擦。一般來說，親屬較多考慮自己一方的榮譽，而又以為紀事多、文章篇幅長，能使傳主及其家人得到更多的光榮；作者則較多考慮文章本身的合理、恰當，而以為文章不在長短，紀事不在多寡，關鍵是要善於別擇，善於剪裁，收到以少總多的效果。在雙方的爭論中，作者的意見往往比較可取，無論歐陽修、王安石、方苞，對他們與墓誌銘親屬之間發生的不愉快，都可以這麼看待。

方苞文章中舉到歐陽修的兩類墓誌銘，一類如〈忠武軍節度使同中書門下平章事武恭王公神道碑銘〉、〈太子太師致仕杜祁公墓誌銘〉，以善記功德稱。茅坤評〈武恭王公神道碑銘〉：「記王武恭公本末甚悉。」（《唐宋八大家文鈔》評）何焯認為此文略繁，有不足，尚可刪節。他說：「多精彩處，而恨其過於煩。」（《義門讀書記》卷三十九）另一類如〈黃夢升墓誌銘〉、〈張子野墓誌銘〉，以情辭動人稱。茅坤評〈黃夢升墓誌銘〉：「敘生平交遊，感慨為志。」評〈張子野墓誌銘〉：「總寫交遊之情，而自任及樂善，宛然言外。」這與記功德一類墓誌銘相比，顯得平凡樸素，情致動人。方苞在本文，也對墓誌銘宜情辭動人提出要求，以為靠擺譜堆砌事跡易成敗筆。一般以為方苞文章雅潔有餘，動人不足，其實他對文章「動人心目」是關心的，也是有要求。

章學誠說：「就文論文，別自為一道。」（《文史通義・答問》）又說：「且文亦自有其理，妍媸好醜，人見之者，不約而有同然之情，又不關於所載之理者，即文之理也。」（《文史通義・辨似》）這些觀點與方苞本文所持看法很相近。儘管章學誠說「方氏（苞）不過文人」（〈答問〉），頗似不以為然，實際上還是認可他一些觀點。

與謝雲墅書

【題　解】這是方苞早期的一封信。他在經歷了生活困頓、功名難就，而又不時遭到別人冷嘲熱諷之後，收到謝雲墅信賴他、鼓勵他的信，溫暖的語言使他感慨萬端，於是借此信將多年以來的壓抑盡情吐出。方苞在這封信裡流露出，蒼天可能只是讓他到世上來吃苦，未必會讓他去取得包括文章事業在內的成功。說明早期的方苞雖然自視高，面對難以捉摸的命運，心裡依然缺乏自信。這讓讀者看到了一代文豪也曾經有過心理的灰暗時期。

方苞〈吳處士妻傅氏墓表〉：「丙子冬，自京師南歸。」本文曰：「南歸時未得晤語。」又曰：「僕以十月下旬到家，八日復飢驅宣、歙間……臘月來歸。」據此，本文作於康熙三十五年（西元一六九六年）十二月，方苞二十九歲。

南歸時未得晤語，接手書并贈詩，氣意懇悃❶，惻惻感人，至援皇天❷，信斯文之不絕，三數誦之，不覺胸氣勃然發動。僕十年來，辛苦不休，屢摧折不以悔退者，幽默❸中實以此自恃，不意自足下發之也。僕學與時違，加以性僻口拙，與世人交，不能承意觀色，往往以忠信生疵釁❹。在京師數年，見其文，好之而不非笑者寡矣；知其文，不苦其人之鈍直而遠且憎之者，又寡矣。足下獨相察於幽默之中，而愛之厚如此，何用心與世人確然異向也！

然僕竊有懼焉：古之能以文章振發於世者，多出於賤貧、羇旅、憔悴❺之人，非以其心無所繫於事，用功專而日力❻暇乎？賤貧、羇旅、憔悴未有如僕，而用功之不專，日力之不暇，亦未有如僕，是僕徒抱古人之憂，而失其所可樂也。僕以窘窮，授經客遊以自活，近十年矣，資求於人，不得任胸臆，雞鳴而起，憊精越❼神，舍己所務，以事人之事。其得執古人書，沉潛反覆者，計唯山行水涉、旅宿餘閒，與夫嚮晦❽獨坐，人事歇息之候耳。而又嬰久痼之疾❾，每作輒數月，坐起眠食，昏憊不得寧。世間百物人情所喜好者，賤貧、羇旅、憔悴之身既一無所覬⑩，獨於古人之書，自謂可以飽足其嗜好。與世無爭，而其艱難不獲行意至於如此，彼造物者之苦其生亦甚矣哉！

夫古之人固有崇高顯榮，事業功德光著於身，而又得優遊於文學，以永其沒世之名者矣。蓋天之所與，不惜多方以致其厚如此，則所薄者，惡知不徒以坎坷屯蹇苦其生，而並不使發憤於文章麤有所立以自表見哉？僕恐足下之望僕者深而所以信天者太過，未見其誠然也。

僕以十月下旬到家，八日復飢驅宣、歙⑪間，風雪寒苦，臘月來歸。開春將遊吳中，並棹浙東、西，未審與足下繼見何時？胸中之思，不能宣盡。頓首，頓首。

【注釋】❶懇悃　懇切忠誠。❷皇天　對天的尊稱。❸幽默　沉寂無聲；昏暗。❹疵釁　嫌隙；爭端。❺憔悴　困頓。❻日力　光陰。❼越　《淮南子‧主術》：「精神勞則越。」高誘注：「越，散也。」❽黭晦　傍黑；天將黑。❾嬰久痼之疾　嬰疾，患病。❿覬　希望；企求。⓫宣歙　安徽宣城、歙縣。

【語譯】回南方故鄉前沒能見面交談，收到你手札以及贈我的詩歌，語氣和心意都誠摯忠懇，惻惻感人，甚至於援引上天為證，確信我的文章會不斷地流傳。反復誦讀，不覺內心的精神勃然振奮。我十年來，一直辛苦不休，經常遭遇挫折而不後悔不退縮的原因，沉寂中正是用這一點來支撐自己，沒想到被足下說了出來。我學的東西與時俗不合，加上性格孤僻口才拙笨，與世人打交道，不能順從人意，察顏觀色，常常因為忠直誠實而與人發生爭端。在京城幾年，看到我的文章，愛好而不加以譏笑的人少；知道我的文章，不怨嫌其作者愚鈍率直因而遠遠離開或者憎恨惱怒，這樣的人又更少了。只有足下體察我於沉寂之中，而且對我表示出如此的厚愛，態度與世人是多麼鮮明的不同啊！

然而，我私下對此還是懷著憂慮。古代能以文章顯揚人世的作者，多出於貧賤、旅居、困頓的人，難道不是因為他們的心不受外事牽扯，用功純篤而有閒暇時間嗎？貧賤、旅居、困頓沒有人像我，然而用功而不能專一，沒有閒暇時間，也沒有人像我，可見我空受古人的憂患，卻沒有他們所獲得的快樂。我由於窘迫窮困，靠給人授課、各處客遊糊口，已經將近十年了，求別人資助，由不得自己意願，雞鳴起床，精疲力盡，氣耗神散，捨棄自己所要做的事，卻為別人的事忙乎。能夠拿著古人的書，潛心反復揣摩，算來只有在跋山涉水、旅途宿夜空下來，以及黃昏獨坐，一天的事務辦完休息的時候。此外又有痼疾長期纏身，每次發作就是幾個月，坐立睡吃，迷亂疲憊不得安寧。世上萬物和人情所感到高興的東西，貧賤、旅居、困頓的人一樣都不敢貪求，只是古人的書籍，自己認為可以滿足嗜好。與世無爭，然而處境艱難不能隨意盡性到這種地步，造物者施加給他的勞苦也太沉重了！

古人固然有地位崇高尊貴，集事業功德的光輝於一身，而又能夠悠然從事於寫作，以長期保持死後的名聲。上天對這些人的饋贈，不惜從多方面提供以至於如此豐厚，反過來對他所輕視的人，又怎麼知道不讓他們徒然地在坎坷阻遏中受苦難，卻並不使他們發憤寫作略有成就以表現自己？我擔心足下對我的期望高而由此對天的相信又太過，未必一定就會這樣。

我在十月下旬到家，八日又為了求食奔走於宣城、歙縣兩地，風來雪往，忍寒受苦，臘月才回到家裡。明年開春將去吳中，並且乘船去浙東、浙西，不知與足下下次會面要到什麼時候？心裡的思念，不能寫完。頓首，頓首。

【研析】方苞寫這篇文章，隱含著與韓愈〈荊潭唱和詩序〉的對話。韓愈說：「夫和平之音淡薄，而愁思之聲要妙；讙愉之辭難工，而窮苦之言易好也。是故文章之作，恆發於羇旅、草野，至若王公貴人，氣滿志得，非性能而好之，則不暇以為。」這就是文學批評史上「文窮而後工」一類說法。方苞從內心深處認同韓愈這一觀點，他以自己為例子提出反證，似乎想反證這一著名的寫作定義未必具有普遍性，倒是相反的情況，即「崇高顯榮，事業功德光著於身，而又得優遊於文學」，窮苦書生則讓他們「徒以坎坷屯塞苦其生，而並不使發憤於文章麤有所立以自表見」。若真的是如此，方苞認為老天實在太不公平。所以方苞雖然好像是在質疑韓愈的定義，實際上則是希望這一定義能夠保證其有效性，不要有例外。這種願望當然也表達出他企盼自己成功的心情。

方苞文章有力而深刻，短句子比較多，乾淨利索。然而本文長句多，而且有些句子很長，尤其以最後第二段為突出。如「夫古之人固有崇高顯榮，事業功德光著於身，而又得優遊於文學，以永其沒世之名者矣。蓋天之所與，不惜多方以致其厚如此，則所薄者，惡知不徒以坎坷屯塞苦其生，而並不使發憤於文章麤有所立以自表見哉？」寫出上天眷顧一部分人、輕視另一部分人的不平事實，以及抒發由此而激起被輕視者強烈的怨懟之情。一共八十四字，只有兩句話，而且「蓋天之所與」承前啟後，使兩句話似分似合，有意使句子之間的界限淡化，似乎把它們看作一句話也未嘗不可。長句的運用，加強了文章氣勢，也提高了其全部文字一竿子貫穿的表達效果。這或許是方苞早期文章的特色，後來類似這樣的長句明顯減少了。

與劉函三書

【題　解】劉函三，生平不詳。他曾任池陽（今安徽貴池縣）縣令，四五個月以後即辭官，以後在江淮一帶授徒。當時方苞也在那裡以授課謀生，兩人相識，方苞曾撰寫〈送劉函三序〉（本書選入）。後來劉函三又出任廬陵縣令。對於他的復出，方苞不能理解，不免懷疑他第一次辭官後對自己講的一番厭惡官場的話是否真誠。劉函三這次又很快將官辭了，使方苞消除了對他的誤會，故寫此信向劉函三致意。將這封信與〈送劉函三序〉

並讀，可以看到那時的文人對官場極為複雜的情緒。

〈送劉函三序〉寫於方苞三十至四十歲，此信寫作時間比該文大約遲四年。

苞白：自君侯❶出官廬陵❷，僕顛頓東歸，潛伏荒江，與外事隔絕。邇來京師，始知君侯到官數月，旋復棄去，歡豫忭蹈❸，不能自名。僕既於今人中得君侯，而中心疑者，復四三年，乃今釋然，大暢夙昔慕用❹之心，而悔小人隱度之不當。君侯，君子也，敢不究悉❺所懷。

始者與君侯相見江淮間，得聞所以去官之由。後遇池陽❻徐生，為言其邑劉侯悼為吏者不得行意，動以戕賊其民❼，視去其官如機阱❽。僕聞而慨然，以為不使不仁加乎其身❾，乃今復有其人。及至京師，遂與二三同儔❿，交相傳說，奮顏攘臂，稱於多人之中，以醜頑鈍叨穢⓫之徒。既而君侯復至京師待補⓬，諸君驚愕，走問於僕，日四三人。僕雖為君侯解於諸君，而私心惴惴，竊懼君侯之不實吾言也，遂為文以道前事之善，且要言⓭焉。屢置懷袖中，相見則蹙踖⓮不敢出。

非敢以世俗人疑君侯，僕竊有所懲⓯也。僕自客遊以來，所見當世士大夫不少，與之虛言理道，或論他人出處去就，其言侃然，其狀毅然，雖好疑者不忍謂其欺。及觀其臨事，或至近之理，蔽而不察；微小之利，繫而不舍。今君侯當官，而僕以棄官為文，好忌諱者見之，必以為不祥之言，而今而後，始可出吾文以相示矣。君侯實為君子，而僕自虧知人之明，僕以愧於心。然君侯之言可以復於僕⑯，而僕之言可以信於諸君，數歲以來，所願望而不可必得者，此也。

聞君侯定家金陵，與敝廬相違數武⑰，「惟鄰是卜」⑱，僕今得所歸矣。杪冬⑲到家，相見不遠，先此馳候。不宣。

【注釋】❶君侯　對達官貴人的敬稱。侯，封侯，也是對士大夫的尊稱。❷廬陵　今江西吉安。❸歡豫忭蹈　快樂得手舞足蹈。豫，喜歡。忭，高興。❹慕用　仰慕信賴。❺究悉　詳盡。❻池陽　指今安徽貴池縣。❼動以戕賊其民　動，常常。戕賊，傷害。❽機阱　設有機關的捕獸陷阱，比喻坑害人的圈套。❾不使不仁加乎其身　《論語・里仁》：「子曰：我未見好仁者，惡不仁者。好仁者，無以尚之；惡不仁者，其為仁矣，不使不仁者加乎其身。」加，近；附著。❿同儕　同伴。⓫頑鈍叨穢　頑劣不化，貪婪卑鄙。⓬待補　猶候補，指等待授予新官職。⓭要言　結盟，約定遵守諾言。要，約言。⓮蹙踖　退縮貌。⓯懲　戒。⓰然君侯之言可以復于僕　方苞〈送劉函三序〉：「(劉函三) 嘗語余曰：『吾始不知吏之不可一日以居也。吾百有四十日而去官，食知甘而寢成寐，若昏夜涉江浮海而見其涯，若沈痾之霍然去吾體也。』」復，證明；符合。⓱相違數武　相隔幾步距離。違，離。武，半步。古稱兩次舉足為步，武則為一次舉足。⓲惟鄰是卜　選擇好鄰居。語出《左傳・昭公三年》：「諺曰：『非宅是卜，唯鄰是卜。』」⓳杪冬　暮冬，農曆十二月的別稱。杪，盡頭，多指月、季的末尾。

【語　譯】方苞告白：自從您外出到廬陵做官，我潦倒困頓，東行歸家，隱居於荒茫的江邊，與外面世俗相隔絕。近日來到京城，方才知道您到官上任幾個月，很快又拋棄了官位，我高興得手舞足蹈，心情難用語言縷述。我既然在今人中與您相契，可是內心又對您抱著疑慮三四年，如今才消失，充滿了從前對您的那種敬慕和信賴，同時後悔不該以小人之心猜度君子。您是君子，豈敢不將原委向您一一講明白。

當年和您相見於江淮之間，得以聽說您所以拋卻官位的緣故。後來遇到池陽徐生，對我說他們縣的劉侯哀傷於做官不能隨意行事，往往傷害百姓，將拋卻官位看作脫離陷阱。我聽後產生感慨，認為不使不仁不義的東西附著到身上，在今天又有了這種人。等到進京城，便和二三個同伴，互相傳說這件事，捋袖伸臂，神情興奮，在許多人面前將您稱讚，藉以羞辱頑劣不化、貪婪卑鄙之徒。後來您又到京城中請候補為官，他們都為之驚愕，急忙來問我，每天有三四人。我雖然替您向他們作了解釋，可是自己心裡也是惴惴不安，暗中擔心您的行為不能夠證實我的解釋，於是就寫了一篇文章論您以前做得對，也說到應該履行自己諾言。這篇文章常常揣在我的衣袖裡，與您見面時卻又退縮了，不敢取出來。

並非我要疑心您是一個世俗之人，我私自確實是有所懲戒。我自從在外面遊走以來，見到的當世士大夫不少，與他們隨便談談性理道學，或者議論別人在出仕隱居、退身趨附方面的表現，他們的話堂堂正正，他們的樣子堅毅弘忍，即使是愛好質疑的人也不忍心說他們在撒謊。等到看他們對待事情，或者是對非常淺近的道理，昏瞶而不能知曉；或者為了微小的利益，緊緊抓著而不捨得放棄。今天您正在做官，而我寫文章讓您拋卻官位，講究忌諱的人見了，一定會認為是不吉祥的話，然而從今以後，我開始可以把我的文章取出來讓人看了。您確實是一位君子，而我卻沒有識別的眼力，我為此心裡感到慚愧。不過您的話可以與我說的相佐證，而我的話可以取信於大家，幾年以來，心裡所懷的願望而未必可以獲得的，就是這東西。

聽說您定居金陵，與寒舍相距幾步路。古人說：「重要的是求一個好鄰居。」我現在可以說是有了歸宿。

我暮冬到家，相見的日子不遠，先以此信奔馳候迎。餘話不表。

【研析】舊時文人對於官場的態度十分微妙複雜，既戀之，又棄之；既捨之，又念之。故有一些士大夫總是在仕途出出進進，反反復復，形同一個彷徨者，而見諸詩歌、文章，也總是哀哀歡歡，寒寒暖暖，各種各樣的情緒更相迭見，精彩自呈，構成古代文人精神史的重要一部分。唯一堪與這種微妙複雜性相媲美的，是他們面對八股文流露出來的心理活動，那也是因為八股文是文人進入仕途的敲門磚，兩者情況極其相似。方苞筆下的劉函三儘管可稱潔身自好，然而在仕途兩進兩出，也主要是在出處去就兩端之間猶豫不決所致。方苞寫給劉函三的文章，留下來的有〈送劉函三序〉和〈與劉函三書〉兩篇，都是以「棄官」為關鍵字，對劉函三的最終選擇固然作了褒獎，然而，方苞自己又豈是能夠拒絕來自官場誘惑的人？這些都可以不去管它，作者通過他所熟知的一位友人的經歷，為讀者保留了那個時代文人精神史的一段插曲，供大家玩味，其他還需要什麼呢？而文中一句「視去其官如機阱」，大概也抵得上一篇檄文了吧？

文章對「當世士大夫」虛偽神態的揣摩和描畫惟妙惟肖。這些人，你可以與他們「虛言理道」，也可以聽他們議論別人的「出處去就」，當此場合，其侃然毅然之狀令人動容，覺得他們的胸襟極其高尚坦蕩，然而觀其所作所為，「微小之利，繫而不舍」，卻又是另一副德性。方苞固然是以這樣的描寫來反襯劉函三心口如一，落落坦白，然而他對這些士大夫漫畫一般的刻畫本身也是很出色的「儒林外傳」。

與王崑繩書

【題解】王源（西元一六四八—一七一〇年），字崑繩，一字或菴（亦作或庵），順天大興（今北京）人，康熙三十二年（西元一六九三年）舉人。少任俠，喜談兵。早年隨父寓高郵，從魏禧治古文，後北遊，晚年和李塨一起師事顏元，立《省身錄》以糾身心之失。博學多著述，負經世略。「詩不多作，而沉雄激越，勃勃有生氣」《晚晴簃詩匯・詩話》。與萬斯同訂《明史稿》，作〈兵志〉，有《或庵文集》、《居業堂文集》、《文章練要》（一名《或庵評春秋》）、《評訂孟子》等。王源是方苞於康熙三十年交結的朋友，當時方苞二十四歲，二人在京師經常見面，商討學問，一直非常相契。康熙三十二年（西元一六九三年），王源中順天鄉試第四名，而方苞該年鄉試失利。王源給方苞寫信，道思念和寬慰之情。方苞答以此信，主要是向他傾訴自己有志難展的悲鬱，以及雖歷經曲折而不甘屈退的心情，另一方面又勉勵友人莫陶醉於成績，而要精進不息。

這封信寫於方苞二十六歲。

苞頓首：自齋中❶交手❷，未得再見。接手書，義篤而辭質，雖古之為交者，豈有過哉！苞從事朋游間近十年，心事臭味❸相同，知其深處，有如吾兄者乎？

出都門運舟❹南浮，去離風沙塵埃之苦，耳目開滌❺，又違膝下色養❻久，得歸省視，頗忘其身之賤貧。獨念二三友朋乖隔異地，會合不可以期，夢中時時見兄與褐甫❼輩抵掌❽今故，酣嬉笑呼，覺❾而怛然❿，增離索⓫之恨。

苞以十月下旬至家，留八日，便飢驅宣、歙⓬間。入涇河⓭路，見左右高峰刺天，水清泠見底，崖巖參差萬疊，風雲往還，古木、奇藤、修篁⓮鬱盤有生氣，聚落⓯居人，貌甚閒暇。因念古者莊周⓰、陶潛⓱之徒，逍遙縱脫，巖居而川觀，無一事繫其心，天地日月山川之精，浸灌胸臆，以鬱⓲其奇，故其文章皆肖以出。使苞於此間，得一畝之宮⑲，數頃⑳之田，耕且養，窮經而著書，胸中豁然，不為外物侵亂，其所成就未必遂後於古人。乃終歲僕僕㉑，向人索衣食；或山行水宿，顛頓怵迫㉒；或胥易技係㉓，束縛於塵事，不能一日寬閒其身心。君子固窮㉔，不畏其身辛苦憔悴，誠恐神智滑昏㉕，學殖㉖荒落，抱無窮之志而卒事不成也。

苞之生二十六年矣，使蹉跎昏忽㉗，常如既往，則由此而四十五十，豈有難哉！無所得於身，無所得於後，是將與眾人同其蔑蔑㉘也。每念茲事，如沉痾㉙之附其身。中夜㉚起立，繞屋彷徨㉛，僕夫童奴怪詫㉜不知所謂。苞之心事，誰可告語哉？吾兄其安以為苞策㉝哉？

吾兄得舉㉞，士友間鮮不相慶，而苞竊有懼焉。退之云：「眾人之進，未始不為退。」㉟願時自覺也！苞邇㊱者欲窮治諸經，破舊說之藩籬㊲，而求其所以云之意，雖冒雪風，入逆旅㊳，不敢一刻自廢。日月迅邁，惟各勖勵㊴，以慰索居。苞頓首。

【注釋】❶齋中　齊地。今山東泰山以北黃河流域和膠東半島地區。❷交手　拱手行禮。❸臭味　氣類；志趣。《易・繫辭上》：「同心之言，其臭如蘭。」臭，香氣。❹運舟　行舟。❺開滌　明朗清爽。滌，洗濯汙垢。❻色養　和顏悅色孝養父母。❼褐甫　戴名世（西元一六五三—一七一三年），字田有，一字褐夫，號藥身，又號憂庵，安徽桐城人，人稱南山先生、潛虛先生。康熙二十五年（西元一六八六年）由貢生入京師國子監，著有《南山集》，因書中依據桐城方孝標所撰《滇黔紀聞》的內容對南明諸王寄以同情，並採用南明永曆帝之年號，於康熙五十年（西元一七一一年）獲罪被斬首，史稱「南山案」，方苞也因為《南山集》寫序而牽連其中。❽抵掌　擊掌，指人們在互相交談時神情興奮。❾覺　醒。❿悄然　傷感。⓫離索　離群索居，指離開朋友，孤獨地生活。索，孤單。⓬宣歙　宣城、歙縣，今屬安徽。⓭涇河　源出安徽績溪縣，北經旌德縣至涇縣界，是青弋江上游。⓮修篁　長竹。⓯聚落　村落。⓰莊周　莊子（約西元前三六九—前二八六年），名周，戰國蒙（今河南商丘）人，曾任漆園吏。崇尚自然，反對虛偽。有《莊子》傳世。⓱陶潛　一名淵明，字元亮，世稱靖節先生。鍾嶸《詩品》評他為「古今隱逸詩人之宗」。⓲鬱　鬱積；充滿。⓳宮　屋。⓴頃　一百畝土地等於一頃。㉑僕僕　奔走勞頓貌。㉒怵迫　為利所逼迫。怵，誘。賈誼〈鵩鳥賦〉：「怵迫之徒兮，或趨西東。」㉓胥易技係　以一技之長謀生。《莊子・應帝王》：「老聃曰：『是於聖人也，胥易技係，勞形怵心者也。』」胥，相。易，交換。技係，有一技之長者。㉔君子固窮　語出《論語・衛靈公》。固，固然。㉕滑昏　狡詐、糊塗。㉖學殖　《左傳・昭公十八年》：「夫學，殖也，不學將落。」殖，生長。㉗蹉跎昏忽　蹉跎，虛度光陰。昏忽，渾渾噩噩。㉘蔑蔑　默默無聞。㉙沉痾　重病。㉚中夜　半夜。㉛徬徨　同「彷徨」。㉜怪詫　驚異。㉝策　想辦法。㉞得舉　中舉。王源在康熙三十二年（西元一六九三年）考中舉人。㉟退之云三句　退之，韓愈。〈答侯繼書〉：「知吾之退，未始不為進；而眾人之進，未始不為退也。」㊱邇　近來。㊲藩籬　障蔽。㊳逆旅　旅店。㊴惟各勖勵　惟，想；希望。勖勵，勉勵。

【語譯】方苞頓首：自從在齊地拱手作別，一直未能再見。收到您的親筆信，情義深篤而言辭樸實，即使古代的契友，豈能超過！方苞與人交往近十年，論心事和志趣相同，彼此瞭解深入，有像吾兄這般麼？

出京都，乘船南歸，離開了風沙塵埃之苦，耳目清朗舒暢，又因長期不能對大人盡孝道，這次能夠歸家探望，把自己的卑賤貧困幾乎都置於度外。只是想到一些朋友相隔異地，不知道何時可以再會，時時夢見與兄和褐甫等人暢談古今，酣飲嬉笑，快意高呼，醒來以後頓覺感傷，更增加了離別孤獨的痛苦。

苞在十月下旬到家，在家停留八天，便為生計而奔波於宣城、歙縣之間。走在涇河的路上，看見左右的高峰直刺雲天，水面清泠見底，崖巖參差，重重疊嶂，風雲迂回盤旋，古樹、奇藤、修竹鬱結盤旋，充滿生氣，村落的百姓，神態悠閒。因而想起古代莊周、陶潛他們，逍遙、灑脫、自在，住在山巖，觀望川水流逝，心裡不牽掛任何事情，天地日月山川的精華，都浸灌在胸臆，使心靈充滿奇思妙想，所以他們的文章皆挾著奇氣勃然而出。假如我在這個地方，能夠有一畝房屋，數頃田地，耕種於此，生息於此，窮盡儒家經籍，下筆著書，胸中無拘無束，不為外物侵擾，我所達到的成就未必會不如古人。然而，一年到頭奔波不息，向別人求取衣食；有時山行水宿，勞頓窘迫；有時以一技之長謀生，束縛於世間俗事，不能讓身心有一日寬閒悠適。君子安於窮困，不畏懼身體辛苦憔悴，只是唯恐神智昏亂，學業荒廢，抱著高大的志向最終卻一事無成。

我來到世上已經二十六年了，假如歲月蹉跎，渾渾噩噩地過日子，一直像過去一樣，那麼由此而到四十歲五十歲，又有什麼困難呢！在世時沒有成就，去世後沒有貢獻，這樣將與眾人一樣的渺小。每當想到這一點，就如同重病加身。半夜起床而立，繞屋徬徨而行，僕人幼奴都感到很奇怪，不明白我這到底是為了什麼。我的心事，可以向誰訴說呢？吾兄有什麼法子可以幫助我排遣呢？

吾兄中舉，朋友中很少有人不相慶賀，而我私下卻對此有所擔憂。韓退之說：「眾人說的進步，未嘗不是後退的開始。」希望您能夠時時意識到這點！我近來打算深入研究儒家各種經典，破除舊說的種種隔閡，去尋求典籍中的學說本然的意義，即使頂著風雪，歇宿在旅館，也不敢有片刻自我懈怠。日月迅速消逝，唯有各自勉勵，才能告慰孤居的生活。方苞頓首。

【研　析】方苞康熙二十九年第一次鄉試不中，這是第二次落榜，心情焦躁悲鬱。信中除了交談兩人分別後離索的痛苦外，更多是訴說作者恍惚彷徨的心情，以及對未來不可捉摸的感覺。全文氣鬱志長，盤曲欲伸，充滿進退、伏起、出入、冷熱、抑揚的矛盾，並由此而構成文章內在思緒的張力，通過張力的展開，刻畫出一個掙扎的、真實的作者自我形象。人生道路上遇到的坎坷，對每個人都是一筆寶貴的財富，而對於一個作者來說，無疑更是一座蘊蓄豐富的礦藏，成為他們最終獲得寫作成功的重要條件。一般來說，作者講述他們真實的痛苦經歷，講述刺激他們靈魂的難忘的事件，這樣的作品都是富有感染力，耐讀的。方苞〈與王崑繩書〉

也是這樣一篇佳作。

方苞文章長於議論，寫景色不多。然而他在這封信裡，對涇河一帶的景色描寫雖然簡短，卻十分出色。既得山水之貌，又入山水之神，更借山水的神貌形容出作者自己心中的理想，以及自知這種理想其實不過是一段心理幻影的虛空感。情景融洽，化合為一。可以說，它是方苞作品中寫景色最好的段落之一，即使將它置於擅長寫景的古文家作品中，也是屬於上乘文字。

與呂宗華書

【題　解】呂耀曾（西元一六七九—一七四三年），字宗華，號朴巖，河南新安人。康熙四十五年（西元一七〇六年）進士，歷官內閣中、禮部主客司主事、戶部浙江司郎中、四川按察使、總督倉場戶部侍郎。善詩，有《橫山集》、《使黔草》等。他父親呂謙恆（西元一六五三—一七二八年），字天益、澗樵，康熙三十二年（西元一六九三年）舉人，康熙四十八年（西元一七〇九年）進士，官翰林院編修、光祿寺卿。善詩，學宋人詩格。曾讀書青要山，因以名其集為《青要集》。呂耀曾與方苞為同年進士，他請方苞為自己父親撰寫墓誌銘。方苞撰〈光祿卿呂公墓誌銘〉，接著又寫了〈與呂宗華書〉、〈再與宗華書〉，向呂耀曾反復闡明這篇墓誌銘的義法。古文義法在人物傳記類作品中作用尤其突出，而墓誌銘又是最容易引起普遍誤解和非議的，方苞對此再三致意，可見他用心良苦。

本文約寫於雍正七年（西元一七二九年），方苞六十二歲。

使[1]至，適值童奴[2]逋逃，又迫公事，不暇營度為文，故前書期以此月中旬。

及與陸編修[3]相見，始知葬有日，恐不逮事，乃於叢遽[4]中勉就之。僕平生為文，限以期日即不能就。又心所不愜，雖親知故舊，強而為之，以塞其子孫之意，而文必不可存。惟此誌就之甚易，而言皆稱心，以是知君子修辭必立其誠❺，而沒世之名有理與數存焉，非偶然也。

然尚有欲自列❻者。古文義法之晦七百年於茲矣。此文出，吾兄族姻❼間必有疑其事實太略者。不知敘事之文，《左》、《史》稱最，以能運精神於事跡之中。若按部平列，則後代史家之陋也，其源實開於班史❽，然就其善者尚能審擇。如霍光事漢武帝宿衛三十餘年，其輔昭、宣，獨操國事十有三年❾，假而平列事實，如錢謙益之傳孫高陽❿，雖獨為書數卷不能備也。班史於前事蔽以「出入禁闥，小心謹慎」，於後事蔽以「百姓充實，四夷賓服」，故所載不繁，而光之性質、心術、治法、功過纖微畢著。此誌稱光祿公⓫名位非盛，而為中朝士大夫所計數⓬，則當官之瑣瑣者不待言矣；旁治古文而心知其意，則詩為專家不待言矣⓭；與司農⓮篤愛如此，則孝友睦姻之疏節⓯不待言矣。中間讀書青要山⓰，坐下跡深寸許，事雖微細，而實前後之樞紐，蓋此正學與行之根源，所以為薦紳典型，而子姓亦則而象之⓱也。

昔歐公尹師魯誌為時所疑，至為文以自列⓲。錢公輔乃宋聞人，介甫誌其母，而妄欲有所增損⑲。雖吾兄通曉文律，不至如公輔，而時人之信僕能過於歐公乎？是以敢先布之。墓誌之體於子載，於孫否，女子及孫以凡舉，孫與女婿非有見焉不名。韓、歐成法不可易也。吾兄家聲⑳及僕之文係四方觀聽，慎毋牽於俗而為有識者所姍笑。節哀順變，務繼述㉑之大，前書具之，不贅。

（選自《方望溪遺集》書牘類）

【注釋】❶使　信使；差使。❷童奴　家童和僕人，泛指奴僕。❸陸編修　其人不詳。編修，官名，明清屬翰林院，位次修撰，與修撰、檢討同為史官。❹叢遽　繁多而急迫。❺君子修辭必立其誠　《易・乾・文言》：「子曰：君子進德脩業。忠信，所以進德也；脩辭立其誠，所以居業也。」意謂君子修治政令以確立誠信，則可以保有功業。辭，政令，後來修辭泛指寫作。❻自列　自陳；自白。❼族姻　家族和姻親。❽班史　班固所著《漢書》。❾如霍光事漢武帝宿衛三十餘年三句　《漢書・霍光傳》載：霍光隨霍去病到長安，任郎、諸曹侍中，「去病死後，光為奉車都尉光祿大夫，出則奉車，入侍左右，出入禁闥二十餘年，小心謹慎，未嘗有過，甚見親信」。漢武帝死後，為昭帝的輔政大臣，昭帝在位十三年，「百姓充實，四夷賓服」。昭帝死後，廢昌邑王，立宣帝。宿衛，在宮禁中值宿，擔任警衛。三十餘年，當作「二十餘年」。獨操國事十有三年，指霍光輔翼漢昭帝。❿錢謙益之傳孫高陽　錢謙益崇禎十五年撰〈特進光祿大夫左柱國少師兼太子太師兵部尚書中極殿大學士孫公行狀〉，全文四萬數千字，載《初學集》卷四十七。錢謙益（西元一五八二—一六六四年），字受之，號牧齋，常熟（今屬江蘇）人。萬曆三十八年（西元一六一〇年）進士，降清。孫高陽，孫承宗（西元一五六三—一六三八年），字稚繩，卒謚文正，直隸高陽（今屬河北）人。萬曆三十二年（西元一六〇四年）進士，官兵部尚書兼東閣大學士，經略遼東，被參劾，遭罷免。詳見〈書孫文正傳後〉題解。⓫此志稱光祿公　指方苞〈光祿卿呂公墓誌銘〉。光祿公，指呂耀曾父親呂謙恆，曾任光祿寺卿。⓬為中朝士大夫所計數　中朝，朝廷。計數，出謀獻策。〈光祿卿呂公墓誌銘〉載，呂謙恆上奏禁止官吏擾民，又上奏說夏秋之際，洞庭湖水勢猛漲，湖南文士赴考困難重重，應當分設考場。這些建議皆被朝廷採納。⓭旁治古文而心知其意二句　方苞〈光祿卿呂公墓誌銘〉：呂履恆、王源「治古文而旁及於詩，公則以詩名而兼治古文。余嘗以古文義法繩班史、柳文，尚多瑕疵，世士駭詫，雖安溪李文貞不能無疑，惟公篤信焉。」稱讚呂謙恆不但善詩，而且對古文的識見有時也非名家所及。⑭司農　清代以戶部司漕糧田賦，故別稱戶部尚書為大司農。此指呂履恆，他是呂謙恆兄長、呂耀曾伯父，康熙三十三年（西元一六九四年）進士，官至戶部侍郎。詳見〈治古堂文集序〉題解。⑮疏節　孤高的節操。⑯青要山　在河南新安西北部。⑰子姓亦則而象之　後輩取以為榜樣。子姓，後輩。則而象之，則、象，效仿；取法。《周易．繫辭上》「是故天生神物，聖人則之。天地變化，聖人效之。天垂象，見吉凶，聖人象之。河出圖，洛出書，聖人則之。」⑱歐公尹師魯志為時所疑二句　歐陽修所撰〈尹師魯墓誌銘〉在當時曾遭到別人批評，歐陽修撰〈論尹師魯墓誌〉為自己辯護，說：「修於師魯之文不薄矣，而世之無識者，不考文之輕重，但責言之多少，云師魯文章不合秪著一句道了。」尹洙（西元一〇〇一—一〇四七年），字師魯，河南（今河南洛陽）人，官至起居舍人，有《河南集》。⑲錢公輔乃宋聞人三句　王安石應錢公輔之請，為錢氏母親撰〈永安縣太君蔣氏墓誌銘〉。錢氏看了文章後，要求在文中增入立家廟，以及錢氏「得甲科、為通判」等內容。王安石寫〈答錢公輔學士書〉予以拒絕，說：「鄙文自有意義，不可改也，宜以見還，而求能如足下意者為之耳。」王安石，字介甫。錢公輔（西元一〇二一—一〇七二年），字君倚，武進（今江蘇常州）人。皇祐元年（西元一〇四九年）進士第三名，任越州通判、開封府推官、天章閣待制。先與王安石關係密切，後因意見不合，受到王安石排擠。⑳家聲　家族的聲名美譽。㉑繼述　繼承。

【語　譯】差使到來時，正逢奴僕逃逸，又忙於公事，沒有時間構思文章，所以上一封信約了在這個月中旬。與陸編修相見後，才知道不久就要下葬，恐怕來不及，便在百忙中勉強寫出來。我平生寫文章，限定了日期就完成不了。又假如心中不快，即使是親戚、知己、老朋友，勉強要我寫文章，以此敷衍一下他們子孫的心意，這樣寫出來的文章一定不值得保存。只有這篇墓誌銘寫起來順手，而且文字都令我感到滿意，由此可知，君子寫文章一定要心地真誠，而身後名聲自有其自己的道理，並非偶然所能得。

然而，我還有自己想要說一說的看法。不明古文義法到今天已經七百年了。此文傳出以後，吾兄的家族和姻親中必然會有人責怪它所記述的事情太簡約。不知敘事文章，《左傳》、《史記》最好，因為能夠將精神融貫於事跡之中。若是按類平均列舉，那不過是後代史家鄙陋的寫法，它的源頭其實開始於班固《漢書》，然而就其寫得出色的部分來說，尚能審察選擇。如霍光在漢武帝宮廷中擔任要職三十餘年，他輔佐昭帝、宣帝，獨立處理國家事務十三年，假如平等列舉事實，像錢謙益為孫高陽作傳那樣，即使為他一個人寫數卷也寫不完整。班固《漢書》對於霍光前期在漢武帝朝做的事情，用「出入宮廷，小心謹慎」加以概括，對於後期他在漢昭帝朝做的事情，用「百姓豐衣足食，外族馴從歸順」加以概括，所以記載的事情不繁，而霍光的秉性氣質、心術、治國辦法、功過都纖微畢現。我寫的這篇墓誌銘稱光祿公名位雖然不高，然而作為朝廷官員而提具體建議，那麼當官的繁雜瑣碎自不待言；旁及古文卻知道古文的原理，那麼他對詩歌的精專自不待言；與兄長呂司農情誼如此深厚，那麼他孝順、友愛、與姻親和睦自不待言。文章中間部分寫他在青要山讀書，坐位下面的腳印深約一寸，此事雖然細小，而其實是聯繫前後文的樞紐，因為這正是他學問、行為的根源，所以才成為官員的典範，以及後輩效仿的榜樣。

從前歐陽公為尹師魯寫的墓誌銘受到當時人指責，以至於寫信作自我表白。錢公輔乃是宋代的名人，王介甫為他母親寫了墓誌銘，他卻非分地要求做一些修改。儘管吾兄通曉做文章的道理，不至於像錢公輔，可是世人對我的信任能超過歐陽修嗎？所以先冒昧地將這些想法告訴您。墓誌銘這種文體，子輩的名字載入，孫輩則不記載，女子和孫子大略列舉，孫子及女婿不是文中需要記敘的就不寫他們名字。韓愈、歐陽修形成的文章體例不可改變。吾兄家庭的聲望以及我的文章會受到四方人士關心，切勿受制於流俗而引起有識之士譏笑。節哀自珍，順應變化，務必將精力放在繼承的大事上，這些在前面一封信裡已經具體說了，不再贅述。

【研　析】一位文章大家應別人請求寫了一篇墓誌銘，然後再另外寫信向對方說明自己為什麼這樣寫的緣故，以消除可能引起的誤會，或者用以回答對方的指責，這成了古代墓誌銘作者與墓誌銘主人的親屬之間不斷出現的一種奇怪現象。它困惑過歐陽修、王安石，也多次困惑過方苞。本文就是這樣一篇由作者向墓誌銘主人的親屬作解釋的文字，所不同者，呂耀曾一家與方苞關係很好，且對方苞有很強的信任感，所以方苞的解釋語氣平和、友好，不像他在〈與程若韓書〉中說明同樣性質的事情，口氣明顯生硬，雙方都顯得不甚高興。

方苞說：「古文義法之晦七百年於茲矣。」這是一個大約數，主要指自唐宋韓愈、歐陽修以後，古文義法不再被文人重視。方苞以挽救古文衰落為己任，而他所揭舉的復興古文的旗幟就是義法論，其中敘事文的義法以《左傳》、《史記》為典範。墓誌銘是人物傳記，屬於方苞說的敘事文範圍。對這類文章，方苞最推崇的寫法是「運精神於事蹟之中」，而不是堆砌事實。他認為，墓誌銘主人的親屬所以常常錯誤地指責作者寫得太簡約，就是因為他們將堆砌事實當成了傳記作品。他在文中對班固《漢書・霍光傳》的寫作經驗進行了總結，「所載不繁，而（霍）光之性質、心術、治法、功過纖微畢著」，可以與本書所選〈書漢書霍光傳後〉一文對照著閱讀。方苞站在這種不寫之寫的古文義法立場上，自然會認為錢謙益用四萬數千字寫一篇〈孫（高陽）公行狀〉無法卒讀。

方苞還寫過一篇〈再與宗華書〉（見《方望溪遺集》書牘類），也是談墓誌銘寫作的義例。他在文中繼續解釋自己不「循年齒、歷官順序」撰寫〈光祿卿呂公墓誌銘〉，不採用「原狀所述庸行瑣事」，全都是出於文章義法的必要考慮。這與本文談論的問題有密切關係。該文最後談到寫墓誌銘給他帶來的苦惱，「僕每為名貴人作誌，其門生族姻必雜然獻疑，俾子姓回惑，若重有所難。故誓不復為，非敢要重，以終困於群言，不若堅辭於始為無過耳。」這是方苞個人的深切感受，而且也是古代墓誌銘作者共同的甘苦之言。

與熊藝成書

【題　解】熊本，字藝成，江西南昌人。他是方苞摯友，同年進士，授翰林院編修（見方苞〈工部尚書熊公繼室李淑人墓誌銘〉）。熊藝成早年得志，然考中進士後仍然眷眷於自己的時文。方苞對時文的價值認識不高，以為對於有志氣的文人來說，有遠比寫作時文更重要的事情需要去做。所以他規勸熊本，應當「決而去之」，將寶貴的精力用於追求「古人之學」。苦口婆心，流瀉出來的則純然是一片菩薩心思。

信云：「以至於今，而犬馬之齒已不後於子師見語之歲矣。」陶元淳（字子師）康熙三十三年（西元一六九四年）令昌化縣至去世，則方苞見陶元淳與談時文，應當在康熙三十二年前，該年陶元淳四十六歲。據此，本文作於康熙五十二年（西元一七一三年）方苞四十六歲前。

辱書命序所謂時文。僕邇年自禁，非特著一書者不為作序。非敢要重❶，緣以時文來屬者多，力有不給，非此無以免責讓❷也。所惠教檢閱一週，既駭且歎。足下齒❸甚少，足不出戶庭，而觀所為文，似已深練於世事者，取材之博，用意之精，雖與老師宿儒較，其毫釐分寸無不合焉。以僕之久故❹，亦未知足下所造能至於是也。

然古人有言：「善養生者，在鞭其後。」❺為學亦然。僕始見虞山陶子師❻示以時文，子師曰：「吾不願子為此，吾亦無暇為子決擇❼也。」僕曰：「子奈何號為時文之家而言若是？」子師曰：「固也。惟予如聽虎者色變，而心知其痛也❽；惟予如賈者遇盜於中山而盡失其貲，故呼後人以勿由，而不覺其聲之疾也。世之人材敗於科舉之學千餘歲矣，而時文則又甚焉。唐宋文家世所推者八人❾，自蘇洵❿外，未有出三十而不登甲科⓫者也。蓋天將誘之以學，必使其心泰然無所係戀，而後功可一也。其英華果銳⓬不銷鑠於叢雜猥鄙之物，然後氣不挫而精盛強。苟無七君子之遭，則決而去之如洵可也。」僕時心感其言，顧如傭隸，備極困辱，終不能離其故地⑬，日思自脫，以至於今，而犬馬之齒已不後於子師見語之歲矣。每恨所學無似⑭，輒悔不用其言。遇朋遊中資材日力足以有為者，必舉以告之。而聽者多漫然，蓋其所難在決而去之也。

今足下為天所相⑮，而與七君子者同其遭。使僕不發此於足下，則為失人；足下聞此，如眾人之漫然，則亦為失言矣⑯。以足下之銳敏，苟用所盡心於時文者，以從古人之學，僕任⑰其將有得焉。異時特著一書，藏之名山，而使僕序之，則僕亦可掛名簡⑱端，而無所還忌⑲矣。僕與足下非一日之好，故敢發其狂言，幸勿以示外人。

【注釋】❶要重　猶重要，多指一個人的地位、身分。❷責讓　責備。❸齒　年齡。❹久故　猶故舊、老朋友。❺然古人有言三句　《莊子‧達生》：「善養生者，若牧羊然，視其後者而鞭之。」郭象注：「鞭其後者，去不及也。」❻虞山陶子師　陶元淳（西元一六四八—一六九八年），字子師，虞山（今江蘇常熟）人。康熙中薦博學鴻詞，以疾不與試，康熙二十七年（西元一六八八年）進士，康熙三十三年任廣東昌化知縣，行不坐乘，暑不張蓋，以勞卒於官。有《陶子師先生集》、《南崖集》等。趙執信《懷舊集》：「子師以文自豪，名日以高，性岸異……時輩咸以為狂。」❼決擇　決定；挑選。❽惟予如聽虎者色變二句　《二程遺書》卷二上載程頤語：「真知與常知異。常見一田夫，曾被虎傷，有人說虎傷人，眾莫不驚，獨田夫色動異於眾。若虎能傷人，雖三尺童子莫不知之，然未嘗真知，真知須如田夫乃是。」❾八人　指唐宋八大家韓愈、柳宗元、歐陽修、蘇洵、蘇軾、蘇轍、王安石、曾鞏。❿蘇洵　蘇軾、蘇轍父親。二十七歲發憤讀書，未考進士，經韓琦推薦，官祕書省校書。有《嘉祐集》。⓫甲科　古代考試科目名，唐、宋進士分甲乙科，明清通稱進士為甲科。⓬英華果銳　指出眾的才華和積極進取的精神。（明）李日華《六研齋三筆》卷四：「物物有英華果銳之氣，善養之則生息滋長，自足供其日用，不然則隨日月銷亡而已。」⓭故地　此指時文。⓮無似　不肖，意謂不成材。⓯相　佑助。⓰使僕不發此於足下五句　謂好朋友之間應當真誠相待。失人、失言，《論語・衛靈公》：「子曰：可與言而不與之言，失人；不可與言而與之言，失言。知者不失人，亦不失言。」⓱任　擔保。⓲簡　書籍。⓳還忌　顧忌。

【語譯】承蒙來信囑我為您說的時文寫序。我近來給自己立下禁忌，不是專門撰成一書的不為其作序。這並非是我高自位置，因為以時文來索序的人多，力不能及，不這樣就無法避免受到別人責備。所賜大作已經閱讀了一遍，既驚且歎。足下年紀很小，腳步不出家門，然而讀你寫的文章，似乎已經是一個深諳世事的人，選材廣博，用意精深，即使與年老輩尊的學者、修養有素的儒士相比，所作沒有絲毫不與其相吻合的。就算是我多年的朋友，也不知道足下的造詣能達到這種程度。

然而古人有言：「善於養生者，在於用鞭子抽打落在後面的（羊）。」做學問也是如此。我頭一次去見虞山陶子師，呈上自己的時文，子師說：「我不希望您汩沒於時文中，我也沒時間給您的時文作判斷。」我說：「您號稱時文家怎麼竟然說這種話？」子師說：「我才有資格這麼說。只有我像聽到談虎的人臉色陡變，心裡知道被虎噬咬的巨痛；只有我像商販在山中遇見強盜，財貨被搶掠一空，所以招呼後面的人不要朝那條道路走，而不覺得聲嘶力竭。世上的人才毀於科舉制度已經一千多年了，而時文的毀壞力更大。唐宋文章家為世人所推重的八位，除蘇洵之外，沒有過了三十歲而未中進士的。因為老天想要誘導他們從事學問，必定要讓他們心情泰然，無所牽掛，然後能夠獲得圓滿的成果。人所稟受的美好、充實、旺盛的氣不被雜亂低劣的東西所消耗，然後意志不損而精神強健。假如沒有七君子的境遇，那麼可以像蘇洵那樣斷然地將它拋棄掉。」我當時內心受到這番話觸動，卻像一個奴隸，受盡窘迫侮辱，最終不能離開原來的地方，每天想把自己解脫出來，一直綿延到今天，而我的年齡已經不比對我講那番話時的子師小了。每當遺憾自己學無所成時，就後悔沒有採納他的勸告。遇到朋友中天資、時間足以有所作為之人，一定會舉這例子告訴他，可是聽者多漫不經意，因為這麼做的難處在於斷然地拋棄。

如今足下得到上天佑助，而與七君子有相同的境遇。假如我不把這道理告訴足下，則是錯失了人；足下聽了這道理，像大家一樣漫不經意，則也錯失了這番話。憑著足下旺盛精力和聰敏，假如把花在時文上的全部心思，用它來從事古人的學問，我保證將一定會獲得成就。以後專著一部書，藏之於名山，而讓我為它寫序，那麼我也可以掛名於書端，而無所顧忌了。我與足下並非剛剛相識，所以敢於發表狂言，希望不要將此信出示於外人。

【研析】方苞對於寫兩類文章特別謹慎：一是墓誌銘，唯恐根據別人所擬行狀之類材料整理成文，事跡失實。二是時文序，寫這種序難免鼓吹，結果可能將別人的精力引導到這種價值不高的文體上去，貽誤了真正的學業。所以，他往往會拒絕求這兩類文章的人。如他〈與某書〉說：「吾平生非久故相親者，未嘗假以文，懼言之不實也。」這是以不隨便為人寫墓誌銘自戒。又如他在〈余東木時文序〉中說：「余自序宜興儲禮執之文，為本師所點竄，以序為戒者已數十年。」而由本文可知，方苞從四十餘歲起就已經開始自戒不為時文作序。雖然他也不免會破戒，總還是會常常選擇堅持。這並非是他高自位置，也不是惜墨如金，而是表明他做事需要尊重自己的思想和原則。

他寫這封信，是阻遏友人對時文的熱衷，引導他去關心更重要的事情。文章採用以身說法、推己及人的方式，講堂堂正正的道理，而又無處不充滿呵護的愛心，猶如園丁之於花木。

「惟予如聽虎者色變，而心知其痛也；惟予如賈者遇盜於中山而盡失其資，故呼後人以勿由，而不覺其聲之疾也。」形容同樣是談論對某物的恐懼，有沒有切膚之痛，效果卻大相懸殊，極有說服力。

第一段「而觀所為文，似已深練於世事」，「取材之博，用意之精，雖與老師宿儒較，其毫釐分寸無不合焉」，句句是稱讚友人的時文。而讀至末段，「以足下之銳敏，苟用所盡心于時文者，以從古人之學，僕任其將有得焉」，才顯出前面這番話的真意，似稱讚而實寓批評，是諫而不是勸。

從來多以少年得志為戒，而作者卻羨慕在科舉場上早得功名的幸運兒，因為他們緣此可以不再浪費自己的精力和時間，從而為自己創造了早日做重大事業的條件。可見文章貴在善於翻案。

與某書

【題解】這封信的收信者是「齊、魯之間」人，方苞曾經應他請求為他父親寫過墓表。檢《方苞集》，符合這些情況的是一篇〈高仲芝墓表〉。可知方苞的信是寫給高璿的。高璿（生卒年不詳），諸城（今山東濰坊）人，康熙四十一年（西元一七〇二年）舉人，雍正八年（西元一七三〇年）進士，官庶常。方苞與高璿有師生之誼，他在此信說，師生之間開展教學的目的有二，一曰「內以事其身心」，二曰「外以備天下國家之用」。他強調，這是人們不應當因為愛好記誦詞章之學，或者追求科舉之學而模糊恍惚的目標。方苞著重對追求科舉者在未考中功名前以為時文就是學問，及第後又以為學問之事已告結束的可悲心理，作了入木三分的刻畫，批評深中肯綮。

〈高仲芝墓表〉說：「君（高仲芝）既沒十有餘年，其子璿成進士，官庶士，始就余求表墓。」此信說：「今特表賢尊之墓。」則此文作於雍正八年（西元一七三〇年）或稍後，方苞六十三、四歲。

始子叩吾廬稱師，而吾辭之堅，非相外[1]也。計將[2]為講誦之師，則衰疾多事，無日力以副所求，將有進於是者，則吾身之無有，而又何師焉？及送子於逆旅，則不復辭，以子不牽於俗，而唯母之念，充是操也，可以擔負乎人道。吾身雖不逮，倘道其所聞而得能者，吾志猶有寄焉。古人之教且學也，內以事其身心，而外以備天下國家之用，二者皆人道之實也。自記誦詞章之學❸興，而二者為之虛矣；自科舉之學興，而記誦詞章亦益陋矣。蓋自束髮❹受書，固曰：「微❺科舉，吾無事於學也。」故天地之大，萬物之多，而唯科舉之知。及其既得，則以為學之事終，而自是可以慰吾學之勤，享吾學之報矣。嗚乎！學至於此，而眾安得不以儒為詬病乎？

子之年長矣，既以得仕，而皇皇❻焉欲自得師，則所志於學者可知矣。雖然，所以務學之根源，辨之尤不可以不審也。將以為名，則自致於父母兄弟者，皆以見美於人，而賊❼吾之本心；將以既其實，則所以備天下國家之用者，皆吾性命之理，而不可以苟遺也。自省自克於二者之間，而防其心之偷❽，乃百行之源，學者之始事也。子之歸也，果能專篤以厲❾所學，深固以植其行，俾齊、魯❿之間後起者以為表的⓫，則吾與子之為師為弟子，所關不細。若曰：「予之年長矣，既有所得以為親榮，可以優遊而卒歲⓬矣。」則皇皇焉欲自得師，義焉取哉？

吾平生非久故相親者，未嘗假⓭以文，懼言之不實也。今特表賢尊⓮之墓，蓋粗得其略於子之鄉人，又將慊⓯子之志，而因以相砥淬⓰耳。然《記》不云乎，

「大孝尊親，使國人稱願焉曰：『幸哉！有子如此。』是乃君子之所謂孝也。」⑰子能用吾之言以成其身，則所以為親榮者大矣，亦安用余文之瑣瑣者乎？書不盡言，言不盡意⑱，惟慎思而切究之。

（選自《方望溪遺集》書牘類）

【注釋】❶相外　見外。❷將　如果。下面「將有進於是者」的「將」，意思相同。❸記誦詞章之學　王守仁《傳習錄》：「有訓詁之學，而傳之以為名；有記誦之學，而言之以為博；有詞章之學，而侈之以為麗。」❹束髮　古代男孩成童時束髮為髻，用以表示成童的年齡。❺微　沒有。❻皇皇　惶恐不安貌。❼賊　傷害。❽偷　苟且；怠惰。❾厲　同「礪」。磨礪。❿齊魯　先秦齊國和魯國，今山東境內。⓫表的　標的，比喻榜樣。⓬卒歲　度過歲月。⓭假　給予。⓮尊　稱別人的父親。⓯慊　滿足。⓰砥淬　砥礪鍛淬，比喻使品德或學藝更加精進。⓱然記不云乎六句　引自《禮記・祭義》，方苞對原文作了簡省。《祭義》原文：「曾子曰：『孝有三：大孝尊親，其次弗辱，其下能養。』公明儀問於曾子曰：『夫子可以為孝乎？』曾子曰：『是何言與？是何言與？君子之所謂孝者，先意承志，諭父母於道。參，直養者也，安能為孝乎？』……亨（烹）孰（熟）羶薌，嘗而薦之，非孝也，養也。君子之所謂孝也者，國人稱願然（而）曰：『幸哉！有子如此。』所謂孝也已。」稱願，稱許羨慕。⓲書不盡言二句　語出《周易・繫辭上》。

【語譯】起初您敲我家門稱老師，而我推辭得很堅決，這並非是見外。考慮到如果做一個誦讀講解書義的老師，那麼自己年邁有病，事情又多，沒有時間滿足您的需求，如果期待著比誦讀講解書義得到更多的學問，那麼我自己也不具備，又怎麼能做老師呢？當在旅店送別您時，就不再推辭了，因為您不拘牽於世俗，而一心只惦記母親，將這種節操加以擴大，可以擔負起人倫。我自己雖然沒有做到，倘使把知道的東西向一個能做到的人講述，我的志向還是有了寄託的對象。古人從事教育和學習，對內而言是為了有益自己身心，對外而言是為了準備天下國家使用，二者都是人倫的實際內容。自從記誦知識、講求詞章之學興起後，而這二者因此冷落了；自從科舉之學興起後，而記誦和詞章之學也變得更加鄙陋了。這是因為人們從兒童讀書開始，就有了根深蒂固的想法：「沒有科舉，我幹嘛還要學。」所以天地之大，萬物之多，這些人卻只知道科舉。等到他考取了功名，就以為學習這件事可告結束，從此以後可以慰勞自己學習的辛苦，享受學習的回報了。嗚呼！學習淪喪到這地步，那麼人們又怎能不對儒者加以詬病呢？

您年紀大了，已經做官，卻惶恐地想找一位自己的老師，由此可知您學習的志向。儘管如此，為什麼致力於學習的根源，對此尤其不可以不分辨清楚。如果是為了圖一個名聲，那麼為父母兄弟做一點事，都為了博取別人讚譽，可是這戕害了人的本心；如果是為了窮盡實在內容，那麼所有準備為天下國家所使用的一切，都是人的性命之理，而不可以隨便遺漏。在這二者之間自我省察，自我克制，而不讓心懈怠，這是各種品行的源頭，也是學者最早需要做的事情。您這次回去，果真能專心篤志以磨礪學問，深深地、堅固地培植品行，使齊、魯之間後輩們以您為表率，那麼我與您作為老師作為弟子，關係都不小。如果說：「我年紀大了，已經獲得的東西可以榮親耀祖，可以悠然安然地度過餘生了。」那麼，惶恐地想找一位老師，又有什麼意思呢？

我平生不是老相識和親近的人，不曾為他們作文，懼怕文章與實際不相符合。這次特意為您父親撰寫墓表，因為從您同鄉那裡大致瞭解到他的大概情況，又可以滿足您的心願，因而用它作為勉勵。然而《禮記》不是說，「最大的孝順是尊敬父母，使一國之人羨慕地說：『真幸運！有這樣的兒子。』這才是君子所說的孝順。」您能夠採納我的話成就自己，那麼能夠榮親耀祖的東西就大了，又哪裡用得著我這小小的文章呢？文字寫不盡要說的話，說的話表達不盡內心的想法，希望您對此慎思深究。

【研　析】《方苞集》的〈送官庶常覲省序〉與〈與某書〉是同一篇文章，只是略作改動。現將它抄錄於下，主要的不同之處用劃線表示。

始子叩吾廬欲為弟子，而吾辭之堅，非相外也。計將為講誦之師，則衰疾多事，無日力以副所求，將有進於是者，則吾身之未有，而又何師焉？及再三云，則不復辭，以窺子之心神，若誠有志於謀道者，吾身雖不逮，倘誦其所聞而得能者，吾志猶有寄焉。古人之教且學也，內以事其身心，而外以備天下國家之用，二者皆人道之實也。自記誦詞章之學興，而二者為之虛矣，自科舉之學興，而記誦詞章亦益陋矣。蓋自束髮受書，固曰：「微科舉，吾無事於學也。」故天地之大，萬物之多，而惟科舉之知。及其既得，則以為學之事終，而自是可以慰吾學之勤，享吾學之報矣。嗚呼！學至於此，而世安得不以儒為詬病乎？

今子得館選，未數月而告歸省母，是子知學以得身，而識所祈嚮也。雖然，所以務學之根源，辨之尤不可以不審。將以為名，則自致於父母兄弟者，皆以見美於人，而賊吾之本心；將以既其實，則所以備天下國家之用者，皆吾性命之理，而不可以苟遺也。自省自克于二者之間，而防其心之偷，乃百行之源，學者之始事也。子之歸也，果能專篤以厲所學，深固以植其行，俾泉、漳之間後起者以為表的，則吾與子之為師為弟子，所關不細。若曰吾既有所得以為親榮，可以優游而卒歲矣，則皇皇焉欲自得師，義焉取哉！

吾平生非久故相親者，未嘗假以文，懼吾言之不實也，而特表子王父之墓，蓋粗得其略於所治武強之士民，又將慊子之志，而因以相砥淬耳。然《記》不云乎，「大孝尊親，使國人稱願然曰：『幸哉！有子如此。』是乃君子之所謂孝也。」子能用吾之言以成其身，則所以樂其親而榮其祖者大矣。於其歸也，申以勗之。

這個庶常名字叫官獻瑤（西元一七〇三—一七八二年），字瑜卿，號石溪，福建安溪人。他經蔡世遠介紹，雍正八年（西元一七三〇年）受業於方苞。乾隆四年（西元一七三九年）進士，改庶吉士，充「三禮館」纂修官。散館，授翰林院修撰。歷官提督粵西學正、提督陝甘學正，遷詹事府司經局洗馬，乞養歸。著有《石溪文集》、《讀易偶記》等。官獻瑤回鄉省親的時間是乾隆五年（西元一七四〇年），方苞以送序相贈也是在這一年，而〈與某書〉作於雍正八年（西元一七三〇年）或稍後，很顯然，方苞是將給高璿的信略加修改，使它變成了一篇送序。這是古人一稿兩用的典型例子，是一種有趣的現象。之所以如此，是因為高璿、官獻瑤有相似的情況，比如他們都是方苞門生，又比如方苞為高璿父親寫過〈高仲芝墓表〉，也為官獻瑤曾祖父寫過〈武強縣令官君墓表〉，所以只要對文章略微作改動，不妨「張冠李戴」。然而這種做法總有點「搗漿糊」的味道。方苞對待寫作，態度一貫嚴肅、認真，苟且之作很少，這方面很少有人能夠與他相比，然而，偶爾也會苟且一下。可能是方苞年紀老了（乾隆五年，他已經七十三歲），寫文章精力不濟，就想到了這個偷懶的辦法。這一例子也說明，古代某些文體互相之間的界限並不嚴格，只要稍加修改，就可以變通。方苞將書信易為送序，就是一個很好的事例。

答顧震蒼

【題　解】顧棟高（西元一六七九－一七五九年），字復初，又字震滄（一作震蒼），自號左畬，江蘇無錫人。康熙六十年（西元一七二一年）進士，乾隆十六年（西元一七五一年）薦舉經學，賜國子監司業，乾隆二十二年（西元一七五七年）又賜國子監祭酒銜。乾隆帝曾撰〈賜顧棟高〉詩二首。晚年始治《春秋》，著有《毛詩類釋》、《尚書質疑》、《春秋大事表》。顧棟高請方苞為自己所著《春秋大事表》作序，方苞回信云：「承示《春秋表》諸序，乃知老先生始仕而顛，乃天心玉成，使有得於古，有傳於後也。僕戒為時賢作序三十餘年，今必破例為之。老病不能為揖讓之禮，故不見一人。先生若枉存，自當披豁泉石間。」（〈與顧震滄〉）然而方苞允諾後遲遲未能動筆，顧棟高寫信又去催問，方苞以此信作答。他在信裡告以為何未撰成序文的原因是忙於自己著述，且有其他序文待寫，一時無暇為之。實際上方苞是不願意以應酬的態度對待友人的請託，以為寫序必須對著作有深切的瞭解才能把握準確，說到點子上，若「虛為讚美之言」，則是對作者的不尊重，也有失自家身分，於己於人皆沒有益處。方苞序最終沒有撰成，顧棟高便將〈與顧震滄〉信刻入《春秋大事表》。

方苞七十歲以後，撰《儀禮析疑》一書，至八十二歲始成，十餘年間凡十易稿。此信云：「今僕治《儀禮》九易稿而未能盡通……若天幸《儀禮》之業得終……當次第及之。」據此，本文約寫於方苞八十歲。

近世治經者有二患：或未嘗一涉諸經之樊，前儒之說罕經於目，而自作主張，以為心得，不知皆膚學舊說，前賢已辨而絀❶之矣。或摭拾陳言，少變其辭氣，而漫無所發明。吾子寄示《春秋大事表》，凡漢、唐、宋、元人之書，皆能博覽而慎取之，其辨古事，論古人，實能盡物理，即乎人心，此僕所以許為之序而不辭也❷。而負諾責❸以至於今，則有說焉。

鄉❹安溪李文貞公❺《周易通論》初成，屬余序之。愚自忖於《易》概乎未有所明，覺虛為讚美之言，無質榦❻可附以立也。高淳張彝歎公❼與余共治《春秋》，及書成，以道遠難致，嘗要言❽他日必為之序。今僕治《儀禮》九易稿而未能盡通，若舍己所務，究切李、張之書，則力不能給；後二故人所屬，而先新知之請，則心不能安。故南歸後，新安程起生❾晨夕相見，而所著《易通》至今未序也。若天幸❿《儀禮》之業得終，李、張二書既⓫序，當次第及之。

太倉顧玉亭亦言有詁釋古書數種欲寄余訂正，聞其身近已淹忽⓬。歐公所云：「勤一世以盡心於文字，洵可悲也。」⓭不識其書已成否？吾子與⓮久故，宜問其家人。餘不宣。

（選自《方望溪遺集》卷首所附書影）

【注釋】❶絀　通「黜」。排除。❷吾子寄示春秋大事表八句　顧棟高著《春秋大事表》，以春秋事跡，排比為表。全書五十卷，輿圖一卷，附錄一卷。《四庫全書總目》稱此書「條理詳明，考證典核」，譽之為顧棟高所著「最為精密」者。❸諾責　原意是不履行諾言而受指責，此指諾言。❹曏　以前。❺李文貞公　李光地，福建安溪人。詳見〈與陳密旃書〉注⓱。他所著《周易通論》四卷，《四庫全書總目》評道：「在宋學中可謂融會貫通，卓然成一家之說。」❻質幹　軀體，泛指事物的主體。❼張彝歎公　張自超，江蘇高淳人，著有《春秋宗朱辨義》。生平介紹見〈書歸震川文集後〉注❸。❽要言　盟約；約定。❾新安程起生　程起生，新安人。著有《周易要論》。新安，即徽州，在新安江上游，古稱新安。方苞文集中有〈答程起生書〉，寫於康熙五十七年以前。信裡談到作者與李光地商討《易》，也談到「若天假余年而於《易》有所明，當為足下序之」，是指為《周易要論》作序。❿天幸　天賜之幸；僥幸。⓫既　盡；完成。⓬淹忽　同「奄忽」。指去世。⓭歐公所云三句　歐陽修〈送徐無黨南歸序〉：「今之學者莫不慕古聖賢之不朽，而勤一世以盡心於文字間者，皆可悲也。」⓮與　親近；陪從。

【語譯】近世研究經學的人存在兩種弊端：有的人不曾與各種經籍沾邊，以前儒者得出的結論極少過目，就擅自提出看法，以為是自己心得，不知這些都是膚淺之學、陳舊之見，是前賢已經辨別過而且否定的東西。有的人搬出陳詞濫調，稍稍改變一下辭句語氣，然而沒有什麼發明。您惠寄的《春秋大事表》一書，凡是漢唐宋元學者的著作都能夠廣泛借鑒，審慎擇取，書中考辨古事，論述古人，確能深刻闡明事物的道理，洞達人心，這是我所以承諾要為此書寫序而不推辭的原因。可是，至今尚未兌現諾言，對此則有一些具體原因需要作解釋。

從前，安溪李文貞公《周易通論》剛剛寫好，囑咐我為該書寫序。我心裡思忖，自己對於《易》還全然沒有明白，以為徒然地說一些讚美的話，是沒有主幹可以作為依附而樹立的。高淳張彝歎公與我共同研究《春秋》，他的書寫成後，因為道路遙遠難以寄送給我，我曾經與他約定將來一定要為他這部書寫序。現在我研究《儀禮》雖九易其稿還不能完全將它弄懂，如果放下自己的研究，轉而去尋究琢磨李、張的著作，則為自己的精力所不足；擱下兩位舊交的囑咐，先滿足新朋友的請求，則會引起我心情不安。所以南歸以後，新安程起生晨夕相見，而至今還沒有為李文貞公《周易通論》寫出序文。倘若能夠有幸得到天的恩賜，《儀禮》一書得以完成，李、張二書的序能夠撰畢，接著當為您的著作寫序。

太倉顧玉亭也說過有幾種訓釋古書的著作想寄給我訂正，聽說他最近已經去世。歐陽修公說：「勤奮一輩子而將心力全部用在寫作上，實在是可悲嘆呀。」不知道他的著作是否完成？您與他是老朋友，可以問一下他的家人。別的不說了。

【研　析】本文收入《方苞集》，題目為〈與顧震滄書〉，與書影的文本個別文字有不同。古人寫信，對有些句子會畫圈點，以提請收信人格外留意。書影「若舍己所務，究切李、張之書，則力不能給；後二故人所屬，而先新知之請，則心不能安」數句加圈，「覺虛為讚美之言，無質榦可附以立也」兩句加點。這可以幫助我們體會方苞寫信的心情和想法。

人們往往有一種誤會，以為替別人的著作寫一篇序，這對於作序者來說，是一件舉手之勞的事情，故爾對於一些被求序的人久拖不撰，或者會以為他是在擺架子，或者會以為他是慵懶不勤。這固然也有可能，不過，更大的可能是會因這種成見而冤殺許多認真不苟的作序者。方苞生前向他求序的人很多，他無法一一讓他們滿足要求，這是很好理解的。就方苞嚴格的性格來說，他也不是一個輕易就能夠給別人以滿足感的人。這並不是什麼缺點，序寫得太爛帶來的消極後果遠比缺少一二篇序嚴重。方苞對於他認為有思想、學術、文學價值的作品是樂意為之作序鼓吹的，他文集中的一些序可以證明這一點。不過，他寫序不多確實是一個事實。這與他拒絕求序者有關，他拒絕最多的是為時文寫序（見本書所選〈答友書〉），以及〈佘東木時文序〉等）。從這封回答顧棟高的信裡，我們又可以看到，方苞寫序較少的另一個原因，是他對寫序抱著一種非常認真的態度，他在寫序以前，先會要求自己「切究」這部著作，要等到對著作的內容有了透徹瞭解，並使自己的學術水準達到足以能夠評判它的程度，才為之寫序，這使他減少了序的產量。李光地叮囑他為《周易通論》寫序，可是方苞覺得自己對《易》研究還不夠深無法寫；他很想為張自超《春秋宗朱辨義》作序，儘管他與張自超一起研究《春秋》，瞭解張著的內容，可是沒有看到書也不能寫。在方苞看來，寫序無異於對著作及相關學問進行研究，只有在深入瞭解著作內容、熟悉該領域的研究歷史和現狀的情況下才能動筆。這樣寫出的序，才能對著作準確「點穴」，對作者和讀者有幫助，對學術史有貢獻。方苞在信的開頭批評「近世治經者有二患」，「自作主張」和「摭拾陳言」。一篇有價值的序，就是要把這些貌似的「學術」去除殆盡，把老老實實學者撰寫的、真正立得住腳跟的好東西指示出來。這樣的序究竟好寫還是不好寫？寫得多還是寫不多？不說也明白。你還會責怪方苞不肯率然動筆寫序麼？

顧棟高研究《春秋》，曾寫〈春秋子野卒論〉，文中提到他對方苞有關意見的看法。現將他的話抄錄在此，以見兩人見解之一斑。他說：「《春秋》：『子野卒。』《左傳》曰：『毀也。』《穀梁》曰：『子卒日正也。』歷漢以迄宋、明，無有以子野為弒者。獨近日望溪氏斥之為弒，子般、子赤一例。初見似創，乃反覆觀之，而知其說之不可易也。」文章的附記又曰：「後閱趙木訥《經筌》（鄔按，宋人趙鵬飛，號木訥，著有《春秋經筌》）」，已有相似的意見，「乃知人心之同然，前儒已多有疑及此者，不獨望溪一人之創見也。」（引自王昶《湖海文傳》卷五）

送王篛林南歸序

【題　解】王澍（西元一六六八—一七三九年），字若霖，又字篛林，號虛舟，自署二泉寓客、聽松庵、良常山人、恭壽老人。金壇（今屬江蘇）人。康熙五十一年（西元一七一二年）進士，任翰林院庶吉士，官至吏部員外郎。精研書法，有《淳化閣帖考正》等流傳於世。王澍是方苞摯友，很重交情，當方苞入獄時，他不避忌諱經常去探望，方苞對他心懷感激。兩人在京城過往甚密。這是王澍南歸家鄉時，方苞寫的一篇送序，充滿真摯的友情和離別的傷感。

本文寫於康熙五十七年（西元一七一八年），方苞五十一歲。

余與篛林交益篤，在辛卯、壬辰❶間。前此篛林家金壇❷，余居江寧❸，率❹歷歲始得一會合。至是，余以《南山集》牽連，繫刑部獄❺，而篛林赴公車❻，間❼一二日必入視余。每朝餐罷，負手❽步階除❾，則篛林推戶而入矣。至則解衣盤薄❿，諸經諏史⓫，旁若無人。同繫者或厭苦，諷余曰：「君縱忘此地為圜土⓬，身負死刑，奈旁觀者姍笑⓭何？」然篛林至，則不能遽歸，余亦不能畏訾謷⓮而閉所欲言也。

余出獄，編旗籍⓯，寓居海淀⓰，篛林官翰林⓱，每以事入城，則館其家。海淀距城往返近六十里，而使問朝夕通，事無細大必以關⓲，憂喜相聞，每閱月踰時，檢篛林手書必寸餘。

戊戌⓳春，忽告余歸有日矣。余乍聞，心忡惕⓴，若暝行駐乎虛空之逕，四望而無所歸也。篛林曰：「子毋然！吾非不知吾歸子無所向，而今不能復顧子。且子為吾計，亦豈宜阻吾行哉？」篛林之歸也，秋以為期，而余仲夏出塞門㉑，數附書問息耗㉒而未得也。今茲其果歸乎？吾知篛林抵舊鄉，春秋佳日，與親懿游好㉓徜徉山水間，酣嬉自適，忽念平生故人有衰疾遠隔幽、燕㉔者，必為北鄉㉕惆然而不樂也。

【注釋】❶辛卯壬辰　康熙五十年（西元一七一一年）和五十一年（西元一七一二年）。❷金壇　今江蘇金壇。❸江寧　今江蘇南京。❹率　大約。❺余以南山集牽連二句　康熙五十年（西元一七一一年），戴名世因《南山集》有觸犯清廷的語辭，被人揭發而處死。方苞曾為《南山集》作序，受牽連入獄。❻公車　漢朝以公家車徵召賢才入京待用，清朝因稱舉人進京參加會試為公車。❼間　相隔。❽負手　兩手反交於身體背後。❾階除　臺階。階、除，意思相同。❿盤薄　岔開腿坐，也稱箕坐。是一種放肆不講禮貌的姿勢。⓫諮經諏史　諮、諏，皆是問的意思。⓬圜土　監牢。⓭姍笑　嘲笑。⓮訾謷　詆毀。⓯旗籍　滿人戶口，以兵籍編制，分為八旗，漢族歸附者則編入漢軍旗。方苞出獄，編其籍於漢軍，至雍正元年赦歸原籍。⓰海淀　在北京城西北。⓱翰林　官名，清朝選一部分進士任翰林院官，有侍讀學士、侍講學士、修撰、編修、檢討等官，大學士則為翰林院掌院學士。⓲關　稟告。⓳戊戌　康熙五十七年（西元一七一八年）。⓴忡惕　憂愁、戒懼。㉑仲夏出塞門　方苞是康熙帝文學侍從，夏時隨往承德避暑山莊。仲夏，農曆五月。塞，關塞。㉒息耗　消息；音訊。㉓親懿遊好　親人、好友。親懿，至親。㉔幽燕　指今河北、遼寧一帶。此代指北京。㉕鄉　同「嚮」。

【語譯】我和篛林的交情變得更加牢固，是在辛卯、壬辰年間。在此以前，篛林的家在金壇，我住在江寧，大概一年才能相聚一次。到此時，我因為受《南山集》案子牽連，被捕入刑部牢獄，而篛林進京趕考，隔一兩天必定會到監牢來看我。每次吃過早飯，背著手在臺階上行走，篛林就推門進來了。來到後就脫掉外衣，盤腿而坐，詢問經籍，商討史書，好像旁邊沒有人一樣。一起關押的人有的很不耐煩，譏諷我說：「你即使忘記了這裡是監獄，自己被判了死刑，又怎麼能夠不管旁觀者嘲笑呢？」可是，篛林每次來，都不會很快就走，我也不會因為畏懼別人詆毀而不說想說的話。

我出獄以後，被編入漢軍旗，住在海淀，篛林任翰林院庶吉士。我每次有事進城，就住宿在他家裡。海淀與城之間往返將近六十里，然而互相聞問早晚不斷，無論大事小事都會稟告，快樂哀傷都讓對方知道，常常過了一個多月後，翻閱篛林的書信肯定已有一寸多厚。

康熙五十七年春，篛林忽然告訴我不久就要回家了。我乍一聽，心裡又是憂傷，又是驚恐，好像夜裡彷徨在無人的小路上，四面張望而找不到歸宿。篛林說：「你別這樣！我不是不知道我回家後，你會無處可去，可是我現在無法再顧及到你了。再說你也為我想想，又怎麼好意思阻攔我回去呢？」篛林啟程的日子，定在秋天，而我仲夏出了關塞，多次發信去詢問消息卻沒有回音。現在他真的回家了麼？我知道篛林回到老家後，在春天、秋天溫煦晴明的日子裡，和至親好友們一起安閒自得地遊玩於山水之間，沉湎於嬉遊快樂中，忽然想到平生舊交中，有一個衰弱多病、遠隔於幽燕之地的好友，一定會對著北風感到惆悵而悶悶不樂。

【研　析】方苞重友情，能寫優秀的情誼文章。他受戴名世《南山集》案牽連入獄，這是他人生中最黑暗的時期，而此段經歷也成了他後來寫作的重要素材，除了專門描寫監獄生活的名篇〈獄中雜記〉等之外，他在一些文章中也會情不自禁地寫到自己在獄中的境況和感受。其間，他得到過一些朋友無私地關心和幫助，這成了他最值得珍藏的一部分記憶。本文敘寫他與王澍的友情，劈頭就從兩人「交益篤」的階段寫起，對他入獄之前雙方泛泛之交只輕輕一筆帶過，正可見王澍「間一二日」必到監獄去探望他，這種友情對身陷囹圄的方苞來說是多麼需要，而又是多麼難得！此處「篤」字的具體含義，就是指患難與共，這能夠讓人刻骨銘心，沒齒難忘。以後兩人憂喜相聞，過從親密，都是建立在這樣一種貞情基礎之上。「忽告」句引出兩人分別，使文章陡然興起波瀾。如果說分別對王澍、方苞都是一種痛苦，無疑對方苞來說這種痛苦尤為強烈，一部分是因為提出離開的是王澍，不是方苞，一部分則是因為方苞對王澍始終懷有感激的心情。他形容自己驟然聽到王澍要離京回家的消息，猶如一個孤獨的人彷徨在夜色籠罩的小路上，找不到哪裡是自己的歸宿。文章結尾，作者想像回到家中與親人團聚的友人，雖然沉湎於嬉遊快樂中，當想到一個朋友被拋棄在遙遠的地方時，也會因此而轉喜為憂，以此寫出方苞本人的痛苦，表達自己對王澍的想念，以及對兩人情誼的緬懷，筆墨中飽蘸著真摯的感情。

送劉函三序

【題解】劉函三曾任池陽、盧陵縣令，任期都很短，就辭官了。他辭官的原因是不適應官場應酬、束縛，縣令無可避免地要幹一些擾民的事情，這也令他難受。本文是劉函三回故鄉前，方苞贈他的一篇送行序，此時劉函三已經辭去池陽縣令。關於他這次辭職的原因，方苞在〈與劉函三書〉裡有比較具體的說明，也表達了敬意。信說：「後遇池陽徐生，為言其邑劉侯（指劉函三）悼為吏者不得行意，動以戕賊其民，視去其官如機阱。僕聞而慨然，以為不使不仁加乎其身，乃今復有其人。及至京師，遂與二三同儕，交相傳說，奮顏攘臂，稱於多人之中，以醜頑鈍叨穢之徒。」可以將兩篇文章參照閱讀。

本文寫於方苞三十到四十歲之間。

道之不明久矣，士欲言中庸❶之言、行中庸之行而不牽於俗，亦難矣哉！蘇子瞻❷曰：「古之所謂中庸者，盡萬物之理而不過；今之所謂中庸者，循循❸焉為眾人之所為。」夫能為眾人之所為，雖謂之中庸可也。自吾有知識❹，見世之苟賤不廉❺、姦欺❻而病於物者，皆自謂中庸，世亦以中庸目之。其不然者，果自桎❼焉，而眾皆持中庸之論以議其後。

燕❽人劉君函三令池陽❾，困長官誅求❿，棄而授徒江、淮⓫間。嘗語余曰：「吾始不知吏之不可一日以居也。吾百有四十日而去官，食知甘而寢成寐，若昏夜⓬涉江浮海而見其涯，若沉痾⓭之霍然⓮去吾體也。」夫古之君子，不以道徇⓯人，不使不仁加乎其身⓰。劉君所行，豈非甚庸無奇之道哉？而其鄉人往往謂君迂怪不合於中庸，與親暱者，則太息⓱深矉⓲，若哀其行之迷惑不可振救⓳者。雖然，吾願君之力行而不惑也。無耳無目之人，貿貿然適於鬱栖坑阱之中⓴，有耳目者當其前，援之不克㉑而從以俱入焉，則其可駭詫也加甚矣。凡務為撓㉒君之言者，自以為智，天下之極愚也。奈何乎不畏古之聖人賢人，而畏今之愚人哉！劉君幸藏吾言於心，而勿以示鄉之人，彼且以為譸張頗僻㉓，背於中庸之言也。

【注釋】❶中庸　儒家的政治、倫理、哲學思想，主張待人、處事不偏不倚，無過與不及。❷蘇子瞻　蘇軾字子瞻。他〈策略四〉說：「古之所謂中庸者，盡萬物之理而不過，故亦曰皇極。夫極，盡也。後之所謂中庸者，循循焉為眾人之所能為，斯以為中庸矣，此孔子、孟子之所謂鄉原也。一鄉皆稱原人焉，無所往而不為原人，同乎流俗，合乎汙世。曰古之人何為踽踽涼涼，生斯世也，為斯世也，善斯可矣，謂其近於中庸而非，故曰德之賊也。孔子、孟軻惡鄉原之賊夫德也。」❸循循　循規蹈矩的樣子。❹知識　指辨識事物的能力。❺苟賤不廉　卑鄙下賤，寡廉鮮恥。❻姦欺　欺詐虛偽。❼自桎　指用儒家中庸之道約束自己。桎，腳鐐。❽燕　今河北省北部。❾池陽　指今安徽貴池縣。宋朝屬池州池陽郡，故稱。❿誅求　強制徵收。⓫江淮　長江、淮河。此泛指長江、淮河一帶。⓬昏夜　黑夜。⓭沈痾　久治不癒的疾病。⓮霍然　忽然。⓯徇　屈從。⓰不使不仁加乎其身　語出《論語・里仁》。見〈與劉函三書〉注❾。⓱太息　歎息。⓲深矉　緊皺眉頭，形容愁苦貌。矉，同「顰」。⓳振救　拯救。⓴貿貿然適於鬱栖坑阱之中　貿貿然，糊裡糊塗的樣子。適，到。鬱栖，糞土。坑阱，陷阱。㉑不克　不能。㉒撓　阻止。㉓譸張頗僻　欺詐、偏頗。

【語　譯】道不明實在太久了，士人想說符合中庸的話、做符合中庸的事而不受世俗牽制，也真是難呀！蘇軾說：「古代所謂的中庸，是指能夠窮盡萬物之理而不為過；現在所謂的中庸，是指循規蹈矩地做眾人都能夠做的事情。」能做眾人所做的事情，即使稱之為中庸也無妨。從我開始懂事以來，看到世間卑鄙下賤、不知廉恥、奸詐虛偽而又對物質充滿貪欲的人，都自稱為中庸，世人也將他們當成中庸者看待。有的人不這麼做，確實能用不偏不倚的道理約束自己，可是大家都在背後非議他們不符合中庸之道。

燕人劉君函三任池陽縣令，無法忍受上司強徵暴斂，辭官到江、淮一帶授徒講學。他曾對我說：「我起初不知道官是一天也不能做的道理。我一百四十天後辭了官，吃飯有味睡覺安恬，好像黑夜裡渡江過海見到了岸頭，又好像久治不癒的重病忽然離開了我的身體。」古代的君子，不會懷抱大道屈從於他人，不會讓不仁不義附著於自己身上。劉君的做法，難道不是很平常、沒有一點奇怪之處嗎？可是他的同鄉往往說他迂腐可怪不合於中庸之道，與他關係親密的人，則歎息搖頭，皺眉蹙額，好像是在為他做事糊塗、無可救藥而感到悲哀。儘管如此，我倒是希望你努力做下去而不必遲疑。不長耳朵、眼睛的人，稀裡糊塗地踩到糞壤、走進陷阱裡，有耳有眼的人在他前面，想拉他出來結果卻與他一起陷落進去，那就會更加令人感到驚駭可怪了。凡是竭力散佈阻撓你辭官言論的人，自認為聰明，其實他們是天下最愚蠢的。為何不畏懼古代的聖賢，反而懼怕當今的蠢人呢！希望劉君把我的話藏在心裡，不要告訴你家鄉的人，不然他們會認為我在騙人，言辭偏頗，說的都是有悖於中庸之道的話。

【研　析】文章的主意是表彰劉函三本性清貞，獨善其身，為此，作者先從對面起筆，指斥世風混濁，是非舛錯顛倒。這種宛轉形容的方法，猶如先寫淤泥，後寫荷花，所謂「出淤泥而不染」，越顯荷花清新鮮翠，搖曳可愛。

上古之中庸，士人的言行「不牽於俗」；後世之中庸，「循循焉為眾人之所為」；而今人之所謂中庸，則更降而為直士所不屑，不過是一些「苟賤不廉、姦欺而病於物者」而已。同一個表示高尚的概念，古今所指向的對象完全相反，由此正可見世風日下，是非顛倒，古道不明。「能為眾人之所為，雖謂之中庸可也」，作者用讓步語氣的句子，更襯托出對「今之所謂中庸者」憤慨之情強烈，也由此使作者抨擊世人道德觀念蛻變更加激烈。

劉函三形容辭官以後寢食甘美，心情「若昏夜涉江浮海而見其涯，若沉痾之霍然去吾體」。這是一種解脫的快樂，新生的快樂，既是肉體的，更是精神的。

贈魏方甸序

【題　解】魏方甸，浙江嘉善人，明朝東林名流魏大中的曾孫。康熙三十七年（西元一六九八年）冬，方苞被督學張榕端招至使院，與魏方甸同為幕僚，因而相識。一年後，方苞離開幕府回家，寫此序贈魏方甸，向他道別，敘述二人友情，表達對魏氏的同情。方苞在入張榕端幕府期間，結識其子張丙厚（西元一六六六－一七二四年），字爾載，號腹庵，康熙三十三年（西元一六九四年）進士，官至刑部郎中。後來魏方甸早逝，方苞曾代魏家向張丙厚求助，得到救濟。方苞自己因《南山集》案入獄，張丙厚曾向主審官吏部尚書富甯安為方苞洗冤。事見方苞〈刑部郎中張君墓誌銘〉。

本文寫於康熙三十八年（西元一六九九年），方苞三十二歲。

余窮於世久矣，而所得獨豐於友朋。寓金陵❶，則有同里劉古塘❷，高淳張彝歎❸；至京師，則有青陽徐詒孫❹，無錫劉言潔❺，北平王或菴❻及邑子左未生❼、劉北固❽，而吳、越、淮、揚❾間暫遊而志相得者又三數人。雖貧賤羈旅，未嘗一日而無友朋之樂也。惟乙亥客涿鹿❿，自春徂冬，漠然無所向。課章句畢，輒登城西南隅，坐譙樓⓫，望太行西山⓬，至暝而不能歸，雖風雨之夕亦然。自生徒及僕隸、居人皆怪詫，不知余爾時心最悲，思念平時所與遊處者，意愴怳⓭不能自克也。踰歲東歸，將遂農力以事父兄，而家窮空，又時為近地之遊。戊寅⓮冬，督學滏陽張公招至使院⓯，賓從雜然，酣嬉聒譊，而余孤孑無與，不異客涿鹿時。有魏生者，居常嘿嘿⓰，而意獨向余。問其世，則明天啟中，給事吏科，忤逆奄而死廠獄者，其曾王父也⓱。次年春，滏陽公按試⓲諸郡，惟余與生留舍署⓳之西偏，庭空無人，時蔭高樹，俯清池，徘徊草露間。回憶曩⓴者客涿鹿時，與生寂寞相慰，轉若有以自得者。

余倦遊，計以匝歲㉑為止，將就一二故人謀所以歸隱者，果竟得之，終老不出矣。然余終得歸，而平生故交，自彝歎、未生外，皆飄零分散，無得安居而從己所務者，用此常以自恨而為諸君子憂。而魏生言：「自給事時，家無舊業，其父兄伯叔父十數人，皆仰食㉒於生。生之孤行遠遊，蓋自此始而未知其所終也。」然則生之別，又遺余憂者矣。

【注釋】❶金陵　今江蘇南京。❷劉古塘　劉捷，字古塘，先世安徽懷寧人，遷桐城，流寓金陵。康熙五十年舉人，五十二年將參加會試，聞方苞受戴名世案牽連被捕，隨從赴京城，因此錯過試期。後任江寧縣學。本文提到的劉捷、張自超、劉齊，事跡見方苞〈四君子傳〉。❸張彝歎　張自超，字彝歎，高淳（今屬江蘇）人，世居蒼溪。年近五十登甲科而不肯試為吏。❹徐詒孫　徐念祖（西元一六五五－一六九八年），字詒孫，青陽（今屬安徽）人。康熙三十年，與方苞相識於京城。四十四歲投池自盡。方苞撰有〈徐詒孫哀辭〉。❺劉言潔　劉齊，字言潔，無錫（今屬江蘇）人，康熙二十五年選貢入太學，卒年四十七歲。❻北平王或菴　與方苞相識於康熙二十二、二十三年，倜儻自負（見《方望溪遺集‧送宋潛虛南歸序》）。北平，北京。❼左未生　左待，字未生，安徽桐城人，左光斗季孫，戴名世姑父。方苞撰有〈左未生墓誌銘〉等文記述他生平及兩人的交情。❽劉北固　劉輝祖，字北固，安徽桐城人，卒於康熙四十七年（西元一七〇八年）。方苞撰有〈劉北固哀辭〉。❾吳越淮揚　泛指江浙和揚州、淮河一帶。❿乙亥客涿鹿　康熙三十四年（西元一六九五年），方苞館涿州滕氏，授經謀生。涿鹿，明朝為治理西北，曾在涿州設置涿鹿衛。方苞以涿鹿代稱涿州（今河北涿縣）。⓫譙樓　城門上的瞭望樓。⓬太行西山　太行山西部。太行山，在山西高原與河北平原間，從東北向西南延伸，北起拒馬河谷，南至晉豫邊境黃河沿岸。⓭愴怳　惆悵失意。⓮戊寅　康熙三十七年（西元一六九八年）。⓯督學滏陽張公招至使院　張公，張榕端（西元一六三九－一七一四年），字子長、子大，號朴園、蘭樵，直隸磁州（今河北磁縣）人。康熙十五年（西元一六七六年）進士，官翰林院編修、國子監祭酒，康熙三十四年（西元一六九五年）官禮部侍郎，次年任江南學政。工詩，擅書法。著有《寶嗇堂詩稿》等。督學，學政的別名，朝廷派駐各省督導教育行政及考試的專職官員。滏陽，今河北磁縣。使院，提督學政的官署。⓰嘿嘿　默默。⓱問其世五句　魏大中（西元一五七五－一六二五年），字孔時，號廓園，嘉善（今屬浙江）人。自幼家貧，讀書砥行。明萬曆四十四年（西元一六一六年）進士，官行人司行人，工、禮、戶、吏各科給事中，都給事中等職。天啟初參劾魏忠賢黨，被逮入獄，遭酷刑死。著有《藏密齋集》。天啟，明熹宗年號（西元一六二一－一六二七年）。給事吏科，明設吏、戶、禮、兵、刑、工六科，每科設都給事中一人，左右給事中各一人，給事中若干人。此指吏科給事中。逆奄，指魏忠賢。奄，宦官。廠獄，明朝官署東廠、西廠的監獄。廠，東廠、西廠的簡稱，由宦官提督，專事監視、逮捕、審訊官員。曾王父，曾祖父。⑱按試　巡視。⑲舍署　官署。⑳曩　從前。㉑匝歲　滿一年。匝，滿。㉒仰食　依靠他人得食。

【語　譯】我在世上落魄潦倒已經很久了，而唯獨得到許多朋友。寄寓金陵時，則有同鄉劉古塘、高淳張彝歎；到了京城，則有青陽徐詒孫、無錫劉言潔、北平王或菴，以及同鄉左未生、劉北固，而暫遊吳、越、淮、揚一帶時，遇到志趣相投的又有三四人。雖然生活貧賤，客居異鄉，卻未嘗一日不享受與朋友相處的快樂。惟有乙亥年客居涿鹿，從春到冬，冷清孤寂，無知己相處。講授完課文章句，就登上縣城西南角的城牆，坐在城門瞭望樓上，眺望太行山西邊，至日色消退也不捨得離開，即使風雨交加的傍晚也是如此。從學生到奴僕及同住的人，都覺得奇怪，他們哪裡知道我當時的心情極其悲哀，思念平時交往、相處的朋友，悽愴難過的情緒不能自抑。一年後東歸家鄉，意欲種田務農以侍奉父親兄長，然而家境貧窮，空無所有，又不時到近處出遊。

戊寅年冬天，督學滏陽張公將我招至使院，各式各樣的賓客、隨從雜然相處，飲酒嬉鬧，聒噪戲謔，然而我孑然一身，無人可與交往，與客居涿郡時沒有什麼不同。其時有姓魏的書生，平日經常默默寡言，卻與我特別投緣。問他的家世，則明朝天啟年間吏部給事中，因觸犯閹黨而死於東廠監獄的那個人，就是他曾祖父。第二年春天，滏陽張公到各郡巡視，惟有我和魏生留在官署西側，庭院空曠無人，有時在大樹下遮蔭俯視清池，徘徊於草叢露水間。想起從前客居涿鹿時的情景，現在能與魏生在寂寞中互相寬慰，轉而好像自得其樂起來。

我厭倦羈旅漂泊，以滿一年為期限結束這種生活，從此去找一二個老朋友商量怎麼歸隱的事，假如果然最後實現了，就終生不再外出。可是，我縱然得以返回家鄉，然而平時故交，除彝歎、未生外，都飄零分散在各處，不得安居而做自己想做的事情，為此緣故，我時常自恨，而且為諸君子擔憂。魏生卻說：「從給事中曾祖父起，家裡沒有祖傳的產業，我父親、兄弟、伯父、叔父等十幾口人，他們的生計全靠我一個人。我獨自遠遊，正是從這裡開始而不知道何時能夠結束。」如此看來，與魏生這次離別，又增加了我的擔憂。

【研　析】這是方苞早年的文章，寫他與窮困潦倒友人的情誼。沒有發達以前，方苞為謀生、為求功名汲汲奔走，四處漂泊，這種生活讓他怨惱，然而痛苦中又有快樂。文章以作者本人為中心，採用兩條線索對此加以敘述。一條線索寫作者久窮於時，敘述自己困頓失志；另一條線索寫作者「所得獨豐於友朋」，幾乎每一次羈旅漂泊的經歷，都能夠遇到相知，「未嘗一日而無友朋之樂」。這兩條敘述的線索力量相等，互相糾纏，使作者的憂樂之情互為反襯，憂者更憂，樂者更樂。

表現孤獨感也是本文一個內容。方苞二十八歲客居涿鹿，生活艱難、乏味，身邊沒有友人，那可能是他羈旅生涯中最難熬的日子。他獨自登上城牆，坐在譙樓，眼望遙遠的太行山，直到夜色降臨，哪怕此時風雨交加，他還依然不願意回到人群中去。這寫出方苞一方面藐視凡俗，一方面又覺得自己在天地中很渺小。而恰恰也是在這個時刻，他的心靈與天地自然相契相通，並且領略到了人類的孤獨精神。這是文中一段感人的描寫。然而方苞並不甘願過這種孤獨的生活，他希望周圍有朋友，他只是厭惡與庸俗的人為伍，才選擇獨處。所以他的孤獨感帶有古典的意味。

本文云：「余倦遊，計以匝歲為止，將就一二故人謀所以歸隱者，果竟得之，終老不出矣。」方苞〈送左未生南歸序〉也云：「余每戒（宋）潛虛，當棄聲利，與未生歸老浮山，而潛虛不能用，余甚恨之。」將兩者結合起來讀，可知方苞說的「故友」正是指戴名世（宋潛虛）、左未生等人。

贈潘幼石序

【題　解】潘介，字幼石，安慶（一說懷寧，今屬安徽）人。歲貢生。善文，他所撰〈中泠泉記〉一文收入張潮《虞初新志》。年高於方苞一輩，與早年方苞的關係在師友之間。方苞出獄後，潘幼石曾被方苞聘為家裡的塾師。他從京城回江南，方苞撰寫此序相贈。作者談到，真正的朋友是趣味相投，不嫌窮賤的。這是他自己的一種生活經驗，也是感慨頗深的話。

本文寫於康熙五十五年（西元一七一六年）前後，方苞四十九歲左右。

余數奇❶，獨幸不為海內士大夫所棄，而有友朋之樂。然每怪平生故舊，其道同志相得者，所遇之窮，必與余類，交淺者其困亦淺，交深者其困亦深。或始相得，中道而棄余，與余跡漸遠，而其遇亦漸通❷。或當世名貴人，無故與余相慕用，而屯蹇❸輒隨之。吾不識其何以然。既而悟曰：「凡物之腐臭❹者，有或❺近之，則臭必移焉，是何怪其然。」或❻曰：「非此之謂也。物無知，人強合之，故其臭移焉。人有知，其臭味之不同者，孰能強之合也？蓋必其氣之本衰，或時之已去，而後乃與子相得焉。子惡用自引咎哉？」

潘先生幼石，余童子時以師友之禮交，而先生常弟畜余。先生文行重江表❼，方其壯盛，未嘗一至京師，老而來遊，閉一室，諸公貴人有索交者，一謝❽不通，而獨暱就❾余。先生以貧故客遊，至欲乏❿家事不問，而為余教子。嗚呼！先生之趨舍，可謂與眾異心者矣。夫昔之不余棄者，尚或未知余之腐臭也，今則夫人而知之矣，而先生乃好之加篤焉。豈臭味之同，雖先生亦有不能自主者邪？

先生之歸也，余在塞上⓫。留書索余言贈所處⓬，因書此質⓭之，吾知先生必憮然⓮而歎余言之鄙也。

【注　釋】❶數奇　命運不好。❷通　亨通；通達。❸屯蹇　《易》〈屯卦〉和〈蹇卦〉的並稱，意謂艱難、不順利。❹腐臭　動植物腐敗散發出的味道。臭，同「嗅」。氣味。❺或　倘若。❻或　有人。❼江表　江外，指長江以南地區。❽謝　推辭。❾暱就　親近。❿乏　荒廢；棄置。⓫塞上　此指承德避暑山莊。方苞作為康熙的文學侍從，夏時隨往。⓬所處　所住的地方。⓭質　詢問；就正。⓮憮然　悵然失意貌。

【語　譯】我命運不好，唯獨幸運的是沒有被海內士大夫所遺棄，而能得到朋友的快樂。然而常常讓我感到奇怪的是，平生的老朋友，和我道同志趣相符的人，他們所遭遇的困境，必定與我相似，交情淺的窮困程度也淺，交情深的窮困程度也深。有的人開始和我意氣相投，中途拋棄了我，與我往來漸漸疏遠，而他們的境遇也漸漸變得通達起來。有的是當世名人貴人，無緣無故對我產生了仰慕和信賴，從此艱難不順的事就接踵而至。我不知道這究竟是什麼原因造成的。後來我明白了：「凡是腐爛後發出氣味的物體，別的東西如果接近它，那麼就會把氣味傳染給它，這有什麼可奇怪。」有人說：「不能這麼說。物體沒有知覺，人硬是把它們放在一起，所以腐物的氣味就傳染到別的物體上。人具有知覺，氣味不同的人，誰能夠把他們強行湊合在一起？想來定然是那些人的氣數本來就衰退了，或者時運已經過去，然後才和您合得來。您何必為此而自我責備呢？」

潘幼石先生，我早年讀書時與他以師友的禮節相交往，而先生常常把我當作弟弟。先生文章、德行名重江南，在他壯年時，不曾一次到過京城，年老了來京城遊歷，把自己關在一間屋裡，公卿貴人們想請求他做朋友，一概謝絕，不與交往，卻唯獨與我相親近。先生由於貧窮客遊在外，以至棄置家事而不聞不問，卻為我教導孩子。嗚呼！先生的選擇和取捨，可謂與眾人的想法不同。從前不捨棄我的人，可能是還不曉得我身上有腐物的氣味，現在則是所有的人都知道了，然而先生卻對我更加好了。難道是氣味相投，連先生也不能把持自己了嗎？

先生回家鄉時，我在塞上。先生留下一封信向我索要文章寄往他的住處，因此寫此文向他就正，我知道先生一定會悵然失望，嗟歎我的文章寫得鄙陋。

【研　析】方苞好講自己倒楣的事情，〈贈潘幼石序〉對此的渲染可謂登峰造極。他說自己是一個倒楣透頂的人，不僅自己倒楣，還會把這種晦氣傳染給別人，誰與他好，誰也會隨之倒楣；誰與他分割交情，斷袂而去，誰立即就時運倒轉，否極泰來。說這種話好像是犯忌諱的，誰願意說自己是一個倒楣蛋惹人厭嫌？然而方苞卻不避嫌用這樣的筆墨為自己畫像。不過他並不是在醜化自己，他其實是想說明這樣的道理：在這個世上，真正立志高遠，追求道義的人，是為社會所難容的，他們的人生道路一定是坎坷崎嶇，充滿艱險。也就是說，這樣的人天生是要經歷倒楣的過程。然而正是因為不畏倒楣，才能夠成就其宏業，成為世上英傑。孟子說：「故天將降大任於是人也，必先苦其心志，勞其筋骨，餓其體膚，空乏其身，行拂亂其所為，所以動心忍性，曾益其所不能。」（《孟子・告子下》）方苞的倒楣論大致也就是這個意思。此外，方苞也借用這樣的敘述來表達他對人生的理解，借所謂的倒楣來觀察人物，反諷世俗。他自曾祖以後家道中衰，自己早年、中年長期鬱鬱不得志，又受牽連入獄，這些經歷使他備嘗世態涼暖，同時又從中得到磨礪，使他很容易識別出誰是真正的好朋友，誰是一時為浮名所惑的泛泛之交。被拋棄過的人，往往在交友中會別具眼光，不再容易上當受欺騙。同時他也會對患難之友，對不嫌窮賤的同情者，特別地感激和友善。他在〈結感錄〉（又名〈癸巳結感錄〉）一文，深情而具體地記述在他入獄期間給予關心、呵護和幫助的人，文集中好幾篇文章也是記述其中幾位服義強仁的友人，相反對落難時拋棄他的人，他也無法做到釋懷，這些內容常常出現在他的筆下。如他在〈答程葭應書〉裡說到，「僕少壯遊四方，數至吾門，必請業而後已者三百餘人，及赴詔獄，入省視惟夔州

（鄔按，即程崟，見方苞〈答程夔州書〉題解，他是程鍾字葭應的族兄）一人。用此，難後三十餘年講以所聞者惟黃世成、雷鋐、劉芳靄等不及十人。」（《方望溪遺集》）〈程贈君墓誌銘〉也說：「余以《南山集》牽連赴詔獄，親故蕩恐，不敢通問，惟崟以計偕入獄視余，即此可徵義方之教。」紛紛要求方苞收自己為門生的三百餘人，在老師落難時，只有一個人入獄去探望，這對方苞來說是一種怎樣的傷害！而那個唯一者，又會讓他感到如何的珍貴！所以，方苞在講述他自己「數奇」時，內心的感受應當是非常複雜的。方苞寫這篇文章的時候，他已經走出一生中最大的厄運陰影，他的人生坦途已經展現在眼前。所以，文中似乎是自我貶賤的話，正包含著他對自己極大的自信，包含對世俗的極大諷刺。

送左未生南歸序

【題解】左待（西元一六五二—一七二〇年），字未生，桐城（今屬安徽）人，左光斗孫子。他的生卒年據方苞〈祭左未生文〉、〈左未生墓誌銘〉考得。左待是方苞的摯友。方苞由於《南山集》案牽連下獄，未生在家常常想念他。康熙五十八年（西元一七一九年）四月，他從桐城來到京城，經范恆菴介紹，做駙馬孫承運兒子家庭教師，跟隨孫承運到熱河，與方苞短暫相處了一段日子。五月孫氏死，左未生欲南歸。臨別，方苞寫此序文相送。而實際上，左待回到京城後為儲大文（西元一六六五—一七四三年），字六雅，江蘇宜興人，官翰林院編修）挽留，至次年八月二十六日客死京城。

本文寫於康熙五十八年（西元一七一九年），方苞五十二歲。

左君未生與余未相見，而其精神志趨、形貌辭氣，早熟悉於劉北固❶、古塘❷及宋潛虛❸。既定交，潛虛、北固各分散。余在京師，及歸故鄉，惟與未生游處為久長。北固客死江夏[4]。余每戒潛虛，當棄聲利，與未生歸老浮山[5]，而潛虛不能用，余甚恨[6]之。

辛卯[7]之秋，未生自燕南[8]附漕船東下[9]，至淮陰[10]始知《南山集》禍作，而余已北發[11]。居常自對[12]曰：「亡者[13]則已矣，其存者遂相望而永隔乎？」己亥[14]四月，余將赴塞上[15]，而未生至自桐。瀋陽范恆菴[16]高其義，為言於駙馬孫公[17]，俾偕行以就余。既至上營[18]，八日而孫死，祁君學圃館[19]焉。每薄暮公事畢，輒與未生執手谿梁[20]間。因念此地出塞門二百里，自今上[21]北巡建行宮[22]始，二十年前此蓋人跡所罕至也。余生長東南，及暮齒[23]而每歲至此涉三時[24]，其山川物色久與吾精神相憑依，異矣，而未生復與余數晨夕於此，尤異矣。蓋天假之緣，使余與未生為數月之聚，而孫之死，又所以警未生而速其歸也。

夫古未有生而不死者，亦未有聚而不散者。然常[25]觀子美[26]之詩及退之、永叔[27]之文，一時所與遊好，其人之精神志趨、形貌辭氣若近在耳目間，是其人未嘗亡，而其交亦未嘗散也。余衰病多事，不可自敦率[28]。未生歸，與古塘各修行著書，以自見於後世，則余所以死而不亡者有賴矣，又何必以別離為戚戚[29]哉？

【注釋】❶劉北固　劉輝祖，桐城人。舉人。❷古塘　劉捷，劉輝祖弟弟。詳見〈四君子傳〉。❸宋潛虛　即戴名世，因他被朝廷殺害，故諱用其名。❹江夏　今湖北武昌。❺浮山　浮度山，在安徽通城縣，今屬安徽安慶樅陽縣。❻恨　遺憾。❼辛卯　康熙五十年（西元一七一一年）。❽燕南　屬今河北省。燕，舊時河北省的別稱，也指河北省北部。❾附漕船東下　指坐船沿運河往東南。漕船，由水道運糧米的船。❿淮陰　別稱淮安，今屬江蘇。⓫北發　意思說受《南山集》案牽連，被解往至京城。⓬懟　怨。⓭亡者　指戴名世。⓮己亥　康熙五十八年（西元一七一九年）。⓯塞上　指河北承德避暑山莊。⓰瀋陽范恆菴　瀋陽，清朝盛京，今屬遼寧省。范恆菴，瀋陽人，生平不詳。⓱駙馬孫公　孫承運（西元一六八九—一七一九年），遼東人。康熙四十五年（西元一七〇六年）與康熙帝第十四個女兒和碩慤靖公主結婚，康熙五十八年（西元一七一九年）五月卒。方苞撰有〈駙馬孫公哀辭〉。駙馬，本官名，魏晉後尚公主者皆拜駙馬都尉，世人因稱皇帝女婿為駙馬。⓲上營　原屬熱河，今屬河北省。⓳祁君學圃館　祁學圃，白山人，生平不詳。館，供宿食。⓴谿梁　河橋。谿，同「溪」。梁，橋。㉑今上　指康熙帝。㉒行宮　在京城以外供皇帝出行時使用的宮殿。康熙經常巡視熱河，因建行宮。此指承德避暑山莊。㉓暮齒　晚年。㉔三時　夏至後的半個月。頭時，三日；中時，五日；三時，七日。㉕常　曾。㉖子美　杜甫，字子美。㉗退之永叔　韓愈，字退之。歐陽修，字永叔。㉘余衰病多事二句　韓愈〈答劉秀才論史書〉：「僕年志已就衰退，不可自敦率。」敦率，敦勉循行。陸機〈辨亡論〉：「敦率遺典，勤民謹政。」張銑注：「敦勉率循典法也。言借使中才之人，勉循孫權遺法也。」㉙戚戚　憂傷貌。

【語譯】左君未生還沒有和我見面以前，他的精神志向、形貌語氣，我早已經從劉北固、古塘以及宋潛虛那裡熟悉了。結為朋友後，潛虛、北固各自離散。我在京城，當回到故鄉時，唯獨與未生過從相處的時間最長。北固客死於江夏。我經常勸誡潛虛，應當放棄追逐名利，與未生一起到浮山去養老，可是潛虛沒有聽取我的意見，我對此感到非常遺憾。

辛卯年秋天，未生從燕南搭乘漕運的船隻東行，到淮陰才知道發生了《南山集》禍事，而我已經在去北方的路上。他平素經常怨懟道：「死去的人只好算了，活著的人難道就這樣遙遙相望永遠隔開嗎？」己亥年四月，我將去塞上，而未生從桐城來此。瀋陽范恆菴欽佩未生義氣，為他在駙馬孫公面前說話，帶著未生一起走，以便可以接近我。到了上營，八天後孫公去世，祁君學圃留他住下。每當傍晚處理完公事，我就與未生牽著手在溪橋間散步。因而想到，此處離開塞門二百里，自從當今皇上往北巡狩建立行宮開始，二十年前這裡大概還是人跡罕至的地方。我生長在東南，到了晚年卻每年來這裡度過夏至後的半個月，這裡的山川風物已經久久地與我的精神相依存，這真令人奇怪，而未生又來與我在此地度過幾個晨夕，這更是令人奇怪。大概是天賜緣分，使我和未生能有數月相聚，可是孫氏去世，又成了讓未生趕緊南歸家鄉的一種警告。

從古以來沒有生而不死，也沒有聚而不散。然而曾讀杜甫詩歌與韓愈、歐陽修文章，當時一起交遊的好友，他們的精神志向、形貌語氣好像近在眼前和耳邊，這意味著他們的生命沒有消亡，而他們的交情也沒有渙散。我衰老患病，事情又多，無法敦勉循行。未生回家後，與古塘都從事修煉德行、著述文章，借此使自己流傳於後世，那麼我死而不至於消亡就有了保障，又何必因為別離而神傷呢？

【研析】方苞在文章中講述自己與左未生聚散離合的經歷，然而無論是聚合，還是離散，二人的情分和友誼都是一樣的清純、堅牢，從來沒有絲毫改變，始終都是心心相印。全文所呈現的友誼很樸實，很執著，也很親切。

方苞受戴名世《南山集》案牽連入獄，對此，他很少表示自己對戴名世的看法。在本文中，他談到以前曾經規勸戴名世「當棄聲利」，歸老山林，然而戴名世沒有接受他的勸告，這使他感到很遺憾。方苞在戴名世死後，在他自己被康熙帝寬宥獲釋，並且逐漸得到重用以後，為什麼要講這一番話？是否意味著方苞認為戴名世最後的悲劇也有他自己個人方面的原因？方苞這番話比較含蓄，似乎話中有話，作這樣的推測未必是無中生有。

贈淳安方文輈序

【題　解】方粲如（西元一六八〇—？年），字若文，一字文輈，號樸山，淳安（今屬浙江）人，康熙四十五年（西元一七〇六年）進士，官豐潤（今河北豐潤區）知縣。曾講學敷文書院、蕺山書院、紫陽書院。少時受業於毛奇齡，通經史。古文與方苞、方舟並稱「三方」。著有《周易通義》、《尚書通義》、《集虛齋學古文》、《離騷經解》、《樸山存稿》等。方楘如為官不久，即遭罷免，方苞鼓勵他積極寫作古文。本文論述文章古今盛衰之原因，認為學精而道明是振興古文、寫好古文的根本，以此作為對方楘如的期許。

此文作於方苞五十餘歲。

文章之傳，代降而卑，以為古必不可復者，惑也。百物技巧，至後世而益精，竭心焉以求其善耳。然則道德文術之所以衰者，其故可知矣。

周時，人無不達於文，見於傳者，隸卒廝輿❶亦能雍容辭令。蘇秦既遂❷，代、厲始脫市籍❸，馳說諸侯，而文辭之雄，後世之宿學不能逮也。蓋三代❹盛時，無人而不知學，雖農工商賈，其少也，固嘗與於塾師里門之教矣。至秀民❺之能為士者，則聚之庠序學校❻，授以《詩》、《書》、六藝❼，使究切於三才❽萬物之理，而漸摩❾於師友者常數十年。故深者能自得其性命，而飈流餘燄之發於文辭者，亦充實光輝，而非後世所能及也。

漢之文終武帝之世而衰，雖有能者，氣象薾然❿。蓋周人遺學，老師宿儒之所傳，至是而掃地盡矣。自是以降，古文之學每數百年而一興，唐、宋所傳諸家是也。漢之東，宋之南，其學者專為訓詁，故義理明而文章則不能兼勝焉，而其尤衰，則在有明之世。蓋唐、宋之學者，雖逐於詩賦論策之末，然所取尚博，故一旦去為古文，而力猶可藉也。明之世，一於五經、四子之書⓫，其號則正矣，而人占一經，自少而壯，英華果銳之氣皆敝於時文，而後用其餘以涉於古，則其不能自樹立也宜矣。由是觀之，文章之盛衰，一視乎上之所以教，下之所以學，各有由然，而非以時代為升降也。

夫自周之衰以至於唐，學蕪而道塞近千歲矣。及昌黎韓子⓬出，遂以掩跡秦、漢而繼武⓭於周人。其務學屬文⓮之方，具於其書者可按驗也。然則今之人苟能學韓子之學，安在不能為韓子之文哉！

吾同姓在淳安者曰文輈，以時文名天下。其於三代、兩漢之書，童而習焉。及成進士，則一以為古文。其仕也，始出而顛。人皆惜其年力之盛強，吾獨謂天將開之，而使有得於古也。其前之學有可藉，而後之為時也寬，聞吾言，可以速歸而從所務矣。

【注釋】❶隸卒廝輿　泛指幹雜事、供遣使的僕人。隸，奴隸。卒，差役。廝，劈柴者。輿，駕車者。❷蘇秦既遂　蘇秦，戰國時縱橫家。遂，成功。❸代厲始脫市籍　代厲，蘇代、蘇厲。二人都是蘇秦的族弟，也是縱橫家。市籍，商賈的戶籍。當時凡在籍的商賈及其子孫，與罪吏、亡命等同樣看待，都要服役。❹三代　夏、商、周。❺秀民　德才優異的平民。❻庠序學校　後世通稱學校。夏曰校，殷曰序，周曰庠，學則三代共稱。❼六藝　此指禮、樂、射、御、書、數，古代學校教學的內容。❽三才　天、地、人。❾摩　磨礪。❿薾然　萎靡不振貌。⓫四子之書　即四書，《論語》、《大學》、《中庸》、《孟子》。⓬昌黎韓子　韓愈，郡望昌黎（治所今遼寧義縣），世稱韓昌黎。⓭繼武　謂繼續前人事業。武，半步，泛指腳步。⓮屬文　撰寫文章。

【語　譯】文章的流傳，隨時代推移而卑弱，以為古時的盛況不可能重現，這是一種糊塗的認識。很多事物的技能、巧妙，越到後世就越是精湛，因為竭盡心智在上面以追求完善。知道了這一點，那麼道德、文章、學術為何衰落，其原因也可以明白了。

周朝時，無人不了然於文，見於典籍記載，奴僕差役苦力車夫也都能夠從容地遣用辭令。蘇秦成功以後，蘇代、蘇厲開始脫離商賈的戶籍，遊說諸侯，而文辭之雄辯，後世飽學之士都不能與他們相比。大概在夏商周鼎盛時期，沒有人不知道學習的重要，即使是農民、手工業者、商人，在他們少年時，就已經接受了鄉里私塾老師的教育。至於德才優異的平民有望成為士人者，則聚集在學校裡，教之以《詩經》、《尚書》、六藝，讓他們深入探究天地人以及萬物的道理，漸次受到師友磨礪常常有數十年之久。所以，所學的深刻內容能使他們知道性命學問，而其外在的流風餘焰用之於文辭，也足以使文章飽滿而富有光輝，而非後世所能企及。

漢代文章隨著漢武帝時代的結束而衰落，即使有才能出眾的人，氣象已經蕭條了。大概周朝人遺留的學說，老師宿儒傳授的學問，至此全部一掃而盡。從此以後，古文的學說每數百年興盛一回，唐、宋流傳下來的一些文人對此可以證明。東漢、南宋，其時學者專門從事訓詁，所以義理雖然明白而文章卻不能兼擅，而文章寫得最不像話的，是明朝一代。因為唐、宋學者，雖然競相追逐詩、賦、論、策這些末事，然而取以為學習的對象還算廣博，所以一旦拋開其他而專事古文，猶有可以憑藉的力量。明朝一代，只在五經四書上用功，名頭自然也是正當的，可是各人只捧著一本經書，從少年到壯年，將英俊華美、果敢銳利的稟賦氣質全都消耗在時文裡，然後用剩餘的精力涉獵古文，那麼他們不能有所建樹也就不足為怪了。由此可見，文章的盛衰，完全是看上面怎麼教，下面怎麼學，各有致其所以然的原因，而並非是隨著時代變遷而升降的。

從周朝衰落一直到唐朝，學術蕪雜而大道堵塞已將近一千年了。等到韓愈出現以後，便超越秦、漢而緊隨周人。他務求學問以作文章的方法，包含在他所著的書中可以檢驗。所以今人如果能夠學韓愈所學，怎麼會寫不出像韓愈一樣的文章呢！

淳安縣有個與我同姓的人叫文輈，以時文聞名於天下。他對於三代、兩漢的書籍，從孩童時起便開始學習。考中進士以後，便一心一意地寫作古文。他為官的經歷，一開始入仕就摔交了。別人都為他年富力強而感到惋惜，唯有我認為，老天將為他開啟坦途，而讓他在古文方面獲得成就。他從前所學可以作為憑藉，而將來的時間又很寬裕，聽了我的話，可以迅速回家去從事應當努力的事業。

【研　析】方苞在這篇文論中一方面承認文章「代降而卑」，另一方面又駁斥復古無望。中國文學批評史上肯定線性發展的批評家，不承認文學一代不如一代，所以認為沒有復古的必要。另有一些批評家，對文學的歷史變化和現狀極為不滿，又感到無法改變，因此消極悲觀。方苞不認同文章代勝論，認為三代以後的文章長期是處在下降的趨勢中，只有個別時期，比如以韓愈為代表的階段，這種下降趨勢才受到一定遏制，所以他認為「代降而卑」是文章史基本的事實。但是，方苞又認為，復古是可能的，悲觀不作為是糊塗的想法和態度。他說，三代以後文章不斷下降的根本原因是，道德衰落，學術衰落，人們只是在文章的技巧上竭盡所為，精益求精，結果南轅北轍，用力越勤，離開目標越遠。他認為三代文章所以盛，是「無人而不知學」，特別是其中的優秀者努力學習儒家典籍，深究天地萬物之理，於是「飈流餘談之發於文辭者，亦充實光輝」。韓愈一反「學蕪道塞」，而「繼武周人」，為人們留下「務學屬文」的經驗，其文章也出類拔萃。方苞認為，既然文章盛衰的原因關乎道德學問的得失，人們自應當從這根本之處入手，古學復興才能真正使文章復興。這也是他對從事古文寫作的方粢如最重要的期望。

贈李立侯序

【題解】李清植（西元一六九〇—？年），原名清名，後改名清植，字立侯，別號穆亭，福建安溪人。他幼失父母，長期在京隨侍祖父李光地。雍正二年（西元一七二四年）進士，官翰林院編修、侍講、浙江提督學政、禮部右侍郎，充武英殿總裁兼理經史館事，主持校刊「十三經」和「二十四史」，著有《儀禮纂錄》等。本文當是李立侯由京城暫回家鄉，方苞臨別贈送之作，勉勵他保持家風，矢志不渝，去追求立德立言。

此文作於李光地卒後，約在康熙末雍正初，方苞五十六歲前後。

書傳所記，奮跡❶自己而立功名者眾矣，而德與言則常有祖若父淵源之自焉。其無可徵者，或緒遠而跡微，於世無傳焉耳，而可徵者十常六七。非獨道術之所漸然也，其得於天，清明秀傑之氣，實有以類相衍，而非眾人所得同者。

余遊好中，資材可與學古而望其有立於德與言者，僅得數人，而幾於成者蓋寡。其語人皆曰：「吾為境困也，時相迫也。」而悔而自責，未嘗不曰：「志之不固焉。」夫功必有所待而後成，若德與言，則根於心、達於學而與時偕行者也，何境之能奪哉！

吾晚交得李君立侯，相國安溪公❷之孫也，氣清而識明，甫踰冠❸，於古人之學已見其端倪❹。相國德業於時為卓，而經義則爭先於前儒。立侯實朝夕承學，又其時則寬然也，其境則泰然也，然則天之所厚，而所就終遠過於吾儕❺者，舍立侯其誰望與？

抑❻余昔所交數君子，其資材與學所已至，皆概乎能有立者也，彼年如立侯時，自命何如哉！而或終以無成，或少有得而不能盡其才，即余亦未嘗不為之惜也。故於立侯之歸也，為道諸君子之所悔，以贈其行。

【注釋】❶奮跡　奮起而作為；奮鬥。❷相國安溪公　李光地，福建安溪人，曾任吏部尚書、文淵閣大學士。見〈與陳密旃書〉注⓱。❸甫踰冠　剛成年。甫，剛。冠，古代男子二十歲前舉行加冠禮，表示已是成人。❹端倪　事物的苗頭。❺吾儕　我輩。❻抑　語氣詞。

【語譯】根據書籍、傳記所載，靠自己奮鬥而立下功名的人很多，然而立德與立言的人卻常常有他們祖父或父親淵源方面的原因。那些找不出淵源關係的人，或許是端緒遙遠而痕跡幽微，世上沒有將有關的事跡流傳下來，不過這方面可以求證的人常有十之六七。這不僅是由於道術漸漸發生作用使然，其得之於天賦，清明傑出的氣質，實際上也是通過同類繁衍而成，而眾人無法與之相同。

與我交遊的朋友中，個人稟賦可以從事於學古而又有希望在立德、立言上取得成就者，僅僅只有幾個人，而最後接近於取得成就者更是少之又少。他們對別人都這麼說：「我是受環境限制，被時勢所迫。」如果後悔而自責，又未嘗不是說：「志向不夠堅定。」立功需要具備外界條件才能夠做到，像立德和立言，則是根植於心靈，見之於學行，而且與時勢相生而相行，又有什麼外界境遇能夠使其改變呢！

我晚年與李君立侯相交遊，他是相國安溪公的孫子，氣質清秀而識見明朗，剛剛二十餘歲，對於古人的學術已經取得初步成績。相國的德行、功業卓越一時，而對儒家經義的研究則可以與從前的學者爭高低。立侯從早到晚受到家學薰陶，加上有充裕的時間，所處的環境很安靜，由此可見，上天給予優厚的條件，使達到的成就終將遠遠超過我們這些人，除了立侯還能是誰呢？

我過去交往的幾個君子，他們的天資稟賦以及學問造詣，人人都是能夠成就事業的，他們像立侯一般年紀的時候，是怎樣地自命不凡啊！然而有的最終一事無成，有的稍有作為卻不能盡其才能，即使是我也未嘗不為他們感到惋惜。所以在立侯回去之際，告訴他諸君子所產生的後悔之意，以此作為送別贈言。

【研析】李清名（後改名清植）二十歲，李光地邀請自己弟子蔡世遠出席他的加冠禮，為李清名取字，並寫字說。蔡世遠因此撰〈李立侯字說〉一文，申說「立德、立功、立言」和立志之意。其文曰：

> 安溪先生之孫曰清名者，年二十有一矣，以庚寅四月二日既冠。冠之日，先生命世遠為賓，世遠以師之命固辭不獲也；古禮有賓字冠者之文，先生又命字之，並作字說，世遠又以師之命固辭不獲也。謹按其名，字之曰立侯，而為說以貽之。孔子曰：「立身行道。揚名於後世，以顯父母，孝之終也。」古之所謂顯親揚名者，舍立身行道，奚以焉？叔孫穆叔曰：「太上有立德，其次有立功，其次有立言，此之謂三不朽。」夫所謂不朽者，名也，而欲名之不朽，則必自立德、立功、立言致之。今吾子既以名名其名，則所以自立者宜何如耶？抑又聞之，君子之學，立志居敬，致知踐行盡之，數者之功並用，則可以至於聖賢無難，而要必以立志為之基。人苟名節盡喪，加以習染既深，年力衰邁，斯一旦卓然自立為難耳。不然者，昨日為鄉人，今日欲為聖人，惟狂克念，即可以作聖矣。況吾子年方弱冠，氣質清明，朝夕親承吾師之教，家學之茂，超出群倫，循而不息，豈可量哉！孟子曰：「舜，人也；我，亦人也。舜為法於天下，可傳於後世，我猶未免為鄉人也？」此立志之說也。張子曰：「學者當以立

志為先，不為異端惑，不為文采炫，不為功利汩。」此立志之謂也。吾子勉之！此志一立，則凡所讀之書，皆近裡著己也；所行之事，皆若有規矩準繩在前，不知其所以然而自化也。世遠不敏，竊謂孔子之所謂「立身行道」，穆叔之所謂「立德、立功、立言」者，要皆自立志始，於以馴致其功，揚其名而垂之不朽，夫孰能禦之？世遠年幾三十，回思既冠之日殆將十年，學殖就荒，此志終恐頹墮委靡，而不能自克，何足為吾子告者，然所言者，固亦素所聞於師之說，而非依稀影響之論，願吾子之無以人而廢言也。（《二希堂文集》卷七）

方苞這篇贈序，也用李清植字立侯的「立」做文章，著重以古人「立德、立功、立言」三不朽的格言勉勵李氏，與蔡世遠〈李立侯字說〉頗有相通之處，這或許是方苞受到了蔡世遠文章的啟發，所以讀了蔡文可以幫助理解方苞贈序的構思和內容。

所不同者，方苞認為在「三不朽」中，一個人能不能「立功」，「必有所待而後成」，這主要是指需要遇上適當的時勢，如果生逢其時，再通過個人努力，則可能建立功名，否則很難。立德、立言則不同，無論什麼時代，個人都可以通過自己努力去追求，與社會的時勢基本無關。但是，立德、立言不是一朝一夕所能實現的，需要傳承，經常需要依賴家族的淵源背景，還需要依靠個人稟受於先天的優越條件，這種先天條件也與遺傳有關，當然更主要的因素還在於個人孜孜不倦地追求。方苞認為李立侯家學淵源有自，自己先天的個人條件卓越，只要通過努力一定能夠成就立德、立言的事業。所以，他的文章與蔡世遠〈李立侯字說〉一樣，都是將重點落實在勵志上面。方苞談到自己從前的朋友，年輕時候都壯志凌雲，可是最終一事無成的很多，要李立侯從中吸取教訓。

送鍾勵暇寧親宿遷序

【題解】鍾晼（西元一六九四—一七七二年），字勵暇，號蔗經，一號集虛，祖上山陰（今浙江紹興），遷為宛平（今北京市）人。雍正五年（西元一七二七年）進士。官禮部員外郎，乾隆四年，「兼管監事趙國麟奏保進士鍾晼……學問人品，可為師範，請委以訓士之責。奉旨允行。」（《欽定國子監志》卷三十一）他的兄長鍾曙曾官宿遷（今屬江蘇）知縣。鍾晼曾隨方苞學，幫助整理方苞的《禮》學著作。雍正八年（西元一七三〇年）九月，鍾晼將回宿遷去探望兄長，方苞贈言與鍾晼道別，叮囑他專心研究學問，莫為世俗末務分志。

本文作於方苞六十三歲。

古之為交也，粗者責善，而精者輔仁❶，至於爵位之相先，患難之相死❷，抑末也。鍾君勵暇始冠，余見之其師所，其後時往還，而徒視以眾人。舒君子展者，勵暇之友，亦余所善也。雍正丙午❸，子展有憂，勵暇急之，遂視其病，因治其喪，自杪冬❹涉三月上旬，迫試期不輟。是年❺成進士，以家事留京師，將會選期不就，眾以為疑。曰：「吾二親皆近六十，假而官蜀、粵、滇、黔❻，將若之何？」噫！勵暇之情，人人之情也，然吾未見人之數數❼然也。叩其所學，則誦《易》、《詩》、《書》，治「三傳」❽，旁及屈氏、莊氏❾之文有年所矣。嗚呼！其前行蓋基於此乎？因與考「三禮」❿而講以所聞。其家事畢，以未竟余說，留者復數月。

庚戌⓫九月，將寧親⓬於宿遷。乃正告之曰：「君子之為學也，將以成身而備天下國家之用也，匪⓭是則先王之教不及焉。若以載籍自潤澤，而號為文儒，則秦、漢以降始有之，是謂好文，非務學也。君子之立身也，非比類⓮不足以成其行，一出焉，一入焉，塗巷之人也。學也者，務一之也⓯。其事必始於慎獨⓰，而終於獨立不懼，遯世無悶⓱，匪是而能一之者鮮矣。凡子之所已能，皆學者之疏節⓲也。繼自今，其事乃日起，而蹈之益難。子往矣！繼自今，不學之友日誑誘於外，而妻子⓳交訌⓴於中，吾懼子之有基而復壞也。吾病且衰，將不復見子矣。願子時誦吾言，而勿自隳其力也！」

【注釋】❶古之為交也三句　責善，《孟子·離婁章句下》：「責善，朋友之道也。」責，求。輔仁，《論語·顏淵》：「曾子曰：君子以文會友，以友輔仁。」❷至於爵位之相先二句　《禮記·儒行》：「儒有聞善以相告也，見善以相示也，爵位相先也，患難相死也。」爵位，爵號、官位。相先，鄭玄注：「猶相讓也。」❸雍正丙午　雍正四年（西元一七二六年）。雍正，清世宗年號。❹杪冬　暮冬，農曆十二月的別稱。❺是年　指雍正五年丁未（西元一七二七年）。❻蜀粵滇黔　四川、廣東、雲南、貴州。都是比較邊遠的省份。❼數數　猶汲汲，迫促的樣子。❽三傳　指《春秋左氏傳》、《春秋公羊傳》和《春秋穀梁傳》。❾屈氏莊氏　屈原、莊子。❿三禮　指《周禮》、《儀禮》、《禮記》。⓫庚戌　雍正八年（西元一七三〇年）。⓬寧親　探親。⓭匪　非。⓮比類　仿效。《禮記·樂記》：「是故君子反情以和其志，比類以成其行。」孔穎達疏：「比謂比擬善類，以成己身之美行。」⓯一出焉五句　《荀子·勸學》：「學也者，固學一之也。一出焉，一入焉，塗巷之人也。」塗巷，街坊，里巷。塗，同「途」。⓰慎獨　獨處時能做到謹慎不苟。《大學》：「此謂誠於中，形於外，故君子必慎其獨也。」⑰而終於獨立不懼二句　語出《周易・大過》象辭：「君子以獨立不懼，遯世無悶。」孔穎達疏：「明君子於衰難之時，卓爾獨立，不有畏懼隱遯於世，而無憂悶，欲有遯難之心，其操不改。」遯，遁。⑱疏節　疏略的禮節。⑲妻子　妻子與子女。⑳交訌　交相擾亂。

【語譯】古人交朋友，一般是為了尋求善類，更高是為了輔佐仁德，至於爵號、官位互相謙讓，患難時刻以死相救，乃是不重要的。鍾君勵暇剛二十歲時，我在他老師那裡見過他，之後時有往來，而只是把他看成和大家一樣的人。舒君子展是勵暇的朋友，也與我要好。雍正丙午年，子展患病，勵暇很為他擔心，於是照顧他的病體，接著又為他操辦喪事，從十二月到次年三月上旬，迫於會試考期也未曾停止。他此年考中進士，因為家裡的事情留在京城，到了朝廷選官任命時，他卻不赴選，大家對他產生懷疑。他說：「我父母都年近六十歲，假如被選派到蜀、粵、滇、黔等地去做官，那如何是好呢？」噫！勵暇說的這種感情，是人人都有的感情，然而我沒有看到別人這麼切切在念。問他學過什麼，則讀過《周易》、《詩經》、《尚書》，研究過「春秋三傳」，其他還旁及屈原、莊子的文章，有相當年數了。嗚呼！他以前做事大概都是基於這學習吧？我因而與他一起考究「三禮」，將自己所瞭解的講給他聽。他處理完家裡的事情後，因為還沒有整理好我對「三禮」的學說，又在我家留了幾個月。

庚戌九月，他將去宿遷探親。於是鄭重地對他相告：「君子追求學問，是為了修煉自身而準備為天下國家所用，若不是這樣就辜負了先王的教導。假如只是用書籍潤色自己，而號稱為文儒，那種人秦、漢以後才有，這叫做愛好文學，並非是追求學問。君子立身，不選擇善人效仿就不能成就自己的美行，一會兒停止，一會兒鑽研，那是閭巷凡常之人。學習的意思是說，務必專一。求學問必定以一個人獨處時也能謹慎不苟的態度為開始，最後做到獨立無所畏懼、隱世不覺苦悶，不這樣而能專心一致的人實在很少。凡是你已經做到的，都是作為學者一些粗陋簡易的東西。從今以後，事情一天天多起來，而求其實行會越來越難。你自己去面對吧！從今以後，不學無術的友人每天會在外面欺騙引誘你，而妻子和子女又會在家中交相擾亂你，我擔心你已有的基礎重遭毀壞。我多病而且衰老，將不能再見到你了。希望你時時念誦我的話，而不要自己懈怠不用功啊！」

【研析】鍾晚不顧自己會試考期臨近，仍然照顧生病的朋友；為了陪伴、照顧年老的雙親，不參加朝廷選官，這些都是他身上的善種子。雖然人們一般都會孝奉父母，鍾晚之情，「人人之情也」，然而像他這樣切切在念的卻並不多，所以方苞撚出這一點予以特別的表彰。方苞認為，鍾晚能夠這麼做，一個重要的原因在於他讀了許多有益的、重要的書，具備了品格上的基礎，於是善就自然而然地通過各種行為流露出來。文章第一段落實在讀書、學習、追求學問上，這樣就水到渠成地過渡到了第二段勉勵贈言。方苞說，讀書求學問不僅是為了把文章寫得好看一點，主要是為了提高自己的修養，對世人、對國家有用，所以一定要選擇好自己效仿的對象。他又說，學習、研究要專心，要持之以恆，不要受外界引誘，也不要為家事分心，要珍惜和護持已經取得的成績，作不懈努力，要常常想到毀壞已有的基礎、失掉取得的成績是很容易的。這些勉勵的話表達了他對後學的殷切期望，語重心長。也唯有對追求學問有深切感受，對生活有深刻認識的人，才說得出這種樸實而又切實的道理。

辛酉送鍾勵暇南歸序

【題解】方苞雍正八年曾撰〈送鍾勵暇寧親宿遷序〉（見本書前篇），乾隆六年辛酉（西元一七四一年），鍾晚離京南歸，方苞又應他請求作文相送。在前一文中方苞勉勵鍾晚潛心學業，本文又希望鍾晚繼續求學問之大者，同時也可考慮，與其做可有可無之人、從事可有可無之學，不如擔任一個官職，能夠「濟於民物」。此文寫於方苞七十四歲。

乾隆五年[1]夏，勵暇南歸覲省[2]，再乞余言，應之，而未暇以為。逾年秋，復以展墓❸至京，將行，固以請。

憶予與安溪李文貞❹始交，勸以治古文。公曰：「吾於《周易》、《洪範》❺尚未入其藩，無暇及此。且子不聞市人之語乎？所出之財與物相當則曰值。禹八年於外，三過其門而不入，諸葛亮鞠躬盡瘁，死而後已，值也。嵇紹❻仕非其義，而以身殉；劉琨❼不度德，不量力，動乎險中❽，以陷其親，則不值矣，而況其每下❾者乎？夫治經，特適❿道之徑途耳。以吾子之性資，不思接程、朱之武⓫，而務與歐、柳⓬爭，不已末乎？」余爾時⓭亦心知其然，而溺於所習，未能決去，以專從其大者，志分而力薄，終老無成。每念斯言，未嘗不隱自悼也。

君以不忍離親，會當得官而不就者，數數然⓮矣。此眾人所難，而自君子觀之，則人子之疏節⓯，不足異也。古人之處⓰而不出也，或求志以不疑，於所行若將終焉，則守先王之道，以待於後。假而優游歲月，使其身終為可有可無之人，其學為可有可無之學，則豈若⓱知⓲效一官者，尚或少濟於民物哉！茲行也，吾與君後會難再期矣，惟自審所處，念茲在茲，而無遺他日之悔，可也。

（選自《方望溪遺集》贈序類）

【注　釋】❶乾隆五年　西元一七四〇年。❷覲省　謂探望父母雙親。❸展墓　省視墳墓。❹李文貞　李光地。詳見〈與陳密旃書〉注⑰。❺洪範　《尚書》中一篇，舊傳此文是箕子向周武王陳述的「天地之大法」，今人一般認為是戰國時期儒者的偽作。❻嵇紹　嵇康子，生於西元二五三年，死於西元三〇四年，字延祖，譙國銍縣（今安徽宿州）人。晉代大臣，官至侍中。隨晉惠帝出征成都王司馬穎，為保護惠帝而死。❼劉琨　詳見《方正學論》注⑬。❽動乎險中　語出《易・屯》。〈屯卦〉卦下震為動，卦上坎為險，意謂動於艱難險阻之中。❾每下　每下愈況。❿適　往。⓫程朱之武　二程（程頤、程顥）、朱熹足跡。武，足跡。⓬歐柳　歐陽修、柳宗元。⓭爾時　其時或彼時。⓮數數然　屢次；常常。⓯疏節　簡略的禮節。⓰處　居家不仕；隱居。⓱豈若　猶何如。表示不如。⓲知　智。

【語　譯】乾隆五年夏天，勵暇南歸省親，再次請求我的贈言，我答應了他，卻沒時間撰寫。第二年秋天，又因省視墳墓來到京城，將離開時，堅持不懈地求我文章。

記得我和安溪李文貞剛交往，勸他從事古文之學。他說：「我《周易》、〈洪範〉尚未入門，沒空顧及這個。而且您沒有聽到市肆裡的人說嗎？付出的錢財與得到的東西相等才叫值得。禹在外八年，三次經過家門而不入，諸葛亮鞠躬盡瘁，死而後已，這是值得。嵇紹做官不符合義，卻為此捨棄生命；劉琨不考慮自己的品德，不衡量自己的力量、能力，動於險難之中，陷父母於死地，這則是不值得，何況是一些更不要緊的事情呢？研究儒家經典，這只是進入道的途徑。以您的稟性天資，不尋思沿續程、朱足跡，卻致力於同歐、柳競爭，所求不是太低了麼？」我當時心裡也知道他說得對，然而沉溺於自己所學的東西，不能斷然放棄，以專心從事於大業，用志分散而力量綿薄，到老一無所成。每當想起這些話，未嘗不暗自追悔。

您因為不忍心離開親人，有做官的機會而不去上任，已有好多次了。這是眾人所難以做到的，然而在君子看來，則是作為兒子依禮而做的凡常事，不足為異。古人選擇隱居而不選擇出仕，或許是為了追求志向，不使自己迷失，對於其選擇的生活似乎要過到底，於是守抱先王之道，以等待於將來。假如您閒地打發時光，使自己最終成為可有可無的人，使自己的學問成為可有可無的學問，這倒反而不如擔任一個官職，獻出智慧，尚且對百姓、萬物可能有少許幫助呢！這次一走，我與您後會難期，希望您自己審視處境，念念不忘此事，而不要為將來留下悔恨，那就可以了。

【研　析】方苞在〈方正學論〉中談到，方孝孺激烈對抗燕王（後來的永樂帝），招致株連十族。他對方孝孺這種行為提出質疑，認為這麼做是「震於卒然而失其常度」，是聞道不精的表現。那篇文章還談到劉琨也是「殺身不足以成仁」，因此不認同他所選擇的生活道路。方苞在本文中回憶李光地早時對他講的如何判斷所做事情「值不值」的道理，也舉到了劉琨是不值得的例子，說明方苞〈方正學論〉一文的這個觀點很可能受到了李光地的影響。

方苞一生兼重理學、文章，二者兼擅，而又很顯然，他對文章學的貢獻和影響在理學之上。從本文可以看出，方苞自己在晚年對理學和文章學的態度，更多地轉向了理學一面。他追悔自己「溺於所習，未能決去，以專從其大者」，這一點是值得方苞研究者重視的。

李光地說，一個人在選擇和決定以什麼作為自己的事業之前，應當考慮值得不值得的問題。方苞說，一個人應當以「其身終為可有可無之人，其學為可有可無之學」為戒。這些都好像是敲響的警鐘，引人深思。

送馮文子序

【題　解】馮念祖（生卒年不詳），字文子，號補亭，仁和（今浙江杭州）人，明代作者馮夢禎曾孫，康熙二十九年（西元一六九〇年）舉人，曾任禮縣令、秦州知府。著有《東遊草》、《補亭詩鈔》、《吳會吟》。這是馮念祖出任禮縣令時方苞寫的一篇送序，以馮念祖老師韓菼的話說明為官之道，鼓勵他做一個好官。

馮念祖這次赴任，湯右曾撰有〈送馮文子之禮縣〉詩，云：「行矣將圖不朽名，未嫌仙令一官輕。地連同谷曾開府，天近陽關尚用兵。小邑自來無大費，薄田只要勸深耕。誰知萬里河湟外，正有書生願請纓。」《懷清堂集》卷十八）「陽關尚用兵」，指康熙帝於康熙三十五年第二次親征噶爾丹之亂。這一年冬天，方苞離京南歸。據此，本文寫於康熙三十五年（西元一六九六年）南歸以前，方苞二十九歲前。

往者長洲韓公為吏部❶，聽事❷而歸，喟然歎。余問曰：「公何歎？」公曰：「昔有醫者，與吾故且狎❸。吾叩焉，曰：『人皆謂子之醫能殺人，何也？』曰：『非吾之醫能殺人也，而吾不能不使之罷❹而死也。吾固知吾術之不足以已❺其疾也，而不能不利其酬；不獲已❻以物之泛而緩者試焉。其感之淺而與吾方❼相中❽者，固嘗有瘳❾矣。其浸尋❿反覆，久而不可振者，吾心惻焉，而無可如何。』今某地告饑，上命發粟以賑，而大農⓫持之，下有司核所傷分數⓬。夫民之飢，朝不及夕，而核奏議賑在三月之外，有不罷而死者乎？吾位在九卿⓭，與其議而不能辨其惑，是吾負醫者之責也。」余曰：「公所見，其顯焉者耳。凡官失其職，而事墮於冥昧⓮之中，皆足以使人罷而死，而特未見⓯其形也。姑以所目擊於州縣者徵之：水土之政不修，而民罷死於旱潦矣；兩造⓰懸而不聽，情偽失端，而民罷死於獄訟矣；弊政之不更，豪猾之不鋤，而民罷死於姦蠹矣。豈獨殘民以逞者有殺人之形見⓱哉？先己而後民，枉下以逢上，其始皆曰『吾不獲已』，其既皆曰『吾心惻焉，而無可如何』，此民之疾所以沉痼而無告也。」

吾友馮君文子將令於禮縣⑱，為詩四章，自道其心，與俗吏異。因舉昔之所聞於韓公及相語者以告之。蓋所望於良吏者，謂能已民之疾也，非徒不益之疾而已也。民之疾常伏於無形，而大吏之為民疾者，復多端而難禦。今之職，環上下而處其中，下以致民之情，而上為之蔽；慮於下者不詳，則為民生疾而不自覺；持於上者不力，將坐視民之罷死而無如何，其術不可不素定⑲也。君，韓公之門人也，能因是而自審其所處，則韓公之言，庶幾其不曠⑳也夫！

【注　釋】❶長洲韓公為吏部　韓菼（西元一六三七－一七〇四年），字元少，號慕廬，長洲（今江蘇蘇州）人。康熙十二年（西元一六七三年）狀元，康熙二十八年（西元一六八九年）任內閣學士、吏部右侍郎兼翰林院掌院學士，官至禮部尚書。乾隆三十年賜諡文懿。制藝負盛名，古文法度嚴謹。著《有懷堂詩文稿》等。❷聽事　猶治事。❸狎　親密。❹罷　疲憊；衰竭。❺已　結束，意謂治癒。❻不獲已　不得已。❼方　藥方。❽相中　相合。❾瘳　病癒。❿浸尋　逐漸。⓫大農　即大司農。秦置治粟內史，漢武帝時改名大司農，掌租稅錢穀鹽鐵和國家財政收支，為九卿之一，明代廢除，其職掌併入戶部。習慣上用作戶部尚書的別稱。⓬下有司核所傷分數　有司，官吏。古代設官分職，各有專司，故稱。分數，數量。⓭九卿　古代中央政府九個機構的高級官職，明清又有大九卿、小九卿之別。韓菼時任吏部右侍郎兼翰林院掌院學士，為小九卿之一。⓮冥昧　幽暗。⓯見　現。⓰兩造　訴訟的雙方，原告和被告。⓱形見　顯形；顯現。⓲禮縣　今甘肅禮縣。⓳素定　猶宿定，預先確定。⓴曠　徒然；荒廢。

【語　譯】從前長洲韓公在吏部做官，辦理事務後回來，喟然而歎。我問道：「您為何歎氣？」韓公說道：「以前有個醫生，與我相熟很久，關係親近。我有個疑問問他，說：『人們都說先生的醫術會把人治死，這是怎麼回事？』他回答：『並非我的醫術會把人治死，而是我不能不讓他們衰竭到最後而死去。我固然知道我的醫術不足以治癒這些人的疾病，但是又不能不為他們的酬金所動心，不得已用一些性能普泛而又溫和的藥物試一試。其病症感染輕而且與我開的藥方對上的人，固然也曾有治好的，而病情漸重反復發作而不可康復的人，我心裡同情他們，然而也無可奈何。』如今某地傳出鬧饑荒的消息，皇上下令發粟賑災，可是上有戶部尚書主持這件事情，下有官吏核實遭受損失的數額。百姓受饑挨餓，朝不保夕，而核實上奏討論救濟卻要花去三個月以上時間，哪裡還有不衰竭而死的人呢？我位居九卿之列，參與議論卻不能清除這些昏庸糊塗的做法，這說明我要承擔與那個醫生一樣的責任。」我說：「您的見解，道理十分顯然。凡是官員失職，導致事情陷於黑暗荒謬中，都足以讓人衰竭而死亡，只是沒有通過某個具體現象反映出來罷了。姑且以我在州縣親眼目睹的事實來作佐證：荒廢水利和土地的治理措施，結果人民衰亡於旱澇災害；對原告被告的爭端拖延不理會，真假顛倒，結果人民衰亡於牢獄訴訟；不良的政令不變更，強橫狡猾的人不剷除，結果人民衰亡於禍國殃民的惡人。豈止是只有殘害百姓以肆行奸邪的人有殺人的具體表現？先為自己，後為百姓，欺淩下屬，逢迎上司，這種人一開始都說：『我這是不得已。』後來又都說：『我心裡同情他們，然而也無可奈何。』這就是人民的疾痛之所以沉重而無處訴說的原因。」

我友馮君文子將到禮縣任縣令，寫了四首詩歌，表明他自己的心志，與昏庸的官吏不同。我因此舉出從前從韓公那裡聽到的以及交談的話告訴他。大概人們所期盼的良吏，是指能夠治癒百姓的疾病，並非只要不加重疾病而已。百姓的疾病常常隱伏於看不見的狀態，而大官致使人民患上疾病，又是多種多樣而且難以提防。縣令這一官職，連接上下而處於中間。下面要瞭解百姓的實情，上面要替百姓遮擋。為下面考慮不周到，就會給百姓帶來病患還意識不到；對上面處理事情不得力，將會坐視百姓衰亡而無可奈何，這些辦法不可以不在平時就想好。馮君是韓公的門生，能從這個道理中清楚自己所處的位置，那麼韓公的話，大概不會白說了吧！

【研　析】古人常常以醫生治病比喻官吏治事、修身養性，形成了古文中的「醫喻」主題。先秦諸子散文中，如莊子「駢枝」的比喻，就是主張要充分尊重人身上的所有，哪怕是累贅、「缺點」也不要任意地去清除它。枚乘〈七發〉通過生病的楚太子與問診的吳客之間對話，講述人應該怎樣健康生活的道理。後來的古文寫作中，以寫醫生、醫事而議論治國治民的作品就更多了，如方孝孺〈指喻〉、李東陽〈醫戒〉等。

方苞此文也屬於這一類「醫喻」的主題，始終圍繞「疾」字做文章。韓菼談話中提到的那位「醫者」，使病人的病痛「浸尋反覆」，讓他們在折磨中慢慢死去，而自己則中飽私囊，這無疑是對當時官場效率低下、瀆職失職、推行苛政等情形的一種真實而深刻地寫照。人們常常以為，官員只要不魚肉百姓，有些庸庸碌碌，有些貪婪，依舊讓人可以接受，畢竟能臣好官太少，千百年的官腐吏貪已經造就了百姓對官員的忍耐力。但方苞此文一針見血地指出官員不作為給百姓帶來的直接和無窮的危害。官員之於百姓之生活，如同醫者之於患者的生命，既然是祛除疾病，便不能有絲毫拖延怠慢的態度。方苞認為，縣令的地位和作用尤其重要，因為縣令起著聯繫上下的作用，他們應當向上傳遞民情，又要為百姓阻擋來自上頭的各種害民措施，縣令若不作為，不稱職，百姓就難免吃苦受辱。

文章設喻巧妙，論述平實而透徹，對「先己而後民，枉下以逢上」，卻又藉口「吾不獲已」的官僚的揭露入木三分，這體現了方苞關心民間疾苦的精神。

送宋潛虛南歸序

【題解】戴名世（西元一六五三—一七一三年），字田有，一字褐夫，因家居桐城南山，世稱南山先生。康熙四十八年（西元一七〇九年）進士，授翰林院編修。因其《南山集》之〈致余生書〉引述南明抗清事跡，被左都御史趙申喬參劾，康熙五十年（西元一七一一年）入獄，康熙五十二年（西元一七一三年）被殺。此即著名的「南山案」。世諱其名，稱他以「宋潛虛」假名代之。戴名世善史學，擅長文章。方苞受戴名世影響大，結為好友，也因受「南山案」牽連入獄。此文因戴名世奔祖父喪回故鄉，方苞送別而作，回憶他們在京城求學謀前程的艱辛生活，以及摯友相處的歡樂。

文章說：「(戴名世)今亦以其大父之憂，卒卒而東。」戴氏祖父戴寧卒於康熙三十一年(西元一六九二年)十月初一(見戴鈞衡《潛虛先生年譜》)，則此文作於方苞二十五歲。

京師地隆寒，多風沙，郊關❶近無所❷池塘林麓之觀，人畜駢闐❸，糞壤交衢肆❹。羈客遠人來遊此邦，與其風俗不相諳委❺，居無所適，遊無所娛，塵事囂然，無所發其志氣。又❻可怪者，佻巧誂佞浮囂之徒至此，則大得所欲，賢人君子鮮不召謗取怒，抑塞顛頓，而無以容。故論者常謂，非仕宦商賈不宜淹久於此。而余獨念：潛伏山林深奧之中，所見聞不越鄉井，雖連州比郡數百里間風聲氣烈相聞者，思與遊處往還亦不可得，而京師帝者之都，四海九州人士之所會，無用舟車僕賃❼之資，水涉山驅之苦，而得以盡交天下之賢傑，此又其可樂者也。

余從事朋遊間，頗得數人，其倜儻自負，而不肯苟同於流俗者，則或菴王生❽、潛虛宋生。或菴燕❾人，亥子❿間往來江淮，已與余相識。而潛虛與余生同鄉，志同趨，以余客遊四方，相慕用⓫而不得見者且十年餘，而於京師得之，則余豈不亦有所樂乎此耶？余性鄙鈍，每見時輩⓬稠人廣坐中，工於笑貌語言，輒俯首噎氣。及就二君子，證嚮⑬古今，或風雨之夕，飲酒歌呼，慷慨相屬⑭，若不知其身之賤貧羈旅，轗軻而不合於時者。

自或菴南遊湖湘⑮，余已索然寡歡，實⑯與潛虛相倚以增氣，而今亦以其大父⑰之憂，卒卒⑱而東。然則，余向之所樂於京師者漸以無有，知余志者益希，余豈能鬱鬱於風沙糞壤中，與時俗之人務為浮薄哉！開口而言，則人以為笑；舉足而步，則人以為迂，余亦何樂乎此哉！潛虛之歸也，余為道因緣會合之不可常，相與太息，曰：「子即書之以贈吾行。」是為序。

（選自《方望溪遺集》贈序類）

【注釋】❶郊關　四郊之門，古代城邑四郊起拱衛防禦作用的關門。❷無所　表示否定，沒有。❸駢闐　猶「駢田」，聚合；連屬。❹糞壤交衢肆　糞壤，穢土。交，皆。❺諳委　熟悉詳情。❻又　副詞，表示意思上更進一層。❼僕賃　雇傭僕人。❽或菴王生　王源，字或菴，順天大興（今北京）人。詳見〈與王崑繩書〉題解。❾燕　順天大興舊屬燕地。❿亥子　癸亥、甲子，指康熙二十二年和二十三年（西元一六八三年、一六八四年）。王源早年隨父親寓江蘇高郵，故有機會與方苞相識。⓫慕用　仰慕信賴。⓬時輩　當時有名的人物。⓭證嚮　證明。嚮，同「向」。陸德明《經典釋文》卷二十七：「向，郭云：『明也。』」⓮相屬　相連。⓯或菴南遊湖湘　戴廷傑《戴名世年譜》：康熙三十一年夏，「王源出都門，往遊湖口。」湖湘，湖南省洞庭湖和湘江一帶。常用來代指湖南。⓰實　語助詞，用以加強語意。⓱大父　祖父。戴名世祖父戴寧（西元一六一四－一六九二年），號古山，安徽桐城人。曾官新淦縣令、樂安縣令，順治四年歸田。⓲卒卒　匆匆。

【語譯】京城的地方很冷，滿是風沙，城郊門外的附近一帶看不到池塘、山林景色，人和牲畜在一起，街道上到處是穢土。異鄉的旅客、遠方的遊人來到這裡，對此地風俗缺少瞭解，居住沒有合適的場所，遊玩感覺不到快樂，世俗瑣事擾攘不寧，無法舒展志氣。更可怪的是，輕佻巧佞、阿諛奉承、浮躁不寧之輩來到這裡，卻能得到很大滿足，而賢人君子很少不遭到誹謗和怒斥，抑鬱困頓，而沒有容身之地。所以有人曾說，不是官員、商人不宜久留在此處。而我自己想到的是：隱身在山林幽深處，一個人的見聞不會超出家鄉那點兒人物，即使數百里之內互相毗連的州郡知道某人風骨名聲，想與他交遊相處，互相往來，也做不到，而京城作為皇帝所在的首都，四海九州的人士都聚集在一起，不用花乘船坐車、雇傭僕人的費用，也不用吃翻山涉水的苦頭，而能夠與天下全部的賢人英傑相交往，這又是京城可喜之處。

我往來的朋友中，這樣的人很有幾個，其中性格倜儻自負，而不肯隨意附和流俗的人，則是王或菴、宋潛虛。或菴是燕地人，癸亥、甲子年間往來於江淮一帶，已經與我認識。而潛虛和我是同鄉，志向一致，由於我客遊四方，對他仰慕信賴而無緣見面將近十年多，然而在京城得以相見，那麼豈不是我在這裡也有自己開心的事麼？我性情鄙陋不敏，常常看到當代的名人在大庭廣眾中，善於綻露笑臉，施展口才，於是就低下頭，不吭氣。而一旦在二君子面前，明辨古今，或者是颳風下雨的晚上，飲酒歌喊，慷慨激揚，連連不斷，彷彿忘記了自己貧賤漂泊，坎坷困頓而不合時宜。

自從或菴南遊湖湘後，我已經感到索然寡歡，憑著與潛虛互相依靠來增強活力，如今他也因為祖父去世，匆促地東歸故鄉。如此一來，我以前在京師覺得快樂的東西漸漸地沒有了，瞭解我志向的人越來越少，我怎能悶悶不樂於風沙、穢土中，與俗人一起過輕薄的生活呢！一開口說話，別人便覺得可笑；一抬腳走路，別人便以為迂腐，此地對我還有什麼快樂可言！潛虛這次回去，我對他談起因緣聚合沒有一定，說著二人相互歎息，他說：「您就把它寫出來，贈給我遠行。」以上就是送序。

【研　析】京城從來就是爭名逐利最擾攘的地方，所謂「天下熙熙，皆為利來；天下攘攘，皆為利往」（《史記・貨殖列傳》），這句話用來形容京城人逐利和爭名皆無比貼切。然而京城又是人才聚集之地，是文人志士尋找自己事業道伴的最佳場所，在通信聯絡很不方便的年代，這一優勢尤其突出，從而讓胸懷大志的年輕人心馳神往。方苞對京城的認識正是基於這兩點，而他這篇送序寫述的京城生活快樂和悲哀也是緣於這兩個方面而發生。作為南方人，京城的寒冷、風沙、骯髒，是方苞所不習慣的，京城近郊缺乏山水、林麓，讓他感到遺憾，還有異鄉人對京城很難消失的陌生感，也時時地讓他感受著隔膜和孤獨。可是，方苞在京城可以與一些志趣相投的友人近距離一起生活，有的人雖然從前認識卻無緣經常相處，有的人則是只有到了京城才得以結識。在文章中，交友的快樂與京城生活的壓抑這兩種情感形成鮮明對照，而又互相交織，互相抵觸，作者以此寫出對京城生活複雜的感受，而總體上對憂和樂還不失平衡。然而這種平衡感卻因一些好友先後離京而相繼被打破。先是王源走了，隨後戴名世也走了，於是作者在京城的生活也發生了很大改變，原先使人感到愉快的生活因素紛紛散失，寂寞、孤獨、乏味開始主宰作者的生活和精神。既然京城給他的快樂漸漸失去，他怎麼還會留戀這個擾擾攘攘的異鄉呢？文章在悵然失意中結束，令人擊節感慨。

送稚學士蔚文出守西川序

【題解】稚蔚文生平不詳。清代有掌院學士、翰林院侍講學士，學士是詞臣的榮銜。稚蔚文以學士身分出守西川（今四川中西部），方苞作此文相送，引韓琦之言為己言，希望稚蔚文做一位直臣，無所畏懼。

韓魏公❶云：「大臣以李固❷、杜喬❸為准，其弊猶恐為胡廣❹、趙戒❺；若以胡、趙自處，弊將若何？」又曰：「琦平生仗孤忠以進，每遇大事，即以死自處，幸而不死，皆天扶持，非人所能也。」稚學士蔚文出守西川，索余言。

惟君可與言此，故書之，以比於古者賦詩興導之意。即以為余之贈言可也。

（選自《方望溪遺集》贈序類）

【注釋】❶韓魏公 韓琦（西元一〇〇八—一〇七五年），字稚圭，相州安陽（今屬河南）人。天聖五年（西元一〇二七年）進士。曾與范仲淹抗禦西夏，名重一時，官至宰相，封魏國公。有《安陽集》。❷李固 （西元九四—一四七年）字子堅，漢中南鄭（今陝西城固）人。歷任荊州刺史、將作大匠、大司農、太尉。忠直敢言，不附權臣梁冀，為冀誣陷，死於獄中。❸杜喬 字叔榮，河內林慮（今河南林縣）人。歷官東海相、侍中、光祿大夫、太尉。有「學深行直，當世良臣」之稱（見《後漢書・李固傳》），與李固並稱「李杜」。得罪梁冀被捕，死於獄。❹胡廣 （西元九一—一七二年）字伯始，南郡華容（今湖北監利）人。東漢末年名臣，歷事安帝至靈帝六朝，為官三十餘年，官至太傅、錄尚書事。維持政局，於國事有補益，也有遷就。史稱：「雖無謇直之風，屢有補闕之益。故京師諺曰：『萬事不理問伯始，天下中庸有胡公。』」（《後漢書・胡廣傳》）❺趙戒 （?—約西元一五四年）字志伯，蜀郡成都（今屬四川）人。博學明經，舉孝廉，官荊州刺史、南陽太守、司空、司徒、太尉。梁冀專權，李固、杜喬抗爭，胡廣、趙戒則懾憚之。故范曄說，李固的行為「視胡廣、趙戒猶糞土也」（《後漢書・李固傳贊》）。

【語譯】韓魏公說：「大臣以李固、杜喬為標準要求自己，弄不好恐怕還會成為胡廣、趙戒一樣的人；假如只是以成為胡廣、趙戒為滿足，弄不好又將會是如何呢?」又說：「我韓琦平生憑著忠貞進見皇上，每次遇到大事，就將自己的生死置於度外，幸而沒有死，都是老天庇佑的結果，與人力的因素無關。」稚蔚文學士出守西川，向我索求贈言。惟有與您可以說這些話，所以將它們寫下來，以比之於古人賦詩言志、起興啟導的意思。那就以此作為我的贈言吧。

【研析】《荀子・大略》引當時諺語：「君子贈人以言，庶人贈人以財。」賢者勗人之語，往往被認為比財物更能夠讓人受益無窮。後來贈送序的文體中專門有一類為臨別贈言，實由這種認識發展而來。

方苞此文並非自撰格言贈人，而是引用韓琦的兩段話，作為對行將出外做官者的勉勵。第一句出自宋人強至〈韓魏公遺事〉，第二句出自宋人王巖叟〈韓魏公別錄〉，字句略有刪改。如「弊將若何」，〈遺事〉作「弊可知也」，以問句代替陳述句，意在引人深思。又如〈別錄〉在「幸而不死」後，尚有「事皆偶成」，構成雙句，方苞刪去第二句，使表述更加簡潔。古人作文引述前人成語，往往為我所用，並力求使引文與自撰之文自然彌合，天衣無縫。劉繪〈答祠郎熊南沙論文書〉：「孔子曰：『辭，達而已矣。』文緣理道，疏其性情，其有述陳引喻……要之抽思就班……期於明己意，使信諸人也。」「若理性不明，而搜索異籍，反為文之瘴也。」方苞此文，所引句句為口語，似不警策，其實含義深長，在贈言體中別具一格。

孫徵君傳

【題　解】孫奇逢（西元一五八五—一六七五年），字啟泰，號鍾元、歲寒老人，保定容城（今屬河北）人。萬曆二十八年（西元一六〇〇年）舉人。與東林黨人來往密切。明亡，清廷屢召，他高蹈不出，人稱孫徵君，為四方矜式。孫奇逢以儒俠聞名於世，晚年講學於河南輝縣夏峰村，世稱夏峰先生。其學說「以慎獨為宗，體認天理為要，以日用倫常為實際。」（魏裔介〈孫徵君先生傳〉）著有《理學宗傳》、《四書近指》、《夏峰先生集》等。方苞應孫用楨（孫奇逢曾孫）之請撰〈孫徵君傳〉，頌揚他正義、正直、守節。方苞在〈與孫以寧書〉（已經選入本書）中具體談到撰寫這篇傳記的想法，可以參考。

本文寫於康熙五十四年（西元一七一五年），方苞四十八歲。

孫奇逢字啟泰，號鍾元，北直容城[1]人也。少倜儻好奇節，而內行篤修，負經世之略，常欲赫然著功烈，而不可強以仕。年十七，舉萬曆二十八年順天鄉試❷。

先是高攀龍、顧憲成講學東林❸，海內士大夫立名義者多附焉。及天啟❹初，逆奄❺魏忠賢❻得政，叨穢者❼爭出其門，而目東林諸君子為黨。由是楊漣、左光斗、魏大中、周順昌、繆昌期次第死廠獄❽，禍及親黨❾。而奇逢獨與定興鹿正、張果中傾身為之，諸公卒賴以歸骨❿，世所傳范陽⓫三烈士也。

方是時，孫承宗⓬以大學士⓭兼兵部尚書經略薊、遼⓮，奇逢之友歸安茅元儀⓯及鹿正之子善繼⓰皆在幕府⓱。奇逢密上書承宗，承宗以軍事疏請入見，忠賢大懼，繞御牀而泣，以嚴旨遏承宗於中途，而世以此益高奇逢之義。臺垣及巡撫交薦，屢徵不起⓲。承宗欲疏請以職方⓳起贊⓴軍事，使元儀先之，奇逢亦不應也。其後畿內盜賊數駭㉑，容城危困，乃攜家入易州五公山㉒，門生親故從而相保者數百家。奇逢為教條㉓部署守禦，而絃歌不輟。入國朝，以國子祭酒㉔徵，有司敦趣㉕，卒固辭。移居新安㉖，既而渡河㉗，止蘇門㉘、百泉㉙。水部郎馬光裕㉚奉㉛以夏峰㉜田廬，遂率子弟躬耕，四方來學願留者，亦授田使耕，所居遂成聚㉝。

奇逢始與鹿善繼講學，以象山、陽明為宗㉞，及晚年，乃更和通朱子㉟之說。

其治身務自刻砥，執親之喪，率兄弟廬墓側凡六年。人無賢愚，苟問學，必開以性之所近，使自力於庸行㊱。其與人無町畦㊲，雖武夫悍卒、工商隸圉㊳、野夫牧豎㊴，必以誠意接之，用此名在天下而人無忌嫉者。方楊、左在難，眾皆為奇逢危，而忠賢左右皆近畿人，夙重奇逢質行㊵，無不陰為之地㊶者。

鼎革㊷後，諸公必欲強起奇逢，平涼胡廷佐㊸曰：「人各有志，彼自樂處隱就閒，何故必今與吾儕㊹一轍乎？」居夏峰二十有五年卒，年九十有二。河南北學者歲時奉祀百泉書院㊺，而容城與劉因㊻、楊繼盛㊼同祀，保定㊽與孫文正承宗、鹿忠節善繼並祀學宮，天下無知與不知，皆稱曰夏峰先生。

贊㊾曰：先兄百川㊿聞之夏峰之學者，徵君嘗語人曰：「吾始自分(51)與楊、左諸賢同命，及涉亂離，可以犯死者數矣，而終無恙，是以學貴知命而不惑也。」徵君論學之書甚具(52)，其質行學者譜(53)焉，茲故不論，而獨著其犖犖(54)大者。方高陽孫少師(55)以軍事相屬(56)，先生力辭不就，眾皆惜之，而少師再用再黜，訖無成功。《易》所謂「介于石，不終日(57)」者，其殆庶幾邪！

【注釋】❶北直容城　今河北容城。北直，今河北省，明成祖遷都北京，始有北直隸之名。❷萬曆二十八年順天鄉試　萬曆二十八年，西元一六〇〇年。萬曆，明神宗年號。順天，府名，府治今北京。鄉試，明清兩代每三年一次在各省省城舉行的科舉考試，中式者稱舉人。❸高攀龍顧憲成講學東林　參見〈學案序〉注⓱。❹天啟　明熹宗年號，從西元一六二一年至一六二七年。❺奄　宦官，俗稱太監。❻魏忠賢　見〈書孫文正傳後〉注⓭。❼叨穢者　品性卑汙的人。叨，同「饕」。貪食。❽由是句　楊漣、左光斗，見〈孫徵君年譜序〉注㉘。魏大中（西元一五七五—一六二五年），字孔時，嘉善（今屬浙江）人。萬曆四十四年（西元一六一六年）進士，疏劾魏忠賢，被斃死於獄，追諡忠節，有《藏密齋集》。周順昌（西元一五八四—一六二六年），字景文，號蓼洲，吳縣（今江蘇蘇州）人，萬曆四十一年（西元一六一三年）進士，以忤魏忠賢，入獄死，諡忠介，有《燼餘集》。繆昌期（西元一五六二—一六二六年），字當時、又元，號西溪，江陰（今屬江蘇）人。萬曆四十一年（西元一六一三年）進士，楊漣疏劾魏忠賢，傳疏為繆昌期代草，被魏忠賢害死獄中，諡號文貞，有《從野堂存稿》、《周易九鼎》等。廠獄，東廠獄、西廠獄，明朝監牢，由太監掌管。❾親黨　親族，或指宗親黨友。黨，謂關係密切者。❿而奇逢獨與二句　鹿正，定興（今屬河北）人。曾全力營救楊漣、左光斗，時稱鹿太公。張果中，字子度，新城（今屬河北）人。楊、左之獄起，孫奇逢與鹿正、張果中商議，募捐得數千金，入京營救，楊、左先已死於獄中。次年，周順昌被逮，孫奇逢募金，而周氏也被杖斃，就用所得捐款為他們經紀喪死。傾身，奮不顧身。⓫范陽　古郡，今北京市和河北保定一帶，容城、定興、新城皆屬其範圍。⓬孫承宗　見〈書孫文正傳後〉題解。⓭大學士　官名，明中葉以後實握宰相之權。⓮經略薊遼　經略，官名，明朝用兵時特置。薊，薊州鎮，管轄山海關西到居庸關一帶防地。遼，遼東鎮，管轄山海關東到鴨綠江口一帶防地。按孫承宗天啟二年（西元一六二二年）二月任兵部尚書，同年八月經略薊、遼。⓯茅元儀　茅坤孫子，生於西元一五九四年，卒於西元一六四〇年，字止生，號石民，又署東海波臣、夢閣主人、半石址山公，浙江歸安（今浙江吳興）人。隆慶間舉人，天啟後參孫承宗軍事，崇禎初以薦授翰林院待詔，改授副總兵官，守覺華島，旋以兵譁下獄，遣戍漳浦而卒。有《武備志》、《嘉靖大政類編》、《西崦集》、《又峴集》等。⓰善繼　鹿善繼（西元一五七五—一六三六年），字伯順，號乾岳，晚年自號江村漁隱，直隸定興（今河北定興）人，鹿正兒子。萬曆四十一年（西元一六一三年）進士，與周順昌以節義相期勉，歷任戶部主事、兵部職方主事。天啟二年孫承宗經略薊遼，鹿善繼請從，在師中多所經畫。仕至太常寺少卿。清兵破定興，不屈死，諡忠節。有《四書說約》、《認真草》、《三歸草》、《前督師紀略》、《後督師紀略》等。⓱幕府　將帥出征，設營帳為府署。⓲臺垣及巡撫交薦二句　臺垣，御史的官署，此處指御史、諫官。巡撫，官名，明清時省級地方政府長官。按推薦孫奇逢的有御史黃宗昌、禮科給事中王正志，向朝廷表彰事跡、奉旨加級擢用的有巡撫都御史張其平、恤刑員外郎胡向化，嗣南大司馬范景文則以軍務相聘（見魏裔介〈孫徵君先生傳〉）。⓳職方　官名，《周禮》夏官所屬有職方氏，掌管地圖與四方的職貢。唐、宋、明、清皆在兵部設職方司。⑳贊　佐助。㉑畿內盜賊數駭　畿內，京都及周圍地區。盜賊，指李自成農民起義軍。駭，驚擾。㉒易州五公山　易州，今河北易縣。五公山，在易縣西。㉓教條　規章；紀律。㉔國子祭酒　國子監的主管官。國子，即國子監，舊時最高學府。㉕趣　同「促」。㉖新安　今河北安新新安鄉。㉗河　黃河。㉘蘇門　蘇門山，在河南輝縣西北，又名百門山，太行山支脈。㉙百泉　即百門泉，源出蘇門山。㉚水部郎馬光裕　水部郎，官名，工部屬員，掌水利等事。馬光裕，字繩詒，別號止齋，安邑（今山西運城）人。㉛奉　贈送。㉜夏峰　蘇門山峰名。㉝聚　村落。㉞以象山陽明為宗　象山，陸九淵（西元一一三九－一一九三年），字子靜，金溪（今屬江西）人，講學於貴溪象山，世稱象山先生。陽明，王守仁。詳見〈學案序〉注❸。陸九淵、王守仁是宋明心學的代表。㉟朱子　朱熹。㊱庸行　日常行為。㊲町畦　田界。指芥蒂、隔閡。㊳圉　養馬地，此指養馬人。㊴牧豎　牧童。㊵質行　品性。㊶陰為之地　意謂暗中相助。地，留下餘地。㊷鼎革　改朝換代。《易．雜卦》：「革，去故也；鼎，取新也。」此指明清易代。㊸平涼胡廷佐　胡廷佐，平涼（今屬甘肅）人。貢生，歷官河南西華縣令、淮徐兵備僉事。㊹吾儕　我輩。㊺百泉書院　在蘇門山麓百泉旁。㊻劉因　元朝文人。生於西元一二四九年，卒於西元一二九三年。字夢吉，號靜修、樵庵，又號雷溪真隱，容城人。徵授承德郎右贊善大夫，未幾辭歸，再以集賢學士徵，不起。有《四書集義精要》、《靜修集》。㊼楊繼盛　生於西元一五一六年，卒於西元一五五五年。字仲芳，號椒山，容城人。劾嚴嵩十大罪，被害，追諡忠愍。有《楊忠愍文集》。㊽保定　今屬河北省。㊾贊　助；明，也是評論之文體，附在史傳、論文之後總結性的話。㊿先兄百川　方苞兄長方舟，字百川，因已經去世，故稱先兄。(51)自分　自料。(52)徵君論學之書甚具　孫奇逢著有《讀易大旨》、《尚書近指》、《四書近指》、《中州人物攷》、《理學傳心纂要》等。具，完備；齊全。(53)譜　編成了年譜。(54)犖犖　分明狀。(55)高陽孫少師　指孫承宗。少師，輔導太子的官，一般為大臣加銜。(56)相屬　委託。(57)介于石二句　引自《易．豫》。意謂耿介如石之堅，而知幾察微的能力又很強，不需要用一天時間才做出判斷。

【語　譯】孫奇逢字啟泰，號鍾元，北直容城人。少時卓異奇特，崇尚不凡的行為，然而操行完美，懷抱經世之學，常想建立偉大的功業卻不願被強迫去做官。十七歲，考中萬曆二十八年順天府舉人。

在這之前，高攀龍、顧憲成在東林書院講學，海內期望樹立氣節名望的士大夫多歸附於他們。到了天啟初年，邪惡的宦官魏忠賢把持朝政，吮癰舐痔者爭相出於他的門下，而把東林諸人看作是朋黨。由此楊漣、左光斗、魏大中、周順昌、繆昌期依次死於牢獄，禍及親人朋從。只有孫奇逢與定興鹿正、張果中奮不顧身營救他們，死難諸公的屍骨賴以歸鄉，他們就是世人所稱道的「范陽三烈士」。

那時候，孫承宗以大學士兼兵部尚書，鎮守管理薊、遼地區，孫奇逢的朋友歸安茅元儀和鹿正兒子善繼都在幕府。奇逢給孫承宗寫了一封祕密信件，承宗以面奏軍事機宜為由上疏請求覲見皇帝，魏忠賢非常恐懼，繞著皇帝龍床哭泣，結果用一道措辭嚴厲的聖旨將承宗阻擋在中途，世人以此之故更加欽佩奇逢身上的道義。御史與巡撫交相推薦，他屢次予以拒絕。承宗想上書皇帝請求授予他職方之官職以襄助軍事，讓元儀先探聽一下他自己的意思，結果奇逢也沒有應承。此後京城附近屢次發生盜賊作亂的禍變，容城陷入危困中，於是攜全家進入易州五公山。跟隨而行、互相保護的門生親友有數百家，奇逢制訂教規條列，部署軍事防禦，同時彈琴詠歌不絕於耳。入本朝以後，徵求他出任國子監祭酒，上司敦促他赴任，最終他仍堅決地推辭掉。移居到新安，後來又渡過黃河，定居在蘇門、百泉。水部郎馬光裕以夏峰的田地、房屋相饋贈，於是率子弟親自耕作，四方前來求學、願意留下的人，也授予田地，使他們耕種，他居住的地方就這樣逐漸聚成了村落。

奇逢開始與鹿善繼講學，以陸象山、王陽明為宗，到了晚年，才發生改變，融通了朱熹的學說。他對待自己必定刻苦磨礪，為親人守喪，帶領兄弟在墓旁一共住了六年。人無論聰明還是愚蠢，如果向他請教學問，必定用契近這個人稟性的方式去啟發他，使他在日常的行為中自我努力。先生與人沒有芥蒂，即使是武夫、強悍的士兵、工人、商販、僕人、馬夫、農民、牧童，都一律以誠意相待，因此雖然名聲傳揚天下，卻沒有嫉恨他的人。當楊漣、左光斗處在危難時，大家都為奇逢的安危憂慮，然而魏忠賢左右都是京畿附近一帶的人，平素敬重奇逢的品德操行，無不暗中為他留有餘地。

易代以後，一些大官定然要起用奇逢，平涼胡廷佐說：「人各有志，他自己以過一種歸隱閒適的生活為樂趣，為什麼非要他與我們走一條路呢？」他在夏峰住了二十五年後去世，九十二歲。黃河南北的學者每年在百泉書院供奉祭祀，而在容城他與劉因、楊繼盛同享祭祀，在保定與孫文正承宗、鹿忠節善繼一起被祭祀於學校。天下無論認識他與否，都稱呼他「夏峰先生」。

贊曰：我亡兄百川從夏峰的學生那裡聽說，孫徵君曾對人講：「我開始自料與楊漣、左光斗諸位賢士命運相同，後來經歷動亂流離，遇到可能被奪去性命的次數很多，最終卻平安無事，由此可知，學問貴在知天命而不迷惑。」孫徵君闡述學問的著作很完備，他的品德操行也已經有學者做了年譜，所以這裡不再論述，而惟獨記述他一些顯著重要的內容。在高陽孫承宗少師以軍事相託付的時候，先生堅決推辭不接受，大家都為他感到惋惜，然而孫少師兩起兩落，終於沒有獲得成功。《易經》所謂「耿介如磐石之堅，判斷十分敏捷」者，他大概差不多就是吧！

【研　析】孫奇逢在思想、著述方面有重要建樹，在義俠和事功方面也贏得人們稱讚，是明清之際一個比較重要的人物，魏裔介〈孫徵君先生傳〉對他的一生作了較為具體的介紹。而方苞這篇〈孫徵君傳〉只對他一生作舉例性的敘述，內容並不詳實。他認為，從義俠、講學、著述三方面詳細介紹孫奇逢反而會隱沒他的主要精神，結果「事愈詳而義愈隱」，使傳記變成一篇見事不見人的流水帳本，他稱自己這篇傳記「詳者略，實者虛」，使孫奇逢的「蘊蓄」「得之意言之外」（〈與孫以寧書〉）。方苞在傳記最後的「贊」語中，引孫奇逢自己的話總結一生，概括為「學貴知命而不惑」一語。這應當就是方苞在作品中所要表現的孫奇逢的精神「蘊蓄」，也是本文的言外之意。方苞敘述他站在東林黨一邊與魏忠賢作鬥爭卻能得到魏忠賢左右人的暗中保護，不陷於死地，為孫承宗謀劃卻不應其請擔任官職，在明末社會動亂中退居自保，入清堅拒出仕，講學先以陸王為宗而後來又能和通朱熹，這些都無不顯示孫奇逢「知天命而不惑」的大智慧，顯出他思想學術的高明之處。所以本文事跡雖略，孫奇逢的精神特點卻得到了鮮明展現。

有種意見認為，孫奇逢是一個著名的學者，講學授徒是他一生中重要的事業，為他作傳理應著重寫這方面內容，才像是一篇學者傳記，而方苞的文章對此僅用寥寥數語介紹，太吝筆墨。這種批評似乎也有道理。然而，方苞為何不這麼寫呢？一個原因如前面所分析，他主要想突出孫奇逢的精神「蘊蓄」，不以寫事跡為目的。第二個原因，方苞提倡程朱理學，對陸王雖有肯定，而批評相對更多，與孫奇逢宗趣有別。他在文中說，

「奇逢始與鹿善繼講學，以象山、陽明為宗，及晚年，乃更和通朱子之說」，重點在強調孫奇逢晚年思想宗趣的變化。他又說孫奇逢廣收弟子，不敢效仿孔子、孟子拒絕異端孺悲、夷之的做法，這是審時度勢，出於不得已（〈與孫以寧書〉）。這些表述皆話中有話，存有微意。故方苞這麼寫孫奇逢反映了他對傳主的認識，並非隨便行文。

我們可以說，魏裔介〈孫徵君先生傳〉詳細充實，史料價值高，方文簡潔精練，重點突出，各有優點，而僅從作文的角度看，方苞這篇傳記顯然佈局裁剪更具匠心。

白雲先生傳

【題解】張怡（西元一六〇八—一六九五年），明遺民。初名鹿徵，字瑤星，江蘇上元人。明末諸生。父親張可大，以總兵官盡節登萊，蔭張怡錦衣千戶。李自成攻下京城，張怡被捕，逃脫後遯跡攝山白雲峰，隱居僧舍，閉戶著書，人稱白雲山人。著述甚多，有詩文集二十餘卷，另有《志林》、《諮聞隨筆》、《金陵私乘》、《蠡酌》、《讀易私鈔》、《白雲言詩》、《史絜》等。方苞父親尊敬張怡，與他有交往。方苞受他父親的影響，對張怡的人品和著作表達讚美。

文中提到「乾隆三年，詔修『三禮』」，則本文作於方苞七十一歲以後。

張怡字瑤星，初名鹿徵，上元❶人也。父可大❷，明季❸總兵登萊❹，會毛文龍將卒反❺，誘執巡撫孫元化❻，可大死之。事聞，怡以諸生授錦衣衛千戶❼。甲申❽，流賊陷京師，遇賊將不屈，械繫將肆掠❾，其黨或義而逸之，久之始歸故里。其妻已前死，獨身寄攝山[10]僧舍，不入城市，鄉人稱白雲先生。

當是時，三楚、吳、越耆舊[11]，多立名義，以文術相高。惟吳中徐昭發[12]、宣城沈眉生[13]躬耕窮鄉，雖賢士大夫不得一見其面，然尚有楮墨[14]流傳人間。先生則躬樵汲，口不言《詩》、《書》，學士詞人無所求取，四方冠蓋[15]往來，日至茲山，而不知山中有是人也。

先君子[16]與余處士公佩[17]歲時問起居。入其室，架上書數十百卷，皆所著經說及論述史事。請貳之[18]，弗許，曰：「吾以盡吾年耳。已市二甕[19]，下棺則并藏焉。」卒年八十有八。平生親故夙[20]市良材，為其棺椁[21]。疾將革[22]，聞而泣曰：「昔先將軍致命危城，無親屬[23]視含殮[24]，雖改葬，親身之椑[25]弗能易也。吾忍乎？」顧視從孫[26]某，趣易棺，定附身衾衣[27]，乃卒。時先君子適歸皖桐[28]，反則已渴葬[29]矣。或曰：「書已入壙[30]。」或曰：「經說有貳，尚存其家。」

乾隆三年[31]，詔修「三禮」[32]，求遺書。其從孫某以書詣[33]郡，太守命學官集諸生繕寫，久之未就。先生之書，余心嚮之，而懼其無傳也久矣，幸其家人自出之，而終不得一寓目焉。故并著於篇，俾鄉之後進有所感發，守藏而傳布之，毋使遂沉沒也。

【注釋】❶上元　今江蘇南京。❷可大　張可大（?—西元一六三二年），字觀甫，應天（今江蘇南京）人。世襲南京羽林左衛千戶，舉萬曆二十九年（西元一六〇一年）武進士，官至登州總兵官，因兵變不屈死，贈特進榮祿大夫太子少傅，謚莊節，乾隆四十一年謚節愍。有《南京錦衣衛志》二十卷、《駛雪齋集》等。❸明季　明末。❹登萊　登州（府治在今山東蓬萊）、萊州（府治在今山東掖縣）。❺會毛文龍將卒反　毛文龍（西元一五七九—一六二九年），字鎮南，仁和（今浙江杭州）人。官左都督，鎮守皮島，驕縱不受節制，崇禎二年為袁崇煥所殺。毛文龍死後，帳下將士走入登州。登萊巡撫孫元化官遼久，素言遼人可用，不聽張可大諫，果然發生吳橋兵變。❻孫元化　（西元一五八二—一六三二年）字初陽，一字火東，嘉定（今上海市）人，萬曆四十年（西元一六一二年）舉人。由兵部司務進職方主事，協同袁崇煥駐守寧遠，巡撫登萊，以兵變論死。有《水一方人集》一百卷、《經武全編》十卷。❼怡以諸生授錦衣衛千戶　據《明史・張可大傳》，可大臨死前，「令弟可度、子鹿徵奉母航海趨天津」，張怡因此未被害。錦衣衛，即錦衣親軍都指揮司，明初設置。原為皇家禁衛軍，後兼管刑獄。千戶，官名，金元設置，明沿其制，為衛所之官，掌兵千百餘人。❽甲申　崇禎十七年（西元一六四四年）。這一年李自成、張獻忠農民軍攻陷北京，崇禎帝自縊死。❾肆掠　酷刑拷打。❿攝山　即棲霞山，在南京市東北。⓫三楚吳越耆舊　指江南明朝遺民。三楚，古稱江陵為南楚，吳為東楚，彭城為西楚。吳、越，今江蘇、浙江一帶。耆舊，德高望重者；遺老。⓬徐昭發　徐枋（西元一六二二—一六九四年），字昭發，號俟齋、秦餘山人，吳縣（今江蘇蘇州）人。崇禎十五年（西元一六四二年）舉人，明亡，隱居靈岩山，足跡不入城市，以賣字畫自給。湯斌登門造訪，終不肯見面。時與吳中楊無咎、朱用純稱吳中三高士。有《俟齋集》、《唐詩通攷》。⓭沈眉生　沈壽民（西元一六〇七—一六七五年），字眉生，號耕巖，宣城（今屬安徽）人。諸生。崇禎九年（西元一六三六年）舉賢良方正，抗疏論楊嗣昌、熊文燦，名動天下。明亡隱居，著述以終，門人私謚貞文先生。與徐枋、巢鳴盛合稱海內三遺民。有《剩庵詩稿》、《閑道錄》、《姑山文集》。⓮楮墨　紙和墨，指著作。楮，楮樹，其皮是造桑皮紙和宣紙的原料。⓯冠蓋　泛指官員的冠服和車乘，此指士大夫。⓰先君子　方苞父親方仲舒（西元一六三八—一七〇七年），字南董，號逸巢，國子監生。原配夫人姚孺人生有二女，姚孺人去世後，方仲舒在西元一六六三年入贅吳勉家，生方舟、方苞、方林三子，及三個女兒。放棄科舉，以教書為生，與杜濬、杜岕、錢澄之等明遺民友善。善詩，所作多已毀棄，今有〈題棟亭〉二首七律附見於曹寅《棟亭集》。⓱余處士公佩　生平不詳。處士，有才德而隱居不仕的人。⓲貳之　意謂抄錄副本。⓳甕　同「瓮」。陶罐。⓴夙　以前。㉑棺槨　內棺稱棺，外棺稱槨。㉒革　通「亟」。疾病危急。㉓親屬　親人、隨從人員。㉔含殮　人死後，把米、珠玉等放在死者口中，稱為含。殮，入棺。

㉕椑　古人的棺槨有多層，椑是最裡層貼身之棺。㉖從孫　堂房孫子。㉗附身衾衣　人死貼身穿的衣服。衾，入殮時蓋屍體的布物。㉘皖桐　今安徽桐城。㉙渴葬　死者未到葬期而提前埋葬。古代葬期因死者身分、地位不同而有異，天子七月而葬，諸侯五月而葬，大夫三月而葬，士逾月而葬。㉚壙　墓穴。㉛乾隆三年　西元一七三八年。㉜三禮　《周禮》、《禮記》、《儀禮》。㉝詣　至。

【語　譯】張怡字瑤星，起初名鹿徵，是上元人。他父親張可大，明末任登萊總兵，適逢毛文龍率兵反叛，誘捉了巡撫孫元化，張可大在事變中喪身。事情傳到朝廷，張怡以生員的身分被任命為錦衣衛千戶。甲申年，流寇攻陷京城，張怡遭遇流寇將領，不向他屈服，被鎖上械具準備鞭撻，流寇中有人佩服他的節義把他放走了，經過很久才回到故里。他的妻子在這之前已經死去，他獨身寄居在攝山的僧寺，不進城市，鄉里人稱他為白雲先生。

在那個時期，三楚、吳、越一帶德高望重者，多追求名聲和道義，以文章學術高自位置。只有吳中徐昭發、宣城沈眉生親自在貧窮的鄉村耕種，即使是賢士大夫都不能與他們見上一面，然而他們依然有作品流傳在人間。白雲先生則親自打柴挑水，嘴不談《詩》、《書》，學者、詞人不會向他求教，各地官宦往來，每天都有人到這山上，卻不知道山中有他這個人。

先父與余處士公佩每年按時去向他請安。進他屋，架子上放的書有數十百卷，都是他撰寫的解說儒家經典以及論述歷史事件的著作。請求過錄副本，他不答應，說：「我著書是為了打發餘生，已經買好兩口甕，我死後安葬棺材就把書稿放入甕中一併埋掉。」他去世時八十八歲。平生親戚朋友，在以前已經買了好木材，為他做棺槨。病重將死時，他聽說後哭道：「從前我父親獻身於叛兵作亂的城裡，沒有親屬為他收殮，後來雖然改葬，他貼身的棺材不能改換了。我能忍心使用麼？」回頭看著從孫某人，催促他把這口棺材換掉，定好入殮的布物、壽衣，這才咽氣。那時，先父正好回桐城，回來後白雲先生已經倉促下葬。有人說：「他的書已經埋入墳裡。」也有人說：「解說儒家經典的著作有副本，還保存在他家裡。」

乾隆三年，皇上下詔修訂「三禮」，徵求他的遺書，他的從孫某人將他的書獻到地方官府，太守讓學官召集學生抄寫，很久都沒有抄完。白雲先生的書，我心裡很嚮往，不過擔心這些書已經失傳很久了，慶幸他的家人自己獻了出來，可是我到現在還沒有機會過目。所以把此事一起寫在本文，使鄉里的後輩有所感發，收而藏之，並且使它們流傳，不要讓它們沉沒。

【研　析】方苞筆下寫了一個純粹的遺民。張怡僥倖從李自成佔領的京城回到故鄉南京，寄身棲霞山（攝山）寺廟，從此步履不入城市，與世俗、與新朝、與許多有名的和沒有名的人都隔絕開來，別人不知道世上有他，他也不屑去知道別人，「白雲先生」四字是對他無牽無掛、物我兩忘、淡然至極的處世態度絕真的寫照。

文中還寫到別的一些遺民，其中許多人爭立「名義」，「以文術相高」，名利之心其實依然在他們心裡縈旋著。張怡與他們是很不一樣的。有的可以說已經是很淡泊了，像當時三高士徐枋、沈壽民、巢鳴盛（方苞文中沒有舉巢鳴盛的例子），在鄉野隱居起來，不通賓客，可是，他們依然有一些作品在世間流傳，人們還是可以知道一些他們的名聲。張怡則完全不聲不響，自己挑水打柴過日子，嘴上從不與別人說《詩》論《書》，好像一個愚氓似的，比徐枋、沈壽民隱得更加徹底。他雖然也在著書，但是，他寫作不是為了與別人交流，不是為了流傳後世，而只是為了借此打發餘生，等生命結束的一天，讓這些作品隨自己一起埋入墳墓，徹底消失。像張怡這樣的遺民確實很少，所以很值得為他寫照。

高節婦傳

【題　解】高節婦，名不詳，生於明萬曆二十一年（西元一五九三年），卒於康熙二十七年（西元一六八八年）。宛平（今北京市）人，嫁高位，十七歲守寡，養育兒孫，艱苦度日。孫子高裔成進士，官至大理寺卿。康熙二十七年（西元一六八八年）高裔提學江南學政，次年方苞歲試第一，補桐城縣學弟子員，受知於高裔（方苞〈記時文稿行不由徑三句後〉）。〈佘西麓文稿序〉說：「昔吾師宛平高公視學江南，士之尤當公心者，於吾鄉則苞與齊生方起，於歙則汪生鴻瑞、佘生西麓。嘗語余曰：『子之文，深醇而樸健。』」方苞從高裔遊近十年，對他家的事情「細大畢聞」（〈大理卿高公墓碣〉）。本文讚美高裔祖母高尚的節操，主要事跡當聞之於高裔。《畿輔通志》卷一百五十收此文，作者署湯斌，然未見於湯斌〈湯子遺書〉，當屬《畿輔通志》作者誤署。

本文作於方苞二十三歲以後。

節婦段氏，宛平民高位妻也。京師俗早嫁娶，位之死，節婦年十七，有二子矣。高氏無宗親❶，依兄以居。喪期畢，數喻以更嫁。節婦曰：「吾不識兄意何居？吾非難死也，無如二子何？」其兄曰：「我正無如二子何也。我力食，能長為妹贍二甥乎？」節婦曰：「易耳！自今日即無累兄，但望毋羞我貧，暇則頻過我，使人知我尚有兄足矣。」

方是時，節婦嫁時物，僅餘一箱，直❷二千，取置門外，索半直，立售，即日移居小市❸板屋中。京師地貴，或作板屋於中衢❹，婦人貧無依者多僦❺居，為市人縫紉。節婦以此為生幾二十年，二子長，始能僦屋以居。二子幼時，節婦艱衣食，不能使就學。長子市販，中年歿。次子為小吏，以罪謫遼左❻。節婦復撫諸孫，又十餘年，孫裔❼發憤成進士，贖其父以歸，而節婦年九十矣。

節婦性嚴毅，常早起，子婦雖老，終日侍立，不命不敢坐。裔之母谷氏，性篤孝，雞初鳴，起灑掃，奉匜侍盥❽，就竈下作羹食，親上之，食畢，然後退，率以為常。及貴盛，姻黨皆曰：「世有太夫人❾年七十，而執僕婢之役者乎？」將公為節婦言之。谷氏曰：「若毋言，吾與姑故寒苦，姑習我，非我供事，姑終不適。吾皤然❿白髮，身無疾，灑掃盥饋⓫，以事吾姑，此日可多得邪？」

節婦以康熙戊辰⓬卒，年九十六，距位之死七十有九年。始節婦所僦板屋在珠市⓭西，及孫貴，卜居正當其地，家僮數十，出入呼擁，節婦時指示子孫姻黨。京師之人，亦以為美談云。

贊曰：吾里中某氏子，兄弟各傭身⓮。兄老，請於主人，求舍之，節衣食以奉焉。而兄卞急⓯，小失意，即數罵，或奮梃以抶⓰，終無恚色⓱。余嘗謂非獨其弟賢也，而兄固無鄙心也。京師人多以谷氏之事為難，然以節婦之風義，則子婦之承而化也，曷足異乎？

【注釋】❶宗親　同宗的親屬。❷直　同「值」。❸小市　即小市口，位於今北京市崇文區，是北京城南舊市之一，在花市以南、羊市口以東一帶。小市口明朝已有，明清時此地多窮人擺攤做小買賣。❹中衢　大路中間。衢，四通八達的路。

❺僦　租賃。❻遼左　遼東。今遼寧省的東部、南部，以及吉林省的東南部地區。❼裔　高裔（西元一六四七—一七〇〇年），字素侯，宛平（今北京市）人。康熙十五年（西元一六七六年）進士。伏闕上書，求自代因吏事謫遼左的父親，逢恩赦歸，裔以孝聞天下。康熙二十七年（西元一六八八年）由翰林侍講提督江南學政，累官太常寺卿、大理寺卿。卒祀鄉賢。高裔死後，方苞曾撰《大理卿高公墓碣》。❽奉匜侍盥　捧著洗漱的器具，伺候洗手洗臉。奉，捧。匜，古代盥器，瓢形。❾太夫人　漢代稱列侯母親為太夫人，後來官僚豪紳的母親均可稱太夫人。❿皤然　頭髮白貌。⓫饋　給人進食。⓬康熙戊辰　康熙二十七年（西元一六八八年）。⓭珠市　即珠市口，位於今北京市前門外，崇文區西面。開始這裡是買賣生豬的交易市場，稱豬市口。到了清代，這裡豬市生意逐漸冷淡，變為其他商業市場，嫌其名粗俗，改為珠市口。⓮傭身　雇工。⓯卞急　急躁。⓰奮梃以抶　揮動棍棒進行毆打。梃，木棒。抶，鞭打。⓱恚色　怨恨的臉色。

【語　譯】節婦段氏，是宛平人高位的妻子。京城的風俗是早嫁早娶，高位去世時，節婦十七歲，有兩個兒子。高氏沒有同宗的親屬，節婦便投靠自己兄長居住。喪期結束後，兄長多次讓她再嫁。節婦說：「我不知道兄長的意思是什麼？我並非不捨得死，可是怎麼安排兩個兒子呢？」她兄長說：「我正是因為不知道如何對付這兩個小孩。我靠幹活糊口，怎麼能一直為妹妹贍養兩個外甥呢？」節婦說：「這很簡單！從今天開始我就不再拖累兄長。只是希望你不要以我貧窮為羞恥，有空就多來看看我，讓別人知道我還有一個兄長，我就滿足了。」

那時候，節婦出嫁時的嫁妝，僅剩下一箱子，價值二千，她取出放在門外，只要求一半價值，就立即把它賣掉了，即日便移居到小市口的木板屋裡。京城地價昂貴，有人在大路上造了木板屋，貧困無依的婦人多租住這樣的屋子，給城裡人縫紉。節婦以此為生計，將近二十年，到二個兒子長大，才開始租賃別的屋子居住。兩個孩子幼小時，節婦衣食維艱，不能使他們上學念書。長子做商販，中年去世。次子做小吏，因犯罪而被發配到遼東。節婦又撫養幾個孫兒，又過了十幾年，孫子高裔發憤考取進士，將父親贖回京城，而此時節婦已經九十歲了。

節婦性情嚴格堅毅，經常很早起床，兒媳雖然年老，整天立在旁邊伺候，沒有吩咐不敢坐下。高裔母親谷氏，性情非常孝順，雞剛叫，便起床打掃，伺候節婦洗漱，到灶下做羹煮飯，親自給節婦端去，等她吃完，然後退下，長年累月都是如此。等到她身分尊貴後，有姻親關係的家族成員都說：「世上哪裡有七十歲的太夫人，自己幹僕人奴婢的活？」他們都要一起去對節婦說這事。谷氏說：「你們不要去說，我和婆婆從前貧寒艱苦，婆婆已經習慣了我，不是我去伺候，婆婆畢竟會感到不適應。我一頭白髮，身體無病，清潔打掃，洗漱供食，服侍我婆婆，這樣的日子豈能多得呢？」

節婦於康熙戊辰年去世，享年九十六歲，離開高位死已有七十九年。開始節婦所租的板屋在珠市口西側，等到孫子成了顯宦，購買的住宅正好對著那裡，家裡僮僕數十人，出門進門前呼後擁，節婦時時用手指給子孫和姻親看。京城的人，也將這作為美談。

贊曰：我同鄉某氏的兒子，兄弟二人都是雇工。哥哥年紀老了，弟弟請求主人不要再雇哥哥，自己節衣縮食供養他。然而哥哥脾氣急躁，有一點不高興，就不停地罵弟弟，有時候還要揮棍打他，弟弟始終沒有怨恨的顏色。我曾說，非但這位弟弟是好人，他的哥哥其實也沒有卑劣的念頭。京城的人多認為谷氏這麼做難能可貴，然而有節婦這樣的品德節操，那麼兒媳受她薰染感化，又有什麼奇怪呢？

【研　析】節婦多是一些經受了重大的生活苦難，而強烈閃放出自己善良天性品格的女子。她們的故事多表現為在丈夫死後，妻子獨立承擔起家庭重負，歷盡千辛萬苦，贍養家人，尤其是哺育幼子長大成人、延續家庭香火、光耀門楣的感人事跡，贏得社會尊重。

方苞筆下的高節婦，十七歲守寡，依從兄長過日子遭拒絕，在百般無奈之下，她毅然脫離不願伸出援手的骨肉，開始獨立生活，賣光剩餘的嫁妝，租住最低廉的板屋，靠著為人縫紉，養育兩個兒子。在兒子一死一遺戍的第二次打擊面前，高節婦又一次勇敢承擔，養育孫兒，讓他們一個個成家，接受教育，其中一個孫兒竟考中進士。這是多麼不容易的事情，高節婦為此付出的艱辛可想而知。

文章中高節婦與她哥哥之間的一段對話，寫得非常出色。節婦的堅毅，哥哥的冷漠，雖寥寥數語，卻刻畫得鮮明而透徹，它無疑是人性的一次展出，讀後讓人動容。

方苞對高節婦兒媳谷氏的刻畫，也相當成功。她不自矜身分尊貴，無視自己年齡高邁，不忘寒苦時的本色，長年累月敬侍高節婦，心甘情願為婆婆「執僕婢之役」。她勸說姻黨的一番話，樸素無華，而至情至性流瀉而出。方苞寫谷氏，也是從側面寫高節婦。對這種筆法用意，文章最後「以節婦之風義，則子婦之承而化也，曷足異乎」數語，已經作了說明。文章「贊」語部分，還插入兄弟二人的事跡，與高節婦和兒媳谷氏的關係相映成趣。

沛天上人傳

【題解】沛天上人，亦稱沛上人。原名崔海寬，今河北易州人。初至京師，居西華門外道旁小菴，於是闢地興建禪寺，上人為其住持，康熙帝敕賜「靜默寺」，一時王公貴人多與之遊。上人通曉儒術，留心當世人物及民生利病。乾隆十五年修《欽定同文韻統》，海寬曾列入校譯者名單。方苞寫過兩篇有關沛天上人的文章，另一篇是〈良鄉縣崗窪村新建通濟橋碑記〉，撰於乾隆二年八月。兩篇文章內容各有側重，重疊部分詳略亦自有別，如記敘「大小司寇會寺中待事」，本文詳，碑記略，而敘及作者留宿靜默寺，碑記又較本文具體。

本文應撰於〈良鄉縣崗窪村新建通濟橋碑記〉之後，是方苞七十歲以後的作品。

沛天上人名海寬，俗姓崔氏，直隸易州❶人，為京師講經大師，住持靜默寺❷。寺近宮城，聖祖仁皇帝敕建❸，皇子數即事焉。眾以為榮觀，冠蓋❹往來，晨夕無頃❺暇，而上人處之若無事者，雖皁隸❻必使各得其意以去，而於王公貴人無加禮。余嘗託宿寺中，見而異之，遂假館，淹留數月❼。每人事歇息，輒邀余坐庭階，玩景光，間及民生利病、並世人物。其胸中炯然，語皆有稱量❽。竊歎如此人若為士大夫，於世非無所損益者，而惜乎其遊方之外也。

性至孝，作室寺之左方，迎其母而養焉。居母與兄之喪，一遵儒書，服既終，顏色戚容❾尚有異於眾人。喪其本師❿，誠敬亦如之。好士友⓫，羈旅者投之如歸，久而不怠。每聞忠良正士剝喪摧傷⓬，輒悄然⓭不樂，語或及之，則氣結淚欲下。雍正某年，內府⓮有疑獄，大小司寇⓯會寺中待事。或叩佛氏天堂地獄之說，上人曰：「在公等一念公私忍恕間耳。」中有以深刻⓰為能者，面赤而色慍，曰：「方外人何難為此言，居官者能自主乎？」上人曰：「能視祿位少輕，則無難矣。」眾皆默然。時禁婦女入廟，胥吏因緣設詐搆陷以嚇眾而取所求。上人首議⓱，發其奸於政府。營田⓲之興，吏強建閘於安肅⓳之瀑河⓴，村落數十，仍歲㉑流漂。上人見往來寺中人，即指畫地勢及民庶飢殍㉒狀。久之，語聞於河督㉓，奏復其初。十有二年，重刻《藏經》㉔，詔簡積學沙門四十餘人開館校勘㉕，命上人執其總。量材授事，立法程工㉖，有條而不紊。

觀上人之篤於人紀㉗，不忘斯世斯民，而才足以立事如此，皆先聖先賢所諄復㉘而有望於後儒者也，而儒之徒未數數然也。朱子㉙嘗憂吾道之衰，以為「性質剛明者，多不能屈心以蒙世俗之塵垢，而藏身於二氏㉚」。斯言也，蓋信而有徵矣。故專錄其儒行，而推闡佛說以張其師教者，概不著於篇，蓋其徒某某之所譜，具矣。

【注釋】❶直隸易州　今河北易州。❷靜默寺　在北京西華門外。寺原為明季關帝廟舊址，康熙五十二年重建，「靜默寺」為康熙帝御書。舊址在今北長街八十一號，已成為居民大院。❸聖祖仁皇帝勑建　聖祖仁皇帝，康熙帝。勑建，帝王下詔書建造。勑，古時自上告下的文體。❹冠蓋　泛指官員的冠服和車乘。蓋，車篷。❺頃　片刻時間。❻甿隸　農夫與皂隸。泛指社會地位低下的人。❼余嘗託宿寺中四句　方苞〈良鄉縣崗窪村新建通濟橋碑記〉：「康熙六十一年，余充武英殿修書總裁，託宿寺中，與之語，竊其志趨，乃遊方之外而不忘用世者，遂奄留旬月，自是為昵好。」淹留，停留。❽稱量　衡量；估計。❾戚容　憂傷的容色。❿本師　僧徒對傳戒師傅的敬稱。〈良鄉縣崗窪村新建通濟橋碑記〉說，沛天上人本師在安肅（今河北徐水縣）。⓫士友　古代稱在官僚知識階層或讀書人中的朋友。⓬剝喪摧傷　受刑傷殘。⓭悄然　憂傷。⓮內府　清代的內務府簡稱「內府」。⓯司寇　清時別稱刑部尚書為大司寇，侍郎為少司寇。⓰深刻　嚴峻苛刻。⓱首議　倡議。⓲營田　開闢土地。⓳安肅　今河北徐水縣。⓴瀑河　《畿輔通志》卷二十四：「雹水，在易州南三十里。一曰瀑河，亦曰鮑河，即南易水也。源出獨石崗，經安肅、容城，下流安州、新安，與徐水會為長流河。」㉑仍歲　連年。㉒飢殍　餓死的人。㉓河督　河道總督的簡稱。〈良鄉縣崗窪村新建通濟橋碑記〉：「語聞于河督顧公。」指顧琮，滿洲人，雍正十一年任直隸河道總督。㉔藏經　《大藏經》的簡稱，佛教典籍總集。雍正十一年敕令雕印，乾隆三年完成，主持者為莊親王允祿、和親王弘晝，此為乾隆版《大藏經》。㉕詔簡積學句　簡，挑選。積學，博學。沙門，指佛教僧侶。㉖程工　督察工役。㉗人紀　人倫綱常。㉘諄復　反復叮囑。㉙朱子　朱熹。㉚二氏　指佛、道兩家。

【語譯】沛天上人名海寬，俗姓崔，直隸易州人，是京師講經大師，任靜默寺住持。靜默寺靠近宮城，聖祖仁皇帝下令建造，皇子多次來到寺裡。大家以此為榮幸，人來車往，早晚無片刻空暇的時間，然而上人視這種光榮彷彿它們不存在似的，即使是農夫、皂隸也必定讓他們滿意而歸，而對於王公貴人並沒有額外多加的禮節。我曾經在寺裡借宿，見到上人，覺得他非同尋常，於是借寺為館舍，停留了幾個月。每當寺裡安靜無事的時候，便邀請我坐在庭院階梯上，玩賞風光，偶爾談到民生利病、當世人物，他胸中非常明白，說出的話全都適當。我暗自歎息，像他這個人如果是士大夫，對於世事不會沒有除弊興利的作用，然而可惜啊，他卻生活在世俗之外。

上人天性極為孝順，在寺的左方建屋，將他母親迎來在此奉養著。為母親與兄弟服喪，一概遵循儒家書裡寫下的規定，服喪期滿，臉帶悲哀仍然不同於眾人。為傳授他戒律的老師服喪，誠懇恭敬也是如此。他喜愛文士朋友，羈旅在外的人來投宿像回到了自己的家，住的時間長也不會受到怠慢。每次聽到忠良正直人士遭逮捕受傷害，便憂愁不樂，有時談到這些事情，便哽咽落淚。雍正某年，朝廷內府有一件疑難案件，大小司寇官都聚集在寺裡等候辦事。有人問佛家天堂、地獄的說法，上人說：「在於大人們公與私、殘忍與寬恕的一念之間罷了。」他們中有以嚴峻苛刻為能事之人，面紅而有怒色，說：「世俗外的人講這樣的話當然容易，做官的人能自己做主嗎？」上人答道：「能把利祿官位看得稍微輕一點，就不難了。」眾人皆默然無語。當時禁止婦人進入寺廟，官吏趁機欺詐，以犯罪為名恐嚇大家，進行勒索。上人首先站出來非議，向政府揭發他們的奸詐行為。大興開墾農田之後，官吏強行在安肅縣內的瀑河上建閘，數十座村落，連年水流泛濫。上人看到往來於寺中的人，就用手指比劃地勢，以及老百姓餓殍棄野的狀況。過了很長時間，他的話傳到河運總督那裡，上奏朝廷又恢復了從前的狀態。(雍正)十二年，重新刊刻《藏經》，皇上下詔挑選飽學的僧侶四十餘人開館校勘，指定上人為他們的負責人。上人根據各人才能分配事情，制定條律檢查質量，工作進行得有條不紊。

看到上人篤守人倫綱紀，不忘懷這個人世，以及世上的民眾，而他足以做事業的才能又如此幹練，這些都是先聖先賢反復叮嚀而寄希望於後來的儒者，可是儒家之徒卻沒有將這些切切在念。朱子曾經擔憂吾儒家之道趨於衰微，以為「稟性堅強明白的人，多不能撓曲自己的心地去蒙受世俗的埃塵，於是就藏身到佛、道兩家中去了」。這番話，都是可信而確有根據的。所以我專門採錄上人合乎儒家的行為，至於他推究闡發佛家學說以擴大其師教的內容，一概不寫入本文，因為他的徒弟某某所編的年譜，都已經有了。

【研析】方苞無心探究佛學，對佛學所知有限，自稱「余素不解浮屠言」（〈釋蘭谷傳〉）。他於青少年時代與佛徒僧人敬而遠之：「余少遊名山，入古寺，見佛相，肅拜之禮亦不敢施。」後來態度有所變化：「而羇窮遠遊及難後，多與學佛者往還，乃悟退之之親大顛，永叔求天下奇士不得而有取於祕演、惟儼輩，良有以也。」（〈重建潤州鶴林寺記〉）方苞對佛禪態度的變化，很可能是受到朋友劉古塘及其兄長方百川的影響，與他自己遭遇很多坎坷經歷也有關係。方苞於〈重修清涼寺記〉中說：「先兄嘗言：『自明中葉，儒者多潛遁於釋，而釋者又為和通之說以就之，於是儒釋之道混然。儒而遁於釋者，多倡狂妄行，釋而慕乎儒者，多溫雅可近。』余行天下，每以是陰辨儒、釋而擇其可交者。」方苞認為，佛徒之中，有些人雖「遊方外而不忘世用者」，有些人如同官守一般，「急民病、直言抗節」，有些人堅守禮法而居父母之喪者。所以他認為朱子說「彼家有人」是有道理的。由此可見，方苞所肯定的佛家，主要是那些身為佛徒卻遵奉儒家之道者。他堅決反對「儒而遁於釋者」，反復告誡「學儒者慎毋陰遁於釋」。方苞一生雖與佛徒僧人有一些接觸和交往，也曾為佛教建築鶴林寺、清涼寺、通濟橋等寫過「記」之類文字，但從總體上看他是排斥釋氏的，甚至認為寫文章也不能用「佛氏語」：「凡為學佛者傳記，用佛氏語則不雅，子厚、子瞻皆以茲自瑕，至明錢謙益則如涕唾之令人㱁矣。」（〈答程夔州書〉）明末清初，許多漢族知識分子進退兩難之際，入佛逃禪者甚多，他們有的人選擇走這條路，是心中別有政治寄託。方苞出生之時，清朝已建立二十餘年，以後社會逐漸趨於安定，康熙皇帝又推行尊孔崇儒政策，士子中因政治寄託而信仰佛教者已經很少了。方苞基本上是一個純儒，他對自己的思想信仰有嚴格的要求，他對佛學的態度與他思想是一致的。

方苞文集中的僧人傳記很少，而且這些作品主要也不是寫他們從事的佛學活動及其事跡，而是著重寫僧人身上的儒家精神。本文中的沛天上人正是這樣一個亦佛亦儒者，方苞則「專錄其儒行」，從「篤於人紀，不忘斯世斯民，而才足以立事」三個方面，介紹他一生，以為即使在儒者中他也是一個佼佼者。方苞寫佛家，又往往是借佛家反襯儒者中存在的問題，對此加以批評，如〈良鄉縣岡窪村新建通濟橋碑記〉所謂：「朱子嘗病吾道之衰，而歎佛之徒為有人，其有以也夫！」又如〈釋蘭谷傳〉說：「觀其志行術業氣象，則儒衣冠者多愧矣。故傳其事以告吾儕。」這是方苞寫佛家傳記與其他作者同一類作品往往不相同的地方。

左忠毅公逸事

【題解】左光斗（西元一五七五—一六二五年），字遺直、共之，號浮丘，桐城（安徽樅陽）人。明神宗萬曆三十五年（西元一六〇七年）進士，除中書舍人，選授御史。天啟四年（西元一六二四年）楊漣上疏揭發魏忠賢二十四罪。左光斗支持並彈劾忠賢三十二該斬罪行，然而魏忠賢反誣他們接受熊廷弼賄賂，遭逮捕入獄，被嚴刑酷打致死。人稱「鐵骨御史」。南明弘光朝平反，左光斗謚「忠毅」。史可法是左光斗學生，曾冒險入獄去探望老師。據方苞在文中說，他這篇文章的素材來自父親的講述，其中左光斗在獄中對史可法說的一番話，是方苞父親從方文那裡聽說，而方文又是聽史可法本人親口講述。所以這也是一篇古人的口述傳記。

本文寫於方苞四五十歲間。

先君子❶嘗言：鄉先輩左忠毅公視學京畿❷，一日，風雪嚴寒，從數騎出，微行❸入古寺。廡❹下一生伏案臥，文方成草，公閱畢，即解貂❺覆生，為掩戶。叩之寺僧，則史公可法❻也。及試，吏呼名至史公，公瞿然❼注視，呈卷，即面署第一。召入，使拜夫人，曰：「吾諸兒碌碌[8]，他日繼吾志事，惟此生耳。」

及左公下廠獄[9]，史朝夕獄門外，逆閹防伺[10]甚嚴，雖家僕不得近。久之，聞左公被炮烙[11]，旦夕且死，持五十金，涕泣謀於禁卒，卒感焉。一日，使史更敝衣，草屨背筐，手長鑱[12]，為[13]除不潔者。引入，微指左公處，則席地倚牆而坐，面額焦爛不可辨，左膝以下，筋骨盡脫矣。史前跪抱公膝而嗚咽，公辨其聲而目不可開，乃奮臂以指撥眥[14]，目光如炬，怒曰：「庸奴！此何地也？而汝來前。國家之事，糜爛至此，老夫已矣，汝復輕身而昧大義，天下事誰可支拄者？不速去，無俟姦人構陷，吾今即撲[15]殺汝！」因摸地上刑械，作投擊勢。史噤不敢發聲，趨[16]而出。後常流涕述其事以語人曰：「吾師[17]肺肝皆鐵石所鑄造也。」

崇禎[18]末，流賊張獻忠[19]出沒蘄、黃、潛、桐[20]間，史公以鳳廬道奉檄守禦[21]，每有警，輒數月不就寢，使將士更休[22]，而自坐幄幕外，擇健卒十人，令二人蹲踞而背倚之，漏鼓[23]移則番代[24]。每寒夜起立，振衣裳，甲上冰霜迸落，鏗然有聲。或勸以少休，公曰：「吾上恐負朝廷，下恐愧吾師也。」史公治兵，往來桐城，必躬造[25]左公第[26]，候太公太母起居，拜夫人於堂上。

余宗老塗山㉗，左公甥㉘也，與先君子善，謂獄中語乃親得之於史公云。

【注釋】❶先君子　指方苞亡父方仲舒。❷視學京畿　左光斗在萬曆末任北直督學。視學，督查學校。京畿，國都及其所轄周圍地區。❸微行　不穿官服，隱匿身分，出外巡行。❹廡　堂外走廊。❺貂　貂皮外衣。❻史公可法　史可法（西元一六〇一—一六四五年），字憲之，號道鄰，祖上自河南祥符遷大興（今北京）。其人短小精悍，弱冠受知於左光斗，崇禎元年（西元一六二八年）進士。任南京兵部尚書，南明福王朝加大學士，稱史閣部。拒清兵，揚州城破就義。乾隆時諡忠正。有《史中正文集》。❼瞿然　喜貌，或驚視貌。❽碌碌　平庸無能貌。❾左公下廠獄　左光斗、楊漣揭發魏忠賢二十四罪，天啟四年（西元一六二四年）十一月被捕下獄。廠獄，東廠、西廠，明朝廷的監獄，由宦官掌管。❿防伺　防備；看管。⓫炮烙　一種燒炙的酷刑。⓬鑱　鐵製的刨土農具。⓭為　通「偽」。假裝。⓮眥　眼眶。⓯撲　擊。⓰趨　快步走。⓱吾師　科舉時代，主考官與考試中式者習慣上稱師生關係。史可法是左光斗督學時所取士，故以師相稱。⓲崇禎　明思宗年號。西元一六二八年至一六四四年。⓳張獻忠　明末農民起義首領之一。生於西元一六〇六年，字秉忠，號敬軒，延安（今陝西定邊）人，西元一六四六年與清兵作戰，中箭死。⓴蘄黃潛桐　今湖北蘄春縣、黃岡縣，以及安徽潛山縣、樅陽縣（舊稱桐城縣）。㉑史公以鳳廬道奉檄守禦　《明史・史可法傳》：「（崇禎十年）七月，擢可法右僉都御史，巡撫安慶、廬州、太平、池州四府，……提督軍務。」又載：「十二年夏，丁外艱去。服闋，起戶部右侍郎兼右僉都御史，代朱大典總督漕運，巡撫鳳陽、淮安、揚州。」鳳，鳳陽府（今安徽鳳陽）。廬，廬州府（今安徽合肥）。道，官名，明朝又分為分守道、分巡道等。檄，文體名，亦稱「檄書」，是一種軍事文書，常用於聲討、曉諭和征伐。㉒更休　輪番休息。㉓漏鼓　古人以漏刻計時，到一定時辰，擊鼓報時，這種鼓稱為漏鼓。㉔番代　輪換。番，同「翻」。㉕躬造　親自訪問。㉖第　府邸。㉗余宗老塗山　方文（西元一六一二—一六六九年），字爾止，號嵞山，原名孔文，字爾識，別號淮西山人、明農、忍冬，明亡後更名一耒，隱居以終。桐城人。善詩，學白居易體。有《嵞山集》等。嵞山，也作塗山。㉘甥　女婿。

【語　譯】我父親生前曾經說：同鄉前輩左忠毅公在京城附近視察學務，一天，颳風下雪天氣爆冷，左公帶幾名隨從騎馬外出，微服察訪到一座古廟。廂房裡一個書生正伏著書案睡覺，文章剛寫成草稿，左公讀了一遍，就解下自己的貂皮外衣蓋在書生身上，替他關好門。左公向廟裡的僧人打聽這位書生，他就是史可法公。等到考試，吏員叫到史可法名字，左公欣喜地注視著他，呈上試卷，就當面簽署他為第一名。邀請他到家裡拜見夫人，說：「我幾個孩子都平庸無能，將來繼承我志向和事業的，就是這位書生了。」

左公被投進東廠監獄時，史可法從早到晚在監獄門外。魏忠賢防備很嚴。即使左家僕人也不能靠近。過了一段日子，聽說左公受炮烙酷刑拷打，隨時將會斃命，史可法拿了五十兩銀子，哭泣著跟看守商量，看守為之感動。一天讓史可法換上破舊衣裳，腳穿草鞋，背著筐子，手拿長鐵鏟，裝做打掃垃圾、清除穢物的人。領進牢房後，悄悄指向左公所在的地方，只見一人靠牆而坐，面部、額頭都已經焦爛，無法分辨，左膝蓋以下，筋骨全部暴露出來。史可法上去跪下，抱著左公膝蓋哭泣。左公聽出史可法的聲音，可是眼睛不能睜開，於是奮力舉起胳臂，用手指撥開眼眶，目光像火炬一樣在燃燒，怒氣衝衝地說：「沒用的奴才！這是什麼地方呀？而你還要來！國家的事情已經敗壞到這種地步，老夫我完了，你再輕賤自己而不明大義，天下事還有誰能夠支撐？不火速離開，不要等奸人來陷害你，我現在就砸死你！」於是摸索地上的刑具，做出投擊的樣子。史可法閉嘴不敢吱聲，快步退了出來。後來常常流著淚講述這件事，對人說：「我老師的心腸，都是用鐵石鑄造出來的。」

崇禎末年，流寇張獻忠在蘄春、黃岡、潛山、桐城一帶活動。史可法公身為鳳陽、廬州的道員奉命防守禦敵。每次發生警報，他就幾個月不入室安睡，讓將士輪番休息，自己則坐在軍營帷幕外，挑選十名強健的士卒，命令二人蹲坐著，自己背靠著他們休息，過了一定的時辰就輪換一次。每當寒夜他站起來，抖動衣裳，鎧甲上的冰霜紛紛迸落，發出鏗然聲響。有人勸他稍微休息一下，他說：「我對上怕辜負朝廷，對下怕愧對我的老師呀。」史可法統率軍隊，往來經過桐城，必定親自拜訪左公府第，去向太公、太母請安，並到廳堂上拜見左夫人。

我同宗的前輩盦山，是左公的女婿，他和先父要好，說左公在監獄裡講的一番話，是史可法公親口告訴他的。

【研　析】逸事是屬於「記事」一類的文體。徐師曾〈文體明辨序說〉說：「記事者，記、志之別名，而野史之流也。古者史官掌記時事，而耳目所不逮者，往往遺焉，於是文人學士，遇有見聞，隨手紀錄，或以備史官之採擇，或以裨史籍之遺亡，名雖不同，其為紀事一也。」方苞〈左忠毅公逸事〉是記事散文名篇，以生動富有表現力的語言刻畫出左光斗錚錚鐵骨硬漢子形象，猶如一尊雕像，矗立於天地之間。尤其是史可法入獄探視，左光斗對他說的一番話，寫得奕奕有生氣，如聞其聲，如見其人，歷來被認為是古文經典的文字，也是方苞文章的絕唱。

文章敘述人物的事跡，極具章法。先寫左光斗風雪古廟慧眼識史可法，後寫他入獄大遭摧殘而寧死不屈，一風致宛然，一豪氣沖天，形成反差和對照，而二者中又無不貫穿著同樣的英雄氣象。文章寫左光斗、史可法皆熠熠生輝，而寫史可法其實又是一重寫左光斗，故雖傳二人，實傳一人；雖傳一人，實傳二人。全文起結乾淨利索，將多餘的繁枝茂葉全然刪盡，堪稱桐城派「雅潔」的範本之一。

關於這篇〈左忠毅公逸事〉所記載的事跡，有的人認為很真實，有的認為其中包含作者想像的成分，不全是實錄。

比如王樹民《重訂戴南山先生年譜》「康熙十五年丙辰，二十四歲譜」，將戴名世〈左忠毅公傳〉與方苞〈左忠毅公逸事〉作對照，認為方苞的文章比戴名世文所記事實更加真實。他說，戴名世〈左忠毅公傳〉附及史可法事，「但所據者似出於鄉人傳聞，有略違於事實之處。《望溪集》中之〈左忠毅公逸事〉，為輾轉聞自史公者，應較此為可信。」他舉了兩個例子。一個例子是，戴名世〈左忠毅公傳〉言忠毅召史公讀書其邸第，「一日，光斗夜歸，風寒雨雪，入可法室，見可法隱几假寐，二童子侍立于旁，光斗解衣覆之勿令覺，其憐愛之如此。」而方苞〈左忠毅公逸事〉則說：「左忠毅公視學京畿，一日，風雪嚴寒，從數騎出，微行入古寺。廡下一生伏案臥，文方成草，公閱畢，即解貂覆生，為掩戶。叩之寺僧，則史公可法也。」第二個例子是，戴名世〈左忠毅公傳〉言：「見光斗肢體已裂，抱之而泣，乃飯光斗。光斗呼可法而字之曰：『道鄰宜厚自愛，異日天下有事，吾望子為國柱石。自吾被禍，門生故吏，逆黨日邏而捕之。今子出身犯難，徇硜硜之小節，而攖奸人之鋒，我死，子必隨之，是再戮我也。』可法拜且泣，解帶束光斗之腰而出。」方苞〈左忠毅公逸事〉則說：「史前跪抱公膝而嗚咽，公辨其聲而目不可開，乃奮臂以指撥眥，目光如炬，怒曰：『庸奴！此何地也？而汝來前。國家之事，糜爛至此。老夫已矣，汝復輕身而昧大義，天下事誰可支拄者？不速去，無俟姦人構陷，吾今即撲殺汝！』因摸地上刑械，作投擊勢。史噤不敢發聲，趨而出。」王樹民認為，「二事皆應以方氏所記者為正。」

可是，另有一種意見認為，戴名世、方苞的文章都有揣想渲染的成分，而方苞的文章「更妙於添毫點睛」。錢鍾書《談藝錄補訂》引平景蓀《樵隱昔寱》卷十四〈書望溪集．書左忠毅公逸事後〉：「篇中自『史前跪』以下數行文字，奕奕有生氣。然據（史可法）《忠正集》崇禎乙亥十一月祭忠毅文云：『逆璫陷師於獄，一時長安搖手相戒，無往視者。法不忍，師見而顰蹙曰：爾胡為乎來哉。』忠正述當日情事，必不追諱，豈易以一言哉。《龍眠古文》一集左光先〈樞輔史公傳〉亦祇云：『予已至此，汝何故來死。』」錢鍾書指出，戴名世、方苞所記與史可法、左光先兩文的內容不甚相合，而方苞「此節文自佳」，「無愧平氏所稱『奕奕有生氣』。蓋望溪、南山均如得死象之骨，各以己意揣想生象，而望溪更妙於添毫點睛，一篇跳出。史傳記言乃至記事，每取陳編而渲染增損之，猶詞章家伎倆，特較有裁制耳。」（《談藝錄》，中華書局，西元一九八四年，第三六三－三六四頁）

以上兩種意見都有各自的理由。方苞特意說明此文素材傳承有自，他顯然是想借此說明強調自己紀事的內容真實可信。即使其中含有揣想的成分，也應當考慮這種想像增飾可能有一個累積的過程，方苞本人究竟增加了多少渲染之詞，這一點也不好輕易判斷。還要看到，文中如果真的存在揣想渲染的筆墨，那也沒有違反人物的真實性，而文章的形象性和感染力卻借此筆墨而有很大提高，從文章藝術的角度講，是絕妙的一筆。

高陽孫文正公逸事

【題解】孫承宗（西元一五六三—一六三八年），字稚繩，號愷陽，高陽（今屬河北）人。萬曆三十二年（西元一六〇四年）進士第二名，授翰林院編修，天啟年間，官兵部尚書兼東閣大學士，經略遼東四年。期間孫承宗起用袁崇煥、孫元化、鹿善繼、茅元儀等人，克敵取勝，北方邊疆出現難得的安寧。他拒絕魏忠賢籠絡，於是魏忠賢尋找藉口，參劾孫承宗，使他免官回鄉。崇禎十一年（西元一六三八年），清兵進犯保定，攻高陽，孫承宗率家人抵抗，舉家殉國。諡文正。著有《高陽集》。方苞此文取孫承宗天啟二年（西元一六二二年）經略薊、遼前，置酒告別親人賓客，獨取粗飯食用之一節，盛讚他志存國家安危的寬大襟懷，以及抒發對阻遏任用孫承宗的奸佞之流憤慨之情。

杜先生岕❶嘗言：歸安茅止生❷習於高陽孫少師，道公天啟二年❸，以大學士經略薊、遼，置酒別親賓，會者百人。有客中坐，前席❹而言曰：「公之出，始吾為國慶，而今重有憂。封疆社稷❺寄公一身，公能堪，備物自奉，人莫之非；如不能，雖毀身家，責難逭❻，況儉觳❼乎？吾見客食皆鑿❽，而公獨飯粗，飾小名以鎮物，非所以負天下之重也。」公揖而謝曰：「先生誨我甚當，然非敢以為名也。好衣甘食，吾為秀才時固不厭，自成進士，釋褐❾而歸，念此身已不為己有，而朝廷多故，邊關日駭，恐一旦肩❿事任，非忍饑勞，不能以身率眾。自是不敢適口體，強自勖厲⓫，以至於今十有九年矣。」

嗚呼！公之氣折逆奄⓬，明周⓭萬事，合智謀忠勇之士以盡其材，用危困瘡痍之卒以致其武，唐、宋名賢中猶有倫比⑭，至於誠能動物，所糾所斥，退無怨言，叛將遠人⑮，咸喻其志，而革心無貳，則自漢諸葛武侯⑯而後，規模氣象，惟公有焉。是乃克己省身憂民體國之實心自然而憮乎天下⑰者，非躬豪傑之才而概⑱乎有聞於聖人之道，孰能與於此？然惟二三執政與中樞邊境事同一體之人實不能容。《易》曰：「信及豚魚⑲。」媢嫉⑳之臣乃不若豚魚之可格㉑，可不懼哉！

【注釋】❶杜先生岕　杜岕（西元一六一七－一六九三年），一名紹凱，字蒼略，號些山，湖廣黃岡（今屬湖北）人。有《些山集》。❷茅止生　茅元儀，天啟後參孫承宗軍事。參見〈孫徵君傳〉注⑮。❸天啟二年　西元一六二二年。天啟，明熹宗年號。❹前席　席地而坐時，往前移動位子。❺封疆社稷　封疆，邊疆。社稷，土神和穀神。古代有國家者，必立社稷，因此用以稱國家。❻逭　逃。❼觳　薄。❽鑿　精米。❾釋褐　宋明時，新進士及第授官，換下賤者衣服，穿上官服，稱之釋褐。褐，粗布衣服。❿肩　承擔。⓫勗厲　勉勵。⓬逆奄　指宦官魏忠賢等。⓭明周　通曉。⓮倫比　相似、類同的人。⓯遠人　離而遠去的人。⓰諸葛武侯　諸葛亮。劉禪繼位，他被封為武鄉侯。⓱憮乎天下　《禮記》：「君行此三者，則憮乎天下矣。」憮，至。⓲概　一概；全部。⓳信及豚魚　《易．中孚》：「豚魚吉，信及豚魚也。」謂豚、魚也可以感知到人的誠心，是吉祥的原因。豚，小豬。⓴媢嫉　嫉妒。《大學》：「人之有技，媢嫉以惡之。」㉑格　作用；感動。

【語譯】杜岕先生曾說：歸安茅止生對高陽孫少師非常熟悉，說孫少師於天啟二年，以大學士身分鎮守管理薊、遼兩地，設酒席告別親人賓客，聚集的人有一百之多。席間有一個客人，走到酒席前說：「先生出任守將，我開始時為國家慶賀，然而現在又產生很深的憂慮。邊防社稷，全部託付於先生一人，先生如果能夠勝任，物用完備以供享受，別人沒有什麼可非議的；如果不能勝任，即使身家俱毀，也難辭其咎，更何況此節儉之小德呢？我看到客人都吃精米，而先生獨食粗米，以廉潔之小名引起別人敬服，這不是可以承擔天下重任的行為。」先生向他作揖行禮，然後解釋說：「先生給我的教誨很對，但是我並非以此來博取名聲。錦衣美食，我做秀才時，確實不感到厭憎。自從考中進士之後，脫下百姓衣服回鄉，想到此身已經不再是自己所有，而朝廷經常發生變故，邊防形勢一天天嚴峻，只怕一旦肩負重任，假如不能忍受饑餓勞頓，便不能身先士卒。從此以後就不敢再追求飲食和身體的享受，努力勉勵自己，直到如今，已經十九年了。」

嗚呼！先生的氣節挫敗閹黨，先生的聰明通曉萬事，合足智多謀、忠誠勇敢為一以盡其才能，用危難困苦、瘡痍累累的士兵去建立武功，這在唐、宋兩朝著名的賢人中尚有可堪比擬者。至於真誠足以感人，凡所檢舉、擯斥者，心裡沒有怨言，叛將、離而遠去的人也都清楚他的志向，因而痛改前非，不生二心，則是從漢朝諸葛武侯之後，這種才具風概、氣度魄力，惟有先生一個人。這是克己修身、憂國憂民的真心實意自然地充滿於天下，假如不是身上具有豪傑之才，又多多地瞭解聖人之道，誰能做到這樣？可是少數幾個既執政掌權又掌握邊防軍事的人對他不能相容。《易經》說：「誠信可以作用於豬和魚。」嫉妒之臣卻不如豬、魚可以感化，能不讓人畏懼麼！

【研　析】方苞認為，孫承宗的去留是關係明朝存亡的一大關捩。他反復說：「當明之將亡，其事最傎者，莫若殺袁崇煥與罝公（鄔按，指孫承宗）閒地。」（〈書孫文正傳後〉）「明之亡，始於孫高陽之退休，成於盧忠烈之死敗。」（〈書盧象晉傳後〉）「孫高陽久鎮邊關，功在社稷，而廢棄八年，卒使城破巷戰，闔門就死。其所遇乃憂勤恭儉之君，親見其困於逆閹，又賴其力以收畿疆、紓國難，而終奪於奸憸，豈非天哉！」（〈書涇陽王僉事家傳後〉）他所以三番五次這麼說，就是要說明，明朝放遣孫承宗是多麼嚴重的錯誤！方苞對孫承宗充滿了欽敬之情，而對朝廷用孫承宗而又多疑、奸人乘機誣告，致使他解甲回鄉，無所作為，表示極大的憤慨。

在寫法上，本文先記述孫承宗生活中的一節，藉以表現他內心崇高的情懷和志向，以微見著。然後轉為議論，滔滔汩汩，大發感慨，既像是人物傳記的「贊」，又像是一段總結明朝滅亡歷史教訓的史論。一敘一議，由小及大，從具體事情推而廣之，直將事物的複雜關係和本質透徹地揭示出來，讓讀者充分瞭解歷史真相。方苞文章紀事精要，議論深刻，而此文將這兩個特點融為一體。

石齋黃公逸事

【題解】黃道周（西元一五八五—一六四六年），字幼玄、幼平，又字螭若、細遵，號石齋，人稱石齋先生，漳浦（今福建東山縣）人。天啟二年（西元一六二二年）進士，崇禎時官至詹事府少詹事，兼翰林侍讀學士，充經筵日講官。南明弘光朝官禮部侍郎、禮部尚書。隆武帝時任武英殿大學士，兼吏部、兵部尚書。抗清失敗被捕，不屈死獄中。黃道周立朝守正，風節凜然，《明史》本傳稱他「嚴冷方剛，不諧流俗」，為天下人所敬仰。擅長書法，剛勁有風骨。後人輯有《黃漳浦先生全集》。方苞記黃道周拒妓女，以及臨終鎮定自若的逸事，刻畫出一個大丈夫的形象。

本文寫於方苞三十歲到五十歲之間。

黃岡杜蒼略❶先生客金陵，習❷明季諸前輩遺事。嘗言：崇禎❸某年，余中丞集生❹與譚友夏❺結社金陵，適石齋黃公來遊，與訂交，意頗洽。黃公造次❻必於禮法，諸公心嚮之而苦其拘也，思試之。妓顧氏，國色也，聰慧通書史，撫節安歌，見者莫不心醉。一日大雨雪❼，觴黃公於余氏園，使顧佐酒。公意色無忤，諸公更勸酬。劇飲大醉，送公臥特室，榻上枕衾❽茵❾各一，使顧盡弛褻衣❿，隨鍵戶，諸公伺焉。公驚起，索衣不得，因引衾自覆薦⓫，而命顧以茵臥。茵厚且狹，不可轉，乃使就寢。顧遂暱近公，公徐曰：「無用爾！」側身內向，息數十轉，即酣寢。漏下四鼓⓬覺，轉面向外，顧佯寐無覺，而以體傍公，俄頃，公酣寢如初。詰旦⓭，顧出，具言其狀，且曰：「公等為名士，賦詩飲酒是樂而已矣；為聖為佛，成忠成孝，終歸黃公。」

及明亡，公縶⓮於金陵，在獄日誦《尚書》、《周易》，數月貌加豐。正命⓯之前夕，有老僕持鍼線向公而泣，曰：「是我侍主之終事也。」公曰：「吾正而斃，是為考終⓰，汝何哀？」故人持酒肉與訣，飲啖如平時，酣寢達旦，起盥漱更衣，謂僕某曰：「曩某以卷索書，吾既許之，言不可曠也。」和墨伸紙作小楷，次行書，幅甚長，乃以大字竟之，加印章，始出就刑，其卷藏金陵某家。

顧氏自接公，時自懟⓱。無何，歸某官。李自成破京師⓲，謂其夫：「能死，我先就縊。」夫不能用，語在縉紳⓳間，一時以為美談焉。

【注釋】❶杜蒼略　杜岕，字蒼略，黃岡（今屬湖北）人。❷習　熟悉。❸崇禎　明思宗年號（西元一六二八—一六四四年）。❹余中丞集生　余大成，字集生，江寧（今江蘇南京）人，萬曆三十五年（西元一六〇七年）進士。曾任職方，以事忤魏忠賢，削籍歸，入清任山東巡撫。著有《四夢稿》四卷。中丞，巡撫的尊稱。❺譚友夏　譚元春（西元一五八六－一六三七年），字友夏，竟陵（今湖北天門）人，天啟七年（西元一六二七年）鄉試第一。有《譚友夏合集》。與鍾惺合選《詩歸》，世稱「鍾譚」，他們創立的文學流派稱竟陵派。❻造次　匆遽之間。❼雨雪　下雪。雨，用作動詞。❽衾　被子。❾茵　坐墊。❿褻衣　貼身內衣。⓫薦　臥席。⓬漏下四鼓　漏，漏刻，古代計時器。四鼓，四更。古代一夜分五更，報更用鼓，幾更謂幾鼓。⓭詰旦　次日早晨。⓮縶　拘禁。⓯正命　就義。《孟子》：「盡其道而死者，正命也」。⓰考終　年老而終。考，老。⓱自懟　自悔。⓲李自成破京師　李自成（西元一六〇六－一六四五年），本名鴻基，陝西米脂人。崇禎二年起義，稱闖王，崇禎十七年攻佔北京。次年失敗被殺害。⓳縉紳　士大夫。

【語　譯】黃岡杜蒼略先生客居金陵，熟悉明末諸前輩的遺事。曾說：崇禎某年，中丞余集生與譚友夏在金陵結文社，適值石齋黃公來此地遊玩，與他結交，情意頗為融洽。黃公即使在匆遽之間也必定依守禮法，諸公仰慕他卻又很不習慣他的拘謹，便想試他一試。妓女顧氏，美色傾國，聰慧通曉書籍史事，能按著節拍，神態安詳地唱歌，見到她的人都無不心醉。一日下大雪，在余中丞家的花園請黃公飲酒，讓顧氏作陪，黃公沒有感到不高興，諸公輪番勸酒，喝得酩酊大醉。大家把黃公送到一間特別為他留用的房屋，床上枕頭、被褥、墊子各只有一個，讓顧氏將黃公的內衣都脫了，隨後鎖上門，諸公等候在門外。黃公忽然驚起，找不到衣服，便把被子拉過來遮住身體臥在床席上，而叫顧氏睡在墊子上。墊子厚而狹小，不能轉身，這才讓顧氏睡到床席上來。顧氏於是親昵地靠近黃公，黃公緩緩地說：「你對我沒用！」說完側轉身體朝裡，只呼吸了數十次，便沉睡入夢。深夜四更時刻醒來，轉過面孔向外，顧氏假裝睡著沒醒，而用身子靠著黃公，一會兒，黃公又像剛才一樣酣睡了。次日早晨，顧氏從房裡出來，將昨夜的情狀細說一遍，而且說：「你們是名士，以賦詩飲酒為樂罷了；入聖成佛，做忠臣孝子，畢竟要歸於黃公。」

明代滅亡後，黃公被拘禁在金陵，在監獄裡每日讀《尚書》、《周易》，數月下來容貌比以前還豐腴了。就義前一夕，有個老僕手持針線向黃公哭泣，說：「這是我服侍主人的後事。」黃公說：「我堂堂正正而死，這稱得上年老壽終，你為何要悲傷？」老朋友拿著酒肉來與他訣別，他吃喝如同平常一般。酣睡到天亮，起床盥洗更衣，對某僕人說：「以前某人用紙卷求我書法，我已經答應他了，話不能白講。」磨墨鋪紙，寫了小楷，接著寫行書，紙卷很長，於是用大書將它寫滿，加蓋印章，這才出門接受行刑。這份書法卷子藏於金陵某人家。

顧氏自從接待了黃公以後，常常自己感到羞愧難過。不久，嫁給了某官。李自成攻破京城，她對夫君說：「你若肯死，我先自縊。」夫君做不到。顧氏的話在士大夫中流傳，一時傳為佳話。

【研　析】人物的逸事，往往是指發生在一個人身上的小事、趣事，然而通過這些小事、趣事可以窺見一個人的性格、志尚、情趣，因此寫人物逸事，可以起到以小見大、以微見著的作用，這種寫法往往能使作品具有很強的文學性。方苞對於寫人物傳記，主張學習《史記》義法，講究詳略虛實。從大的方面來看，以逸事表現人物的精神、品格、思想，也未嘗不是作文的一種義法。他寫的左光斗、孫承宗、黃道周三篇著名「逸事」，就是這方面的代表作。

本文第一件事表現黃道周守禮而不亂，與晚明風流名士的做派形成鮮明對照。對特室中兩人睡覺的細節描寫，生動傳神，勝似閱讀優秀的傳奇小說。讚歎黃道周「為聖為佛」，偏從一個妓女口中道出，借此形擊名士，水潦巖矗，岸草皆伏，筆法甚奇。

寫黃道周獄中臨終前諸事，似乎每一件都至細至微，瑣瑣屑屑，人物的言語也都樸實無華，沒有通常會出現的慷慨陳詞場面，然而方苞借此寫出黃道周視死如歸、淡定沉著的精神，讓人深受感動，讀完之後，敬仰之心油然而生。

結尾讓顧氏再次出場，以顧氏之能夠從容捨身，呼應黃道周就義，結構不同凡常。

李剛主墓誌銘

【題解】李塨（西元一六五九—一七三三年），字剛主，號恕谷，直隸蠡縣（今屬河北）人。康熙二十九年（西元一六九〇年）中舉，晚年授通州學正。他二十一歲起師從顏元。顏元說：「學者勿以轉移之權委之氣數。一人行之為學術，眾人從之為風俗，民之瘼矣，忍度外置之乎？」（《習齋四存編》之《存學編》卷三）李塨聽了此話很受感動。他一生重視經濟之道，主張經世致用，與顏元合稱「顏李學派」。雍正八年（西元一七三〇年），任《畿輔通志》總裁。著有《四書傳注》、《周易傳注》、《傳注問》、《大學辨業》等。他所交結的友人除了方苞等少數宗信理學外，多是反理學者、漢學家。李塨與方苞交誼深厚，易子而教。二人思想差異顯著，而互相之間又有很多交流。方苞在這篇李塨墓誌銘中敘述他們展開思想切磋，結果使李塨對程朱理學的態度發生轉變。後人對這種說法頗有懷疑。

此文撰於方苞五六十歲之間。

李塨字剛主，直隸蠡縣❶人。其父孝愨先生❷與博野顏習齋❸為執友，剛主自束髮即從之遊。

習齋之學，其本在忍嗜欲，苦筋力，以勤家而養親，而以其餘習六藝，講世務，以備天下國家之用，以是為孔子之學，而自別於程、朱❹，其徒皆篤信之。余嘗謂剛主：「程、朱之學，未嘗不有事於此，但凡此乃道之法跡耳；使不由敬靜以探其根源，則於性命之理知之不真，而發於身心施於天下國家者，不能曲得其次序。」剛主色變，為默然者久之。

吾友王源崑繩❺，恢奇❻人也，所慕惟漢諸葛武侯❼、明王文成❽，而目程、朱為迂闊。見剛主而大說，因與共師事習齋，時年將六十矣。余詰之，曰：「眾謂我目空並世人，非也。果有人，敢自侈大乎？」

剛主嘗為其友治劇邑❾，期年，政教大行，用此名動公卿間。諸王延經師、主閫外❿者爭欲致之，堅不就。康熙庚午⓫，嘗舉乙科⓬；晚歲，授通州學正⓭，浹月⓮，以母老告歸，長官不能奪也。

崑繩慨不快意，既葬二親，遂漫遊，將求名山大壑而隱身焉，雖妻子不知其所之。余與剛主每慼然⓯長懷而無從跡之。數年，忽至余家，曰：「吾求天下士四十年，得子與剛主，而子篤信程、朱之學，恨終不能化子，為是以來。」留兼旬，盡發程、朱之所以失，習齋之所以得者。余未嘗與之爭。將行，憮然曰：「子終守迷，吾從此逝矣。使百世以下聰明傑魁之士沉溺於無用之學而不返，是即程、朱之罪也。」余作⓰而言曰：「子之言盡矣，吾可以言乎？子毋視程、朱為氣息奄奄人。觀朱子上孝宗書⓱，雖晚明楊、左⓲之直節，無以過也；其備荒浙東⓳，安撫荊湖⓴，西漢趙、張㉑之吏治，無以過也；而世不以此稱者，以道德崇閎，稱此轉渺乎其小耳。吾姑以淺事喻子，非其義也，雖三公㉒之貴，避之若浼㉓，子之所能信於程、朱也。今中朝㉔如某某，子夙所賤惡，倘一旦揚子於朝，以學士或御史中丞徵㉕，子將亡命山海而義不反顧乎，抑猶躊躕不能自決也？吾願子歸視妻孥，流行坎止㉖，歸潔其身而已矣。」崑繩自是終其身，口未嘗非程、朱。

其後余出刑部獄㉗，剛主來唁。以語崑繩者語之，剛主立起自責，取不滿程、朱語載經說㉘中已鐫版者，削之過半。因舉習齋《存治》、《存學》㉙二編未愜余心者告之，隨更定，曰：「吾師始教，即以改過為大。子之言然，吾敢留之為口實哉。」習齋無子，剛主中歲遷博野，為葺祠堂，以收召學者。博野去京師三百里，剛主自來唁後，復三至余家：一問吾母之疾，再弔喪，終則自計衰疲，恐不能更出而就別余。驅柴車㉚，長子習仁㉛御，往返芻秣㉜皆載車中，知余時窶㉝且艱也。嗚呼！即是而剛主之勤於身，式於家，施於人，而措注㉞於事物者，居㉟可知矣。

剛主言語溫然，終日危坐，肅敬而安和，近之者不覺自斂抑。以崑繩之氣，既老而為剛主屈；以剛主之篤信師學，以余一言而翻然改。其志之不欺，與勇於從善，皆可以為學者法。故備詳之，而餘行則不具焉。

剛主卒於雍正某年某月，年七十有□36。父諱某君，母馬氏37。生母馬氏38，明錦衣衛指揮斌39女，明亡家落，歸孝慤，生剛主兄弟。妻某氏。子三人：長習仁，早夭；次習禮，次習中，皆邑庠生40。以某年某月某日葬於某鄉某原。銘曰：

習齋矢言41，檢身不力，口非程、朱，難免鬼責。信斯言也，趨本無歧，各從所務，安用詆娸？君承師學，固守樊垣42，老而大覺，異流同源，不師成心，乃見大原。改過為大，前聞是尊，琢瑕葆瑜，有耀師門，九原43相見，宜無間言。

【注釋】❶直隸蠡縣　今屬河北省。❷孝慤先生　李明性，字洞初，號晦夫，明末諸生，門人私諡孝慤先生。❸顏習齋　顏元（西元一六三五—一七〇四年），字易直，又字渾然，號習齋，河北博野（河北安國東北）人。明末清初思想家、教育家。與李塨合稱顏李，二人所創學派稱顏李學派。❹程朱　程顥、程頤和朱熹。❺王源崑繩　王源，字崑繩，順天大興（今北京）人，康熙三十二年（西元一六九三年）舉人。詳見〈與王崑繩書〉題解。❻恢奇　恢廓奇詭。❼諸葛武侯　諸葛亮，封武鄉侯，諡忠武侯。❽王文成　王守仁。❾劇邑　政務繁劇的縣。❿閫外　指家庭之外。⓫康熙庚午　康熙二十九年（西元一六九〇年）。⓬舉乙科　考中舉人。明清稱舉人為乙科，進士為甲科。⓭通州學正　通州，今北京通州區。學正，地方學校學官。⓮浹月　可以指一個月，也可以指兩個月。方苞〈己亥四月示道希兄弟〉：「《記》曰：『齊衰期者，大功布衰九月者，皆三月不御於內。』用此推之，則正服大功，以浹月為期，小功緦麻，終月可也。」此處浹月指兩個月。按照方苞對該詞的用法，此處也宜指兩個月。又據劉調贊（字用可）《李恕谷先生年譜》卷五康熙五十八年譜載，李塨八月十二日到任，十一月辭職，實際在通州學政任上是八十餘日。方苞以兩個月整數言之，且往時間短的方面計算，強調李塨不喜為官。⑮蹙然　憂愁貌。⑯作　起身。⑰朱子上孝宗書　紹興三十二年（西元一一六二年）壬午夏六月，孝宗即位，詔求直言。秋八月，朱熹應詔上〈壬午應詔封事〉，提出須講求帝王之學（儒學）、定修攘之計（反對和議）、固本原之地（任賢修政）三項主張。⑱楊左　楊漣、左光斗。⑲備荒浙東　淳熙八年（西元一一八一年），朱熹提舉兩浙東路，進行救荒。⑳安撫荊湖　紹熙四年（西元一一九三年），朱熹被任命為荊湖南路安撫使。荊湖，即荊湖南路，今湖南省。㉑趙張　西漢趙廣漢、張敞。二人都曾任京兆尹，治績卓異。㉒三公　明清以太師、太傅、太保為三公，用作大臣的最高榮銜。㉓浼　玷汙。㉔中朝　指朝廷官員。㉕以學士或御史中丞徵　學士，即大學士，清代設內閣大學士四人，為正一品。御史中丞，秦朝設御史中丞，清朝時，常作為總督或巡撫的代稱。徵，徵召。㉖流行坎止　乘流則行，遇坎而止，比喻依據環境的逆順確定進退行止。語本《漢書．賈誼傳》：「寥廓忽荒，與道翱翔。乘流則逝，得坎則止。」㉗余出刑部獄　方苞受戴名世《南山集》案牽連入獄，康熙五十二年春被寬宥免治，出獄隸籍漢軍。㉘經說　指李塨所撰《論學》、《學禮錄》、《學樂錄》、《學射錄》、《田賦考辯》、《周易傳注》、《論語傳注》等著作。㉙存治存學　顏元撰《存性編》二卷、《存學編》四卷、《存治編》一卷、《存人編》一卷，合稱「四存編」。㉚柴車　簡陋無飾的車子。㉛習仁　李習仁（西元一六九八—一七二一年），字長人。李塨長子，受業於方苞，善古文。著有《學說庭聞》、《日譜儀功》等。他死後，方苞撰有〈李伯子哀辭〉。㉜芻秣　牛馬的飼料。㉝窶　貧窮。㉞措注　處置。㉟居　通「俱」。㊱年七十有□　李塨享年七十五歲。「五」原文為空闕號。㊲母馬氏　指李塨嫡母，是李塨父親同鄉馬公之女。㊳生母馬氏　李塨生母。方苞〈李母馬孺人八十壽序〉即寫她。㊴明錦衣衛指揮斌　馬斌，易州人，世襲錦衣衛指揮。錦衣衛，錦衣親軍都指揮使司，護衛皇宮的親軍，兼管刑獄。㊵庠生　秀才的別稱。㊶矢言　直言。㊷樊垣　界限。樊，籬笆。垣，圍牆。㊸九原　九泉；黃泉。

【語　譯】李塨字剛主，直隸蠡縣人。他父親孝慤先生與博野顏習齋為好友，剛主從年幼時就開始跟著他學習。

習齋的學說，其根本在於克制嗜好、欲望，勞苦自己的身體筋骨，以此勤於家事，奉養親人，然後用多餘的精力學習儒家六經，講求經世之務，以備天下國家之用，他把這些當作孔子的學說，以為自己區別於程、朱理學，他的門徒都對此堅信不移。我曾經告訴剛主：「程、朱之學，未嘗不講這些東西，不過所有這一切都是道的具體表現；假如不通過敬、靜探求根源，那麼對於性命之理就不會有真切地瞭解，而產生於身心、實施於天下國家的，勢必不能深入全面地瞭解其中的先後步驟。」剛主聽後面色改變，為之沉默良久。

我友人王源崑繩，是一位恢弘奇詭的人物，他敬慕的人物只有漢朝諸葛亮、明朝王陽明，而視程、朱為迂闊不切實際的人。他遇見剛主十分高興，便與他共同拜習齋為師，當時年紀已將近六十了。我問他何以如此，回答說：「大家都說我目中沒有當代人物，不對。真有人的話，我敢妄自尊大麼？」

剛主曾經為他朋友治理政務繁劇的縣，一年後，政教大行，因此名聲震動了公卿們。諸王公聘請講習儒家經籍的老師、家庭之外的幫手，都爭著想把他請到，他堅決不接受。康熙庚午年，考中舉人；晚年，出任通州學正，兩個月後，以母親年老告歸，上司不能改變他的心意。

崑繩慨歎不適意，安葬雙親後，便到處漫遊去了，想找到名山大川能夠隱居於其中，即使妻兒也不知道他去了哪兒。我與剛主常常鎖眉愁顏，不斷想念，卻不知如何找到他。過了幾年，他忽然來到我家，說：「我尋訪天下之士四十年，得以結識您和剛主，而您篤信程、朱之學，我很遺憾一直不能改變您，為此來您府上。」逗留二十天，竭力說明程、朱學說之所以錯、習齋之學之所以對的理由。我沒有與他爭辯。臨行時，他失望地說：「您始終執迷不悟，我從此再不來了。假如百年以後聰明豪傑之士沉溺於無用之學而不知悔改，這就是程、朱的罪過。」我起身說道：「您的話說完了，我可以說幾句嗎？您不要把程、朱看做是氣息奄奄的人。看朱子上孝宗書，即使明朝楊漣、左光斗剛直的節操，都不能超過他；他在浙東防備災荒，在荊湖安撫民眾，即使是西漢趙廣漢、張敞的吏治政績，也都不能超過他。然而世上不以這些事情讚美朱子，因為他道德崇高弘大，稱讚這些事情反而使他顯得渺小了。我姑且用淺顯的事情告訴您，如果不符合義，即使尊貴如三公，也應當像避開骯髒的東西一樣避開它，這一點您是能夠相信程、朱的。如今朝廷官員中如某某人，為您素來所鄙視厭惡，倘若一旦他在朝廷上讚揚您，以學士或御史中丞的官職來徵召您，您將義無反顧地逃到山上海裡，還是表現出躊躇搖擺的樣子無法作出決定呢？我希望您回去看望自己妻兒，根據具體環境情況決定進退，回去保持自己高潔的情操就算了。」從此以後，崑繩終身沒有再說過非議程、朱的話。

後來，我從刑部出獄，剛主來慰問我。我把對崑繩說的話告訴了他，剛主立刻起來作了自我譴責，將他寫入說經著作中已經雕刻的不滿程、朱的話，刪去了一半以上。我順便舉出顏習齋《存治》、《存學》二編中不合我心意的內容，講給他聽，他隨即作了修改，說：「我老師一開始教誨我的，就是以改正錯誤為最重要。您的話對，我怎麼敢把它們留下來成為後人批評的藉口呢。」習齋沒有兒子，剛主中年遷居博野，為他修葺祠堂，在祠堂裡招收學生。博野離開京城三百里，剛主自從慰問我以後，又三次來到我家：第一次是探望我母親病情，第二次是來弔喪，最後一次則是他自己感到已經衰老疲憊，恐怕以後不能再出門而來與我告別。那一次他驅使簡陋的車，長子習仁駕著，往返需要的糧草都載在車上，知道我當時貧窮艱難。嗚呼！就是指根據這些事情，剛主勤於修身，表率家人，對待他人，以及如何處理各種事物，都可以明白了。

剛主言語溫煦，終日坐姿端正，嚴肅恭敬而又安靜平和，接近他的人不會覺得拘束壓抑。以崑繩的氣盛凌人，年老時而被剛主所折服；以剛主對其老師學說堅信的態度，憑我一番話而幡然改變。他們立志誠實，以及勇於從善，都可以成為學者的楷模。所以對此記述特別詳備，其餘事情便省略了。

剛主死於雍正某年某月，時七十□歲。父親名某君，嫡母馬氏。生母馬氏，是明錦衣衛指揮馬斌女兒，明亡後家道衰落，嫁給孝慤先生，生育剛主兄弟。妻某氏。兒子三人：長子習仁，早年去世；次子習禮，三子習中，都是秀才。在某年某月某日葬於某鄉某地。銘文曰：

習齋直接講過這樣的話，要求自己不嚴格，口中非議程、朱，難免在陰間受懲罰。如果相信此言，歸於根本不會有分歧。各人依自己的認識做事，何必互相詆毀？您繼承老師學說，堅守門戶之見，晚年大徹大悟，異流終於歸入同源。不以成見為師，就能發現廣闊源頭，改正錯誤最為重要，前人的名言應當尊重。磨掉瑕疵保留美玉質地，可以光耀師門。九泉之下相見，當不會說不滿的話吧。

【研析】對於方苞這篇文章，後人爭議最大的一點是，方苞將李塨寫成一個最終接受了他的意見，幡然改變一味維護顏元學說、非議程朱之學的人，這種敘述是否真實？是否符合李塨本人的思想實際？李塨門人劉調贊（字用可）極力反對方苞這種說法，他在《李恕谷先生年譜》卷五說：「竊觀靈皐（方苞）與先生（李塨）交至厚，而學術不相合，每相與辯學，先生侃侃正論，靈皐無能置詞，則託遁詞以免。暨先生歿，為先生作墓誌，於先生道德學業，一無序及，僅縷陳其與先生及崑繩先生相交始末，巧論諞諞，曰：『以剛主之篤信師傅，聞余一言而翻然改。』其意固欲沒先生之學以自見者，此豈能有朋友相關之意乎？」戴望《顏氏學記·學正李先生塨》也說：「先生（李塨）歿，方（苞）不俟其子孫之請為作墓誌，於先生德業一無所詳，而唯載先生與崑繩及方論學同異。且謂先生因方言改其師法……門人威縣劉用可深非之，謂其純構虛辭，誣及死友。」至今持這種說法的人很多。

方苞在墓誌銘裡說，他勸說李塨改變對程朱的看法而且為李塨所接受，是在他出獄後李塨前來慰問他的時候，在他母親去世之前。方苞母親死於康熙五十四年（西元一七一五年）。然而按照他在〈與李剛主書〉裡的說法，李塨長子李習仁死後，他寫信給李塨，在表示慰問的同時，又說：毀朱子之道，「是謂戕天地之心，其為天之所不祐決矣。故自陽明以來，凡極詆朱子者，多絕世不祀。」他以這種非常的方式、極端的言辭勸說李塨放棄對朱子的「訾謷」。李習仁死於康熙六十年（西元一七二一年）。如果李塨果然在康熙五十四年已經接受方苞的意見，轉變了對程朱的態度，又何須六年以後再寫信去對李塨說這番話呢？將方苞自己的兩篇文章放在一起加以分析，就很容易發現〈李剛主墓誌銘〉對此事的敘述確實存在明顯破綻。劉調贊等人對方苞此說大為惱火不是沒有原因。

然而，方苞說自己勸說李塨且意見為李塨所接受，儘管他陳述此事在時間上存在舛錯，言辭也很誇張，其真實性可疑，我們又不能將這種事情全然視為無中生有，空穴來風。方苞與李塨、王源是極其要好的朋友，方苞與李、王的思想不同，所謂「三人者所學不同而志相得，其遊如家人」（方苞〈王生墓誌銘〉），這固然是事實，可是，如果一定要將這種「所學不同」說成是完全對立，時時處處針鋒相對，毫無相同之點，也不符合事實。應當看到，顏李學說與程朱思想本身就不是絕對對立的，而是在顯著的不同之外，又存在相通的地方。程晉芳〈與家勉莊書三〉指出：「顏李之學主於切實，指近於日用事物之間，如眉之著目，而於存誠盡性之旨亦直截無糾蔓，信可以補程朱所不及。愚所疑者，其自視太高，視程朱太卑，若己之說行而程朱之說可以盡廢，斯則近於好爭取勝，而忘先儒功力之大矣。非謂程朱無一可議，而顏李卒無可取也。」方苞對於顏李學說與程朱思想的關係，大概也是反對顏李輕視程朱、欲取代程朱，若以顏李學說補充程朱之不及，他也並不否定，所以，更合理的解釋應當是，方苞、李塨都基本堅持自己的思想觀點，在某些方面又有其認識的同心區，互相理解對方的某些思考和想法，在一起切磋時也會同意對方的某些見解。大概正是本著這種情況，所以方苞將李塨某些時候接受自己一些思想觀點做了誇大地陳述，這與完全杜撰一個故事還是不一樣。

而且，一個思想家、學者、文人寫另一個思想家、學者、文人，往往會使對方帶上作者本人的色彩，甚至用自己的想法在某些方面有意無意地改造對方，從而改變客觀陳述。比如徐禎卿一生愛好詩文，詩歌批評成就卓著，後來轉向心學，王守仁寫徐禎卿墓誌，突出後面一點，說足以代表徐禎卿一生成就的並不是他的詩歌和詩論，而是他晚年「有志於道」，即嚮往心學（〈徐昌國墓誌〉），這就將徐禎卿在某種程度上王陽明化了。方苞〈李剛主墓誌銘〉將李塨寫成一個由批評程朱學說轉向接受程朱學說的學者，大概也是屬於這種情況。這有自然而然的因素，並不能夠簡單地等同於故意揑造。

杜蒼略先生墓誌銘

【題　解】杜岕（西元一六一七—一六九三年），一名紹凱，字蒼略，號些山，湖廣黃岡（今屬湖北）人。杜濬的弟弟。明末諸生，僑居金陵，入清以遺民自居。有《些山集》。方苞的祖父、父親與杜氏兄弟交好，方苞與兄長方舟也隨之從他們遊學，兩家關係甚洽。二杜死後，方苞皆寫有墓碣、墓誌，敘述交往始末，摹寫他們的行身志尚、性情才藝。

本文寫於方苞年四五十歲。

先生姓杜氏，諱岕，字蒼略，號些山，湖廣❶黃岡人。明季❷為諸生，與兄濬❸避亂居金陵，即世所稱茶村先生也。二先生行身略同而趣各異。茶村先生峻廉隅❹，孤特自遂，遇名貴人，必以氣折之，於眾人，未嘗接語言，用此叢❺忌嫉，然名在天下，詩每出，遠近爭傳誦之。先生則退然❻一同於眾人，所著詩歌古文，雖子弟弗示也。方壯喪妻，遂不復娶。所居室漏且穿，木榻敝帷數十年未嘗易，室中終歲不掃除，有子教授里巷間。窶❼艱，每日中不得食，男女啼號，客至無水漿，意色間無幾微不自適者。間過戚友，坐有盛衣冠者，即默默去之。行於途常避人，不中道與人語，雖兒童廝輿❽惟恐有傷也。

初，余大父❾與先生善，先君子嗣❿從遊，苞與兄百川亦獲侍焉。先生中歲道仆⓫，遂跛，而好遊，非雨雪常獨行，徘徊墟莽間。先君子暨⓬苞兄弟暇則追隨，尋花蒔⓭，玩景光，藉⓮草而坐，相視而嘻，沖然⓯若有以自得，而忘身世之有係牽也。辛未、壬申⓰間，苞兄弟客遊燕、齊⓱，先生悄然⓲不怡，每語先君子曰：「吾思二子，亦為君惜之。」

先生生於明萬曆丁巳⓳四月初九日，卒於康熙癸酉⓴七月十九日，年七十有七，後茶村先生凡七年，而得年同。所著《些山集》藏於家。其子撰㉑以某年月日卜葬某鄉某原，來徵辭。銘曰：

蔽其光，中不息也。虛而委蛇㉒，與時適也。古之人與㉓？此其的㉔也。

【注　釋】❶湖廣　古荊州地，元朝建湖廣行中書省，轄境包括今湖南、湖北、廣東、廣西。明朝分為湖廣、廣東、廣西三布政使司，湖廣專指今湖南、湖北。康熙三年，湖南北分設布政使司，北治所武昌，南治所長沙。❷明季　明末。❸濬　杜濬（西元一六一一－一六八七年），字于皇，號茶村，湖廣黃岡（今屬湖北）人。崇禎副貢生，入清，隱居不出，僑寓金陵四十餘年。善詩文，有《變雅堂集》。❹廉隅　品格清正端直。❺叢　招致；集中。❻退然　恬退；謙卑。❼窶　貧困。❽廝輿　僕役。❾大父　指方苞祖父。名幟，字漢樹，號馬溪，歲貢生，曾官蕪湖縣學訓導、興化縣學教諭。❿嗣　保持；繼續。⓫仆　跌倒。⓬暨　與。⓭花葤　花草。⓮藉　墊。⓯沖然　襟懷淡泊。⓰辛未壬申　康熙三十年（西元一六九一年）、三十一年（西元一六九二年）。⓱燕齊　今河北、山東一帶。⓲悄然　憂傷貌。⓳萬曆丁巳　萬曆四十五年（西元一六一七年）。萬曆，明神宗年號。⓴康熙癸酉　康熙三十二年（西元一六九三年）。康熙，清聖祖年號。㉑掞　《古文辭類纂》作「琰」。杜琰，字亮生，號漁村，杜岕子。與方仲舒、曹寅有交往，從曹寅〈聞杜漁村述方逸巢近況即和滕齋詩奉柬〉詩可見一斑。㉒委蛇　順從隨和。㉓與　同「歟」。㉔的　箭靶；目標。

【語　譯】先生姓杜，名岕，字蒼略，號些山，湖廣黃岡人。明末為生員，與兄長杜濬一起避亂，居住金陵，杜濬就是世人所稱的茶村先生。兩位先生立身處世大略相同然而興趣各異。茶村先生性格嚴厲，端方不苟，孤傲而自行其是，遇到名人貴人，必定會用盛氣挫敗他們，對於眾人，從來不和他們交談，以此緣故招致很多嫉妒，然而名傳天下，每寫出一首詩歌，遠近爭相傳誦。杜岕先生卻謙抑低調，與普通人完全沒有什麼不同，所作的詩歌古文，即使是弟子也不給他們看。在壯年時喪偶，於是不再娶妻。他住的屋子漏雨，幾乎穿洞，木床破帳，幾十年也未曾更換，屋裡終年不打掃，他的兒子在街坊給人教書。生活艱苦，常常中午沒有飯吃，一家男女哭叫，客人來了也沒有茶水招待，而杜岕先生的神色沒有絲毫不自適的樣子。偶爾拜訪親戚朋友，座上有衣冠鮮麗的人，就默默地離開了。走在路上常避開人，不在路上與人攀談，即使是兒童、僕人也唯恐對他們造成傷害。

早先我的祖父與先生交好，後來我先父繼續與先生往來，我和兄長百川也獲得侍奉先生的機會。先生中年時在路上跌倒，結果跛了腳，卻喜歡遊歷，不是下雨落雪就經常獨自外出，徘徊於荒墟莽林中。先父和我們兄弟閒暇時便跟隨先生，尋訪花草，玩賞風光，一起席草地而坐，相視嬉笑，淡然泊然若有自得之樂，而全然忘卻了身世所受到的種種牽拘。辛未、壬申年間，我兄弟二人遠遊異鄉燕、齊，先生憂傷不悅，常常對先父說：「我思念他們兩人，也為您感到惋惜。」

先生生於明萬曆丁巳年四月初九，死於康熙癸酉年七月十九日，終年七十七歲，比茶村先生晚死七年，而享年相同。所著《些山集》藏於家中。他兒子杜掞某年某月某日葬先生於某鄉某地，來求我撰文。銘曰：遮蔽其光芒，裡面卻不會熄滅。像自己不存在似的隨順別人，與時世相適應。是古時候的人吧？這正是他的追求。

【研　析】方苞因祖父、父親的關係，從小與一些明朝遺民詩人、文人發生接觸，耳濡目染，對他們留下深刻印象，這些成為他後來寫作古文的生動素材。杜濬、杜岕兄弟與他家關係密切，他對他們的瞭解也更為具體。本文雖然是杜岕墓誌銘，文中寫得非常出色的一段，則是對二杜兄弟性情差異的比較描寫。杜濬性格外向，鋒芒畢露，決不曲意遷就別人，心有不快，必吐而出之，毫不在意得罪他人，沒有人緣，然而他才氣英發，詩名大盛，作品廣被世人傳誦。杜岕性格內斂，處事低調，喜歡一個人走路，不與別人搭訕。對高貴者，他不以為高貴，躲他們遠遠的；對低賤者，他不以為低賤，最怕無意中傷著了他們。他最希望別人不知道自己存在，所以儘管愛好寫詩歌古文，寫好了總是把作品藏起來，不讓別人知道。他安貧樂道，頗有「一簞食，一瓢飲，在陋巷，人不堪其憂，回也不改其樂」的遺風。二杜皆是名士，他們的性格本來就非常鮮明，方苞將兩人列在一起，用對比手法加以描述，就越顯示出各自的風采。

王生墓誌銘

【題　解】王兆符（西元一六七九—一七二四年），字隆川，順天大興（今北京）人，方苞摯友王源子。康熙六十年（西元一七二一年）進士，著有《王隆川詩文集》。從康熙三十五年（西元一六九六年）開始，王兆符長期從方苞學，故方苞稱他「王生」。生，門生的意思。王兆符在〈望溪文集序〉載方苞自己的話「學行繼程朱之後，文章介韓歐之間」，用以概括方苞思想、學術、文章，非常準確。他與程崟相繼整理《望溪先生文集》等。方苞欣賞王兆符，對他在文章上的成就寄予希望，他的早死，讓方苞感到很悲哀。本文是一篇動情之作。

本文撰於雍正二年（西元一七二四年），方苞五十七歲。

雍正元年❶冬十有二月，余病不能興，聞王生兆符蹷❷而蘇，輿疾往視，與之語，神氣若未動，越三日而死。嗚呼！是吾友崑繩❸之子也。王氏自明初以軍功為官族，至崑繩之父中齋公❹而五服❺親屬無一人。中齋二子：長汲公❻，無子。崑繩以兆符後小宗❼。今兆符僅一子，以繼祖，則崑繩無主後❽矣。

兆符從余遊，在丙子❾之春。余在京師，館於汪氏。崑繩館於王氏，使兆符來學，次❿汪氏馬隊⓫旁，危坐默誦，闃若無人。方盛暑，日三至三返，不納汪氏勺飲。其後崑繩棄家漫遊，兆符自天津遷金壇⓬，復從余於白下⓭。崑繩嘗語余曰：「兆符視子猶父也。吾執友惟子及剛主[14]，吾使事剛主，曰：『符於方子之學未之能竟也。』」

弱冠為諸生，南遷遂棄去。逾四十，以餬口至京師，或勸以應舉，庚子舉京兆[15]，明年成進士。或餽之金，使速仕以養母。余曰：「用此買田而耕，則母可養，學可殖，而先人之緒論[16]可終竟矣。」兆符蹙然[17]，趣余為書抵餽金者，及報諾而死已彌月矣。

方兆符之南遷也，以稚齒獨身將母及女兄弟陸行水涉三千里。及崑繩既歿，奔走四方，未嘗旬月寧居，而其母老病，暴怒不時，常恐妻女僕婢久不能堪，而在視不盡其誠，故身在外，憂常在家。又慮年日長，學不殖，而矻矻[18]於人事叢雜中，是以心力耗竭，形神瘀傷，一發而不可救藥也。余與崑繩交最先，既而得剛主。三人者所學不同而志相得，其遊如家人。剛主之長子習仁[19]亦從余遊。辛丑[20]秋，剛主使卜居於江南而道死。自習仁之死，三人子姓[21]中質行無可望者矣，今又重以兆符，而文學義理可與深言者亦鮮矣。余羸老，德既隳，學亦難補，所恃者後生，而天意若此，余所痛豈獨崑繩之無主後邪！

兆符性孤特，不能容物，雖其父故交，既宦達，察其意色少異於前，即不肯再見。而行身端直，又以文學知名，故其疾也，聞者皆憂之，其死也，皆惜之。兆符渴葬㉒先世兆域㉓，而母及妻子在江南。葬事畢，士友南還者，為紀㉔其家；留京師者，分年而主墓祭。雖兆符意氣所感召，抑㉕其祖若㉖父節概風聲宿留於人心者不可泯也。兆符年四十有五，所排纂《周官》及詩文若干卷，蔣君湘帆㉗為編錄而藏之，以俟其孤之長而授焉。銘曰：

無所施於世，而行能已著於家。將道之探，而學焉已得其英華。並垂成而中毀，曷以泯吾儕之怨嗟！

【注釋】❶雍正元年　西元一七二三年。此年農曆十二月六日為西元一七二四年元旦。王兆符死之日當在西元一七二四年。❷曆　量厥。❸崑繩　王源，字崑繩。詳見〈與王崑繩書〉題解。❹中齋公　王世德，字克承，號霜臯。襲錦衣衛指揮，李自成陷京城，僑寓高郵，年八十一卒。撰有《崇禎遺錄》。❺五服　謂高祖父、曾祖父、祖父、父親、自身五代。❻汲公　王潔，字汲公，別字洧盤，世襲父親錦衣衛指揮。著有《三經際考》、《學易經濟編》等。❼小宗　我國古代宗法制規定，嫡長子一系為大宗，其餘子孫為小宗。❽主後　古代主祭宗廟的繼承人。❾丙子　指康熙三十五年（西元一六九六年）。❿次　所在之處，指王兆符在汪氏家學習的地方。⓫馬隊　馬廄。隊，院。⓬金壇　今屬江蘇省。⓭白下　今江蘇南京。⓮剛主　李塨，字剛主。詳見〈李剛主墓誌銘〉題解。⓯庚子舉京兆　王兆符康熙五十九年（西元一七二〇年）中北直隸舉人。京兆，京城。⓰緒論　言論。⓱蹙然　急迫的樣子。⓲矻矻　勤勞不懈貌。⓳習仁　李習仁，字長人，蠡縣人。⓴辛丑　指康熙六十年（西元一七二一年）。㉑子姓　泛指子孫、後輩。㉒渴葬　死者葬期未到而提前埋葬。㉓兆域　墓地四周的疆界。亦以稱墓地。㉔紀　綜理。㉕抑　又；也是。㉖若　和。㉗蔣君湘帆　蔣衡（西元一六七二－一七四二年），改名振生，字湘帆，自稱「江南老布衣」，江蘇金壇人。他是王兆符伯伯的外甥。恩貢生，乾隆五年以手書十三經進呈，賜國子監學正。

【語譯】雍正元年冬天十二月，我患病不能起床，聽說王兆符暈倒後又蘇醒，便坐車急急地去探視，與他說話，精神氣息像沒有似的，三天後便死了。嗚呼！他是我朋友崑繩的兒子。王氏自從明朝初年因立了軍功而成為仕宦家族，到崑繩父親中齋公，五代之內沒有一個親屬。中齋有二個兒子：長子汲公，無子。崑繩以兆符的後代為小宗。現在兆符僅有一子，因過繼給汲公繼承宗祧，那麼崑繩就沒有祭祀的後代了。

兆符跟隨我讀書，在丙子年春天。我在京城，在汪氏家教書。崑繩在王氏家教書，讓兆符來隨我學習。他讀書的地方就在汪氏馬廄旁，正襟危坐，默默誦讀，闃然無聲，彷彿沒有人一樣。正值酷暑，每天來往三次，連汪氏的一勺水也不喝。後來崑繩棄家外出漫遊，兆符從天津遷到金壇，又隨我在白下讀書。崑繩曾告訴我：「兆符將你看作自己的叔父。我至交好友只有你和剛主，我讓他去跟從剛主學，他說：『我對於方先生的學業，還沒能夠學完呢。』」

他未滿二十便成了生員，遷往南方後放棄了這一資格。年逾四十，為了糊口來到京城，有人勸他參加科舉考試，庚子年在京都中舉，第二年又考中進士。有人饋送他銀兩，讓他快點做官好奉養母親。我說：「用這銀兩買田耕種，那麼母親可以得到奉養，學問可以培植，而去世的父親沒有寫完的著作也可以繼續完成。」兆符聽了露出急迫的表情，催促我寫信給饋送銀兩的人，等到答允的回音來，他去世已經一個多月了。

當兆符南遷的時候，他以幼小的年齡獨自帶著母親和姐妹跋山涉水三千里。等到崑繩去世後，他奔走四方，不曾有十天一月的安寧。而他母親年邁多病，暴怒無常，他經常擔心妻子兒女僕人侍婢不堪長期忍受，不能真心誠意地照料，所以他人在外面，常常牽念著家裡。又擔憂年月不停流逝，而學業不能樹立，所以總是在繁雜瑣碎的人事堆中勤勉用功，結果心力消耗殆盡，身體精神都積勞成疾，一發作便不可救藥。我和崑繩最早交往，後來認識了剛主。三人所學不同可是志趣相投，交遊相處如同家人。剛主的長子習仁也跟我讀書學業。辛丑年秋天，剛主派他去江南尋找居處而死於路上。自從習仁死後，三人後代中再具有如此品德操行的人是沒有指望了，如今加上兆符也去世了，於是可以一起深入交談文學道理的人也很少了。我年老體衰，德行已經墜壞，學問也難以補救，所指望依靠的只有後輩了，然而天意如此，我心中的悲痛又豈止是為崑繩沒有了祭祀的後代而已！

兆符性格孤傲特立，不能容物，即使是父親老朋友，官位顯達之後，只要察覺到他們的神色與以前有稍微不同，便不肯再與他們見面。他為人正直，又以文學聞名，所以他患病後，大家知道了都為他擔憂，對他的死，大家都感到惋惜。兆符提前落葬在先祖的墓地，而他母親和妻子都在江南。葬事完畢，南歸的人士和朋友，為他綜理家事；留在京城的人，按年為他掃墓祭祀。這雖然是受到了兆符意氣的感召，也是由於他祖上和父親的志節氣概、風神名望留在人心，不可泯滅。兆符終年四十五歲，所編纂的《周官》研究著作以及詩文若干卷，蔣君湘帆加以編錄且收藏著，以等到他孤子長大後交付給他。銘文曰：

在世上無所施展，而品行才能已經在家中顯示。行將探求道義，而學問已經得到了精華。二者都即將成功卻毀於半途，這怎麼能平息我輩的怨歎！

【研　析】〈王生墓誌銘〉寫到王兆符許多生活內容，又是一篇動情之作。方苞除了為自己家人寫哀辭、悼文，常常具有這些特點之外，很少是這樣的風格。這表明，對於這位自己好友的後嗣、長期隨自己學業的門生，方苞在某種程度上似乎已經將他當作自己家庭成員了，對他的關心非同於一般。方苞曾對人說：「吾少好文而不好學，故終老無成。」（引自顧琮〈望溪文集序〉）話中似流露後悔之意。然而他終生孜孜不倦地追求文章成就，熱情從未衰竭，上述的話只是表明，他後來對於學問的重要性也提高了認識。他在自己五六十歲以後，對自己的古文傳承問題時有考慮，在物色合適的傳承人。他在眾多的門生中，對王兆符意有所屬，原因是王兆符好學，對他懷著真誠的欽敬之心，隨他學習「三十有三年」（王兆符〈望溪文集序〉），為他整理文集，對他很瞭解。王兆符去世，對方苞的精神是一次不小的打擊，他說：從此以後，「文學義理可與深言者亦鮮矣。」又說：「余羸老，德既隳，學亦難補，所恃者後生，而天意若此，余所痛豈獨崑繩之無主後邪！」

這些都是他的真心話。

王兆符活得很累。他父親王源喜歡到處外出漫遊，常年不歸，家裡人連他的去向往往都不知道（見〈李剛主墓誌銘〉）。於是家裡的重負都由王兆符來承擔。他母親年老患病，脾氣乖戾，經常無端暴怒，很折磨人。王源之所以不戀家，或許與此有關吧？然而總得有人來承受生活的不幸，王兆符理所當然代父受氣。他又是特別有孝心的人，在外忙碌，卻擔憂家人受不了母親的折磨反過來待她不好，所以又必須處處調和彌縫。除了日常生活之外，他還有自己學業上的嚮往和追求，不捨得放棄。所以身上好像被幾根繩索緊緊地套著，掙脫不開，越掙扎束縛得越緊，越讓人喘不過氣來。方苞也有過類似的經歷，對這種艱難的生活一點都不陌生。他說王兆符人事叢雜，心力耗竭，形神瘀傷，一發而不可救藥，每一句話都飽含著對王兆符深深的同情。本文所以感人，與此很有關係。

王兆符雖然不幸去世，能得到方苞這樣一篇辭情並茂的墓誌銘，大概也算是得到了一種補償。過去有的老師以門生為自己做事為當然，待他們如書傭書童，而對門生去世無動於衷，那才是門生無窮的悲哀。

沈編修墓誌銘

【題　解】沈淑（西元一七〇二—一七三〇年），字立夫，又字季和，常熟（今屬江蘇）人。雍正元年（西元一七二三年）進士，選為庶吉士，後授編修，與方苞曾一起共事於武英殿書館。告假歸家後去世。有《周官翼疏》三十卷、《經玩》二十卷（一名《經玩七書》）。《周官翼疏》撰成於雍正五年前，書中採入李光地、顧炎武、方苞等人之說。沈淑愛好柳宗元古文，因方苞批評柳文而態度有所改變。他對儒家經典《周官》有專門研究，與方苞的興趣互相一致，而且顯然接受了方苞的影響。方苞還應沈淑請求，為他祖父寫有〈沈孝子墓誌銘〉。

本文寫於雍正八年（西元一七三〇年），方苞六十三歲。

常熟沈立夫與余同給事武英殿書館❶。雍正四年❷秋，揖余曰：「吾告歸，行有日矣。吾母安吾鄉。古之人耕且養，三年而窮一經，四十而仕。吾齒❸與學皆未也。吾少好柳文，自先生別其瑕瑜，然後粗見古人之義法❹。及聞《周官》之說，而又知此其可後者也❺。故奉吾母以歸，將畢其餘力於斯。」

立夫歸，自南方來者，爭傳其務學之勤。八年❻三月，有來告者曰：「立夫死矣。」余自童稚從先君子後，具見百年中魁壘士❼，其志趨尤上者，誦經書、講學、治古文而止耳，而察其隱私，猶或以震耀愚俗，而私便其身圖，故其所得，終未有若古人之可久者。其誠心欲有立於後，惟吾友崑繩之子兆符❽，而既夭死；又其後則立夫。豈區區之文學，亦天心所重而靳❾其成邪？而古之人有言曰：「人皆可以為堯舜❿。」豈求在我者，可稱其大小遠近而必有得，而與竭心於文學者異道邪？

立夫諱淑，雍正癸卯⓫進士，翰林院編修⓬，卒年二十有九。父某，太學生⓭。母某氏，妻蔣氏，有子始三歲。未能訃⓮，乃誌而銘之，以郵致於其家。立夫之祖育⓯，以孝聞。其歸也，請誌其墓。余因舉立夫之志行，決其終有立，以為孝德徵⓰，而今乃銘立夫。嗚呼！悲矣。銘曰：

始謂斯人，若為天所牖⑰，而善為承。豈惟無成，速殞其生。何數之難測，而理亦未可憑。

【注　釋】❶給事武英殿書館　給事，供職。武英殿書館，武英殿是明清殿名，在今北京故宮博物院內。康熙年間開武英殿書館，掌管刊印裝潢書籍之事，由親王大臣總理，下設監造、主事、總裁、纂修等。武英殿所刊書稱「殿本」。❷雍正四年　西元一七二六年。❸齒　年齡。❹吾少好柳文三句　方苞〈書柳文後〉一文指出柳宗元古文瑕瑜互見，尤其是早年的作品缺點很多。❺及聞周官之說二句　方苞〈周官析疑序〉說：「蓋道不足者，其言必有枝葉。而是書指事命物，未嘗有一辭之溢焉……非學士文人所能措注也。」❻八年　雍正八年（西元一七三〇年）。❼魁壘士　穎異傑出人士。❽吾友崑繩之子兆符　崑繩，王源。兆符，王兆符。詳見〈與王崑繩書〉、〈王生墓誌銘〉。❾靳　吝惜。❿人皆可以為堯舜　《孟子・告子下》：「曹交問曰：『人皆可以為堯舜，有諸？』孟子曰：『然。』」⓫雍正癸卯　雍正元年（西元一七二三年）。⓬翰林院編修　官名，清朝翰林院掌編修國史、記載帝王起居注、進講經史等。其長官為掌院學士，所屬職官有侍讀學士、侍讀、修撰、編修、檢討、庶吉士等，通稱翰林。⓭太學生　指在太學讀書的生員。明清朝時，太學是國子監的俗稱。⓮訃　通「赴」。⓯立夫之祖育　沈育（西元一六一七—一七一〇年），先世居浙江苕溪，嘉靖中始落戶常熟。⓰其歸也五句　方苞應沈淑之請，為他祖父寫了〈沈孝子墓誌銘〉。⓱為天所牖　《詩經・大雅・板》：「天之牖民，如壎如篪，如璋如圭，如取如攜。」牖，通「誘」。引導。

【語　譯】常熟沈立夫和我一起在武英殿書館供職。雍正四年秋天，他向我拱手道別，說：「我要告假回家了，行期已經很近。我母親習慣於在自己家鄉生活。古人一邊耕種，一邊奉養親人，三年研治一部儒家經典，四十歲出來做官。我的年齡和學問都與此不相符合。我小時候喜愛柳宗元文章，自從先生指出柳文的瑕疵，然後我才粗淺瞭解了古人的義法。等到聽了您對《周官》的看法，而又知道文章的事情是可以放在後面來做的。所以陪著我母親回家，將把自己全部的餘力都用在這上面。」

立夫回家後，從南方來的人，都爭相傳說他研治學問非常勤奮。八年三月，有人來相告：「立夫死了。」

我從幼年時跟隨著先父，看遍了這一百年中穎異傑出的人士，他們中志趣特別高大的，誦讀經書、講學、研究古文，如此罷了，然而體察這些人的隱衷，依然有時是借此向世人炫耀，從而為自身謀圖利益提供方便。正因為如此，他們取得的成就，畢竟不能像古人那樣可以長久。真誠地想讓文學流傳於後世的，只有我朋友崑繩的兒子王兆符，可是也已經早早去世了；在他之後則是立夫。難道區區的文學，也是天意所看重而不願意讓人們獲得成功嗎？然而古人說過：「人人皆可以成為堯舜。」難道進取在於我們自己，可以按照各人大小遠近的不同要求得到滿足，而這與竭心盡意追求文學的人卻是不一樣的嗎？

立夫名淑，雍正癸卯年進士，任翰林院編修，去世時二十九歲。父親某，為太學生。母親某氏，妻子蔣氏，兒子才三歲。我因為不能去參加喪事，於是寫這篇墓誌及銘文，通過郵寄送到他家。立夫的祖父育，以孝順聞名。他歸家之前，請我為他祖父寫墓誌。我在文中列舉立夫的志向、操行，預料他將來必有成就，以為這是他祖上孝德的表徵，可是今天卻為立夫撰寫墓誌銘。嗚呼！真是悲痛啊。銘文曰：

開始我說此人，似乎是替天來啟導世俗，而且善於繼承前人事業。結果不但不讓他有成就，而且還很快隕滅了他的生命。命運是多麼難測，而事理也是多麼不可靠。

【研　析】沈淑愛好文章之學，潛心研究《周官》，在與方苞同事期間，他對方苞的文章和學問有了更多瞭解，接受他的意見，如方苞批評柳宗元文章，他也因此轉變了自己原先對柳文的看法，處處表現出對方苞很尊重的態度。方苞也很看得起他，稱讚他「年少氣銳，乃能不篤於聲利，而以養母治經為事，其志固與眾人異矣。」（〈沈孝子墓誌銘〉）方苞在門生王兆符死後，彷彿又從沈淑身上看到了傳承文學的一線希望。然而沈淑年紀輕輕就去世了，方苞從這些接連發生的變故中，覺得天意似乎也很看重文學而不願意讓人們輕易獲得成功，不像其他事情，人們通過努力多多少少會有所收穫，文學卻不一樣，作者除了必須同樣用功之外，成功還更多是一種僥倖。作為著名的古文家，方苞對文學產生這種想法無疑是融進了他自己的經驗，或是他隱約地認識到文學的神祕和悲情，借這種語言向世人傳遞，或者也是他對文學之所以特別、之所以難料，因而之所以更加具有吸引力的一種間接表述。

方苞在文中說：「余自童稚從先君子後，具見百年中魁壘士，其志趨尤上者，誦經書、講學、治古文而止耳，而察其隱私，猶或以震耀愚俗，而私便其身圖，故其所得，終未有若古人之可久者。」聯繫他在〈張僕村墓誌銘〉所說的話，「囊者崑山徐司寇（鄔按，指徐乾學）好文術，以得士為名，自海內耆舊以及鄉里樸學、雍庠才俊有不能致，則心恥之，而士亦以此附焉。余初至京師，所見司寇之客十八九，其務進取者，多矜文藻，馳逐聲氣，即二三老宿亦爭立崖岸，相鎮以名。」可知方苞在本文所譏刺的「魁壘士」其實是隱隱指向依附徐乾學的一大堆文士。

中議大夫知廣州府事張君墓誌銘

【題解】張鍔（西元一六七九—一七三四年），字子容，山西蒲州（今永濟市西南）人。康熙五十四年（西元一七一五年）進士，先供職於武英殿，與方苞為同事，後出任應山縣令、廣州知府。中議大夫，指無固定職事的官員品階，在清朝為文職，一般作為從三品的封贈。方苞對張鍔的人品和才具都予以高度評價，本文通過詳敘張鍔在廣州任上盡心盡職執政，為民望所歸，不依附任何權勢，表現他耿直的心氣和節操，同時暴露和抨擊官場的黑暗和兇險。

張鍔死於雍正十二年，文中稱雍正帝為「今皇帝」，則本文作於雍正十二、三年，方苞六十七、八歲。

君姓張氏，諱鍔，字子容，山西蒲州人也。少異敏，博聞強記而不諧於俗，州部❶皆號曰狂生。既成進士，師友間亦見謂❷不羈。及余與供事武英殿，始知君樸質人也。嘗舉其鄉百年中立名義者，而叩以所自處，君曰：「子他日視吾所為。」

今皇帝❸嗣位，大臣將以史才薦，訪於余。余曰：「是足為民依，不宜使泯沉於藝文。」乃舍之。君始聞，不能無慍，既而知由余言，則大喜。因請外補❹，試湖廣應山縣❺。踰月，湖南北士人，商旅至都下者，爭傳其治教如自矜所得。時鄭任鑰以布政使入覲❻，余詰之曰：「有吏如應山而不特舉，有說乎？」曰：「是貌不颺，言拙，將以計典列❼薦，俾循階❽以升。」朱相國❾聞之曰：「此過言也。彼人遭遇與國之得賢，固有天焉。以人事君者，惡用為計較哉？」

雍正四年冬，上特召❿，五年春，引見⓫，命知廣州府⓬。抵任，首自陳於大府⓭曰：「郡治劇，當坐署理民事，上官非傳呼不至。」由是監司⓮以上皆患君骨鯁，而督撫⓯方相構，陰樹附己者，君柴立其中央⓰。久之，制府⓱以民望所歸，加體貌⓲焉。父老皆私歎曰：「我公自是側身無所⓳矣。」君在廣州，治加嚴毅，諸生有患鄉里，榜⓴其罪，使曲跽於交衢㉑，而不能私出怨言。忌者雖多，無可瑕疵。七年春，始以屬縣囚逸罷。功令㉒：囚獲則復官。士民為君懸賞格以購之，踰歲果得焉。君以書來告曰：「吾官可復，但羞與群子傾側勢要間，枉道行私以負聖天子，頗思與子稽諏㉓文史，浩然有以自得也。」時京師諸公聞君脫吏議㉔，多躍喜，將俟前事奏結特舉焉，而君遘疾死矣。

君之官不持妻子，既罷，居廣州三年，士民日致薪米果蔬用物，不可抑止；及卒，無親屬在側。時大府皆已更易，群吏惆傷，共棺斂。士民驚呼，群聚而哭之。君家故窮空，其子聞喪，久不能奔。自大府群吏及士民咸出力以御㉕君柩歸其鄉，而以賻㉖之餘屬守土吏㉗買田以給其妻子。

君將赴廣州，走別余。余謂君：「治法宜條記以式為吏者。」君曰：「其能者豈恃故方㉘？非其人，雖灼知㉙不能用也。吾已棄此如遺跡矣。」君治應山僅踰兩年，廣州年餘，美政不可勝紀。其子以狀來，雜舉條目而首尾不具，其精神之運，方略所施，俱不可得而見，家事亦然，故概弗採列，而獨著其志節之耿然者。

君先世平陽府小南關㉚人，元末遷蒲州，世居東關㉛為儒家。高祖諱杲明，天啟㉜中舉乙科，官戶部郎中㉝。父諱含璵，母王氏，生四子，君其仲也，康熙甲午㉞舉人，乙未㉟進士，享年五十有六。妻任氏，子士淪。以某年某月某日葬於某鄉某原。銘曰：

操行不迷，懷文抱質，而眾反以為咍㊱。官守無虧，主知民載，而終為人所摧。惟直道之不亡，志愈遠而彌光。

【注釋】❶州部　指古代基層的地方行政單位，或州一級的地方行政單位。❷見謂　被稱為。❸今皇帝　指雍正帝。❹外補　舊時稱京官外調。❺湖廣應山縣　今屬湖北省。❻鄭任鑰以布政使入覲　鄭任鑰，字維啟，號魚門，侯官（今屬福建）人。康熙四十五年進士，改庶吉士，授編修，官至湖北巡撫。有《非䦶軒稿》。布政使，明朝每省設左、右布政使各一人，為一省最高的行政長官，後來權力漸減。康熙六年後，每省只設布政使一員。入覲，指地方官員入朝進見帝王。❼典列　常位。列，位次。❽循階　謂官吏按資歷逐級晉升。❾朱相國　朱軾，字若瞻，江西高安人。康熙三十三年進士，任潛江知縣、刑部主事，累遷至通政使，巡撫浙江，雍正初擢左都御史，入直上書屋，尋授文華殿太學士，謚文端。著有《周易傳義合訂》、《校補禮記纂言》、《儀禮節要》、《春秋鈔》、《史傳三編》等。❿雍正四年冬二句　戶部尚書蔣廷錫保舉張鋗為浙江海寧知縣，雍正帝於四年十二月接見張鋗，硃批：「因蔣廷錫之薦用。人似老實人，相貌卑寒些。中中。」張鋗時年四十七歲。⓫引見　清朝制度特指京官五品以下、外官四品以下，授官時文官由吏部、武官由兵部帶領，朝見皇帝。⓬知廣州府　任廣州知府。廣州，今屬廣東省。⓭大府　明清時稱總督、巡撫為「大府」。這裡代指上司。⓮監司　負有監察之責的官吏。⓯督撫　總督和巡撫。指當時楊文乾、石禮哈、常賚、阿克敦、官達、方願瑛之間互相傾軋。⓰柴立其中央　意謂保持中立。《莊子·達生》：「無入而藏，無出而陽，柴立其中央。」郭象注：「若槁木之無心，而中適。」⓱制府　明清兩代對總督的尊稱。此指兩廣總督孔毓珣。⓲加體貌　意謂表面上增加了客氣，實際上予以設防。《冊府元龜》卷一百四十一〈帝王部〉「抑外戚」條：「但加體貌之禮，莫參帷幄之議。」孔毓珣於雍正六年十一月初七日奏事，提到：「查得廣州府知府張鋗才具稍短，辦事拘謹，實非首郡繁劇之才，但其操守清廉，人品端正，臣因首郡得人為難，廣東一時乏此人地相當之員，是以未敢遽請調補。」（《硃批諭旨》卷七之三）由此可以看出他對張鋗真實的態度。⓳側身無所　無地置身。⓴榜　張榜公佈。㉑曲跽於交衢　曲跽，兩膝著地，上身挺直。交衢，指道路交錯要衝之處。㉒功令　法令。㉓稽諏　稽考；研究。㉔脫吏議　即脫罪。吏議，指司法官吏關於處分定罪的擬議。㉕御 指運送。㉖賻 送給喪家的布帛、錢財等。㉗屬守土吏 屬，同「囑」。守土吏，地方官吏。㉘故方 舊規。㉙灼知 明白告知。㉚平陽府小南關 今屬山西臨汾。㉛東關 此指蒲州府東城門外的關塞。㉜天啟 明熹宗年號（西元一六二一－一六二七年）。㉝戶部郎中 戶部，掌管全國土地、戶籍、賦稅、財政收支等事務。郎中，掌各司事務，為尚書、侍郎之下的高級官員。㉞康熙甲午 康熙五十三年（西元一七一四年）。㉟乙未 康熙五十四年（西元一七一五年）。㊱哈 嗤笑；譏笑。

【語 譯】先生姓張，名鋗，字子容，山西蒲州人。從小穎異聰明，博聞強記卻與世俗不合，地方官吏都稱他為「狂生」。中進士後，他在師友中也被稱為任性不拘。後來我和他一起供職於武英殿，才知道他其實是性格質樸的人。我曾舉出他家鄉百年以來聲譽卓越的人物，問他與這些人相比屬於哪一種，他說：「您以後看我做事就知道了。」

當今皇帝繼位，大臣想以史才舉薦張鋗，來諮詢我。我說：「此人完全可做百姓的依靠，不宜讓他埋沒在文藝辭章裡。」於是就放棄了提議。先生開始聽說此事，不能不生氣，後來獲悉主意是我出的，轉而大喜。於是請求出任地方官，到湖廣應山縣試職。一月後，湖南湖北到京城來的士人、商人，都爭相傳告先生治理、教化的好處，像是為他們有這樣的官而感到自傲。當時鄭任鑰布政使進京朝見君王，我問他：「有官員像應山縣令卻不特別舉薦他，怎麼解釋呢？」他答道：「此人其貌不揚，言語笨拙，我打算在常規考核時推薦他，使他遵循資歷而晉升。」朱相國聽後說：「這種解釋太不合情理。一個人的遭遇與國家吸納賢才，這本是天意。為君主做事情的人，何必計較那些東西呢？」

雍正四年冬天，皇帝特為召見他，五年春，授官前被人帶領朝見皇上，任命他為廣州知府。抵達任上後，他首先自己向上司表示：「郡中事務繁忙，我應該坐在官署處理民事，上司不傳喚我就不來。」由此監司以上官員都反感他耿直強硬，而總督、巡撫當時正互相傾軋，暗中扶植依附自己的人，先生卻像枯木似的保持中立。時間一長，總督因先生民望所歸，表面上對他增加了客氣。老人們都在背地裡歎息：「我公從此以後再無容身之所了。」先生在廣州，治事更加嚴厲剛毅，入學的生員若在鄉里惹是生非，便將他們的惡行公開張榜，讓他們跪在交通要道，這些人受罰後還不好私自發出怨言。忌恨的人雖多，卻又抓不到他辮子。七年春天，開始因下屬縣的囚犯逃逸而遭罷官。法令規定：捕獲逃犯則可以復官。士人民眾自發為先生懸賞捉拿逃犯，過了一年逃犯果然被抓歸。先生來信說：「我的官職可以恢復，可是我羞於和眾人一起在權要之間趨走逢迎，枉法徇私從而辜負聖明天子。很想與您共同研討文史，使精神舒爽自適。」當時京城諸公聽說先生不再被立案處分，多歡喜雀躍，準備等到前案結清後向朝廷作特別舉薦，不料他生病死了。

先生做官不帶妻子兒女，罷官後，在廣州居住三年，士人民眾每日送來柴米果蔬等生活用品，勸他們不要這麼做也沒用；他去世時，沒有親屬在身旁。當時總督巡撫都已經換人，官員們悲憫他，一起為他操辦後事。士人民眾傷心驚呼，聚集起來為他弔喪。先生家境一向貧窮，他兒子聽到死訊，很久不能來奔喪。從總督巡撫各級官吏到士人民眾都共同出力將先生靈柩運回他的家鄉，又將辦喪事剩餘的錢交給他家鄉的地方官員購置田地，以給養他的妻子兒女。

先生將赴廣州時，來與我道別。我對他說：「治理的法規應該一條條寫出來讓官吏們遵守。」先生說：「有能力的人怎麼會墨守陳規？如果沒有能力，哪怕對他講得再明白也沒用。我已經拋棄了這種做法，如同不再回顧遺跡一樣。」先生治理應山僅兩年多，廣州一年出頭，美政就已經不可勝記。他兒子拿著行狀來找我，文中亂糟糟舉一些事情沒頭沒尾，他精神的活動，謀略的實施，全都看不到，記家裡的事情也是如此，所以一概不予採納，只記述他志節耿直。

先生先祖為平陽府小南關人，元末遷到蒲州，世代居住東關，為儒學之家。高祖名杲明，天啟年間中舉人，任戶部郎中。父親名含璵，母親王氏，生四子，先生排行第二，康熙甲午年中舉人，乙未年中進士，享年五十六歲。妻子任氏，兒子士淪。在某年某月某日葬於某鄉某地。銘文曰：

操行沒有迷失，有文采又有品德，可是眾人反而加以譏笑。做官無愧於職務，皇上瞭解百姓頌揚，然而最終被別人摧殘。惟有直道不會消失，志向愈久遠愈有光芒。

者」。

【研　析】作者寫墓誌銘一般會參考死者家人提供的行狀等資料，選擇其中一部分內容，重新組織，加工成文。方苞寫這篇墓誌銘，表示對張錞子給他的行狀不滿，「雜舉條目而首尾不具，其精神之運，方略所施，俱不可得而見，家事亦然」，所以「概弗採列」，而根據他自己對張錞的瞭解，撰成一文，「獨著其志節之耿然者」。

起筆寫張錞「不諧於俗」，被人號為「狂生」、「不羈」者，而作者給出的鑒定則是「樸質人」。其實傳聞也沒有太離譜，只是這麼看待張錞的人在情感上對他不欣賞，甚至對他表示厭嫌，而方苞則相反，覺得這種質樸、正直、不玲瓏取巧的人，才可以做官，足以成為百姓的依靠。對張錞這兩種相反的評價始終貫穿全文。如對他在應山縣任上的政績，百姓口碑俱在，然而布政使卻置若罔聞，以其貌不揚、其言樸拙，對他沒有好感，不願推薦重用。又比如他在廣州府任上，也是受到士民擁戴，為民望所歸，而當時各級上司、同僚「皆患君骨鯁」，冷淡他，排擠他，或者只是對他虛為禮貌，讓他「側身無所」。方苞通過將兩種相反的眼光聚焦於張錞一人身上，藉以寫出他做官為民、光明磊落的襟懷。文中記述張錞自己的話，如曰：「子他日視吾所為。」又如曰：「郡治劇，當坐署理民事，上官非傳呼不至。」皆耿直無飾，擲地有聲。而他給方苞書信中說：「吾官可復，但羞與群子傾側勢要間，枉道行私以負聖天子，頗思與子稽諏文史，浩然有以自得也。」又將他在地方官場各種勢力之間艱難撐持的痛苦和厭惡之情和盤托出。讀這篇墓誌銘，我們不僅看到了張錞做了一些什麼，而且更看到了他的志氣和節操。

文中寫張錞的事跡，有詳有略，記應山事略，廣州事詳，互相之間形成映照。其中詳寫張錞任廣州知府的經歷，猶如精彩的官場小說。張錞任廣州知府，無疑進入了是非之地。當時廣東總督、巡撫等地方高官，互相傾軋，勾心鬥角，雍正帝自己也說：「惟有廣東一省惡習相沿，頹風難挽，文與武既分為兩黨，而文與文、武與武又各分為一黨，如楊文乾、石禮哈、常賚、阿克敦、官達之互相排陷，仇怨相尋，則皆方願瑛一人從中播弄之所致。至於文武彼此告訐之言，不可殫述，文官則言武職諸員或向知府包攬漏稅，或向州縣囑託人情，稍不如意，即出謗言，以勤謹辦事者為過於躁急，以不徇私情者為擅作威福。」（《世宗憲皇帝聖訓》

卷二十〈雍正八年庚戌九月戊辰〉）在這種情況下，張鍘採取中立態度，即使如此，也不為上司滿意。兩廣總督孔毓珣向雍正上奏摺，說張鍘索取賄賂，「廣州府知府張鍘外假渾厚之名，內蓄苞苴之念，收受州縣養廉，俱索隨封門包。」雍正帝硃批：「張鍘果係如此，當據事詳參，豈可姑容！」（《硃批諭旨》卷七十三之一）然而這不過是羅織罪名，是官場的一種排擠術，它是官場生態的一個縮影。

陳馭虛墓誌銘

【題　解】陳典，字馭虛，順天府（今北京市）人。據文中「余將東歸」、「吾踰歲當死」、「乙亥，余復至京師，君櫬果殯」諸語，證以方苞康熙三十三年甲戌應順天鄉試，三十四年乙亥復至京師（見蘇惇元〈方望溪先生年譜〉），陳典大約死於康熙三十三年（西元一六九四年），而他一生也只活了四十餘歲。陳典醫術高明，然他平素志向高遠，以德自期。方苞此文從醫術和人品兩方面為他寫傳立照，而重點又顯然是在表彰他高超不俗的處世姿態。

本文寫於康熙三十六年（西元一六九七年），方苞三十歲。

君諱典，字馭虛，京師人。性豪宕，喜聲色狗馬，為富貴容❶而不樂仕宦。

少好方❷，無所不通，而獨以治疫為名。疫者聞君來視，即自慶不死。京師每歲大疫，自春之暮，至於秋不已。康熙辛未❸，余遊京師，僕某遘疫。君命市冰以大罌❹貯之，使縱飲，須臾盡。及夕，和藥下之，汗雨注，遂愈。余問之，君曰：「是非醫者所知也。此地人畜騈闐⑤，食腥羶，家無溷匽⑥，汙渫彌溝衢，而城河久堙，無廣川大壑以流其惡⑦。方春時，地氣憤盈上達，淫雨氾溢，炎陽蒸之，中人膈臆⑧，困悒⑨忿蓄而為厲疫。冰氣厲而下滲，非此不足以殺其惡。故古者藏冰用於賓食喪祭⑩，而老疾亦受之，民無厲疾。吾師其遺意也。」

余嘗造⑪君，見諸勢家敦迫之使麇至⑫。使者稽首階下，君伏几呻吟固卻之，退而嘻⑬曰：「若生有害於人，死有益於人，吾何視為？」君與貴人交，必狎侮出嫚語相訾謷⑭。諸公意不堪，然獨良⑮其方，無可如何。余得交於君因大理高公⑯。公親疾，召君不時至，獨余召之，夕聞未嘗至以朝也。

君家日饒益，每出，從騎十餘，飲酒歌舞，旬月費千金。或勸君謀仕，君曰：「吾日活數十百人，若以官廢醫，是吾日殺數十百人也。」諸勢家積怨日久，謀曰：「陳君樂縱逸，當以官為維婁⑰，可時呼而至也。」因使太醫院⑱檄取為醫士，君遂稱疾篤，飲酒近女，數月竟死。

君之杜門不出也，余將東歸，走別君。君曰：「吾踰歲當死，不復見公矣！公知吾謹事公意乎？吾非醫者，惟公能傳之，幸為我德。」乙亥⑲，余復至京師，君櫝果肂⑳，遺命必得余文以葬。余應之而未暇以為。又踰年客淮南，始為文以歸其孤。君生於順治某年某月某日，卒於康熙某年某月某日。妻某氏，子某。銘曰：

義從古，跡戾世，隱於方，尚其志。一憤以死避權勢，胡君之心與人異？

【注　釋】❶容　打扮；裝束。❷方　方術，如醫、卜。❸康熙辛未　康熙三十年（西元一六九一年）。❹罌　大腹小口的瓦器。❺駢闐　眾多而相連接。❻溷匽　廁所。❼惡　蕪穢濁氣。❽中人膈臆　中，侵入。膈臆，肺腑；肝膽。❾困惾　阻塞不通。❿古者藏冰用於賓食喪祭　《詩經．豳風．七月》：「二之日鑿冰沖沖，三之日納于淩陰，四之日其蚤，獻羔祭韭。」鄭玄箋：「古者日在北陸而藏冰，西陸朝覿而出之。祭司寒而藏之，獻羔而啟之，其出之也，朝之祿位，賓食喪祭，於是乎用之。」賓，賓禮，古代五禮（吉凶軍賓嘉）之一，為諸侯朝見天子時的禮節，此泛指接待客人。⓫造　訪問。⓬麇至　成群而來。麇，成群。⓭嘻　嘲弄。⓮訾謷　詆毀。⓯良　意動用法，表示「以……為良」。⓰大理高公　高裔，康熙二十七年（西元一六八八年）提督江南學政時，器重方苞，官至大理寺卿。詳見〈高節婦傳〉注❼。⓱維婁　束縛。繫馬曰維，繫牛曰婁。⓲太醫院　秦漢少府有太醫令，主醫藥。元改太醫，明清相沿。集名醫為王室、宮廷貴族、朝廷官員治病。⓳乙亥　康熙三十四年（西元一六九五年）。⓴君櫃果殯　櫃，同「柩」。殯，棺放在坎下。

【語　譯】陳君名典，字馭虛，京城人。性情豪邁奔放，愛好歌舞女色、養狗騎馬，好作富貴者裝束，卻不喜歡做官。少年時喜好方術，無所不知，而唯獨以醫治瘟疫聞名。瘟病患者聽說他來看病，就慶幸自己有救了。京城每年流行一次大的瘟疫，從春天晚期，一直到秋天還不會停止。康熙三十年辛未，我遊歷京城，僕人某染上瘟疫。陳君讓人買來冰塊用大瓶貯存起來，使病人猛飲冰水，一會兒就喝完了。到了晚上，再用冰水拌藥喝下，病者汗如雨下，於是病就好了。我問他原因，他答道：「這不是一般的醫生所能知道的。這個地方人畜聚集，吃腥膻的食物，家裡又沒有廁所，汙水瀰滿水溝、街道，而城裡的河道久已淤塞，沒有廣川大河能將汙水排走。正當春天的時候，地氣強烈地上升，連續下雨造成雨水氾濫，炎陽一照濕氣蒸發，便侵入人的體內，阻塞沉積而引起嚴重的瘟疫。冰氣凜厲而往下滲透，除了它沒有什麼能夠殺滅惡氣。所以古人用藏冰來款待賓客，舉行宴會，舉辦喪事和祭祀，而頑症也用它來治療，百姓不受瘟疫侵害。我借鑒古人遺留下來的方法。」

我曾經拜訪陳君，看到那些權勢之家派來請去他看病的人一大堆。這些人在臺階下叩頭行禮，陳君伏在案上假裝呻吟，就是不應承他們，等那些人走後，他嘻笑著說：「如果活著對人有害，死去對人有益，我為什麼要為這樣的人治病？」陳君與富貴的人交往，必定會用輕侮的言語譏刺他們。他們無法忍受，然而又佩服他看病有本事，對他也無可奈何。我能夠與他結交是通過大理高公的關係。高公父親患病，叫喚他診斷也不是按時而至，唯獨我叫喚他，晚上聽說不會等到早上才來。

陳君家裡一天天富裕起來，每次出門有十餘人騎馬相隨，飲酒歌舞，一個月耗費千金。有人勸他謀個官職，他說：「我每天救活數十百人，假若為了做官而不行醫，這等於我每天殺害了數十百人。」權勢之家與他長期積怨，設計說：「陳君喜歡放縱享樂，應當用官職將他困住，這樣就可以讓他隨叫隨到。」於是讓太醫院下文書任命他為醫士，陳君便稱病重，飲酒接近女色，數月後竟然去世了。

陳君閉門不出時，我準備東歸家鄉，前去和他道別。他說：「我過一年就會死，不能再見到您了呀！您知道我為什麼對您這麼恭謹嗎？我其實不是一個醫生，只有您能替我作傳，希望您寫出我的品德。」康熙三十四年乙亥，我重新來到京城，陳君的棺柩果然淺放土中，他遺囑一定要得到我的文章才落葬。我應允卻沒有時間動筆。過了兩年客居淮南，才寫出文章交付他兒子。陳君生於順治某年某月某日，死於康熙某年某月某日。妻某氏，子某。銘曰：

道義追隨古人，行為違反世俗。以行醫為隱，秉持自己志向。憤然而死避開權勢，為什麼你的心與人迴異？

【研　析】方苞此文明處寫行醫，暗處寫執政；明處讚頌陳典，暗處諷刺權貴。

全文寫了陳典三件事：一是為作者的僕人治病，手到病除。二是拒絕給富貴者看病，認為這些人「生有害於人，死有益於人」，給他們治病是枉為。三是不願意做官，以為行醫才是救人的行當，所謂「吾日活數十百人，若以官廢醫，是吾日殺數十百人也。」第一件事情表現他醫術高明，第二件事情表現他富有正義感，第三件事情則表現他高尚的醫德。方苞主張，為人立傳，「所載之事必與其人之規模相稱。」（〈與孫以寧書〉）本文所寫三件事情，皆與這位醫術、醫德皆佳的傳主相適合。對陳典的醫術，文章只寫了一個例子，不瑣瑣羅列，而於他的醫德，也只是寫他抗詔與拒仕兩事，選材極簡，筆墨極省，而陳典傲視權勢、反抗權貴、不甘束縛的風貌和品德已躍然紙上。

鄭友白墓誌銘

【題解】鄭青蓮，字友白，安徽涇縣人。李白在涇縣桃花潭，曾寫下〈贈汪倫〉著名絕句，「桃花潭水深千尺，不及汪倫送我情」，膾炙人口，尤其在當地傳為美談。從鄭青蓮的名、字來看，顯然含有崇拜李白的寓意，或許與其家鄉和李白的這層關係有聯繫。他是康熙時諸生，能詩文。二十五歲去世。曾從方苞、王源學。此文因鄭青蓮族子鄭天一登門相求而撰，表彰鄭青蓮不求功利、安於本色的習性。

文章提到「兼示崑繩」，說明王源尚在世，則作於康熙四十九年（西元一七一〇年）以前，是方苞四十三歲前的作品。

有客手一帙❶，不介❷而造余，入自賓階❸。揖而告之曰：「凡抱其業而叩吾廬者，皆當同炫燿，欲余為諛佞之言以助之者也。其果能取名致官者蓋鮮，而奔走疲亡者接跡焉。願君毋效也！」客曰：「先生之言良是，而吾非為此來也。吾叔父獲教於先生而以道自繩削，方得其階而願進也，而今死矣。其親隱❹焉，願得先生之文以奠幽宮。某所持者，某與同學哀之之辭也。」問其名居❺，則涇縣鄭生友白之族子天一也。

初友白亦不介而造余，告之如所以告天一者。曰：「吾非為此來也。吾居深山，見先生之文類有道者，以為近其人將有得焉。」余聞其親老，責而歸之。踰歲復至，將見王君崑繩❻於京師，曰：「是吾親之志也。」至京師數月竟歸，歸踰年而卒。

嗟乎！友白其果能有立與否雖不可知，然其齒甚少，乃能以謀道為先而汲汲於師與友，可不謂之有志者與？自功利之學漸於人心之幽隱，凡汲汲於利與名者，其父兄師友皆以為道之當然，舍此而學與道之是謀，鮮不以為怪民而料其無成者。而果為不祥若此，無惑乎其去於此者決，而信於彼者堅也。

吾觀東漢、北宋士之有志行者，隨其才分之小大，莫不各有所就以顯於時。而余耳目所及，志稍異於眾人，往往鬱不得伸，甚者不終其天年而中道夭，豈造物乃與庸庸者同心，而不樂成人之美與？而汲汲於利與名者，又往往所欲而必從，所求而必遂，豈各有所乘之氣而不可強與？遂書之以慰其親，兼示崑繩，其有以發我也。

友白名青蓮，卒於康熙某年某月某日，年二十有五。妻某氏。子某。葬於某鄉某原。銘曰：

學中道而未殖，志殖地而長賷❼，君毋悔於過計❽，使昏庸而夭札❾，豈復留吾人之涕洟。

【注　釋】❶帙　古代竹帛書籍的套子，後世亦指書的函套。此指書冊。❷不介　不經介紹。❸賓階　西階。古時賓主相見，賓自西階上，故稱。❹隱　哀痛。❺名居　姓名、籍貫。❻王君崑繩　王源字崑繩，方苞好友。❼賷　帶；懷著。❽過計　超出一般的追求。❾夭札　遭疫病而早死。

【語　譯】有個客人手拿一冊文稿，未經介紹便來造訪我，從西階進門。我一邊向他作揖，一邊告訴他：「凡是抱著學業習作來敲我家門的人，都是一個樣子愛好炫耀，希望我吹捧幾句以助他們一臂之力。他們真的能取得名聲得到官職的很少，而為此疲於奔命的人卻一個接著一個。但願不要學他們的樣子！」來客說：「先生的話有道理，不過我不是為此而來。我叔父曾經接受過先生的教誨，而能夠用道嚴格約束自己，正當尋到門徑希望不斷上進時，如今他卻死了。他的親人為此深感悲哀，希望能得到先生的文章放在墳墓祭祀他。我手裡拿的，是我和同學哀悼他的文字。」我問他姓名、籍貫，原來是涇縣鄭友白的族子鄭天一。

當初，友白也是不經介紹來造訪我，我把對天一說的話也對他說了一遍。他回答：「我不是為此而來。我住在深山，讀了先生的文章覺得作者好像是有道之人，認為接近這樣的人將會有收獲。」我聽說他父親年紀已老，便責備他並讓他回去。一年後他又來了，將要去京城見王崑繩，說：「這是我父親的意願。」到京城幾個月後竟回家了，回家過了一年便離開了人世。

嗟乎！友白他是否真的能夠立業雖然不得而知，可是他年齡很小，就能夠把求道放在第一位而迫切地尋找老師和朋友，難道不可以稱為有志向的人嗎？自從功利之學漸漸浸入人心深處，凡是迫切追求名利的人，他們的父親兄長老師友人都認為這是求道所當然的事，不這樣做而去追求學問和大道，很少不被人看作是怪人，而且料定他們必將一事無成。而發生的事果然這麼不吉祥，那就毋須再想不通那些人所以如此堅決地捨棄於此，如此堅定地相信於彼。

我看東漢、北宋有志向節操的人，按照他們才能大小，無不各有成就而名顯於時。然而我耳聞目見的人，志向稍微不同於常人，往往抑鬱而不能施展懷抱，更有甚者不能終其天年而中途夭折，難道造物者也和庸庸碌碌的人懷著一樣的心意，而不願意成人之美嗎？而急吼吼追逐名利的人，又往往能夠心想事成，有求必應，難道是各人命運氣數不同不能強求一律嗎？於是撰寫此文以安慰友白的親人，同時也讓崑繩一讀，希望他能夠給我一些解答。

友白名青蓮，卒於康熙年間某年某月某日，終年二十五歲。妻子某氏。兒子某。葬於某鄉某地。銘辭曰：求學路上才走了一半還沒有結果，志向就埋入地下永遠剪滅了，你不必悔恨給自己定的目標太高，假如渾渾噩噩又早早地病死，又怎麼能讓我們為你落淚。

【研　析】鄭友白雖是方苞學生，然而兩人在一起的日子並不多，而且他又很早就去世了，學業上還談不上有什麼成績。為這樣的人寫墓誌銘，本來就沒有多少事情可以記敘。考慮到這種實際情況，方苞寫此文採取避實就虛的方法，主要以議論代替紀事。首先，方苞通過與鄭天一的對話，說明自己看不起沽名釣譽的人，不願意為這樣的人作鼓吹，以此引出從前與鄭友白第一次見面時發生的相似情景，從側面寫出鄭友白真心求學問道，不圖虛名的品格。其次，將鄭友白「以謀道為先而汲汲於師與友」與世上受功利之學影響「汲汲於利與名者」兩類人作對照，批評當時不純的學風和士風，從反面襯托出鄭友白純潔的求學動機和學習態度。第三，將鄭友白與急於追求名利之人的結局作對照，前者是有志難伸，中道夭折，後者卻「往往所欲而必從，所求而必遂」，以此感歎造物不公，對鄭友白表示莫大的同情，也抒發作者強烈的不平之鳴。方苞在文中提到東漢、北宋有志行的士人「隨其才分之小大，莫不各有所就以顯於時」，這是為了對求學動機不純者能夠躊躇滿志、真心向學者反而鬱鬱屈抑的現狀起到一種形擊作用，並不是作者無端發思古之幽情，說一些沒有寄託的閒話，不妨可以說，這篇墓誌銘實際上是方苞借鄭友白發洩自己坎坷失志苦悶的文章。

劉篤甫墓誌銘

【題解】劉德培（？—西元一七〇二年），字篤甫，河南商丘人。他是明末清初「雪苑社」主要成員、名士劉伯愚兒子。他祖父劉格，自少年起愛好文學。受家庭影響，劉德培好詩書，能詩詞，有《見天小築詩存》、《見天小築詩餘》。方苞在文中指出，家庭的文化、文學積累和薰陶對一個人的成長非常重要，這往往比一個「瑰怪非常」之人偶然取得成功更具有普遍的意義，也更加值得珍惜，而保持這樣一種代代相承的傳統在生活中是非常困難的。

本文大約作於康熙四十二年（西元一七〇三年），方苞三十六歲。

君姓劉氏，諱德培，字篤甫，河南商丘人也。劉氏世有聞人，君之父諱伯愚❶，以學行顯。君既沒之明年，其子韋來省其從父上元邑侯某❷，而介❸侯以乞銘於余。韋之言曰：「吾父事親以孝，而與朋友以誠，其處身也儉以勤，其嗜學也老而不衰。少孤，所以事吾王母者，細大無違。先王父❹之遺文得復出於患難兵火之後者，吾父好學求友之力也。自鄒州比郡以及齊、魯、吳、越❺有道而文之士，無不交也。於書無不好，尤篤於《詩》、〈騷〉，雖初鳴，起漱盥，端坐誦吟，至日夕不倦，數十年如一日也。故吾父之終也，里中士友皆驚悼，以為典型之失焉。」田君篔山❻者，中州❼之賢者也，其序君之詩曰：「篤甫之詩，至性之所結也。自吾與篤甫交而半生為梁園❽之遊，夷險悲愉無不共也。」

夫道之不明久矣，士非有瑰怪非常之行，則不為世俗所稱道，而不知是皆緣所遇之變以生。自君子觀之，則循循於父母兄弟朋友之間，而久不失道者，其難倍於偶然之所發也。吾聞明之衰也，士大夫雖行過乎中，或不能盡出於中心之誠然，而無不知氣節之可貴者。當江右、吳中以文章角立為社❾，而君之父亦起於北方以應之，雅為艾南英❿、楊廷樞⓫諸公所推。其後明亡，艾、楊諸公致命以成其仁，而君之父亦捍鄉里之患以死。蓋其一時因教化而成習尚者如此，然則君之近文章而重氣類，其來有自也。

君卒於康熙壬午⓬十月二十日，以癸未⓭十一月朔⓮葬於某鄉某原。娶侯氏。子三人：長章，拔貢生⓯。次韞，太學生⓰。次韓，邑庠生⓱。女子三，皆適士人子。銘曰：

前為良子後壽耇⑱，行比⑲於鄉學信友，事則未施道可久。

【注　釋】❶伯愚　劉伯愚（?—西元一六四二年），字千之，河南商丘人。與侯方域、徐作霖、張渭等結雪苑社，與復社遙相呼應。《河南通志》卷六十三〈忠烈〉：「守其家學，力追先正，一時雪苑有『吳侯徐劉』之目，蓋謂吳伯裔、侯方域、徐作霖及伯愚也。」崇禎十五年，李自成軍攻打歸德，劉伯愚參加抵抗，城破，投井死，祀忠義祠。❷省其從父上元邑侯某　省，探望。從父，父親的兄弟，叔或伯。此指劉德至，貢生，康熙四十年至四十五年任上元知縣。上元，今江蘇江寧。邑侯，縣令。本文稱劉德培壽耇，而劉德至還在當縣令，年齡當比劉德培小，所以他應該是劉韋的叔叔。❸介　通過。❹先王父　先祖父。劉德培祖父劉格，明朝舉人，從小愛好文學。❺齊魯吳越　泛指山東和江、浙。❻田君簣山　田蘭芳，字梁紫，又字伍眾，號簣山，睢州（今河南睢縣）人，有《逸德軒詩》。他曾為劉德培《見天小築詩存》作序，該序今載於《詩存》卷首。❼中州　河南的別稱。❽梁園　指今河南開封。❾當江右吳中以文章角立為社　指明末文人結社活動，當時復社的影響遍及大江南北。江右，指江西。吳中，今江蘇蘇州一帶。角立，卓然特立。❿艾南英　（西元一五八三—一六四六年）字千子，號天傭子，東鄉（今屬江西）人。明末散文家，有《天傭子集》。⓫楊廷樞　字維斗，號復庵，吳縣（今江蘇蘇州）人，西元一六四七年卒。復社領導人之一。著有《全吳紀略》。⓬康熙壬午　康熙四十一年（西元一七〇二年）。⓭癸未　康熙四十二年（西元一七〇三年）。⓮朔　農曆每月初一。⓯拔貢生　科舉制度中選拔貢入國子監的生員的一種，由各省學政選拔文行兼優的生員，貢入京師，稱為拔貢生，簡稱拔貢。⓰太學生　在太學就讀的學生。太學，我國古代設於京城的最高學府。⓱邑庠生　科舉制度中縣生員。庠，學校。⓲前為良子後壽耇　良子，賢良之人。壽耇，老年人；高壽。⓳比　周遍。

【語　譯】先生姓劉，名德培，字篤甫，河南商丘人。劉氏世上有名人，先生的父親名伯愚，以學行聞名於時。先生去世後一年，他兒子劉韋來探望在上元當縣令的叔叔某，通過這位叔叔介紹來求我寫墓誌銘。劉韋說了這樣一番話：「我父親以孝順事親人，以真誠待朋友，他自己節儉而勤勞，酷愛學習至老不變。少時成孤兒，一切侍奉我祖母的事情，無論大小都不相違忤。先祖父的遺文在經歷患難兵火之後得以問世，都是得力於我父親好學、求友人幫助。從周圍的州郡到齊、魯、吳、越的有道能文人士，無不與他們交往。對於書籍無所不愛，尤其愛好《詩經》、〈離騷〉，晨雞初鳴，便起床洗漱，端坐吟誦，直到傍晚也不覺疲倦，數十年如一日。所以我父親去世時，家鄉的士人、友朋都為之震驚哀傷，認為失去了一個典範。」田篔山是中州的賢人，他為先生的詩歌作序，說：「篤甫詩歌，是至情至性的結晶，自從我與篤甫交為朋友而半生遊歷梁園，平安危難、悲痛喜歡，無一不是共同渡過的。」

道德不昌明已經很久了，士人若沒有奇瑰非常的行為，則不能為世俗所稱道，卻不知道這些都是隨遭遇的變化而發生的。在君子看來，在父母兄弟朋友之間能夠遵循規矩，而且長期都不失於道義，這比偶爾表現一下要難上一倍。我聽說明朝的衰亡，士大夫雖然行為越出了分寸，或者不能完全出於內心的誠實，可是他們無不懂得氣節的可貴。當江右、吳中地區以文章結社，風起雲湧時，而先生的父親也奮起於北方與之桴鼓相應，極為艾南英、楊廷樞諸公所推崇。其後明朝滅亡，艾、楊諸公獻出生命以成全仁道，而先生的父親也為捍衛家鄉而捐出了性命。當時依靠教化培植起來的風尚竟能如此。這說明先生喜愛文章、交接同類，這麼做是有其原因的。

先生卒於康熙壬午年十月二十日，在癸未年十一月初一埋葬於某鄉某地。娶侯氏。兒子三人：長子韋，為拔貢生。次子轀，為太學生。再次子名韓，為邑庠生。女兒三人，皆嫁給了士人子弟。銘文曰：

從前是好人後來是高壽者，品行傳遍鄉間學校和誠實守信的友人，事業雖然沒有實現道德卻可以久長。

【研　析】介紹劉韋請方苞為他父親劉德培寫墓誌銘的人，是上元縣令劉德至，也就是方苞的父母官，故可以說這是一篇人情文章。從文章的內容來看，方苞對劉德培本人瞭解很少，主要靠引述劉韋、田蘭芳的話敷衍成文。方苞後來經常說他不為不熟悉的人寫墓誌銘，因為擔心寫的不真實產生不良影響。而由本文看，他早期其實並沒有嚴格這麼做，應酬還是有的。

儘管如此，方苞在這篇墓誌銘中依然談到了一些值得注意的問題。其一，重視家學，重視對家學傳統的維持。他從這個角度讚賞劉德培。《河南通志》卷六十三載：「劉伯愚……孝廉格子，幼穎異，讀書過目不忘。明末文體詭譎支離，伯愚守其家學，力追先正。」劉德培正是在這樣的家學背景下成長起來的。方苞認為代代相傳的家學對於維護良好的文化、文學風氣有很重要的作用，這為交接同類、孕育人才創造了良好的環境和條件。一般認為境遇對於一個人很重要，方苞卻說這是突出了偶然因素所起的作用，而一個人真正難做到的是要讓家學不斷地傳承下去，「久而不失其道」。其二，評價晚明士人風氣，一方面不滿他們的行為不符合中庸之道，不能盡出於內心的誠懇，另一方面又肯定他們知道崇尚氣節，各地成立文社桴鼓相應，在明清易代時能夠殺身成仁，體現出志士仁人的英雄主義情懷，認為這是當時教化成習所致，是士人家學的一部分，對他們的後裔「近文章而重氣類」產生積極影響。方苞一直大力表彰明代士人的氣節，對遺民充滿敬意，這在本文中也得到了體現。

佘君墓誌銘

【題　解】佘兆鼎（西元一六三三—一七〇五年），字季重，又字郡凝，歙縣（今屬安徽）人。他的長子佘華瑞善詩、古文辭，與方苞友善，方苞曾推薦他為太學六館師、博學鴻詞，又為他時文寫序，即〈佘西麓文稿序〉，文中引他們的老師高裔評佘華瑞文章「微至而切實」。本文應佘華瑞請而作，表彰佘兆鼎孝敬誠直的品德。

此文作於康熙五十六年（西元一七一七年）後，方苞五十歲後。

君諱兆鼎，字季重，世為歙西巖鎮人。父及伯兄行賈，母遘厲疾[1]，仲出求醫藥，君獨在側，疾中言動異常，人不敢近。或叩曰：「爾懼乎？」對曰：「病者吾母也，何懼？」弱冠後為人賈宣城❷，每三歲一歸省，一日心動，遽馳歸，則母臥疾已三日矣。時伯客金陵，後二日不期而至。叩之，其心動就道之日同也。其後伯病於金陵，君馳視，求醫於揚州❸，跪泣於其庭三日，始肯偕，然終不能療也。

少廢書，讀《大學》❹未半。行賈後，益好書，日疏❺古人格言善事而躬行之。其在宣城，有畢某負❻百金，所居與君夾河。一日，託賈事迎至其家，將夕，命其女靚妝出拜，曰：「君旅居，願以女奉箕帚❼，償宿負❽。」君奪戶而出，則河無舟，其人尾而至，喻以理，且要言❾所負終不收。乃感泣，具舟以渡。明末，鄉里阻饑❿，君十歲與群兒樵蘇⓫山中，籬間有果，爭取啗⓬，獨君不給視⓭。

有子華瑞⓮，以文學知名，與予為執友。康熙丁酉⓯來京師，館余家，述其事以乞銘，距君之卒十有三年矣。蓋徽俗葬地難購，而華瑞貧，故久而不能舉⓰也。君卒於康熙乙酉⓱，享年七十有三。娶汪氏，繼娶方氏。子二：長華瑞；次關瑞，早卒。以某年月日葬於某鄉某原。銘曰：

嗟嗞⑱乎！君抱儒之質，以美其身，獨留其文，以遺後之人。

【注　釋】❶屬疾　重病；惡病。❷宣城　今屬安徽省。❸揚州　今屬江蘇省。❹大學　《禮記》中的一篇，後來和《中庸》、《論語》、《孟子》合稱四書。❺疏　分條記錄。❻負　欠。❼奉箕帚　這裡指嫁為婦。❽宿負　舊債。❾要言　約定。❿阻饑　饑餓。阻，難。⓫樵蘇　砍柴割草。⓬啗　吃。⓭給視　看一眼。給，賜與。⓮華瑞　佘華瑞（約西元一六六二—一七三八年），字朏生，號西麓。貢生，任桐城訓導。工詩、古文辭。方苞薦為太學六館師，乾隆元年（西元一七三六年）方苞又薦他為博學鴻詞，皆不赴。有《綠蘿山人集》、《巖鎮志草》。⓯康熙丁酉　康熙五十六年（西元一七一七年）。⓰舉　辦。此指安葬。⓱康熙乙酉　康熙四十四年（西元一七〇五年）。⓲嗟嗞　讚歎聲。嗞，歎聲。

【語　譯】先生名兆鼎，字季重，世代為歙縣西巖鎮人。父親和長兄做生意，母親身患重病，次兄外出訪醫求藥，先生一個人留在母親身旁。她疾病發作時說話做事都很反常，別人不敢靠近她。有人問先生：「你不害怕嗎？」他回答：「生病的是我的母親，有什麼可怕？」成年後為別人到宣城經商，每三年回家探望一次。一天，忽然感到心裡悸動，急忙奔馳回家，則母親臥病已經三天。當時，長兄客居金陵，過兩天後不約而至。問他原因，他感到心裡悸動馬上趕路和先生是同一天。後來長兄在金陵病倒，先生急忙趕去探視，又到揚州求醫，跪在醫生庭堂前三天，才肯答應和他一起前去，然而最終他長兄的病沒能治癒。

先生少年廢學，《大學》還沒有讀完一半。經商以後，更加愛好讀書，每天逐條抄錄古人格言、善事並親自實踐。在宣城時，有一個姓畢的人欠了他百金，住的地方與先生相隔一條河。一天，那人假託生意上的事情把先生請到家裡，天色將晚，命他女兒盛妝出來拜見先生，說：「您客居在外，我希望我女兒能為您打掃門庭，以抵償所欠的債款。」先生奪門而出，可是河上無舟，那人尾隨而至。先生用道理開導他，並且答應不再要他還債。那人感動淚流，備好船送先生過河。明朝末年，家鄉發生饑荒，先生十歲與一群孩子一起到山上砍柴割草，籬笆間有果實，孩子們都爭搶著吃，只有先生連一眼都不看。

先生兒子名華瑞，以文學知名，和我是好朋友。康熙丁酉他來京城，住在我家，講訴他父親的故事並請我撰寫墓誌銘，此時離開先生去世已經有十三年了。因為徽州的風俗墳地難買，而華瑞家裡又窮，所以久久不能使他父入土。先生卒於康熙乙酉，享年七十三歲。娶汪氏，繼娶方氏。兒子二人：長子華瑞；次子闢瑞，早年夭折。在某年月日埋葬於某鄉某地。銘文曰：

可嗟可歎啊！先生懷有儒者品質，以此美潤自身，現在唯留下風采，以饋贈後人。

【研析】方苞此文所記敘的佘兆鼎事跡，主要根據佘華瑞的講述。佘華瑞撰有《巖鎮志草》，書裡對他父親也作了介紹，如說：「弱冠後，為人賈宣城，歲獲無幾，故張大之，欲父母見其有餘裕以快其心。間歲一省，侍側不過月餘……康熙己未，江蘇藩憲丁公泰岩知鼎誠信可任，以賑米數萬石委之，鼎偕弟兆鼐為之措置，事集費省，而人心悅服，例當拜爵酬金，鼎不受。」此外，《歙縣志》中也記載，佘兆鼎先為姪子辦理婚事，然後再考慮自己兒子的事。又載，他自己很節儉，而供奉父母的衣食用品非常豐裕。這些事情方苞應當也是聽說的，但是他並沒有都在文章中一一羅列。文章主要寫了佘兆鼎幾件事情：幼時獨身守護重病的母親毫無畏懼，為醫治長兄疾病苦苦求醫，以此說明他孝悌。為別人著想，體恤別人困難，免除其所欠債務，而決不接受不當之饋贈，以此說明他仁義。即使饑餓也不摘食人家的果實，以此說明他廉潔。通過生活中這些具體的事情，表現出佘兆鼎立身行己的品格。文章不枝不蔓，井然有序，寫事、寫人兼而勝之。

萬季野墓表

【題解】萬斯同，字季野，著名的明史專家，其生平詳見〈與萬季野先生書〉題解。萬斯同與方苞的關係在師友之間。除本文和書信之外，方苞還在〈梅徵君墓表〉一文中把他與梅文鼎一起作介紹，感歎萬斯同「獨任《明史》而篾由上聞」，深表惋惜。墓表是寫在墓碑上表彰死者的一種文體。徐師曾〈文體明辨序說〉說：墓表「其文體與碑碣同，有官無官皆可用，非若碑碣之有等級限制也。」方苞在本文主要談自己與萬斯同的交往，特別是追憶萬斯同告訴他修史之困難在於「事信而言文」，希望方苞在這方面努力，「約以義法」，幫助他完成修纂《明史》的宏業。這不僅對方苞古文「義法」說有一定影響，而且對他撰成一系列明末士人傳記也產生了一定的作用。

本文作於康熙五十七年（西元一七一八年），方苞五十一歲。

季野姓萬氏，諱斯同，浙江四明[1]人也，其本師曰念臺劉公[2]。公既歿，有弟子曰黃宗羲黎洲[3]，浙人聞公之風而興起者，多師事之，而季野與兄充宗[4]最知名。季野少異敏，自束髮[5]未嘗為時文，故其學博通，而尤熟於有明一代之事。年近六十，諸公以修《明史》，延致京師[6]。士之遊學京師者，爭相從問古儀法[7]，月再三會，錄所聞共[8]講肄[9]。惟余不與，而季野獨降齒德[10]而與余交，每曰：「子於古文，信有得矣，然願子勿溺也。唐宋號為文家者八人[11]，其於道粗有明者，韓愈氏而止耳，其餘則資學者以愛玩而已，於世非果有益也。」余輟古文之學而求經義自此始。

丙子[12]秋，余將南歸，要[13]余信宿[14]其寓齋。曰：「吾老矣，子東西促促，吾身後之事豫[15]以屬子，是吾之私也，抑猶有大者。史之難為久矣，非事信而言文，其傳不顯。李翱、曾鞏所譏魏晉以後賢姦事跡並暗昧而不明，由無遷、固之文是也[16]，而在今則事之信尤難。蓋俗之偷[17]久矣，好惡因心，而毀譽隨之，一室之事，言者三人，而其傳各異矣，況數百年之久乎？故言語可曲附而成，事跡可鑿空而構，其傳而播之者，未必皆直道之行也；其聞而書之者，未必有裁別之識也；非論其世、知其人[18]而具見其表裡，則吾以為信而人受其枉者多矣。吾少館於某氏[19]，其家有《列朝實錄》[20]，吾默識暗誦，未敢有一言一事之遺也。長遊四方，就故家長老求遺書，考問往事，旁及郡志、邑乘、雜家誌傳[21]之文，靡不網羅參伍[22]，而要以《實錄》為指歸。蓋實錄者，直載其事與言而無可增飾者也。因其世以考其事、覈其言，而平心以察之，則其人之本末可八九得矣。然言之發或有所由，事之端或有所起，而其流或有所激，則非他書不能具也。凡《實錄》之難詳者，吾以他書證之，他書之誣且濫者，吾以所得於《實錄》者裁之，雖不敢具[23]謂可信，而是非之枉於人者蓋鮮矣。昔人於《宋史》[24]已病其繁蕪，而吾所述將倍焉，非不知簡之為貴也，吾恐後之人務博而不知所裁，故先為之極，使知吾所取者有可損，而所不取者必非其事與言之真而不可益也。子誠欲以古文為事，則願一意於斯，就吾所述，約以義法，而經緯其文，他日書成，記其後曰：『此四明萬氏所草創也。』則吾死不恨矣。」因指四壁架上書曰：「是吾四十年所收集也，踰歲吾書成，當並歸於子矣。」又曰：「昔遷、固才既傑出，又承父學[25]，故事信而言文。其後專家之書，才雖不逮，猶未至如官修者之雜亂也。譬如入人之室，始而周其堂寢匽湢[26]焉，繼而知其蓄產禮俗焉，久之其男女少長性質剛柔輕重賢愚無不習察，然後可制其家之事也。官修之史，倉卒而成於眾人，不暇擇其材之宜與事之習，是猶招市人而與謀室中之事耳。吾欲子之為此，非徒自惜其心力，吾恐眾人分操割裂，使一代治亂賢姦之跡暗昧而不明。子若不能，則他日為吾更擇能者而授之。」季野自志學，即以《明史》自任。其至京師，蓋以群書有不能自致者，必資有力者以成之，欲竟其事然後歸。及余歸踰年而季野竟客死，無子弟在側，其史稿及群書遂不知所歸。余迍邅轗軻[27]，於所屬史事之大者，既未獲從事，而傳誌之文亦久而未就。戊戌[28]夏六月，臥疾塞上[29]，追思前言，始表而誌之，距其歿蓋二十有一年矣。

季野行清而氣和，與人交，久而益可愛敬。其歿也，家人未嘗訃余，余每欲赴其家弔問而未得也，故於平生行跡莫由敘列，而獨著其所闡明於史法者。季野所撰本紀、列傳凡四百六十卷，惟諸志未就。其書具存華亭王氏[30]。淮陰劉永禎㉛錄之過半而未全。後有作者可取正焉。

【注釋】❶四明 山名，在浙江鄞縣西南一百五十里，故又用以稱鄞縣。❷念臺劉公 劉宗周（西元一五七八—一六四五年），初名憲章，字啟東，號念臺，山陰（今浙江紹興）人。萬曆二十九年（西元一六〇一年）進士，官至左都御史，被斥為民。講學蕺山書院，世人稱蕺山先生。清兵攻破杭州，絕食而死。他是「浙東學派」重要代表人物，著述宏富，約三十多種，收為《劉子全書》、《劉子全書遺編》。❸黃宗羲黎洲 黃宗羲（西元一六一〇—一六九五年），字太沖，號梨洲，世稱南雷先生，浙江餘姚人，與顧炎武、王夫之並稱明末清初三大思想家。今人編有《黃宗羲全集》。黎洲，通常作梨洲。❹充宗 萬斯大（西元一六三三—一六八三年），字充宗，晚號跛翁，世稱褐夫先生，萬斯同兄長。精於經學，著有《學禮質疑》、《儀禮商》、《禮記偶箋》、《周官辨非》、《學春秋隨筆》等。❺束髮 古代男孩成童時束髮為髻，以示到了成童之年。有的說是八歲，有的則說是十五歲。❻諸公以修明史二句 《四庫全書總目提要·明史》引〈進明史表〉曰：「蓋康熙十八年，始詔修《明史》，並召試彭孫遹等五十人，入館纂修。」萬斯同以布衣參史局。❼古儀法 方苞〈梅徵君墓表〉：「(萬斯同)自少以《明史》自任，而兼辨古禮儀節。」古儀法即「古禮儀節」，指古代禮儀制度和習俗。❽共 供。❾講肄 講學內容。❿齒德 年齡與德行。⓫唐宋號為文家者八人 韓愈、柳宗元、歐陽修、蘇洵、蘇軾、蘇轍、王安石、曾鞏，並稱唐宋八大家。⓬丙子 康熙三十五年（西元一六九六年）。⓭要 邀。⓮信宿 住兩天。⓯豫 預先。⓰李翱曾鞏所譏魏晉以後二句 李翱〈答皇甫湜書〉：「足下讀范曄《漢書》、陳壽《三國志》、王隱《晉書》，生熟何如左丘明、司馬遷、班固書之溫習哉？故溫習者事跡彰，而罕讀者事跡晦，讀之疎數，在詞之高下，理必然也。」李翱（西元七七二—八三六年），字習之，隴西（今甘肅隴西）人，貞元十四年（西元七九八年）進士，官至山南東道節度使。他是韓愈門人，有《李文公集》。曾鞏〈南齊書目錄序〉：「將以是非、得失、興壞、理亂之故而為法戒，則必得其所託而後能傳於久，此史之所以作也。然而所託不得其人，則或失其意，或亂其實，或析理之不通，或設辭之不善，故雖有殊功韙德，非常之跡，將闇而不章，鬱而不發。」曾鞏（西元一〇一九—一〇八三年），字子固，建昌南豐（今江西南豐）人。嘉祐二年（西元一〇五七年）進士，官至中書舍人、龍圖閣學士。有《元豐類稿》。遷、固，司馬遷、班固，分別著有《史記》和《漢書》。⓱偷 苟且。⓲論其世知其人 《孟子·萬章下》：「頌其詩，讀其書，不知其人可乎？是以論其世也。」⓳某氏 指徐元文（西元一六三四—一六九一年），字公肅，號立齋，崑山（今屬江蘇）人，是徐乾學的弟弟。順治十六年（西元一六五九年）狀元，歷任國子監祭酒，經筵講官，文華殿大學士，曾主修《明史》。⑳列朝實錄　指明代各朝的實錄。明、清朝廷置實錄館，以紀國家之事。㉑郡志邑乘雜家誌傳　郡志，一郡的方志。邑乘，縣志。雜家誌傳，各人的墓誌和家傳。㉒參伍　三五，意謂互相參合。㉓具　同「俱」。㉔宋史　元脫脫等領銜纂修。全書卷帙繁富，計有四百九十六卷，詳於北宋，略於南宋，又有史實舛錯，一人兩傳等不足，這些曾受到前人批評。㉕昔遷固才既傑出二句　司馬遷父親司馬談，為太史令，卒，司馬遷承其業完成《史記》。班固父親班彪，作《漢書》未成，班固續作。㉖匽湢　廁所和浴室。㉗迍邅轗軻　意謂困頓不得志。迍邅，遲遲難進。轗軻，車難進。㉘戊戌　康熙五十七年（西元一七一八年）。㉙塞上　指承德避暑山莊。㉚華亭王氏　王鴻緒（西元一六四五—一七二三年），原名王度心，字季友，號儼齋，又號橫雲山人，華亭（今上海市）人。康熙十二年（西元一六七三年）進士，官至戶部尚書。歷任《明史》總裁、《大清會典》副總裁。他刪改萬斯同所撰《明史》稿本而成《明史稿》三百十卷。康熙四十一年（西元一七〇二年）四月八日，萬斯同在京城王鴻緒家中去世。㉛劉永禎　字紫函，生年不詳，卒於康熙五十六年（西元一七一七年），淮陰（今江蘇淮安）人。閻若璩女婿。師事萬斯同。康熙二十五年（西元一六八六年）拔貢，癡心書法，能時文。方苞因劉齊（言潔）認識劉永禎，曾在劉永禎家設館教書。《方苞集》有〈與劉紫函書〉、〈劉紫函墓誌銘〉。

【語譯】季野姓萬，名斯同，浙江四明人。他的祖師是劉念臺公。念臺公去世後，有弟子黃宗羲黎洲，浙江人聽到劉念臺公名字而奮起者，多師事於他，而季野與兄長充宗最為知名。季野從小穎異聰敏，十餘歲後從未寫過時文，所以他的學問廣博通達，而尤其熟悉明朝一代的史事。年近六十，諸公因編纂《明史》將季野邀請到京城。在京城遊學的文士，爭相隨從詢問古代的禮儀制度風俗，每月聚會兩三次，記錄他所知所聞以供講論肄習之用。只有我不去參加，然而季野唯獨屈降年齡和德行與我交往，常常說：「你對於古文，確實已有所得，不過希望你不要沉溺在其中。唐宋號稱為古文家的八個人，他們略知一些道的，韓愈一人而已，其餘只是將它當作學者的愛好和賞玩罷了，於世並沒有實際的裨益。」我放下古文之學轉而探求經義就是從這時候開始的。

丙子年秋天，我將南歸，季野邀請我到他的住處歇了兩夜。說：「我老了，你又東跑西走地忙碌，我想將身後的事情預先託付給你，這是我一己的私事，然而也關繫著大的方面。修史的困難由來已經很久，記載不真實，語言缺乏表現力，這樣的史書流傳也難。李翱、曾鞏所譏諷魏晉以後無論忠賢還是奸邪的事跡都隱晦不明，其原因是沒有司馬遷、班固所著的那種史書，而在今天載事真實就格外困難了。大概這是因為風俗澆薄由來已久，好惡隨心而起，毀譽褒貶也隨之而生，一個家庭裡的事，由三個人來講述，而各人講出來的東西都不一樣，更何況是相隔一百年之久的事情呢？所以文辭可以曲意附會，事跡可以穿鑿虛構，一些傳播的東西，未必都是秉直而行的內容；聽到傳聞、將它們寫下來的人，未必具有鑒別和選擇的識見；假如不是聯繫其時代，知曉其為人，由表及裡詳徹地瞭解事情，那麼，我以為可信別人卻受了蒙騙的一定很多。我年青時曾在某家任教，他家裡有《列朝實錄》，我悄悄地閱讀，默默地記在心上，不敢遺漏一句話一件事。後來遊歷四方，到故舊人家和老年人那裡尋訪從前的典籍，查詢過去的往事，旁及郡志、縣志、各種墓誌家傳，無不網羅比較，而要旨則是以《列朝實錄》為依歸。所謂實錄，就是直接記事記言而不能增飾加工。通過其時代考察事跡，查核言論，以公正的態度加以體察，那麼一個人事跡本末就可以瞭解十之八九。然而說出某種話或許有它的緣由，一件事情的發生或許有它的起因，而事情所以改變或許是被什麼激化了，所以不借助其他書籍就無法具體說清楚。凡是《實錄》所難以明白的事，我用其他書來求證；其他書所載汙蔑而且不實的內容，我用從《實錄》所得的記載加以裁別，雖然不敢說全部都可信，不過將一個人寫得是非顛倒卻極少。前人對於《宋史》已經批評其繁複蕪雜，然而我的敘述文字將比它還多一倍，並非不知道簡明的可貴，我擔心後人貪多求廣而不知道剪裁，所以先將它寫到不能再詳為止，使他們知道我所取的內容可以削減，而所不取的內容無論事實還是言語必定都不是真實的，因而不能增益。你真的想把古文當作自己的事業，那麼希望你專心致志於此，根據我敘述的內容，用義法加以精簡，再用文章加以組織結構，將來成書以後，在書後寫到：『這書由四明山萬氏草創。』那麼我就死無遺憾了。」接著，他指著牆壁四周架上的書說：「這些是我四十年以來所收集的，過了幾年我的書寫成，將全部歸你所有。」又說：「從前司馬遷、班固不僅才能傑出，又秉承父親學業，因此所載事實可靠而言辭講究。此後專門之家撰寫史書，才能雖然不及，還不至於如官修史書那樣的雜亂。比如到別人家裡，先是看看各處的客廳、臥房、廁所和浴室，然後知道他家是否殷實，禮儀家風如何，時間一久，家裡男女老少的性情稟賦、脾氣剛柔、尊卑貴賤、賢慧愚鈍，無不熟知了然，然後才可以管理這一家的事情。官修的史書，倉促匆忙寫成，而且出於眾人之手，來不及選擇合適的材料以及為人通曉的史事，這好比從集市隨便叫喚一個人來商量家裡的事情一樣。我想由你來做此事，不只是顧惜我自己心力，而是擔心大家分別操作，割裂拼湊，使一代治亂的歷史、賢臣和奸臣的事跡變得混淆不清。你若是不能做到，那麼以後為我另外找個能做到的人託付給他。」季野自從有志於學問，就以修《明史》為己任。他到了京城，因為許多書自己寫不過來，必定依靠有能力的人去完成，想等到把書寫完然後回家。我回家鄉一年以後季野竟然客死他鄉，沒有子弟在他身旁，他的史稿和大量藏書也就不知去向。我困頓不得志，對於他叮囑的修史大事，一直沒能進行，而且他的傳記也久久沒有寫出。戊戌夏天六月，我臥病塞上，追思他以前說的話，方才為他寫了墓表，離開他去世已經二十一年了。

季野品行高潔，性情謙和，與人交往，時間長了會越覺得他可愛可敬。他去世後，他的家人未曾向我告喪，我常想到他家去弔唁慰問然而都沒有實現，所以對於他的平生事跡無從敘述列舉，只寫他所闡述的修史之法。季野所撰寫的本紀、列傳共四百六十卷，惟獨各種志書沒有寫完。他撰寫的史書全都寄存於華亭王氏處。淮陰劉永禎鈔錄了一半以上卻沒有全部鈔完。將來有人寫《明史》可以用他的書作為裁正的依據。

【研　析】文中一方面介紹萬斯同與方苞的學術關係，另一方面著重介紹萬斯同的史學觀點。

關於兩人關係，方苞肯定萬斯同帶給自己的影響。文章寫道，萬斯同勸方苞在古文有得的基礎上，進而深入求道，從此以後方苞開始探求經義，這對他後來的學術祈嚮和古文寫作都發生了顯著作用。文中還提到萬斯同希望他能夠修《明史》，根據豐富的史料和萬斯同已有的敘述，「約以義法，而經緯其文」。雖然方苞對萬斯同「所屬史事之大者，既未獲從事」，但是這對他古文義法說的形成顯然有其意義。方苞一生寫了較多明人傳記作品，這與受萬斯同約他修《明史》可能也是分不開的。

關於萬斯同的史學觀點，方苞在文中主要介紹了三點：一、好的史書應當是「事信而言文」。二、重視實錄。三、史書簡約雖然可貴，但是存真尤其重要。萬斯同手定的《明史稿》取得突出成就，與他堅持這些修史原則有關。

文中記載萬斯同表白自己十分留意明代掌故，重視實錄的價值，這是研究萬斯同史學思想很有價值的資料。張舜徽指出：「史家之重視實錄，蓋以斯同為最勤。然觀是集（鄔按，指萬斯同《群書疑辨》）卷十二所載〈讀歷朝實錄〉諸篇，復能指摘弊端，力言實錄之不可盡信，與胡承諾《繹志．史學篇》中所言，若合符契。則識大之賢，所見者同耳。」（《清人文集別錄．群書疑辨》）其實方苞在本文記載的萬斯同實錄觀，也並不是以為凡實錄皆可相信，而是指出，利用實錄當證之以他書，看法還是很全面的。

方苞追記萬斯同的話，「蓋俗之偷久矣，好惡因心，而毀譽隨之，一室之事，言者三人，而其傳各異矣，況數百年之久乎？」方苞友人朱書《杜溪文稿》卷二〈癸壬錄自序〉也記述了一段梅文鼎的話：「一家之人，一日之內，彼此猶不能知，況天下至大，數十年至遠，安能盡謂有當其實。」兩段話非直意思相同，話語也基本相同。不知究竟是誰的話，姑錄之以待查核。

我小時候，大約在文革初期，曾在老家浙江奉化蓴湖的一座山坳裡，見到一座墳塋，前面矗立華表，遠處數百米地方挺立石筆，墓是用大石砌造的，有墓碣，墓碣前鋪著很大一塊水泥地板，有一張石頭祭桌，兩排石凳。那時在農村，這座墳顯得很壯觀，引人注目。平時放牛、砍柴的人，常常坐在墳前水泥地上玩撲克、聊天、抽煙。後來我才知道這就是萬季野先生的墓。在蓴湖村的一條河邊，以前還建有鄉賢祠，祭祀萬季野先生，不過我看到時，它已經改造成了一所中心小學。到我念大學回故鄉，去拜謁萬季野先生墓，華表、石筆都已經不見了。墓經過修理，墓碣上面鐫刻清大學士王項齡題「鄞儒理學季野萬先生暨配莊氏傅氏墓」，墓碣上兩側有翰林裘璉題對聯「班馬三椽筆，乾坤一布衣」。研讀方苞〈萬季野墓表〉，想起這些往事，聊以記之。

田間先生墓表

【題解】錢澄之（西元一六一二—一六九三年），初名秉鐙，字飲光，一字幼光，晚號田間、西頑道人，安徽桐城人。田間，錢澄之廬名，他解釋何以用「田間」名廬的原因：「錢子遊十年歸，歸十年始有廬，廬在先人墓傍，廢瓜田盈畝為之，環廬田也，故名曰田間。」（〈田間集自序〉）他是明崇禎年間諸生，南明桂王時，授翰林院庶吉士，後歸田隱居至終。善詩文。有《田間集》、《田間詩集》、《田間文集》、《藏山閣集》，又有專著《易學》、《詩學》、《莊屈合詁》等。錢澄之與方苞父親關係密切，方苞從小被他的品格所吸引，他是方苞引以為驕傲的家鄉志士之一。本文敘述錢澄之一生大略，表現他的正直氣節。最後一段是作者的文後補記，對墓表的一部文內容作補充說明。一般本子將它排印成小字，以示與正文相區別。

本文撰於乾隆二年十二月（西元一七三八年一月），方苞七十歲。

先生姓錢氏，諱澄之，字飲光，苞大父行❶也。苞未冠，先君子攜持應試於皖❷，反過樅陽❸，宿家僕草舍中。晨光始通，先生扶杖叩門而入，先君子驚問，曰：「聞君二子皆吾輩人，欲一觀所祈嚮❹，恐交臂而失之耳。」先君子呼余出拜，先生答拜，先君子跪而相支柱❺，為不寧者久之。因從先生過陳山人觀頤❻，信宿❼其石巖。自是先生遊吳、越❽，必維舟江干❾，招余兄弟晤語，連夕乃去。

先生生明季世，弱冠時，有御史❿某，逆閹⓫餘黨也，巡按至皖，盛威儀謁孔子廟，觀者如堵。諸生方出迎，先生忽前，扳車而攬其帷，眾莫知所為，御史大駭，命停車，而溲溺已濺其衣矣。先生徐正衣冠，植立昌言⑫以詆之。騶從⑬數十百人皆相視莫敢動，而御史方自幸脫於逆案⑭，懼其聲之著⑮也，漫以為病顛⑯而舍之。先生由是名聞四方，當是時，幾社⑰、復社⑱始興，比郡中主壇坫與相望者，宣城則沈眉生⑲，池陽則吳次尾⑳，吾邑則先生與吾宗塗山及密之、職之㉑，而先生與陳臥子㉒、夏彝仲㉓交最善，遂為雲龍社㉔以聯吳淞㉕，冀接武於東林㉖。

先生形貌偉然，以經濟自負，常思冒危難以立功名。及歸自閩中㉗，遂杜足田間，治諸經，課耕以自給，年八十有二而終。所著《田間詩學》、《田間易學》、《莊屈合詁》及文集行於世。

先君子閒居，每好言諸前輩志節之盛以示苞兄弟，然所及見，惟先生及黃岡二杜公㉘耳。杜公流寓金陵，朝夕至吾家，自為兒童捧盤盂㉙以侍漱滌，即教以屏俗學㉚，專治經書古文，與先生所勖不約而同。爾時雖心慕焉，而未之能篤信也。及先兄翻然有志於斯，而諸公皆歿，每恨獨學無所取衷，而先兄復中道而棄余，每思父兄長老之言，未嘗不自疚夙心之負也。

二杜公之歿也，苞皆有述焉㉛，而先生之世嗣，遠隔舊鄉，平生潛德隱行，無從而得之；而今不肖之軀，亦老死無日矣，乃姑志其大略，俾兄子道希以告於先生之墓，力能鐫之，必終碣㉜焉。乾隆二年㉝十有二月望前五日，後學方苞表。

杜先生蒼略每言：「自楊、左㉞罹禍，范陽三烈士㉟聲震海內，一時才士爭思奮死以立名義。」因道錢先生為眾所摧挫巡按，其始事也。余以巡按終不作難為疑，杜先生亦未知其詳。問叩之白麓先生㊱，云：『御史移文咨革㊲，督學㊳難之曰：『必欲甘心焉，則入告具言其所以。』乃止。」因歎：「諸生無禮，而巡按不敢自治，督學畏清議以忤同官，一代風教所積，於斯可見。然鄭人游於鄉校以議執政，而子產以為師㊴，管仲立嘖室之議㊵，則其氣象不可復見矣。」白麓，職之之子也，諱中發，於余為諸父之無移服㊶者，繼塗山以詩名吾鄉，孝謹寬厚，其言信而有徵，故并記之。

【注釋】❶大父行　祖父輩。❷苞未冠二句　方苞〈朱字綠墓表〉：「康熙丙寅（二十五年，西元一六八六年），歸試于皖，先君子攜持以行。」該年方苞十九歲，到安慶府參加考試。皖，皖山，在安徽境內，因作安徽省的簡稱。安慶府在清朝是安徽省治所。❸反過樅陽　反，通「返」。樅陽，今安徽安慶樅陽縣。❹祈嚮　志向。❺支柱　支撐。❻陳山人觀頤　陳觀頤，身世不詳。山人，隱士。❼信宿　連宿兩夜。❽吳越　泛指今浙江、江蘇一帶。❾江干　江岸。干，「岸」的通假字。❿御史　朝廷派往各地巡視的監察御史，負責考核吏治，審理大案。⓫逆閹　指魏忠賢。⓬植立昌言　身子直立，大聲說話。⓭騶從　騎馬跟隨著權貴的侍從。⓮逆案　明思宗即位後，魏忠賢畏罪自殺，其同黨都被定罪，時稱逆案。⓯著　傳揚出去。⑯病顛　患精神病。⑰幾社　明末文社，主要成員有陳子龍、夏允彝、徐孚遠、周立勳等人。杜春登〈社事始末〉解釋社名之義，「幾者，絕學有再興之幾，而得知幾其神」，故名「幾社」。⑱復社　明末文社。始為一般文社，張溥以應社與之合併，聲勢始壯。崇禎二年又聯合雲間幾社、浙西聞社、江北南社、江西則社等十幾個社團，才真正風靡天下。主要領導人為張溥、張采。其宗旨是以文擇友，揣摩制藝，切磋學問，砥礪品性，也積極參與政治。⑲沈眉生　沈壽民（西元一六〇七－一六七五年），字眉生，號耕巖，宣城（今屬安徽）人，有《姑山遺集》三十卷和《剩庵詩稿》。⑳池陽則吳次尾　池陽，指池州，宋朝曾名池州池陽郡。貴池是池州下屬縣。吳應箕（西元一五九四－一六四五年），字次尾，號樓山，貴池（今屬安徽）人。有《國朝記事本末》、《留都見聞錄》、《樓山堂集》等。㉑吾宗塗山及密之職之　塗山，方文，字爾止，號塗山。塗山，也作嵞山。詳見〈左忠毅公逸事〉注㉖。密之，方以智（西元一六一一－一六七一年），字密之，號鹿起，安徽桐城人，明崇禎十三年進士，與陳子龍、吳應箕、侯方域並稱「四公子」。有《博依集》、《通雅》等。職之，方其義（西元一六二〇－一六四九年）。生於明萬曆四十七年除夕，已是西曆一六二〇年。字直之，一字職之，方以智弟弟，安徽桐城人。有《時術堂集》十卷、《時術堂遺詩》六卷。㉒陳臥子　陳子龍（西元一六〇八－一六四七年），字臥子，號大樽，松江華亭（今屬上海市）人，崇禎十年進士，官至南京兵科給事中，抗清被捕，投河自盡。幾社首領。著有《陳忠裕公全集》，編有《皇明經世文編》等。㉓夏彝仲　夏允彝（？－西元一六四五年），字彝仲，松江華亭（今屬上海市）人，與陳子龍等共同組成幾社，「雲間六子」之一。抗清失敗，投水死。㉔雲龍社　明末文人社團名，錢澄之發起。㉕吳淞　江名，又名松江。此指陳子龍為首等幾社。㉖東林　即東林黨，明萬曆年間，無錫顧憲成、高攀龍等講學於東林書院，往往譏諷朝政，品評人物，因此形成的以江南士大夫為主的一個政治集團。㉗及歸自閩中　錢澄之曾在福建的南明桂王政權任翰林院庶吉士，失敗後回到故鄉。閩，今福建省簡稱。㉘黃岡二杜公　杜濬、杜岕兄弟。詳見〈杜蒼略先生墓誌銘〉題解及注❸。㉙盤盂　圓盤、方盂，盛物之器。㉚俗學　指詩、詞、時文等。㉛二杜公之歿也二句　指方苞〈杜茶村先生墓碣〉、〈杜蒼略先生墓誌銘〉。㉜碣　圓形的石碑，這裡用作動詞，意謂在墓道立碑。㉝乾隆二年　西元一七三七年。㉞楊左　楊漣、左光斗。㉟范陽三烈士　指孫奇逢、鹿正和張果中。詳見〈孫徵君傳〉題解及注❿。范陽，今河北定興。㊱白麓先生　方中發，字有懷，號白麓先生，桐城人，曾經刊刻《兩世遺書》百卷，有《白鹿山房詩集》。他是方苞的族叔。㊲移文咨革　意謂傳文要求將錢澄之革去諸生資格。移文，舊時文體之一，指行於不相統屬的官署間的公文，亦泛指平行文書。㊳督學　學政的別名，清時派駐各省督導教育行政及考試的專職官員。㊴然鄭人遊於鄉校以議執政二句　《左傳・襄公三十一年》載：鄭國人走到鄉校議論執政者，鄭國大夫然明主張毀掉鄉校，子產認為大家的意見正好作為施政的借鑒。鄉校，學校，也是國人聚集的地方。子產（？—西元前五二二年），複姓公孫，名僑，字子產，鄭國大夫。㊵管仲立嘖室之議　《管子．桓公問》：管子說，黃帝立明臺之議，觀賢者意見；堯有衢室之問，聽百姓議論。桓公曰：「吾欲效而為之，其名云何？」管子答曰：「名曰嘖室之議。」管仲（約西元前七二五—前六四五年），名夷吾，字仲，諡號敬，史稱管子，出生於潁上（今屬安徽），齊國宰相。嘖室，多人集議之處。嘖，形容議論者言語讙然的樣子。㊶移服　不需要服喪。古人在高祖父、曾祖父、祖父、父親、自身五代之外不需要服喪。服，服喪。

【語譯】先生姓錢，名澄之，字飲光，是方苞祖父一輩人物。我十九歲時，先父攜帶我們去安徽參加考試，返回途中經過樅陽，住宿在家僕的草屋裡。早晨陽光剛剛透露，先生便扶著拐杖叩門進來，先父驚問何事有勞大駕，先生說：「聽說你兩個兒子都是我們一號人，想見識一下他們的志趣，恐怕失之交臂。」先父趕緊喚我出來拜見，先生以拜禮相答，先父跪下讓他好支撐，為此心裡不安了好長時間。於是便隨著先生去拜訪隱士陳觀頤，在他的石巖洞裡住了兩宿。從此以後，先生去吳、越遊歷，定然會在江邊停船，招喚我兄弟二人前去會晤，連續數晚才離去。

先生生於明朝末年，不到二十歲時，有御史某人，是魏忠賢逆閹的餘黨，巡視到安徽，排場隆重地祭祀孔子廟，觀看的人群圍成了牆壁。學校的生員們正在迎候，先生忽然上前，拉住車並揭開車帷，大家不知道他要幹什麼，御史非常驚駭，命令停車，而這時尿液已經撒到御史衣服上。先生慢慢整理了一下衣冠，直立著大聲對他進行辱罵。百數十名騎馬的侍衛都面面相覷不敢動作，而御史那時正為自己從逆閹案中解脫出來感到慶幸，害怕這件事情聲張出去，於是隨便把先生當作瘋癲的病人放掉了。這件事使先生名聞四方。那時候，幾社、復社剛剛興起，鄰近州縣文壇主持者與他們互相呼應，宣城是沈眉生，池陽是吳次尾，我縣是先生與我的同宗塗山以及密之、職之，而先生與陳臥子、夏彝仲交誼最深，於是便建立雲龍社與吳淞的幾社相聯合，希望繼承東林事業。

先生體魄高大，以經世濟民為己任，一直想冒著危難建立功名。等到從閩中歸來，便足不出自己廬室「田間」，研究各種儒家經典，以授課耕種自給，八十二歲去世。所著有《田間詩學》、《田間易學》、《莊屈合詁》以及其他文集流傳於世。

先父閒居的時候，常常愛好講述前輩們突出的志向操行以教育我們兄弟，然而親眼見到過的，只有先生和黃岡的兩位杜公。杜公流寓金陵，隨時來我家，我們從兒童時代起捧圓盤方盂侍奉他們洗漱，他們從那時開始就教誨我們要摒棄俗學，專心研究經書古文，與先生對我們的勉勵不約而同。當時雖然心裡歆慕他們的話，可是並不能堅決照辦。等我先兄幡然醒悟有志於此，而各位先生都已經去世，經常為獨自學習無人可以請教而感到遺憾，而先兄又半途棄我而去，每每想起父親兄長老人們的話，未嘗不為辜負了他們對我的希望而感到內疚。

兩位杜公去世，我都有文章記述，而先生的後代，遠隔故鄉，關於他平生不為人知的美好德行，無從得以瞭解。如今我自己的生命，離開老死也已經沒有多少日子，於是姑且記下他大致的事跡，讓兄長之子道希以此祭告於先生墓前，若有能力鐫刻，將來一定要將這篇文字刻在墓碣上。乾隆二年十二月月半前五日，後學方苞撰。

杜蒼略先生常常說：「自從楊漣、左光斗遇害，范陽三烈士名聲震動海內，一時之間才能之士爭相希望以死來樹立自己的名聲。」因而說到錢先生在公眾場所做出羞辱巡按的舉動，是這類事情的開始。我不明白巡按為何不對錢先生發難，杜先生也不知道其中原委。一次問白麓先生，他說：「御史寫文書要求革去錢先生生員資格，督學覺得為難，說：『如果一定要這麼做才甘心，則要將這件事情一一寫清楚向上報告。』此事才算平息。」因而歎道：「在讀的生員無禮，而巡按不敢擅自處理，督學懾於清議不想違忤同僚，一代風教培養積累的習俗，由此可見。不過鄭國國人到鄉校去議論執政者，而子產將這種民議當作老師，管仲建議設立嘖室以傾聽民間的聲音，這種氣象則是再也見不到了。」白麓，職之的兒子，名中發，是我父輩中不出五代的親戚，繼塗山之後以詩歌聞名於我家鄉，孝順謹慎寬和厚道，他的話信而有徵，所以一併記在這裡。

【研　析】晚明時期社會雖然走向衰敗，而文士的氣節卻堅亮可歌，這種氣節更因東林烈士的犧牲而得到極大激發，並以極富有個性的姿態呈現出來。如王葆心《蘄黃四十八砦紀實》卷一載：「黃岡鄧雲程，有文武才，憤政府下劣，在事諸臣無一可仗，大書榜其門醜詆，見者危之。」又卷三載：麻城人曹胤昌，「佯狂謾語，醉吐汙（洪）承疇茵，又以詩誚之。」王葆心認為，這些人的行為，「乃吾鄉明季諸老之風氣，亦抑晚明士夫群趨之正的也。」（卷三）方苞在本文中所寫錢澄之當眾對著御史（魏忠賢餘黨）撒尿，羞辱奸佞的行為，也是晚明這種士氣的一種表現。錢澄之採用這種動作，好像沒有文化，不雅觀，是粗魯人的舉止，然而他正是借這一行為淋漓酣暢地表達出對魏忠賢餘孽的極端憤怒和蔑視，為眾人發洩壓抑的情緒，而這恰恰又是很具有文化含義的行為。方苞抓住這一極佳的細節刻畫人物，表現了正氣對卑汙的鄙夷，從而使它成為古代散文史上「最著名的一泡尿」，簡直可以與十七世紀著名雕塑作品、矗立在比利時首都布魯塞爾市中心「撒尿的小男孩」相媲美。

行為是人做的，歷史是由人創造，可是人的行為、人所創造的歷史又需要人們用文字將它們及時、準確地記錄下來，否則經過若干年以後，曾經存在過的事情就會煙滅雲散，像從來未曾發生過一樣。所以，文人寫作是非常重要的事業。方苞對此很有感觸，他說：「昔李翱、曾鞏嘗歎魏晉以後，文字曖昧，雖有殊功偉德非常之跡，亦闇鬱而不章；而余考韓、歐諸誌，銘其親知故舊，或以小善見錄，而眾載其言。用此知沒世之稱，亦有幸有不幸焉。」（〈工科給事中暢公墓表〉）方苞這段話，一部分是引述萬斯同對他談過的看法（見〈萬季野墓表〉），一部分是他自己的體會，都非常有道理。文人應當從存人、存史的高度來認識寫作的意義。試想，假如沒有方苞這篇〈田間先生墓表〉記載撒尿羞辱奸佞的精彩細節，錢澄之的形象就不會這麼鮮明，明末人的氣節就得不到如此真實地表現，這對於歷史而言將是多麼可惜啊！

刑部右侍郎王公墓表

【題解】王承烈，累官至刑部右侍郎，卒於任。生平詳見〈王巽功詩說序〉題解。人稱王承烈「端重老成，勵志要做好官」（《世宗硃批諭旨》卷四所載湖廣總督楊宗仁語）。他為政寬簡，而對豪奸、猾臣則嚴懲不貸，頗有政績。他愛好學問，有多種經學著作傳世。他與方苞關係親密，學術上互相切磋，頗有相商相得之樂，晚年在病中曾說：「吾見望溪，則曠然無憂，而身為之輕，效速於藥物。」（見方苞〈記王巽功周公居東說〉）方苞讚賞王承烈敢於建言，肯定他的才幹，也因兩人在學術觀點上互相接近而對他更增親和之感。本文主要記述王承烈反對苛政、抗言權臣、追求學問三方面事跡。

本文約作於雍正八年（西元一七三〇年），方苞六十三歲。

雍正六年❶春，江西布政使涇陽王公以左副都御史徵❷，秋八月，至京師。進見首言：「巡撫某❸治尚刻深，數語屬吏：『方今時勢，譬諸醫藥，安調燮衛❹，古方❺無所用之，壹以猛毒攻，勿問何證。』儻吏皆遵信，恐為赤子憂。」天子感焉，立檄某廷訊，而擢公工部右侍郎❻，尋改刑部。某至，曰：「臣在江西，事從嚴，律從重，欲恩出自上耳。」天子震怒，曰：「朕何自知爾用心若此？且如爾所不奏而施行者何？聞斯言，使我戰慄，汗流浹背。」立落某職，而諭戒內外臣工❼。當是時，自公卿大夫❽以至士庶，自畿甸❾達山陬海隅❿，莫不抃蹈⓫相慶，誦天子聖明，公亦以此名聞天下，而自入臺府⓬即病痁⓭，寢深寢劇，竟卒於逾歲之冬。

公始為庶常⑭，貧不能舉火，閉戶誦經書，不習課試文字⑮。用此散館⑯復留教習⑰三年，眾以為咍，而余獨意其有以為。及雍正元年⑱，改御史巡城。有大豪殺人，巧脫而以他人抵，獄成於九門提督隆科多⑲，諸法司相視莫敢異同⑳，公抗言以爭，卒免之。轉吏科都給事㉑，出為湖北督糧道㉒，遷江西布政使。所莅必詰姦蠹，除弊政。其在江西，大府㉓方以威嚴率下，百城蕩恐，公獨諤諤支柱其間，吏庇而民依焉。

公疾既篤，嘗語余曰：「吾自計莫如死宜。吾晚而通籍㉔，碌碌翰林中又十餘年，及出為監司，動制於長官，齟齬掣曳。今驟叨㉕恩遇，列九卿㉖，而天扤㉗我，不能旬月供職，舉生平所學，少自達於明天子；欲告歸，則非其時，賴寵懷祿，以負宿心，靦㉘清議。吾身一日而生，則吾心一日而死，不若身死為安。惟子知我，非貌言㉙也。」

公嘗與王徵君爾緝㉚講學灃川㉛，自少至老，未嘗一日去書。癸卯㉜以前，有《日省錄》，反自江西，《詩說》成。既遘疾，夜不能寐，輒思《尚書》疑義，旦伏枕為草，竟今文二十八篇㉝。平生祿賜，必於官中盡之，以賑凶饑，修城垣、學舍，家無一椽一畝之殖，死無以歸其喪。先卒之三月，自為挽歌，而以誌銘屬余。余為文不可以期，恐不逮事，與其子穆議，更請於高安朱相國㉞。既成葬，乃表於其墓之阡㉟。

公諱承烈，字巽功。康熙乙酉㊱鄉試，以五經為舉首，己丑㊲成進士，年六十有四。其葬地及先世名跡、考妣、妻子、戚屬，誌具矣。

【注釋】❶雍正六年　西元一七二八年。❷江西布政使涇陽王公以左副都御史徵　將王承烈從江西布政使提升為朝廷左副都御史。布政使，清代為總督、巡撫屬官，專管一省的財賦和人事。左副都御史，負責糾察各省及在京百官。❸巡撫某　指布蘭泰（？—西元一七五二年），滿洲正白旗人，姓拜都，初隸蒙古鑲白旗人。任太僕寺少卿及山東、山西、湖南巡撫，雍正五年任江西巡撫，後被革職，尋命留雲騎尉世職，乾隆時任鑲黃旗滿洲副都統。卒謚愨僖。巡撫，清代為省級地方政府長官，總攬全省軍事、吏治、刑獄、民政等。❹榮衛　身體的血氣迴環、周流。❺方　藥方。❻工部右侍郎　工部，古代六部之一，掌管各項工程、工匠、屯田、水利、交通等政令，長官為工部尚書，其次為侍郎，正二品。❼某至十五句　雍正六年，江西布政使王承烈陞任左副都御史，到京城後向雍正帝揭發江西巡撫布蘭泰的酷政。雍正帝調回布蘭泰當面詢問，布蘭泰辯稱自己執政嚴厲，是為了突出皇恩寬仁，這招致雍正帝更加不滿，立刻將布蘭泰革職（事見《世宗憲皇帝上諭內閣》卷七十五）。朕，皇帝自稱。諭戒，下令告誡。諭，特指皇帝的詔令。臣工，群臣百官。❽公卿大夫　代指高級官員。公卿，三公九卿的簡稱。大夫，古職官名，周代在國君之下有卿、大夫、士三等，各等中又分上、中、下三級。❾畿甸　指京城附近地區。❿山陬海隅　代指偏遠地區。山陬，山角落。海隅，海角；海邊。⓫抃蹈　手舞足蹈。⓬臺府　御史府。這裡指中央機構。⓭病痁　患瘧疾。⓮庶常　庶吉士，專屬翰林院，選取進士文學優等和善書法的人擔任。⓯課試文字　應試文字。⓰散館　明清時翰林院設庶常館，新進士考得庶吉士資格者入館學習，三年期滿舉行考試後，成績優良者留館，授以編修、檢討之職，其餘到各部為給事中、御史、主事，或出為州縣官，謂之「散館」。⓱教習　學官名，掌課試之事。清代翰林院設庶常館，由滿漢大臣各一人任教習，選侍講、侍讀以下官任小教習，官學中亦有設教習者。這裡指在教習官指導下學習。⓲雍正元年　西元一七二三年。⓳九門提督隆科多　九門提督，清代步軍統領的俗稱，全名是提督九門步兵統領，掌管京城九門門禁。隆科多（？—西元一七二八年），佟佳氏，滿洲鑲黃旗人。清聖祖孝懿仁皇后之弟，扶持雍正帝即位有功，為雍正朝總理四大臣之一，官至吏部尚書。雍正五年被處永遠禁錮。按當時朝廷形成以隆科多為首的北黨、徐乾學為首的南黨，水火不相容。方苞受知於徐乾學，立場傾向南黨，本文也反映出他這種傾向。⑳諸法司相視莫敢異同　法司，掌司法刑獄的官署。異同，異議。㉑都給事　明清設吏、戶、禮、兵、刑、工六科，每科設都給事中一人、左右給事中二人、給事中若干人，輔助皇帝處理政務，並監察六部，糾彈官吏。雍正時改隸都察院。㉒督糧道　掌管一省糧運。㉓大府　這裡指巡撫布蘭泰。參見本文注❸。㉔通籍　做官。㉕叨　承受。㉖九卿　此泛指朝廷大官。㉗抏　扼。㉘靦　有愧於。㉙貌言　偽巧文飾的話；假話。㉚王徵君爾緝　王心敬（西元一六五六—一七三八年），字爾緝，陝西鄠縣人。李顒門生，與王承烈同學，關西學術的傳人。康熙五十三年，湖廣總督額倫特嘗以隱逸薦心敬，不出。乾隆元年薦舉賢良方正，以老病不能赴京而罷。曾主講江漢書院。著有《豐川易說》、《尚書質疑》、《豐川詩說》、《禮記彙編》、《四禮寧儉編》、《春秋原經》、《關學編增補》、《豐川全集》、《豐川續集》（二書皆為講學語錄）。徵君，受朝廷徵召的人士。㉛澧川　澧水，亦作酆水。源出陝西長安西南秦嶺山中，流經西安市西北入渭水。㉜癸卯　雍正元年（西元一七二三年）。㉝竟今文二十八篇　指王承烈著成《尚書今文解》。今文，指今文《尚書》。古文《尚書》經秦焚書亡失。漢初伏勝傳二十九篇，後學者遞相授受，分大小夏侯及歐陽三家。因其以漢隸書寫，區別於古文《尚書》，故稱今文《尚書》。㉞高安朱相國　朱軾。參見〈中議大夫知廣州府事張君墓誌銘〉注❾。他曾舉薦王承烈。㉟阡　墓道。㊱康熙乙酉　康熙四十四年（西元一七〇五年）。㊲己丑　康熙四十八年（西元一七〇九年）。

【語　譯】雍正六年春天，江西布政使涇陽王公陞為朝廷左副都御史，秋天八月，到達京城。進見皇上開口就說：「巡撫某人治理地方一味苛刻殘忍，他多次對下屬說：『如今時勢，好比治病用藥，要達到安神調理、血氣周流，古人的藥方都毫無用處，一律要用猛藥毒藥治療，別管它是什麼病。』倘若官吏們都照此辦理，恐怕得為人民擔憂了。」天子聽了受到觸動，立刻傳令此人來朝廷接受審訊，而擢拔先生為工部右侍郎，很快又改為刑部。那人到達後，說：「臣在江西，辦事從嚴，執法從重，是想讓大家把寬仁的恩典歸於皇上。」天子大怒，說：「朕如何知道你真是這樣用心？況且你不上報自己所做的事情，我又能怎麼樣？聽了你的話，讓我發抖，汗流浹背。」立刻將此人革職，同時下諭旨告誡朝廷內外群臣百官。那時候，從公卿大夫到士人平民，從京城一帶到窮山海角，無不手舞足蹈，一片歡慶，歌頌天子神聖英明。先生也因此而名聞天下，可是他自從進入御史府以後就感染瘧疾，病情一天天加重，竟在第二年冬天去世了。

先生開始任庶吉士時，家裡很窮，經常斷炊，他閉門誦讀儒家經書，不研習應試課考的文字，因此散館後又留下來教習三年，大家把他當作嘲笑的對象，而我獨自認為他將來會有作為。到雍正元年，他改任御史巡查京城。有個巨豪殺了人，巧妙地逃脫罪責而讓他人抵罪，案子是九門提督隆科多定的，眾多司法刑獄官員瞬眼相看，不敢提出異議，先生卻高聲爭辯，最終使無辜者免受懲罰。轉任吏部都給事，外出為湖北督糧道，陞江西布政使。所到之處必定追究奸邪壞人，革除弊政。他在江西，巡撫正好鼓勵下屬官吏施行酷政，到處充滿動蕩和恐懼。先生獨自直言爭辯，支撐其間，由於他，官吏受到庇護，百姓有所依附。

先生病情已重，曾對我說：「我自己想來唯有死亡是最合適的。我做官時年紀已大，在翰林院又碌碌無為十餘年，等到出任監察官，行動受制於上司，意見齟齬不合，不是掣附就是拖後腿。如今驟然受到恩遇，位列九卿，卻又為天命所扼阻，不能短暫供職，將平生所學到的本領，稍微貢獻一點給英明的天子；想辭官告歸，又不是時候，依賴皇上寵倖，領受俸祿，辜負了夙願，有愧於清議。我的身體活一天，我的心就死一天，不如身體一朝死去以求平安。只有你是瞭解我的，知道我說的不是假話。」

先生曾與王徵君爾緝在澧川講學，從小到老，未曾一日離開書。癸卯以前，撰有《日省錄》，從江西歸來後，撰成《詩說》，患病之後，夜不能寐，便思考《尚書》中有疑義的內容，白天伏枕起草，寫成今文《尚書》二十八篇研究一書。平生得到的俸祿和賞賜，必定在任官職期間用盡，用於饑荒年賑濟災民、修繕城牆和校舍，家裡沒有積下一間屋、一畝地，死後沒留下錢財歸葬老家。去世前三個月，自己寫下挽歌，囑託我為他寫墓誌銘。我寫文章不一定等得到，恐怕誤事，便與他兒子王穆商議，改請高安朱相國撰寫。落葬以後，才寫下墓表刻於墓道。

先生名承烈，字巽功，康熙乙酉鄉試，取得五經科考第一名，己丑年成進士。終年六十四歲。他的葬地以及先世的名聲事跡、父母、妻子兒女、親屬，墓誌中都寫了。

【研　析】本文主要記述王承烈抵制、反對布蘭泰施政苛酷，並向雍正帝當面揭發。當時，王承烈任江西布政使，布蘭泰任江西巡撫，他是王承烈的頂頭上司，王承烈這麼做承擔的風險很大，沒有極強的責任心和極大的勇氣是做不到的。

關於王承烈在江西布政使任上抵制布蘭泰，方苞在文中做了這樣的記述：「其在江西，大府方以威嚴率下，百城蕩恐，公獨諤諤支柱其間，吏庇而民依焉。」這當然使布蘭泰對王承烈產生敵視，他給雍正帝的奏章上把王承烈描寫成是一個平庸的人，說他「係拘謹書生，誠樸有餘，才幹不足。」（《世宗硃批諭旨》卷十二下引江西巡撫布蘭泰語）這顯然是一種混淆視聽的說法，也是惡人先告狀的慣例。官場上的許多是非之所以弄不清，就是因為有太多這種不實之詞，而不是事關重大，誰會去一一覈實，還人一個清白呢？怪不得正直人視仕途為畏途，遠離而去。

關於王承烈揭發布蘭泰，雍正六年十一月二十二日所下諭旨對此有詳細敘述。雍正帝說：「上諭：江西布政使王承烈陞任來京，奏稱布蘭泰在江西巡撫之任，每事過於嚴刻，朕因著令來京面加詢問。布蘭泰本一微末之人，朕因其居心謹慎，操守尚好，是以歷任擢用為湖南巡撫，後見其居官辦事，識見褊小，已降旨調回，授為侍郎，適江西巡撫未得其人，復將伊調撫江西，並諭伊云：『江西事務自邁柱整頓之後，汝可遵守，安靜辦理。』乃伊到江西後，復蹈故轍，並無改悔之念。伊兩任內所辦之事，所奏之摺，朕見其苛刻瑣細，不知為政大體，朕隨事隨處切加訓誨，所以批諭之者愷切詳明，至再至三，累累數十百件，現在收貯，俱發與大臣及王承烈看過，原不待王承烈之陳奏而後知之也。所以將伊調回者，意欲面行詢問，並加訓諭，尚冀其或能悛改。乃伊奏稱：『臣在江西所辦事件，往往從重從嚴，待皇上敕改，使恩出自上。』朕一聞此語，心中為之戰慄，不覺汗流浹背。夫辦事之道，惟在秉公得理，中正無偏，今有意嚴刻，先為過甚，以待折中，必朕留心體察方得更改，而伊又未預先將此意奏明，朕又安從逆料其有心過嚴而事事皆為駁正乎？況巡撫所辦地方事務不陳奏於朕前者甚多，安可預存嚴厲之見乎？布蘭泰深負朕恩，溺職已甚，著革職交與該旗大臣，另行請旨。」（《世宗憲皇帝上諭內閣》卷七十五）一般認為，苛嚴是雍正朝普遍的吏治風格，而且認為產生這種政風的總根源在雍正帝本人身上。這固然有道理，然而某些朝廷、地方的大小官員變本加厲，使人性殘忍的一面借著他們擁有的權力而氾濫成災，在肅殺的氣氛中營造自己威嚴的形象，而置受害的吏民身心痛苦於不顧，這種做法也反映出他們自己身上的劣根性，當由他們本人來承擔罪惡，不能將一切往雍正帝身上一推，為他們開脫了事。據這段資料和方苞的文章，可知雍正帝對下屬一概藉口「從重從嚴」，而採取「有意嚴刻，先為過甚」的做法很不滿意，並且在實際執政中有所糾正。方苞記述的王承烈事跡，以及有關的史料，有助於我們更全面認識雍正朝苛嚴吏治風氣的複雜性，所以是頗為重要的。

朱字綠墓表

【題　解】朱書（西元一六五四—一七〇七年），一名世文，字字綠，號杜溪，安徽宿松人。康熙四十二年（西元一七〇三年）進士，授翰林庶吉士，詔入武英殿，參加編纂《佩文韻府》、《淵鑑類函》，終年五十四歲。方苞說他「年五十有一」，誤。朱書博學嗜古，聲譽頗顯於公卿間。著有《杜溪文稿》、《朱字綠先生古文抄》、《南嶽考》等，有今人整理本《朱書集》。朱書是王士禛門人，王士禛介紹說：他「攻苦力學，獨為古文……常為余作〈御書堂記〉二篇，錄之以存其人，今文士中不易得也。」（《分甘餘話》卷四）朱書與不少著名文人有交往。查慎行稱道：「皖中奇士推朱生，文采奕奕千夫英。」（〈宿松朱字綠索余題辭作歌贈之〉）康熙二十二年他與戴名世相識，戴名世稱他是「有道而能文者，而其愛余文實甚」（〈送朱字綠序〉），又說他「才氣橫絕一世」，並表示「予之文且賴字綠而傳也」（〈杜溪稿序〉）。朱書與方苞相識於康熙二十五年，以後兩人相處密切，方苞稱自己與朱書「術業」相近（〈四君子傳序〉）。除本文外，方苞還為朱書時文集作序，即〈朱字綠文稿序〉。另在〈讀管子自記後〉（《方望溪遺集》）、〈兄百川墓誌銘〉中也談到他與朱書之間文字交往等情況。

本文作於康熙五十年辛卯（西元一七一一年）八月，方苞四十四歲。

余之交，未有先於字綠者。康熙丙寅，歸試於皖❶，先君子攜持以行，儕輩間籍籍❷言宿松朱生。因從先君子訪字綠於逆旅，辭氣果不類世俗人。將返金陵，遂定交，字綠父事先君子，而余兄事字綠。

是歲字綠以選貢入太學❸，海內知名士皆聚於京師，以風華相標置❹，獨字綠褐衣布履，行行❺稠人中。時語古文推宋潛虛❻，語時文推劉無垢❼。字綠見所業，遂歸，讀書杜溪。及壬午❽，再至京師，聲譽一日赫然公卿間，二君❾若為小屈焉。遂連舉甲乙科❿，入翰林，館中先達皆嚴憚之。

歲丙子⓫，余有事故鄉，而字綠適客於皖。丁丑、戊寅⓬，歸休於家，而字綠適授經金陵。癸未、丙戌，再赴公車⓭，而字綠皆在京師。故平生執友相聚之久且密，未有若字綠者。

字綠強記，文章雄健，尤熟於有明遺事，抵掌論述，不遺名地。其客金陵，先君子每不自適，輒曰：「為我召朱生。」字綠體有臭，夏月尤甚，然每與先君子酣嬉終日，解衣盤薄⓮，余兄弟左右其間，不覺其難近也。

始字綠歸自京師，築室其邑之西山，名曰杜溪，將著書以終老焉。其再出也，以家貧多累，又自恃體素強，齒猶未也，雖遲之數年未為晚，而竟死於羈。

既遘疾，半歲中四以書抵余，未嘗不自恨也。

字綠諱書，以康熙某年月日卒於京師，年五十有一，以某年月日歸葬於某鄉某原。子二：長曉，淳樸能家事；次曙，志承其父學。

辛卯八月朔日⓯，方苞表。

【注釋】❶康熙丙寅二句　康熙二十五年（西元一六八六年），方苞到安慶府應試。皖，〈朱字綠文稿序〉作「皖江」，指安慶府。又據該文，兩人結識於這一年春天。❷籍籍　眾口喧騰貌。❸以選貢入太學　康熙二十五年（西元一六八六年），朱書以拔貢入太學。選貢，科舉制度中貢入國子監生員的一種，在歲貢之外考選學行兼優者充貢，稱選貢。太學，國子監的代稱。❹標置　標榜。❺行行　剛強負氣貌。❻宋潛虛　戴名世。❼劉無垢　劉巖（西元一六五六—一七一六年），字大山，號無垢，初名桂枝，號月丹，江浦（今屬江蘇）人，康熙二十五年以諸生貢太學，朱書同年進士，官編修。後因為《南山集》作序受牽連，隸漢軍籍。有《匪莪堂文集》、《拙修齋詩文稿》、《石樵詩集》、《大山詩集》等。❽壬午　康熙四十一年（西元一七〇二年）。該年朱書中北榜舉人。❾二君　指戴名世、劉巖。❿甲乙科　明清時稱進士為甲科，舉人為乙科。⓫丙子　康熙三十五年（西元一六九六年）。⓬丁丑戊寅　康熙三十六年、三十七年（西元一六九七年、一六九八年）。⓭癸未丙戌二句　康熙四十二年、四十五年（西元一七〇三年、一七〇六年），方苞兩次參加進士考試，第二次考中。公車，漢代以公家車馬遞送應徵的人，後因以「公車」為舉人應試的代稱，也可以指進京參加進士考試。⓮解衣盤薄　意謂脫衣箕坐，指神閒意定，不拘形跡。典出於《莊子．田子方》。⓯辛卯八月朔日　康熙五十年（西元一七一一年）八月初一。朔日，初一。

【語譯】我結識的朋友中，沒有比字綠更早的人。康熙丙寅年，我回皖江應試，先父帶著我一路行走，朋輩們都滔滔不絕地談論宿松朱君。因而隨先父在旅途中訪問了字綠，言談和氣象果然不同於世俗之人。我將返回金陵的時候，就與他結成了朋友。字綠待先父猶如父親，而我則把他當成自己的兄長。

這一年字綠以貢生的資格被選入太學，海內知名人士都聚集在京城，各人皆以風采相互標榜，唯獨字綠穿著粗衣布鞋，在人群中顯得剛毅負氣的樣子。當時提到古文首推宋潛虛，提到時文首推劉無垢。字綠看了他們寫的文章，便回家了，在杜溪讀書。到壬午年，他再次入京城，一日之間聲譽就在公卿中赫然流傳開來，宋、劉二君也好像略微屈居下風。接著字綠就連續考中舉人、進士，進入翰林院，翰林院的前輩都很敬畏他。丙子年，我有事回故鄉，而字綠恰好客居皖江。丁丑、戊寅年，我回老家休息，而字綠恰好在金陵教授經書。癸未、丙戌年，我兩次進京應考，而字綠都在京城。所以平生好友中相聚時間長、次數多，再沒有像字綠的了。

字綠記憶力強，文章雄健，尤其熟稔於明代遺事，聽他擊掌暢論，不會遺漏人名、地名。他客居金陵時，先父只要遇到不適意事，便說：「為我把朱生請來。」字綠有體臭，夏天尤其厲害，然而常常與先父整天酣暢嬉戲，脫衣箕坐，我們兄弟在他們左右兩邊，不覺得有臭味難以接近。

開始字綠從京城歸來，在宿松縣的西山構築廬舍，取名「杜溪」，準備在那裡以著書度過一生。他再次離開家鄉，因為家裡貧窮，負擔很重，又自恃身體一直很好，年紀也還沒有老，以為即使遲幾年回來也不晚，可是竟然客死異鄉。得病之後，半年中四次寫信給我，未嘗不自我悔恨。

字綠名書，在康熙某年月日卒於京城，終年五十一歲，在某年月日歸葬於某鄉某地。兒子二人：長子名曉，純樸能操持家事；次子名曙，立志要秉承父學。

辛卯年八月初一，方苞撰墓表。

【研析】朱書是方苞結交的第一個文友，而且兩人後來長期保持密切聯繫，對這種友誼方苞一直很珍惜。

本文列舉了方苞與朱書幾次見面，以表示兩人來往多，在朋友中關係特殊。從他〈朱字綠文稿序〉一文也可以看到同樣的寫法。將兩文作對照，他們見面的次數實比本文提到的還多，而且講述更加具體，這是因為墓表與序的文體不同，墓表敘事會更加簡要。

〈朱字綠文稿序〉提到兩件事，有助於理解本文。第一件事，康熙三十五年丙子（西元一六九六年），這一年方苞住在京城，冬天南歸，他曾到宿松杜溪拜訪朱書。他這樣寫道：「又其後丙子，聞字綠定居於杜谿（鄔按，即杜溪）而往就焉。字綠方築室而未成，見余至，忻然曰：『吾幸有數椽之庇，百畝之殖，可以老於是矣。子年方壯，儻不為時所棄，則資我於山中，以卒吾業，而以成子之名，豈不快哉！』」希望方苞將來考中進士，在仕途上取得成功，他自己則打算過隱居生活。本文說：「歲丙子，余有事故鄉，而字綠適客於皖。」這當指兩人在杜溪見面的事情，然而本文將見面的地點搞錯了，變成朱書客居皖江（指安慶府），兩人在此地見面。〈朱字綠文稿序〉寫得早，記載應當更準確可信。

第二件事，朱書聽了方苞的建議，去京城應試，考中進士。〈朱字綠文稿序〉說：「又其後辛巳（康熙四十年，西元一七〇一年），字綠來白門，其所著書已數十萬言。余始見之甚喜，繼復大駭，久而慚且懼也。字綠曰：『子毋然，物之至者不兩能，吾時文之學亦不逮子。』余曰：『是所謂家有琬琰，而羨人之瓦缶以為富者也。且子獨不屑為此，子為之，亦當勝余。』時字綠棄時文而不應有司之舉者已數年，或勸其入京師，就決於余。余曰：『子之學成矣，而力有餘，雖復為此無害。吾門祚衰薄，而家事多累。子昔曰我當出而子處，今子當出而我處。』因舉字綠前所以語余者，以屬字綠。而字綠北行，果踰年而成進士。」本文對此，只是說：「其再出也，以家貧多累，又自恃體素強，齒猶未也，雖遲之數年未為晚，而竟死於羇。既遘疾，半歲中四以書抵余，未嘗不自恨也。」沒有再談起方苞建議他進京考進士的內容。以情理猜度，〈朱字綠文稿序〉的敘述應當是可信的，不過方苞的話對朱書復出應試究竟起了多大作用，對此則不必拘泥。而本文不說這一節事，一方面固然是墓表敘事宜簡要，另一方面大概也有點避忌諱的意思在內吧？

方苞在〈兄百川墓誌銘〉一文說，朱書「以經世之學，自負其議論」，方舟卻認為，他只是「口談最賢，非以憂天下也」。這也是對朱書的一種評價。

王處士墓表

【題解】 王式金（西元一六三五—一七〇八年），字度疑，江蘇金壇人。《學案》作者王甡子，進士、書法家王澍父，朝廷贈奉直大夫。處士指有才德而隱居不仕的人，亦泛指未做過官的士人。王澍是方苞摯友，其生平詳見〈送王篛林南歸序〉題解。方苞曾為王甡《學案》作序（本書選入），本文也是應王澍之請而作。

本文作於雍正四年（西元一七二六年），方苞五十九歲。

苞踰壯歲所得之友，以禮義堅然相信者，莫如金壇王澍❶。嘗叩所由，曰：「自吾大父篤學，當陽明氏❷氣燄方張，而堅持程、朱之說以擯之。先子承焉，守道固窮❸，非其義，絲粟不取。性木訥，與人無畛域，而事涉名義，則爭之侃侃然。澍自十歲，先子授徒遊學，即攜持以行。及澍長，而先子常家居，未嘗去左右，耳目濡❹染，幾三十年，雖欲自菲薄，而無以安於心。澍少羸，家無僕婢，先妣出入操作必腹❺之，而呵禁甚嚴。嘗苦索餅餌，痛予杖，曰：『汝幼而貪食，長更何如？』自先考妣❻即世，澍之檢身日怠以疏矣。」又曰：「澍孤貧，考妣葬故未備，子為我表於阡❼。」

先是澍以其大父所輯《學案》❽視苞，苞既受而序之，故於所屬墓碣，日延月滯，而未暇以為。雍正三年❾冬，苞以先父母墓表屬澍書，澍責諾於苞益切。踰年春，澍告歸，必得余文以行，乃譜以授之。

君諱式金，字度疑，少承父學，誦古書，不治時文。以澍贈奉直大夫⑩，卒於康熙戊子⑪七月，年七十有四。妻潘氏，贈宜人⑫，卒於康熙庚辰⑬二月，年六十有五，生兩子兩女，惟澍存，墓在某岡某原。

【注釋】❶王澍 （西元一六六八—一七四三年）江蘇金壇人。官至戶科給事中，書法冠一時。詳見〈送王篛林南歸序〉題解。❷陽明氏 王守仁。❸固窮 安於窮困，不改變志向。《論語．衛靈公》：「子曰：『君子固窮，小人窮斯濫矣。』」❹擩 染。❺腹 抱。❻考妣 稱已故的父母。❼阡 墓道。❽學案 王澍祖父王甡的著作。見〈學案序〉題解。❾雍正三年 西元一七二五年。❿奉直大夫 文散官名，按當時制度，陞到一定官階後，其親人可以贈官、贈封號。⓫康熙戊子 康熙四十七年（西元一七〇八年）。⓬宜人 舊時婦女因丈夫或子孫做官而得的一種封號。明清五品官妻、母封宜人。⓭康熙庚辰 康熙三十九年（西元一七〇〇年）。

【語譯】我中年以後所交的朋友，要論堅定尊信禮義者，莫過於金壇王澍。曾問他何以如此，他回答：「自從我祖父篤志於學，在陽明學說氣焰正盛時，卻能堅持程、朱之說加以抵制。這為先父所繼承，他信守道義，安於窮困，如果不符合道義，絕不取一絲一粟，性格木訥，與人無芥蒂隔閡，而如果事情關係到名聲和道義，就會起而爭辯，從容不迫。我從十歲開始，先父外出授徒遊學，便將我帶著。等到我長大，先父常年居於家中，我未嘗離開他身邊，耳濡目染，將近三十年，即使想到自我菲薄，卻無法使心地安寧。我幼小羸弱，家裡沒有奴婢，先母內外勞作定然將我抱在懷裡，可是管教極嚴。我曾苦苦討索餅餌，為此遭到她重重責打，說：『你從小就這樣貪吃，長大以後又會變得怎樣？』自從父母去世後，我對自己的檢點便一天天怠倦而放鬆了。」他又說：「我孤苦貧寒，父母還未好好安葬，請您為我寫篇墓表立於墓道上。」

在此之前，澍將他祖父所輯的《學案》拿給我看，我已經遵囑為書寫了序，因此對他再次囑託我寫墓表，一拖再拖，而沒有時間完成。雍正三年冬天，我將先父母的墓表囑請他書寫，他更加催我兌現諾言。第二年春天，他告歸還鄉，非得要到我的文章才啟程，於是便撰這篇墓表給他。

先生名式金，字度疑，從小稟承父學，誦讀古書，不學時文。因為澍而追贈奉直大夫，卒於康熙戊子年七月，終年七十四歲。妻子潘氏，追贈宜人，卒於康熙庚辰年二月，終年六十五歲。生兩子兩女，只有澍在世。墓地在某岡某地。

【研　析】文章的主體由王澍能堅信禮義，引出他所接受的家庭教育，然後分別介紹他祖父的學術祈嚮，父母的品性節操，最後轉入王澍向方苞提出為他父母撰寫墓表的請求。而當寫到王澍提出請求時，墓表的主要內容實際上已經完成，構思很巧。行文以前帶後，遞承脈絡自然有序。文中以簡筆寫王澍祖父學術造詣，以詳筆寫父母對他的身言之教，詳略之間顯示墓表主人的身分，重點突出，避免多歧亡羊。其中寫父教重在於提高學養，寫母教又重在於磨礪志節，一則溫潤，如春風化雨；一則嚴厲，如驚雷霹靂，行文形成對照，而人物性格也栩栩道出。

方苞高度重視家學、庭訓對於傳承學術、培養人才的作用和意義，他在〈李世德墓表〉說：「古之學，父子相繼而後成者多矣。」本文表彰王澍祖孫三代薪火相傳，也是一個例子。

趙處士墓表

【題　解】趙瑗（西元一六一四—一六九一年），字臨若，浙江上虞人。五十九歲時往山東泰安依兒子趙良生活，死於泰安。孫子趙國麟自小從趙瑗課讀，趙瑗常在五更用足蹴醒趙國麟，訓導非常嚴格，使趙國麟終生受益而難忘。趙國麟與方苞同榜進士。雍正六年（西元一七二八年），方苞仍充武英殿總裁，趙國麟任福建布政使，兩人在山東巡鹽監察御史鄭禪寶宅相見，趙國麟對方苞講述其祖父事跡，並請撰寫墓表。後來方苞還應趙國麟之請，為他父親趙良寫了〈贈右副都御史趙公神道碑〉。

本文作於方苞六十一歲。

處士姓趙氏，諱瑗，字臨若。其先江南山陽❶人也，明洪武❷時以軍功顯。高祖清始遷浙江之瀝海所❸，地介會稽、上虞❹二縣。家世儒書，處士生萬曆❺末年，弱冠騰文譽。崇禎❻之季，山賊海寇疊起，田宅蕩然。鼎革後，聚教蒙童於墟里間。及老，獨身行遊。有子廢學，以醫方流寓泰安州❼。處士倦遊，乃就養焉❽。

學佛者古翁，淮安通州人也❾，開圃泰山之麓，名曰石堂，與其儕二人及州之老生四人遊。聞處士至，願相與為友。暇則聚石堂，課❿灌溉，蒔瓜蔬。終日危坐，講誦經史。野人樵牧過者望見皆肅恭，四方耆舊多傾嚮焉，而處士居常忽忽念墳墓，懼松楸⓫毀傷。其子方促促治饔飧⓬，終不得返先人居。年七十有八，竟死岱下，葬州西南三十里天平山。妻徐氏，久祔⓭祖塋，不敢遷葬，禮也。

處士學識過人，能辨賢姦，知事勢數變以後之利害，久皆徵驗而未嘗為書。先卒之二年，疾篤，作〈遺訓〉以示子孫，皆家人語也。間為詩歌，不以示人。

惟手錄《春秋內外傳》、《史記》、《漢書》及唐宋八家文各數百篇，授其孫國麟⑭，曰：「北方艱購書，守此，文義可粗明。慎行其身，毋忘瀝海而已。」

其後國麟舉於鄉，及將仕，再歸瀝海展墓⑮，以寧其祖妣⑯。雍正六年⑰，擢福建布政使⑱。至京師，與余造次相遇於鄭御史⑲宅，述祖德，請撰外碑。國麟與余會試同榜，至是始覿面，而其學行治法，在聞見中為可計數人。遂不辭而為之表，且系以辭曰：

國麟與余相見，年近五十矣。起縣令至監司⑳，而言語氣象，尚似講學於深山野外者。叩其師友淵源所漸，泫然㉑曰：「吾祖至岱之歲，麟始生。家窘空，保抱攜持，數歲即隨臥起，授章句，未嘗有師也。」苞少從先君子後，見三楚㉒、吳、越耆儒，多抱獨以銷其聲。又其次乃好議論，著氣節，為文章。尚矣哉，其風教之所積乎！

【注釋】❶江南山陽　今江蘇淮安。江南，清初設江南省，有今蘇、皖二省地。❷洪武　明太祖年號。❸瀝海所　浙江上虞西北八十里。❹會稽上虞　今浙江紹興、上虞。❺萬曆　明神宗年號。❻崇禎　明思宗年號。❼有子廢學二句　趙瑗子趙良（西元一六三七—一六九四年），字維林。棄儒從醫，康熙十二年流寓至泰安，娶流寓泰安的淮陰江翁之女為妻。泰安州，今山東泰安。方苞撰有〈贈右副都御史趙公神道碑〉。❽處士倦遊二句　趙瑗於康熙十三年從浙江到泰安，與趙良一起生活。❾學佛者二句　古翁，元玉（西元一六二八—一六九五年），俗姓馬，號古翁，別號石堂老人，淮安通州（今江蘇南通）人。

臨濟宗大師道忞弟子，康熙間卓錫泰山，主持普照寺。在寺東荷花蕩興建石堂，左右題景十二處，與趙瑗、孔貞瑄、范惟純、張坦、江天嶼及普照寺僧人象乾、岳止結社，詩酒唱和，時稱「石堂八散人」（見張四教〈石堂八散人記〉，載《岱粹抄存》）。孔貞瑄，字壁六，號歷州，山東曲阜人。順治舉人，官泰安學正、雲南大姚知縣。有《泰山紀勝》。范惟純，字靖赤，泰安儒士。江天嶼，字山民，江南淮陰（今江蘇淮陰）人。流寓泰山。性愛梅，作七律組詩〈梅花〉一百二十首。張坦，字方平，泰安人。著有《南華集評》、《葵菽堂集》、《蘭陔集》、《野梅吟》、《東遊記略》等。淮安，舊府名。❿課　謂致力於、從事。⓫松楸　古人在墓地多種植松樹與楸樹。⓬饔飧　早飯和晚飯；飯食。⓭祔　謂新死者附祭於先祖。⓮國麟　趙國麟（西元一六七三—一七五〇年），字仁圃，號拙庵，自號跛道人，祖籍浙江上虞，父親流寓山東泰安，落籍於此。康熙三十八年（西元一六九九年）舉人，四十五年（西元一七〇六年）進士（然《明清進士題名碑錄》作康熙四十八年），授長垣縣令，兼管內黃縣事。後升永平府知府、福建巡撫、刑部尚書、禮部尚書。乾隆四年（西元一七三九年）拜文淵閣大學士。著有《文統類編》、《大學困知錄》、《書院口授講義》、《雲月硯軒藏稿》、《拙庵近稿》、《小園雜記》、《塞外吟》、《居岱淵源》等，為泰山五賢之一。⓯展墓　省視墳墓；上墳。⓰祖妣　稱已故祖母。⓱雍正六年　西元一七二八年。⓲布政使　官名，清時為督、撫屬官，專管一省的財賦和人事。⓳鄭御史　鄭禪寶，漢軍正白旗人，雍正六年任山東巡鹽監察御史。⓴監司　負有監察之責的官吏。㉑泫然　流淚貌。㉒三楚　戰國楚地疆域廣闊，秦漢時分為西楚、東楚、南楚，合稱三楚，此處代指吳越以外的全部楚國的地方。

【語　譯】處士姓趙，名瑗，字臨若。他祖先是江南山陽人，明洪武年間因軍功而顯耀門庭。他的高祖趙清開始遷到浙江瀝海所，地處會稽、上虞二縣之間。其家世代讀書從事儒業，處士生於萬曆末年，未滿二十歲便文名鵲起。崇禎末年，山賊海盜不斷作亂，田地、房屋蕩然無存。易代後，在村落裡聚集兒童上課。年老以後，獨自一人出外遊歷。有兒子荒棄學業，靠行醫客居於泰安州。處士厭倦了行旅生活，於是去兒子那裡養老。

有一位學佛人名古翁，他是淮安通州人，在泰山腳下開闢了一片園地，名為石堂，與他的同道二人以及州中老先生四人相交往。聽說處士來到泰安，願意與他交朋友。空閒時就聚於石堂，從事灌溉，種植瓜果蔬菜。整日正襟危坐，講誦經學史書。路過的農民樵夫牧童看見他們都肅然起敬，四方有名望的老人多嚮往他們。然而處士平素經常掛念故鄉的祖墳，唯恐墓地的松楸遭到損壞。他的兒子正忙於生計，最終也沒能返回祖上的故居。七十八歲時，竟然死於泰山腳下，葬在泰安州西南三十里的天平山。妻子徐氏，早已葬於祖墳旁，不敢遷葬，這是遵守禮制。

處士學識過人，能分辨忠奸，預知事勢發生變化後的利害結果，時間一久都能應驗，然而未曾著書。去世前二年，疾病已重，寫〈遺訓〉告訴子孫，寫的全是家常話。他偶然也寫詩歌，不給別人看。只有親手抄錄的《春秋內外傳》、《史記》、《漢書》及唐宋八家文章各數百篇，傳授給孫子國麟，說：「北方購書困難，守著這些，文章的道理可以大略知曉。處世要謹慎，不要忘卻瀝海啊。」

後來國麟考中舉人，即將出去做官時，第二次回到瀝海去上墳，以祭慰他已故的祖母。雍正六年，升任福建布政使。來到京城，和我倉促相遇於鄭御史家，講述他祖父的品德，請我撰寫墓表。國麟和我考進士同榜錄取，至此才見面，他的學問品行和政績，在我所聞見的人中屈指可數。我於是沒作推辭就為他寫了墓表，而且還附上以下的文字：

國麟和我相見時，年紀將近五十歲。從縣令做到監司，然而言談、氣度，都還像是在深山野外講學的隱士一樣。我問他師友淵源傳承的情況，他流淚說：「我祖父到泰山那年，我才出生。家境窘迫貧窮，祖父抱著我，保護我，帶著我走動，幾歲時就隨祖父一道起臥，祖父教我章句之學，並沒有別的老師。」我小時候跟隨在先父後面，看到三楚、吳、越一帶德高望重的年老儒者，多以獨立不阿態度處世，隱姓埋名，其次則愛議論，求氣節，寫文章。風俗教化的積累，真是由來已久啊！

【研　析】文章兩點寫得讓人感動：一是趙瑗對故鄉的懷念，二是作者與趙國麟同然的對長輩感恩和思念之情。

先說第一點。趙瑗在晚年從南方流寓泰安，依兒子生活，一家團聚，這自然也可以說是享受了人倫之樂。他在泰安受到普照寺古翁住持的歡迎，加入到了當地文友的社交活動中，經常詩酒詠唱，這又可以說他同時得到了友朋之樂。擁有這樣的愉悅，普通的人可能都會感到滿足了。然而在趙瑗心裡總有一種隱隱的失落感，感到生活的空虛，因為他是一個異鄉人。泰安有他的家，卻沒有他家族的根，他覺得自己像離開樹枝的葉片，飄飄搖搖地沒有著落。方苞寫他「居常忽忽念墳墓，懼松楸毀傷」，寫他叮囑子孫「毋忘瀝海而已」。又說他「終不得返先人居。年七十有八，竟死岱下」，落筆都非常沉痛，令人鼻酸，而「竟」字也彷彿有千斤之重。方苞筆下的趙瑗，他的生活和心情是明末清初流離失所者一個縮影，「國初東南未靖，人民流離，多餬口於北方。」（方苞〈贈右副都御史趙公神道碑〉）趙良就是出於這個原因棄儒從醫，到泰安落戶，這樣才有後來趙瑗隨遷而至，離開故土。當時大量南人北徙，情形大致如此。趙瑗晚年對南方故鄉的想念，以及鬱結內心轉不回去的深長憂愁，也是許多南人共同的心聲，它延續了自古以來文學作品中「越鳥巢南枝」的主題，讓人感悵不已。

再說第二點。趙國麟出生數月，趙瑗也來到了泰安，從此祖孫晨夕相處，感情很深。趙國麟以祖父為師，學章句，習文章，研經史，他取得功名，與趙瑗對他的辛勤調教是分不開的，所以他對祖父懷著一種很深的感恩心情。方苞在文章最後，特為增加一段文字，來表達趙國麟的這份珍貴的情思。而這份情思也感染了方苞，使他不禁想起自己小時候由父親攜持，與先輩耆儒交往，領略他們不同的風采，這成為他精神上一筆寶貴財富陪伴他成長。作為一篇墓表，寫至「遂不辭而為之表」，全文原本可以結束了。然而方苞覺得，文章這麼結束意猶未盡，所以他用「且系以辭」帶出最後一段文字，轉成新意。這於墓表之文體為變格，而於敘事述情而言，不失是增色之筆。

刁贈君墓表

【題　解】刁再濂（西元一六四四—一七一五年），字靜之，直隸祁州（今河北安國）人。學者刁包兒子，不應科舉。性耿直清廉，以居官致富戒其後代。因次子承祖而贈官，故云刁贈君。清早期河北學者思想活躍，有著名的顏李學派，還有王餘佑、刁包等。方苞在文中，對顏元「欲外程、朱而自立一宗」表示不滿，肯定刁包推闡先儒之旨，父子學術相續，藉以指示為學之祈嚮。

本文作於乾隆元年（西元一七三六年），方苞六十九歲。

君諱再濂，字靜之，直隸祁州❶人也。余少聞燕❷南耆舊，一為博野顏習齋，一為君之父蒙吉❸，平生皆尚質行，稽經道古。習齋無子，其《論性》、《論學》、《論治》之說，賴其徒李塨、王源，發揚震動於時，而刁氏之書惟《用六集》及《斯文正統》始行於北方。

贈君自入庠序，即弛置❹舉子業，日從父之友五公山人王某❺及習齋遊，訂父遺書，手錄藏於家，又貳❻之以質四方之學者。年逾六十，復手錄付諸子，且告曰：「昔蔚州魏公❼持節❽巡京畿，余以故人子獨被渥洽❾。鄰邑人或籯❿金而請事，余掩耳而走，薔然⓫若穢汙之及吾體也。汝曹他日若登仕籍，以官富家，吾生不受其養，死不享其祭。惟先人遺書未刻者，尚百餘萬言，必約身⓬而次第布之。」其後仲子承祖⓭果宦達，使其弟顯祖⓮持所刻《易酌》、《潛室劄記》及君狀誌，乞余文以列外碑，距君之歿二十有二年矣。

夫名，非君子之所務也，而沒世之稱，則聖人亦重之。習齋遭人倫之變⓯，其艱苦卓絕之行，實眾人所難能，而李、王⑯二君子，力足以張其師，惜其本指欲外程、朱而自立一宗，故知道者病焉。君之父則隱跡衡巷⑰，推闡先儒之緒言⑱，故當其時，名聞四方轉未若習齋之盛，而卒得良子⑲以傳其書，身名完好無可瑕疵。故余因表贈君之墓而并著之，以示志古而有所祈嚮者，亦君恪守父書之志也夫！

君卒於康熙乙未⑳九月，年七十有二。父諱包，天啟丁卯㉑舉人。母某氏。君及妻杜氏並以承祖貴，誥贈㉒如其官階。子四人：長繼祖，州學生；次承祖，乙未進士，由縣令累官監司㉓，所至著聲績，今為江西布政使司；次顯祖，己酉㉔舉人，樸直尚名義；次興祖，早世㉕。以某年月日，葬於某鄉某原。乾隆元年㉖十月，江南方苞表。

【注釋】❶直隸祁州　今河北安國。直隸，明北直隸，清順治二年改稱直隸，康熙八年稱直隸省，定省治保定府。❷燕　今河北一帶。❸蒙吉　刁包（西元一六〇三—一六六九年），字蒙吉，號用六居士，學者私諡孝文先生。明天啟七年（西元一六二七年）舉人。有《用六集》、《易酌》、《潛室劄記》、《斯文正統》等。王士禛稱《潛室劄記》「醇正勝（孫）奇逢書」。❹弛置　廢置。❺五公山人王某　王餘佑（西元一六一五—一六八四年），字申之、介祺，號五公山人，門人私諡文節先生，河北獻縣人。先世為小興州人，宓姓，明初遷保定新城，贅王氏，因改王姓。明諸生，入清棄學，侍父避居易州五公山雙峰村，後定居河間府獻縣，子孫遂為獻縣人。他拜孫奇逢為師，與刁包為友，顏元、李塨曾向他問學。晚年，主講獻縣獻陵書院。有《五公山人集》等。❻貳　抄錄副本。❼蔚州魏公　魏象樞。見〈與某公書〉注❽。❽持節　古代使臣奉命出行，必執符節以為憑證。❾渥洽　相待優厚，感情融洽。❿籯　箱籠等盛器，這裡作動詞。⓫菑然　好像以不善的東西汙染了自己。菑，通「緇」。黑；渾濁。⓬約身　省吃儉用。⓭承祖　刁承祖（西元一六七二—一七三九年），字步武，號醇庵，康熙五十四年（西元一七一五年）進士，官江蘇按察使司，河南、浙江、江西、廣東布政使，安徽巡撫等職。⓮顯祖　刁顯祖，字紹武，雍正七年（西元一七二九年）舉人。有《耕心錄》、《耕心餘錄》。⓯遭人倫之變　顏元父親顏昶（西元一六一一—一六七二年）被人收為養子，改姓朱，二十二歲去關東，自此音訊隔絕。顏元長大，慟父出亡，每向東北拜。四十歲歸宗，五十歲尋父遼東，次年找到同父妹，帶回父親神主，葬於祖兆。顏爾儼撰顏元挽聯曰：「關外尋親，遼水東西欽大節；洛中辯道，嵩山南北識真儒。」⓰李王　李塨、王源，顏元弟子。⓱衡巷　衡門、閭巷，平民的居住環境。⓲緒言　綿綿流傳的言論。⓳良子　才德兼備的子嗣。《漢書．杜周傳贊》：「張湯、杜周……俱有良子，德器自過。」顏師古注：「言其子德器，各過二人之身。」⓴康熙乙未　康熙五十四年（西元一七一五年）。㉑天啟丁卯　明熹宗七年（西元一六二七年）。天啟，明熹宗年號。㉒誥贈　明清對五品以上官員的曾祖父母、祖父母、父母及妻室之歿者，以皇帝的誥命追贈封號，叫誥贈。賜賞生者叫「封」，賜賞死者叫「贈」。㉓監司　負有監察之責的官吏。㉔己酉　雍正七年，西元一七二九年。㉕早世　死得早。㉖乾隆元年　西元一七三六年。

【語　譯】先生名再濂，字靜之，是直隸祁州人。我少時聽說燕南一帶年高望重的人，一位是博野顏顏齋，另一位是先生父親蒙吉，平生皆崇尚質樸踐履，求經義，述古學。習齋沒有子嗣，他的《論性》、《論學》、《論治》等著作學說，靠他的門徒李塨、王源，發揚廣大，名震於時。然而，刁氏的著作只有《用六集》和《斯文正統》剛剛在北方流傳。

贈君從入學讀書起，就把科舉應試的學業拋置一邊，每天跟隨他父親的朋友五公山人王某和習齋遊歷、學習，編訂父親遺著，親手抄錄，藏在家中，又復錄一部向四方學者求問。六十歲以後，自己又重新抄錄過，交給兒子，而且告訴他們說：「從前蔚州魏公奉命巡察京畿一帶，我由於是他舊友的兒子受到特別優待。鄰縣有人攜帶裝金錢的箱子來請託辦事，我掩起耳朵就跑了，感到自己被玷汙了，就像穢物弄髒了我的身子。

你們將來如果進入仕途，以做官讓家庭變富裕起來，我活著不接受你們供養，死後不享用你們祭祀。你們祖父尚未刊刻的遺著，尚有一百多萬字，省吃儉用也一定要依次將它們刻出來。」後來次子承祖果然為官顯達，讓他弟弟顯祖帶著所刻的《易酌》、《潛室劄記》，以及先生的行狀、墓誌銘，求我寫墓表，此時離開先生去世已經二十二年了。

人的名聲，不應當是君子所追求的，然而身後的聲譽，即使聖人也很看重。習齋遭遇人倫變故，他艱苦卓絕的行為，確實為眾人所難以做到，而李塨、王源二人，能力足以拓大師門，可惜他的本意想在程、朱之外自立一派，所以懂大道的人對此甚不滿意。先生父親則隱居閭巷陋門，推衍闡發從前儒者流傳下來的論述，所以他在當時，傳播於四方的名聲反而還沒有習齋顯著，然而最終憑藉才德出眾的子嗣刊行他的著作，聲譽完美，沒有瑕疵可以被人指責。所以我趁著為贈君作墓表而一併加以表彰，藉以說明立志古學所應當嚮往的目標，這也是先生恪守父親遺著的心願吧！

先生死於康熙乙未九月，享年七十二歲。父親名包，天啟丁卯舉人。母親某氏。先生和妻杜氏都因為承祖而尊貴，封誥贈爵符合承祖官階的規定。兒子四人：長子繼祖，州秀才。次子承祖，乙未進士，由縣令不斷遷升至監司，所到之處聲名政績顯著，現今為江西布政使司。三子顯祖，己酉舉人，樸實正直，崇尚名聲道義。四子興祖，早年已經過世。在某年月日，先生葬於某鄉某地。乾隆元年十月，江南方苞作此墓表。

【研析】清初形成北方學者群，顏元、李塨為一派，思想頗有鋒芒，引起世人矚目。孫奇逢也是大家，影響很大，其他如刁包、王餘佑等也頗為活躍。他們主張知行合一，以行為主，有的靠近程朱學說，有的靠近陸王學說，有的皆不受其羈縻，形成具體各不相同的特點。方苞維護程朱理學，故對顏李「欲外程、朱而自立一宗」是不滿的，對孫奇逢、刁包等則有較多肯定。他在本文指出刁包思想學術相對純正，顏李相對不夠純正，意在為當時的學者指示祈嚮。

方苞在文章中，突出的一點是稱讚刁再濂不求別人關注，淡泊功名，甘於寂寞，潔身自好的品德。他認為清廉是一個官員非常重要的品格，向官員送錢，請託辦事，這非常可恥，對這樣的人，他選擇遠遠地逃避，就像避開穢物一樣。他諄諄囑咐後代，進入仕途以後，千萬不可「以官富家」。無論古今，人們都會直觀地認為「以官富家」是最齷齪的官員，「居官而致富厚，則朝士避之若浼，鄉里皆以為羞。」（方苞〈請矯除積習興起人才劄子〉）古人講修身齊家治國平天下，講邦有道則仕，本意是強調做官為民為國家，而事實上，很多人嚮往仕途，是把做官當成致富路。結果把讀書的風氣、文人的人品也弄壞了，為做官致富而讀書，即使讀了書沒有做上官，也想傍著官員、官府撈一點好處，所謂「吏之庭，肩相摩、衽相聯者，儒也；胥之門，頂相望、踵相接者，儒也。」（呂留良〈戊戌房書序〉）刁再濂對他後人的告誡，應當成為官員的座右銘。

方苞說，君子做事情不應當追求個人的名聲，但是他又說，連聖人也重視將美好的聲譽留給後世。孔子曾經講過：「君子疾沒世而名不稱焉。」（《論語．衛靈公》）邢昺疏引《正義》說：這是「勸人脩德」，「言君子病其終世而善名不稱也」。這與一般所說的務求個人的名聲不同。方苞也是這麼理解的，他表彰刁包「隱跡衡巷」，著書立說，不求聞達，稱讚刁再濂簡樸約身，孜孜不倦整理其先人遺書，使其流傳於世，這其實是肯定他們對古人「立德立言」的實踐。方苞隱隱視顏元、李塨一派以學說「震動於時」，是務求他們個人的名聲。這說明，他所肯定的「沒世之稱」，首先是指符合程朱思想的「善名」，而不是泛泛地指所有的精神學說。

杜茶村先生墓碣

【題　解】杜濬（西元一六一一—一六八七年），原名紹先，字于皇，號茶村，湖北黃岡人。入清不仕，勸友人「毋作兩截人」。流寓南京四十餘年，窮困潦倒，家貧至不能舉火。錢謙益來訪，拒不接見。最擅五言律詩，吳偉業曾說：「吾五言律得茶村〈焦山〉詩而始進。」著有《變雅堂集》等。方者為墓碑，圓者為墓碣，總稱墓碑。作為文體，墓碣相當於墓誌。

文中談到，杜濬落葬時，作者「客燕南歸」，他父親囑他為杜濬撰寫墓誌。這是指康熙四十五年方苞三十九歲中進士第四名，聞母疾，放棄殿試，遽然南歸。然而這篇墓誌寫於後來，方苞自述他此時已經「衰且老」，不過仍然在京城做官。寫作的具體時間不詳，可能寫於雍正朝。

先生姓杜氏，諱濬，字于皇，號茶村，湖廣黃岡人。明季為諸生，避流賊張獻忠❶之亂，流轉至金陵，遂久客焉。少倜儻，常欲赫然❷著奇節，既不得有所試，遂一意於詩，以此聞天下，然雅❸不欲以詩人自名也。於並世人，獨重宣城沈眉生❹、吳中徐昭發❺，自愧不如。其在金陵，與先君子善，客維揚❻，則主❼蔣前民❽。金陵為四方冠蓋往來之衝❾，諸公貴人求詩名者湊至，先生謝不與通。惟故舊或守土吏❿迫欲見，徒步到門，亦偶接焉。門內為竹關⓫，先生午睡或治事，則外鍵之。關外設坐，約：客至視鍵閉，則坐而待，不得叩關，雖大府⓬至亦然。及功令⓭有排門之役⓮，有司注籍⓯優免，先生曰：「是吾所服也。」躬雜廝輿⓰，夜巡綽⓱，眾莫能止。

先生居北山⓲，去先君子居五里而近，以詩相得，旦晚過從，非甚雨疾風無間。先君子構特室，從橫不及尋丈⓳，置牀衽⓴几硯。先生至，則嘯詠其中，苞與兄百川奉㉑壺觴，常提攜閒以問學。先生偶致雞豚魚菽，必召先君子率苞兄弟往會食，其接如家人。

丙寅㉒春，先生年七十有七，攜襆被㉓叩門，語先君子曰：「吾老矣，將一視前民，歸而窟室蔣山之陽㉔，死即葬焉。」是日渡江，數月竟死維揚。喪歸，寄長干㉕僧舍。一二故人謀卜兆，子世濟曰：「吾有親而以葬事辱二三君子，是謂我非人也。」無何，世濟亦卒。先生故三子，一子幼迷失，一為僧遠方。眾莫敢主。

又數年，長沙陳公滄州㉖來守金陵，謂先生其鄉人之能立名義者，哀其志，為買小丘蔣山北梅花村，召先生從孫揚文及故人會葬。先君子執紼㉗，視窆穸㉘。時苞客燕南歸，而命之曰：「先生吾所尊事，汝兄弟親炙㉙，可無誌乎？」苞重其事，將俟學之有成而措意焉。自先君子歿㉚，患難流離，今衰且老矣。自恨學之無成猶昔，而舊鄉限隔，恐終隳先人之命，乃姑述其大略，使人往碣於墓之阡㉛。

先生詩，世所傳不及十一。平生著述，手定凡四十七冊。世濟歿，勢家購得之，弗善，仍歸其從孫某。先生生於明萬曆辛亥年㉜正月十六日，卒於康熙丁卯年㉝六月某日，葬以康熙丙戌年㉞二月十六日。銘曰：

死而不亡，光於世，嗣逢長㉟！

【注釋】❶張獻忠（西元一六〇六—一六四七年）字秉吾，號敬軒，延安衛（今陝西定邊）人，明末農民起義首領之一。❷赫然 奮發貌。❸雅 甚。❹沈眉生 沈壽民。見〈白雲先生傳〉注⑬。❺徐昭發 徐枋。見〈白雲先生傳〉注⑫。❻維揚 揚州的別稱。❼主 寓居。❽蔣前民 蔣易（西元一六二〇—？年），字前民，江都（今江蘇揚州）人。少補諸生。與杜濬為詩友。有《蔣前民江二如詩合鈔》（與江國茂詩合刻）。❾衝 交通要道。❿守土吏 地方官吏。⓫闕 門。⓬大府 泛指上級官員。明清時亦稱總督、巡撫為「大府」。⓭功令 法令。⓮排門之役 挨家挨戶分派差役。⓯注籍 登記在冊。⓰廝輿 奴僕。⓱巡綽 巡邏警戒。⓲北山 即南京鍾山，又名紫金山。南齊周顒在此隱居，後出山為官，孔稚圭寫〈北山移文〉予以諷刺。⓳尋丈 長度在八尺到一丈之間。⓴牀衽 床席，泛指臥具。㉑奉 敬辭，進獻。㉒丙寅 康熙二十五年（西元一六八六年）。㉓襆被 鋪蓋；行李。㉔蔣山之陽 蔣山南側。蔣山，鍾山別名，在今南京。㉕長干 古建康里巷名，在今南京市南。㉖陳公滄州 陳鵬年（西元一六六三—一七二三年），字北溟，又字滄州，湖南湘潭人。康熙三十年進士，四十三年任江寧知府。有《道榮堂文集》等。㉗執紼 喪葬時用手執牽引靈柩的大繩，以助行進。也指送殯。㉘窀穸 墓穴。㉙親炙 親受教育薰陶。㉚先君子歿 方苞父親卒於康熙四十六年（西元一七〇七年）十月四日。㉛阡 墳墓。㉜萬曆辛亥年 明萬曆三十九年（西元一六一一年）。㉝康熙丁卯年 康熙二十六年（西元一六八七年）。㉞康熙丙戌年 康熙四十五年（西元一七〇六年）。㉟嗣逢長 嗣，後嗣子孫。逢長，長久。屈原〈天問〉：「後嗣而逢長。」

【語譯】先生姓杜，名濬，字于皇，號茶村，湖廣黃岡人。明末為生員，為了逃避流寇張獻忠的暴亂，輾轉來到金陵，從此就長久客居在這裡。他少年倜儻氣豪，時常想奮發建立奇功勳績，找不到表現的機會後，就傾全力寫作詩歌，以此名聞天下，然而他很不喜歡以詩人自名。在同時代人中，唯獨敬重宣城沈眉生、吳中徐昭發，自愧不如他們。他在金陵時，與先父關係親善，客居維揚，就寓居在蔣前民家。金陵是四方官員來來往往的交通要道，公卿貴人們慕其詩名紛遝而至，先生拒絕與他們交往。只有當老朋友或者地方官吏一定想見他，步行找上門來，也偶然地接待一下。門內有一扇竹門，先生午睡或者做事情，便在外面門上門。竹門外擺放座椅，告示客人來到後若看見門閂著，那就坐下來等，不得叩門，哪怕是官府來人也是這樣。倘若有法令要每家每戶派遣差役，官府將他登記在可以從優免除的名冊中，先生說：「役是我應當服的。」親自置身於奴僕中，夜晚巡邏打更，大家怎麼相勸也沒用。

先生住在北山，離開先父的居所不到五里，彼此談詩歌很投緣，早晚往來走動，不是遇到疾風暴雨從不間斷。先父築了一間專門的屋子，長寬還不滿一丈，置放臥具、几案、硯臺。先生一來，就在裡面長歌短嘯，我與兄長百川在旁敬陪，侍奉酒水，常常得到提攜，給我們學問上的啟發。先生偶爾有了雞、豬、魚、豆，定然邀請先父帶著我們兄弟去吃一頓，他接待我們像家人一般。

丙寅年春天，先生七十七歲，攜帶行李鋪蓋來敲門，告訴先父說：「我年紀老了，將去看一看蔣前民，回來以後在蔣山南側搭一間屋，死後就葬在那裡。」那一天渡江而去，不料幾個月後他竟死在維揚。棺柩運回，寄放在長干的僧舍。幾個老朋友商量為他選一塊墓地，先生兒子世濟說：「我自己的親人，葬事卻要來麻煩你們大家，這等於說我不是一個人。」沒過多久，世濟也去世了。先生本來有三個兒子，一個幼年時失散了，一個在遠方為僧人。大家不敢作主如何處理後事。

又過了多年，長沙陳公滄州先生出任江寧知府，說先生是他家鄉能夠樹立名聲道義的人，陳公同情先生的志願，為他買下蔣山北面梅花村的小丘，請先生從孫揚文和故舊友人一起舉行葬禮。先父參加送殯，又去探視墓穴。當時我正從羈旅的北燕回到南方，於是叮囑我：「先生是我所恭敬從事的人，你們兄弟親身受他教誨，怎麼能不寫一篇墓誌呢？」我鄭重其事，想等到自己學問取得成就以後再來進行。自從先父去世後，經歷患難，流離失所，現在已經年老衰弱。悔恨自己學無成就如同往昔，而又與故鄉遠遠相隔，恐怕再拖延下去最終會有損先人的遺命，於是姑且敘述先生大概，讓人鐫刻在墳墓的石碑上。

先生傳世的詩歌不到十分之一。平生著述，親自編訂的共有四十七冊。世濟去世後，有勢力的人把它們購去，看了不喜歡，仍舊歸還給了先生從孫某。先生生於明萬曆辛亥年正月十六日，死於康熙丁卯年六月某日，葬於康熙丙戌年二月十六日。銘曰：

死了卻不會滅亡，光耀於世，後嗣長久！

【研　析】方苞從小陪侍父親，隨他遊學，聽說了許多明朝遺民的傳聞逸事，然而真正見過面、聆聽過教誨的，只有杜濬、杜岕、錢澄之（方苞〈田間先生墓表〉）。這三個人的風采基本上代表了方苞對這些明朝遺民的正面印象。

本文表現出杜濬倜儻、驕傲的內心世界。他首先是一位想「赫然著奇節」的豪邁人士，其次才是一位奇特的詩人，正由於他無法在社會上實現事功的理想，才借著詩歌充分發露自己不羈的精神。方苞對杜濬及其詩歌的這種認識是真切的。文章寫杜濬由衷敬佩堅定的遺民，他自己不與貴人相交往，睥睨權貴，即使接待大府，也只是如同接待其他常人一般，得先坐冷板凳等候，不得隨便敲門，以免影響自己的午睡或寫作，一切都必須按照他自己的習慣和制訂的規矩來進行，得不到一點特殊的照顧，這哪裡像是官員訪問布衣，倒像是去參拜上司。然而杜濬並不願意把自己當作一個特殊人物，以為自己有名聲就可以優免個人所承擔的服役義務，當輪到他服雜役時，他和僕人們一起巡邏打更，此時他一點傲氣也沒有，其實他這麼做又何嘗不是顯示了一個人的尊嚴？杜濬把平民的高貴和個人的尊嚴都發揮到了極致，這正是他身上的光彩，也是他贏得別人尊重的原因。方苞通過這些生活細節，讓讀者看到一個呼之欲出的高傲不羈的詩人形象。

杜濬死後，著作散佚，方苞在〈與陳占咸〉信裡談及一些線索，可以補充本文有關內容，錄於下：「又黃岡杜于皇先生遺集，舊為曹楝亭所得，後不知其所歸。滄州竟世諏訪，未得其蹤。近金陵一貧家婦出一二冊求售，索價百金，並古文幾二尺許。雖無關於世教，亦百餘年來一文獻也。若能約貴鄉中有心者四五人共購之，各鈔一部，亦大快事，以久已湮沉而復見也。」滄州，指陳鵬年。本文中所言「勢家」是否指曹寅（楝亭），待考。

張旺川墓表

【題解】張興家，字旺川，無極縣（今屬河北）人。李塨〈張太翁傳〉：「卒年五十八。」他八歲喪父，力耕致富，樂為善事，有鄉譽。他兒子張業書康熙四十一年（西元一七〇二年）副貢生，知山東曹縣令（按據《無極縣志》記載，張業書為山東昌樂知縣。此從方苞之說）。他是方苞的弟子。張興家死後，方苞應張業書之請撰寫此文。文中明確談到他自己對撰寫墓表一類文章的態度，以堅持真實為最重要的標準。

本文寫於雍正九年（西元一七三一年）七月，方苞六十四歲。

雍正八年❶秋，無極張業書求表其父墓，而以吾友剛主❷所為傳來。謂居母喪五日不食，善事兄姊，數為人情所難，以德於鄉人。如其言，雖古獨行之士❸蔑❹以過也。

余平生非親故不為表志，唯遠方執友生徒❺或久相信，而錄其祖若父以勸厲❻之。乃與業書，要❼必俟後徵，不敢諾，亦不敢辭。時余族弟弢采❽令無極，以書問焉，覆曰：「所聞無悖。」又有吏於其土者，適至京師，叩之，曰：「邑人也，吾知之。少孤貧，力耕致千畝，在邑為中家❾。歿久矣，其詳無聞焉，而鄉人語及之，未嘗有瑕疵。」嗚呼！鄉人之情之難饜❿也，自古而然矣。矧⓫君以貧致富，尤怨之招也，而眾無瑕疵，即其行完善可知矣。業書，剛主之友也，年近六十，除⓬曹縣令，將之官，前夕，不介⓭而造余，願為弟子，余固辭不獲，因告以遇事必自念為民父母，則過鮮矣。到官半歲，毀千金家產以紓⑭其民，罷而歸，恬如也。以業書之慕義，必知無實之美非所以揚其親，以剛主之學古道，必知道諛之言不可以播於眾，又詢得其徵者二焉，乃不辭而為之表，其事蹟之詳則傳具矣。

君諱輿家，字旺川。父少庭，捍鄉里之患以勇聞。母王氏，妻朱氏，繼劉氏。子二：長業書，康熙壬午副榜⑮，知山東曹縣，朱出也。次景書。以某年月日葬於某鄉某原。雍正九年秋七月，江左方某表。

（選自《方望溪遺集》碑傳類）

【注　釋】❶雍正八年　西元一七三〇年。❷剛主　李塨，字剛主。詳見〈李剛主墓誌銘〉。❸獨行之士　指節操高尚、不隨俗浮沉的人。❹蔑　無。❺執友生徒　志同道合的朋友、門生。❻厲　同「勵」。❼要　約言。❽族弟弢采　方正玢，字弢采，桐城人。雍正七年（西元一七二九年）舉人，任無極知縣，升福州理事同知，署永春州知州。著有《梁研齋詩文集》。族弟，此泛指同族同輩中年較少者。❾中家　中產之家。❿饜　滿足。⓫矧　況且。⓬除　授職。⓭不介　未經由他人介紹。⓮紓　解除；排除。⓯副榜　科舉時代會試或鄉試取士，除正榜外另取若干名，列為副榜。

【語　譯】雍正八年秋天，無極張業書請求我為他父親撰墓表，而將我友人李剛主寫的傳交給我。這篇傳說，他在為母親居喪時，五日不吃東西，對兄長姐姐很好，做了好多人之常情所難以做到的事，還將恩德施加給家鄉的人。果真如傳記所言，即使是古代節操高尚的人也不過如此。

我平生不是親人、故舊不為他們撰寫墓表墓誌，只有遠方的朋友、門生而又長期得到信任的人，才記敘他們的祖父和父親的事跡以鼓舞激勵他們。於是給業書寫信，相約一定要到將來得到證實以後再寫，現在不敢承諾，也不敢推辭。當時我的族弟弢采在無極做縣令，我寫信去詢問，答覆說：「與自己聽到的沒有出入。」又有在那地方做官的人，正好來京城，向他求詢，他說：「同縣人，我知道他。從小為孤兒，家境貧寒，勤勉耕作而家產達到良田千畝，在縣裡是中產人家。去世已久，他的詳細情況不清楚，然而家鄉的人談起他，不曾聽說他有什麼缺點。」嗚呼！同在一鄉，人情很難滿足，自古以來便是如此。何況先生由貧窮轉為富裕，尤其容易成為怨怒的對象，然而大家對他沒有什麼責備，他品行的完善由此可見。業書是李剛主的朋友，年紀將近六十，任曹縣令，將去就任前的一個晚上，不經介紹而來造訪我，希望成為我的弟子，我無論怎麼推辭也沒用，於是告訴他遇到事情一定要想到自己是百姓的父母，那麼過失便少了。做官半年，花去千金家產來紓解百姓的困苦，罷官而歸，恬淡自若。從業書仰慕道義來看，必定知道不符合實際的讚美是無法光耀自己親人的，從李剛主效仿古道來看，必定知道阿諛之詞是不可以對眾人播散的，又從別處將情況證實了兩次，於是不再推辭為其撰寫墓表，他詳細的事跡則已經記載在傳記中了。

先生名興家，字旺川。父親名少庭，鄉里有患難而加以捍衛，以勇敢聞名。母親王氏，妻子朱氏，繼室劉氏。兒子二人：長子業書，為康熙壬午年副榜，出任山東曹縣知縣，為朱氏所生。次子景書。於某年月日葬於某鄉某地。雍正九年秋七月，江左方某撰墓表。

【研析】李塨〈張太翁傳〉（載《恕谷後集》卷六）詳細記載張興家孝、悌、友、義的品性以及種種善舉。他靠著自己的勤勞，由分家所得二十畝地，「淬礪耕作至千畝」，卻能為富而仁，無私幫助族親和鄉人。李塨還記載張興家很替別人著想，如他一次去田間，看見一個人正在盜麥，就故意繞開走，不讓盜者知道自己看見了他的行為，以免他以後慚愧。又如一位布商住在他家，夜裡被偷走百匹布，已經查到了偷布者，張興家讓他不要聲張，自己願意代為賠償布匹，說一聲張，那人終生就完了。等等。李塨在文章中寫道，他這篇傳是應張興家兒子張業書之請而撰。

方苞讀到的李塨〈張太翁傳〉，與他從張業書那裡聽到的他父親的事跡，素材的來源是相同的。古人往往根據請求者提供的傳記寫墓誌銘、墓表，而傳記又很多是根據請求者的講述整理而成，所以一個人的傳記、墓誌銘、墓表，許多內容往往雷同，記載的真實性互相之間也無法進行比勘，因為它們本身就是一篇「文章」。文人拿了別人的潤筆，依著死者親人口述寫傳，另一個人再依著他寫的傳寫墓誌，繞來繞去總是在做複製的文字遊戲。有責任心的作者對此保持必要的戒備，不輕易為人寫這類傳、墓誌銘，是很有見地的。

方苞這篇〈張旺川墓表〉對張氏的事跡很少涉及，只是對李塨所寫〈張太翁傳〉的內容作一下選擇性地概括，主要則是說明為別人寫傳、墓誌銘，應當謹慎，應當核實材料，不要輕易落筆。他為了寫這篇墓表，多方向當地瞭解張興家的人打聽情況，進行求證。此外，他在動筆之前，也適當考量了講述事跡的張業書、撰寫〈張太翁傳〉的李塨的可信度，以他們的人格來保證自己文章所記述和稱讚的人物真實可靠。這是方苞對自己的作品負責任的一種態度。方苞寫的傳、墓誌銘、墓表一類文章，是否完全符合他自己提出的這種要求，還有點難說，不過他的這種意識是很值得肯定的。

贈朝議大夫李君墓表

【題　解】李顯名（西元一六三七—一七〇五年），字裕德，號敬齋，新安（治今河北安新）人，庠生。孝悌友愛，慷慨仗義，因兒子李如璐為朝廷命官，贈朝議大夫。康熙五十八年（西元一七一九年），祀為鄉賢。李如璐是方苞友人，本文應李如璐之請而作。文章一方面表彰李顯名的善良品行，另一方面又表示應以嚴格求真的態度對待墓表一類文體的寫作，與〈張旺川墓表〉等文並觀，可以瞭解方苞的古文寫作觀念。

本文撰於雍正九年十二月（或已是西元一七三二年），方苞六十四歲。

贈朝議大夫李府君❶敬齋，刑部郎中如璐❷之父也。余與如璐始交而深，一日過余，曰：「璐病疽❸浹月，衰且老矣，念先君子棄世二十有七年，而墓無外碑，微子無能慊❹吾志者。前明甲申❺，先大父僑寓京師，李自成之變，倉皇出郭❻，寄先君子於鄉人役車❼，途遇亂軍，捨置道旁，駷馬❽而去。時八歲，循軌跡至家，鄉鄰聚觀，咸感歎，有泣者。順治己丑❾，年十有四，遭土寇，先大父守閭墓❿，命先君子奉母避居東牛村，歸省⓫必以夜。嘗值官軍擊寇，積屍載路，鼓三戒⓬，始至家，衣履血漬，止門外，更而入。計先君子平生所以事父母、友兄弟、交朋友、接族姻鄉黨，璐內省十不能一有焉。非敢以虛美張吾親也。」曩⓭者，舒檢討子展⓮為余言，新安有二賢士並同館選⓯，一如璐，一今張侍御天池⓰也。余與侍御一見如舊好，數年中未見有贅行⓱，有游言⓲，乃以府君之行叩焉。曰：「是吾邑中富而好行其德者也，吾猶及之。性慷慨，善議論，喜交遊，坐客常滿，里中有義事，必竭資聚⓳以佐焉，用此毀其家，老而貧。眾曰：是遺其子孫者厚矣。」《春秋》之義，賢者之子孫則錄之⓴，況其祖父乎？以如璐之當官守義，所以稱其親者必無浮於實可知矣，況徵諸侍御乎？乃不辭而為之譜㉑。

君諱顯名，字德裕。父諱三綱。母侯氏。少更亂離，年十七，始從師受書。數年，補博士弟子㉒，再試京兆㉓，即棄舉子業，奉親課子。卒年六十有九。邑人公舉與八世祖大司農諱敏㉔者定祀㉕於鄉。妻張氏，贈恭人㉖，年六十有四，先卒，與府君合葬北郭。子二：長如瑞，歲貢生㉗，開元縣訓導㉘。次如璐，康熙壬辰進士，以翰林院檢討改按察司副使，分巡神目道㉙，甚有聞，入為刑部員外郎。雍正九年冬十有二月，桐城方苞表。

（選自《方望溪遺集》碑傳類）

【注釋】❶府君　舊時對已故者的敬稱。多用於碑版文字。❷如璐　李如璐，康熙五十一年（西元一七一二年）進士，官翰林院檢討、臨洮府知府、按察副使、刑部員外郎。❸疽　中醫指局部皮膚腫脹堅硬的毒瘡。❹慊　滿足。❺甲申　明崇禎十七年，西元一六四四年。❻郭　外城，古代在城的周邊加築的一道城牆。❼役車　供勞役的車，老百姓乘坐的車。❽騶馬　掣動馬嚼子令馬奔跑。❾己丑　順治六年，西元一六四九年。❿先大父守閭墓　先大父，死去的祖父。閭墓，指里巷和墓道的門前。⓫歸省　回家探望。⓬鼓三戒　報更的鼓敲了三遍，指深夜。⓭曩　過去。⓮舒檢討子展　舒大成（西元一六九五—一七二七年），字子展，先世江西人，遷大興（今北京市）。康熙五十一年（西元一七一二年）進士，官翰林院檢討。有《九松山人存稿》。方苞撰有〈舒子展哀辭〉。⓯館選　謂被選任館職。⓰張侍御天池　張天池，新安（治今河北安新）人，生平不詳。有人據他所述，撰成〈烈婦荊氏行實〉，方苞撰文題其後（見方苞〈書直隸新安張烈婦荊氏行實後〉）。侍御，唐代稱殿中侍御史、監察侍御史為侍御，後世沿用此稱。⓱贅行　贅瘤，形容醜陋或不好的行為。⓲游言　虛浮不實的言談。⓳資聚　積聚。⓴春秋之義二句　《春秋公羊傳．昭公二十年》：「君子之善善也長，惡惡也短；惡惡止其身，善善及子孫。賢者子孫，故君子為之諱也。」㉑譜　編寫經歷。此指撰墓表。㉒博士弟子　指生員。㉓京兆　京城。㉔八世祖大司

農諱敏　李敏，字好學，新安（治今河北安新）人。明宣德初，以舉人歷安慶、鳳陽兩府同知，累遷應天府尹。寬嚴兼濟，士民敬愛。景泰二年（西元一四五一年），陞戶部侍郎，撫江南，不久加尚書，專督漕儲。以疾致仕，卒。大司農，官名，後來職掌併入戶部，習慣上作為戶部尚書的別稱。㉕祀　祠祀，指祭祀供奉。㉖恭人　明、清兩朝四品官員之妻的封號。㉗歲貢生　明、清兩代，每年或兩三年從府、州、縣學中選送廩生升入國子監肄業，故稱。㉘開元縣訓導　開元縣，今吉林農安。訓導，學官名，明清府、州、縣儒學的輔助教職。㉙神目道　清代沿用明代官制，省以下、府以上置道，下轄府、州、縣。神目，當是「神木」之誤。雍正四年，李如璐以副使任分巡延綏鄜道。延安、綏德、鄜州等處舊屬榆林道管轄，後榆林改為府，神木道便為延綏道，移駐綏德州，轄延安、綏德、鄜州等處。

【語譯】贈朝議大夫李敬齋府君，是刑部郎中如璐的父親。我與如璐一開始交往便深相知契，一天他來拜訪我，說：「我患病生毒瘡兩個月，身體衰弱，年也老邁，想起先父去世二十七年，墳墓卻還沒有立碑，除了您沒有其他人可以令我的心願得到滿足。前明甲申年，先祖父僑居京城，李自成變亂時，倉惶出城，將先父寄放在鄰居的勞役車上，路上遭遇亂軍，被拋棄在路旁，鄰人自己策馬匆匆離去。當時先父八歲，沿著車轍回到家裡，鄉上鄰居們相聚來看，都感歎不已，有人還掉下了眼淚。順治己丑年，先父十四歲，逢土寇鬧事，先祖父守護家門、墓地，讓先父侍奉祖母往東牛村躲避，回家探望只能是在夜裡。曾經碰上官軍襲擊土寇，累積的屍體堆滿了道路，報更的鼓已經敲過三遍，才回到家裡，衣服鞋子都沾滿了血漬，在門外停下來，換了衣服鞋子才進門。合計先父一生所做的事情，如侍奉父母，友愛兄弟，結納朋友，接待家族姻親和同鄉，我自忖連十分之一都沒有達到。我不敢用溢美之詞來張揚我的親人。」從前，舒子展檢討對我說，新安有二位賢士一起被選任館職，一位是如璐，另一位是現在擔任侍御的張天池。我和侍御一見如同故友，數年中沒有看到他有不恰當的行為，也沒有聽他說過虛浮不實的話，於是便向他打聽府君的品行。他說：「是我老家一位富裕卻好溥施仁德的好人，我知事時他還在世。他性情慷慨，善於議論，喜歡交遊，家中常常坐滿客人，鄉里若有公益活動，他定然會竭盡自己的財產加以贊助，緣此而耗完了家產，年老時過著貧窮的生活。大家都說：他這麼做留給子孫的東西是豐厚的啊。」按照《春秋》體例，凡是賢者的子孫就予以記錄，更何況是他們的祖父呢？從如璐當官能堅守道義來看，他對親人所作的稱讚一定不會言過其實是可以相信的，更何況我又向侍御做了求徵？於是沒有推辭而為他撰寫墓表。

先生名顯名，字德裕。父親名三綱。母親侯氏。少年時經歷離亂，到十七歲，才跟隨老師讀書。數年後，補為博士弟子，兩次去京城應試，從此便放棄走科舉的道路，侍奉親人，教子讀書。終年六十九歲。故鄉人共同推舉他與他的八世祖李敏大司農一起作為鄉賢享受祭祀。妻子張氏，後被封為恭人，六十四歲，先於府君去世，與府君合葬於城外北郊。兒子二人：長子如瑞，歲貢生，任開元縣訓導。次子如璐，康熙壬辰年進士，以翰林院檢討改任按察司副使，分巡神木道，很有名聲，入朝為刑部員外郎。雍正九年冬十二月，桐城方苞撰墓表。

【研　析】文章敘事宜轉折生姿，忌沉悶呆板。本文敘述李顯名三件事：八歲逃難，被人捨置路旁，自己循著車轍回到家裡。十四歲，夜半從亂屍堆中孤身回家，在家門外，把沾上血漬的衣裳、鞋子悄悄換下，然後入門，以免家人為他擔驚受怕。好客，熱心公益善事，為此耗完家裡的財產而毫無後悔之意。前兩件事從李顯名兒子口中道出，第三件事由方苞友人張天池講述，文章通過調換講述人身分，不僅獲得了更多敘述的空間和時間，而且使行文騰挪有度，產生一種組合變化的效果。組合不等於是簡單地增加敘述的事件，而是指由不同敘述人組成一部餘裕而變化的和聲。假如這三件事情皆由一個人連續地講述出來，內容雖然還是這樣的內容，文章不免顯得呆重遲鈍，可能就不堪卒讀了。

阮以南哀辭

【題　解】阮夢鼇（西元一六六三—一七一三年），字以南，江寧（今江蘇南京）人。他父親阮汝咸同方苞父親過從親密，阮汝咸死後，兩家依然保持著互相親近的關係。在方苞心中，阮夢鼇是自己父親晚年住得近而談得投緣的一位知己，對他帶給父親快樂和安慰十分感激。阮夢鼇去世次年，方苞才聽說消息，於是撰文寄託對他的哀思。

此文作於康熙五十三年（西元一七一四年），方苞四十七歲。

始余兄弟應童子試❶，即聞阮君以南名於閭巷間。及入庠序，與君後先，時相見稠人中，而未狎也。其後余遊燕、齊❷，倦而歸，則先君子故交零落幾盡，而新知中惟阮先生汝咸經過❸最密。叩之，則君之父也。

君所居近市，曲巷小橋，逶迤❹而入，四面環陂塘❺，老屋數間，蔽翳於叢篁❻高柳中。入其門，如在山林之隩❼。方盛暑，風謖謖❽穿戶牖，坐有頃，必加衣。自仲夏❾入秋，日未旦，先君子即披衣就阮先生，夜定，然後歸，率以為常。君率妻子力作，殺雞屠狗，具❿肴蔬，未嘗之絕。阮先生既歿，君於門側市藥，而授生徒於堂上。先君子旬月猶三數過君，余兄弟隨行。每至，君必散生徒，輟⓫其所事，置酒酣嬉，終日而罷。由前之為，君以樂其親也，由後之為，則以便余兄弟之情而不肯逆也。嗚呼！君可謂順於親而篤於友者矣！

君既免喪⓬，時謂余：「子知交在四方，朋儕多資子以餬其口，而獨遺余何也？」時余私計：先君子棲遲⓭寡懽，惟君居近而意愜，故獨難之，以滯君之行。及先君子歿，而余及於難⑭，又踰年而君死。追念平生遊好傾心向余，而余無纖毫之報者莫如君，乃哭而為文，以志余哀。

君諱夢鼇，江寧人，卒於康熙某年，年五十有一。余聞其喪，次年之某月日也。其辭曰：

忠養不匱，心之竟也。蹇⑮以無年，亦其命也。重施而蔑⑯以稱，獨余之病也。

【注釋】❶童子試　科舉中考取為生員的考試。❷燕齊　戰國時燕國和齊國，指今河北、山東一帶。❸經過　交往；走動。❹逶迤　蜿蜒曲折。❺陂塘　池塘。❻篁　竹子。❼隩　深處。❽謖謖　勁風聲。❾仲夏　夏季的第二個月，即農曆五月。❿具　備；辦。⓫輟　停止。⓬免喪　謂守孝期滿，除去喪服。⓭棲遲　漂泊失意。⓮余及於難　指方苞於康熙五十年（西元一七一一年）因《南山集》案入獄。⓯蹇　困厄；不順利。⓰蔑　無。

【語譯】我們兄弟開始參加生員考試時，就在街坊中聽說了阮以南君的名字。進學校讀書的時間，與阮君前後相繼，常常相見於大庭廣眾中，只是還沒有到親熱的程度。後來我出遊燕、齊，疲憊了回到家鄉，先父從前的友好則已經陸續去世，所剩無幾，而新交的朋友中只有與阮汝咸先生過從最為密切。詢問後得知，他就是阮以南君的父親。

阮君的寓居靠近城市，由彎曲的巷子和小橋，蜿蜒曲折地伸入，四面環繞池塘，老屋數間，遮掩在叢竹和高大的柳樹陰翳之下。走進他家大門，彷彿到了山林深處。正當盛夏溽暑，疾風嗖嗖地穿過門窗，稍坐一會兒，定然要加添衣服。從仲夏到秋日，天還沒亮，先父就披上衣裳去找阮先生，夜深人靜，然後才歸來，一直這樣習以為常。阮君領著妻子、孩兒一起操勞，殺雞屠狗，備下果肴菜蔬，從來不曾缺少什麼。阮先生去世後，阮君在門旁邊賣藥，又在屋堂上教授生徒。先父每月仍然去拜訪他幾次，我們兄弟隨同而去。每次到他家，他都會遣散學生，停下正在做的事情，置辦酒水和我們一起酣飲嬉戲，日色消退才告結束。以前這麼做，阮君是為了讓他父親開心，後來這麼做，則是為了照顧我們兄弟的感情而不使失望。嗚呼！阮君可以說是一個順從親人而深於友情的人啊！

阮君服孝期滿，時時對我說：「您到處都有知交好友，朋輩友人多有靠您幫助而餬口的，卻唯獨沒有想到我，這是為什麼呢？」當時我心裡有自己的盤算：先父漂泊失意，落落寡歡，只有阮君住得近而且契合心意，所以總是推說種種困難，以此阻止他不要外出。等到先父去世，而我自己又遭罹禍難，又過兩年而阮君死了。追想起來，平生好友中對我盡心盡意，而我卻沒有給予絲毫報答的，莫如阮君，於是哀悼而作文，以記下我的悲戚。

阮君名夢鼇，江寧人，死於康熙某年，終年五十一歲。我聽說他去世的消息，是在次年的某月日。其哀辭曰：

忠實和孝養從不匱乏，心裡只想著這要比別人做得好。生活困厄壽命不長，這是他一生的命運。付給別人很多卻沒有得到相應回報，使我唯獨對你充滿遺憾。

【研　析】方苞記人抒發感情，有時不惜自曝弱點，包括一些不太「上路」的微妙的心理，顯得非常真實。本文寫到，他之所以沒有幫助好友阮以南外出謀生，是考慮自己的父親可以在阮以南經常的陪伴下過得愉快，不願意改變這種狀況，為此他還用託辭搪塞阮以南提出的請求。方苞可能以為，來日方長，將來總會有機會回報友人。然而命運變幻不定，意料不到的事情不知何時就會突然降臨，驟然地使一切心願化為泡影，令人抱憾終身。方苞帶著這樣的痛苦，懷著對友人深深的愧疚撰成這篇哀辭。全文敘事言情真真切切，猶如同在天國的友人促膝而談，向他道謝，祈求他原諒。當讀者為作者誠懇的情辭感動的時候，也從中悟出了一個生活道理：感恩自當及時。

婢音哀辭

【題解】方苞嫂子張氏嫁到方家，帶來家僮王興，從此成為方家的僕人。他有女兒王音（西元一七〇〇—一七一六年），是方家的婢女，九歲開始伺候方苞母親，十七歲患病卒，幾個月後王興也死了。方苞寫了〈僕王興哀辭〉、〈婢音哀辭〉兩文以抒悼念之情。據〈僕王興哀辭〉，王音死於康熙五十五年（西元一七一六年）二月，她去世時十七歲，據此推定生於康熙三十九年（西元一七〇〇年）。

本文寫於康熙五十五年（西元一七一六年），方苞四十九歲。

婢音，僕王興所生也。九歲，入侍吾母，灑掃浣濯如成人。稍長，於女事❶無不能。奉事八年，未嘗以微失致呵詰。其群居，未嘗笑嬉❷妄出一語。

余蒙難❸，家人御❹吾母北上。音隨吾妹❺，日夕相扶持。或以事暫離，吾母輒問：「音兒安在？」吾母臥疾踰年，危篤且兩月，親者不敢去左右。為糜粥，供水漿，治藥物，皆音任之，不失晷刻❻。

余家貧，冬無炭薪。音獨身居西偏空室中，夜四鼓❼臥，雞鳴而起，率❽以為常。性剛明，容止儼恪❾，雖故家❿女子中寡有，余每心詫焉。乃竟以厲疾夭，年十有七。先數日，音晨入，短衣不蔽骭⓫，為市⓬布以更之，未及試而歿。舉室惻傷，人如有所失焉。乃為文以哀之。其辭曰：

惟茅葦之漫漫兮，芝孤生⑬而易殘兮。石礦堅以磊磊⑭兮，玉精融⑮而多毀兮。非造物之無章⑯兮，乃汝性之不祥⑰兮。

【注釋】❶女事　指女子所做的紡織、縫補、刺繡等事。❷笑嬉　戲樂玩耍。❸余蒙難　指方苞受《南山集》案牽連被捕入獄。❹御　同「馭」。駕馬車。❺吾妹　方苞最小的胞妹方甯壽，嫁謝師錫。方苞〈謝季芳傳〉介紹她一生。❻晷刻　片刻。❼四鼓　猶四更，指早晨一時至三時。鼓，擊鼓報更。❽率　一概。❾儼恪　莊嚴恭敬。❿故家　世家大族；世宦人家。⓫骭　指小腿。⓬市　買。⓭孤生　漢樂府〈孤兒行〉：「孤兒生，孤子遇生。」不期而會稱「遇」，謂孤兒偶爾來到世上。方苞用「孤生」形容芝蘭生出來是僥倖，又很容易凋殘。⓮石礦堅以磊磊　礦堅，堅硬。礦，硬。磊磊，石多貌。⓯精融　精秀和熙。⓰無章　不明。⓱不祥　不好；不吉利。

【語　譯】婢女王音，是僕人王興生育的女兒。九歲，在房內伺候我母親。灑掃洗濯如同成年人。再稍微長大一點，對於女子縫紉等手工活無一不會。服侍八年，從來沒有因為小過失而遭致責備。她與人一起相處，也從來沒有因為嬉戲而亂講一句話。

我遭受禍難，家人駕馬車送母親北上京城。王音隨著我妹妹，日夜不斷地相幫，有時因別的事情短暫離開，我母親就問：「音兒在哪裡？」我母親臥病多年，病危將近兩個月，親人不敢離開她半步。做米粥，供茶水，煎藥物，一併都由王音承擔，不會延遲片刻辰光。

我家貧窮，冬天沒有炭火柴薪。王音一人住在正房西邊的空房裡，半夜打過四更才睡覺，一早雞鳴就起床，一直都是這樣。稟性剛強明白，儀容和行為莊嚴恭敬，即使在世家大族的女子中也很少有，我常常在心裡感到詫異。想不到竟然因為暴病而夭折，年齡十七歲。之前幾天，王音早晨進房，衣服短了遮不住小腿，為她買了布換一件新的，沒來得及試一試人就死了。全家都感到悲傷，人人好像失去了什麼似的。於是寫此文表示哀悼。哀辭曰：

惟有茅草和蘆葦到處生長，芝蘭則活著的少卻容易凋殘。石頭堅硬而眾多，玉石則精秀溫煦而多遭粉碎。不是造物主暗翳不明，而是你天生的命不吉利。

【研　析】文人撰寫悼念義僕、勤婢的文章，抉發他們身上善良的品行，寫出他們的性情特點，表達對他們的感謝之情，這在古代散文中不乏其例。方苞為自家僕人王興、王音各寫一篇哀辭，用以表達他對同一年相繼亡故的父女深深的同情，用文字為他們立照，這樣的例子還很少見。這兩篇作品皆寫得樸實而真切，是方苞用心之作。可以看出，他寫婢女王音，顯然是受到了歸有光〈寒花葬志〉（原名〈寒花葬記〉）的影響，王音、寒花同樣苦命、早逝，寫法上都是從家務事情的瑣瑣細細中道出人物的脾性，作者的同情都一樣深沉。然而兩篇文章也有不同。歸有光寫〈寒花葬志〉，實際上是哀悼他自己的箎室（請參見郞國平〈如蘭的母親是誰〉），方苞則純粹是寫一位家裡的婢女，作者與文章傳主的關係不同。當然，方苞應當不會知道寒花是歸有光的箎室，因為當時流傳的〈寒花葬志〉是經過後人刪改的，隱去了歸有光與寒花的真實關係。所以方苞寫〈婢音哀辭〉時，借鑒當時通行本〈寒花葬志〉寫婢女的方法，是不難理解的。方苞對歸有光的古文有所批評，但是對他善於寫人情這一點非常欣賞。方苞在〈書歸震川文集後〉中說：「其發於親舊及人微而語無忌者，蓋多近古之文。至事關天屬，其尤善者，不俟修飾，而情辭并得，使覽者惻然有隱，其氣韻蓋得之子長，故能取法於歐、曾，而少更其形貌耳。」評歸有光文章的特色和長處都很到位，這些也正是他樂意借鑒歸文的方面，具體可由〈婢音哀辭〉而見其一斑。

文章最後，寫王音年十七，「以屬疾夭」，後面又承接「先數日，音晨入，短衣不蔽骭，為市布以更之，未及試而歿」數句，補充細節，加以渲染，這樣方成為動情出涕語，否則，也只是草草敘事而已。

壬子七月示道希

【題解】方道希（西元一六八八－一七四一年），字師范，是方苞兄長方舟的長子。乾隆元年（西元一七三六年），以諸生舉孝廉方正。有《傳恭齋尺牘》等。方舟、方苞兄弟情深誼重，方舟去世後，方苞視猶子如子，自言「余子女五人，愛道希或過於同生」（方苞〈兄子道希墓誌銘〉），不僅生活上無微不至地關心，而且精神上苦心地呵護栽培，望其成人成才。方苞曾寫過多篇家訓給方道希，這是其中一篇。它是應方道希之請，為教導後輩勵志勤學而作，認為立身「貴先定所祈嚮」，要做有益於世用、恢復人之本性的人。

本文作於雍正十年（西元一七三二年）七月，方苞六十五歲。

來札稱鮑甥孔學❶及汝女壻吳生元定、光生大椿學誦益專以愨❷，乞言以進之。夫學非專且愨之難，貴先定所祈嚮耳。

己卯❸之冬，余信宿河間令孫圯山署中❹。值迎春，部民效伎❺於庭。植雙竿，繫索而橫之。有女子年可十四五，緣竿而升，徐步索上，舞且歌，不側不墜。俄設重案❻，臥而仰其足，眾舁五鈞之甕❼，以足承轉❽而運之如丸。良久，然後眾擎❾而下。觀者皆色然駭❿而雜以諢笑。余獨閔⓫且懼焉。夫索橫於空，猿狙之所不能履也，五鈞之甕，壯夫所難負戴，而弱女以足盤之，蓋利重糈⓬而竭其心與力以馴致⓭焉耳，不重可閔乎？

君子之學，所以復其性也。三才⓮萬物之理，生而備之，而古聖賢人所以致知力行以盡其性者，具在遺經。循而達之，其知與力，可以無所不極，然其事不越人倫日用之常，非若橫索而履之，與以足運甕於高空之危且艱也，而有志於斯者則鮮焉。蓋謂是非有利於己之私，而無可歆羨⑮焉耳。

故學誦之專且愨，有以為名與利之階者矣，有思以文采表見⑯於後世者矣。又其上，則欲粗有所立，資以稍檢其身，而備世之用焉。又其上，則務復其性者是也。三生⑰者，吾何以進之哉？達吾言，而使自審處⑱焉，可矣。

【注釋】❶鮑甥孔學　鮑孔學，上元（今江蘇南京）人，生員。方苞次女丈夫。甥，女婿。❷愨　恭謹。❸己卯　康熙三十八年（西元一六九九年）。方苞此年舉江南鄉試第一，冬天去京城，準備次年試禮部，途中宿河北河間縣。❹余信宿河間令孫圯山署中　信宿，連宿兩夜。河間，今河北河間。孫圯山，生平不詳。❺部民效伎　部民，統屬下的老百姓；邑民。效伎，猶獻技。❻重案　鋪著多重席子的坐床。❼舁五鈞之甕　舁，抬。鈞，古代重量單位，合三十斤。甕，一種盛水或酒等液體的陶器。❽承轉　使轉動。❾擎　舉起。❿色然駭　驚恐失色。《公羊傳·哀公六年》：「諸大夫見之，皆色然而駭。」⓫閔　同「憫」。哀傷。⓬糈　糧食。⓭馴致　逐漸達到。⓮三才　天、地、人。⓯歆羨　愛慕。⓰表見　顯揚。⓱三生　指鮑孔學、吳元定、光大椿三人。⓲審處　審慎對待。

【語譯】來信談到，我女婿鮑孔學以及你女婿吳元定、光大椿學詩誦書更加專心而恭謹，求我寫一些話讓他們更加上進。學習中做到專心和恭謹並不難，先確定導向才最為可貴。

己卯年冬天，我在河間縣令孫圯山官署連宿兩夜。正逢迎接新年，他治下的百姓到庭院來表演雜技。插上兩根竹竿，用繩索各繫結一頭。有個大約十四五歲女子，順著竿子爬上去，在繩索上緩步走動，邊歌邊舞，不搖晃也不跌落。一會兒，擺上一張鋪設多重席子的坐床，臥在上面，舉起腳，幾個人抬一只一二百斤重的甕，她用腳轉動，好像運轉一顆彈丸。過了好久，然後幾個人再把甕取下來。觀看的人都驚駭失色，還夾雜著大聲喧笑的聲音。唯獨我對此感到憐憫和恐懼。繩索橫在空中，猴子都不能在上面爬行，一二百斤重的甕，壯漢也難以承受，弱小的女子卻用腳使它旋轉，這都是因為看中可以得到很多口糧才竭盡心力逐漸達到這樣的程度，難道不值得深深憐憫嗎？

君子求學，是為了恢復自己的本性。天、地、人，一切事物之理，天生就具備，而古代聖賢關於如何獲取知識、切實踐履以盡人本性的道理，全都包含在流傳下來的儒家經典中。遵循而往前，人的知識和能力，就可以無所不達到其極點，然而所關係的都不會超過人倫日用普通的事情，並不像在繩索上行走，以及用腳在高空運轉甕那樣危險和艱難，可是有志於此的人卻很少，大概是認為這對於自己的私利沒有什麼好處，因而不值得愛慕。

所以，學詩誦書專心恭謹，有的是把它當作獲取名利的階梯，有的是想用文采顯揚於後世。比這些好的，則是希望略取得學問成就，借以幫助稍微約束一下自己，當用世機會來臨時能派上用場。比這再好的，就是務必恢復自己的本性。對於這三個人，我怎麼能使他們更加上進呢？明白我說的話，而使他們自己審慎對待這些，就可以了。

【研　析】方苞給方道希兄弟寫過多封書信，除本文外，還有〈己亥四月示道希兄弟〉、〈甲辰示道希兄弟〉、〈己酉四月又示道希〉等。方苞對自己最敬重的兄長子嗣（尤其是對道希），教導可謂竭心盡慮。

本文是方苞應道希的請求，為方家的三位女婿提供學習上的指導。與一般人勉勵求學者刻苦勤奮、敬畏學業不同，方苞認為，學習中最重要的還不是專心、恭謹，而是首先應當明確學習的目的，確立追求的目標，所謂「夫學非專且慤之難，貴先定所祈嚮耳」。這是從大處著眼看待學習，確實是金玉良言，也是本文的綱領。

接著，方苞借雜技表演說明，一個人若沒有高遠的理想，沒有嚴肅的目的，只是為了求得一些蠅頭小利，為了滿足日常生活的需要，那麼他竭其心力去學習和掌握一些謀生的本領，其實是很危險，也是很令人擔憂的。方苞以此勸勉女婿和姪孫女婿，切不可將求學當作謀生和追求名利的手段。這種意思方苞在許多文章中都表示過。比如他在〈書儒林傳後〉中指出，「以文學禮義為官」，就是讓儒生全力去關注考試，而且將能夠多背誦當作通曉經典的標誌，從而將學習聖人經典看作是一項熟悉應試技能的活動，結果是誰掌握典故多，誰獲得的名次和被認可的程度也就高，這無疑是玷汙儒道、禮義衰亡的表現，與提倡學習儒家經典的初衷是格格不入的。

方苞強調，君子求學從根本上說是為了恢復人的本性。這種本性在儒家經典中都得到了闡述，遵循它可以無所不達，可以貫通一切，然而所有這一切又無非都是人倫日常，也就是合符人的本性。可是人們對此往往不歆羨，不用力，因為它不能滿足人的私利，於是紛紛去追求艱危的技巧，也就是說，錯誤的學習目的導致了錯誤的結果。方苞在文章最後總結學習的四種目的：追求名利，流傳文采，有幫事功，復人本性。他認為前面兩種目的最無謂，第三種較可稱道，第四種最高尚。學習的「專且愨」只是通往目的的階梯，只有選擇正確的學習目的，再借助於「專且愨」的學習精神和態度，這樣才能夠使自己成為一個完善的人。整篇文章圍繞學習的「祈嚮」從正反兩方面加以論證，層層分析道理，寫得周到而嚴密。

先母行略

【題　解】方苞父親方仲舒當妻子死後，於康熙二年（西元一六六三年）入贅江蘇六合縣留稼村吳勉家，與吳氏結婚，她就是方苞母親。吳氏卒於康熙五十四年十二月九日，西曆已經是西元一七一六年元月三日。行略，是一種記述死者生平概略的文體。方苞友人朱書撰有〈方母吳太君壽序（代）〉，是吳氏六十歲慶壽之文（見朱書《杜溪文稿》卷二），文中說到，吳氏「與逸巢（方仲舒）賦詩為樂，怡如也」。據此，吳氏也能文。

本文作於康熙五十四年至五十五年間（西元一七一五—一七一六年），方苞四十八九歲。

吾母姓吳氏，先世莆田❶人，後遷京師❷。外祖諱勉❸，為名諸生❹，貢成均❺，知同、光二州❻，同知紹興府事❼。以直節忤其地權貴人，罷官，流轉江、淮❽間。於吾宗老塗山❾所，見先君子詩，因女❿焉。

吾母生而靜正，誠意盎然，終身無疾言遽色。五六歲時，外祖每曰：「吾宗衰，此女乃不為男兒。」遇經史中女事，必為講說。及歸⓫先君子，不及事姑⓬，或語及先王母⓭，輒哽咽欲淚，前母姚孺人⓮遺女二，次姊少⓯桀傲，母昫濡⓰久而悔悟，勉為孝敬。

先君子中歲尤窮空，母生苞兄弟及女兄弟凡六人，一婢老，不任事，縫紝、浣濯、灑掃、炊汲，皆身執之。方冬時，僅敝絮一衾⓱，有覆而無薦⓲。旬月中，不再食者屢焉，而先君子喜交遊，江介⓳耆舊過從無虛日，必具肴蔬，淹留竟日。母嘗疽⓴發於背，猶勉強供事。十餘年，無晷刻㉑休暇。而先君子性嚴毅，絲粟㉒不治，客退，必詰責不少寬假。母益篤謹，無幾微見於顏面。及先君子將終，惻然曰：「與若共事五十年，若於我，毫髮無愧也。」

母性孝慈，而外祖父母及舅氏皆客死，繼而吾弟早夭，兄及姊適㉓馮氏者復中道夭，默默銜悲憂，遂成心疾。六十後，患此幾二十年。每作，晝夜語不休，然皆幼所聞古嘉言懿行，及侍父母時事，無涉鄙倍㉔者。臥疾逾年，轉側痛苦，見者心惻，而母恬然，時微呻，未嘗呼天及父母。既彌留，苞及小妹在側，無戚容悲言，恐傷不肖子之心也。生平未嘗一語詈僕婢，而能使愛畏，不敢設欺誑。卒之後，內御㉕者老幼悲啼，過於子姓㉖，不可曲止㉗焉。男苞泣血述。

【注釋】❶莆田　福建莆田縣。❷京師　指南京（今屬江蘇）。❸勉　吳勉，字素裘，一作素求，莆田（今屬福建）人。明末避倭寇遷京城，佔籍順天。入清，為御史曹溶（秋岳）選拔士，以拔貢授知同州、光州，遷紹興郡丞。以忤上官罷去，留滯江南，僑寓棠邑留稼村。因欣賞方仲舒詩文，通過方文介紹，以女兒許配給他，然而女兒結婚前，吳勉已經去世。其生平見方苞撰〈同知紹興府事吳公墓表〉。❹諸生　明清兩代稱已入學的生員為諸生。❺貢成均　科舉時代稱考選府、州、縣生員送到太學肄業的人為貢生。成均，古代大學名，後泛稱官設的最高學府。❻同光二州　同州府（今陝西大荔）和光州（今河南潢川縣）。❼同知紹興府事　同知，官名，稱副職。清代只有府州和鹽運使設置同知，府同知便用同知為官稱。這裡用作動詞。紹興府，今浙江紹興。❽江淮　長江、淮河之間。吳勉罷官後，住在棠邑（江蘇六合），往來於金陵。❾吾宗老塗山　方文，號塗山，也作嵞山。見〈左忠毅公逸事〉注㉖。❿女　嫁女兒的意思。⓫歸　女子出嫁。⓬姑　妻稱夫的母親。⓭先王母　過世的祖母。⓮前母姚孺人　方仲舒前妻。前母，繼室所生的子女稱父親前妻。孺人，對婦人的尊稱。⓯少　稍。⓰呴濡　猶呴沫，喻慰藉，扶助。呴，噓氣。⓱衾　被子。⓲薦　草席。⓳江介　沿江一帶。⓴疽　毒瘡。㉑晷刻　日晷和刻漏，古代計時的儀器。此指片刻時間。㉒絲粟　比喻極小的東西。㉓適　嫁。㉔鄙倍　淺陋背理。倍，通「背」。㉕內御　家裡遣使的奴婢。㉖子姓　子孫。㉗曲止　婉轉阻止。

【語譯】我母親吳氏，祖上莆田人，後來遷居南京。外祖父名勉，是有名的生員，被送入太學肄業，任同州、光州知府，紹興府同知。因為耿直尚氣節觸怒當地的權貴人物，罷官，流離轉徙於江、淮之間。在我同宗長者塗山處，讀到先父寫的詩歌，就把女兒許配給他了。

我母親天生嫻靜端正，充滿真誠，一生都沒有急遽地說過話，沒有流露過嚴厲的表情。五六歲時，外祖父常說：「我們一宗的家族衰落了，這個女兒居然不是男子。」從經書、史書讀到關於女子的事兒，定然會給母親講說。等嫁給先父之後，沒能趕上侍奉婆婆，有時談到亡故的祖母，便哽咽欲哭。前母姚孺人留下兩個女兒，二姐的性格稍強橫，母親幫扶很久終於使她悔悟，從此也努力地盡孝敬之心。

先父到中年生活尤其窮困，母親生了我方苞兄弟以及姐妹共六人，一個女僕年紀已老，做不了什麼事，縫縫補補，洗濯清潔，灑掃庭院，做飯汲水，母親都親自操勞。到了冬天，僅有破棉絮一條，只有蓋的，卻沒有墊的。一個月裡，一天吃不到兩餐是常有的事，而先父喜愛交遊，沿江一帶年高望重的人到家裡來天天不間斷，一定會備好菜肴果蔬，一聚就是一整天。母親一次背上發毒瘡，仍然盡力地招待。十幾年，沒有得到片刻休歇。而先父性格嚴厲剛毅，只要有一點點沒有辦好，客人走後，必會責備母親，毫不原諒。母親更加專心謹慎，沒有一絲一毫從臉上流露出來。先父臨終時，對母親悲愴地說：「和你一共生活了五十年，你對我，沒有絲毫慚愧。」

母親性格孝順仁慈，然而外祖父、外祖母以及舅舅都客死他鄉，接著我弟弟早逝，兄長和嫁給馮氏的姐姐又中年去世，母親默默地含著悲憂，就積成了心疾。六十歲後，患罹心病將近二十年。每次發作，晝夜不停地說話，然而說的都是幼年時聽到的古人美言善行，以及侍奉父母時候發生的事情，沒有一句是淺陋背理的話。臥病一年多後，轉身都痛苦，看到的人都心裡難過，可是母親神色安然，有時發出微微的呻吟聲，未曾呼喚老天，喊叫父母。在彌留之際，我和小妹在身旁，母親也沒有憂愁的面容和悲傷的言語，恐怕引起我們這些不肖子女傷心。生平未曾責罵過僕婢一句，卻能使他們對母親敬愛、畏懼，不敢說謊欺瞞。去世之後，在家服侍母親的老少婢僕都悲傷地啼哭，比子孫們還難過，無法婉轉地勸止。兒子方苞哀慟流淚記。

【研析】吳勉十分鍾愛女兒，從小對她講說經史中的女事，在這種教育中播撒著對女兒的愛，也寄託著對她的期待。他在方文處讀到方仲舒的詩歌，就看中了這個喪偶的男子，招他入贅，安排好了女兒的終身，然而沒有等到他們成婚，他自己就去世了。吳勉有兩個兒子，即方苞在〈同知紹興府事吳公墓表〉中提到的伯舅、叔舅。伯舅情況不詳。叔舅吳敬儀，字平一，卒於康熙三十五年（西元一六九六年），他有兩個兒子，吳以誠、吳以訥（關於吳敬儀，見方苞〈送吳平一舅氏之鉅鹿序〉、〈吳處士妻傅氏墓表〉）。既然如此，吳勉招方仲舒入贅，而不是出嫁女兒，似乎就不會是出於延續吳家香火的考慮，而可能是出於溺愛女兒的原因，方仲舒三個兒子可以姓方，毋需姓吳，或許與此有關。方苞友人朱書〈先考仲藻府君事略〉說：「書始祖相三公，奉詔自鄱陽瓦屑壩來宿松楊西阪，贅于曹氏。」（《杜溪文稿》卷八）然而朱氏後裔依然姓朱，沒有因為入贅曹氏而改姓曹。可見入贅者後裔未必一定要改姓。

吳氏在她丈夫方仲舒眼裡，是一位賢慧的妻子。方仲舒性格「嚴毅」、「豪曠」（〈紀夢〉），他家貧，中年「尤窮空」，家裡拖兒帶女一大群，生計惟艱。吳氏結婚後漸漸習慣了過窮日子，「方冬時，僅敝絮一衾，有覆而無薦。旬月中，不再食者屢焉。」方仲舒還喜歡結交，「不可一日無友朋」（〈紀夢〉），所交多是志行之士，尤其是遺民，他們也都是窮朋友，來來往往，需要招待飯菜，這對他母親來說每次都是為難的事情，可是她總是盡力為之，招待好客人，不讓丈夫失望、難堪。她之所以這麼做，想法其實很簡單，就是讓丈夫和客人都感到自在、高興，盡自己作為妻子的責任，別的她沒有多想。這就是賢慧。方仲舒臨終對吳氏說：「若於我，毫髮無愧也。」這完全是真心話。

吳氏在子女的眼裡，是一位賢良的母親。她愛丈夫前妻的女兒，養育眾多子女，自己幾乎承攬了全部家務事，沒有任何怨言。即使在彌留之際，她也沒有「戚容悲言」，唯恐引起子女傷心。

方苞在此文中全面講述了他母親的一生，行文風格略似歸有光〈先妣事略〉。然而歸有光擅長用細節寫出他印象中的母親形象，文章充滿動人的生活氣息，方苞此文則敘述多於描寫，抽象多於具體，不如〈先妣事略〉生動感人。

沈氏姑生壙銘

【題 解】方苞這位姑媽，生於順治五年（西元一六四八年）。她一生歷盡苦難，備嘗艱辛，然而過得有尊嚴。康熙五十八年春天，她七十二歲時，請方苞寫一篇墓誌銘（生壙銘是人還未去世時寫好的墓誌銘）。方苞帶著同情、尊敬，也帶著幾分愧疚的心情寫出了這篇感人的文章。他寫這篇文章時，適身患重疾，於是產生一種不祥預感，覺得自己可能離開人世，已經沒有機會照顧姑媽，文中說：「常私自忖，以為生養死藏，吾終當任之，而今無望矣。」就反映了這一情況。

此文作於康熙五十八年（西元一七一九年）四月，方苞五十二歲。

姑次居六，繼室於沈氏，嫁愆期❶，年二十有六矣。夫故失愛於父，常孤行遠遊。姑年三十有一而夫死，無何舅❷亦死，群叔離異，獨挈幼女及前娣❸之子以居。子將冠❹又死，而女贅陶氏子良，遂依焉。

先君子於諸姑貧者月有饋❺，而姑未嘗言貧，被服必潔以完。苞客遊，家居日稀，曾不知姑之艱也。姑老矣，偶袒內襦❻，補綴無間咫搞❼者。因泫然❽曰：「此未足言也。吾始寡，沈氏以為贅疣。居荒園，日夕擷❾野蔬，聚落葉而炊之。每陰雨，則持二孤以泣。時汝祖老，汝父貧多累，故不敢告，以重父兄憂。」

至於今，於吾為寬矣。」苞自倦遊歸，喪葬婚嫁無虛歲，又女兄弟五人，皆貧不能自存，雖知姑之艱，未暇為謀。常私自忖，以為生養死藏，吾終當任之，而今無望矣⑩。

苞難後⑪，姑見家人必號痛。今年春以書來，曰：「吾居世幾何？將窆⑫於夫之兆⑬。侄銘之，及吾之見也。」先君子女兄弟凡十人，今其存者，惟姑與小姑耳。姑年七十餘，苞淹恤⑭無期，而今乃誌姑之生壙，尚何以舉其辭邪？姑之夫諱某，武舉人。其卒也，距今康熙己亥⑮，四十有一年。墓在江寧縣⑯某鄉某原。銘曰：

嫠⑰終世，婦事畢。百歲之後歸其室。

【注釋】❶愆期　誤期。❷舅　稱夫之父。❸娣　指同夫之妾。❹冠　古代男子二十歲行加冠禮。指二十歲。❺餽　贈送食物。❻襦　短衣；短襖。❼搹　鬲的通假字。以手握物時的圍長，猶把。❽泫然　流淚。❾擷　採摘。❿今無望矣　康熙五十八年四月，方苞患疾，擔心不測，所以有這種說法。⓫苞難後　指方苞受《南山集》案牽連而入獄。⓬窆　挖地造墓穴。⓭兆　指墓地。⓮淹恤　久遭憂患。⓯康熙己亥　康熙五十八年（西元一七一九年）。⓰江寧縣　今南京市。⓱嫠　寡婦。

【語譯】姑媽排行第六，沈氏的第二任妻子，出嫁誤期，年紀已經二十六歲。丈夫以前不受父親寵愛，經常獨自出行到遠方。姑媽三十一歲時，丈夫去世，不久公公也去世，叔叔們分家，她獨自領著幼小的女兒和丈夫妾生養的兒子去過日子。兒子快到二十歲又死了，而女兒招了一個姓陶人家的兒子名良的人為女婿，於是就依從他們一起生活。

先父對生活貧困的各位姑媽每月貼補一些食物，而我這位姑媽從來不說困難，床被、衣著都乾乾淨淨，整齊完好。方苞出行在外，住在家裡的日子很少，竟然不知道姑媽日子過得艱難。姑媽老了，偶爾露出內衣，隔開不到一手掌就打一塊補丁。於是流下眼淚說：「這其實不值得談起。我開始守寡，沈家把我當成累贅。住在荒蕪的園子，日夜採摘野菜，收拾落葉煮一煮。每次遇到陰雨天，就扶著兩個孤兒哭泣。那時候，你祖父年紀老，你父親貧困負擔重，所以不敢相告，免得增添父親兄長的憂慮。至於現在，對我來說已經是寬裕了。」方苞自從厭倦了出遊歸家來，喪葬婚嫁年年不斷，加上姐妹五人，都貧困不能自謀生意，雖然知道了姑媽日子艱辛，也沒有時間為她想辦法。曾經私自思忖過，以為生養死葬，我畢竟是會承擔這一份責任的，然而現在這一心願也無法實現了。

方苞遭禍難以後，姑媽見到家人必定放聲痛哭。今年春天來信，說：「我還能在世上活多久？將在丈夫墓旁造穴。姪兒寫篇銘文，能讓我來得及看到。」先父姐妹一共十人，現在活著的，只有姑媽和小姑了。姑媽年紀七十多，方苞遭受憂患沒有盡期，而今天則為姑媽撰寫生壙銘，又怎麼寫得出文字呢？

姑媽丈夫名某，是武科舉人。他去世，距離今年康熙己亥，已經四十一年。墓在江寧縣某鄉某地。銘曰：

守寡終身，婦人的事情都做到。百年以後回到她歸宿。

【研析】寫文章需要借助富有特徵的細節，這方面歸有光是高手。方苞的文章雖然不以細節取勝，然而也有高明的細節描寫，令人讀過以後難以忘卻。〈沈氏姑生壙銘〉就是他以細節寫人的一篇代表作。方苞這位姑媽寧願自己獨自忍受沉重的苦難，也不願向親人訴說，免得親人為她憂慮。不但如此，她還要在親人心目中留下一個家境還不錯的印象，以打消親人為她擔憂的念頭。為此，她「被服必潔以完」，這對一個生活負擔很重的寡婦來說，做到這一點實在很難，當然這也是她愛好整潔的天性使然。姑媽年老時，一次，偶爾露出穿在身上打了不少補丁的內衣，這一偶然的發現，使方苞頓然明白了這位姑媽實際的生活狀況，而姑媽接著講述的一番話語，使其含辛茹苦的一生歷歷在目，更是令人為之動容。方苞正是通過這一細節，再現出姑媽一生的履歷和她處世為人的品性。文章中這一個細節，猶如能映出大海浩瀚的一滴水珠，能反映日光絢麗的一縷陽光。文章同時也說明，生活中的細節是需要作者去發現的，沒有發現，就不會有筆下的人物，也不會有動人的文章。所以，作者應當具有一雙善於發現生動細節的眼睛。

兄百川墓誌銘

【題解】方舟（西元一六六五—一七〇一年），方苞兄，大二歲。字百川，號錦帆，安徽桐城人。邑庠生。去世前焚燒所作論著。曾有制藝集傳世，鄭板橋〈濰縣署中與舍弟第五書〉說：「憶予幼時，行匣中惟徐天池（渭）《四聲猿》、方百川制藝二種，讀之數十年。」現存有古文〈擬庾亮南樓讌集序〉、〈絡緯賦〉及〈廣師說〉三篇。韓菼評其文「雖退之無以尚」。方苞與方舟兄弟情深，且方苞自小受到兄長教誨，「內有保母之恩，外兼師傅之義」（〈與慕盧先生書〉）。方苞的時文、古文、經傳都是由方舟啟蒙，受影響很大。本文深情記述方舟的才識，回憶兩人手足之情。

此文作於康熙四十一年（西元一七〇二年），方苞三十五歲。

兄諱舟，字百川。性倜儻，好讀書而不樂為章句❶文字之業。八九歲誦左氏，太史公書，遇兵事，輒集錄，置袷衣❷中。避人呼苞，語以所由勝敗。時吾父寓居棠邑❸留稼村，兄暇，則之大澤中，召群兒，布勒左右為陣。

年十四，侍王父於蕪湖❹，踰歲歸，曰：「吾鄉❺所學，無所施用。家貧，二大人冬無絮衣。當求為邑諸生，課蒙童，以贍朝夕耳。」踰歲，入邑庠❻，遂以制舉之文名天下，慕廬韓公❼見之，嘆曰：「二百年無此也！」自以時文設科❽，用此名家者僅十數人，皆舉甲乙科❾者，以諸生之文而橫被六合❿，自兄始。一時名輩皆願從兄遊，而兄遇之落落然⓫。

江西梁質人⓬、宿松朱字綠⓭以經世之學，自負其議論，證鄉⓮經史，橫從穿貫，聞者莫不屈服，而兄常默默，退而發其覆，鮮不窒礙者。苞謂兄：「盍譬曉之？」曰：「諸君子口談最賢，非以憂天下也。」

兄長余二歲。兒時，家無僕婢，五六歲即依兄臥起。兄赴蕪湖之歲，將行，伏余背而流涕。其後少長，即各奔走四方。余歸，兄常在外，兄歸，余常在外，計日月得與兄相依，較之友朋之昵好者，有不及焉。兄常曰：「吾與汝得常家居，俾二大人無離憂，春秋佳日，與二三同好步北山⓯，徘徊墟莽間，候暝色而歸，吾願足矣。」及庚辰⓰四月，余歸自京師。七月，兄歸自皖江⓱而疾遂篤，未得一試斯言也。

弟林⓲先兄十歲卒，兄欲於近郊平疇買小丘自為生壙，而葬弟於其側。辛巳⑲四月，余為弟卜地於泉井，夢土人云：「伯夷⑳今葬是。」余不忍廢兄之命，遂以次年三月十六日，遷弟柩與兄並葬其村之北原。兄歿於康熙辛巳年十月二十一日，年三十有七，娶張氏，子道希、道永。銘曰：

不若於道者，天絕之，胡體其所受㉑而至於斯？矧㉒材與志，古固有不遂，而又何悕㉓！

【注釋】❶章句　經學家解說經義採取破章析句的方法，故稱為章句之學。❷袷衣　夾衣。❸棠邑　春秋時屬楚國，漢置棠邑縣，東晉改尉氏縣，隋改為六合縣，清隸屬江寧府，今江蘇六合。方苞父親方仲舒入贅吳勉家，吳家住在棠邑留稼村。❹侍王父於蕪湖　王父，祖父。蕪湖，今安徽蕪湖市。❺鄉　過去。❻邑庠　明清時稱縣學為邑庠。❼慕廬韓公　韓菼。見〈送馮文子序〉注❶。❽以時文設科　明清時設置時文為考取進士的科目。❾甲乙科　明清時進士為甲科，舉人為乙科。❿六合　天地四方，意謂天下。⓫落落然　淡漠的樣子。⓬梁質人　梁份（西元一六四一－一七二九年），字質人，南豐（今屬江西）人。曾從彭士望、魏禧學古文，重視經世之學，擅長地理。有《懷葛堂文集》、《秦邊紀略》等。⓭朱字綠　詳見〈朱字綠墓表〉題解。⓮證嚮　證明。⓯北山　南京鍾山。⓰庚辰　康熙三十九年（西元一七〇〇年）。⓱皖江　指長江流經安徽段的江域，主要指馬鞍山、蕪湖、銅陵、安慶、池州一帶的長江。此指安慶。⓲弟林　方林，方苞胞弟。詳見〈弟椒塗墓誌銘〉題解。⓳辛巳　康熙四十年（西元一七〇一年）。⓴伯夷　傳說他和叔齊在周朝滅商朝後，不食周粟而死。㉑體其所受　張載〈西銘〉：「體其受而歸全者，參乎。」真德秀《西山讀書記》卷三十一：「父母全而生之，子全而歸之。若曾子之啟手啟足，則體其所受乎親者而歸其全也。況天之所以與我者，無一善之不備，亦全而生之也。故事天者，能體其所受於天者而全歸之，則亦天之曾子矣。」㉒矧　何況。㉓悕　悲傷；歎息。

【語譯】兄長名舟，字百川。性格倜儻，愛好讀書卻不喜歡辨析章句、斤斤字義。八九歲誦讀《左傳》和司馬遷《史記》，讀到戰爭的內容，便集中摘錄下來，放進夾衣內，避開旁人招呼我，告以為何一方勝一方敗的原委。當時我父親住在棠邑留稼村，兄長閒暇時，便到大湖沼中，召集一群兒童，部署他們分成左右兩隊，佈兵列陣。

十四歲，在蕪湖侍奉祖父，一年後回來，說：「我以前學的東西，沒什麼用處。家裡貧窮，父母大人冬天沒有棉衣。我要做縣裡的秀才，給啟蒙兒童上課，以此補貼家裡日常的費用。」一年後，進了縣學，即以八股文名滿天下，韓公慕廬讀了他的文章，讚歎道：「二百年來所不曾有過啊！」自從規定以時文為取士的考試科目以來，以時文成名的只有十幾個人，他們全都是考中進士、舉人者，秀才以時文而名傳四方，從兄長開始。一時間出名的人都願意與兄長交遊，然而兄長對他們態度淡漠。

江西梁質人、宿松朱字綠注重經世之學，對自己的議論很自負，考證經史，縱橫貫穿，聽到的人無不為之折服，兄長卻經常默默不語，走開後，指出其難明不通之處，很少不是有疑難而沒有說清楚的。我對兄長說：「為何不明說，讓他們知道呢？」他說：「這些人嘴上能夠說得頭頭是道，心裡並不是以天下為憂。」

兄長比我大二歲。孩提時，家中沒有僕婢，五六歲便跟隨兄長睡覺起床。兄長赴蕪湖那年，臨行時，伏在我背上流淚。後來稍微長大一點，便各自奔走四方。我回到家裡，兄長經常是在外地，兄長回到家裡，我又經常是在外地，算一算我和兄長親近不離的日子，與親密的朋友相比，還及不上。兄長曾說：「我和你如果能夠經常在家居住，讓兩位大人沒有離別的憂愁，春秋晴好的日子，與二三好友一起爬攀北山，徘徊於荒野中，等候暮色降臨，爾後回家，我的心願也就滿足了。」庚辰年四月，我從京城回家。七月，兄長從皖江回家後病情就十分沉重，連體驗一下這句話的機會也沒有了。

弟弟方林比兄長早十年去世，兄長想在近郊平坦的田野買個小丘作墳，而把弟弟埋在旁邊。辛巳年四月，我為弟弟在泉井選了墓地，夢見此地居民說：「伯夷如今葬在了此地。」我不忍心違反兄長遺命，便在次年三月十六日，將弟弟棺柩遷來與兄長一起葬在這個村的北面平地上。兄長死於康熙辛巳年十月二十一日，三十七歲。娶張氏，兒子道希、道永。銘曰：

不合於道的，天滅絕他，為何受之於天的結果是這樣？況且才能和志向，古代就有實現不了的，而又何必悲哀歎息！

【研　析】方苞從小得到兄長方舟很多愛護，除了父親，方舟又是方苞第二位啟蒙老師，這種亦師亦兄的關係，使他受了方舟很大的影響，尊敬有加。對於方舟英年「憂勞致疾」（〈弟椒塗墓誌銘〉）而亡，方苞終生為之悲痛不已。

此文選擇了方舟生前幾個生活片段，為他寫照。他性格倜儻有豪氣，從小嚮往幹轟轟烈烈的事，這使他對《左傳》、《史記》有特殊愛好，這兩種書寫戰爭非常出色，而這一點恰好也是最吸引他的地方，他將書中寫打仗廝殺的內容集錄在一起，自己做戰例分析，並與方苞分享他從中得到的快樂。他不僅這麼讀書，而且還想像出戰爭場面進行實際的操練，組織兒童列隊佈陣，自己做小人王，將男孩的天性表現得淋漓盡致。方苞愛好《左傳》、《史記》兩書，也發端於此，他是否受到了方舟興趣的感染，不得而知，但是對他後來以《左傳》、《史記》為重要的範本總結古文義法顯然是有潛在影響的。

人的成長過程是逐漸產生憂患意識的過程，只是有的人憂患得早，有的人憂患得遲。方舟十四歲就為生活煩惱了，他覺得家裡太窮，需要改變。於是他從幻想中走出來，要走科舉的路，這樣至少將來可以做別人的啟蒙老師補貼家用。他是一個非常聰明的人，很有悟性，很快就能作一手漂亮的八股文。方苞也走了一條與方舟相同的道路，後來也成了八股文高手，他承認這與方舟對他的指教分不開。不僅如此，方苞認為方舟的八股文比別人的高明，不僅是因為寫得有新意，而且他不甘以八股文自限，還有更加高遠的用世意識（見方苞〈儲禮執文稿序〉）。這表明方舟早年的幻想其實並沒有消逝，只是換了一種形式，變得質實了。文中記載方舟批評梁份、朱書等人「口談最賢，非以憂天下」，而方苞對朱書是相當欽佩的（見〈朱字綠墓表〉），方舟似乎比方苞心氣更加高傲、孤特。

通過這些生活片段，方舟大致的精神被勾勒出來了。方舟去世前將自己寫的東西大多焚毀，使我們無法通過他自己的作品去尋索他的精神世界，幸好從方苞的追思文字中，還可以得到這個不幸的負氣才子一些清晰的印象。

弟椒塗墓誌銘

【題解】方林（西元一六七〇—一六九〇年），方苞弟，小二歲。初名棠君，字椒塗，安徽桐城人。他十八歲患病，去世前，方苞身體也有疾，父親恐他受到感染，聽了醫生的話讓他避居一處寺廟，以致未能與弟臨終一別，這使方苞回想起來非常傷心和自悔。雍正八年（西元一七三〇年）秋，方苞患重病，囑咐後事，告訴兒子入殮時務必使自己袒露右臂，藉以自罰。當方苞去世時，家人仍尊重他這一願望，依他的話做了，可見這件事情對方苞刺激有多麼深刻。本文抒情悲切，與作者內心這種強烈的隱痛有關。本文敘及方苞兄弟三人的生活情景，可以與〈兄百川墓誌銘〉一起讀。

本文約作於康熙四十一年（西元一七〇二年），方苞三十五歲。

吾弟既歿且十年，吾與兄奔走四方，尚不能為得一丘之土，而兄亦以憂勞致疾，卒於辛巳❶之冬。踰年春，始卜葬於泉井之西原，而以弟祔❷焉。

自乙卯❸以前，吾父寓居棠村❹。弟始孩❺，依母及群姊，而余依兄。戊午❻後，兄侍王父於蕪湖，而弟復依余。自遷金陵，弟與兄并女兄弟數人皆瘡痏❼，數歲不瘳❽，而貧無衣。有壞木委西階下，每冬月，候曦光過檐下，輒大喜，相呼列坐木上，漸移就暄❾，至東牆下，日西夕，牽連入室，意常慘然。

兄赴蕪湖之後，家益困，旬月中屢不再食。或得果餌，弟託言不嗜，必使余啖[10]之。時家無僮僕，特室[11]在竹圃西偏，遠於內。余與弟讀書其中，每薄暮，風聲蕭然，則顧影自恐。按時，弟必來視余，或弟坐此，余治他事，間忘之矣。

弟性警敏，雞鳴入市購米薪，日中治家事，客至，佐吾母供酒漿[12]，日入誦書，夜參半[13]不寐。體素羸，吾與兄數戒之不得，竊恨焉，果用此致疾。方弟之存，家雖貧，父母起居寢食，毫髮以上，弟皆在視，得其節。弟歿，吾與兄勤志之，輒復遺忘。吾父喜交遊，與諸公夜飲，或漏盡[14]乃歸。旬月中，間者僅三數日耳，弟恆令家人就寢，而已獨候門，及余繼之，則困不支矣。

弟疾起於丁卯[15]之冬，時余與兄避難吳中[16]，弟偕行，喀血，隱而不言，血氣遂大耗。其卒也，以齒牙之疾，蓋體羸不能服藥也。先卒之數日，余心氣悸動，父命避居野寺，弟彌留及夢中呼余不已。嗚呼！昔之人常致死以勤禮，余未有大疾而廢焉，悔與痛有終極邪！

弟初名棠君，後更名林，字椒塗，卒於康熙庚午[17]三月初四日，年二十有一。銘曰：

天之於吾弟吾兄酷矣！使弟與兄死而余獨生，於余更酷矣！死而無知則已，其有知，弟與兄痛余之無依，毋視余之自痛而更酷邪！

【注釋】❶辛巳　康熙四十年（西元一七〇一年）。❷祔　合葬。❸乙卯　康熙十四年（西元一六七五年）。❹棠村　見〈兄百川墓誌銘〉注❸。❺孩　幼兒笑的樣子。引申指幼童。❻戊午　康熙十七年（西元一六七八年）。❼瘡痏　生出癰疽疔癤等。❽瘳　治癒。❾暄　取暖。❿啖　吃。⓫特室　指一間單獨的房子。⓬酒漿　泛指酒類。⓭參半　到達半數。⓮漏盡　刻漏已盡，指夜深或天將曉。漏，古代計時器，銅製有孔，可以滴水或漏沙，有刻度標誌以計時間。⓯丁卯　康熙二十六年（西元一六八七年）。⓰吳中　今江蘇蘇州。⓱庚午　康熙二十九年（西元一六九〇年）。

【語譯】我弟弟已經去世十年，我和兄長奔走四方，還不能為他謀得一塊葬地，而兄長也因為憂患勞累而生病，死於辛巳年冬天。第二年春天，才為他選了墓地安葬於泉井西邊的原野上，而將弟弟與他合葬在一起。

在乙卯年以前，我父親寓居棠村。弟弟幼小時，與母親和各位姐姐一起相處，我則與先兄相處。戊午年以後，先兄在蕪湖侍奉祖父，而弟弟又來與我相處。自從遷到金陵，弟弟與先兄以及姐妹多人都生了瘡瘍，幾年也無法痊癒，而家裡窮得沒有衣服。有一棵枯壞的樹倒在西邊階梯下，每到冬天，等陽光照到屋簷下，大家便非常高興，相互呼喚著在樹上坐成一排，慢慢地隨陽光移動，以此取暖，一直移至東牆下，等夕陽西落，才一個跟著一個回到屋子裡，神色常常淒然黯淡。

先兄去蕪湖以後，家裡更加困難，一個月吃不上兩頓飯的日子經常會遇到。有時候有了糖果、餅餌，弟弟藉口不愛好，定然要讓給我吃。那時，家裡沒有僕役，有一處房子單獨在竹園的西邊，離正室很遠。我與弟弟在那裡面讀書，每到傍晚，風聲蕭瑟，就會看著影子產生恐懼。到時間，弟弟一定會來看望我，有時弟弟坐在這裡，我做別的事情，一會兒就把恐懼忘了。

弟弟性格機警靈敏，聽到雞叫到街市去買米買柴，白天做家務，客人來家裡，幫助我母親預備酒漿，太陽落山後讀書，半夜還不睡。身體一直羸弱，我和兄長多次提醒他也沒有用，心裡暗自遺憾，後來果然因此而得病。當弟弟活著的時候，家裡雖然貧窮，父母的起居寢食，連頭髮絲一般的小事，弟弟都看在眼裡，能做得合適。弟弟死後，我與兄長努力地往腦子裡記，然而還是要遺忘。我父親喜歡交遊，與好友一起晚上飲酒，有時到拂曉才回家。一個月裡，不飲酒的日子只有兩三天而已，弟弟總是讓家裡人先睡，自己卻獨自等候在門口，等到我來接替，他已經困倦得支撐不住了。

弟弟發病於丁卯年冬天，當時我與兄長在吳中避難，弟弟也和我們一起奔波，咳了血，卻將真情隱匿起來不說，於是消耗了很多血氣。他去世是由於牙齒毛病，因為身體羸弱無法服藥。他去世前幾天，我心氣悸動不安，父親要我住到野外寺廟裡回避一下，弟弟彌留之際以及在夢中，不斷地叫喚我名字。嗚呼！從前的人常在一個人臨終前為他做許多事，以盡禮分，我沒有大病卻沒有這麼做，後悔和傷痛是永遠不會消失的！

弟弟初名棠君，後來改名林，字椒塗。死於康熙庚午年三月初四，二十一歲。銘曰：

天對我弟弟對我兄長太殘酷啊！讓弟弟與兄長死卻讓我獨自活，對我更是殘酷啊！死後什麼也不知道倒也罷，如果還有知覺，弟弟與兄長為我孤獨無依而哀痛，難道不是比我獨自悲痛更加殘酷嗎！

【研　析】方苞寫的這篇他弟弟的墓誌銘，飽蘸摯切的情思，追憶往昔生活，以感人的細節、日常場景表達內心對弟弟的思念，文字具體而簡潔，風格上與歸有光的親情散文最為相似。

美好而酸澀的回憶，構成文章的基調。

比如文中寫到作者幼時一家兄弟姐妹互相呵護依助，弟「依母及群姊」，「余依兄」，「弟復依余」，宛如同巢的一群幼鳥，互相倚存護持的圖景，既寫出家裡大人勞累，對孩子無暇周到地事事顧及，也寫出生活雖然寒素，而同胞手足情深，充滿溫馨。又如寫冬季，兄弟姐妹等候太陽上升，照到屋簷下，相呼坐在委倒於西階下的樹幹，曬日取暖，而到了日落，大家又相牽走入房間。從這些文字中，我們不僅讀到了作者與兄弟姐妹童孩時代生活融融之樂，更從中感到他對從前艱辛的家境難以忘懷，心中所銘記的酸楚。

對於弟弟方林，作者著墨較多，既有概括性的敘述，也有生動具體的細節回憶，其中關於讀書的細節寫得異常出色。先說自己無僮僕陪伴，讀書的房間又在竹圃西偏處，與家裡的居室遠遠相隔，「特室」的這種位置，對於兒童來說自然會產生孤獨感和恐懼心。接著又寫時近黃昏，風聲蕭瑟，除了作者，周圍寂無一人，此時他看著自己的影子，恐懼感驟然而加深。作者寫這些是表達他需要有人陪伴，需要別人與他一起驅除寂寞和不安。而恰好在此時，他弟弟出現了，來與作者共度時光，在弟弟相伴下，作者原先的恐懼消失了，心又恢復了平靜。這一段寫兒童對孤獨和寂寞的感受很真切，而弟弟的善解人意、善良的天性，也可由此一節而知其全體。

如果說〈兄百川墓誌銘〉主要表達作者對兄長方舟的敬重，那麼在本文，作者對弟弟方林主要表達的則是感激和歉疚。

亡妻蔡氏哀辭

【題解】 蔡琬（西元一六七〇—一七〇六年），比方苞小二歲，二十一歲與方苞成婚。她識字能讀稗官小說，脾氣倔強，與嫂子相處時生齟齬，方苞對此不滿。蔡琬因為生產之後心情抑鬱，致疾而死，這給方苞很大觸動，想到妻子生前種種的好處，而自己卻對此沒有珍惜，為此感到愧疚難忍。他在此文中真切地向在天國的亡妻表示懺悔，是一篇深情而痛切之作。

此文作於康熙四十五年（西元一七〇六年），方苞三十九歲。

妻蔡氏名琬，字德孚，江寧隆都鎮人，以康熙丙戌❶秋七月朔後二日卒。在余室，凡十有六年。

自己卯❷以前，余客京師、河北、淮南，歸休於家，久者乃三數月耳。自庚辰❸至今，赴公車❹者三，侍先兄疾踰年，持喪踰年，而吾父自春徂❺秋，必出居特室，余嘗從焉，又間為近地之遊，其入居私寢，久者乃旬月耳。余家貧多事，吾父時拂鬱，旦晝嗟吁。吾母疲痾間作，吾與妻必異衾裯❻，竟夕無言。妻常從容語余曰：「自吾歸❼於君，吾兩人生辰及伏臘令節❽、春秋佳日，君常在外。其相聚，必以事故不得入室，或蒿目❾相對，無歡然握手一笑而為樂者。豈吾與君之結歡至淺邪？」

余先世家皖桐❿，世宦達。自遷江寧，業盡落，賓祭⓫而外，累月踰時家人無肉食者，蔬食或不充。至今年，余會試，注籍春官⓬，歸踰月而妻卒。妻性木強⓭，然稍知大義。先兄之疾也，雞初鳴，余起治藥物。妻欲代，余不可，必相佐，又止之，則輾轉達曙，數月如一日也。壬午⓮夏，吾母肝疾驟劇，正晝⓯煩瞶⓰不可過，命妻誦稗官⓱小說以遣之。時妻方娠，往往氣促不能任其詞，余戒以少休，妻曰：「苟可移大人之意，吾敢惜力邪！」

余性鈍直，而妻亦戇，生之日未嘗以為賢也。既其歿，觸事感物，然後知其艱。余少讀《中庸》，見聖人反求者四⓲，而妻不與焉，謂其義無責於過暱也。乃余竟以執義之過而致悔焉。甚矣！治性與情之難也。

蔡氏在江寧為儒家。妻生男二人，皆早殤，女二人。其卒也，產未彌月，蓋自懟⑲以致疾也。年三十有七。於是流涕為辭以哀之，曰：

惟在生而常捐，乃既死而彌憐。羌⑳靈魂其有知，併悲喜於余言！

【注釋】①康熙丙戌　康熙四十五年（西元一七〇六年）。②己卯　康熙三十八年（西元一六九九年）。③庚辰　康熙三十九年（西元一七〇〇年）。④公車　漢代以公家車馬遞送應徵的人，後因以「公車」為舉人應試的代稱。⑤徂　到。⑥衾裯　被、帳。⑦歸　嫁。⑧伏臘令節　指伏祭和臘祭之日，泛指節日。⑨蔫目　極目遠望。⑩皖桐　今安徽桐城。⑪賓祭　招待賓客和舉行祭禮。⑫注籍春官　康熙四十五年（西元一七〇六年），方苞考中進士第四名。注籍，登記入冊。春官，禮部的別稱。科舉考試由禮部主持舉行，方苞考中進士，故稱注籍春官。⑬木強　性格質直剛強。⑭壬午　康熙四十一年（西元一七〇二年）。⑮正晝　大白天。⑯煩憒　煩惱、昏亂。⑰稗官　小官。《漢書．藝文志》：「小說家者流，蓋出於稗官。街談巷語，道聽塗說者之所造也。」⑱余少讀中庸二句　《中庸》載孔子的話：「忠恕違（離開）道不遠，施諸己而不願，亦勿施於人。君子之道四，丘未能一焉。所求乎子以事父，未能也；所求乎臣以事君，未能也；所求乎弟以事兄，未能也；所求乎朋友先施之，未能也。」孔子說，他自己在四項要求中沒有一項達到，鄭玄對此解釋道：這是聖人「明人當勉之無已」。⑲自懟　埋怨自己。⑳羌　語氣詞。

【語　譯】妻子蔡氏名琬，字德孚，江寧隆都鎮人，於康熙丙戌年秋天七月初三去世。她在我家裡，一共十六年。

在己卯年以前，我客居京師、河北、淮南，歸來在家休息，時間長一點也就三個來月吧。從庚辰年至今，我三次進京考進士，伺候先兄的病一年多，服喪一年多，而我父親從春天到秋天，定然是離開家住在別的居室裡，我也曾去陪侍著，有時又偶爾到附近一帶出遊，踏進自己房裡睡覺，時間長一點也就個把月吧。我家貧困事情又多，我父親常常憤悶不樂，早上醒來後就長吁短歎。我母親羸弱有病，間或發作，我和妻子遇到這種情況就不睡一個被窩，整個晚上也不能講話。妻子曾從容地對我說：「自從我嫁給你，我們兩人生日以及伏祭、臘祭佳節，春天和秋天好日子，你經常是在外頭。就算相聚，也必定會因為各種緣故而不能到自己房裡，常常用眼睛遠遠地相望，無法歡喜地握握手笑一笑高興一下。難道我和你相處的福分很淺嗎？」

我祖上住在安徽桐城，世代當官。自從遷居到江寧，家業敗落，除了接待客人、舉行祭禮之外，接連幾個月家裡人沒有肉吃，蔬食有時候也不夠填充肚子。到今年，我參加會試，考中了進士，回家才一個多月妻子卻去世了。妻子性格質直強硬，然而也稍知人倫大義。先兄生病時，雞剛叫，我就起來煎藥，妻子想代替我做，我不答應，她一定要來幫忙，又被我勸止，於是她就在床上輾轉不安，直到天亮，幾個月如一日。王午年夏天，我母親肝病驟然加劇，大白天煩悶昏亂難以挨過，讓妻子誦讀野史小說來消遣。當時妻子正好懷孕，往往氣息緊促讀得很累，我提醒她要注意一下休息，妻子說：「如果可以轉移母親的注意力，我又怎麼敢愛惜自己的氣力呢！」

我性格愚鈍直率，而妻子也迂愚犟直，她在世時我沒有認識到她賢慧。去世以後，觸事感物，然後才知道她的艱難。我年青時讀《中庸》，看到聖人反省自己身上的四件事，而其中沒有談到如何與妻子相處，以為丈夫與妻子相處不可過於親暱。而我現在最終要為太拘泥這種道理而向妻子致歉。妥善處理好道理和感情的關係，真是太難了。

蔡氏在江寧是一戶讀書人家。妻子生男孩二人，都夭折，生女兒二人。她去世時，產後還沒有滿月，因為在心裡埋怨自己而生病。年紀三十七歲。對此我流淚寫文章哀悼她：

因為在生前沒有好好地珍惜，才會在去世後感到更加憐愛。如果靈魂是有知的，會對我的話又悲傷又高興！

【研　析】方苞與蔡琬行將結婚之前，他弟弟方林病逝。方苞本來想推遲婚期，遵循一種嚴格的禮制為弟弟延長守喪的日子，無奈蔡琬的父母覺得女兒、女婿年紀都不小，便催促他舉行了婚禮。方苞婚後，「入室而異寢者旬餘」，勉強完成了服喪的期限。這件事情引起「族姻大駭，物議紛然」，而方苞卻認為自己是「廢禮而成婚」，犯了不可饒恕之過，為此而憾恨（見方苞〈己亥四月示道希兄弟〉）。這不免使他對新婚妻子產生了一種不快。在婚後生活中，方苞還對妻子添了新的不滿。蔡琬與方苞的嫂子關係一向不和睦，經常發生口角。他哥哥方舟為此大為惱火，一次發脾氣，教訓妯娌：「汝輩日十反唇，披髮搏膺無害，但欲吾兄弟分居異財，終不可得也。」（同上）方舟去世前留下遺言，希望自己將來能與兄弟合葬，不欲與妻子同丘。這固然是重兄弟情誼，也流露了他心裡對妻子和弟媳的失望和怨咎。方苞重兄弟手足之情一如他的兄長，當然不願意看到自己的妻子負氣與嫂子爭吵，壞了家裡體統。他在這些事情上不可能對嫂子說什麼，於是，妻子便成了他責怪的唯一對象。

由於上述二方面原因，妻子難以讓方苞稱心，他嫌她性格木強，教養一般，這難免影響到平時家庭生活的氣氛。何況，方苞對女子的觀念不脫三從四德，他認為婦人對家族具有潛在的離心力，「兄弟宗族之疾，近起於各私其妻子（妻與子）。」「凡恩之賊，多由婦人志不相得。」（〈己亥四月示道希兄弟〉）他還諷刺當時金陵的風俗，丈夫太嬌縱妻子，「蓋以母之道奉其妻而有過之」（〈甲辰示道希兄弟〉）。他以這樣的眼光看待女子，就更易放大妻子身上的缺點。所以，方苞、蔡琬結婚以後的生活，沒少磕磕碰碰。蔡琬出身於江寧儒家，能識字讀書，她敬重丈夫的學識、文才，可是，這並不能減輕自己未被丈夫理解的委屈和憂傷。她結婚十六年後，因一次坐月子患病去世，只活了三十七歲。

妻子遽然早逝，給了方苞很大觸動，他觸事感物，覺得自己過去對妻子求全責備失之苛刻，不近情理，其實平心靜氣，細細思忖，妻子仍有不少長處，即使她有時任性，也是人之常情，不應當斤斤計較。這樣想著，他油然湧起了一股對妻子的歉疚感。於是他寫了〈亡妻蔡氏哀辭〉，傾吐自己對妻子的思念和悔意。文章著重寫了以下內容：

一、妻子入嫁以後，因作者本人到處遊學和奔波謀生，以及陪侍照料家人之故，經常孤棲空房，遭受了委屈。其中記述妻子與丈夫有時在家裡「藹目相對」，想「歡然握手一笑而為樂」卻難以實現，吐盡從前在大家庭環境中生活的媳婦心中的失望和傷感，她的話語愛怨交加，如聞其聲。

二、追憶妻子生前的好處。如幫助他一起照顧生病的哥哥，又如不顧自己已有身孕，體弱不適，為阿婆誦稗官小說以供她消遣娛樂，減輕煩聵痛楚。據方苞〈先母行略〉載，他母親患有「心疾」，「每作，晝夜語不休」，是一種間歇性發作的神經官能症。侍候這樣的病人，付出的心力可想而知。

三、向妻子表示自己「執義之過而致悔」的心情，這也是本文最值得提出的內容。對於上面說的妻子好處，方苞在平時似乎沒有珍惜，不僅如此，他似乎更加習慣於從妻子身上察覺出她的瑕疵，說她不是。這主要關乎於方苞對夫婦相處之道及女性抱持的態度和認識。他在文中提到《中庸》記載的孔子一段話，意思是說，人倫中父子、君臣、兄弟、朋友都應當以忠恕之道相處，求之於他人者，自己必須先予履行。《中庸》在這裡沒有談到夫婦之間應當如何相處的問題，大概是讓各人自己去處理吧。方苞長期認為，夫婦相處「無貴於過暱」。「過暱」的意思就是過於親密，或曰私昵、溺愛，這當然主要是站在丈夫的立場上對妻子說的。方苞以為，過於憐惜妻子的丈夫，不免是有點委瑣可笑的。所以他與妻子相處，對她嚴格有餘，卻很少為她設身處地著想，對她處世的艱難也鮮有體諒，由於要求過苛，加上缺乏同情的理解，種種不滿也就滋生了。妻子在世時，方苞沒有覺得這樣待她有什麼不合理，可是妻子逝世後，他再細細地體會人情況味，從妻子的位置思考夫婦關係，才發現了自己從前的不是，他檢討說，這錯就錯在「執義之過」上。他說的「義」，實質是指婦德和男權思想。如果男子過分地苛求婦德，一味地擺出夫綱威嚴的樣子，就會委屈妻子，對不起她們的感情和生命。古人認為，這也是一個「性」與「情」的關係問題，「執義之過」即意味以性抑情，因為，過多地拿義理說事，森然古板，家庭勢必缺少溫馨的人情，柔淡的風致，甚而至於使女性處處覺得受到了壓抑、不自在。在舊時代，這是造成許多婦女心理和精神上悲苦和不幸的一個根源。其實，《中庸》「施諸己而不願，亦勿施於人」，這也是適合於處理夫婦關係的，可是，舊式的許多男子往往不習慣這樣想，也不願意這樣做。方苞對妻子說，在這個問題上他曾經錯過，現在他明白了錯。這是他寫〈亡妻蔡氏哀辭〉最想對妻子表白的心情。所以他寫這篇文章，是出於一種向妻子致歉的強烈的精神需要，而惟其如此，它才成為了一篇由衷而發的真誠文字。

當方苞覺悟到要對妻子多親和一點，多愛她一點的時候，妻子卻已經長眠地下，再也無法接受丈夫更新過了的態度和感情，一切都已經永遠無法彌補。世事往往如此，東晴西雨，舛錯發生，這是怎樣的一種悲哀！方苞真實地寫下了他的悲懷，筆致沉痛，尤其是對無可挽回的往事表現了深長的悔痛，這正是〈亡妻蔡氏哀辭〉最讓人動容的地方。「惟在生而常捐，乃既死而彌憐」，作者痛定思痛，講述他終生難弭的缺憾，自然他也借此對世人表示一種希望，夫妻應當敬愛及時，不要重蹈他的覆轍。中國古代缺少向別人道歉的傳統，尤其是缺少男性向女性道歉的傳統，在浩瀚的文海詩潮中，找不到幾篇男子向女子致歉的作品，彷彿這樣的話是男子所不屑啟齒、不屑落筆的，正因為如此，方苞此文才顯得特別，值得珍重。雖然他向妻子致歉實在是遲了，但是，他畢竟還是說出了那個時代男兒爺們不願意說的話，這也可算是難能可貴，不同一般吧。

別建曾子祠記

【題解】曾參（西元前五〇五—前四三五年），字子輿，春秋末期魯國南武城（今山東平邑）人。他是孔子弟子，世稱曾子，後世尊為「宗聖」。相傳《大學》、《孝經》由他著述。濟寧宗聖祠（又稱宗聖廟、曾子廟）位於今山東嘉祥城南滿硐鄉南武山南麓。據說始建於周考王十五年（西元前四二六年），原名忠孝祠。明正統九年（西元一四四四年）重建，改稱宗聖廟。隆慶三年（西元一五六九年），該處改為兗州運河同知公署，遷曾子神位於濟寧西城樓。清雍正三年（西元一七二五年），楊三炯又在原處恢復為宗聖曾子祠，西城樓供過曾子神位的地方稱曾子樓。本文應方苞友人楊三炯之請而作，述其別建曾子祠的緣起，以及勉勵學生學習曾子人格，樹立遠大志向。

關於楊三炯，可以參看本書〈楊千木文稿序〉題解。雍正初，楊三炯以兗郡府丞（郡守的副貳）督理濟東漕河。雍正四年查嗣庭案發，楊三炯因與查氏同年，曾請託於他，受牽累革職入獄，不久獲釋。

本文又名〈雍正別建曾子祠記〉。撰於雍正三年至四年間（西元一七二五—一七二六年），方苞五十八至五十九歲。

雍正三年春，苞赴京師，道濟寧❶。諸暨楊三炯以兗郡丞督漕駐此，云：「始到官，寓署之西偏，蓋曾子故居也，聽事❷處，即正廟。前吏者❸遷主❹於西城樓而宅之，又於隙地治燕私之齋。余將就❺其址，構數楹❻，迎主歸定祀，且延師召諸生講誦於此，俾眾著❼於先賢之遺蹟而不敢廢焉。舍故廟❽而別祠，恐後之人狃❾於前事而不能保也。」秋九月，以書來請記，曰：「工訖矣。」

余嘗謂道一而已，而聖賢代興，其操行之要，與所示學者入德之方，則必有為前聖所未發者。《詩》、《書》、《易》、《禮》深微奧博，非積學者不能偏觀而驟入也。至孔子，則所言皆平近顯易，夫人可知，而六經之旨備焉。至曾子傳《大學》，揭慎獨❿之義，俾學者隨事觸物而不容自欺，所以直指人心道心之分⓫，而開孟子所謂幾希⓬之端緒，乃前之聖人所未發也。其自稱曰：「吾日三省吾身⓭。」即慎獨之見於操行之實者耳。

夫見廟而思敬，過墓而知哀，苟有人心者，莫不然，況入先賢之宮，而有漠然無所興起者乎？諸生誠切究夫省身慎獨之義，則知功利之溺心，詞章之蠹⓮學，而慨然有志於遠且大者。而後之吏者，自惟燕私之居，則務廣而無窮，而先賢祀享、諸生講誦之地，盡取而不留一區，其必有不得於心者矣！此三炯之志也。江南後學方苞記。

【注釋】❶濟寧　今屬山東省。❷聽事　辦公。❸前吏者　指明朝隆慶年間兗州運河同知官員。❹主　神主的牌位。❺就　在。❻楹　廳堂的前柱，也被用以計算房屋間數。❼著　貼近。❽故廟　指濟寧西城樓供奉曾子神位的地方。❾狃　拘囿。❿慎獨　獨處時也能做到謹慎不苟。《禮記．大學》：「此謂誠於中，形於外，故君子必慎其獨也。」⓫人心道心之分　人心是私欲，道心是天理。《尚書．大禹謨》：「人心惟危，道心惟微，惟精惟一，允執厥中。」儒家稱此為「虞廷十六字心傳」。⓬孟子所謂幾希　《孟子．離婁下》：「孟子曰：『人之所以異於禽獸者幾希，庶民去之，君子存之。』」趙岐注：「幾希，無幾也，知義與不知義之間耳，眾民去義，君子存義也。」⓭吾日三省吾身　語見《論語．學而》：「曾子曰：『吾日三省吾身：為人謀而不忠乎？與朋友交而不信乎？傳不習乎？』」省，反省。⓮蠹　害。

【語譯】雍正三年春，我前往京城，經過濟寧。諸暨楊三炯任兗郡府丞之職督辦漕運，駐紮在這裡，他說：「剛上任時，住宿的寓所在官署的西側，那裡是曾子的祠堂，而官署辦公的地方，就是正廟。從前在此地做官的人將神主牌位搬遷到西城樓，自己卻在這裡住下來，並且還在空隙地建造起了私人飲宴玩樂的堂所。我打算在曾子祠的原址，造幾間房子，將他的神主牌位迎回來，按時祭祀，而且延請老師召集學生在這裡講習誦讀，讓大家接近從前賢人的遺跡而不敢荒廢學業。搬離此前供奉神主的廟宇而在別處建祠，不免擔心以後的人拘於過去事情不能將這座祠保存下去。」秋天九月，他來信請我寫記文，說：「工程已經完成了。」

我曾經說過，道總是一樣的，然而聖賢一代一代產生，他們重要的操守、品行，以及傳授給學者如何進入道德境界的方法，則必定有前代聖人所沒有發明的東西。《詩經》、《尚書》、《周易》、《禮記》深刻微妙，玄奧廣博，不通過長期地學習積累，是不能全面瞭解而驟然掌握的。到了孔子，雖然他說的都是平實淺近，明白簡易的話，人人都可以懂得，而六經旨義在他的話裡全部都具備了。再到曾子作《大學》，發明了一個人哪怕獨處時也要謹慎不苟的道理，使學者意識到凡遭遇事情、接觸事物都不應該容忍發生自己騙自己的行為，由此直接地指出了人心與道心、私欲與天理的區別，從而為孟子所謂人與禽獸差別無幾的學說開了端倪，這乃是以前的聖人所沒有發明的道理。曾子自稱：「我每天經常地反省自己。」這就是把獨處時也要謹慎不苟的道理用到了實際操行中。

看見祠廟而產生敬意，路過墳墓而知道哀傷，只要是有心腸的人，無不如此，何況是走進從前賢人莊嚴的祠堂，難道會有漠然而無所感奮的人嗎？學生們果真能夠切實地參究「每天經常反省自己」、「獨處時也要謹慎不苟」的道理，那麼就會明白功利會溺害心靈，詞章會毀壞學術，從而慨然樹立遠大的志向。那些後世官吏，只想著自己飲宴玩樂的堂所，則是大了還要大，多了還要多，而前賢享受祭祀、學生講習誦讀的地方，則被全部取走不留寸土，這樣做必定是他們的心已經不正常了！上面正是三烱別建曾子祠的想法。江南後學方苞記。

【研　析】本文所說「道一而已」，出於孔子與曾子及門人的一次對話。《論語．里仁》說：「子曰：『參乎，吾道一以貫之。』曾子曰：『唯。』子出，門人問曰：『何謂也？』曾子曰：『夫子之道，忠恕而已矣。』」方苞認為，「道」雖然是「一」，統攝所有，亙古而長存，然而「聖賢代興」，他們各人就如何堅守操行，如何向學者傳授進入道德境界的方法，又各有自己的發明貢獻，決不會因為「道一」而無所作為，了無新意，因此儒家思想傳承的歷史實際上是一個持續的發展過程，而不是簡單重複。他在文中一方面肯定曾子傳承了孔子思想，另一方面又肯定他發明了省身、慎獨的道德修養學說，豐富了儒學的重要內容，從而成為從孔子到孟子承上啟下的重要人物。這一說明符合曾子在中國儒學史上的實際地位，也符合人們歷來對曾子的歷史認同。過去許多地方建有曾子祠、曾子廟，以他的精神和襟懷化育人心，都體現了對曾子的這種禮贊。本文寫楊三炯所以要將曾子祠建回原址，方苞所以撰文稱讚楊氏這一重建工程，也是對曾子思想的禮贊。這是本文的主線，也是方苞所要強調和宣揚的道理。

本文還有一條副線，就是對不尊重曾子的官府和官員表示憤慨，而亟欲糾正其敗壞儒學教化傳統的行徑。濟寧曾子廟在明朝隆慶三年（西元一五六九年）被改建為兗州運河同知公署，而將曾子神位遷於濟寧西城樓，不僅如此，官府又在公署旁邊的空隙地上構築了「燕私之齋」，作為官員享樂的場所，而這也是曾子廟原址的一部分。這種改建從表面上看，似乎只是對建築物的地緣位置變更調整，而其實質則是以官權逼迫思想的偶像邊緣化，反映了官權對思想的驅逐，顯示了官權至高無上，何況其中還夾帶著具體官員的個人享樂主義欲望，更是對曾子造成了褻瀆。這無疑是對曾子廟的一種諷刺，也是對儒學傳統的敗壞，讀者則由此看到了歷史上的尊儒有時往往也是名不副實。文章經過這一層反襯，更顯出作者禮贊曾子所體現出的淑世願望並非是無的放矢。

重建陽明祠堂記

【題　解】王守仁（西元一四七二—一五二八年），字伯安，世稱陽明先生，浙江餘姚人。他是明朝一代重臣，也是卓有建樹的大儒。他的良知學說產生了很大影響，形成中國哲學史上的陽明學派。王守仁曾任南京兵部尚書，為政將近六年，金陵對擴大王陽明心學的影響具有重要意義。焦竑〈陽明先生祠堂記〉稱金陵是王陽明「首善之地」，卻沒有祭祀王陽明的專祠，不免令人遺憾。明萬曆年間，周汝登有感於此，發願建造王陽明祠堂，又得黃承元繼事而完成。後來，祠堂逐漸荒壞。清乾隆十一年（西元一七四六年）冬至次年夏，陳悳榮重新修繕一新。陳悳榮推崇王陽明學說，崇敬他的人格，在貴州任官時已經重建王陽明龍岡書院（後來易名王文成公祠），重建金陵陽明祠堂，體現他一貫崇拜王陽明的心理。方苞應陳悳榮之請撰寫這篇記。方苞信仰程朱學說，對王陽明思想也有肯定，認為當士大夫漸失羞惡是非之本心，輕易自陷於不仁不義之際，王陽明提倡良知學說無疑是思想善舉，並對王氏後學也作了一定肯定。方苞這篇文章受到了焦竑〈陽明先生祠堂記〉觀點的影響。這些對於全面認識方苞思想顯然都是有意義的。

本文作於乾隆十二年（西元一七四七年），方苞八十歲。

自余有聞見，百數十年間，北方真儒死而不朽者三人，曰定興鹿太常❶，容城孫徵君❷，睢州湯文正❸，其學皆以陽明王氏為宗。鄙儒膚學，或勦程、朱之緒言，漫詆陽明以釣聲名而逐勢利。故余於平生共學之友，窮在下者，則要以默識躬行；達而有特操者，則勖❹以睢州之志事，而毋標講學宗指。

金陵西華門❺外，舊有陽明書院，不知廢自何年。講堂學舍，周垣❻盡毀，其餘屋圃者❼居之，繚以廁匽❽。欲聲其罪，則其人已亡；欲復其舊，則費無所出。乾隆十一年，貴州布政使安州陳公❾調移安徽，過余北山❿，偶言及此，遂議興復。逾歲五月告成，屬記之。蓋公乃余素以睢州志事相勖者，其尊人鳴九先生⓫承忠節、徵君之學，為教於鄉國。故公於茲祠，成之如此其速也。

嗟乎！貿儒⓬耳食，亦知陽明氏揭良知以為教之本指乎？有明開國以來，淳朴之士風，至天順⓭之初而一變，蓋由三楊⓮忠衰於爵祿，以致天子之操柄，閣部⓯之事權，陰為王振⓰、汪直⓱輩所奪，而王文⓲、萬安⓳首附中官⓴，竊據政府，忠良斥，廷杖開，士大夫之務進取者，漸失其羞惡是非之本心，而輕自陷於不仁不義。陽明氏目擊而心傷，以為人苟失其本心，則聰明入於機變，學問助其文深，不若固守其良知，尚不至梏亡而不遠於禽獸㉑。至天啟㉒中，魏黨㉓肆毒，欲盡㉔善人之類。太常、徵君目擊而心傷，且身急楊、左㉕之難，故於陽明之說直指人心者，重有感發，而欲與學者共明之。

然則此邦人士升斯㉖堂者，宜思陽明之節義勳猷，忠節、徵君、文正之志事為何如，而己之日有孜孜者為何事，則有內愧而寢食無以自安者矣。又思陽明之門如龍溪㉗、心齋㉘，有過言畸行，而未聞其變詐以趨權勢也；再傳以後，或流於禪寂㉙，而未聞其貪鄙以毀廉隅㉚也。若口誦程、朱，而私取所求，乃孟子所謂失其本心㉛，與穿窬㉜為類者，陽明氏之徒，且羞與為伍。是則陳公重建茲祠之本志也夫！

郡志載前輩焦弱侯〈重修書院記〉，略云：創建者，海門周公，時攝京兆。厥後與參黃公嗣事，乃成之㉝。今茲重建，費大於作始。公惟不詰屋與地私相授受之由，而官贖之，價從其秪㉞，鳩㉟工庀㊱材，並出祿賜。邑侯㊲海寧許君㊳助之。屬役於紳士，不由胥吏，故不日而事集㊴。經始於乾隆十一年季冬，訖工於十二年仲夏。方苞記。

【注釋】❶鹿太常　鹿善繼，謚忠節。見〈孫徵君傳〉注⑯。方苞撰有〈鹿忠節公祠堂記〉，表彰他的品節和學問。❷孫徵君　孫奇逢。見〈孫徵君年譜序〉題解。❸湯文正　湯斌。見〈與某公書〉注⑫。❹勖　勉勵。❺西華門　明代南京宮城的西門，位於今南京市中山東路南側，西起長白街，東至天津橋。❻垣　矮牆。❼圃者　種菜的人。❽廁匽　路邊廁所；臭水溝。❾陳公　陳悳榮（?—西元一七四七年），字廷彥，直隸安州（河北安新）人。康熙五十一年（西元一七一二年）進士，乾隆初歷任貴州按察使、布政使，十一年，遷安徽布政使，卒於官。陳悳榮任貴州布政使時，曾在當地重建龍岡書院，道光年間更名王文成公祠。布政使，清代為督、撫的屬官，專管一省的財賦和人事。❿北山　南京鍾山。⓫鳴九先生　陳鶴齡，字鳴九。父泚，尚儒學。子悳華、悳榮、悳正皆成進士。他潛心理學，涵養粹然，工文章，著作皆根理要。康熙二十三年中舉，選授正定縣教諭，升順天府武學教授，卒於官。學者稱懿長先生（見《畿輔通志》卷七十九〈文翰〉）。⓬貿儒　陋儒；腐儒。⓭天順　明英宗復辟後年號（西元一四五七—一四六四年）。⓮三楊　楊士奇、楊榮、楊溥，明仁宗至明英宗時期三位大臣。楊士奇（西元一三六五—一四四四年），名寓，字士奇，號東里，以字行。明朝江西泰和（今泰和縣澄江鎮）人。楊榮（西元一三七一—一四四〇年），原名子榮，字勉仁，建安（今福建建甌）人。楊溥（西元一三七二—一四四六年），字弘濟，明湖廣石首（今屬湖北）人。⓯閣部　內閣和吏戶禮兵刑工六部。明初廢丞相，逐漸形成內閣制度，開始內閣官員僅備顧問，仁宗以後內閣權位漸高，入閣者實際掌握宰相權力。⓰王振　（?—西元一四四九年）山西蔚州（治今河北蔚縣）人。明宦官，結黨營私，正統十四年（西元一四四九年），瓦剌來犯，挾英宗親征，導致土木堡之敗，他也死於亂軍中。⓱汪直　廣西桂平西北大藤峽人，瑤族。明宦官，成化年間（西元一四六五—一四八七年）提督西廠，爪牙遍佈全國，屢興大獄，後被貶逐而死。⓲王文　生於西元一三九三年，死於西元一四五七年。原名強，宣宗賜今名。字千之，東鹿（今河北辛集）人。永樂十九年（西元一四二一年）進士，歷官右都御史、吏部尚書。英宗復辟，被劾與于謙謀立外藩，查無實據，仍被同斬。⓳萬安　（?—西元一四八九年）字循吉，四川眉州人。正統十三年（西元一四四八年）進士，成化中以禮部左侍郎入內閣，參機務。不學無術，諂事權閹，向萬貴妃自稱子姪行，官至吏部尚書、華蓋殿大學士。孝宗即位，被劾休去。⓴中官　太監。㉑梏亡而不遠於禽獸　語出《孟子・告子上》，意思是說，人被利欲熏染，喪失本性，變得與禽獸差不多。

梏亡，受束縛而致喪失。梏，古代木製的手銬。㉒天啟　明熹宗年號（西元一六二一－一六二七年）。㉓魏黨　魏忠賢和他的黨羽。㉔盡　滅絕。㉕身急楊左　據〈孫徵君傳〉，積極組織營救楊漣、左光斗是孫奇逢、鹿正（鹿善繼父親）、張果中，人稱「范陽三烈士」。方苞此處以為急楊、左之難者是鹿善繼，或許是因為他一起加入了營救，雖然作用不及鹿正，也不妨如此隨文敘事。㉖斯　此。㉗龍溪　王畿（西元一四九八－一五八三年），字汝中，號龍溪，山陰（今浙江紹興）人。嘉靖五年（西元一五二六年）進士，官至南京兵部郎中。拜王陽明為師，傳播王學不遺餘力。有《龍溪集》。㉘心齋　王艮（西元一四八三－一五四一年），原名銀，王守仁為他改名。字汝止，號心齋，泰州安豐場（今江蘇東臺）人，人稱王泰州。王陽明弟子，泰州學派創始人。有《王心齋先生選集》。㉙禪寂　佛家追求虛無寂滅，故謂思慮寂靜為禪寂。㉚廉隅　比喻端方不苟的行為、品性。㉛失其本心　語出《孟子．告子上》，謂一個人為利所惑，改變善良本心。㉜穿窬　穿穴、踰牆，皆為小偷勾當。語出《孟子．盡心下》。㉝郡志載七句　焦弱侯，焦竑（西元一五四〇－一六二〇年），字弱侯，號澹園、漪園，江寧（今江蘇南京）人。萬曆十七年（西元一五八九年）會試狀元，官至翰林院修撰。有《澹園集》等。重修書院記，載焦竑《澹園續集》卷四，題為〈陽明先生祠堂記〉。海門周公，周汝登（西元一五四七－一六二九年），字繼元，號海門，嵊縣（今屬浙江）人。王守仁再傳弟子。萬曆五年（西元一五七七年）進士，授工部屯田主事，累官南京尚寶寺卿、工部尚書。萬曆十五年，創辦鹿山書院。有《周海門先生文錄》、《東越證學錄》、《王門宗旨》、《聖學宗傳》等。京兆，京都，南京為明朝陪都，故稱。京兆也指京都地區的行政長官。黃公，黃承元，字與參，又字玉田、履常，秀水（今浙江嘉興）人。萬曆十四年（西元一五八六年）進士，萬曆二十年授應天尹，官至副都御史巡撫福建，有政聲。著有《河漕通考》、《安平鎮志》。㉞柢　物體的底部。此指最低價。㉟鳩　聚集。㊱庀　備齊。㊲邑侯　縣令。㊳海寧許君　不詳。海寧，在今浙江。㊴集　完成。

【語　譯】自從我有聞見知識以來，在這一百幾十年中，北方稱得上死而不朽的真儒有三人，即定興鹿太常、容城孫徵君、睢州湯文正，他們的學說都以王陽明為宗。鄙陋的儒士學識疏淺，又抄襲程、朱的片言隻語，隨意詆毀王陽明，藉以沽名釣譽，追逐勢利。所以我對平生共同追求學問的友人，身在仕途之外者，則要求他們闇誦默記，躬行踐履；進入仕途而有特異節操者，則以睢州湯文正的志尚、事業勉勵他們，奉勸他們不要標舉講學的宗旨。

金陵西華門外，過去有陽明書院，不知荒廢於哪一年。講堂、學舍、四周牆垣，全都已經毀壞了。其餘的屋子，種菜人住在裡面，廁所、臭水溝環繞周圍。想追究誰的過失，那些人已經不在；想修復原來的建築，則又沒法落實費用。乾隆十一年，貴州布政使安州陳公調任安徽，到北山來拜訪我，偶爾談及此事，便商議要修復陽明書院。次年五月竣工，囑咐我撰文記之。陳公便是我平素以睢州湯文正的志向、事業相勉勵的人，他父親鳴九先生繼承鹿忠節、孫徵君學說，在鄉里教書。所以先生對這座祠堂，修繕如此迅速。

嗟乎！陋儒徒信傳聞，對陽明先生揭舉「良知」以為施教的根本宗趣又能知道什麼呢？明朝建立以來，淳樸的士風至天順初發生一大變化。這是因為三楊為了爵位俸祿致使忠心衰弱，以致天子的權力，內閣和各部的職權，暗中被王振、汪直之輩所侵奪；而王文、萬安俯首投靠宦官，以不正當手段把持朝政，忠良被排斥，廷杖之刑大開，志在作為和進取的士大夫，漸漸喪失了是非羞恥的本心，輕易地就使自己陷入不仁不義的境地。陽明先生目擊這一切，心中哀傷，認為人假如失去了本心，聰明就會變成心機，學問則會助長深文周納，不如固守人的良知，尚且不至於變得與禽獸差不多。至天啟中，魏忠賢之黨肆意荼毒天下，要把所有善良的人一網打盡。鹿太常、孫徵君目擊這一切，心中哀傷，而且對楊漣、左光斗的不幸遭遇十分焦急，所以對於王陽明直指人心的學說，產生了深切感觸，從而想與學者們一起共同發明它。

由此看來，此地人士走進這座祠堂，自應思忖王陽明的節義、功勳，思考鹿忠節、孫徵君、湯文正的志向和事業是什麼，而自己每日孜孜追求的又是什麼，這樣自然就會心生羞愧而寢食無以自安了。還要再想想王陽明門生如龍溪、心齋，雖然有偏激的言詞，不合常情的舉止，然而沒有聽說他們用機變狡詐的手段趨炎附勢；傳至第三代以後，有的人走入佛門空寂之境，然而也沒有聽說他們貪婪鄙吝而毀掉了自己端直的品行。倘若嘴上念誦程、朱，私下卻攫取一己之利，這便是孟子所謂喪失了本心，與小偷同為一類的人，陽明氏的追隨者，尚且羞與這些人為伍。以上就是陳公重建此祠堂的初衷吧！

郡志記載前輩焦弱侯〈重修書院記〉，其文大略說：創建祠堂的人，是海門周公，當時掌管京兆地區。此後黃與參公繼續此事，終於完成。今日這次重建，費用比初建還大。陳公的做法是，不問房屋、田地在過去私相授受易手的由來，一律以政府名義贖買，價格從低，招募工匠、儲備材料，一切費用以他自己的俸祿支付。縣令海寧許君也相佐助。將一應勞役託付鄉紳，不交由衙門小吏，因此沒有多久便完工了。重建開始於乾隆十一年十二月，竣工於十二年五月。方苞記。

【研　析】 方苞此文明為紀述，實為說理。王陽明懷疑理學，創立心學，提出「良知說」，認為人的良知具有普遍性，「夫良知即是道，良知之在人心，不但聖賢，雖常人亦無不如此。」（〈答陸原靜書〉）且認為自古至今，不論聖賢或是常人，甚至於強盜，都具有良知。「蓋良知之在人心，亙萬古，塞宇宙，而無不同。」（〈答歐陽崇一〉）「良知在人，隨你如何不能泯滅。雖盜賊亦自知不當為盜，喚他做賊，他還忸怩。」（《傳習錄》下）這可以說打破了聖人同凡人的界限，在思想上是頗為新銳的。方苞站在維護程朱理學的立場上，對王陽明的心學可以說非常抵觸，他在〈學案序〉中說：「自陽明王氏出，天下聰明秀傑之士，無慮皆棄程、朱之說而從之，蓋苦其內之嚴且密，而樂王氏之疏也；苦其外之拘且詳，而樂王氏之簡也。」而且經常說「陽明氏為世詬病久矣。」（〈廣文陳君墓誌銘〉）但是，這並不等於他認為王陽明學說全無是處，相反，他對王學的一部分內容相當肯定，對王學在社會上產生的作用也有正面評價。在本文中，方苞強調王學是具體歷史條件下的產物，是對當時不良社會風氣的批判，是鼓勵人們潔身自好的淑世之學，在王學傳承過程中，這種批判性和淑世性也發揮了積極的作用。雖然王門中人有偏激的言論和不尋常的行為或者遁入寂門，但是卻從未聽說他們有趨炎附勢的行為，也沒有聽說他們貪婪鄙吝而毀掉了自己端直的品行。方苞認為，這比那些口誦程朱，卻總念著私欲的人要好很多。而且，他認為王陽明在忠於君國這樣一些根本問題上，與程朱學說也是相通無違，〈鹿忠節公祠堂記〉即說：「至忠孝之大原，與自持其身心而不敢苟者，則豈有二哉？」方苞對王陽明學說作這種正面評價，並不是表示他偏離了自己所堅持的程朱立場。我們若不是固執程朱、陸王學說絕對對立之見，那麼對於方苞這種思考問題的態度就比較容易理解和接受。另一方面，我們也要看到，方苞在本文中較多肯定王陽明學說，一個很重要的目的，是借此抨擊口頭上信奉程朱學說，而實際的道德行為卻非常敗壞的人，也可以說他是出於借王陽明學說以清理程朱門戶內部的一種策略思考，所謂他山之石可以攻玉。

鹿忠節公祠堂記

【題解】鹿善繼（西元一五七五—一六三六年），字伯順，號乾岳，直隸定興（今河北定興）人，鹿正兒子。萬曆四十一年（西元一六一三年）進士，歷任戶部主事、兵部職方主事。天啟二年孫承宗經略薊遼，鹿善繼請從，在師中多所經畫。仕至太常寺少卿。清兵破定興，不屈死，謚忠節。《明史》有傳。著有《四書說約》等。鹿善繼是河北著名學者，宗尚王陽明心學，品節高亮。他說：「吾輩讀有字的書，卻要識沒字的理。」（引自黃宗羲《明儒學案》卷五十四）這被認為是論學名言。方苞在〈孫徵君傳〉、〈重建陽明祠堂記〉等文章中，反復表彰鹿善繼，不僅著眼於鹿氏個人的品格，而且也反映出他對王陽明心學的一種評價態度。人們稱方苞「學行繼程朱之後」（王兆符〈望溪文集序〉），而往往對他如何認識王陽明心學不甚了了，甚至存在某些誤會，想當然地以為他排斥王學。以上提到的文章以及本文，對我們正確認識這個問題會有幫助。

定興鹿忠節公致命❶於城西北隅，邑人就其地為祠。曾孫某葺之，列樹增舍，俾子孫暨鄉人志公之學者，得就而講習焉。

余嘗謂：自陽明氏作，程、朱相傳之統緒，幾為所奪。然竊怪親及其門者，多猖狂無忌，而自明之季以至於今，燕南❷、河北❸、關西❹之學者，能自豎立，而以志節事功振拔於一時，大抵聞陽明氏之風而興起者也。昔孔子以學之不講為憂❺，蓋匪❻是則無以自治其身心，而遷奪❼於外物。陽明氏所自別於程、朱者，特從入之徑塗❽耳，至忠孝之大原❾，與自持其身心而不敢苟者，則豈有二哉？方其志節事功，赫然震動乎宇宙，一時急名譽者多依託焉以自炫，故末流之失，重累所師承。迨❿其身既歿，世既遠，則依託以為名者無所取之矣。凡讀其書，慕其志節事功而興起者，乃病俗學之陋，而誠以治其身心者也。故其所成就，皆卓然不類於恆人⓫。

吾聞忠節公之少也，即以聖賢為必可企⓬，而所從入則自陽明氏。觀其佐孫高陽及急楊、左諸公之難⓭，其於陽明氏之志節事功，信可無愧矣。終則致命遂志，成孝與忠，雖程、朱處此，亦無以易公之義也。用⓮此知學者果以學之講為自事其身心，即由陽明氏以入，不害為聖賢之徒。若夫用程、朱之緒言⓯，以取名致科，而行則背之，其大敗程、朱之學，視相詆訾者而有甚也。

公之生平，耿著⓰於天壤，蓋無俟⓱於余言。故獨著其所以為學之指意⓲，使學者知所事而用自循省⓳焉。是則公之志也夫！

【注釋】❶致命　遇難；獻身。❷燕南　泛指今河北以南的地區。燕，古代國名，都城在今河北大興。❸河北　黃河以北。河，黃河。❹關西　函谷關以西。關，函谷關。❺昔孔子句　《論語．述而》：「德之不脩，學之不講，聞義不能徙，不善不能改，是吾憂也。」孔子強調學須不斷地、反復地講習，才能夠明白和掌握。❻匪　非。❼遷奪　改變。❽從入之徑

塗　程、朱主張即物窮理，即由外入內，求知明理；王陽明則主張致知格物，由發明自己心的良知，再推及事事物物。塗，同「途」。❾大原　根本。❿迨　等到。⓫恆人　常人。⓬企　企及；趕上。⓭佐孫高陽及急楊左諸公之難　孫承宗經略薊遼，鹿善繼曾隨入幕府，佐助贊畫。急楊漣、左光斗之難，主要是鹿善繼父親鹿正及孫奇逢、張果中發揮組織作用。參見〈孫徵君傳〉和〈重建陽明祠堂記〉注㉖。⓮用　以。⓯緒言　遺留的話。⓰耿著　猶顯著。耿，明亮。⓱俟　待。⓲指意　旨意；內容。⓳循省　省察。循，察見，意思略近「省」。

【語　譯】定興鹿忠節公捐軀於縣城西北角，當地人士在他死的地方建立祠堂。曾孫某將祠堂作了修葺，植下一排樹木，添建房舍，使子孫及有志於先生學說的鄉人們，能夠來這裡講習學問。

我曾經說過：自從王陽明出來以後，程、朱代代相傳的學統，幾乎被奪走。不過我也暗自感到奇怪，親身接受王陽明學說的弟子，多猖狂無所忌憚，可是從明末到今天，燕南、河北、關西的學者，能夠自己建樹，而且以志向節操、業績功勳振拔於一時，大致都是經傳聞得知王陽明學說從而奮起的人士。從前孔子以不講習學問為值得憂慮的事情，大概是因為不講習學問就無法提高自己身心修養，從而被外物改變了心地。王陽明區別於程、朱的地方，只是契入道理的途徑不同而已，至於忠孝根本的學說，以及保持自我克制身心的態度，不敢苟且行事，這些與程、朱豈有兩樣？當王陽明志向節操、業績功勳赫然震動天下時，一時之間汲汲於聲譽的人多依託於他，藉以自我炫耀，所以其末流的過失，嚴重地損害了他們所師承的學說。及至王陽明去世，年代遠隔，於是那些依託求名的人再也沒有什麼好處可撈了。所有讀他的書，仰慕他志向節操、業績功勳而奮起的人，於是詬病俗學鄙陋，而真誠地想提高自己的身心修養。所以他們達到的成就，都卓然高邁，不同於常人。

我聽說忠節公少年時，就認為聖賢肯定可以企及，而契入的門徑則是從王陽明學說開始。看他佐助孫高陽以及解救楊漣、左光斗諸先生的危難，用王陽明的志向節操、業績功勳來衡量，他確實稱得上問心無愧。最終則以捐軀實現了志向，成就了孝與忠，即使程、朱面對這種情況，也不會去改變先生的道義。由此可知，學者果真能以講習學問來提高他自己身心的修養，即使是從王陽明學說開始契入，也不會妨害他成為聖賢一類人物。假如用程、朱流傳下來的言論，去博得名聲，考取科舉，而所作所為又相違背，這對程、朱學說起到的敗壞作用，比諸詆毀詈罵者還要嚴重。

先生的一生，光明昭著於天下，這毋需由我來說。所以唯獨揭出他講習的學問旨意所在，使學者知道自己應該做什麼，藉以進行自我反省。這正是先生的志向啊！

【研　析】王陽明學說的傳播主要通過兩條途徑，一是王守仁向弟子講學，傳播思想，這是直接傳承；二是別人閱讀他的著作，從而接受他的學說，這是間接傳承。王陽明學說在北方傳播，主要是通過第二種方式實現的。方苞此文以鹿善繼為例，對王陽明學說在北方的傳承情況作了介紹，並且給予較高評價，以為流傳到北方的王陽明學說反映出較多正面的能量，而且較少王陽明學說在其南方嫡傳、再傳弟子身上暴露出來的弊端。方苞將鹿善繼等北方學者接受王陽明思想的主要特點概括為，「慕其志節事功」和「誠以治其身心」，也就是能夠將修身、踐履、事功結合起來，尤其是在躬行切實方面卓有建樹，避免汲汲於聲譽浮名，以及種種怪異的行徑。在方苞看來，北方學者得到的是王陽明學說的長處，對於儒家傳統有益無害。他甚至以為，「陽明氏所自別於程、朱者，特從入之徑塗耳」，兩家的思想實質並沒有差別。所以，「學者果以學之講為自事其身心，即由陽明氏以入，不害為聖賢之徒。若夫用程、朱之緒言，以取名致科，而行則背之，其大敗程、朱之學，視相詆訾者而有甚也。」認為王學的長處，遠勝於藉程朱之說而私取所求、喪失本心的假理學。

修復雙峰書院記

【題　解】孫奇逢（生平介紹見〈孫徵君傳〉）性格高介，入清屢徵不出，故稱孫徵君，與黃宗羲、李顒並稱（全祖望〈梨洲先生神道碑文〉引魏象樞語），氣節、學術皆受推崇。崇禎年間，孫奇逢多次遷徙到易州（今河北易縣）五峰山，古名五公山，教書授生，後遷往河南輝縣。順治間，人們在他五峰山講學之地建雙峰書院，後改為祠堂（據光緒九年〈重修孫徵君祠堂記〉）。本文因重建雙峰書院而作。作者在表彰孫奇逢品格和學識的同時，主要對晚明正直士人可貴的氣節大義精神作了頌揚。作為對照，文章又探究了五代縉紳之士不顧恤國家破亡的衰颯景象及其形成的原因，認為君主不尊重下臣和人民，不愛護士氣，最後君主必然自取其辱。文章的警示作用很顯然。

容城孫徵君，明季嘗避難於易州之西山❶，學者就其故宅，為雙峰書院。其後徵君遷河南，生徒散去，為土人❷侵據；其曾孫用楨❸訟之累年，始克❹修復，而請余記之。

余觀明至熹宗❺時，國將亡，而政教之仆❻也久矣，而士氣之盛昌，則自東漢以來，未之有也。方逆奄魏忠賢❼之熾也，楊、左❽諸賢，首罹❾其鋒，前者糜爛，而後者踵至焉。楊、左之難，先生與其友出萬死以赴之。及先生避亂山谷間，生徒朋遊棄家而相保者，比比也。嗚呼！諸君子之所為，雖不能無過於中，而當是時，禮義之結於人心者，可不謂深且固與？其上之教，下之學，所以蘊蒸❿而致此者，豈一朝一夕之故與！夫晚明之事，猶不足異也。當靖難兵起⓫，國乃新造耳，而一時朝士及閭閻之布衣，舍生取義，與日月爭光者不可勝數也。

嘗歎五季⑫縉紳⑬之士，視亡國易君，若鄰之喪其雞犬，漠然無動於中。及觀其上之所以遇下，而後知無怪其然也。彼於將相大臣，所以毀其廉恥者，或甚於臧獲⑭，則賢者不出於其間，而苟妄之徒，回面汙行⑮而不知愧，固其理矣。明之興也，高皇帝⑯之馭吏也嚴，而待士也忠，其養之也厚，其禮之也重，其任之也專。有不用命而自背所學者，雖以峻法加焉，而不害於士氣之伸也。故能以數年之間，肇修人紀⑰，而使之勃興於禮義如此。由是觀之，教化之張弛，其於人國輕重何如也？

余因論先生之遺事，而并及於有明一代之風教，使學者升⑱先生之堂，思其人，論其世⑲，而慨然於士之所當自厲⑳者。至其山川之形勢，堂舍之規，興作之程，則概略而不道云。

【注釋】❶易州之西山　五峰山在易州西南約九十里，或因此名西山。❷土人　當地生活的人。❸用楨　孫徵君曾孫。他對保存孫氏家族文獻文物頗起作用，除了修復雙峰書院外，他還於康熙三十八年刻行《夏峰先生集》十四卷，又參與刻寫其父孫望雅《得閒人集》二卷。❹克　能。❺熹宗　朱由校（西元一六〇五—一六二七年），明光宗長子。在位時間為西元一六二〇—一六二七年，年號天啟。❻仆　傾塌。❼魏忠賢　見〈書孫文正傳後〉注⑬。❽楊左　楊漣、左光斗。詳見〈孫徵君傳〉。❾罹　遭遇。❿蘊蒸　積聚。⓫靖難兵起　指明成祖朱棣以平定變亂的名義，率軍攻入南京，奪取明建文帝皇位一事。⓬五季　即後梁、後唐、後晉、後漢、後周五代。⓭縉紳　插笏於紳帶間，為官員的裝束。此指朝臣。縉，插。紳，大帶。⑭臧獲　奴僕。⑮回面汙行　形容面色邪惡、曲意奉承的人。《史記・魯仲連鄒陽列傳》載鄒陽〈獄中上書〉，曰：「今欲使天下寥廓之士，攝於威重之權，主於位勢之貴，故回面汙行以事諂諛之人而求親近於左右，則士伏死堀穴巖藪之中耳，安肯有盡忠信而趨闕下者哉！」司馬貞《史記索隱》引杜預曰：「回，邪也。」汙行，謂曲意而行。汙，通「紆」。⑯高皇帝　指朱元璋。⑰肇修人紀　猶言興修文教。肇，始。人紀，人倫。⑱升　登上。⑲思其人二句　《孟子・萬章下》：「頌其詩，讀其書，不知其人可乎？是以論其世也，是尚友也。」⑳自厲　自勵。

【語　譯】容城孫徵君，明末曾經避難於易州西山，學者以他居住過的宅室，建了雙峰書院。後來徵君遷往河南，門徒離散，這裡就被當地人侵佔了。他曾孫用楨為此訴訟多年，才得以修復，而請我作一篇記文。

我看明朝至熹宗時，國家將滅亡，而政教敗落也已經很久，然而士人氣節之昌盛，則是東漢以來所未曾有過。在宦官魏忠賢氣焰十分囂張時，楊漣、左光斗等賢者，首先遭到了屠刀的殺害，前者皮焦肉爛，而後者又接踵而至。楊漣、左光斗蒙受危難，先生與友人為他們出生入死，雖遭萬劫而在所不辭。及至先生避亂於山谷間，學生、友朋、從遊之人拋棄家庭而前來相助者，到處都是。嗚呼！諸位君子所做的事情，雖然不能說沒有失當的地方，然而在當時，禮義蘊積人心，難道可以說不深厚不堅固嗎？在上者實施教化，在下者孳孳講習，氣節所以不斷聚集而至於此，這難道是一朝一夕之功麼！晚明出現這種情況，其實並不奇怪。當靖難之戰發生時，明朝乃是剛剛建立起來的，而當時朝廷官員及民間百姓，捨生取義，與日月爭光之人，也是不可勝數。

我先前曾感歎五代朝廷的官員，把國家滅亡和君主更換看作如同鄰家死一隻雞、斃一條狗一般，漠然無動於衷。及至得知其君主是怎麼對待手下人，爾後便明白對此不必感到驚訝。其時君主對待將相大臣，做出種種摧毀他們廉恥之心的舉動，甚至比對待奴僕還要過分，結果賢者不會在他們中間產生，而苟且偷安、胡作非為之徒，邪顏曲行而恬不知恥，發生這樣的事情當然就在情理之中了。明代興起時，高皇帝管理官吏很嚴厲，然而對待士人很誠懇，給他們待遇豐厚，禮遇隆重，充分信任他們擔任的職務。有不遵守法令而自己背棄所學道義的人，即使對他們施加嚴刑峻法，也絕不會因此而戕傷士人的氣節，使其無法伸張。所以能夠在數年中，興修文教，整飭人倫，而使人世勃然復興禮義，景況蒸蒸。由此看來，教化的興廢，對國家的強盛和衰敗有多重要呀。

我因為議論先生的遺事，從而一併提到明朝一代的風俗教化，使學者登上先生祠堂，想到他為人，論述他所處時世，而感慨激發士人應當自我勉勵。至於書院周圍山川的形勢，堂舍的規模，興建的工程，則一概略而不談。

【研　析】方苞十分重視禮義之於世道人心的作用，而禮義需要通過教育來推廣和普及，古代的書院是育人的場所，孫奇逢則是知而能行的賢者，方苞撰文記述在孫奇逢講學過的地方建立起的雙峰書院，凡是書院的環境、規模，以及它如何興建等情況一概略而不談，而專就禮義教育關係家國之大者進行論述，援史陳義，可謂高屋建瓴。

他以明代、五季為正反的例子，說明歷史上禮義明晦、教化張弛對於士人、官宦會造成完全不同的精神影響。明代士人之具有氣節，從來與東漢士人互相並稱，前有方孝孺捨身就義，後更有東林黨及其支持者前赴後繼。方苞認為，明代士人所以能夠保持昌盛的氣節，是「上之教，下之學」，「禮義之結於人心」深而且固所帶來的結果。相反，五季禮義喪失，官宦、士人精神頹靡，「視亡國易君，若鄰之喪其雞犬，漠然無動於中」。文章借著這種強烈的對比，使禮義之於家國的重要性得以極大凸顯。

方苞在文中明確指出，官宦、士人氣節之有無，與帝王如何對待他們的態度密切相關。對此，他又一次採用對比的手法，一面說明朱元璋立國致力於興修文教，吏治嚴厲而又能護持士人氣節，另一面說明五季帝王視臣僚如同奴僕、不惜「毀其廉恥」，認為這是兩個時期禮義之所以推行與遭摧毀的根本所繫。方苞用這種互為反襯的語言強調，最有效的禮義教育，其實是帝王本人以身作則，踐履禮義，樹立禮義的權威，恭敬以對，否則在社會上推行和普及禮義，讓禮義深入人心是保不準的，很可能是一句空話。然而朱元璋究竟能不能承擔得起方苞的這種稱讚，他與五季帝王在對待臣僚和士人方面究竟有多少質的不同，這些確實是問題，因此可能會使方苞以上論述受到讀者一定質疑。儘管如此，他提出帝王對待官宦、士人的態度會對人們的禮義和氣節直接產生很大的影響，這一點是可以用歷史上無數的例子和教訓來印證的，是毋庸置疑的。孟子早就對齊宣王說過：「君之視臣如手足，則臣視君如腹心；君之視臣如犬馬，則臣視君如國人；君之視臣如土芥，則臣視君如寇讎。」（《孟子・離婁下》）方苞只是用自己的語言重述了一遍孟子的意思。但是，在帝王專制威權時代，無論是孟子還是方苞，講這種話都不可能是輕鬆的。

文章說到五季縉紳把他們的帝王視同路人，讀到這裡，我忽然想起元世祖忽必烈與大臣董文忠的一次討論。忽必烈率兵南下，一路有許多南宋武將紛紛投降，問他們為啥不戰而降，宋朝為什麼會滅亡，都說：「賈似道當國，薄武人，而惟文儒之宗，武人怨之，故大師至，外而疆場，內而京都，莫有鬥志，釋甲投戈，歸命恐後。」忽必烈問董文忠，這種解釋有沒有道理，董文忠回答：「（賈）似道薄汝，而君則爵以貴汝，祿以富汝，未嘗汝薄也，而以有憾而相移怨而君，不戰而坐視亡國，如臣節何？似道薄汝，豈以逆知汝曹不足恃為一旦用乎？」忽必烈聽了，覺得董文忠的分析很有道理（見姚燧《牧庵集》卷十五〈董文忠神道碑〉）。這也是一個類似五代縉紳將「亡國易君」當作鄰家殺雞斃狗，漠不關心的例子，也是忠義不存的表現，只是一個諉過於君主，另一個諉過於權臣。這是否說明，發生此類事情，作為當事人的縉紳們身上也存在一些需要反省的缺陷呢？

將園記

【題　解】方苞曾祖父方象乾在明朝崇禎年間曾任按察司副使，為避亂，舉家從桐城遷居江寧府上元縣（今江蘇南京）由正街，將園所在地是方家初到上元時的住宅。後來被典押，方苞父親想重新要回，方苞為他實現了願望，把舊宅西偏園圃重新修建，取名「將園」。康熙五十年，方苞受《南山集》案牽連入獄，這裡的住宅和將園又典與他人（見方苞〈己亥四月示道希兄弟〉），經歷可謂曲折。將園之名取自《詩經・小雅・四牡》，曰：「翩翩者鵻，載飛載下，集于苞栩。王事靡盬，不遑將父。翩翩者鵻，載飛載止，集于苞杞。王事靡盬，不遑將母。」「將」是養的意思。詩歌寫使臣為王事在外不停奔波，無暇照顧父母，以此抒發思念親人之情。方苞作此文回憶過往的事情，主要是通過講述將園遷變的歷史，告訴他的姪子道希，讓他牢記這是祖上長久以來的精神寄託，要格外地珍惜，不要讓它久落外人手裡。

此文作於康熙五十五年（西元一七一六年），方苞四十九歲。

由正街❶之西有廢墟焉，先君子嘗指以示余曰：「此吾家故園也。汝曾大父自桐遷金陵，實始居此。其後定居土街❷，宅出質❸，園無主，長廊曲檻，軒亭花石，遂盡於居民之毀竊，而荒穢至此。」

先君子好為山澤之遊，既老不能數出，居常❹鬱鬱，乃謀復❺是宅。宅已六易主，久之議始成，以甲申七月入居❻，因步❼園之舊址，繚以百堵❽，隔居民之漱浣者。然後出池之淤以實下地❾，而清流匯焉，堰❿之使方，圍其四周。池東有獨樹，蔭三丈餘，甃⓫其下，可列坐，風謖謖⓬，雖盛夏不留蚊蠅。先君子日召故人，歡飲其間。將俟其成而名之曰將園，取詩人「將父」、「將母」之義也。

越三歲而先君子歿，始克⓭於池之東北隅構四室，奉老母居其北，而余讀書其南。又數年復於池東南隅為堂，敞其中，櫺⑭其左右，而翼其西偏以臨於池。廡⑮堂之東，上屬⑯於四室，編籬穿徑，列植竹樹。每飯後，扶老母循廡至南堂，觀僕婢蒔⑰花灌畦。或立池上，視月之始生，清光瑩然，不知其在城市中也。南堂成於庚寅⑱之春，其西翼尚未畢工，辛卯⑲十有一月，余以《南山集》牽連被逮。又二年出獄，蒙聖恩召入內廷⑳編纂。老母北上依余，每夏日，輒語內御者㉑曰：「池中荷新出，柳條密蒙，桐陰如蓋矣。」

余出獄之次年，宅仍他屬。又三年，園亦出質。乃記所由始，示兄子道希㉒，使知此大父母㉓精神所憑依，而余之心力嘗竭焉，毋淹久㉔於他姓也！

【注　釋】❶由正街　在今南京市東北部。❷土街　在今南京市六合區。明代這一帶四街交會，這四條街都是土路，故稱。❸質　典押。❹居常　平時。❺復　收回，指贖回。❻甲申七月入居　甲申，康熙四十三年（西元一七〇四年）。方苞〈己亥四月示道希兄弟〉說：「舊宅轉六姓，逾五十年康熙乙酉，余始復先人居，而治其西偏舊圃為將園，先君時撫息焉。」文中寫到重新收回舊宅的時間比本文所述晚一年。❼步　測量。古人用步弓丈量土地。❽堵　古代築牆的計量單位名，一版長、五版高為一堵。❾下地　貧瘠地；下等地。淤泥可使土地增肥。❿堰　擋水的堤壩，這裡用作動詞。⓫甃　用石頭堆砌。⓬謖謖　象聲詞，形容勁風的聲音。⓭克　能。⓮櫺　窗戶或欄杆上雕有花紋的格子。此用作動詞，指開設窗戶，或建造欄杆。⓯廡　堂下周圍的走廊、廊屋。⓰屬　連接。⓱蒔　種植。⓲庚寅　康熙四十九年（西元一七一〇年）。⓳辛卯　康熙五十年（西元一七一一年）。⓴內廷　方苞供職的南書房在清宮之內，所以這裡稱為內廷。㉑內御者　指女婢。㉒道希　方苞胞兄方舟之子。㉓大父母　祖父、祖母。㉔淹久　長久。

【語　譯】由正街西邊有一塊廢墟，先父曾把它指給我看，告訴我：「這裡從前是我們家園。你曾祖父從桐城遷到金陵，開始就是住在這裡。後來定居土街，將宅子典押出去，園子沒了主人。長廊曲欄，平臺亭子，花草石頭，就全都被居民毀的毀偷的偷，荒蕪成了這個樣子。」

先父喜歡外出遊覽山川，老了以後不能常常出門，平時鬱鬱不樂，於是便想辦法要收回那座宅院。宅院已經換過六位主人，費了很長時間，商議的事才算談成，於甲申年七月入住。於是步測園子的舊址，築起長長的圍牆，將居民漱口洗衣隔之於外。然後挖出池塘淤泥，堆放到貧瘠的土地上，清水相滙於此，修築低壩，使之成為方池，再在周圍開闢花圃。池塘東邊有一棵孤立的樹，樹蔭足有三丈多，用磚石在樹下砌成一圈，人們可以圍著坐，勁風簌簌吹來，即使盛夏也停不了蚊蠅。先父每日請來故人，在那裡歡快地飲酒。等到快建成的時候，為它取名「將園」，這是用《詩經》「將父」、「將母」的含義，也就是侍養父母的意思。

過了三年先父去世，開始能在池塘東北角落建起四間房屋，老母親奉養於北間，而我讀書於南間。又過了幾年，在池塘東南角落又造起廳堂，中間敞開，左右兩邊設了窗欄，在偏西一側修造屋簷，狀如飛翼，臨近池塘。廳堂外長廊東面，上頭與四間房屋相連接，編織的籬笆穿過小徑，路旁種植成行的竹子和樹木。每次吃飯後，攙扶老母親沿著長廊走到南堂，觀看僕人婢女種植花草，澆灌菜畦。有時立在池邊，看月亮初升，清輝皎潔，忘記了自己是身在城市中。

南堂建成於庚寅年春天，當時西側的屋簷尚未完工。辛卯年十一月，我因受到《南山集》案牽連，遭到逮捕。過了二年出獄，承蒙聖上恩典，被召入內廷擔任編纂。老母親北上來和我一起生活，每到夏日，就對侍女說：「池塘裡荷花新開，柳條繁密，梧桐樹的蔭影該像張開的傘一樣了吧。」

我出獄的第二年，此宅院仍然屬於他人。又過了三年，園子也典押了出去。於是記下前後經過，告知兄長之子道希，使他知道這是祖父母精神寄託的地方，而我的心力也曾經為它耗竭，不要長久地讓它落在他人手裡呀！

【研　析】希望實現夙願是本文隱含的主題，文章寫將園得而失、失而得、得而又失，反映出方家的變遷和人物的命運，同時也藉以表達了人應當要堅持去實現自己夙願的強者心理，他父親如此，方苞自己也是如此，他希望姪兒方道希也復能如此。康熙五十八年，方苞患病自危，撰〈己亥四月示道希兄弟〉關照家事，其中也鄭重其事地叮嚀，要姪兒們「異日必復之為宗祠」。這不僅是因為將園已經是方苞父母精神的一個重要寄託，或者它是「我家」的東西，而且還因為，培養這種強者的心理已經成了方家極其重要的精神支柱和一種生活態度。

此篇文章的風格類似於歸有光的〈項脊軒志〉，善於從細小處著筆，筆致恬淡而幽長。文中敘述方苞母親在京城時，對侍女回憶將園的景色，「池中荷新出，柳條密蒙，桐陰如蓋矣。」這與歸有光在〈項脊軒志〉結尾時追憶，「庭有枇杷樹……今已亭亭如蓋矣」，如出一轍，明顯帶有借鑒的痕跡。

遊豐臺記

【題　解】豐臺位於今北京市西南。從前，此地人多以藝花為業，元朝達官多有園亭建在此處。豐臺無臺，其名不知所自始。有的說金朝此地有豐宜門，門外高阜，故名豐臺。有的說，元朝有韓氏兄弟修建「遠風臺」，簡稱風臺，口耳相傳為豐臺（參見朱彝尊《日下舊聞》、于敏中等纂《日下舊聞考》卷九十〈郊坰〉）。詠豐臺花卉的詩篇很多，如湯右曾〈豐臺看芍藥〉云：「休嗟狼籍市門前，繞郭栽花萬畛連。當日洛陽全盛日，一枝姚魏直千錢。」盛況可見。方苞此文記一次遊覽豐臺的愉快經歷，而對景色只略作點染，主要在花事之外寫人事，著重抒發出了友人之間難聚易散、景易得情難再的感愴情懷。

本文作於康熙五十七年（西元一七一八年），方苞五十一歲。

豐臺去京城十里而近，居民以蒔花為業，芍藥尤盛，花時，都人士群往遊焉。余六至京師，未得一造❶觀。戊戌❷夏四月，將赴塞門❸，而寓安之上黨❹，過其寓為別。曰：「盍為豐臺之遊？」遂告嘉定張樸村❺，金壇王箬林❻，余宗弟文輈❼、門生劉師向❽，共載以行。

其地最盛者稱王氏園，扃閉不得入。周覽旁舍，於籬落間見芍藥數畦，從者曰：「止此矣！」問之土人，初植時，平原如掌，千畝相連，五色間廁❾，所以為異觀也。其後居人漸多，各為垣墉籬落以限隔之，樹木叢生，花雖繁，隱而不見。遊者特豔其昔之所聞，而紛然來集耳。因就道旁老樹席地坐，久之始得圃者宅後小亭而憩休焉。少長不序，臥起坐立，惟所便人，暢所欲言，舉酒相屬，向夕猶不能歸，蓋余數年中未有醵遊❿若此之適者。

念平生鈍直寡諧，相知深者，二十年來凋零過半，其存者，諸君子居其半矣。諸君子仕隱遊學各異趨，而次第來會於此，多者數年，少亦歷歲移時，豈非事之難期而可幸者乎？然寓安之行也，以旬日為期矣，其官罷而將歸者，則文輈也，事畢而欲歸者，樸村也，守選⓫而將出者，劉生也，惟箬林當官，而行且⓬告歸。計明年花時滯留於此者，惟余獨耳。豈惟余之衰疾羈孤，此樂難再，即諸君子蹤跡乖分，栖託異向，雖山川景物之勝什百於斯，而耆艾⑬故人，天涯群聚、歡然握手如茲遊者，恐亦未可多遘也。因各述以詩，而余為之記云。

【注釋】❶造　往。❷戊戌　康熙五十七年（西元一七一八年）。❸塞門　指承德避暑山莊。❹寓安之上黨　寓安，方正瑞，字玫士，號寓安，安徽桐城人。康熙間貢廩生，官訓導。有《百結懸鶉莊集》、《源莊詩集》、《源莊詞》、《杜詩淺說》、《易錄》等。之，往。上黨，舊縣名，今山西長治。❺張樸村　張雲章（西元一六四八—一七二六年），字漢瞻，號樸村，嘉定（今屬上海市）人。曾入國子監為太學生，以布衣終其一生，曾主持潞河書院。著有《樸村集》。他死後，方苞撰有〈張樸村墓誌銘〉。❻王箬林　王澍（西元一六六八—一七四三年），字箬林（一作若林），號虛舟，江蘇金壇人。康熙五十一年進士，官至吏部員外郎。書法名播海內。❼宗弟文輈　方粲如，字文輈。參見〈贈淳安方文輈序〉題解。宗弟，此指同宗或同姓不同族的同輩友人。❽劉師向　字封事，江蘇寶應人，康熙五十年舉人，五十八年任江津知縣。❾間廁　夾雜；參雜。❿讌遊　宴飲遊樂。讌，同「宴」。⓫守選　等候選用。⓬行且　將要。⓭耆艾　老年人。

【語譯】豐臺離京城將近十里，居民以種花為職業，芍藥花尤有盛名，花開的季節，京城裡的人結伴去那兒遊覽。我六次到京城，還一趟都沒有去賞過花。戊戌年夏天四月，將赴塞門，而寓安要去上黨，我到他的寓所去告別。他說：「為何不作一次豐臺遊？」於是告訴嘉定張樸村，金壇王箬林，我的同姓友人文輈、門生劉師向，一起坐車而往。

當地花卉長得最茂豔的是王氏園，門鎖著無法進去。四處觀覽它周圍的院落，透過籬笆看見一些田裡結著蓓蕾，跟隨的人說：「就只是這個樣子啊！」問於本地人，他們告知：這一帶剛種植花卉的時候，原野平坦，猶如手掌，千畝連成一片，花卉五色雜糅，因此成為一種奇觀。後來，居住的人越來越多，各自都用圍牆、籬笆互相隔開，樹木叢生，花雖然依舊長得繁茂，卻遮蔽起來看不見了。遊客只是羨慕從前聽到的名聲，而紛紛聚到這裡來罷了。我們便在路旁老樹下席地坐下，過了許久才到花農屋後的小亭休憩。大家不拘年歲大小，或躺或起，或坐或立，各人覺得如何方便，就隨其所好，大家暢所欲言，頻頻舉杯飲酒，薄暮仍不想回家，我數年以來從沒有宴遊得這麼舒適過。

思忖自己平生魯鈍耿直，落落寡合，與我相知深者，二十年來凋零去世已經過半，還在世的，同行的這些君子佔了一半。諸君子有的出仕，有的退隱，有的遊歷，有的勵學，境遇各不相同，而大家依次相會在京城，時間長的數年，短的也有一年以上，這難道不是難以企盼而值得慶幸的機緣麼？然而，寓安已經定下走的日子，只差十天了，其他比如結束了官場生活將要回鄉的，則是文輈，辦完了事情而想回家的，是樸村，等候選用而將要外出赴任的，是劉生，只有篛林還在做官，卻也將要辭官返回故里。預計明年花開時滯留在此地的，只有我一個人了。不僅是我衰病孤單，再難有此等快樂，而且諸君子遊蹤不一，歸宿相異，即使山川景物的美麗勝過此地十倍百倍，可是年老的故人，像這次出遊一般大家聚集天涯、歡欣地握手，恐怕也不可能再多遇到了。於是各人以詩述事，而我為這次出遊作記。

【研　析】豐臺因花享有盛名，而豐臺之花又以王氏園最著，作者偏不寫王氏園的花，非不寫，「扃閉不得入」，欲寫而不得。這似敗興事，卻反而逼出了一篇妙文。因為不得進入王氏園，便有「籬落間見蓓蕾數畦」的不滿足和遺憾；因為有不滿足和遺憾，便有詢問；因為詢問，便引出了土人對今昔植花、賞花迥異的比較，以及對其原因的歸結，才使我們讀到「居人漸多，各為垣牆籬落以限隔之，樹木叢生，花雖繁，隱而不見」，這樣的富有寓意的雋語。其中「各為垣牆籬落以限隔之」是關鍵句，作者借此將人心世情述盡。美國詩人羅伯特．弗羅斯特 (Robert Frost) 寫過一首著名的詩〈補牆〉(Mending Wall)，敘述鄰居在不需要牆的地方修補了一道牆，並振振有詞地說：「好籬笆才能造就好鄰居。」(Good fences make good neighbours.)「垣牆籬落」究竟給人們帶來了什麼？方苞用美麗的花被遮蔽、得不到觀賞，對此作了回答，足以引起回味和思考。

遊潭柘記

【題解】潭柘山在北京西郊，屬西山支脈。潭柘寺位於潭柘山麓，因寺後有龍潭，潭上從前有古柘樹千章，故名，後來柘樹已經蕩然無存。潭柘寺相傳修建於西晉愍帝建興四年（西元三一六年），初名嘉福寺，唐朝改建為龍泉寺，金朝擴建為大萬壽寺，明朝經幾次修建，清康熙帝賜名岫雲寺，但民間一直相沿稱潭柘寺，是北京最早修建的一座佛教寺廟。當地有「先有潭柘，後有幽州」（先有潭柘寺，後有北京城）的諺語。其中最有名的為「潭柘十景」。方苞此文記述與友人一起遊潭柘賞景，從中獲得人生的感悟，即只有擺脫了身心的自我桎梏，才能欣賞美麗的山水，從中得到莫大樂趣。

本文作於康熙五十七年（西元一七一八年）夏，方苞五十一歲。

康熙戊戌❶夏四月望❷後七日，余將赴塞上❸，寓安❹偕劉生師向❺過余。會公程可寬信宿❻，乃謀為潭柘之遊，而從者難之，曰：「道局窄不利行車，窮日未可達也。」少間，雲陰合，厲風起，眾皆以為疑。寓安曰：「車倍僦❼，雨淋漓，詰旦❽必行。」既就途，果回遠，經砠磧❾，數頓撼❿。薄暮抵山口，而四望皆荒丘，雖余亦幾悔茲行之勞而無得也。入山一二里，徑陡仄，下車，步至寺門，而山之面勢⓫始出，林泉清淑之氣，曠然與人心相得。時日已向暝，乃宿寺西堂。質明⓬起，二子披衣攀躡，窮寺之幽與高；降而左，出寺循山徑東上，求潭柘舊址。泉聲隨逕轉，隱藾密蒙⓭，如行吳、越⓮溪山中，遇好石，輒列坐，淹留不能進。日將中，從者曰：「更⓯遲之，事不逮矣。」余拂衣起，二子相視悵然，計所歷於山，得三之二，去潭側二里，竟不能至也。

昔莊周自述所學，謂與天地精神往來⑯。余困於塵勞，忽睹茲山之與吾神者善也，殆恍然於周所云者。余生山水之鄉，昔之日，誰為羈紲⑰者？乃自牽於俗，以桎梏其身心，而負此時物，悔豈可追邪？夫古之達人，巖居川觀，陸沉⑱而不悔者，彼誠有見於功在天壤，名施罔極，終不以易吾性命之情也，況敝精神於蹇淺⑲，而蹙蹙⑳以終世乎？

余老矣，自顧數奇㉑，豈敢復妄意於此？而劉生志方盛，出而當官㉒。得自有其身者，惟寓安耳。然則繼自今，寓安尚可不覺寤㉓哉？

【注釋】❶康熙戊戌　康熙五十七年（西元一七一八年）。❷望　農曆每月十五日。❸塞上　指河北承德山莊。❹寓安　方正璣。見〈遊豐臺記〉注❹。❺劉生師向　劉師向，方苞門生。見〈遊豐臺記〉注❽。❻信宿　兩三天。❼倍僦　加倍付款。僦，租賃。❽詰旦　明天早晨。❾砠磧　指沙石地。砠，有石頭的土山。磧，沙礫。❿頓撼　顛簸。⓫面勢　指山的外觀、形勢。⓬質明　天剛亮。質，正。⓭蘟蘱密蒙　蘟、蘱，都是草名。蘟，葸菜名，似蕨。蘱，一名蕭，香蒿。一說蘟蘱，樹蔭。密蒙，茂密；濃郁。⓮吳越　今江蘇、浙江一帶，先秦吳國、越國所在地。⓯更　再。⓰昔莊周自述所學二句　《莊子・天下》：「獨與天地精神往來，而不敖倪於萬物。」⓱羈紲　拘禁；束縛。羈，馬絡頭。紲，馬繮。⓲陸沉　《莊子・則陽》：「方且與世違，而心不屑與之俱，是陸沉者也。」郭象注：「心與世異。人中隱者，譬無水而沉也。」⓳蹇淺　生澀淺陋。⓴蹙蹙　局縮不舒展。㉑數奇　命運不好。古人以偶數為吉利，奇數為不吉利。㉒當官　應當做官。官，用作動詞。㉓覺寤　醒悟。覺，醒過來。

【語　譯】康熙戊戌年夏四月二十二，我將赴塞上，寓安與劉師向一起來拜訪我。正巧因公出差還有兩三日空閒，於是商量去潭柘遊玩，可是隨從的人以為困難重重，說：「道路局促狹窄不利於車馬行駛，一整天也不能到達。」一會兒，雲暗暗密佈，狂風颳起，大家都很疑慮。寓安說：「車費加倍，即使大雨，清晨也要出發。」踏上旅途以後，果然迂曲遙遠，經沙石地帶的時候，屢次感到顛簸搖盪。黃昏時候抵達山口，從四處看到的皆是荒山，即使是我也幾乎要後悔此行勞頓卻沒有收獲。進山一二里後，路途陡然變得狹窄，下車後步行到寺門，而山勢面貌才開始顯露出來，山林泉水清和的氣息，虛空一片與人心怡然相得。當時日色已暗，便住宿於寺廟西堂。清早起床，寓安二人披衣攀登，直到寺廟最幽靜高聳處；下來向左，出寺門沿著山路向東往上走，探求潭柘的舊址。泉水的聲音隨著山徑而婉轉，草叢茂密，彷彿在吳、越的溪山中行走，遇到好岩石，便並排坐下，久久地駐足停留而不能前進。天將中午時，隨從的人說：「再拖延下去，便回不去了。」我拂衣而起，二人相視，失意而不樂，算一算所經歷的山路，已經有三分之二，離開潭側還有二里，竟然不能到達了。

從前莊周自述其學說，說是與天地精神互相往來。我困頓於塵世，忙忙碌碌，忽然看到此山與我的精神互相契合，幾乎彷彿與莊周說的一樣了。我生長於山水之鄉，往昔的歲月，有誰羈絆過我？還不是自己為世俗所牽絆，將身心束縛起來，從而辜負了時間、景物，後悔又有什麼用呢？古代的達人，住在山巖，觀看流水，隱居而從不後悔，他們確實是清楚地瞭解功績充滿天地，聲名傳播無窮，都不值得為了這些而改變自己的志向情操，何況是將精神疲敝於鄙陋淺薄的事情，終生局促而不得舒展呢？

我年紀老了，自知命運多舛，又怎麼敢對此懷有奢望？而劉生志向正當鼎盛，出而將入仕途。能夠擁有自己身心的，只有寓安了。既然如此，從今以後，寓安又怎麼能不覺悟呢？

【研　析】寫遊潭柘之樂，先鬱抑其意。始有隨從者怨非之語，再寫天不作美，興起陰雲厲風，遊人為之生疑，既上路，在沙礫中行進，迂回艱難，苦不堪言，終於入山，則唯見四面荒丘，不睹景色，令人起悔。經過如此七屈八抑，正當遊人失望之極，悔意正稠，忽然有群峰青嶂映入眼簾，「林泉清淑之氣」撲面來會，境界為之頓然開朗，心情為之豁然歡爽。行文至此，先前的各種鬱惱不止一散而空，而且適又全部轉化成了審美的激情，反而大增遊山賞景快悅。這種寫法正所謂欲揚先抑，欲取先捨。

黃濬〈花隨人聖盦摭憶〉說，潭柘「以泉勝，以山門勝」。他又記述自己的一次遊歷，在未到達以前，沿路唯見「群山童禿險惡」，及到了岫雲寺，「則曲邃森沉，眾木蔽虧，雜鳥猶飛，秋陰如冪，心神為頓豁。」「寺後故有龍潭，今甃為池，而其支委尚闊，泉走崖壁間，聲甚怒。」文中所記的遊歷雖在方苞以後二百多年，期間景物容有所改變，但大致尚且依然。據其文字可以驗知方苞所記得景物之實，而他欲揚先抑的行文，也確是遊潭柘的特色，而並非是作者為情造文。

一般來說，方苞留給人們的印象是一個入世心很重的文人，經世濟邦的理想伴他終身，很少做退一步想。然而他也會因人事或自然的感觸而產生解脫塵事牽絆的想法，本文讚賞古代達人的處世態度，憧憬莊子所描繪的與天地精神相往來的人生境界，這應當也是他發自內心的聲音，展示了他精神的另一面。我們以前對方苞這方面的精神狀態注意很不夠，說明對他的瞭解還有欠缺，還需要繼續去感受他、認識他。

再至浮山記

【題解】浮山，又名浮渡山、浮度山、浮巢山，位於安徽樅陽縣境內。方苞第一次遊浮山在康熙四十八年（西元一七〇九年），第二次在雍正二年（西元一七二四年）秋，前後隔開十五年，而期間他經歷了人生重大變化，從《南山集》案中僥倖獲生，並且因禍得福，受到帝王寵信。本文是他第二次遊浮山後所作，敘述兩次遊歷「前後情事」，重點是借白雲巖（山名）「路遠處幽」，「無所取資」，至者稀少，不若「一無聞焉」，故得以「保其清淑之氣」的議論，道出他經歷世事後對人生的真切感悟。

本文作於雍正二年（西元一七二四年），方苞五十七歲。

昔吾友未生、北固❶在京師，數言白雲❷、浮渡之勝，相期築室課耕於此。康熙己丑❸，余至浮山，二君子猶未歸，獨與宗六上人❹遊。每天氣澄清，步山下，巖影倒入方池。及月初出，坐華嚴寺門廡❺，望最高峰之出木末❻者，心融神釋，莫可名狀。將行，宗六謂余曰：「茲山之勝，吾身所歷殆未有也，然有患焉。方❼春時，士女雜至。吾常閉特室，外鍵❽以避之。夫山而名，尚為遊者所敗壞若此！」辛卯❾冬，《南山集》禍作，余牽連被逮，竊自恨曰：「是宗六所謂也。」

又十有二年雍正甲辰❿，始荷聖恩，給假歸葬。八月上旬至樅陽⓫，卜日⓬奉大父柩改葬江寧，因展⓭先墓在桐者。時未生已死，其子移居東鄉。將往哭，而取道白雲以返於樅。至浮山，計日已迫，乃為一昔⓮之期，招未生子秀起會於宗六之居，而遂行。

白雲去浮山三十里，道曲艱，遇陰雨則不達，又無僧舍旅廬可托宿，故余再欲往觀而未能。既與宗六別，忽憶其前者之言為不必然。蓋路遠處幽，而遊者無所取資，則其跡自希⓯，不係乎山之名不名也。既而思，楚、蜀、百粵⓰間，與永、柳⓱之山比勝⓲而人莫知者眾矣，惟子厚⓳所經，則遊者亦浮慕焉。今白雲之遊者，特不若浮渡之雜然耳。既為眾所指目，徒以路遠處幽，無所取資，而幸至者之希，則曷若一無聞焉者，為能常保其清淑之氣，而無遊者猝至之患哉！然則宗六之言蓋終無以易也。

余之再至浮山，非遊也。無可記者，而斯言之義則不可沒，故總前後情事而並識⑳之。

【注釋】❶未生北固　未生，左待。詳見〈送左未生南歸序〉題解。北固，劉輝祖。詳見〈贈魏方甸序〉注❽。❷白雲巖，山名，距浮山約十公里，山勢奇峻，有「亞浮山」之稱。❸康熙己丑　康熙四十八年（西元一七〇九年）。❹宗六上人　不詳。上人，和尚。❺華嚴寺門廡　北宋天禧年間（西元一〇一七—一〇二一年），鄭州名僧遠祿來浮山住持，宋仁宗賜寺名「大華嚴寺」，後世沿用寺名。門廡，與門相連接的廊廡。廡，堂下周圍的走廊或廊屋。❻木末　樹梢。❼方　正；在。❽鍵　上鎖。❾辛卯　康熙五十年（西元一七一一年）。❿雍正甲辰　雍正二年（西元一七二四年）。⓫樅陽　桐城所在地古稱樅陽縣、樅陽郡。此指桐城。⓬卜日　用占卜方式選擇吉日。⓭展　省視。⓮一昔　一夕。⓯希　稀。⓰百粵　即百越。我國古代南方越人的總稱，分佈在今浙、閩、粵、桂等地，因部落眾多，故稱。此指百越所居之地。⓱永柳　永州、柳州，分別屬於今湖南、廣西。柳宗元被貶至永州、柳州，寫下那裡的山水遊記，名聞遐邇。⓲比勝　並勝。⓳子厚　柳宗元字子厚。⓴識　記。

【語譯】往日，我友人未生、北固在京城時多次談到白雲巖、浮渡山景色之美，大家相約一起去那裡構築寓所、授課、耕作。康熙四十八年，我到了浮山，二君子還沒有從外地返回，我獨自與宗六上人遊玩。每當天氣澄清，在山下散步，見巖石影子倒映方池。等到月亮初升，坐在大華嚴寺門邊的走廊，眼望著樹梢之上的最高峰，心情融和，精神曠夷，無法形容。行將告別，宗六對我講了一席話：「這座山的風景，我所有走過的地方都不曾有過，可是它有令人憎恨之處。在春天時，男士、女子紛紛到來，我經常關閉自己的房子，在外面上了鎖，以回避這些人。一座山出了名，尚且會被遊人敗壞到這樣子！」康熙五十年冬，發生《南山集》禍難，我受牽連被捕，暗暗自我悔恨道：「這正是應了宗六的話。」

又經過十二年到了雍正二年，才蒙皇上恩寵，給予假期歸鄉為親人下葬。八月上旬到樅陽，選擇吉日將祖父的棺柩遷葬到江寧，順便祭掃祖上在桐城的墳墓。此時未生已經去世，他兒子移居東鄉。我將前往弔唁，然後取道白雲巖返回樅陽。到了浮山，計算日程已經緊迫，於是安排了一個晚上的空隙，招來未生兒子秀起相聚於宗六的居處，然後就起身離開了。

白雲巖離浮山三十里，道路曲折艱難，遇到陰雨一天就無法到達，加上中間沒有可供住宿的僧寺、旅店，所以我想再去看白雲巖卻是做不到了。與宗六道別後，忽然回想起他從前的話覺得不一定對。大概是因為路程遠，又在幽深之處，不具備遊人前往的條件，遊人蹤跡自然就少了，無關乎這座山究竟是出名還是不出名。我接著又想到，楚、蜀、南方百越之間，景色與永州、柳州的山一樣美麗而人們還不知道的很多，只有柳宗元到過那裡，可見遊人也不過是徒然羨慕其名聲罷了。如今白雲巖的遊人，只是不像遊浮渡山那麼雜亂而已。它已經受到眾人注意，僅僅因為路程遠，又在幽深之處，不具備前往的條件，因而慶幸去的人少，其實，這還不如一座山默默無聞，因此足以保持它清和秀美之氣，不會遇到遊人突然而至的煩惱呢！這麼說，宗六的話最終還是對的。

我第二次到浮山，並非是遊賞，沒有什麼可以記敘，然而他這番話的含義則不可以湮沒，所以總括前後的事情一併記之。

【研　析】方苞的遊記散文，往往以議論取勝，本文也是這一種特色。

浮渡山景色佳麗，由於其位置不偏，路途坦易，比較容易到達，故遊人也眾，「方春時，士女雜至」，結果人多為患，山色喪氣。這是它為自己的名聲所累。白雲巖位置幽偏，道路艱曲，攀登不易，故嚮往的人雖然多，而實際能去那裡遊賞的人寥寥，因此還能保持靜默安恬，不顯得像浮渡山那樣囂然雜然。這是客觀的自然條件保護了它，給它帶來的運氣。二者相比，方苞覺得白雲巖是值得羨慕的。然而，他又更進一層地指出，儘管白雲巖有幸避免了遊人的囂擾，可是名氣在外，總難免被人所指望，誰曉得哪一天也會失去安靜？因此，他提出另一種更加理想的山水景觀，它美麗，然而「一無聞焉」，從而能夠「常保其清淑之氣」，徹底地杜絕「遊者猝至之患」。方苞以為，這才是最上的山水境界。

這是議論山水，更是論述人生的哲理。方苞覺得他自己沒有進入第三種境界，左待等人也沒有。說明人的境界昇華是一件非常困難，也是非常痛苦的事。不過，有沒有認識到這一點，總還是不一樣的。

記尋大龍湫瀑布

【題　解】乾隆八年（西元一七四三年）八月，方苞在外甥鮑孔巡陪護下，到浙東求醫，順道遊覽山水，寫了〈記尋大龍湫瀑布〉、〈遊雁蕩記〉、〈題天姥寺壁〉等，這些文章集中出現，在方苞不多的遊記散文中，顯得顯眼。雁蕩山在浙江樂清縣，明人陸深〈雁山圖記〉載：「山高四十里，頂上有湖，方可十里，雁棲之，故曰雁蕩。」大龍湫瀑布為雁蕩山奇觀，元人李孝光〈秋遊雁蕩記〉載：「比從天台來，入古東甌郡境上，望見西南有山相向立，如兩浮屠，遊者咸曰：『此雁山門戶也。』益深入其阻，視羅漢洞東西天柱、大龍湫，猶人有眉目，十八寺皆其肺腑也。」方苞此文記敘尋大龍湫瀑布的經過，從中參悟道理。作者認為，只要有「識道者」帶路，遠者可以為近，難者可以為易，否則相反。文章對懷著私心而無端誣衊識道高人「自耀其明」的小人作了無情譏刺，而作者隱然以「識道者」自居這層意思，讀者也不難體會出來，從中頗可見作者晚年的心境。

此文作於乾隆八年（西元一七四三年），方苞七十六歲。

八月望❶前一日，入鴈蕩，按〈圖記〉❷以求名蹟，則蕪沒者十之七矣。訪於眾僧，咸曰：「其始闢者，皆畸人也。庸者繼之，或摽❸田宅以便其私，不則苦幽寂，去而之他，故蹊徑可尋者希。」

過華嚴❹，鮑甥❺率眾登探石龍鼻❻流處，余止山下。或曰：「龍湫尚可至也。」遂宿能仁寺❼。詰旦❽，輿者同聲以險遠辭。余曰：「姑往焉，俟不可即❾而去之，何傷？」沿澗行三里而近，絕無險艱。至龍湫菴❿，僧他出。樵者指道所由，又前半里許，蔓草被徑，輿者曰：「此中皆毒蛇、貍蟲⓫，遭之重則死，輕則傷。」悵然而返，則老僧在門，問故，笑曰：「安有行二千里，相距咫尺，至崖而反者？吾為子先路。」持小竿，僕李吉隨之，經蒙茸⓬，則手披足踏。輿者坦步里許，徑少窄，委輿於地，曰：「過此，則山勢陡仄，決不能前矣。」僧曰：「子毋惑！惟余足跡是瞻。」鮑甥牽引越數十步，則蔓草漸稀，道坦平，望見瀑布。又前，列坐巖下，移時乃歸。輿者安坐於草間，並作鄉語怨詈老僧曰：「彼自耀其明，而徵⓭吾輩之詬，必眾辱之。」

嗟乎！先王之道之榛蕪⓮久矣，眾皆以遠跡為難，而不知苟有識道者為之先，實近且易也。孔、孟、程、朱皆困於眾厮輿⓯，而時君不寤，豈不惜哉？夫輿者之詆即暴於過客，不能譴呵而創懲之也，而懷怒蓄怨至此；況小人毒正⑯，側目於君子之道以為不利於其私者哉！此嚴光⑰、管寧⑱之儔，所以匿跡銷聲而不敢以身試也。

【注釋】❶望 陰曆每月十五日。❷圖記 明人陸深撰〈雁山圖記〉一文。❸摽 通「標」。做標記。❹華嚴 寺名，在雁蕩山西谷。陸深〈雁山圖記〉：「西谷有寺七，曰能仁、羅漢、飛泉、普明、天柱、華嚴、瑞鹿。」❺鮑甥 方苞外甥鮑孔巡。❻石龍鼻 洞名，在雁蕩山華嚴寺後。❼能仁寺 參見注❹。能仁寺是山上第一佛寺。❽詰旦 清晨。❾即 到達。❿龍湫菴 寺名，因靠近大龍湫得名。⓫貍蟲 指狐狸一類野獸。蟲，可以指野獸。⓬蒙茸 指蔥蘢的草木。⓭懲 警戒；懲罰。⓮榛蕪 荒廢；衰微。⓯廝輿 做雜事勞役的奴僕。⓰小人毒正 小人加害於正直的人。《禮記・緇衣》：「唯君子能好其正，小人毒其正。」一說「正」是「匹」之誤，意謂友人。⓱嚴光 西漢末年人，字子陵，會稽餘姚（今浙江餘姚）人。原姓莊，因避東漢明帝劉莊諱改姓嚴。與光武帝劉秀為好友，劉秀即位後多次延聘他，但他隱姓埋名，退居富春山。⓲管寧 （西元一五八—二四一年）字幼安，北海朱虛（今山東安丘市）人。魏文帝詔封他為太中大夫，他託病不受。魏明帝曹叡時，太尉華歆讓位給管寧，他依舊懇求還鄉。

【語譯】八月中秋前一日，進雁蕩山，按照〈雁山圖記〉去尋找著名景點遺址，然而十分之七已經荒蕪難行。向僧人們尋訪，都說：「最早來開闢的人，都志行特異，不同流俗。後來庸俗之輩來了，或者是給田地、房屋做上標記，以便中飽其私囊，不然就是耐不住幽僻寂寞，離開而往別處去了，所以可以找到的山路很少。」

經過華嚴寺，鮑孔巡外甥帶著大家去攀登探尋石龍鼻流經的地方，我留在山下。有人說：「龍湫還可以去。」於是住宿在能仁寺。清晨，轎夫異口同聲說沿路危險，路又遠，表示拒絕。我說：「姑且去試一下，等到實在不能走了再回頭，有何不可？」順山澗走了將近三里，一點艱險都沒有遇見。到龍湫庵，僧人去了別處。樵夫給我們指點前面的路徑，又往前走了約半里，野草披滿小路。轎夫說：「這裡到處是毒蛇、狐狸一類野獸，碰到牠們重則沒命，輕則受傷。」只好怏怏不樂回來，老僧已經在庵門口，問我們緣故，笑著說：「哪有行走兩千里，現在只相差咫尺，到了山崖又回去的道理？我為你在前面帶路。」老僧手拿一根小竹竿，僕人李吉跟隨在他後面，經過草木叢生的地方，就用手撩撥，用腳踩踏。轎夫安然而行，走了約一里，路稍稍窄一點，便把轎子朝地上一擱，說：「過了此處，山勢陡峭而狹窄，絕對不能再往前走了。」僧人說：「你別信！只要看我的足跡走。」鮑孔巡外甥牽拉著走了幾十步，荒草就漸漸稀少了，路途平坦，望見了瀑布。再往前走會兒，大家依次坐在巖下，過了一段時間才回去。轎夫安坐在草叢裡，一起用當地的鄉間話怨罵老僧，說：「他炫耀自己高明，而教訓我們說謊，以後必定要當眾羞辱他。」

真可歎呀！先王之道被荒草斷木堵塞已經很久了，大家都覺得遙遠的地方難以達到，卻不知道假如有識路的人在前面帶領，其實路是近的，走也容易。孔子、孟子、程頤、程顥、朱熹都受困於眾多的奴僕，而當時的君主卻不覺悟，豈不可惜？轎夫的謊話即使欺凌過客，過客不能譴責呵斥，不能教訓他們，他們尚且懷恨蓄怒到如此地步，更何況小人加害正直之人，憤恨君子之道，認為不利於他們的私欲呢！這就是嚴光、管寧之輩所以消聲匿跡不敢以身對抗世俗的原因。

【研　析】名勝大龍湫，歷代文人雅士讚不絕口，有關它的記文及詩歌不少。在才子筆下，大龍湫瀑布壯美景色，一展如畫。然方苞寫法不同，他不從正面描寫瀑布，而是選擇從側面寫探尋瀑布的遭遇，以及由此產生的感想，並引發一段議論。全文結穴在一個「尋」字，名為記景，實為一篇記人之作。

為了顯出方苞景色文章的特點所在，現摘錄元朝李孝光〈大龍湫記〉寫兩次所見景色，作為對照。第一次寫水勢豐沛的季節，「仰見大水從天上墮地，不掛著四壁，或盤桓久不下，忽迸落如震霆。東岩趾有諾詎那菴，相去五六步，山風橫射，水飛著人，走入菴避，餘沫迸入屋，猶如暴雨至。水下擣大潭，轟然萬人鼓也。人相持語，但見口張，不聞作聲，則相顧大笑。」第二次寫水勢減縮時景象，「客入到菴外石矼上，漸聞有水聲。乃緣石矼下，出亂石間，始見瀑布垂，勃勃如蒼烟，乍大乍小，鳴漸壯急。水落潭上窪石，石被激射，反紅如丹砂。石間無秋毫土氣，產木宜瘠黑，反碧滑如翠羽鳧毛。潭中有斑魚廿餘頭，聞轉石聲，洋洋遠去，閒暇回緩，如避世士然。家僮方置大瓶石旁，仰接瀑水，水忽舞向人，又益壯一倍。不可復得瓶，乃解衣脫帽著石上，相持扼掔，欲爭取，之因大呼笑。西南石壁上，黃猿數十，聞呼聲皆自驚擾，挽崖端偃木牽連下，窺人而啼。縱觀久之，行出瑞鹿院前，日已入，蒼林積葉，前行，人迷不得路，獨見明月，宛宛如故人。」

李孝光對瀑布及周圍景致的描寫，生動逼真，讓人彷彿產生親臨其境之感。與李孝光文章相比，方苞構思景色題材的文章，避正面、就側面的特點十分顯然，〈遊豐臺記〉敘述王氏園閉鎖不納遊人，就方氏文章作法來說，也是這一特色的體現。對於方苞來說，可能這是他藏拙的一種寫作策略，他寫文章不太善於體物狀景，才子們所擅長的恰是他的弱項；也可能是他對自己文章觀念的一種實踐，他覺得寫文章應當把道理講透徹，把事情要害揭出來，而不可沾染上鋪張辭藻的習氣，不必以展盡錦心繡腸為作文的目的。當然這也可能是方苞避免與人重複，別求新創的寫作思想。之前記敘和描寫雁蕩山、大龍湫景色，有元人李孝光撰寫的系列遊記作品〈始入雁山觀石梁記〉、〈遊靈峰洞記〉、〈暮入靈岩記〉、〈靈岩二奇記〉、〈訪欽禪師過馬鞍嶺記〉、〈雁宕山記〉、〈秋遊雁蕩記〉、〈大龍湫記〉、〈遊惠上人開西谷記〉等，尤其以〈大龍湫記〉為名作。明人陸深〈雁山圖記〉也負有盛名，方苞自己在〈記尋大龍湫瀑布〉中已經引用過。若將山姿潭貌再描寫一遍，確實很難避免重複，單獨讀似乎也不賴，將各人的作品合在一起，閱讀就難免會感到單調，失去新鮮感。這也是古今不少遊記文存在的一個普遍問題。

題天姥寺壁

【題　解】天姥山位於浙江新昌縣與天台縣交界處，得名於「王母」。有一峰崛起，孤峭秀拔，與天台山相對，這就是天姥山主峰撥雲尖。山上有天姥寺。傳說稱，登此山者或聞天姥歌謠之聲。道教將此山名為第十六福地。歷來文人騷客留下了許多華章，而以李白〈夢遊天姥吟留別〉最為著名。這些作品多想像、誇張之詞。李白詩曰：「腳著謝公屐，身登青雲梯。半壁見海日，空中聞天雞。千巖萬轉路不定，迷花倚石忽已暝。」「青冥浩蕩不見底，日月照耀金銀臺。霓為衣兮風為馬，雲之君兮紛紛而來下。虎鼓瑟兮鸞回車，仙之人兮列如麻。」無論是用寫實的形式還是用表達夢境的形式，都意在渲染和謳吟天姥山奇幻的景象。方苞晚年南下浙東，登天姥山，寫下這篇遊感。與大多天姥山題材的作品不同，方苞以一種敘實的態度寫了天姥山一處小景致，然後以此為由頭，議論了一番凡事當通過調查以求其信實可靠的道理。

此文作於乾隆八年（西元一七四三年），方苞七十六歲。

癸亥仲秋，余尋醫浙東，鮑甥孔巡從行，抵嵊縣❶，登陸問天姥山。肩輿❷者曰：「小丘耳，無可觀者。但山下有古樹，介寺基與園圃之間，園者將薪之，僧以質於官❸，不能辨也。雷破而中分之，本身煨燼❹者十之七，自上科❺至下根，斬然離絕❻近三尺。其旁之依皮而存者僅矣，而枝葉蔚然，於今數百年。」至山下，果如所云。即❼而視其樹，則中焦者可爪而驗也。鮑甥曰：「嘻，咄哉！李白之詩❽乃不若輿夫之言之信乎？」

余曰：「詩所云，乃夢中所見，非妄也。然即此，知觀物之要矣。天下事必見之而後知，行之而後難。凡以意度想像而自謂有得者，如趙括之言兵❾，殷浩之志恢復❿，近世浮慕陸、王⓫者之談性命，皆夢中語也，而昧者多信為誠然。

若目擊而心通，或實有師承，則人雖微，其言不可忽，如臨清老人之分河流⑫，蜀木工之解『未濟』⑬是也。物之生也，若驟若馳，吉凶倚伏，顛倒大化⑭中，當其時不自覺也，惟達者乃能見微而審所處。假而茲樹非殘於雷火，必終歸於薪爨⑮，是震而焚之，乃天所以善全其生，而使之愈遠而彌存也。」

鮑甥曰：「斯言也，不可棄。」遂書於壁，使覽者觸類而得其所求思焉。

【注　釋】❶嵊縣　清朝屬浙江紹興府，與新昌縣毗連。❷輿　轎子。❸質於官　質，裁量；評斷。官，既是這一句的賓語，又是下一句的主語。❹煨燼　灰燼；燃燒後的殘餘物。❺科　樹的枝幹。❻斬然離絕　分開得整整齊齊。斬然，刀斬過一般，形容平整。離絕，斷開。❼即　靠近。❽李白之詩　指李白〈夢遊天姥吟留別〉。❾趙括之言兵　趙括是戰國時趙國將軍，早習兵法，卻無實戰經驗。趙孝成王六年（西元前二六〇年），趙國中秦國反間計，用趙括代替廉頗為將軍，被秦將白起擊敗，趙國因此被坑殺四十萬兵卒，此役為著名的長平之戰。❿殷浩之志恢復　殷浩是東晉名士，好《老子》、《周易》，善談玄理。東晉永和十年，殷浩作為建武將軍帶兵七萬北伐前秦，以姚襄為前鋒，結果姚襄陣前倒戈，殷浩大敗。⓫陸王　陸九淵、王守仁。⓬臨清老人之分河流　《明史・河渠志》載：永樂九年，工部尚書宋禮疏濬會通河，用老人白英計，改從南旺分水遏汶，北合漳衛遏泗，南入沂淮。臨清，治今山東臨清。⓭蜀木工之解未濟　程頤《伊川易傳》卷四：「〈雜卦〉云：『未濟，男之窮也。』謂三陽皆失位也。斯義也聞之成都隱者。」相傳程顥、程頤父親在廣漢做官，二程隨侍。一次遊成都，見一個修理木桶的工人拿著《易》，就問他《易・雜卦》「未濟，男之窮也」這句話是什麼意思，答：「三陽失位也。」二程兄弟渙然有悟（見彭大翼《山堂肆考》卷一百二十一）。蜀，治今四川成都。⓮大化　化育萬物。也指宇宙、大自然。⓯薪爨　柴火。

【語　譯】癸亥年秋八月，我到浙東求醫，鮑孔巡外甥隨同，抵達嵊縣，上岸後打聽天姥山。抬轎的人說：「小山丘而已，沒什麼可看。唯一可看的是山下的古樹，長在天姥寺地基與菜園子之間，菜農要把它當作柴薪砍掉，僧人訴訟到官府，官府判斷不了。雷電一擊把樹從中間分開，樹身十分之七燒成了灰燼，自上面樹幹到下面樹根，整整齊齊被劈斷將近三尺，周圍貼近樹皮而存活的樹身僅剩下一點點，然而枝葉繁茂，到今天已經幾百年。」到了山下，果然和轎夫描述的一樣。靠近了去看此樹，幹中間燒焦的地方可以用手指觸摸檢驗。鮑甥說：「哎呀，太奇怪了！李白的詩歌竟然不如轎夫的話可信麼？」

我說：「那首詩裡說的，是他夢中所見，不是妄語。然而即便是這一件事，也可以從中瞭解到觀察事物的關鍵是什麼。天下事物一定要親眼看過以後才能知道，親自做過以後才會明白困難。凡是用臆測想像得到的卻自以為懂了，如趙括紙上談兵，殷浩立志恢復北方，近世表面上仰慕陸九淵、王守仁的人談論性命之學，都不過是夢中囈語，然而愚昧的人多相信他們那一套是確實的。如果親眼所見，心裡明通，或者確實有師承，那麼這人即使身分低微，對他的話也不能輕視，比如臨清老人關於治理河流的意見，蜀中木工對於『未濟』的解釋，都是例子。事物的發生，猶如馬匹疾走奔馳，吉凶互相倚伏，稀裡糊塗置身在宇宙遷變化育中，在當時自己也察覺不出什麼，只有通達的人才能夠透過微小處而認清楚所處的實際情形。假如這棵樹不是遭雷火催殘，最終必然會被當成柴薪，說明雷霆一聲霹靂將它燒了，其實是蒼天用這辦法保全它，從而使它越久遠越能夠生存。」

鮑甥說：「這些話，不可遺忘。」於是寫在壁上，使讀者由此觸類旁通，聯想到其他同樣的道理。

【研　析】《老子》有言：「禍兮福之所倚，福兮禍之所伏。」一棵樹遭到雷劈卻得以保全，正是印證了這麼一句話。方苞認為生命如快馬一般，吉凶難料，這種帶有道家思想的觀點在方苞經世衛道的思想體系中，顯得比較特別。其實，方苞對道家和釋氏之學也有一定肯定。他早年排斥釋氏，入獄獲釋以後，對學佛人漸有所接觸，晚年這方面的交往就增多了。相對於釋氏而言，方苞對老莊的認同與肯定就更多了。他致力於儒學經書，對莊子著作也作過認真研讀，且悟其大意。據近人劉聲木《桐城文學撰述考》，方苞曾著有《評點莊子》若干卷。這可能因為他長期為生計、為功名奔波，需要道家思想的慰藉。儒道互補是中國思想史的一個特點，也是中國封建時代知識分子思想的一個特點。

方苞在文中提出「天下事必見之而後知，行之而後難」。這句話極為淺顯，道理則相當深刻。然而這一淺顯的道理往往為人們所忽略，從而釀出許多教訓來。方苞強調這種實事求是的態度，顯然是有針對性的，主要是批評陸九淵、王守仁的學說，認為主觀臆想的成分多了，不切合實際，照此而行會犯糊塗。方苞對陸王心學雖然也有肯定，畢竟是批評多，本文寫於方苞晚年，還用「夢中語」貶斥他們的性命之學，是很可以看出他的態度來的。而且也證明，他晚年寫文章依然鋒芒不減，愛好論戰的筆性伴著他寫作的一生。

本文採取對話體寫法。方苞文章議論勝於描寫，採用對話體議論事理，是發揮了他的長處。

遊雁蕩記

【題解】雁蕩山位於浙江省東南，據說山頂有湖，蘆葦茂密，結草為蕩，大雁經過的時候多棲息於此，故稱雁蕩山，素有「寰中絕勝」、「海上名山」之譽，史稱「東南第一山」。分為北雁蕩山、中雁蕩山、南雁蕩山。其中以北雁蕩山最為有名，以奇峰怪石、古洞石室、飛瀑流泉稱勝。其中，靈峰、靈岩、大龍湫三個景區被稱為「雁蕩三絕」。方苞晚年遊浙東寫下系列散文，本文也是其中一篇，寫出他對雁蕩山兩點獨特的感受，遠離塵囂、而且讓人嚴肅恭敬，從中獲得「守身涉世」的人生啟迪，是一篇蘊含哲理的山水遊記。

本文作於乾隆八年（西元一七四三年），方苞七十六歲。

癸亥仲秋❶望前一日，入雁山，越二日而反❷，古蹟多榛蕪不可登探，而山容壁色，則前此目見者所未有也。鮑甥孔巡曰：「盍❸記之？」余曰：「茲山不可記也。永、柳❹諸山，乃荒陬中一丘一壑，子厚❺謫居，幽尋以送日月，故曲盡其形容。若茲山，則浙東西山海所蟠結，幽奇險峭，殊形詭狀者，實大且多。欲雕繪而求其肖似，則山容壁色乃號為名山者之所同，無以別其為茲山之巖壑也。

而余之獨得於茲山者，則有二焉。前此所見，如皖桐之浮山❻，金陵之攝山❼，臨安之飛來峰❽，其崖洞非不秀美也，而愚僧多鑿為仙佛之貌相，俗士自鐫名字及其詩辭，如瘡痏❾黶然❿而入人目。而茲山獨完其太古之容色以至於今，蓋壁立千仞⓫，不可攀援，又所處僻遠，富貴有力者無因而至，即至亦不能久留，構架鳩工⓬以自標揭，所以終不辱於愚僧俗士之剝鑿也。又凡山川之明媚者，能使遊者欣然而樂。而茲山巖深壁削，仰而觀俯而視者，嚴恭靜正之心不覺其自動。蓋至此則萬感絕，百慮冥，而吾之本心乃與天地之精神一相接焉。察於此二者，則修士⓭守身涉世之學，聖賢成己成物之道，俱可得而見矣。

【注釋】❶癸亥仲秋　乾隆八年（西元一七四三年）八月。仲秋，秋季的第二個月。❷反　同「返」。❸盍　「何不」的合音。❹永柳　永州（治今湖南零陵）、柳州（治今廣西馬平）。❺子厚　柳宗元（西元七七三—八一九年），字子厚，河東（今山西運城解州鎮）人。貞元進士，參與王叔文變法集團，失敗後，被先後貶為永州司馬、柳州刺史。多記兩州山水景物，以〈永州八記〉最負盛名。❻浮山　浮羅山。見〈送左未生南歸序〉注❺。❼攝山　在南京市東北二十多里，因山中多產草藥，可以攝生，故稱攝山。一名棲霞山。❽臨安之飛來峰　臨安，今浙江杭州。飛來峰，又稱靈鷲峰，在杭州靈隱山東南。晉時僧慧理登此山，歎曰：「此是中天竺國靈鷲山之小嶺，不知何年飛來？」因掛錫造靈隱寺，號其峰曰飛來。❾瘡痏　瘡疤。❿矍然　躍起貌，此指突出、顯眼。⓫仞　一仞相當於古代七尺或八尺。⓬搆架鳩工　搭起腳手架，糾集工人，準備施工。鳩，召集。⓭修士　道德、操行高尚的人。

【語　譯】癸亥年八月中秋節前一天，進雁蕩山，兩日後返回。古蹟多被草木淹沒不可爬攀探尋，然而山的容貌，崖壁的顏色，卻是從前所沒有看見過的。鮑孔巡外甥說：「為何不把這些記下來呢？」我說：此山不可以記。永州、柳州各山，只是荒涼偏遠地方的一丘一壑，柳宗元貶官到那裡居住，獨自尋訪以打發歲月，所以能將它們的形容詳盡地描繪出來。而像這座山，則盤繞在浙東浙西山海之中，幽深奇險、形狀詭異的峰巒，實際要比它大，而且也多。想把它雕繪刻畫得十分逼真，則山的容貌和崖壁的顏色，是所有號稱名山者所相同的，無法區分出這是此山獨有的岩崖巒壑。

然而我從這座山得到的獨特認識則有兩點。以前所見過的山，如安徽桐城的浮山，金陵的棲霞山，杭州的飛來峰，這些山的崖壁洞壑並非不秀美，可是愚蠢的僧人在山上多鑿仙佛的貌相，庸俗的人士又在上面鐫刻自己名字和詩語，猶如瘡疤一樣讓人感到刺眼。而此山唯獨能夠保持遠古的容貌直到今天，是因為它壁立千仞，不可攀援，又處在僻遠的地方，富貴有力量的人不會無緣無故來，即便來了也不會久留，去做興辦工程、召集工匠的事情來標榜自己，所以終於沒有遭到愚僧俗士鑿傷的淩辱。又，凡是秀麗明媚的山川，能夠讓遊人欣然快樂。而此山岩深壁削，無論仰觀還是俯視，都會不自覺地產生肅穆端靜的感覺，大概一旦來到這裡，世俗的各種雜念和憂慮就會消失，而吾人的本心與天地的精神開始完全融合。明白以上兩點，那麼高潔之士守身處世的學問，聖賢們成就自己成就外物的道理，都可以由此而一清二楚。

【研　析】當方苞說「茲山不可記」，他其實是擔憂人們寫出一篇雷同的文章。別人寫什麼，我也寫什麼；別人怎麼寫，我也怎麼寫，這又如何能夠避免文章出現雷同？所謂「欲雕繪而求其肖似，則山容壁色乃號為名山者之所同，無以別其為茲山之巖壑也」，豈非辜負了美山美水？方苞避開這種路子描寫雁蕩山，說明他寫遊記非常講究別出心裁，別求新意，反對到人人都無法自拔的窠臼中去討生活。格套是一種傳統，一種習慣，按照格套可以寫出一篇湊熱鬧的文章，方苞不願意，若然他寧願擱筆。

山水之於方苞固然是審美的對象，更是他感悟人生、進行哲理思考的對象，而以他的擅長言，是喜歡借景而將其感悟性的、哲理性的含義融入到遊記文章中，甚至使這一點成為文章的主體，這就形成了他遊記散文最大的特色。在本文，他不具體描寫雁蕩山的景色，而是大段寫其從山景中獲得的啟發，不要媚俗也不要為俗所媚，寧願嚴正，而不隨和，保持自己獨立的精神和挺拔的姿態，以此守身處世，成就自己，並且成就外物。這是他閱讀雁蕩山的心得，雖然與山景有關，而又遠遠地超出了自然山景的所有，它好像是方苞對雁蕩山所作的一次隨心所欲的評點。正是由於這種寫作態度，方苞的遊記文章往往脫略形跡，擁有內在精神極大的自由。

封氏園觀古松記

【題　解】封氏園，古園名，又名風氏園，故址在今北京宣武門外南下窪。據傳說始建於金太祖天輔年間，到清朝康熙後期園已經毀損，而園內一些古松猶在，是觀賞的佳景，留下文人許多題詠。方苞在康雍間偕友前往觀古松，以此文記其事。文章寓理於景物，借景色之變化喻人生不常，借老松茂盛數百年而凋敝只在一二年間，感歎世事易敗。張之洞〈慈仁寺雙檜猶存往觀有作〉詩末云：「雖不中用亦復佳，留與後來阮亭、望溪弄筆墨。」原注：「方望溪、王虛舟屢看封氏園松，畫為長卷，方有記，王有跋，今在琉璃廠。」（《張文襄公詩集》卷四）由此可見此文流傳的另一種情況。

本文寫於雍正二年（西元一七二四年），方苞五十七歲。

封氏園盤松，偃臥如蓋，南北橢隱❶可半畝，為京師古蹟，而余獨未嘗見。康熙壬寅❷秋，寓安❸將南歸，邀余及若霖❹同往。時餘暑未退，遊者雜至，壺觴❺交譁。余三人就陰坐井欄❻，移時然後去。雍正元年癸卯❼冬，寓安復至京師，踰年二月將歸，曰：「吾十至京師，蹉跎竟世，曩吾之歸，不謂其復來也；今吾之來，不謂其復歸也。獨幸與古松得再見耳。」時新知又得舒君子展❽，而若霖改官吏部，無餘閒，期以二月既望❾，先後集松下。余與寓安、子展前至，林空無人，布席列几案，坐臥及飲酒疏數❿惟所便拾，誦〈九歌〉⓫、樂府古辭。日入星見，而若霖不至。翼日⓬相期再往，則薄暮矣。甫至，厲風起，遽登車，歸飲於子展氏。坐方定，而風止。莊周云：「物之生也，若驟若馳，無動而不變，無時而不移。」⓭以一日之遊，而天時人事不可期必如此，況人之生，遭遇萬變，能各得其意之所祈嚮⓮邪？

余始見茲松，惟南枝色微黃，餘皆鬱然。及再過，而瘀傷者幾半，雖生意未盡，非完松矣。茲松之植也五百餘年，其榮枯乃在閒歲⓯中，而余適見之，豈其蹟之將湮⓰，而神者俾借吾輩之遊以傳於後邪？見於文，所以志茲松之遭遇，以為不幸中之幸也。

【注釋】❶橢蔭　長圓形的綠蔭。❷康熙壬寅　康熙六十一年（西元一七二二年）。❸寓安　方正璘。見〈遊豐臺記〉注❹。❹若霖　王澍。見〈學案序〉注⑲。❺壺觴　酒器。❻井欄　水井四壁壘成的「井」字形木架，凸出地面部分為井欄。❼雍正元年癸卯　西元一七六二年。❽舒君子展　舒大成，字子展，直隸宛平（今北京）人。康熙五十一年（西元一七一二年）進士，官翰林院編修。❾既望　農曆每月的十六日。❿疏數　稀疏和密集。⓫九歌　《楚辭》篇名，共十一篇，屈原所作。⓬翼日　第二天。翼，通「翌」。⓭莊周云五句　引自《莊子・秋水》。⓮祈嚮　嚮導；引導。⓯間歲　隔年。⓰湮　滅亡。

【語譯】封氏園枝幹盤屈的松樹，仰臥如一柄傘，投下的綠蔭，南北向呈橢圓形，大約有半畝，是京城的古蹟，可是我還未及去觀看。

康熙六十一年秋，寓安即將回南方，邀請我和若霖一起前往。當時殘餘的暑氣還沒有消退，遊人從各處來，舉杯喧譁作樂。我們三人靠近陰處坐在井欄上，過一會兒然後離去。雍正元年冬天，寓安又來到京城，次年二月將歸去，說：「我十次進京，蹉跎至今，從前回歸故鄉，沒有料到還會重來；這次我來，沒想到又會回去。唯一慶幸的事是能再次看到古松。」此時新結識的朋友又有了舒子展君，然而若霖改任吏部官員，沒有空閒，於是約在二月十六日，先後分別在松樹下會集。我與寓安、子展來到那裡，樹林空然無人，鋪開坐席，擺列几案，或坐或臥或飲酒，疏落抑是湊近，各人都很隨意，念誦〈九歌〉、樂府古歌辭。日沉星出，而若霖依然沒到。第二天相約再去，則已經是傍晚了。乍到，就颳起了大風，趕緊坐上車，回子展府上去飲酒，剛剛坐下，風卻停息了。莊子說：「事物的發生，好像駿馬馳騁，無處不變動，無時不轉移。」以一天出遊來說，天時人事不能預期一定能夠如此，何況人的一生，會遭遇數不清的變化，豈能達到各人嚮往的目標？

我第一次看見這棵松樹，僅南枝的顏色有點微黃，其餘都鬱鬱蔥蔥。到第二次看到時，它累積起來的枯敗枝葉將近有一半，雖然生意尚未失去，可是已經不是完好的松樹。此松長了五百多年，它由榮而枯卻發生在一二年之間，我恰好看到了它的變化。難道是它即將消失而神靈故意通過我們遊觀使之傳播於未來嗎？寫入文中，以此記述松樹的遭遇，作為它不幸中的幸事。

【研　析】封氏園松樹，常人將它當作古園的見證，欣賞它生命綿延，歷史悠久，而他們到那裡去遊覽古蹟，也主要是為了「壺觴交譁」，歡度世俗生活中的一個片刻時光。方苞這篇文章借遊園賞松，卻寫出了別的一番滋味。茂盛而驟然轉為枯萎的古松，驟起驟息的大風，遊蹤不定、時聚時散的友人，本來都各不相干，卻因為遊觀的活動而自然地被穿合在一起，構成文章的機體。這些不同的物、事、人，發出的卻是相同的聲音：一切都在發生改變，對此誰都難以逆料，也難以控制，任何預設的嚮往似乎都難以如願地實現，因此，無論物、事，還是人，在巨大的變化面前總是渺小的，也總是無奈的。這種不停改變著的，既有否極而泰來，也有樂極而生悲。對此，可以理解為是方苞在說封氏園的古松，也可以理解為是在說世事和人生。松樹五百餘年都長得鬱鬱蔥蔥，一旦敗落卻只需要一二年光陰，這一道理很令人驚醒。全篇不放筆馳騁，文字很節制，往往點到即止，而讓許多聯想留待讀者去完成。這是方苞散文的特點，尤其是他記景物的散文。故讀他的文章，不會感到好像被領著不斷地轉悠，直至產生疲勞，也不會感到好像接受了一根長長的甘蔗，被吩咐一直要吃到最無味處，那些都是讀者最想避開的感覺。

重建潤州鶴林寺記

【題　解】潤州，也稱京口，今江蘇鎮江市。鶴林寺舊址在鎮江南郊黃鶴山，舊名竹林寺，是鎮江南郊的著名古寺，創建於東晉元帝大興四年（西元三二一年）。據載，南朝宋武帝劉裕未發跡以前，一次出遊，曾休息於竹林寺，黃鶴飛舞其上，即帝位後，便名寺為鶴林寺。唐開元間，馬元素禪師來住持，鶴林寺始為禪寺。今已不存。唐綦毋潛有〈題鶴林寺〉詩，宋蘇軾有〈遊鶴林招隱〉詩。方苞與佛徒交往不多，晚年則較他早年有增加。本文記鶴林寺重建經過，敘述他與佛徒交往，也借他人之口表示對佛教的某種肯定，是一篇表明方苞與佛教關係的文章，值得注意。

本文作於乾隆十三年（西元一七四八年）六月一日，方苞八十一歲。

余少遊名山，入古寺，見佛相，肅拜❶之禮亦不敢施，而羈窮遠遊及難❷後，多與學佛者往還，乃悟退之之親大顛❸，永叔❹求天下奇士不得而有取於祕演、惟儼❺輩，良有以也。亡友劉古塘❻云：「佛之理吾不信，而竊喜其教絕婚宦，公貨財，布衣疏食，隨地可安。士之蕭散孤介而不欲違其本心者，往往匿跡於其中，故朱子❼亦嘗謂彼家有人。」

歙州程生崟❽，少從余遊。生生長素封❾之家，而倜儻少俗情。早歲成進士，歷官兵部郎中，會世宗憲皇帝❿董正吏治，創立會考府⓫，擢領司事⓬。時生年方壯，兄弟眾多，母夫人壽始及耆⓭，而告歸色養⓮二十餘年不出，以至母夫人之終而生老矣。生家淮陰⓯，侍母不敢旬月違離，時遊金、焦、北固⓰，尋蘇子瞻⓱、米南宮⓲遺蹟，得徹機上人⓳於黃鶴寺故址荒原破屋中。蓋寺焚於康熙五十八年⓴，殿宇蕩然，僅存傾圮㉑小樓三間。徹機自幽、燕㉒南遊，支拄而栖之，志在興復。程生感焉，次第修築，數年，殿宇、門廡㉓、寮房㉔、齋廚㉕略具。

乾隆丁卯㉖，余年八十。首夏㉗，生趣㉘余為金、焦之遊，留襆被㉙寺中。蓋知余少壯遠遊，不得在二親側，三十年來，恆宿外寢㉚，生辰令節，必避居郊原野寺，不受子孫觴酌也㉛。將歸，生言必得余為之記，始饜徹機之志。蓋以佛之徒有見於前賢之記序者，其名常不沒於學士大夫之耳也。次年五月，余與生送故人於瓜渚㉜。徹機帥其徒涉江就余，窺其意，欲得余文甚迫而口不言。余動於其誠，又回憶平生悲憂危蹙㉝，未有從容山水間，身心中一無繫累如往歲之遊者，不可以不識也。

寺在潤州南門外黃鶴山下，本東晉時竹林寺。相傳宋武帝㉞微時經過，有黃鶴翼蔽之祥，土人遂以名其寺與其山。唐初馬元素禪師㉟發名於此。一燬於唐末薛朗、劉浩之亂㊱，再燬於明永樂中㊲，今茲三燬，而重建工畢於乾隆十有二年季春㊳。其東偏子瞻竹院㊴，生猶將嗣事㊵焉。六月朔日㊶，方苞記。

【注釋】❶肅拜　古代九拜之一。朱熹《朱子語類》卷九十一：「雙膝齊跪，手至地而頭不下為肅拜。」❷難　指方苞遭受《南山集》之禍。❸退之之親大顛　退之，韓愈，字退之。大顛，俗名陳寶通（西元七三二—？年），一說姓楊，唐代僧人，祖籍河南潁川。拜惠照和尚為師。創建靈山禪院，自號大顛和尚。著有《般若波羅密多心經釋義》、《金剛經釋義》。元和十四年（西元八一九年），韓愈曾邀請大顛和尚相晤，談論十數日，後韓愈曾到靈山禪院回訪，交誼日深。❹永叔　歐陽修，字永叔。❺祕演惟儼　祕演，宋僧人名，山東人。與詩人石曼卿交最久，善詩，歐陽修曾作〈釋祕演詩集序〉。惟儼，宋僧人名，姓魏氏，杭州（今屬浙江）人。學於佛而通儒術，喜為辭章，也是石曼卿好友，歐陽修曾作〈釋惟儼文集序〉。❻劉古塘　劉捷。見〈贈魏方甸序〉注❷。❼朱子　朱熹。❽歙州程生崟　程崟，方苞門生，字夔州，安徽歙縣人。詳見〈答程夔州書〉題解。❾素封　無官爵封邑而富比受封之人。❿世宗憲皇帝　雍正帝。⓫會考府　官署名，雍正元年（西元一七二三年），為革除各省錢糧奏銷中之積弊而設立的專門機構，掌各地錢糧奏銷事。雍正三年（西元一七二五年）九月裁撤。⓬司事　官署中低級吏員。⓭耆　六十歲老人。⓮色養　對父母恭敬且和顏悅色地供養。⓯淮陰　今江蘇淮陰。⓰金焦北固　金山、焦山、北固山，在今江蘇鎮江市。⓱蘇子瞻　蘇軾，字子瞻。⓲米南宮　米芾（西元一〇五一―一一〇七年），初名黻，字元章，自號鹿門居士，時稱襄陽漫士、海嶽外史，愛石成癖，人呼米顛，宋徽宗詔為書畫學博士，稱米南宮。祖籍山西太原，後遷居湖北襄陽，長期居潤州，與蘇軾、黃庭堅、蔡襄並稱宋代四大書法家。⓳徹機上人　僧人名。上人，和尚的尊稱。⓴康熙五十八年　西元一七一九年。㉑傾圮　傾倒。㉒幽燕　古代幽州、燕州，在今遼寧省、河北省。㉓門廡　與門屋相連接的廊屋。㉔寮房　寺廟中的僧舍。㉕齋廚　寺廟的廚房。㉖乾隆丁卯　乾隆十二年（西元一七四七年）。㉗首夏　初夏，指農曆四月。㉘趣　催促。㉙襆被　鋪蓋；行李。㉚外寢　古代宮室有正寢、內寢之別，正寢又叫外寢，為君主治事之所。此指方苞長年為宮中侍講，供職於南書房。㉛生辰令節三句　方苞的生日是四月十五日。令，美好。觴酌，飲酒，此指舉杯相慶。㉜瓜渚　瓜洲，在鎮江對面。㉝危蹙　危迫。㉞宋武帝　劉裕（西元三六三―四二二年），字德輿，彭城綏輿里（江蘇銅山縣）人，是南朝宋的開國君主。㉟馬元素禪師　又稱玄素禪師。馬元素（西元六六八―七五二年），名法照，字道清，潤州人。開元間，潤州刺史韋銑和鶴林寺法密和尚請他住持鶴林寺。禪師，和尚的尊稱。㊱薛朗劉浩之亂　唐僖宗光啟三年（西元八八七年），周寶部將劉浩作亂，逐周寶，迎奉度支催勘使太子左庶子薛朗，佔領潤州。不久失敗，劉浩逃走，薛朗被錢鏐斬於杭州。㊲再燬於明永樂中　或指朱棣發動的奪取建文帝皇位的靖難之役。永樂，明成祖朱棣年號（西元一四〇三―一四二四年）。㊳乾隆十有二年季春　乾隆十二年，西元一七四七年。季春，春季的最後一個月。㊴子瞻竹院　即「蘇公竹院」。蘇軾曾居鶴林寺，他喜歡竹子，相傳他在寺右邊的院落栽種翠竹，故稱蘇公竹院。㊵嗣事　繼續從事。㊶朔日　初一。

【語　譯】我少時遊名山，進古寺，見到佛相，跪拜之禮也不敢行施，而在寄居窮途、遠遊他方以及經歷了艱難之後，多與學佛的人有往來，才覺悟到韓退之親近大顛，歐陽永叔找不到天下奇士而與祕演、惟儼等交往，確實是有緣故的。已故友人劉古塘曾經說：「佛家的學說我不相信，然而又從心底裡欣賞他們教人不要婚姻，不求仕宦，將錢財施予眾人，穿粗布衣，吃素食，到哪裡都可以安身。閒散耿介孤獨而不願意違背自己本心的文士，往往隱姓埋名於其中，所以朱子也曾說佛門中有人。」

歙州君子程崟，少時跟隨我求學。他生長在沒有仕途背景的富貴家庭，卻倜儻卓異，少有世俗習氣。早年成為進士，曾任兵部郎中，適逢世宗憲皇帝整頓吏治，創立會考府，擢升他主管司事。當時他正當壯年，兄弟眾多，母親剛滿六十歲，於是就辭官回鄉了，孝養母親二十幾年不再出仕，一直到母親去世而他自己年紀也已經變老。他住在淮陰，為了侍奉母親不敢離開一個月以上，有時遊覽金山、焦山、北固山，尋訪蘇子瞻、米南宮遺跡，與徹機上人相識於黃鶴寺舊址的荒野破屋中。寺院焚毀於康熙五十八年，殿堂蕩然不存，只留下傾斜倒塌的小樓三間。徹機從幽州、薊州來到南方，重新加以支撐便住了下來，有志於興復寺院。程崟君為他所感動，依次加以修築，經過數年時間，寺院的殿堂、廊屋、僧舍、廚房大略都有了。

乾隆丁卯年，我八十歲。初夏，程崟君催我作一次金山、焦山之遊，住宿在鶴林寺。程君因為瞭解我青壯年時候就遠遊他鄉，沒能留在父母雙親身旁，三十年來，一直供職於南書房，每逢生日佳節，必定躲避到郊外荒寺裡去居住，不讓子孫們為我舉杯相慶。將要返回時，程崟君說，一定要得到我為鶴林寺寫的一篇記，方能滿足徹機的心願。大概是因為佛門之徒感到從前賢人寫了記、序，被記敘的人名字便常常不會消失在學者和士大夫耳中吧。第二年五月，我和程崟君在瓜洲送別故人。徹機帶著他徒弟過江來看我，猜他的意思，想得到我文章的心情很急切嘴上卻不相催。我為他的誠意所感動，又回想起平生悲憂危迫，從來沒有像去年出遊那樣從容地置身於山水之間，身心全然地沒有一點牽累，所以也不可以不記。

寺院在潤州南門外黃鶴山下，原先是東晉時的竹林寺。相傳宋武帝未顯達時從這裡經過，出現黃鶴用羽翼作遮蔽的祥瑞，當地的人便用來命名此寺和此山。唐初馬元素禪師揚名於此。第一次毀壞於唐末薛朗、劉浩之亂，第二次毀壞於明朝永樂年間，現在是第三次被毀，而重建完工於乾隆十二年春天三月。寺院東邊是子瞻竹院，程崟君還將繼續從事修復。六月初一，方苞記。

【研析】方苞強調古文不可摻雜佛語，如他在〈答程夔州書〉中說：「凡為學佛者傳記，用佛氏語則不雅，子厚、子瞻皆以茲自瑕。」但是這並不等於說古文應當排斥佛教的題材，而只是提出要限制以佛語入古文。方苞在本文承認，他在經歷「羇窮遠遊及難後，多與學佛者往還」，而且也理解了韓愈、歐陽修為什麼與佛徒們交往的原因。這種交往和理解在他的晚年更有所增加，與中國古代許多士大夫的情況大致相似。然而，方苞同時又堅持了他自己的古文觀，拒絕佛語。本文雖然是寫佛教的題材，卻沒有遣用佛語，這可以是證明他古文主張的一個例子。

文中引述方苞友人劉捷的話，「佛之理吾不信，而竊喜其教絕婚宦，公貨財，布衣疏食，隨地可安。士之蕭散孤介而不欲違其本心者，往往匿跡於其中，故朱子亦嘗謂彼家有人。」這很可能也是方苞本人取捨佛教的態度。方苞與佛教的關係是人們研究得很少的題目，而不可否認這是一個值得研究，也是應當研究的題目。本文對進行有關研究是有用的。

重修清涼寺記

【題解】清涼寺，在今江蘇南京鼓樓區清涼山（原名石頭山）上，古時這裡俯視大江，如環映帶。創建於唐中和四年（西元八八四年），南唐擴建為清涼禪寺，迎高僧文益禪師（即法眼禪師）住持，成為中國佛教法眼宗的發源地。李煜常在寺裡禮佛，後來文人詞客多留下詠歌的作品。歷代屢廢屢修，香火興旺。山以寺名，石頭山因而易名清涼山。雍正二年（西元一七二四年）毀於大火，寺僧中州為之重新修建，他死後又由門徒們繼續修復。方苞作文記其經過，表彰能夠肩負艱重責任的僧人，認為這樣的僧人值得儒者欽佩和學習，值得與他們交往。

本文作於乾隆十一年（西元一七四六年），方苞七十九歲。

先兄❶嘗言：「自明中葉，儒者多潛遁於釋，而釋者又為和通之說以就之，於是儒釋之道混然。儒而遁於釋者，多倡狂妄行，釋而慕乎儒者，多溫雅可近。」余行天下，每以是陰辨儒、釋而擇其可交者。

雍正二年❷，請假歸葬，卜兆❸未定，不敢即私室，寓北山❹僧舍。會黃山老僧中州率其徒來居清涼寺，數與往還。中州之來，踰月而寺火，惟存西北隅小屋三四間。嘗謂余曰：「造物者蓋以新之責老僧也，俟其成，公必記之。」

及乾隆七年❺，余歸里，更往觀焉，則盡復其故而煥然新。中州博學工詩賦，所至薦紳富商爭湊之，故興之如此其易也。其徒燭淵、緯林嗣守❻之，亦以文學為學佛者倡，每相見，必舉前語索記。

又五年，丙寅❼夏六月望後五日❽，余疾作，夜不能寐，偶憶先兄語，晨起而記之，以釋諾責❾，且以示學儒者慎毋陰遁於釋，獨宜念其能篤信師說，以興作艱重為己任，而卒以有成，吾儕對之宜有愧色也。其肇工落成之日月，用材之凡數❿，樂輸者之姓名，二僧自記之，以列碑陰⓫可矣。

【注釋】❶先兄　指方舟。❷雍正二年　西元一七二四年。該年五月方苞回金陵，安葬父母於上元臺拱岡，並遷祖父柩至上元墓地。❸卜兆　選擇墓地。❹北山　南京鍾山。❺乾隆七年　西元一七四二年。該年方苞以年老有疾痛乞回籍調理。

❻嗣守　繼承並遵守和保持。❼丙寅　西元一七四六年。❽望後五日　農曆二十日。❾諾責　承諾而沒有完成的事情。責，通「債」。❿凡數　大概數目。⓫碑陰　碑的背面。方苞這篇記用為刻碑，碑的正面鐫刻記，背面刻贊助者等雜事。

【語　譯】我亡兄曾說：「從明代中葉以後，儒者多潛逃到佛教中去，而佛家則提出中和相通的學說來順應儒學，結果儒、釋兩家的道就發生了混淆。儒者而逃於佛學的，多倡狂而胡作非為，佛家而敬慕儒學的，多溫雅而可以接近。」我遊歷天下，常常用這個道理在暗地裡分別儒家、佛家從而選擇可以交往的人。

雍正二年，我向朝廷請假，回家鄉安葬親人，墓地還沒有選定，不敢住自己的家，就寄居在北山的僧房。適逢黃山老僧中州率領他的門徒住進清涼寺，多次來往走動。中州來了以後，一個月後寺廟失火，只留下西北角小屋三四間。他曾經告訴我說：「造物主大概是要我把寺廟重新翻造一下，等翻新完工之後，您一定要作文記這件事情。」

到了乾隆七年，我回到故鄉，再次去看清涼寺，則已經完全恢復原貌而且煥然一新。中州博學，擅長吟詩作賦，所到之處，官員、富商都爭相與他交往，因此重建寺廟才如此容易。他的門徒燭淵、緯林繼承和維持他的傳統，也倡揚學佛者要愛好文學，每次相見，必定會提及從前的話向我索取文章。

又過了五年，丙寅年夏天六月二十日，我疾病發作，晚上不能入睡，偶然回憶起亡兄的話，早晨起來便撰文記述重修清涼寺前後經過，以還清自己承諾的文債，而且也以此告訴儒者，千萬不要暗自逃往佛教，唯獨要做的是，應當想到他們能篤信師父的話，將艱難繁重的興建寺廟之事當作自己的責任，而且最終把它完成，我輩面對他們的所作所為應該感到慚愧。至於開工和落成的時間，所用材料多少，捐助者的姓名，兩位僧人自己記下來，刻在石碑背面就可以了。

【研　析】除了非寫不可的文章，無論愉快還是痛苦，都是必須按時寫出來，延誤了沒法交代，其他可寫可不寫，可以磨蹭著慢慢寫的文章，在何時落筆往往出於偶然，若沒有莫名的觸機來扣動靈感，可能就永遠不會形諸文字。方苞從接受中州僧囑託，到寫出這篇〈重修清涼寺記〉，前後經過了二十餘年，等到文章寫成，中州僧已經圓寂，文章只好交到中州門徒手裡。他拖延著，並不是故意，否則他早就把這件事情忘掉了，記得就說明他腦子裡有這篇題目。「丙寅夏六月望後五日，余疾作，夜不能寐，偶憶先兄語，晨起而記之。」毫無動靜的日子倏然結束，文思像一位不速之客，經過長期的疏遠忽然找上門來，纏著你，不寫也不行，於是詞成句，句成文，淙淙汩汩，頓時匯成一泓清水。「靜若處子，動若脫兔」，這彷彿也道出了寫作的原理，文學性的寫作尤其是如此。方苞是經學家還是古文家，是偏重於文學的古文家還是偏重於說教的古文家，他能說出以上的話，對此就不應該還有疑問。

本文著重是談儒者應當如何看待佛教，應當向學佛者學習什麼。佛教傳入中土以後，與文人士大夫精神逐漸熔融，雖然畸輕畸重，而亦儒亦佛者實多。明代中葉以後，儒釋雜糅的現象更加明顯，名僧往往都是文人，而文人也多談佛理。方苞並不認為儒者需要潛歸佛流，但是又承認在出家學佛人身上確有可貴之處值得儒者學習。在本文，他強調要學習佛家的傳承，「能篤信師說，以興作艱重為己任」，固守篤信，持之以恆，佛家成就了佛家的事業，儒家欲成就自己的事業，不是也需要這樣子麼？

關於中州僧，我看到袁枚的一條記載，與本文有關。《隨園詩話》卷二說：「敏愨（鄔按，方觀承，諡敏愨）公未遇時，祖、父俱以罪戍塞外。公南北奔走，備極流離。清涼寺僧號中州者，知為偉人，時周恤之。公贈詩云：『須知世上逃名易，只有城中乞食難。』後官制府，為中州弟子麗雅重建清涼寺，殿宇煥然。余過而有感，亦題詩云：『細讀紗籠數首詩，尚書回首憶前期。英雄第一開心事，揮手千金報德時。』蘇州薛皆三進士有句云：『人生只有修行好，天下無如吃飯難。』意與方公相似。」這一個例子有助於我們瞭解寺僧中州之為人，以及幫他修復清涼寺的人員，也有助於理解方苞在文中所說「薦紳富商爭湊之，故興之如此其易也」的話，確實是有根據的。

聞見錄（令妻）

【題解】此文收入劉聲木輯《望溪文集再續補遺》、《三續補遺》合刻本，題下注曰：「此文從江浦劉大山太史巖《匪莪堂文集》中錄出，光緒二年閏五月裔孫藿場明經□□家刊本。桐城戴存莊孝廉鈞衡編《望溪集外文補遺》亦錄有三則。雖屬紀事，實即碑傳類，當時別自為書，嘉言懿行所錄必多，惜未能得見其全也。」（引自徐天祥、陳蕾點校《方望溪遺集》）方苞在文中記載了劉巖妻子吳氏的事跡，「令妻」意謂賢妻。劉巖（西元一六五六—一七一六年），初名枝桂，字月舟，一字大山，別號無垢，江南江浦（今屬江蘇）人。康熙四十二年（西元一七〇三年）進士，官翰林院庶吉士，授編修。因曾為戴名世《南山集》作序，被捲進文字獄。有《大山詩集》、《匪莪堂文集》、《拙修齋詩文稿》等。

吳孺人❶，江浦劉大山妻也。大山自為諸生，學使者❷按試後，即招延別擇❸旁郡諸生文。康熙丙寅❹貢太學❺，遂留京師。癸未❻成進士，官翰林。劉氏世寒苦，孺人貧家女也，盡鬻❼嫁時衣，買婢教以婦功婦容，致京邸，聞有身，喜而不寐。時家漸饒，族姻咸謂孺人宜入京從夫，孺人以繼姑❽老，願留養。辛卯❾，大山以《南山集》牽連，吏議當長流❿，聖祖仁皇帝⓫赦免，系旗籍⓬。孺人奉部檄⓭而至，家人皆哭，時髮盡白，與大山不相見者幾二十年。孺人北徙，與嫠姑⓮偕，曰：「吾不能生育，當與小姑同室。」大山以為疑，曰：「得與君長相依足矣，若共寢處，吾老，內自慚。」自是至大山之歿，未嘗同藏⓯。有妾二人，皆羅綺，被⓰狐裘，孺人卻而不御，常布衣，浣濯縫紝，愉愉如也。大山既歿，二妾求去，孺人泣而遣之。遺二女，一尋殤⓱，既絕氣，猶抱持撫摩，不忍棺殮。大山未仕時，家無奴婢，孺人昧爽⓲掃除灶下，燀⓳湯供盥，饋洎鑊水⓴，諸娣姒㉑皆取足也。金陵常㉒阻饑，余奉老母渡江，館於劉氏，吾母數太息稱賢，每舉其事以教諸女諸婦。雍正元年㉓，孺人及幼女赦歸原籍，依季弟㉔仲山以居。

大山始名枝桂，更名巖，別號無垢。老而好詩，日夕苦吟，有詩數百篇藏於家。仲山孝弟㉕，有學問，鄉人重之。

（選自《方望溪遺集》碑傳類）

【注釋】❶孺人　對婦人的尊稱。❷學使者　督學使者的簡稱，又稱學使。清中葉後朝廷派往各省對所屬府、廳童生及生員進行考核的官員，三年一任。❸別擇　評選。❹康熙丙寅　康熙二十五年（西元一六八六年）。❺太學　古代設於京城的最高學府，此指國子監。❻癸未　康熙四十二年（西元一七〇三年）。❼鬻　賣。❽繼姑　丈夫的繼母。❾辛卯　康熙五十年（西元一七一一年）。❿長流　遠途流放；長期流放。⓫聖祖仁皇帝　康熙皇帝。⓬旗籍　旗人的戶籍。亦謂具有旗籍。⓭部檄　朝廷下達的判決書。檄，官府用於曉諭、聲討的文書。⓮嫠姑　守寡的丈夫妹妹。嫠，喪夫。姑，即下文「小姑」，丈夫之妹。⓯同藏　謂夫婦同室而居。⓰被　同「披」。⓱殤　未至成年而死。⓲昧爽　拂曉。⓳燀　燒熱。⓴饋洎鑊水　往鍋裡添水。饋，贈送。洎，添水於鍋。鑊，古時無足鼎。又南方方言稱鍋子為「鑊子」。㉑娣姒　妯娌。兄妻為姒，弟妻為娣。㉒常　同「嘗」。曾經。㉓雍正元年　西元一七二三年。㉔季弟　最小的弟弟。㉕孝弟　孝順父母，敬愛兄長。弟，悌。

【語譯】吳孺人，江浦劉大山的妻子。大山自從成為諸生，督學使者巡視考試事宜後，就聘請他評選其他州郡諸生的文章。康熙丙寅年被推舉到太學，便留在京城。癸未年成為進士，在翰林任官職。劉氏世代貧寒艱苦，孺人是窮人家女兒，把出嫁時的衣裝悉數賣掉，買了婢女，教她學習紡績、刺繡，修習女子應有的儀容儀態，然後送她去京城丈夫的府邸，聽說有身孕的消息，歡喜得睡不著覺。此時家裡漸漸富裕起來，族人和姻親都說孺人應該入京去跟隨丈夫，孺人因為丈夫的繼母年紀已老，自願留下來贍養她。

辛卯年，大山因為《南山集》而受到牽連，官吏定他罪應當長期流放到遠方，聖祖仁皇帝赦免了他，編入旗籍。孺人帶著朝廷的判決書到來，家人都痛哭不已，當時頭髮完全白了，與大山沒有見面將近二十年。孺人流放去北方，與守寡的丈夫妹妹在一起，說：「我不能生育，將與小姑同住一室。」大山感到不解，孺人說：「能與您長年相依已經足夠了，如果一起同床共寢，我已經老了，內心會自慚不安。」從此以後到大山去世，他們未曾同室而居。大山有姬妾二人，都身穿絲綢衣裳，披狐裘，孺人則推辭不穿，常常身著布衣，洗洗縫縫，心情分外愉快。大山去世後，二個姬妾要求離去，孺人哭泣著打發了她們。留下二個女兒，一個不久夭折，已經絕了氣，孺人依舊抱著撫摸，不忍心入棺收殮。大山未出仕時，家裡沒有奴僕、侍婢，孺人天不亮就清掃灶間，燒水以供盥洗，往鍋子裡添水，妯娌們都能足夠取用。金陵曾發生饑荒，我侍奉老母渡江，住在劉氏家，我母親多次歎稱她賢惠，常常舉出她的事例來教誨女兒、媳婦們。雍正元年，孺人和幼小的女兒被赦免回到原籍，倚靠最小的弟弟仲山住下來。

大山開始的名字叫枝桂，後來改名為巖，別號無垢。年老後喜歡詩歌，日夜苦吟不輟，有詩歌數百篇藏於家中。仲山孝順父母，敬愛兄長，有學問，鄉里的人尊重他。

【研　析】《聞見錄》是方苞根據自己耳聞目睹記載下來的社會上一些嘉言懿行，不是詩歌，卻也可以算是「采風」所得，意在通過表彰這些人物善良的、符合禮義的品性和事跡，以風化人世，維繫風氣。

像本文中的吳孺人，她只是一個平凡樸素的人，做的也無非是撫幼養老、待夫以敬、持家以勤等日常人倫範圍內的一些事情，並沒有什麼驚悚世俗的舉動，然而讀了文章以後，總讓人感到她不容易，如此度過一生，不是常人所甘願的。她情願服侍丈夫年老的繼母，而放棄與丈夫一起生活，很少婦女會這麼選擇。家境差的時候，克勤克儉，條件改善了，依然穿著布衣，親手操持家務，「愉愉如也」，對丈夫的妾享受羅綺狐裘也不反感，不干涉，各人依自己的生活態度過日子，若沒有聖賢之心，這也是很難勉強自己的。當然，她的內心似乎也有沉重的一面，因為自己不能生育，故拒絕了與丈夫同室共寢，覺得自己內心「自慚」。由此可以看到，「無子」對於古代婦女的壓力有多大！方苞的文章這一筆寫得很真實，也很凝重。

記姜西溟遺言

【題解】姜宸英（西元一六二八—一六九九年），字西溟，別號湛園，浙江慈溪人。以薦入明史館，充纂修官，與朱彝尊、嚴繩孫並稱江南三布衣。康熙三十六年（西元一六九七年）進士，以第三名及第，授翰林院編修。康熙三十八年充順天鄉試副考官，受正考官李蟠牽累，被劾入獄，卒於獄中。或云姜宸英性格狂狷，為人所難容，故趁機落井下石。他擅長古文、經史、書法，負氣自高，為當時名家。著有《湛園集》、《葦間詩集》等。方苞二十五歲與姜宸英相識，本文追記姜宸英生前對作者講過的三件事，表現了姜氏的志向和性格。方苞評姜宸英古文氣體雅正，這與方苞自己的古文主張相符合。

本文作於康熙五十七年（西元一七一八年），方苞年五十一歲。

余為童子❶，聞海內治古文者數人，而慈谿姜西溟其一焉。壬申❷，至京師，西溟不介而過余，總其文屬討論，曰：「惟子知此。吾自度尚有不止於是者，以溺於科舉之學，東西奔迫，不能盡其才，今悔而無及也。」時西溟長余以倍而又過焉，而交余若儕輩❸。

其後丙子❹，同客天津❺，將別之前夕，撫余背而歎曰：「吾老矣！會見不可以期。吾自少常恐為文苑傳❻中人，而蹉跎至今。子他日誌吾墓，可錄者獨三事耳：吾始至京師，明氏之子成德❼延至其家，甚忠敬。一日進曰：『吾父信我，不若信吾家某人❽，先生一與為禮，所欲無不可得者。』吾怒而斥曰：『始吾以子為佳公子，今得子矣！』即日卷書裝，遂與絕。崑山徐司寇健菴❾，吾故交也。能進退天下士，平生故人並退就弟子之列，獨吾與為兄弟稱。其子某作樓成，飲吾以落❿之，曰：『家君云：名此，必海內第一流，故以屬先生。』吾笑曰：『是東鄉⓫，可名東樓⓬。』健菴聞而憾焉。常熟翁司寇寶林⓭，亦吾故交也，每乞吾文，曰：『吾名不見子集中，是吾恨也。』及翁以攻湯司空斌，驟遷據其位，吾發憤為文⓮，謂：『古者輔教太子，有太傅⓯、少傅⓰之官，太傅審父子君臣之道以示之，少傅奉太子以觀太傅之德行而審諭之⓱。今詹事有正、貳⓲，即古太傅少傅之遺也。翁君之貳詹事，其正實睢州湯公。公治身當官立朝，斬然⓳有法度。吾知翁君必能審諭湯公之德行以導太子矣。』翁見之憮然⓴，長跽㉑而謝曰：『某知罪矣！然願子勿出也。』吾越日刊而布之，翁用此相操㉒尤急。此吾所以困至今也。」時西溟年七十餘，始舉於京兆㉓，又踰年成進士，適翁去位，長洲韓公菼㉔薦於上，得上用㉕。己卯㉖，主順天鄉試㉗，以目昏不能視，為同官所欺，掛吏議㉘，遂發憤死刑部㉙獄中。

西溟之治古文也，其名不若同時數子之盛，而氣體之雅正實過之，至不能盡其才，則所自知者審矣。平生以列文苑傳為恐，而末路乃重負汙累，然罪由他人，人皆諒焉，而發憤以死，亦可謂狷隘而知恥者矣。西溟之死也，其家人未嘗以誌銘屬余，而余困躓流離㉚，與其家不通問者，計數已十有九年。姑傳其語，俾眾白於其本志之所蓄云。

【注釋】❶童子　「童子試」之略，簡稱童試，明清取得秀才資格的入學考試，應考者稱童生。❷壬申　康熙三十一年（西元一六九二年）。❸儕輩　同輩；朋輩。❹丙子　康熙三十五年（西元一六九六年）。❺天津　今天津市。❻文苑傳　紀傳體史書為文人設立的類傳，始自范曄《後漢書》。劉摯說：「士當以器識為先，一號為文人，無足觀矣。」（《宋史》本傳）❼明氏之子成德　明氏，納蘭明珠（西元一六三五—一七〇八年），字端範，滿洲正黃旗人。官至武英殿大學士，累加太子太師。他的長子納蘭性德（西元一六五五—一六八五年），原名成德，避太子保成諱而改名，字容若，號飲水、楞伽山人。康熙十二年補殿試，賜進士出身，仕至康熙一等侍衛。以詞著稱，有《納蘭詞》。姜宸英曾得罪明珠，而與納蘭性德關係契厚。姜宸英〈通議大夫一等侍衛進士納臘君墓表〉說：「雖以予之狂，終日叫號慢侮於其側，而不予怪，蓋知予之失之不偶，而嫉時憤俗特甚也。」❽某人　指明珠的寵僕安三。方苞〈湯司空逸事〉：「執政明珠有家隸，言事多效，公卿震慴，所至大府常郊迎。」說的也是這個僕人。❾徐司寇健菴　徐乾學（西元一六三一—一六九四年），字原一，號健菴，崑山（今屬江蘇）人。康熙九年（西元一六七〇年）探花，官至刑部尚書。著有《讀禮通考》、《簷園集》等。司寇，清時別稱刑部尚書為大司寇，侍郎為少司寇。康熙二十八年，徐乾學即家纂修《大清一統志》，設局於洞庭東山，疏請宸英與黃虞稷偕纂。⑩落 古時宮室建成時舉行祭禮。⑪鄉 同「向」。⑫東樓 明代嚴嵩的兒子嚴世蕃號東樓，姜宸英以此諷刺徐氏父子。⑬翁司寇寶林 翁叔元（西元一六三三—一七〇一年），初名楙，字寶林，號鐵庵，常熟（今屬江蘇）人，永平衛籍。康熙十五年（西元一六七六年）探花，累遷刑部尚書致仕。有《鐵庵文稿》、《梵園詩集》。⑭及翁以攻湯司空斌三句 康熙二十六年（西元一六八七年），明珠一黨攻訐湯斌，翁寶林也疏劾湯斌為「偽道學」，何焯上書請削門生籍，姜宸英移文相責，一時名動京城（陳康祺《郎潛紀聞初筆》卷十二）。湯司空斌，湯斌。見〈與某公書〉注⑫。他晚年加禮部尚書銜輔導太子。湯斌因遭攻訐，憂鬱而死。⑮太傅 官名，古代「三公」之一，周代始置，輔導天子或太子治理天下。⑯少傅 官名，古代「三孤」之一，職責大概與太傅相同，尊榮略低。⑰太傅審父子君臣之道以示之二句 語出《禮記．文王世子》。意謂由太傅、少傅教諭太子，太傅行禮相示，少傅解說這些禮的含義，以使太子明白父子君臣之道。諭，同「喻」。⑱今詹事有正貳 秦置詹事，職掌皇后、太子家事。後來為太子官屬之長。明清皆置詹事府，設詹事、少詹事，為三、四品官。⑲斬然 毅然果決貌。⑳憮然 悵然失意貌。㉑長跽 兩膝著地，挺直上身，引申為拜伏。㉒相操 把持；控制。㉓京兆 指京都。㉔長洲韓公菼 韓菼。見〈送馮文子序〉注❶。㉕上用 御用。鄖按，「用」或「甲」誤字。上甲，科舉時代殿試成績最優的一等，也稱一甲。姜宸英殿試第三名及第，故用上甲稱之。㉖己卯 康熙三十八年（西元一六九九年）。㉗順天鄉試 順天，今北京。鄉試，明清兩代每三年一次在各省省城舉行的考試，中式者稱「舉人」。㉘吏議 指司法官吏關於處分定罪的擬議。㉙刑部 古代掌管刑法、獄訟事務的官署，屬六部之一。㉚困躓流離 困頓坎坷，流轉離散。

【語譯】我應童子考試時，聽說海內精研古文的有幾個人，而慈谿姜西溟是其中的一個。壬申年，來到京城，西溟不經由別人介紹來訪問我，拿著他的文章叮囑我評議，說：「只有您懂得它們。我覺得自己能達到的不止於這程度，因為沉溺於科舉應試之學，東奔西跑忙於應付，不能將自己的全部才能表現出來，現在後悔已經來不及了。」當時西溟年齡比我大一倍還多，然而和我交往如同朋輩一樣。

這以後丙子年，我們同時客居天津，快分別的前一天，他撫著我的背歎息道：「我老了呀！能否再見面不可以期待。我從小開始就常常擔心自己成為文苑傳中的人物，而一直蹉跎到今天。你以後為我寫墓誌銘，可以記載的只有三件事情。我剛到京城，明氏兒子成德把我請到家裡，極為忠愨恭敬。一日對我說：『父親信任我，不如信任我家某人，先生只要送禮給他，想要的無不可以得到。』我感到憤怒，斥責道：『開始我以為你是一位佳公子，今天算是看清你了！』當天捲起書籍行囊，就不與他來往。崑山的徐司寇健菴，是我老朋友。他能夠使天下士人升黜榮辱，平生老友都退而加入他弟子行列，只有我與他以兄弟相稱。他兒子某建樓宇竣工，邀請我飲酒以行祭禮慶賀，談起：『家父說：為此樓起名，必須是海內第一流人物，所以託付給先生。』我笑道：『此樓朝東，可稱東樓。』健菴聽說後對此不勝惱恨。常熟翁司寇寶林，也是我老朋友，常常向我乞求文章，說：『我的名字沒有出現在您的文集裡，這是我的遺憾。』後來他因為彈劾湯司空斌，迅速遷升到這個官位，我發憤而作文，寫道：『古時候輔導、教誨太子，有太傅、少傅的官員。太傅詳究父子君臣相處之道讓太子知道，少傅侍候太子觀摩太傅相示的德行而加以明白地解說。如今詹事有正、副之職，就是古時候太傅、少傅的遺存。翁君作為副詹事，正職實際是睢州湯公。湯公立身、當官、在朝廷執政，堅毅果敢，都具有法度。我知道翁君一定能夠明白地解說湯公的德行以引導太子。』翁讀後悵然失意，拜伏請我原諒：『我知罪了！然而希望您不要讓這篇文章流傳出去。』我第二天就把文章印了出來，以此之故翁對我壓制尤其厲害。這些是我所以困頓到如今的原因。」當時西溟七十多歲，才在京城中舉，又在第二年成為進士，適逢翁君離開官位，長洲韓公菼把他推薦給皇上，得以為皇上所用。己卯年，先生主持順天府鄉試，因為眼花看不清，受了同僚欺騙，被判罪，結果發憤死在刑部牢獄。

西溟寫作古文，他的名聲不如同時期別的幾個人大，然而文章氣體雅正其實超過他們，至於他為什麼不能盡其才能，他自己對此認識得非常清楚。他平生以被列入文苑傳為擔憂，可是在人生最後時刻卻沉重地背上了汙名，被拖累了，不過犯罪是由於別人造成的，大家都體諒了他，而他發憤以死，也可以說是性格偏急、狹隘而知道羞恥的人。西溟死後，他的家人未曾囑託我寫墓誌銘，而我困頓流轉，與他的家人不通音訊，算一算日子已經有十九年。姑且記下他說過的話，使大家瞭解他心中本來所懷抱的志向。

【研　析】古代有左史記言、右史記事之說，歷史上是否真的存在過對史官記錄工作進行如此嚴格區分的制度，不得而知，然而記言、記事作為歷史敘述的兩個重要方面，確實長期存在於史官的工作中，而且影響到後來人物傳記的寫作。有的文章偏重於記事，有的則偏重於記言，顯然是與此有關係的。方苞〈記姜西溟遺言〉是一篇記言散文，與他另一篇〈記百川先生遺言〉的形式相類似。然而二者又有所不同，本文雖是記言，而所言仍然是事情，〈記百川先生遺言〉則純粹是追記作者兄長方舟的幾段話，它被編為「雜文」類，而本文則被編為「紀事」類，這反映了方苞文集整理者對這一文體，以及對這兩篇作品認識上的差別。

姜宸英對方苞自述的三段話，都具有故事性、戲劇性。故事的一方是處於弱勢地位的正義者，另一方是處於強勢地位而身影不正或不甚正者，弱勢者傲然相向，對強勢者叫板，可謂是堂堂正正的故事。通過這三件事情，姜宸英狂傲不羈的性格一躍而出，他長期坎坷不振、鬱鬱不得志的原因不言自明，而他「自少常恐為文苑傳中人」那樣一種遠大的抱負也一覽無餘。據傳說，姜宸英這種狂狷的性格，為人所難容，得罪了不少權貴，使他成為一個被人紛紛側目的對象，所以當他落難時，肯施援手的人少，落井下石的人多，於是他的悲劇無可避免地發生了。不知道這種說法究竟有多少根據，然而從人情世故方面來看，這不是沒有可能性。

方苞理解和同情姜宸英，他寫這篇文章，是為了「俾眾白於其本志之所蓄」，讓大家瞭解姜宸英平素的志向，當然也包含另外一種想法，就是喚起人們對姜宸英的尊敬。方苞這麼做，不盡然是因為姜宸英欣賞自己，不顧年輩而與自己交道。不難想像，當這位比他大四十歲的名人第一次突然來造訪，與他討論自己的文稿，對他說「惟子知此」時，他會多麼驚訝，而又會多麼欣奮和感激！然而方苞寫這篇文章不全是出於這個原因。他是一個具有英雄情懷的人，做事喜歡碰撞出火花，對不順眼的事情道它幾句才會有快意，甚至於不惜決眥相對。姜宸英做事情的風格恰好與他相近，自然會引起他的共鳴，這是二人投緣，方苞筆下的姜宸英炯炯有神，其一部分光彩正是來自方苞自己的心靈。方苞很擅長駕馭這一類題材。

獄中雜記

【題解】康熙五十年（西元一七一一年）冬十一月，方苞因戴名世《南山集》案牽連，入獄近兩年。他被逮捕後，開始下江寧獄，不久解往京師，初定絞刑，後經大學士李光地多方營救，又因他當時文名已盛，受康熙帝賞識，終於在康熙五十二年三月獲釋，以布衣入值南書房。本文記述作者在獄中所見所聞，像一篇實地考察所得的調查報告，將寫實與批判結合為一。它是研究我國古代監獄史的重要資料，也是一篇著名散文。

《獄中雜記》有詳略不同的文本。方傳貴刻本止於「余感焉，以杜君言泛訊之，眾言同，於是乎書」，王兆符、程崟輯《望溪先生文集》本則篇幅增加兩倍以上，除本書所收的文字，還有「劉君所識、先生（方苞）自記」諸語（見桐城戴鈞衡輯《方望溪先生全集》本篇題下記）。王、程二氏及戴氏二種皆將「所識、自記」二段文字用小字附刻於文後，本書將其移入研析，以供參考。

本文作於康熙五十一年（西元一七一二年），方苞四十五歲。

康熙五十一年三月，余在刑部獄❶，見死而由竇❷出者日四三人。有洪洞令杜君❸者，作❹而言曰：「此疫作也。今天時順正，死者尚希❺，往歲多至日十數人。」余叩所以。杜君曰：「是疾易傳染，遘者❻雖戚屬不敢同臥起。而獄中為老監❼者四，監五室，禁卒居中央，牖❽其前以通明，屋極❾有窗以達氣，旁四室則無之，而繫囚常二百餘。每薄暮下管鍵，矢溺❿皆閉其中，與飲食之氣相薄⑪。又隆冬，貧者席地而臥，春氣動，鮮不疫矣。獄中成法，質明⑫啟鑰。方夜中，生人與死者並踵頂而臥，無可旋避。此所以染者眾也。又可怪者，大盜積賊⑬，殺人重囚，氣傑旺⑭，染此者十不一二，或隨有瘳⑮；其駢死⑯，皆輕繫及牽連佐證，法所不及者。」

余曰：「京師有京兆獄⑰，有五城御史司坊⑱，何故刑部繫囚之多至此？」

杜君曰：「邇年獄訟情稍重，京兆、五城即不敢專決，又九門提督⑲所訪緝糾詰，皆歸刑部，而十四司正副郎⑳好事者，及書吏、獄官、禁卒，皆利繫者之多，少有連，必多方鉤致㉑。苟入獄，不問罪之有無，必械手足，置老監，俾困苦不可忍。然後導以取保，出居於外，量其家之所有以為劑㉒，而官與吏剖分焉。中家以上，皆竭資取保。其次求脫械，居監外板屋，費亦數十金。惟極貧無依，則械繫不稍寬，為標準以警其餘。或同繫，情罪重者反出在外，而輕者、無罪者罹其毒。積憂憤，寢食違節㉓，及病，又無醫藥，故往往至死。」

余伏見聖上好生之德，同於往聖，每質獄辭，必於死中求其生，而無辜者乃至此。儻㉔仁人君子為上昌言㉕：「除死刑及發塞外重犯，其輕繫及牽連未結正㉖者，別置一所以羈之，手足毋械。」所全活可數計哉！或曰：「獄舊有室五，名曰現監，訟而未結正者居之。儻舉舊典，可小補也。」杜君曰：「上推恩，凡職官居板屋。今貧者轉繫老監，而大盜有居板屋者，此中可細詰哉！不若別置一所，為拔本塞源之道也。」余同繫朱翁㉗、余生㉘及在獄同官㉙僧某遘疫死，皆不應重罰。又某氏以不孝訟其子，左右鄰械繫入老監，號呼達旦。余感焉，以杜君言泛㉚訊之，眾言同，於是乎書。

凡死刑獄上，行刑者先俟於門外，使其黨入索財物，名曰「斯羅㉛」。富者就其戚屬，貧則面語之。其極刑㉜，曰：「順我，即先刺心，否則四支㉝解盡，心猶不死。」其絞縊，曰：「順我，始縊即氣絕，否則三縊加別械，然後得死。」惟大辟㉞無可要，然猶質㉟其首。用此，富其賂數十百金，貧亦罄衣裝；絕無有者，則治之如所言。主縛者亦然，不如所欲，縛時即先折筋骨。每歲大決㊱，勾者十四三，留者十六七，皆縛至西市㊲待命。其傷於縛者即幸留，病數月乃瘳，或竟成痼疾。

余嘗就老胥㊳而問焉：「彼於刑者、縛者，非相仇也，期有得耳；果無有，終亦稍寬之，非仁術乎？」曰：「是立法以警其餘，且懲後也；不如此，則人有倖心。」主梏扑㊴者亦然。余同逮以木訊㊵者三人：一人予三十金，骨微傷，病間月；一人倍之，傷膚，兼旬愈；一人六倍，即夕行步如平常。或叩之曰：「罪人有無不均，既各有得，何必更以多寡為差？」曰：「無差，誰為多與者？」孟子曰：「術不可不慎[41]。」信夫！

部中老胥，家藏偽章，文書下行直省[42]，多潛易之，增減要語，奉行者莫辨也。其上聞[43]及移關[44]諸部，猶未敢然。功令[45]：大盜未殺人，及他犯同謀多人者，止主謀一二人立決；餘經秋審[46]，皆減等發配。獄辭上，中有立決者，行刑人先俟於門外，命下，遂縛以出，不羈[47]晷刻[48]。有某姓兄弟，以把持公倉，法應立決，獄具矣。胥某謂曰：「予我千金，吾生若。」叩其術，曰：「是無難。別具本章，獄辭無易，取案末獨身無親戚者二人易汝名，俟封奏時潛易之而已。」其同事者曰：「是可欺死者，而不能欺主讞者[49]，儻復請之，吾輩無生理矣。」胥某笑曰：「復請之，吾輩無生理，而主讞者亦各罷去，彼不能以二人之命易其官，則吾輩終無死道也。」竟行也，案末二人立決，主者口呿舌撟，終不敢詰。余在獄，猶見某姓，獄中人群指曰：「是以某某易其首者。」胥某一夕暴卒，眾皆以為冥謫云。

凡殺人，獄辭無謀故[50]者，經秋審入矜疑[51]，即免死，吏因以巧法[52]。有郭四者，凡四殺人，復以矜疑減等，隨遇赦將出，日與其徒置酒，酣歌達曙。或叩以往事，一一詳述之，意色揚揚，若自矜詡。噫！渫[53]惡吏忍於鬻獄，無責也；而道之不明，良吏亦多以脫人於死為功，而不求其情，其枉民也，亦甚矣哉！

姦民久於獄，與胥卒表裡，頗有奇羨。山陰[54]李姓以殺人繫獄，每歲致數百金。康熙四十八年[55]，以赦出。居數月，漠然無所事，其鄉人有殺人者，因代承之。蓋以律非故殺，必久繫，終無死法也。五十一年[56]，復援赦減等謫戍，歎曰：「吾不得復入此矣！」故例謫戍者移順天府[57]羈候，時方冬停遣，李具狀求在獄候春發遣，至再三，不得所請，悵然而出。

【注釋】❶刑部獄　清政府刑部所設的監獄。刑部，朝廷六部之一，掌刑律獄訟。❷竇　洞，指監獄小門。❸洪洞令杜君　洪洞，今山西洪洞。令，縣令。杜君，也是被逮入獄者。《山西通志》卷八十一〈官職〉載：杜連登，鑲白旗人，例貢，康熙三十七年任孝義縣知縣，康熙四十二年任洪洞知縣。或即其人。❹作　起身。❺希　同「稀」。❻遘者　患病者。遘，遭遇。❼老監　陳舊的牢房。❽牖　開洞開窗。❾屋極　屋頂。❿矢溺　大小便。⓫薄　近。⓬質明　天剛亮。質，正。⓭積賊　長期作案的匪徒。⓮傑旺　突出、旺盛。⓯瘳　痊癒。⓰駢死　接連而死。⓱京兆獄　首都所設的監獄。京兆，古都西安及附近地區，此指首都。⓲五城御史司坊　清朝京城分東西南北中五區，稱五城，設五城兵馬司，並設巡城御史，負責治安，設有監獄。司坊，管理街坊間刑事案件的機構。⓳九門提督　掌管京城九門的步兵統領。九門，指正陽、崇文、宣武、安定、德勝、東直、西直、朝陽、阜城諸門。⓴十四司正副郎　清初，刑部設江南等十四司，康熙三十八年，省兵部督捕衙門，以督捕前司後司及督捕廳改隸刑部，為十六司（見《皇朝通志》卷六十五）。每司正職為郎中，副職為員外郎。㉑鉤致 鉤牽、羅致。㉒劑 劑量。此指確定勒索的數量。㉓違節 違反時節。㉔儻 倘若。㉕昌言 《尚書．皋陶謨》：「禹拜昌言。」孔安國傳：「昌，當也，以益言為當。」㉖結正 判決；結案。㉗朱翁 不詳。莊適、趙震《方姚文選注》：「朱翁，名書，字字綠，宿松人。」誤。㉘余生 不詳。或說即余湛，字石民，童年受學於戴名世，受《南山集》案株連入獄。㉙同官 即同官縣（今陝西銅川市）。㉚泛 遍。㉛斯羅 同「撕擺」。北京方言，料理、打點的意思。㉜極刑 指淩遲，俗稱剮刑。行刑時先斷肢體，再斷喉致死。㉝支 同「肢」。㉞大辟 斬首。㉟質 抵押。㊱大決 即秋決。每年八月，刑部會同九卿審核死刑犯人，奏報皇帝，皇帝用朱筆加勾者立即執行，未勾者暫緩。㊲西市 清代京城的刑場，在今北京市宣武區菜市口。㊳胥 掌管公文案卷的小吏。㊴梏扑 上刑具、打板子。㊵木訊 施加木製刑具，進行逼供。㊶術不可不慎 語出《孟子．公孫丑上》，意謂選擇職業不可不慎重。㊷直省 各省，因直屬中央管轄，故稱。㊸上聞 上奏皇帝。㊹移關 「符移關牒」之略稱，指移文和關文，皆屬平行機關之間的來往公文。或「文移關白」之略，謂在平行機關之間互相傳遞和告白的公文。㊺功令 法令。㊻秋審 見〈與孫司寇書〉注❸。㊼羈 停留。㊽晷刻 片刻。㊾主讞者 負責審判的官員。讞，審判定罪。㊿謀故 預謀；故意。(51)矜疑 清朝各省將死囚犯上報朝廷終審，分情實、緩決、可矜、可疑四類。矜疑即可矜，可疑，意謂其情可憫，其罪可疑，入這兩類的犯人可減刑。(52)巧法 鑽法律的空子。(53)渫 汙。(54)山陰 山西、浙江皆有山陰縣。(55)康熙四十八年 西元一七〇九年。(56)五十一年 指康熙五十一年，西元一七一二年。(57)順天府 明成祖定都北京，名順天府。

【語譯】康熙五十一年三月，我關在刑部監獄，看見死去的囚犯從牆洞裡搬出去，每天有三四人。曾是洪洞縣令的杜君，起身相告：「這是傳染病所致。今年氣候和順正常，死人還算少，往年多的時候一天達十幾人。」我問其中緣故。杜君說：「這種病極易傳染，患上後，即使是病者的親戚眷屬也不敢再與他一起起居。監獄裡陳舊的監牢有四座，每座有牢房五間，牢卒住當中一間，前面開一個透光的窗戶，屋頂有天窗可以通氣，旁邊四間則什麼都沒有，而羈押的犯人常常有二百多。每天傍晚鎖上門，大小便都悶在屋裡，與食物的氣味相混雜。此外，寒冬臘月，貧窮的犯人席地而臥，當春氣回升時，很少不發生傳染病。監獄裡歷來的規矩是，天亮後才打開門鎖。在夜間，活人和死人頭並頭腳並腳地躺在一起，沒有一點躲避的餘地。這些就是傳染上疾病的人眾多的原因。而奇怪的是，大盜、屢屢作案的匪徒、殺人的重刑犯，身上生氣強旺，感染這種疾病十人不到一二，或者隨之很快痊癒，而接連喪生，都是一些罪行輕微，以及受到牽連、作為佐證而夠不上判刑的人。」

我問道：「京城有首都監獄，又有五城兵馬御史司坊轄下的監牢，為何刑部關押的囚犯還這麼多？」杜君解釋：「近年來，對於稍微重一點的案件，京城地方長官和五城兵馬御史便不敢擅自判決。加上京城九門步兵統領所偵查、拘審的對象，也都全部移交刑部，而十四司的正副長官郎中、員外郎當中喜歡多事的人，以及文書官吏、監獄官員、看守，都是關人越多得到的好處越大，所以只要稍有牽連，必定會千方百計地把人抓來。如果進了監牢，不管有罪無罪，一律戴上手銬腳鐐，蹲在陳舊的牢房，使他們痛苦不堪，忍無可忍。然後誘導他們花錢取保，住到監牢外面去，一面估摸犯人家裡有多少財產，以此確定勒索的數額，到手的錢則由獄官和吏卒瓜分掉。中等以上的人家，都竭盡財產將人保出去。家境差一點的，請求卸掉身上的枷鎖，住進陳舊牢房之外的板屋，也得花費數十兩銀子。只有極其貧窮毫無依靠的人，則緊鎖鐐銬，毫不鬆懈，以此作為警示其他犯人的榜樣。有的同案犯，情節罪行嚴重的反而住在外面，而罪輕的、無罪的卻遭受著牢獄之苦。他們鬱積憂憤，睡覺飲食都無法正常，生了病又得不到醫治藥物，所以往往造成死亡。」

我敬悉皇上愛護眾生之德，同以往的聖人一樣崇高，每次審核判決書，必定在死囚中為他們尋找一線獲生的可能，可是無辜者情況竟至於如此糟糕。倘若仁人君子能向皇上進呈善言：「除了死刑犯和發配邊塞的重刑犯之外，其他輕罪被拘以及牽連入獄尚未判決者，另外建造一個場所來羈押他們，禁止用手銬腳鐐禁錮。」如此所成全救活的人豈是用數字可以計算呀！有人說：「監獄裡從前有牢房五間，取名為『現監』，吃了官司尚未結案的犯人住在裡面。假如遵行從前的制度，可以小有幫助。」杜君說：「皇上將恩惠推而廣之，凡是官員入獄適宜住在板房。如今窮人轉而羈押在陳舊的牢房，而大盜倒有人住進了板房，這當中的花招哪能一一究詰呀！不如另外建造一個場所，才是從根本上解決問題的辦法。」和我一同關押的朱翁、余生，以及先前入獄的同官縣僧人某，都傳染疾病死了，他們都不應該遭受重罰。又有某人用不孝的罪名起訴自己兒子，左右鄰居受牽連也被投入陳舊的牢房，痛苦呼喊，通宵達旦。這些使我感觸很多，將杜君的話廣泛作求證，大家說的都一致，於是便把它記了下來。

凡是有判處死刑的案子上報，行刑的人先等候在門外，唆使同夥進牢房勒索財物，這叫做「斯羅」，若是有錢的犯人就找他們親屬，窮人則當面告訴本人。如是判了淩遲剮身的極刑，就說：「依我條件，就先刺心臟，否則四肢砍完了，心還沒有死。」如是判了絞刑，就說：「依我條件，一上手絞勒便讓你斷氣，否則絞上三次，還要再加別的刑具，才能讓你死去。」只有砍頭沒有什麼可要挾的，但是也要用人頭作為抵押品。為此緣故，有錢人家往往用幾十上百兩銀子來行賄，窮人也要賣盡衣物，一無所有的人，則按照他們揚言的行刑。負責捆綁犯人的也一樣，無法滿足他們的要求，捆綁時便先折斷你的筋骨。每年秋天朝廷終審死刑犯人，勾了名字立即執行的十分之三四，留著暫緩執行的十分之六七，他們都被綁押到西市刑場去等待命令。那些被捆綁致傷的人即使撿回性命，也要臥病多月才能治癒，有的甚至造成終身殘廢。

我曾經問一位長年擔任監獄小官吏的人：「他們與受刑的、被綁的犯人，並沒有冤仇，只是圖一些好處而已；犯人確實沒有財物，最終也應該稍稍對他們手下留情，豈不是做人行善的方便途徑？」他說：「這是立下規矩以警告其他犯人，而且也是懲戒後人。不這麼做，大家就會心存僥倖。」上刑具、打板子的獄卒也是如此。與我一起被逮捕、被施以木棍等刑具進行逼供的有三人，一個給了三十兩銀子，微微傷及骨頭，病了一個多月；一個加倍給錢，損傷些皮膚，兩旬就癒合；一個給錢六倍，當天晚上走路就如平時一樣正常。有人問道：「犯人貧富不均勻，已經從各人那裡收到了錢，何必還要根據他們給多給少分別對待？」回答是：「沒有差別，誰願意做多出錢的傻瓜？」孟子說：「選擇職業不能不慎重。」說得千真萬確！

刑部老資格的文書官吏，在家裡藏有假造的印章，文書下發到各省，多偷偷地更改內容，增減一些重要的辭語，文件的執行者無法加以分辨。對於那些上報皇帝的奏章及平行移送各部的公文，還不敢採取如此的做法。法令規定：沒有殺人的大盜，以及多人同謀犯法者，只對為首的一二個主謀犯立即執行死刑，其餘犯人經過秋天朝廷終審，都罪減一等發配充軍。判決書送呈上級，其中有的是立即執行死刑，執法行刑的人先等在門外，命令一下達就把犯人綁出監獄，不留片刻時辰。有某姓兄弟兩人，因為搶佔官府糧倉，依法應該立即執行死刑，案子已經判決。某吏員說：「給我一千兩銀子，我可以使你們活命。」問他有什麼辦法，他說：「這並不難辦。只要另外寫一份本案文書，判決詞也毋須改動，將同案中次要的、單身沒有親戚的兩個犯人頂下你們的名字，等到案文加封上報時，悄悄換下原來的那份文書就行了。」他的同事說：「這樣做可以瞞過死者，卻欺騙不了主審官，如果他們重新上奏請求復查，我們就活不成了。」這位吏員笑著回答：「重新上奏請求復查，我們固然活不成，可是主審官們因此也得都被罷免。他們不會用兩條性命去換自己官位的，所以我們沒有為此而死的道理。」他們居然真的這麼辦了，同案的二名從犯被立即執行死刑，主審官張口結舌，最終還是不敢加以追究。我在獄中還見過姓某的人，牢裡的犯人都一起指著說：「這就是用某某換他腦袋的人！」有一天晚上那位吏員突然暴卒，眾人都認為他是遭到了陰間報應。

凡是殺人案件，判決書上只要沒有寫到犯人有預謀或故意殺人，經過秋天終審而歸入「其情可憐、其罪可疑」兩類，就可以免於一死，於是獄吏就趁機鑽法律的這個空子。有個人叫郭四，他前後四次殺人，又每次都以「可憐、可疑」而獲減刑，隨後正好遇到大赦，即將出獄，每天與要好的一夥人置酒暢飲，歡歌到天亮。有人問他以前的事情，他一一詳細地講述，神色飛舞，洋洋得意，好像在自我炫耀。唉！骯髒的惡吏忍心貪贓枉法，已不值得譴責；然而是非曲直不明，好官也多以解脫犯人於死地為功德，卻不去追究事情真相，這枉曲民情，實在也太過分了呀！

奸詐之徒長期坐牢，與吏員、獄卒互相勾結，騙到的財物相當可觀。山陰縣一個姓李的人，因為殺人被羈押在獄，每年可以撈到數百兩銀子。康熙四十八年，遇大赦放出，在外面住了幾個月，東晃西蕩無所事事。他的鄉上有人殺了人，就把罪名承攬了下來，因為從法律來說不是故意殺人，必定長期關押，終究沒有判處死刑的道理。康熙五十一年，又援引大赦條件而減等懲處，改判流放。他歎息：「我別想再進這裡來了！」依照慣例，被判流放的犯人要移送到順天府監獄羈押，等候遣送。時令正值冬天，遣送犯人的事情停止了。李某寫了一份狀子，請求讓自己蹲在牢房，等到明年春天再發配，連續請求了幾次，都被駁回，只好失望地離開了那座監牢。

【研 析】以前，人們形容監獄如地獄。地獄的情形如何，無法通過紀實來描寫，去過的人已經回不來，故寫不出，沒有去過的人只能憑想像，無非是虛構的創作，也寫不出它的真實來。然而監獄的真實情形則有可能被描寫，可是，這有一個條件，那就是作者自己先要身陷囹圄，去感受那種滋味。方苞因捲入文字獄，被投進大牢吃了兩年苦頭，走進他人生的最低谷，而正是這一場變故，使他換來一篇文學史上的奇文，讀者才得以一睹人間最陰森的監獄之真實面貌。

從物質條件上看，這是最折磨人的地方，不通風，沒有陽光，臭氣熏天，面積狹小，不堪擁擠，儼然一個垃圾桶。從管理上看，這又是司法人員採取令人髮指的手段榨取犯人的場所，勒索、行賄，不擇手段，儼然一個黑社會。方苞在這裡看到人的生命竟是這樣被作踐，他不能不為之驚愕。他希望帝王把口上念著的「好生之德」真正地變為行動，讓無辜者得到解脫，少受一些罪。這種強烈的感情從他揭發監獄黑暗的文字中流瀉出來，變成一種對人道的熱切呼籲。而這也是本文最深刻的內涵。

按：別本〈獄中雜記〉後面猶有如下一段文字，內容涉及方苞這篇紀實性的監獄報告傳開後，引起了一些正直的管理者注意，排除阻力，對監獄的條件做了一些相應改善。這些後續進展，從一個側面反映出文章的效果。現在一併錄入，以助對閱讀本文的理解。其文曰：

劉大山曰：「望溪在獄，思老監惟各牖於壁間，氣可少蘇，使圬者記工費。同繫者曰：『居老監者，多生獄（鄔按，意謂關押在裡面的不是死囚犯）也。吾輩死人也，而憂生人氣鬱，奈聞者笑何？』及出獄未兼旬，蒙詔入南書房。數日，得七十金。刑部主事龔君夢熊引為己任，禁卒、司獄難之，訟言於六堂曰：『牆有穴，大盜、重囚逸出，咎將孰任？』龔君曰：『牖函木格，囚何從逸？』乃具結狀，獨任其辜。牖乃成。望溪事無足異，龔君之義，則不可沒也。」

先生自記曰：「其後韓城張公復入為大司寇，靜海勵公繼之，諸弊皆除。仍有易官文書，以偽章下江西省者，其駁稿乃韓城公所手定，詰承行之胥伏罪。命具奏，翼（鄔按，王兆符、程崟輯《望溪先生文偶抄》作『翌』）日即上本。司正郎請曰：『倏參胥役，例發五城兵馬司看守。』公從之。胥以是夕遁，蓋未定罪人犯逸，司坊罰甚輕，而所得過望，故甘為受罰也。又言：『始至錄囚，有磨錢周郭取鉛者，事可立斷，而遲之二年，鉤致牽連佐證七十餘家矣。司官遞代，應參者至數十人。同官持之，中止。每歎恨人心抏敝，典獄者雖悉其聰明，致其忠愛，猶不能使民無冤痛也。』」

又按：方苞此文記述清朝監獄的情形，以及管理上存在的嚴重弊端，在上面附錄的內容中，方苞又提出了改進監獄條件的建議，以及部分實施改進的結果。然而，中國古代監獄的建制和管理問題很多，並且很嚴重，長期得不到根本解決，成為社會的一個痼疾。清末，朝廷派使者出國考察西方文明，也將監獄作為考察的一項內容。如光緒初劉錫鴻任出使英國之副使，在他出國遊記《英軺私記》（一名《英軺日記》）裡，兩處記載了考察監獄的見聞。一次是他途經香港時，參觀那裡英國管轄的監獄。他寫道：

> 獄亦構三層閣，下者居初犯，中則在獄復犯者，上則女犯及罪應淹禁者，皆白衣。房舍寬敞整潔，各有衾薦，故囚徒不染癆疫。囚各白飯一盂，鹽漬魚數尾。禁至三年者，肉各一臠。司獄驗而放之，故囚徒無瘐死之患。

第二次是考察倫敦的監獄，他用一篇專文加以記敘，曰〈倫敦監獄〉。書中對那裡的監獄作了詳細的描述：

> 英之制刑雖寬，政令則甚嚴。凡其民小有忿爭，或動止稍不如法，則巡捕弋獲之，致諸其長而詰

禁焉，故其設獄特多。然犯之輕者，不與重犯混，慮其伍匪染惡，益不自愛也。倫敦輕犯之獄凡五，美亞（鄔按，Mayor的音譯，市長）及議院紳主之。重犯之獄凡二，家部主之。輕犯應禁數日以至數年者，期滿即釋。惟罪在監禁五年以上，則送部獄拘之九閱月，乃解海口獄，使就修城、築壘諸苦工。海口之獄，不一其名（曰達爾德穆爾，曰波得蘭，曰戛庵，又有海島之獄曰勃地斯母士，阿爾蘭之獄曰士擺客埃蘭）。部獄，則有曰密拉班克者，有曰奔敦維辣者。其立法從同。二十二日函會家部，往觀於其奔敦維辣。家部派幫辦錫拉溫伊必存、記室縻德佛爾至其地，與獄官陸士為前導。所往之處，所遇之物，纖悉胥詳告焉。

其獄則崇樓廣廈，遍繞迴欄，壁淨階明，塵垢俱絕。屋一千一百六十五間，現禁犯一千零十五名。凡屋高七尺，深十四尺，廣十一尺，一犯居之，皆有牖以通天陽，不以湫隘閉鬱其氣也。非夏令，則機器送暖，分佈於其屋，為禦寒也。初入獄者，去舊衣歸諸其家，授以囚服，易別識也。親屬來見，別有一室，以鐵柵隔之，獄官與犯並坐，察其所言，杜私弊也。衾薦器用，給以完好，不賤視之也。日膳凡三，肉食必具，劑以湯茗，惠養之道也。樓每重各立天平一具，有以肉少為嫌者，則面衡示之，昭均平也。飲食寢處，咸適其意，而氣體充矣。每日六點鐘即起，各自洗刷房地內外牆壁，料理衣物，務令整潔。浴室十餘所，七日禮拜一澡濯，恐其垢穢致疫癘也。犯衣浣以機器，陳於桄枷，入火櫃烘之，櫃有編號，防混淆也。早膳後，同詣講堂聽經，以一點鐘為度，禮拜日則再往，導其復善之心也。凡聽講，獄官必高坐臨之，糾其不恭者。諷經協以洋琴，琴一而五音皆備，薰陶以禮樂也。六工及紡織、烹炊之事，各就其所能，使執一藝。不能者，教以工師。初入獄，則析舊繩。每日率六時作苦，收其放心，且進以技藝也。午膳既畢，舒步院間，依所畫地，按序而行，以活筋脈而仍不使肆也。舒步已，則觀書兩刻，牖其明也。操作之時，與食息相間，調其勞逸也。在獄無老少，莫不體胖色華。而堂室、几案、雕鏤、畫繪之巧，莫非犯人為之。遇客至，咸肅然端立，若素嫻禮教者，以此。

獄中有高臺，矗立數十丈。獄官時登臨之，以察犯人從違。其或不率教，則禁諸黑牢。牢深入地下，由階梯委折而至。牆垣厚一尺四寸，凡三重。夜不給燭，惟日仍給膳饌如常數。毆官者，以九尾虎鞭之。九尾虎形如塵拂，尾綴細麻繩，故名。其次則捶以木杆。非是，不鞭撻也。越獄者，以火槍逐擊之。由此獄移彼獄者，以鐵索繫其右手，加以鎖鑰，人兩兩相牽。非是，不施鎖銬也。人或負疾，則別置樓下高朗之室，以精美饌食供之。醫既愈，則坐諸機器，所為權衡，稱其輕重，以瞻肥瘠，而知血氣之復充與否，然後復歸其舊牢。病甚者，聚諸一所，以便省視。此倫敦部獄之章程也。紳士所管五獄，寬嚴各隨主者。家部病其參差，業已商允下議院，定為畫一之法矣。

英制之待罪囚，如此其優，人猶不堪，至有墜樓求死之事（此是近事）。蓋拘苦為素所未經，則役作辛勞，已不如家居之優遊自適，不在乎重以懲之也。夫鬥狠由於悍戾，為盜迫於饑寒，其人未嘗不知法而自禁。然忿之所起，貧之所逼，當時實無如何。不馴其勃發之氣，不予以謀生之技，則雖嚴刑示懲，卒難免再蹈於後。英人知此，故立為規教以約之，制為役限以課之，調適其身體使不至以頹弱而自廢。然後其出獄也，可以忍性，可以效功，可以耐勞，不復為鬥毆盜賊之行。倫敦百姓，類皆安靜勤奮，有由然矣。

又聞有侯士呵佛哥勒格神者，譯言改過房也。童子孤貧，無兄父之教，或父兄實不能教，致陷匪類者，官中勾攝至其地，飲食馴誨之，蒞以師傅，慈以保姆，俟其成人，學藝既足，然後放歸。英之育成人材，用心為良苦矣。

以上記載可以作為閱讀〈獄中雜記〉的對照。方苞記述的康熙時代監獄，與約二百年後劉錫鴻記述的香港、倫敦監獄，存在殊大的差別，這主要不能歸之於時代的不同，而是反映出兩種不同的文明。劉錫鴻文筆老練，有桐城之風。他是否曾熟讀方苞名篇〈獄中雜記〉，因而在出國考察時對倫敦等地的監獄特別留意而作了詳細的記載？這雖然還無法得到證明，然而似乎也不無可能。因將他的文章附記於〈獄中雜記〉之後，讓讀者通過對讀這兩篇獄記，而更加深刻地瞭解方苞撰文之沉痛心情。

◎新譯清詩三百首

王英志／注譯

清代詩人能取法唐宋詩的優點，記取元明詩復古失誤的經驗教訓，在藝術上有所創新，加上具有廣泛豐富的創作題材與主題，以及明確的詩學觀念與審美追求，使得清詩流派紛呈，蔚為大觀，形成中國古典詩歌晚霞滿天的光輝結局。其中尤以題材、內容的豐富與生新，更是清詩最為突出且超越唐宋的一大特點。本書精選一三二位清代詩人之詩作三百零六首，按題材內容分為十二類，深入注譯解題研析，幫助讀者認識、涵泳清詩之精華。

新譯范文正公選集
新譯蘇洵文選
新譯蘇軾文選
新譯蘇軾詞選
新譯蘇轍文選
新譯曾鞏文選
新譯王安石文選
新譯柳永詞集
新譯李清照集
新譯辛棄疾詞選
新譯陸游詩文選
新譯歸有光文選
新譯徐渭詩文選
新譯薑齋文集
新譯顧亭林文集
新譯方苞文選
新譯袁枚詩文選
新譯聊齋誌異選
新譯聊齋誌異全集
新譯閱微草堂筆記
新譯浮生六記

教育類

新譯爾雅讀本
新譯顏氏家訓
新譯聰訓齋語
新譯曾文正公家書
新譯三字經
新譯百家姓
新譯幼學瓊林
新譯增廣賢文‧千字文
新譯格言聯璧

歷史類

新譯史記
新譯漢書
新譯後漢書
新譯三國志
新譯資治通鑑
新譯史記——名篇精選
新譯尚書讀本
新譯周禮讀本
新譯逸周書
新譯左傳讀本
新譯公羊傳
新譯穀梁傳
新譯春秋穀梁傳
新譯戰國策
新譯國語讀本
新譯說苑讀本
新譯新序讀本
新譯吳越春秋
新譯西京雜記
新譯列女傳
新譯越絕書
新譯燕丹子
新譯東萊博議
新譯唐六典
新譯唐摭言

宗教類

新譯金剛經
新譯高僧傳
新譯碧巖集
新譯百喻經
新譯楞嚴經
新譯梵網經
新譯六祖壇經
新譯禪林寶訓
新譯維摩詰經
新譯經律異相
新譯阿彌陀經
新譯無量壽經
新譯觀無量壽經
新譯妙法蓮華經
新譯景德傳燈錄
新譯大乘起信論
新譯釋禪波羅蜜
新譯八識規矩頌
新譯永嘉大師證道歌
新譯華嚴經入法界品
新譯地藏菩薩本願經
新譯悟真篇
新譯无能子
新譯坐忘論
新譯列仙傳
新譯抱朴子
新譯神仙傳
新譯性命圭旨
新譯老子想爾注
新譯周易參同契
新譯道門觀心經
新譯養性延命錄
新譯樂育堂語錄
新譯沖虛至德真經
新譯長春真人西遊記
新譯黃庭經‧陰符經

地志類

新譯山海經
新譯水經注
新譯佛國記
新譯大唐西域記
新譯洛陽伽藍記
新譯徐霞客遊記
新譯東京夢華錄

政事類

新譯商君書
新譯鹽鐵論
新譯貞觀政要

軍事類

新譯孫子讀本
新譯孫臏兵法
新譯司馬法
新譯尉繚子
新譯三略讀本
新譯六韜讀本
新譯吳子讀本
新譯李衛公問對